ERNEST HEMINGWAY

Pour qui sonne le glas

TRADUIT PAR
DENISE VAN MOPPÈS

HEINEMANN & ZSOLNAY

CHAPITRE I

Il était étendu à plat ventre sur les aiguilles de pin, le menton sur ses bras croisés et, très haut au-dessus de sa tête, le vent soufflait dans la cime des arbres. Le flanc de la montagne sur lequel il reposait s'inclinait doucement, mais, plus bas, la pente se précipitait, et il apercevait la courbe noire de la route goudronnée qui traversait le col. Un torrent longeait la route et, beaucoup plus bas, en suivant le col, on apercevait une scierie au bord du torrent et la cascade du barrage, blanche dans la lumière de l'été.

« C'est la scierie? demanda-t-il.

— Oui.

— Je ne me la rappelais pas.

— On l'a construite depuis ton départ. L'ancienne scierie est plus bas que le col. »

Il étala par terre sa reproduction photographique de la carte d'État-Major et l'examina attentivement. L'autre, un vieil homme, petit et robuste, en blouse noire de paysan et pantalon de toile grise, chaussé d'espadrilles, regardait par-dessus l'épaule de son compagnon. Il était essoufflé par l'escalade et sa main reposait sur l'un des deux sacs très pesants qu'ils avaient montés jusque-là.

" Alors, d'ici, on ne voit pas le pont?

— Non, dit le vieux. Ici, la pente du col est encore modérée. Le torrent coule doucement. Plus bas, au tournant de la route, derrière les arbres, il dégringole tout d'un coup et il y a une gorge escarpée....

— Je me rappelle.

— C'est cette gorge que franchit le pont.

— Et où sont leurs postes?

— Il y a un poste à la scierie que tu vois là-bas. »

Le jeune homme qui étudiait le terrain sortit ses jumelles de la poche de sa chemise de flanelle kaki toute décolorée par le soleil, essuya les verres avec un mouchoir, les ajusta jusqu'à ce que la scierie lui apparût soudain clairement. Il distingua le banc de bois près de la porte, le grand tas de sciure derrière le hangar et un morceau du plan incliné, par où les troncs d'arbre descendant de la montagne traversaient le torrent. Ce torrent apparaissait clair et uni à travers les jumelles et, là où la cascade s'incurvait, le vent faisait voler l'écume du barrage.

" Il n'y a pas de sentinelle.

— La cheminée fume, dit le vieux, et il y a du linge qui sèche.

— Oui, mais je ne vois pas de sentinelle.

— Peut-être qu'elle s'est mise à l'ombre, expliqua le vieux. Il fait chaud en bas à cette heure. Elle doit être à l'ombre, du côté qu'on ne voit pas.

— Probablement. Où est le poste suivant?

— Au-dessous du pont; c'est une cabane de cantonnier, à cinq kilomètres du sommet du col.

— Combien d'hommes? (Il désignait la scierie).

— Quatre, sans doute, et un caporal.

— Et en bas?

— Plus. Je le saurai.

— Et au pont?

— Toujours deux. Un à chaque bout.

— Il nous faudra pas mal de monde, dit-il. Combien d'hommes peux-tu grouper?

— Je peux en amener autant que tu voudras, dit le vieux. Il y a beaucoup d'hommes en ce moment dans la montagne.

— Combien?

— Plus de cent. Mais ils sont par petites bandes. Combien t'en fraudra-t-il?

— Je te le dirai quand j'aurai examiné le pont.

— Tu veux l'examiner maintenant?

— Non. Maintenant, je veux trouver une cachette où laisser ces explosifs jusqu'à ce que le moment soit venu. Je voudrais les mettre en lieu sûr, à moins d'une demi-heure du pont, si possible.

— C'est facile, dit le vieux. De là où nous allons, ça descend jusqu'au pont. Mais maintenant, il va falloir monter assez dur pour y arriver. Tu as faim?

— Oui, dit le jeune homme. Mais je mangerai plus tard. Comment t'appelles-tu? J'ai oublié. " Cet oubli était, à ses yeux, de mauvais augure.

"Anselmo, dit le vieux. Je m'appelle Anselmo et je suis de Barco de Avila. Je vais t'aider à porter ça. "

Le jeune homme, grand et mince, avec des cheveux blonds décolorés par le soleil et un visage hâlé, portait une chemise de flanelle passée, un pantalon de paysan et des espadrilles; il se pencha en avant, passa son bras dans une des courroies et hissa le sac pesant sur son épaule. Il passa l'autre bras dans l'autre courroie et installa la charge sur son dos. Sa chemise était encore mouillée à l'endroit du sac.

"J'y suis, dit-il. Par où va-t-on?

— On grimpe ", dit Anselmo.

Courbés sous le poids des ballots, suants, ils montaient régulièrement à travers la forêt de pins qui couvrait le flanc de la montagne. Le jeune homme ne discernait pas de sentier, mais ils avançaient en lacets sur la face du mont; ils traversèrent un petit torrent, et le vieux continua l'ascension en suivant la rive rocailleuse. La pente devint plus abrupte et malaisée, jusqu'à un endroit où le torrent coulait vers eux du sommet d'une haute roche lisse. Le vieux s'arrêta au pied de cette roche pour attendre que le jeune homme le rejoignît.

"Comment ça va?

— Très bien ", dit le jeune homme. Il transpirait abondamment et ses muscles tendus étaient crispés par la montée.

" Attends-moi ici. Je vais devant, les avertir. Il ne faudrait pas qu'on te tire dessus avec ce que tu portes là.

— Même pas histoire de rire, dit le jeune homme. C'est loin?

— Non, tout près. Comment est-ce qu'on t'appelle?

— Roberto ", répondit le jeune homme. Il s'était dégagé des courroies du sac et avait posé celui-ci doucement entre deux rocs près du lit du torrent.

" Alors, Roberto, attends-moi là, je vais revenir te chercher.

— Bon, dit le jeune homme. Mais est-ce que c'est par ce chemin-là que tu comptes descendre au pont?

— Non. Quand on ira au pont ce sera par un autre chemin. Plus court et plus facile.

— Je ne voudrais pas déposer ces trucs-là trop loin du pont.

— Tu verras. Si ça ne te plaît pas, on choisira un autre endroit.

— On verra ", dit le jeune homme.

Il s'assit près des ballots et regarda le vieux escalader le rocher. Ce n'était pas facile et, à la façon dont il trouvait sans tâtonner des appuis pour ses mains, on voyait bien que l'endroit lui était familier. Toutefois, quels que fussent ceux qui habitaient là-haut, ils avaient pris bien soin de ne pas laisser de traces.

Le jeune homme qui s'appelait Robert Jordan avait grand-faim et il était inquiet. Il avait souvent faim, mais il ne s'en inquiétait généralement pas, car il n'attachait pas d'importance à ce qui pouvait lui arriver. Il savait, par expérience, combien il était facile de circuler dans cette région située en arrière des lignes et, avec un bon guide, de traverser celles-ci. Attacher de l'importance à ce qui vous arriverait si on était pris, voilà ce qui compliquait les choses. Il fallait en outre savoir choisir les gens dignes de confiance, et savoir ensuite s'en remettre entièrement à eux. C'était tout ou rien. Robert Jordan ne ressentait pas d'inquiétude à l'égard de ces problèmes, mais il y en avait d'autres.

Cet Anselmo avait été bon guide et il voyageait merveilleusement dans la montagne. Robert Jordan était assez bon mar-

cheur lui-même et il savait, pour l'avoir suivi dès avant l'aube,
que le vieux aurait pu le tuer de fatigue. Jusqu'ici, il avait eu
confiance en Anselmo, pour tout, sauf pour ce qui relevait du
jugement; le jugement était de son ressort à lui. Non, Anselmo
ne lui causait pas d'inquiétude, et le problème du pont n'était
pas plus difficile que beaucoup d'autres. Il savait faire sauter
tous les ponts qu'on voulait : il en avait fait sauter de toutes
les tailles et de tous les modèles.

Il y avait assez d'explosifs et tout l'équipement nécessaire
dans les deux sacs pour faire sauter convenablement ce pont
même si celui-ci était deux fois plus grand qu'Anselmo le
disait, tel qu'il se le rappelait pour l'avoir passé en allant à La
Granja au cours d'un voyage à pied en 1933, et tel que Golz
le lui avait décrit l'autre nuit dans cette chambre haute de la
maison proche de l'Escurial.

"Faire sauter ce pont n'est rien", avait dit Golz, sa tête
rasée marquée de cicatrices sous la lumière de la lampe, désignant de son crayon un point sur la grande carte. "Vous
comprenez?

— Oui, je comprends.

— Absolument rien. Aussi, se contenter de faire sauter le
pont ne servirait à rien.

— Oui, Camarade Général.

— Faire sauter le pont à un moment donné, selon l'heure
fixée pour l'attaque, voilà ce qu'il faut. Vous vous rendez
bien compte. A vous de savoir comment vous y prendre."

Golz regarda le crayon puis s'en tapota les dents.

Robert Jordan n'avait rien dit.

"Vous comprenez. A vous de savoir comment vous y
prendre", continua Golz en le regardant avec un hochement
de tête. Maintenant son crayon tapotait la carte. "Mais vous
ne pourrez décider ça qu'à la dernière minute.

— Pourquoi, Camarade Général?

— Pourquoi? dit Golz impatienté. Vous avez vu je ne sais
combien d'attaques et vous me demandez pourquoi? Qu'est-ce
qui me garantit que mes ordres ne seront pas changés?
Qu'est-ce qui me garantit que l'attaque ne sera pas décommandée? Qu'est-ce qui me garantit que l'attaque ne sera pas

remise? Qu'est-ce qui me garantit qu'elle commencera dans les six heures à partir du moment fixé? *Aucune* attaque a-t-elle jamais eu lieu comme prévu?

— Elle commencera à l'heure, puisque ce sera *votre* attaque, dit Robert Jordan.

— Ce ne sont jamais *mes* attaques, dit Golz. C'est moi qui les commande, mais elles ne sont pas à moi. L'artillerie n'est pas à moi. Je dois prendre ce qu'on me donne. On ne m'a jamais donné ce qu'il me fallait, même quand on l'avait. Ce n'est pas tout. Vous savez comme sont ces gens. Ce n'est pas la peine de répéter tout cela. Il y a toujours quelque chose. Toujours quelqu'un vient s'en mêler. Alors, tâchez de bien comprendre.

— Quand faudra-t-il faire sauter le pont? avait demandé Robert Jordan.

— Quand l'attaque aura commencé. Aussitôt que l'attaque aura commencé, et pas avant. De façon que les renforts ne puissent pas monter par cette route. (Il la désignait avec son crayon.) Il faut que je sois sûr que rien ne montera par cette route.

— Et pour quand est l'attaque?

— Je vais vous le dire. Mais ne prenez la date et l'heure qu'à titre d'indication. Il faut que vous soyez prêt pour ce moment-là. Vous ferez sauter le pont quand l'attaque aura commencé. Vu? (Il pointait avec son crayon.) Voilà la seule route par laquelle ils pourraient amener des renforts. C'est la seule route par laquelle ils puissent faire monter des tanks, ou de l'artillerie, ou même un camion, vers le col où j'attaque. Il faut que je sois sûr que le pont n'existe plus. Pas avant, car on pourrait le réparer si l'attaque était retardée. Non. Il faut qu'il saute quand l'attaque commencera et il faut que je sois sûr qu'il a sauté. Il n'y a que deux sentinelles. L'homme qui va vous accompagner en vient. C'est un homme très sûr, paraît-il. Vous verrez bien. Il y a des gens dans les montagnes. Prenez autant d'hommes qu'il vous en faudra. Employez-en le moins possible, mais assez pour réussir. Je n'ai pas besoin de vous dire tout ça.

— Et comment saurai-je que l'attaque aura commencé?

— Elle aura lieu avec une division entière. Il y aura une préparation d'aviation. Vous n'êtes pas sourd?

— Je pourrai donc considérer que, lorsque les avions lanceront leurs bombes, l'attaque aura commencé?

— Il ne faudrait pas toujours s'y fier, dit Golz en secouant la tête. Mais, dans ce cas, oui, ça collera. C'est mon attaque.

— Je comprends, avait dit Robert Jordan. Je ne peux pas dire que ça me plaise beaucoup.

— A moi non plus. Si vous ne voulez pas, dites-le tout de suite. Si vous pensez que vous ne pouvez pas vous en tirer dites-le tout de suite.

— Je ferai le travail, avait dit Robert Jordan. Oui, comptez sur moi.

— C'est tout ce que je veux savoir, dit Golz. Que rien ne passe sur ce pont. C'est essentiel.

— Je comprends.

— Je n'aime pas demander aux gens de faire ce genre de travail, et de cette manière, continua Golz. Je ne pourrais pas vous donner l'ordre de le faire. Je sais ce à quoi vous pouvez vous trouver forcé par les conditions que je pose. Je vous l'explique très exactement afin que vous compreniez bien les difficultés possibles et toute l'importance de votre mission.

— Et comment avancerez-vous sur La Granja quand ce pont aura sauté?

— Nous viendrons le réparer après avoir pris le col. C'est une opération très compliquée et très belle. Belle et compliquée comme toujours. Le plan a été élaboré à Madrid. C'est encore un chef-d'œuvre de Vicente Rojo, le professeur malchanceux. Je fais l'attaque, et, comme toujours, avec des forces insuffisantes. C'est une opération très possible, cependant. Je suis beaucoup plus content que d'habitude. Elle peut réussir, une fois le pont éliminé. Nous pouvons prendre Ségovie. Regardez, je vais vous montrer comment ça marche. Vous voyez? Ce n'est pas le sommet du col que nous attaquons : nous le tenons. C'est bien au-delà. Regardez. Là.... Comme ça....

— J'aimerais mieux ne pas savoir, dit Robert Jordan.

— Bon, dit Golz. Toujours ça de bagage en moins à emporter de l'autre côté, c'est ça?

— Je préférerais ne jamais savoir. Alors, arrivera ce qui arrivera, ce n'est pas moi qui aurai parlé.

— Il vaut mieux ne pas savoir. (Golz se tapotait le front avec son crayon.) Bien des fois, j'aurais préféré moi-même ne pas savoir. Mais en ce qui concerne ce pont, vous êtes bien au au courant?

— Oui.

— Parfait, dit Golz. Je ne vous ferai pas de petits discours. Maintenant, prenons un verre. Ça me donne soif de parler comme ça. Camarade Hordan. Vous avez un drôle de nom en espagnol, Camarade Hordan.

— Comment dites-vous Golz en espagnol, Camarade Général?

— Hotze, dit Golz en riant avec un son profondément guttural qui ressemblait à une toux. Hotze, croassa-t-il. Si j'avais su comment on prononce Golz en espagnol, j'aurais choisi un autre nom avant de venir. Quand je pense que je suis venu commander une division, que je pouvais prendre le nom que je voulais et que j'ai choisi Hotze. Général Hotze. Maintenant, il est trop tard pour changer. Comment trouvez-vous ce travail de *partizan*? (C'était le terme russe pour désigner la guérilla derrière les lignes.)

— Plaisant, dit Robert Jordan. Il rit. C'est très sain. On est au grand air.

— Ça me plaisait beaucoup aussi quand j'avais votre âge, dit Golz. Il paraît que vous faites très bien sauter les ponts. Très scientifiquement. C'est ce qu'on m'a dit. Je ne vous ai jamais vu opérer moi-même. Après tout, peut-être qu'on m'a mal renseigné. Ils sautent pour de bon? " Cette fois, c'était de la taquinerie. "Buvez ça ", dit-il en tendant à Robert Jordan un verre d'eau-de-vie espagnole. " Ils sautent pour de bon?

— Quelquefois.

— Pas de " quelquefois " avec ce pont-là, je vous en prie. Non, ne parlons plus de ce pont. Vous en savez assez là-dessus maintenant. Nous sommes très sérieux et c'est pourquoi nous pouvons dire de grosses blagues. Dites, vous avez beaucoup de femmes de l'autre côté des lignes?

— Non, on n'a pas le temps de s'occuper des femmes.

— Je ne suis pas d'accord avec vous. A service irrégulier, existence irrégulière. Vous avez un service très irrégulier. Et vous avez besoin de vous faire couper les cheveux.

— Je me fais couper les cheveux quand il faut ", dit Robert Jordan. Pour rien au monde, il n'aurait voulu avoir la tête rasée comme Golz. " J'ai assez à penser sans m'occuper des filles ", dit-il d'un air rogue, et il ajouta : " Quel uniforme suis-je censé porter?

— Aucun, vos cheveux sont très bien. Je vous taquine. "

" Vous êtes très différent de moi, avait ajouté Golz en remplissant de nouveau les verres. Vous ne pensez jamais aux filles. Il n'y a qu'aux filles que vous ne pensez jamais? Moi, je ne pense jamais à rien. Pourquoi penserais-je? Je suis *Général Soviétique*[1]. Je ne pense jamais. N'essayez pas de me faire penser malgré moi. »

Quelqu'un de son état-major, assis sur une chaise, en train de dresser une carte sur une planche à dessin, lui grommela quelque chose dans cette langue que Robert Jordan ne comprenait pas.

" Taisez-vous! avait dit Golz en anglais. Je plaisante si ça me plaît. C'est parce que je suis très sérieux que j'ai le droit de plaisanter. Maintenant, buvez ça et allez-vous-en. Vous avez compris, n'est-ce pas?

— Oui, avait dit Robert Jordan. J'ai compris. "

Ils s'étaient serré la main. Le jeune homme avait salué, et il était descendu vers la voiture militaire où le vieux l'attendait, endormi. Cette voiture les avait conduits le long de la route, au-delà de Guadarrama, le vieux dormant toujours, puis avait pris la route de Navacerrada jusqu'à la cabane du Club Alpin où Robert Jordan avait dormi trois heures avant de se mettre en marche.

Il n'avait pas revu Golz depuis ce moment-là, Golz et son étrange face blanche que rien ne tannait, ses yeux de chouette, son grand nez et ses lèvres minces et son crâne rasé sillonné de rides et de cicatrices. Demain soir, devant l'Escurial, sur la

1. En français dans le texte.

route obscure, les longues rangées de camions se rempli-
raient, dans l'ombre, de fantassins; les hommes, lourdement
équipés, grimperaient dans ces camions où les sections de
mitrailleurs hisseraient leurs armes; les tanks ramperaient
en longues files; la Division se mettrait en marche dans la
nuit pour l'attaque du col. Il ne voulait pas penser à cela. Ce
n'était pas son affaire. C'était l'affaire de Golz. Lui n'avait
qu'une chose à faire, et c'était à cela qu'il devait penser; il
devait y penser clairement, prendre les choses comme elles
venaient et ne pas s'en faire. L'inquiétude était aussi nuisible
que la peur et ne servait qu'à compliquer les choses.

Il était assis près du torrent, regardant l'eau claire couler
entre les rochers; sur l'autre rive, il remarqua un banc de
cresson. Il alla en cueillir deux poignées, lava dans le torrent
les racines boueuses, puis se rassit à côté de son ballot et
mangea les feuilles vertes propres et fraîches et les tiges au
goût poivré. Il s'agenouilla au bord de l'eau et, repoussant
son pistolet automatique le long de sa ceinture jusqu'à ses
reins afin de ne pas le mouiller, il se pencha entre deux roches
en y appuyant ses mains et but à même le ruisseau. L'eau était
froide à faire mal.

Se redressant sur les mains, il tourna la tête et vit le vieux
qui redescendait la roche. Un autre homme l'accompagnait,
vêtu lui aussi de la blouse noire de paysan et du pantalon gris
foncé qui, dans cette province, étaient presque un uniforme,
chaussé d'espadrilles et portant une carabine sur le dos. Cet
homme était nu-tête. Tous deux dégringolaient la roche
comme des chèvres.

Ils vinrent à lui et Robert Jordan se leva.

« *Salud, Camarada*, dit-il à l'homme à la carabine et il lui
sourit.

— *Salud* », dit l'autre, maussade. Robert Jordan regarda le
visage lourd et mal rasé de l'homme. Ce visage était presque
rond, la tête ronde, elle aussi, et posée bas sur les épaules.
Ses yeux étaient petits et trop écartés, ses oreilles petites et
collées au crâne. C'était un homme haut et large avec de
grands pieds et de grandes mains. Son nez était cassé, sa bouche
coupée à un coin, et une cicatrice qui traversait la lèvre supé-

rieure et la mâchoire inférieure apparaissait à travers les pousses de barbe qui couvraient son visage.

Le vieux hocha la tête vers l'homme et sourit.

"C'est le patron ", dit-il gaiement, puis il ploya le bras comme pour en faire saillir les muscles et regarda l'homme à la carabine avec une admiration à demi moqueuse. " Un homme très fort.

— Je vois ", dit Robert Jordan, et il sourit de nouveau. Il n'aimait pas l'aspect de cet homme et, intérieurement, il ne souriait pas du tout.

"Comment peux-tu prouver ton identité? " demanda l'homme à la carabine.

Robert Jordan défit l'épingle de sûreté qui fermait le rabat de la poche gauche de sa chemise de flanelle, en sortit un papier plié et le tendit à l'homme qui l'ouvrit, le regarda d'un air de doute et le tourna entre ses mains.

Il ne sait pas lire, pensa Robert Jordan.

"Regarde le cachet ", dit-il.

Le vieux désigna de l'index le cachet que l'homme à la carabine examina en le retournant entre ses doigts.

"Qu'est-ce que c'est que ce cachet?

— Tu ne l'as jamais vu?

— Non.

— Il y en a deux, dit Robert Jordan. L'un du S. R. M., le Service de Renseignements Militaires. L'autre, c'est celui de l'État-Major.

— Oui, j'ai déjà vu ce cachet-là. Mais ici il n'y a que moi qui commande, dit l'autre, maussade. Qu'est-ce qu'il y a dans ces ballots?

— Dynamite, dit fièrement le vieux. Hier soir, nous avons passé les lignes dans l'obscurité et, toute la journée, nous avons monté cette dynamite dans la montagne.

— De la dynamite, ça peut me servir ", dit l'homme à la carabine. Il rendit le papier à Robert Jordan et le dévisagea. " Oui, la dynamite, ça peut me servir. Combien m'en apportes-tu?

— Je ne t'apporte pas de dynamite, lui dit Robert Jordan tranquillement. La dynamite est destinée à autre chose. Comment t'appelles-tu?

— Qu'est-ce que ça peut te faire?

— C'est Pablo ", dit le vieux. L'homme à la carabine les regardait tous deux d'un air rogue.

" Ah? J'ai entendu dire beaucoup de bien de toi, dit Robert Jordan.

— Qu'est-ce qu'on t'a dit de moi? demanda Pablo.

— On m'a dit que tu étais un excellent chef de guérilla, loyal à la République, que tu prouves ta loyauté par les actes, et que tu es à la fois sérieux et vaillant. Je t'apporte le salut du Quartier Général.

— Qui t'a dit tout ça? " demanda Pablo. Robert Jordan remarqua qu'il ne réagissait à aucune de ses flatteries.

" On me l'a dit depuis Buitrago jusqu'à l'Escurial ", dit-il, indiquant ainsi toute l'étendue de pays située de l'autre côté des lignes.

" Je ne connais personne à Buitrago ni à l'Escurial, lui dit Pablo.

— Il y a beaucoup de gens de l'autre côté des montagnes qui n'y étaient pas autrefois. D'où es-tu?

— Avila. Qu'est-ce que tu vas faire avec la dynamite?

— Sauter un pont.

— Quel pont?

— Ça me regarde.

— Si c'est sur ce territoire, c'est moi que ça regarde. On ne peut pas faire sauter un pont près de l'endroit où on habite. Il faut habiter dans un endroit et opérer dans un autre. Je connais mon affaire. Du moment qu'au bout d'un an, on est encore en vie, c'est qu'on connaît son affaire.

— Cette fois-ci, c'est mon affaire à moi, dit Robert Jordan. Nous pourrons la discuter ensemble. Veux-tu nous aider à porter les sacs?

— Non ", dit Pablo en secouant la tête.

Le vieux se tourna vivement vers lui et lui parla rapidement d'un air furieux dans un dialecte que Robert Jordan comprenait à peine. Il lui semblait entendre lire du Quevedo. Anselmo parlait l'ancien castillan et disait à peu près ceci : " Es-tu une brute? Oui. Es-tu une bête? Oui, plusieurs fois. As-tu une cervelle? Non. Point. Voilà que nous sommes venus pour une chose d'une importance capitale, et toi, avec ton habitation à ne pas déranger, tu mets ton terrier de renard avant les intérêts de l'humanité. Avant les intérêts de ton peuple. Je... ceci et cela dans le ceci et cela de ton père. Je... ceci et cela dans le tien. Ramasse ce sac. "

Pablo regardait le sol.

" Chacun doit faire son possible dans les limites du possible, dit-il. Je vis ici et j'opère de l'autre côté de Ségovie. Si tu fais du chambard ici, nous serons chassés de ces montagnes. C'est le point de vue du renard.

— Oui, dit amèrement Anselmo. C'est le point de vue du renard, et il nous faut un loup.

— Je suis plus loup que toi ", dit Pablo. Il ramasserait le sac : Robert Jordan le savait.

" Hi. Ho.... (Anselmo le regardait.) Tu es plus loup que moi, mais moi j'ai soixante-huit ans. "

Il cracha par terre et branla le chef.

" Tu as tant que cela ? " demanda Robert Jordan, qui voyait que, maintenant, tout allait bien et essayait d'alléger l'atmosphère.

" Soixante-huit en juillet.

— Si nous voyons jamais ce mois-là, dit Pablo. Laisse, que je t'aide à porter ce ballot, dit-il, à Robert Jordan. Le vieux prendra l'autre. " Il parlait non plus avec mauvaise humeur, mais presque tristement. " Il a beaucoup de force, pour un vieux.

— Je vais porter ce sac, dit Robert Jordan.

— Non, dit le vieux. Laisse-le à cet autre gaillard-là.

— Je le prends ", lui dit Pablo, et il y avait dans sa mauvaise humeur une tristesse qui troublait Robert Jordan. Il connaissait cette tristesse, et la trouver ici l'inquiétait.

" Donne-moi la carabine, alors ", dit-il. Pablo la lui tendit, il la jeta sur son dos et, les deux hommes grimpant devant lui, ils avancèrent lourdement, montant, se hissant sur la roche de granit, au sommet de laquelle ils débouchèrent dans une grande clairière.

Ils longèrent le bord d'un petit pré. Robert Jordan, débarrassé du sac, avançait facilement à présent. Le contact rigide

de la carabine plaisait à son épaule après la lourde charge du
sac qui l'avait couvert de sueur. Il remarqua que l'herbe était
tondue en plusieurs endroits, et que des piquets avaient dû
être enfoncés dans le sol où ils avaient laissé des traces. Il
apercevait, traversant l'herbe, une piste par laquelle on avait
mené les chevaux boire au torrent, et il y avait du crottin
frais. On devait les attacher là, le soir, à paître, et on les cachait
parmi les arbres dans la journée. " Je me demande combien
ce Pablo a de chevaux ", pensa-t-il.

Il se rappelait maintenant avoir remarqué sans y prendre
garde que le pantalon de Pablo était usé jusqu'à la corde,
surtout entre les genoux et les cuisses. " Je me demande s'il
a des bottes ou s'il monte avec des *alpargatas*, songea-t-il.
Il doit avoir tout un équipement. Mais je n'aime pas cette
tristesse. C'est une mauvaise tristesse : celle qui prend les
hommes sur le point d'abandonner ou de trahir, celle qui
précède la liquidation. "

Devant eux, un cheval hennit derrière les arbres, et, un peu
de soleil seulement filtrant à travers leurs cimes épaisses qui se
rejoignaient presque, Robert Jordan aperçut, entre les troncs
bruns des pins, l'enclos formé par des cordes liées aux arbres.
Les chevaux tendirent la tête à l'approche des hommes. En
dehors de l'enclos, au pied d'un arbre, les selles s'empilaient
sous une bâche.

Les deux hommes qui portaient les sacs s'arrêtèrent, et
Robert Jordan comprit que c'était pour lui faire admirer les
chevaux.

" Oui, dit-il. Ils sont très beaux. (Il se tourna vers Pablo.)
Vous avez votre cavalerie et tout. "

Il y avait cinq chevaux dans l'enclos : trois bais, un alezan
et un roux.

Après les avoir considérés en groupe, Robert Jordan les
examina un par un, les détailla avec attention. Pablo et Anselmo
connaissaient leur qualité et, tandis que Pablo se redressait,
fier à présent et l'air moins triste, regardant ses chevaux avec
amour, le vieux se tenait comme s'il s'agissait d'une surprise
qu'il venait lui-même de faire surgir.

" Comment les trouves-tu? demanda-t-il.

— Tous ceux-là, c'est moi qui les ai pris ", dit Pablo, et Robert Jordan eut plaisir à l'entendre parler fièrement.

" Ça ", dit Robert Jordan, désignant l'un des bais, un grand étalon avec une étoile blanche au front et un seul pied blanc, un pied de devant, " ça, pour un cheval, c'est un cheval. "

C'était un magnifique animal qui semblait sorti d'un tableau de Velasquez.

" Ils sont tous bons, dit Pablo. Tu t'y connais en chevaux?

— Oui.

— Tant mieux, dit Pablo. Tu vois un défaut dans un de ceux-là? "

Robert Jordan comprenait que, maintenant, l'homme qui ne savait pas lire examinait ses papiers.

Les chevaux, tous tranquilles, levaient la tête et regardaient l'homme.

Robert Jordan se glissa entre les doubles cordes de l'enclos et tapa le roux sur le flanc. Adossé aux cordes, il regarda les chevaux tourner dans l'enclos, les regarda une minute encore tandis qu'ils se tenaient immobiles, puis se courba et repassa la clôture.

" L'alezane boite du pied de derrière, dit-il à Pablo sans le regarder. Le sabot est fendu. Ça n'empirera peut-être pas, à condition qu'on le ferre convenablement, mais elle risque de tomber si elle fait beaucoup de chemin sur un sol dur.

— Le sabot était comme ça quand nous l'avons prise, dit Pablo.

— Le meilleur que tu aies, l'étalon à la marque blanche, a une enflure du col du fémur qui ne me plaît pas.

— Ce n'est rien, dit Pablo. Il s'est cogné il y a trois jours. Si c'était grave, ça se verrait déjà. "

Il écarta la bâche et montra les selles. Il y avait trois selles de vachers : deux simples et une très ornée, avec du cuir travaillé à la main et de lourds étriers fermés, et deux selles militaires en cuir noir.

" Nous avons tué deux *guardias civiles*, dit-il, expliquant la présence des selles militaires.

— C'est du grand sport.

— Ils avaient mis pied à terre sur la route entre Ségovie et

Santa Maria del Real. Ils étaient descendus pour demander ses papiers au conducteur d'une carriole. Nous avons pu les tuer sans abîmer les chevaux.

— Tu as déjà tué beaucoup de gardes civils? demanda Robert Jordan.

— Plusieurs, dit Pablo. Mais, sans abîmer les chevaux, ces deux-là seulement.

— C'est Pablo qui a fait sauter le train à Arevalo, dit Anselmo. Lui, Pablo.

— Il y avait un étranger avec nous qui s'est occupé de l'explosion, dit Pablo. Tu le connais?

— Comment s'appelle-t-il?

— Je ne me rappelle pas. C'était un nom très bizarre.

— Comment était-il?

— Blond comme toi, mais pas si grand. Il avait de grandes mains et un nez cassé.

— Kachkine, dit Robert Jordan. Ça devait être Kachkine.

— Oui, dit Pablo. Un nom très bizarre. Qu'est-ce qu'il est devenu?

— Il est mort en avril dernier.

— C'est ce qui leur arrive à tous, dit Pablo d'un air sombre. C'est comme ça que nous finirons tous.

— C'est comme ça que finissent tous les hommes, dit Anselmo. C'est de cette façon-là que les hommes ont toujours fini. Qu'est-ce qui te prend, *hombre?* Qu'est-ce que tu as dans le ventre?

— *Ils* sont très forts ", dit Pablo. On eût dit qu'il se parlait à lui-même. Il regarda les chevaux d'un air sombre. " Vous ne savez pas combien ils sont forts. Je les vois toujours plus forts, toujours mieux armés. Toujours avec plus de matériel. Me voilà avec des chevaux comme ceux-là. Et qu'est-ce que j'ai comme perspective? Qu'on me chasse et qu'on me tue. C'est tout....

— Tu es autant chasseur que gibier, dit Anselmo.

— Non, dit Pablo. Plus maintenant. J'en ai assez d'être poursuivi. Ici on est très bien. Mais si tu fais sauter un pont dans la région, ils nous donneront la chasse. Dès qu'ils auront repéré qu'on est ici, ils nous chercheront avec des avions, ils nous trouveront et il faudra qu'on s'en aille. J'en ai assez de tout ça. Tu entends ? " Il se tourna vers Robert Jordan. " De quel droit viens-tu, toi, un étranger, me dire ce que j'ai à faire ?

— Je ne t'ai rien dit de ce que tu avais à faire, lui dit Robert Jordan.

— Mais tu me le diras, dit Pablo. Là. C'est là qu'est le mal. "

Il désigna les deux lourds ballots qu'ils avaient posés par terre pendant qu'il examinait les chevaux. La vue des chevaux paraissait lui avoir remis tout cela en tête, et le fait que Robert Jordan s'y connaissait en chevaux semblait lui délier la langue. Tous trois étaient debout maintenant près de l'enclos de cordes, et des taches de soleil luisaient sur la robe de l'étalon bai. Pablo le regarda, puis, poussant du pied le lourd ballot : " Le mal, il est là.

— Je viens seulement faire mon devoir, lui dit Robert Jordan. Je viens par ordre de ceux qui dirigent la guerre. Si je te demande de m'aider, tu peux refuser, et j'en trouverai d'autres qui m'aideront. Je ne t'ai même pas encore demandé ton aide. Je dois faire ce qu'on m'a ordonné et je puis t'assurer que c'est important. Si je suis étranger, ce n'est pas ma faute. J'aimerais mieux être né ici.

— Pour moi, le plus important, c'est qu'on ne vienne pas nous déranger, dit Pablo. Je n'ai, maintenant, de devoir qu'envers moi-même, et envers ceux qui m'entourent.

— Toi, toujours toi, dit Anselmo. A t'entendre, il n'y a plus que toi et tes chevaux. Jusqu'à ce que tu aies des chevaux, tu étais avec nous. Maintenant, tu es un capitaliste comme les autres.

— Tu es injuste, dit Pablo. J'expose tout le temps les chevaux pour la cause.

— Très peu, dit Anselmo dédaigneusement. Très peu, à mon avis. Pour voler, oui. Pour bien manger, oui. Pour assassiner, oui. Pour combattre, non.

— Tu es un vieil homme qui se fera du tort avec sa langue.

— Je suis un vieil homme qui n'a peur de personne, lui dit Anselmo. Je suis aussi un vieil homme qui n'a pas de chevaux.

— Tu es un vieil homme qui ne vivra peut-être plus bien longtemps.

— Je suis un vieil homme qui vivra jusqu'à ce qu'il meure, dit Anselmo. Et je n'ai pas peur des renards. "

Pablo ne répondit pas, mais ramassa l'un des sacs.

" Des loups non plus, dit Anselmo en ramassant l'autre. Si tu es un loup.

— Ferme ça, lui dit Pablo. Tu es un vieil homme qui parle toujours trop.

— Et qui fera toujours ce qu'il dit qu'il fera, dit Anselmo. Et qui, maintenant, a faim. Et soif. Avance, chef de guérilla à la triste figure. Mène-nous manger quelque chose. "

Ça commence assez mal, songeait Robert Jordan. Mais Anselmo est un homme. Quel peuple! pensa-t-il. Quels hommes! Les bons sont magnifiques, incomparables. Mais quand ils se mettent à être mauvais, on ne fait pas pire. Anselmo devait savoir ce qu'il faisait en m'amenant ici. Mais je n'aime pas ça. Je n'aime pas ça du tout.

Le seul bon signe était que Pablo portait le sac et lui avait confié la carabine. Peut-être qu'il est toujours comme ça, pensa Robert Jordan. Peut-être qu'il est du type sombre.

Non, se dit-il, ne te dupe pas toi-même. Tu ne sais pas comment il était autrefois, mais tu sais qu'il est en train de se gâter rapidement sans même le dissimuler. Quand il commencera à dissimuler, c'est qu'il aura pris une décision. Rappelle-toi ça, se dit-il. La première chose aimable qu'il fera, il aura pris une décision. Mais les chevaux sont joliment bons, songea-t-il, de magnifiques chevaux. Je me demande ce qui pourrait me donner la sensation que ces chevaux donnent à Pablo. Le vieux avait raison. Les chevaux, c'est sa richesse; dès qu'il a été riche, il a eu envie de jouir de la vie. Bientôt, je pense, il sera mécontent parce qu'il ne fait pas partie du Jockey Club, songea-t-il. *Pauvre Pablo. Il a manqué son Jockey*[1].

Cette idée le ragaillardit. Il sourit en regardant les deux dos courbés et les deux fardeaux qui le précédaient entre les arbres. C'était la première fois de la journée qu'il plaisantait avec lui-même, et maintenant il se sentait beaucoup mieux. Tu deviens comme tous les autres, se dit-il. Tu deviens sombre, toi aussi.

1. En français dans le texte. *(N. D. T.)*

C'est vrai qu'il avait été solennel et sombre avec Golz. La mission l'avait un peu écrasé. Légèrement écrasé, songea-t-il. Complètement écrasé. Golz était gai et aurait voulu le voir gai avant de partir, mais il ne s'y était pas décidé.

Tous les meilleurs, quand on y songeait, étaient gais. Il valait bien mieux être gai, et, en outre, c'était un signe, une espèce d'immortalité terrestre. Quelle subtilité! Il n'en restait pas beaucoup, cependant, non, il n'en restait pas beaucoup de gais. Il en restait diablement peu. Et si tu continues à penser comme ça, mon garçon, toi aussi, tu lèveras le camp. Change de disque maintenant, vieux routier, vieux camarade. Tu es un destructeur de ponts, maintenant. Pas un penseur. Tu as faim, vieux frère, songea-t-il. Pourvu qu'on mange bien chez Pablo.

CHAPITRE II

A travers les troncs serrés, ils étaient parvenus dans une sorte de cuvette qui formait l'extrémité supérieure de la petite vallée. Robert Jordan devina que le camp devait se trouver derrière le rebord rocheux qui se dressait en face d'eux entre les arbres.

C'était là que se trouvait le camp, en effet. Un bon camp, que l'on ne repérait qu'à proximité et — on s'en rendait aisément compte — invisible aux avions. D'en haut, rien ne paraissait. Il était aussi bien caché qu'une tanière d'ours. Mais il ne paraissait guère mieux défendu. Robert Jordan l'examina attentivement tout en montant.

Il y avait une large grotte dans la paroi du rocher, et, à côté de l'ouverture, un homme était assis, adossé au roc, les jambes allongées par terre, sa carabine appuyée contre la muraille.

Il était en train de tailler un bâton avec son couteau; il les regarda approcher, puis reprit sa besogne.

" *Holà*, dit l'homme assis. Qui vient là?

— Le vieux avec un dynamiteur ", lui dit Pablo en déposant le sac à l'entrée de la grotte. Anselmo, lui aussi, posa sa charge, et Robert Jordan détacha le fusil et l'appuya contre le roc.

" Ne laissez pas ça si près de la grotte ", dit l'homme assis qui avait des yeux bleus dans un visage de Gitan, sombre, nonchalant et beau, visage couleur de cuir fumé. " Il y a du feu à l'intérieur.

— Lève-toi et ôte-le toi-même, dit Pablo. Mets-le près de cet arbre."

Le Gitan ne bougea pas, mais dit un mot qu'on ne peut écrire, puis : " Laisse-le là. Saute avec lui, dit-il avec indolence. Ça guérira tes maladies.

— Qu'est-ce que tu fais? " demanda Robert Jordan en s'asseyant près du Gitan. Ce dernier lui montra son travail : un piège en forme de quatre dont il était en train de tailler la barre transversale.

" Pour les renards, dit-il. Tu vois cette barre : elle ne pardonne pas. Elle leur casse les reins. (Il sourit à Jordan.) Comme ça, tu vois? "

Il fit basculer le cadre, montrant la chute de la barre, puis il secoua la tête, ramena ses mains vers sa poitrine en écartant ses bras repliés pour contrefaire le renard au dos brisé. " Très pratique, expliqua-t-il.

— Il attrape des lapins, dit Anselmo. Il est Gitan. Alors, quand il attrape des lapins, il parle de renards. S'il attrapait un renard, il dirait que c'est un éléphant.

— Et si j'attrape un éléphant? " demanda le Gitan en montrant à nouveau ses dents blanches et en lançant un clin d'œil à Robert Jordan.

" Tu dirais que c'est un tank, lui répondit Anselmo.

— Un tank? dit le Gitan. Tu vas voir ça : je vais en attraper un. Tu l'appelleras comme tu voudras.

— Les Gitans parlent beaucoup et ne tuent guère ", dit Anselmo.

Le Gitan regarda Robert Jordan en clignant de l'œil et continua à tailler son bâton.

Pablo avait disparu dans la grotte : Pour aller chercher à manger, espérait Robert Jordan, qui était assis par terre à côté du Gitan; il sentait sur ses jambes étendues le soleil d'après-midi qui rayonnait à travers les cimes des arbres. Une odeur de cuisine parvenait maintenant de la grotte, une odeur d'huile et d'oignons et de viande grillée; il sentait son estomac tressaillir de faim.

"Un tank, ça s'attrape, dit-il au Gitan. Ce n'est pas tellement difficile.

— Avec ça? (Le Gitan désignait les deux sacs.)

— Oui, répondit Robert Jordan. Je t'apprendrai. On prépare un piège, ce n'est pas très difficile.

— Nous deux?

— Oui, dit Robert Jordan. Pourquoi pas?

— Hé, dit le Gitan à Anselmo. Mets ces deux sacs en sûreté, tu veux? Ils sont précieux."

Anselmo grommela. " Je vais chercher du vin ", dit-il à Robert Jordan. Celui-ci se leva, ramassa les sacs à l'entrée de la grotte et alla les appuyer de part et d'autre d'un tronc d'arbre. Il savait ce qu'ils contenaient et n'aimait pas les voir se toucher.

"Apporte-m'en une tasse, dit le Gitan.

— Il y a du vin? demanda Robert Jordan en s'asseyant à côté du Gitan.

— Du vin? Une outre entière. Une demi-outre en tout cas.

— Et quoi à manger?

— De tout, *hombre*, dit le Gitan. On mange comme des généraux.

— Et qu'est-ce que font les Gitans à la guerre? lui demanda Robert Jordan.

— Ils continuent à être Gitans.

— C'est un bon métier.

— Le meilleur, dit le Gitan. Comment est-ce qu'on t'appelle?

— Roberto. Et toi?

— Rafael. Et c'est sérieux, cette histoire de tank?

— Sûrement. Pourquoi pas? "

Anselmo parut à l'entrée de la grotte, portant un grand

mortier de pierre plein de vin rouge, les doigts passés dans les anses de trois tasses. "Regardez, dit-il. Ils ont des tasses et tout." Pablo sortit derrière lui.

"On va bientôt manger, dit-il. Tu as du tabac?"

Robert Jordan alla vers les sacs, en ouvrit un, tâtonna dans une poche intérieure et en sortit les boîtes plates remplies de cigarettes russes qu'il s'était procurées au quartier général de Golz. Il passa l'ongle de son pouce autour d'une des boîtes et, écartant le couvercle, la tendit à Pablo. Celui-ci prit une demi-douzaine de cigarettes, puis, les tenant dans sa large paume, en saisit une et la regarda à contre-jour. C'étaient de longues cigarettes étroites munies à leur extrémité d'un cylindre de carton.

"Beaucoup d'air et peu de tabac, dit-il. Je les connais. L'autre au nom bizarre en avait.

— Kachkine", dit Robert Jordan. Il offrit des cigarettes au Gitan et à Anselmo qui en prirent chacun une.

"Prenez-en plus", dit-il; ils en reprirent chacun une. Robert leur en donna encore quatre à chacun; ils abaissèrent deux fois la main qui tenait les cigarettes, comme on salue de l'épée.

"Oui, dit Pablo. Un nom bizarre.

— Voilà du vin." Anselmo sortit une tasse qu'il avait plongée dans le mortier et la tendit à Robert Jordan, puis répéta l'opération pour lui-même et pour le Gitan.

"Il n'y a pas de vin pour moi?" demanda Pablo. Ils étaient assis tous ensemble près de l'entrée de la grotte.

Anselmo lui tendit sa tasse et alla dans la grotte en chercher une autre. En revenant, il se pencha sur la bassine et plongea la tasse pour la remplir, puis tous trinquèrent. Le vin était bon. Un arrière-goût âcre lui venait de l'outre, mais il était plaisant, frais et léger sur la langue. Robert Jordan le but lentement; il en sentait la chaleur pénétrer lentement sa fatigue.

"On va manger tout de suite, dit Pablo. Et cet étranger au nom bizarre, comment est-ce qu'il est mort?

— Il a été pris, et il s'est tué.

— Comment c'est-il arrivé?

— Il était blessé et il ne voulait pas être fait prisonnier.

— Comment ça s'est-il passé?

— Je ne sais pas ", fit-il, mentant. Il savait très bien comment ça s'était passé, et il sentait également que ce sujet de conversation ne serait pas opportun.

" Il nous avait fait promettre de le tuer s'il était blessé dans l'affaire du train et s'il ne pouvait pas se sauver, dit Pablo. Il parlait d'une façon très bizarre. "

Il devait être agité à ce moment-là déjà, songea Robert Jordan. Pauvre vieux Kachkine.

" Il avait un préjugé contre l'idée de se tuer lui-même, dit Pablo. Il m'avait dit ça. Il avait aussi grand-peur d'être torturé.

— Il vous avait dit cela aussi? lui demanda Robert Jordan.

— Oui, dit le Gitan. Il nous avait parlé comme ça à tous.

— Au train? Tu y étais aussi, toi?

— Oui. On était tous au train.

— Il parlait d'une façon très bizarre, dit Pablo. Mais il était très brave. "

Pauvre vieux Kachkine, pensa Robert Jordan. Il a dû faire plus de mal que de bien par ici. Dommage que je n'aie pas su qu'il avait le trac depuis si longtemps. On aurait dû le sortir de là. Il ne faut pas que des gens qui font ce genre de travail parlent ainsi. Ce n'est pas une manière de parler. Même quand ils accomplissent leur mission, ils font plus de mal que de bien, à tenir des propos de ce genre.

" Il était assez étrange, dit Robert Jordan. Un peu toqué, je crois.

— Mais très adroit pour les explosions, dit le Gitan. Et avec ça, très brave.

— Mais toqué, dit Robert Jordan. Pour ça, il faut avoir beaucoup de tête, et la tête très froide. Il n'aurait jamais dû parler comme ça.

— Et toi? dit Pablo. Si tu es blessé dans une affaire comme celle de ce pont, tu veux qu'on te laisse sur place?

— Écoute, dit Robert Jordan, et, se penchant, il se remplit une nouvelle tasse de vin. Si j'ai jamais un petit service à demander à un homme, je le lui demanderai, le moment venu.

— Bien, approuva le Gitan. C'est comme ça qu'il faut parler. Tiens! On nous apporte à manger.

— Tu as déjà mangé, toi? dit Pablo.

— Mais je peux manger deux fois plus, lui dit le Gitan. Regardez donc qui vient. "

La jeune fille se penchait pour sortir de la grotte, portant un grand plateau de fer; Robert Jordan vit son visage détourné et discerna tout de suite ce qu'elle avait d'étrange. Elle sourit et dit " *Hola*, camarade. " " *Salud* ", répondit Robert Jordan, et il prit bien garde de ne pas dévisager la jeune fille, sans cependant détourner les yeux. Elle posa le plateau de fer devant lui et il remarqua ses belles mains brunes. Maintenant, elle le regardait bien en face et souriait. Ses dents étaient blanches dans son visage brun, et sa peau et ses yeux étaient du même brun doré. Elle avait les pommettes hautes, les yeux gais, et une bouche droite aux lèvres charnues. Ses cheveux avaient la couleur d'or bruni d'un champ de blé brûlé par le soleil, mais ils étaient coupés si court qu'ils faisaient penser au pelage d'un castor. Elle sourit en regardant Robert Jordan, leva sa main brune et se la passa sur la tête, aplatissant ses cheveux qui se redressaient ensuite à mesure. Elle a un beau visage, pensa Robert Jordan. Elle serait très belle si on ne l'avait pas tondue.

" C'est comme ça que je les peigne, dit-elle à Robert Jordan, et elle rit. Allons, mangez. Ne me regardez pas. Cette coupe de cheveux, ça vient de Valladolid. Ils ont presque repoussé maintenant. "

Elle s'assit en face de lui et le regarda. Il la regardait, lui aussi; elle sourit et croisa ses mains sur ses genoux. Ses jambes apparaissaient, longues et pures, hors de son pantalon d'homme, tandis qu'elle était assise ainsi, les mains croisées en travers des genoux, et il voyait la forme de ses petits seins dressés sous sa chemise grise. Chaque fois que Robert Jordan la regardait, il se sentait une boule dans la gorge.

" Il n'y a pas d'assiettes, dit Anselmo. Prends ton couteau. " La jeune fille avait posé quatre fourchettes sur le rebord du plateau de fer.

Ils mangeaient à même le plat, sans parler, selon la coutume espagnole. Le lapin au vin rouge était garni d'oignons, de poivrons et de pois chiches. Il était bien préparé, la chair se détachait d'elle-même des os, et la sauce était délicieuse. Robert Jordan but encore une tasse de vin en mangeant. La jeune fille le regarda tout le long du repas. Tous les autres regardaient leur nourriture et mangeaient. Robert Jordan épongea devant lui la dernière goutte de sauce avec un bout de pain, empila les os de lapin sur le côté, épongea la sauce qui restait à l'endroit où ces os se trouvaient tout d'abord, puis il essuya sa fourchette avec du pain, essuya son couteau, le replia et avala le pain. Il se pencha pour remplir sa tasse de vin. La jeune fille le regardait toujours.

Robert Jordan but la moitié de la tasse, mais, lorsqu'il s'adressa à la jeune fille, la boule était toujours dans sa gorge.

"Comment t'appelles-tu? demanda-t-il.

En entendant le son de sa voix, Pablo le regarda vivement. Puis il se leva et s'éloigna.

"Maria. Et toi?

— Roberto. Il y a longtemps que tu es dans la montagne?

— Trois mois.

— Trois mois?" Il regarda les cheveux épais et courts qui se couchaient sous la main que la jeune fille y passait — avec gêne à présent — puis se relevaient comme, sur un coteau, un champ de blé dans le vent. "On me les a rasés, dit-elle. On les rasait régulièrement à la prison de Valladolid. Il a fallu trois mois pour qu'ils retrouvent cette taille. J'étais dans le train. On m'emmenait dans le sud. Beaucoup de prisonniers ont été repris après l'explosion, mais pas moi. Je me suis échappée avec ceux-là.

— Je l'ai trouvée cachée dans les roches, dit le Gitan. C'était au moment où nous repartions. Bon sang qu'elle était laide! Nous l'avons emmenée avec nous, mais j'ai cru plusieurs fois qu'il faudrait l'abandonner.

— Et l'autre qui était avec eux au train? demanda Maria. L'autre blond, l'étranger. Où est-il?

— Mort, dit Robert Jordan. En avril.

— En avril? Le train date d'avril.

— Oui, dit Robert Jordan. Il est mort dix jours après le train.

— Pauvre homme, dit-elle. Il était très brave. Et tu fais le même travail?

— Oui.

— Tu as fait des trains aussi?

— Oui. Trois trains.

— Ici?

— En Estramadure, dit-il. J'étais en Estramadure avant de venir ici. Il y a beaucoup à faire en Estramadure. Nous sommes plusieurs à travailler par là.

— Et pourquoi est-ce que tu viens dans ces montagnes à présent?

— J'ai pris la place de l'autre blond. Et puis, je connaissais déjà cette région avant le mouvement.

— Tu la connais bien?

— Non, pas vraiment bien. Mais j'apprendrai vite. J'ai une bonne carte et un bon guide.

— Le vieux, fit-elle en hochant la tête. Le vieux est très bien.

— Merci ", dit Anselmo, et Robert Jordan s'avisa soudain qu'il n'était pas seul avec la jeune fille; il se rendit compte aussi qu'il avait du mal à la regarder, tellement il était incapable d'empêcher que sa propre voix ne changeât de ce fait. Il était en train de violer la seconde des deux règles que l'on doit appliquer si l'on veut bien s'entendre avec les gens de langue espagnole : donner du tabac aux hommes et ne pas s'occuper des femmes; et il s'aperçut tout d'un coup que cela lui était égal. Il y avait tant de choses dont il n'avait pas à se soucier, pourquoi se fût-il soucié de cela?

" Tu as un très beau visage, dit-il à Maria. Je regrette de ne pas avoir eu la chance de te voir avant qu'on te coupe les cheveux.

— Ils repousseront, dit-elle. Dans six mois, ils seront assez longs.

— Fallait la voir quand nous l'avons ramenée du train. Elle était si laide que ça faisait mal au cœur.

— Tu es la femme de qui? demanda Robert Jordan, essayant à présent de se reprendre. De Pablo? "

Elle le regarda et rit, puis lui donna une tape sur le genou.

« De Pablo? Tu as vu Pablo?

— De Rafael, alors. J'ai vu Rafael.

— De Rafael non plus.

— De personne, dit le Gitan. C'est une femme très étrange. Elle n'est à personne. Mais elle fait bien la cuisine.

— Vraiment, à personne? demanda Robert Jordan s'adressant à elle.

— A personne. Personne. Ni pour s'amuser, ni sérieusement. A toi non plus.

— Non? dit Robert Jordan, et il sentait la boule se gonfler de nouveau dans sa gorge. Je n'ai pas le temps de m'occuper d'une femme. C'est vrai.

— Pas quinze minutes? demanda le Gitan taquin. Pas un quart d'heure? » Robert Jordan ne répondit pas. Il regardait Maria et se sentait la gorge trop serrée pour oser parler.

Maria le regarda, rit, puis rougit soudain et continua à le regarder.

« Tu rougis, lui dit Robert Jordan. Tu rougis souvent?

— Jamais.

— Tu rougis en ce moment.

— Alors, je rentre dans la grotte.

— Reste ici, Maria.

— Non, dit-elle sans lui sourire. Je vais dans la grotte. » Elle ramassa le plateau de fer dans lequel ils avaient mangé et les quatre fourchettes. Ses gestes étaient gauches comme ceux d'un poulain, mais ils avaient la même grâce animale et juvénile.

« Vous voulez que je laisse les tasses? » demanda-t-elle.

Robert Jordan la regardait toujours et le visage de la jeune fille s'empourpra de nouveau.

« Ne me fais pas rougir, dit-elle. Je n'aime pas ça.

— Laisse-les-nous, lui dit le Gitan. Là. » Il plongea la tasse dans le mortier de pierre et la tendit à Robert Jordan. Celui-ci regardait la jeune fille chargée du lourd plateau de fer baisser la tête pour rentrer dans la grotte.

« Merci, dit Robert Jordan. (Sa voix était de nouveau normale, maintenant que Maria était partie.) C'est la dernière. On a assez bu.

— On va finir la bassine, dit le Gitan. Il en reste encore plus de la moitié d'une outre. On l'a amenée sur un des chevaux.

— C'était la dernière expédition de Pablo, dit Anselmo. Depuis, il n'a rien fait.

— Combien êtes-vous? demanda Robert Jordan.

— Nous sommes sept, et deux femmes.

— Deux?

— Oui. La *mujer* à Pablo.

— Où est-elle?

— Dans la grotte. La petite sait faire un peu la cuisine. J'ai dit qu'elle la faisait bien pour lui faire plaisir. Mais elle aide surtout la *mujer* à Pablo.

— Et comment est-elle, la *mujer* à Pablo? .

— Une sauvage, dit en souriant le Gitan, une vraie sauvage. Tu trouves Pablo laid, mais il faut voir sa femme. Très brave. Cent fois plus brave que Pablo. Mais une vraie sauvage.

— Pablo était brave dans les commencements, dit Anselmo. Pablo, au commencement, c'était du sérieux.

— Il a tué plus de monde que le choléra, dit le Gitan. Au début du mouvement, Pablo a tué plus de monde que la fièvre typhoïde.

— Mais depuis longtemps, il est *muy flojo*, dit Anselmo. Il est très mou. Il a très peur de mourir.

— C'est peut-être parce qu'il en a tant tué dans les commencements, dit philosophiquement le Gitan. Il en a tué plus que la peste, Pablo.

— Ça, et les richesses, dit Anselmo. Et puis, il boit beaucoup. Maintenant, il voudrait se retirer, comme un *matador de toros*. Comme un toréador. Mais il ne peut pas se retirer.

— S'il passe de l'autre côté des lignes, on lui prendra son cheval et on le mettra dans l'armée, dit le Gitan. Moi non plus, je n'ai pas grand goût pour l'armée.

— Aucun Gitan n'a ce goût, dit Anselmo.

— Pourquoi est-ce qu'ils l'auraient? demanda le Gitan. Qui donc a envie d'être dans l'armée? Est-ce que nous faisons la révolution pour nous enrôler dans une armée? Je veux bien combattre, mais pas aller à l'armée.

— Où sont les autres? " demanda Robert Jordan. Il se

sentait bien, maintenant, et le vin lui donnait sommeil; étendu sur le sol de la forêt, il voyait, à travers les hautes branches, les petits nuages glisser lentement dans le ciel espagnol.

" Deux hommes dorment dans la grotte, dit le Gitan. Deux sont de garde là-haut près de la mitrailleuse. Un est de garde en bas. Ils doivent dormir tous. "

Robert Jordan se tourna sur le côté.

" Quel genre de mitrailleuse?

— Un nom très bizarre, dit le Gitan. Cela m'échappe pour l'instant, mais c'est un fusil à répétition. "

Ce doit être un fusil mitrailleur, pensa Robert Jordan.

" Combien pèse l'arme? demanda-t-il.

— Un homme peut la porter, mais elle est lourde. Elle a trois pieds qui se plient. Nous l'avons prise dans la dernière expédition sérieuse, la dernière avant celle du vin.

— Combien avez-vous de cartouches?

— Autant qu'on veut, dit le Gitan. Une caisse entière d'une lourdeur incroyable. "

Ça doit faire cinq cents, pensa Robert Jordan.

" On le charge avec une bande ou avec un macaron?

— Avec des bouts de fer ronds au-dessus du canon. "

La barbe, c'est un Lewis, songea Robert Jordan.

" Tu t'y connais en armes automatiques? demanda-t-il au vieux.

— *Nada*, fit Anselmo. Pas du tout.

— Et toi? dit-il au Gitan.

— Je sais que ça tire très vite et que le canon chauffe tellement qu'il brûle la main quand on y touche, dit fièrement le Gitan.

— Tout le monde sait ça, fit Anselmo avec dédain.

— Peut-être, dit le Gitan. Mais il m'a demandé ce que je savais d'une *máquina* et je lui ai répondu. Puis il ajouta : Et aussi, c'est pas comme le fusil ordinaire : ça continue à tirer tant qu'on presse sur la détente.

— Sauf s'il s'enraie, tombe à court de munitions ou s'échauffe tant qu'il se met à fondre, dit Robert Jordan en anglais.

— Qu'est-ce que tu dis? lui demanda Anselmo.

— Rien, fit Robert Jordan. Je pensais seulement à l'avenir, en anglais.

— C'est quelque chose de vraiment bizarre, dit le Gitan. Penser à l'avenir en *Inglés!* Tu sais lire dans la main?

— Non, dit Robert Jordan, et il remplit de nouveau sa tasse de vin. Si tu sais, j'aimerais que tu lises dans la mienne et me dises ce qui va se passer d'ici trois jours.

— La *mujer* à Pablo lit dans la main, dit le Gitan. Mais elle est si coléreuse et si violente que je ne sais pas si elle voudra. " Robert Jordan s'assit et avala une gorgée de vin.

" Allons voir la *mujer* à Pablo tout de suite, dit-il. Si elle est si inabordable que cela, débarrassons-nous de la corvée.

— Je ne veux pas la déranger, dit Rafael. Elle me déteste.

— Pourquoi?

— Elle me traite de bon à rien.

— Quelle injustice! fit ironiquement Anselmo.

— Elle ne peut pas sentir les Gitans.

— Quelle erreur! dit Anselmo.

— Elle a du sang gitan, dit Rafael. Elle sait de quoi elle parle. Il sourit. Mais elle a une langue qui brûle et mord comme un fouet à taureaux. Elle a une langue à écorcher n'importe qui, à vous mettre la peau en lanières. Elle est d'une violence incroyable.

— Comment est-ce qu'elle s'entend avec la jeune Maria? demanda Robert Jordan.

— Bien. Elle aime cette fille. Mais que n'importe qui essaie de s'en approcher pour de bon.... Il secoua la tête et fit claquer sa langue.

— Elle est très bonne pour la petite, dit Anselmo. Elle en prend bien soin.

— Quand nous avons ramassé cette fille au moment de l'affaire du train, elle était très étrange, dit Rafael. Elle ne voulait pas parler, pleurait tout le temps et, si on la touchait, elle frissonnait comme un chien mouillé. C'est plus tard seulement qu'elle s'est mise à aller mieux. Aujourd'hui, elle va tout à fait bien. A l'instant, pendant qu'elle vous parlait, elle allait tout à fait bien. Nous, on l'aurait laissée, après le train. Sûr que ce n'était pas la peine de se retarder pour quelque chose de si triste, de si laid et qui avait l'air sans valeur. Mais la vieille lui a attaché une corde autour du corps, et quand la fille disait qu'elle ne pouvait plus avancer, la vieille la battait avec le bout de la corde pour la faire marcher. Puis, quand elle n'a vraiment pas pu aller plus loin, la vieille l'a portée sur son dos. Quand la vieille n'a plus été capable de la porter, c'est moi qui m'en suis chargé. On grimpait cette montagne, dans les broussailles jusqu'à la poitrine. Et quand je n'ai plus été capable de la porter, Pablo m'a relayé. Mais ce qu'il a fallu que la vieille nous en raconte pour que nous fassions ça! (Il secoua la tête à ce souvenir.) C'est vrai que la fille est toute en jambes et pas lourde. Les os, c'est léger, et elle ne pèse pas grand-chose. Mais nous en avions plein le dos quand il fallait la porter et s'arrêter pour tirer et puis la porter encore, avec la vieille qui frappait Pablo à coups de corde et lui portait son fusil, le lui mettait dans la main quand il voulait laisser tomber la fille, l'obligeait à la reprendre et lui chargeait son fusil en l'engueulant; elle lui prenait les cartouches dans son sac et les mettait dans le fusil et continuait à l'engueuler. Le soir venait et, avec l'obscurité, tout s'est bien passé. Mais c'est une chance qu'ils n'aient pas eu de cavalerie.

— Vous avez dû passer un sale quart d'heure, dit Anselmo. Moi, je n'étais pas au train, expliqua-t-il à Robert Jordan. Il y avait la bande de Pablo, celle d'El Sordo qu'on verra ce soir, et deux autres bandes de ces montagnes. Moi, j'étais de l'autre côté des lignes.

— En plus du blond au nom bizarre..., dit le Gitan.

— Kachkine.

— Oui. C'est un nom que je ne peux jamais retenir. Nous avions deux types avec une mitrailleuse. Eux aussi étaient envoyés par l'armée. Ils n'ont pas dû emmener la mitrailleuse, elle a été perdue. Sûr qu'elle ne pesait pas plus lourd que cette fille, et si la vieille avait été sur leur dos, ils auraient emporté l'arme. (Il secoua la tête à ces souvenirs, puis continua.) Jamais de ma vie je n'avais vu pareille explosion. Le train arrivait régulièrement. On le voyait de loin. Et j'étais dans un état d'énervement que je ne peux pas dire. On a vu la fumée et puis on a entendu le bruit du sifflet. Puis, il a approché,

en faisant chu—chu—chu—chu—chu—chu—chu— de plus
en plus fort, et puis, au moment de l'explosion, les roues de
devant de la locomotive se sont soulevées. On aurait dit que
toute la terre grondait et se soulevait dans un gros nuage noir.
La locomotive a sauté en l'air dans le nuage sale, les traverses
de bois ont été soulevées en l'air comme par enchantement
et puis la machine est tombée de côté comme un grand animal
blessé et il y a eu une explosion de vapeur blanche avant que
les mottes de terre soulevées par la première explosion aient
fini de retomber. Et la *máquina* a commencé ta—tat—tat—ta ",
continua le Gitan, secouant ses deux poings serrés, les levant
et les abaissant, pouces en l'air, sur une mitrailleuse imaginaire.
" Ta! Ta! Tat! Tat! Ta! Ta! criait-il, exultant. Jamais de ma
vie je n'avais vu rien de pareil, avec les soldats qui se sauvaient
du train et la *máquina* qui leur tirait dessus et les hommes qui
tombaient. C'est à ce moment-là que j'ai mis la main sur la
máquina, tellement j'étais excité, et que j'ai découvert que ça
brûlait, et, à ce moment, la vieille m'a donné une gifle et m'a
dit : Tire, idiot! Tire ou je t'enfonce le crâne! Alors j'ai commencé à tirer, mais j'avais beaucoup de mal à tenir mon fusil
droit, et les soldats s'enfuyaient dans la montagne. Plus tard,
quand on est descendu au train voir ce qu'il y avait à prendre,
un officier, pistolet au poing, a ramené de force des soldats
contre nous. Il l'agitait, son pistolet, et il leur criait après, et
nous on tirait tous sur lui, mais il n'a pas été touché. Alors,
les soldats se sont couchés et ont commencé à tirer et l'officier
marchait de long en large derrière eux, mais nous on n'arrivait
toujours pas à le toucher et la *máquina* ne pouvait pas tirer sur
lui à cause de la position du train. Cet officier a tué deux de
ses hommes par terre et, malgré ça, les autres ne voulaient pas
se relever, et il les engueulait, et ils ont fini par se relever,
un, deux et trois à la fois, et ils sont venus en courant vers
nous et vers le train. Puis ils se sont remis à plat ventre et ils
ont tiré. Après, on est parti, avec la *máquina* qui continuait à
tirer au-dessus de nous. C'est à ce moment-là que j'ai trouvé
la fille qui s'était sauvée du train dans les rochers, et elle s'est
sauvée avec nous. C'est ces soldats-là qui nous ont poursuivis
jusqu'à la nuit.

— Le coup a dû être très dur, dit Anselmo. Et puis, quelle émotion!

— C'est la seule bonne chose qu'on ait faite, dit une voix grave. Qu'est-ce que tu fais maintenant, espèce d'ivrogne, de paresseux, innommable fils d'une innommable putain gitane? Qu'est-ce que tu fais? "

Robert Jordan aperçut alors une femme d'une cinquantaine d'années, presque aussi grande que Pablo, presque aussi large que haute, en jupe paysanne et blouse noire, avec d'épais bas de laine sur de lourdes jambes, des espadrilles noires, et un visage brun qui aurait pu servir de modèle pour un monument de granit. Elle avait les mains grandes, mais bien formées, et ses épais cheveux, noirs et bouclés, étaient tordus en chignon sur sa nuque.

"Allons, réponds, dit-elle au Gitan, sans s'occuper des autres.

— Je causais avec les camarades. Celui-là vient d'arriver comme dynamiteur.

— Je sais tout ça, fit la *mujer* à Pablo. Va-t'en d'ici relever Andrès qui est de garde en haut.

— *Me voy*, dit le Gitan. J'y vais. — Il se tourna vers Robert Jordan : Je te verrai à l'heure de manger.

— Non, sans blague? lui dit la femme. Trois fois que tu as mangé aujourd'hui, d'après mes comptes. Allez, va-t'en et envoie-moi Andrès.

— *Hola*, dit-elle à Robert Jordan, et elle lui tendit la main en souriant. Comment vas-tu et comment ça va dans la République?

— Bien, dit-il, et il lui rendit sa cordiale poignée de main. Bien pour moi et pour la République.

— Ça me fait plaisir ", lui dit-elle. Elle le regardait en face et lui souriait. Il remarqua qu'elle avait de beaux yeux gris. " Tu viens pour qu'on fasse un nouveau train?

— Non, dit Robert Jordan, qui avait éprouvé pour la femme une confiance immédiate. C'est pour un pont.

— *No es nada*, dit-elle. Un pont, c'est rien. Quand est-ce qu'on fera un autre train, maintenant que nous avons des chevaux?

— Plus tard. Ce pont est très important.

— La petite m'a dit que ton camarade, celui qui était avec nous au train, est mort.

— Oui.

— Dommage. Jamais je n'avais vu une explosion pareille C'était un homme qui savait s'y prendre. Il me plaisait beaucoup. Est-ce qu'on ne pourrait pas faire encore un train? Il y a beaucoup d'hommes en ce moment dans ces montagnes. Trop. C'est déjà difficile de trouver à manger. Il vaudrait mieux s'en aller. Et on a des chevaux.

— Il faut faire sauter ce pont.

— Où ça?

— Tout près.

— Tant mieux, dit la *mujer* à Pablo. Faisons sauter tous les ponts par ici et allons-nous-en. J'en ai assez. Il y a beaucoup trop de monde ici. Ça ne peut rien amener de bon. On s'encroûte ici, que ç'en est répugnant. "

Elle aperçut Pablo à travers les arbres.

" *Borracho!* appela-t-elle. Ivrogne. Salaud d'ivrogne! " Elle revint à Robert Jordan avec gaieté. " Il a emporté une outre de vin à boire tout seul dans les bois, dit-elle. Il est toujours à boire. Cette vie me tue. Jeune homme, je suis très contente que tu sois venu. (Elle lui donna une tape sur le dos.) Tiens, dit-elle. Tu es plus gros que tu n'as l'air ", et elle passa la main sur l'épaule du jeune homme, tâtant le muscle sous la chemise de flanelle. " Bien, je suis contente que tu sois venu.

— Et moi aussi.

— Nous nous entendrons, dit-elle. Prends une tasse de vin.

— Nous en avons déjà pris plusieurs, dit Robert Jordan. Mais en voulez-vous?

— Non, pas avant le dîner, dit-elle. Ça me donne des brûlures d'estomac. " Puis elle aperçut de nouveau Pablo. " *Borracho!* cria-t-elle. Ivrogne! " Elle se tourna vers Robert Jordan et secoua la tête. " C'était un homme très bien, lui dit-elle. Mais maintenant il est fini. Et que je te dise encore une chose. Il faut être bon et délicat avec la Maria. Elle a eu du malheur. Tu comprends?

— Oui. Pourquoi dites-vous ça?

— J'ai vu l'effet que ça lui a fait de te voir quand elle est entrée dans la grotte. Je l'ai vue te regarder avant de sortir.

— J'ai un peu plaisanté avec elle.

— Elle était dans un état épouvantable, dit la femme de Pablo. Maintenant, elle va mieux. Il faudrait qu'elle sorte d'ici....

— On peut sûrement l'envoyer de l'autre côté des lignes avec Anselmo.

— Toi et Anselmo, vous pourrez l'emmener quand ce sera fini. "

Robert Jordan sentit sa gorge se gonfler douloureusement et sa voix s'enrouer. " Ça pourrait se faire ", dit-il.

La *mujer* à Pablo le regarda et secoua la tête. " Ahi, ahi, fit-elle, est-ce que tous les hommes sont comme ça?

— Je n'ai rien dit.... Elle est très belle, vous savez.

— Non, elle n'est pas belle. Elle commence à être belle, tu veux dire, fit la femme de Pablo. Ces hommes. C'est une honte pour nous, les femmes, de penser que c'est nous qui les faisons. Non. Sérieusement. Est-ce qu'il n'y a pas sous la République des foyers où on prend soin de filles comme elle?

— Si, dit Robert Jordan. Des bons. Sur la côte, près de Valence. Ailleurs aussi. Là, on la traitera bien, et elle pourra s'occuper d'enfants. Il y a des enfants évacués des villages. On lui apprendra à s'en occuper.

— Voilà ce que je veux, dit la *mujer* à Pablo. Pablo en est déjà malade, rien que de la voir. Il n'a pourtant pas besoin de ça. Il vaut mieux qu'elle s'en aille.

— Nous pourrons l'emmener quand ceci sera fini.

— Et tu prendras bien soin d'elle, maintenant, si je te la confie? Je te parle comme si je te connaissais depuis longtemps.

— C'est comme ça, dit Robert Jordan, quand les gens se comprennent.

— Assieds-toi, dit la femme de Pablo. Je ne demande pas de promesse parce que ce qui arrivera arrivera. C'est seulement si tu ne veux *pas* l'emmener d'ici que je demande une promesse.

— Pourquoi, si je ne veux pas l'emmener?

— Parce que je ne veux pas l'avoir folle ici quand tu sèras parti. Je l'ai eue folle avant et j'ai assez à faire sans ça.

— Nous l'emmènerons après le pont, dit Robert Jordan. Si nous sommes vivants après le pont, nous l'emmènerons.

— Je n'aime pas t'entendre parler comme ça. Cette façon de parler ne porte jamais chance.

— Je n'ai parlé ainsi que parce que je faisais une promesse, dit Robert Jordan. Je ne suis pas de ceux qui, pour parler, prennent un air sombre.

— Montre-moi ta main ", dit la femme. Robert Jordan tendit la main et la femme l'ouvrit, la posa sur sa grande main à elle, passa son pouce sur la paume et l'examina attentivement, puis la laissa retomber. Elle se leva. Il se leva aussi, et elle le regarda sans sourire.

" Qu'y as-tu vu? lui demanda Robert Jordan. Je n'y crois pas. Tu ne me feras pas peur.

— Rien, lui dit-elle. Je n'ai rien vu.

— Si, tu as vu. C'est par curiosité. Je ne crois pas à ces choses-là.

— A quoi crois-tu donc?

— A beaucoup de choses, mais pas à ça.

— A quoi?

— A mon travail.

— Oui, j'ai vu ça.

— Dis-moi ce que tu as vu d'autre.

— Je n'ai rien vu d'autre, dit-elle sèchement. Tu as dit que le pont était très difficile?

— Non, j'ai dit très important.

— Mais il peut être difficile?

— Oui. Et maintenant, il faut que j'aille l'examiner. Combien d'hommes avez-vous ici?

— Cinq qui valent quelque chose. Le Gitan ne vaut rien, mais il a de bonnes intentions. Il a bon cœur. En Pablo, je n'ai plus confiance.

— Combien El Sordo a-t-il d'hommes qui soient bons?

— Peut-être huit. On verra ce soir. Il vient ici. C'est un homme très pratique. Il a aussi de la dynamite. Mais pas beaucoup. Tu lui parleras.

— Tu l'as fait chercher?

— Il vient tous les soirs. C'est un voisin. Et un ami autant qu'un camarade.

— Qu'est-ce que tu penses de lui?

— C'est un homme très bien. Et aussi très pratique. Dans l'affaire du train, il a été formidable.

— Et les autres bandes?

— En les prévenant à temps, il serait possible de réunir cinquante fusils sur qui on pourrait à peu près compter.

— Comment, à peu près?

— Ça dépend de la gravité de la situation.

— Et combien de cartouches par fusil?

— Une vingtaine, peut-être. Ça dépend combien ils en apporteraient pour cette affaire, qui ne les intéressera peut-être même pas assez pour qu'ils se dérangent. Rappelle-toi que, dans ce pont, il n'y a ni argent ni butin et, ce que tu ne dis pas, beaucoup de danger. Tu oublies qu'après ça il faudra quitter ces montagnes. Beaucoup seront contre cette affaire de pont.

— Naturellement.

— Aussi, il vaut mieux ne pas trop en parler.

— C'est bien mon avis.

— Alors, quand tu auras étudié ton pont, ce soir, on parlera à El Sordo.

— J'y descends maintenant avec Anselmo.

— Réveille-le alors, dit-elle. Tu veux une carabine?

— Merci, dit-il. Ce ne serait pas du luxe, mais je ne veux pas m'en servir. Je vais pour regarder, pas pour barouder. Merci de ce que tu m'as dit. J'aime beaucoup ta façon de parler.

— J'essaie de parler franchement.

— Alors raconte-moi ce que tu as vu dans ma main.

— Non, fit-elle en secouant la tête. Je n'ai rien vu. Maintenant, va à ton pont. Je m'occuperai de ton équipement.

— Couvre-le et que personne n'y touche. Il est mieux là que dans la grotte.

— Il sera couvert, et personne n'y touchera, dit la femme à Pablo. Maintenant, va à ton pont.

— Anselmo ", dit Robert Jordan en posant la main sur l'épaule du vieux qui dormait, étendu, la tête sur ses bras.

Le vieux leva la tête. " Oui, dit-il. Ah! oui. Allons-y. "

CHAPITRE III

Ils descendaient les derniers deux cents mètres, passant avec précaution dans l'ombre, d'arbre en arbre, et, quand ils atteignirent les derniers pins de la pente escarpée, ils aperçurent le pont à une cinquantaine de mètres. Le soleil de la fin de l'après-midi qui rayonnait encore sur la croupe brune de la montagne découpait le pont à contre-jour, sombre contre le vide abrupt de la gorge. C'était un pont de fer à une seule arche, et il y avait une guérite de sentinelle à chaque bout. Il était assez large pour que deux autos pussent y passer de front et franchissait de son arc de métal, d'une grâce mêlée de robustesse, une gorge profonde. Tout en bas, un ruisseau dont l'eau blanche bouillonnait à travers les rochers courait rejoindre le torrent qui descendait du col.

Robert Jordan avait le soleil dans les yeux et il ne distinguait le pont qu'en silhouette. Puis la lumière pâlit, s'évanouit et, en regardant à travers les arbres vers le sommet rond et brun derrière lequel le soleil était descendu. Robert Jordan vit qu'à présent cet éclat n'éblouissait plus son regard; la pente de la montagne était d'un vert tendre et neuf, et il y avait des taches de neige ancienne vers la cime.

Il se remit à examiner le pont et à étudier sa construction dans la soudaine accalmie de lumière. Le problème de sa démolition n'était pas difficile. Tout en regardant, il sortit un carnet de sa poche et prit quelques rapides croquis. Il dessinait sans calculer le poids des charges d'explosifs. L'opération ne viendrait que plus tard. Pour l'instant, il notait les points où celles-ci devraient être placées afin de couper le support de l'arche et de précipiter un morceau de celle-ci dans la gorge. Ce résultat pourrait être atteint sans hâte, scientifiquement et correctement, avec une demi-douzaine de charges posées de façon à éclater simultanément; ou bien, plus brutalement, avec deux grosses charges seulement. Il les faudrait très grosses, posées des deux côtés et éclatant en même temps. Il dessinait rapidement et avec plaisir; heureux enfin d'avoir un problème à résoudre; heureux enfin de pouvoir s'y appliquer. Puis il ferma son carnet, poussa le crayon dans son étui de cuir au bord de la couverture, remit le carnet dans sa poche, qu'il boutonna.

Pendant ce temps, Anselmo surveillait la route, le pont et les guérites des sentinelles. Il trouvait qu'ils s'étaient approchés du pont plus que de raison et, le dessin terminé, il poussa un soupir de soulagement.

Robert Jordan, ayant reboutonné le rabat de sa poche, s'étendit à plat ventre derrière le tronc d'un pin, le regard toujours fixé vers le pont; Anselmo lui posa la main sur le coude et tendit un doigt.

Dans la guérite qui leur faisait face, plus haut sur la route, le factionnaire était assis, tenant son fusil, baïonnette au canon, entre ses genoux. Il fumait une cigarette et portait un bonnet tricoté, et une cape faite d'une couverture. A cinquante mètres, on ne pouvait pas distinguer ses traits. Robert Jordan prit ses jumelles, ombrageant soigneusement les verres sous ses paumes, bien qu'il n'y eût plus de soleil pour s'y refléter, et voilà qu'apparut le parapet du pont, si précis qu'on eût cru le toucher en étendant la main; le visage de la sentinelle surgit si clairement que Robert Jordan distingua les joues creuses, la cendre de la cigarette et l'éclat gras de la baïonnette. L'homme avait un visage de paysan, les joues maigres sous des pommettes hautes, la barbe en pousses de chaume, les yeux ombragés par d'épais sourcils; les grandes mains tenaient le fusil, les lourdes bottes dépassaient des plis de la cape. Une vieille outre de vin en cuir noirci pendait au mur de la cabane; on distinguait aussi quelques journaux, mais pas de téléphone.

Il pouvait évidemment y en avoir un du côté qui était caché, mais aucun fil visible ne sortait de la cabane. Une ligne téléphonique longeait la route et ses fils traversaient le pont. Il y avait, à l'entrée de la cabane, un réchaud à charbon fait d'un vieux bidon à essence dont on avait coupé le haut et où l'on avait percé des trous; il était posé sur deux pierres, mais n'était pas allumé. Quelques boîtes de conserves vides et noircies par le feu reposaient parmi les cendres.

Robert Jordan tendit les jumelles à Anselmo, étendu à côté de lui. Le vieux sourit et secoua la tête. Il se tapa du doigt le crâne à côté de l'œil.

" *Ya lo veo*, dit-il. Je l'ai vu. " Il parlait du devant de la bouche sans presque remuer les lèvres, d'une façon plus silencieuse qu'aucun chuchotement. Il regardait la sentinelle tandis que Robert Jordan souriait, puis, tendant l'index gauche devant lui, passa le droit en travers de sa gorge. Robert Jordan acquiesça de la tête, mais il ne souriait plus.

La guérite, située à l'extrémité opposée du pont, donnait de l'autre côté, sur la pente de la route, et l'on ne pouvait en voir l'intérieur. La route, large, goudronnée, bien construite, tournait à gauche, à l'autre bout du pont, puis disparaissait dans une courbe vers la droite. A cet endroit elle s'étalait, ajoutant à la largeur de l'ancienne route une bande coupée dans le solide bastion du roc, de l'autre côté de la gorge; son bord gauche, ou occidental, descendant du col et du pont, était marqué et protégé par une rangée de blocs de pierre sur la longueur de l'à-pic. Cette gorge était presque un cañon, à l'endroit où le ruisseau, enjambé par le pont, se jetait dans le torrent descendant du col.

" Et l'autre poste? demanda Robert Jordan à Anselmo.

— Cinq cents mètres au-dessous de ce tournant. Dans la cabane de cantonnier qui est bâtie dans le flanc du rocher.

— Combien d'hommes? " demanda Robert Jordan.

Il examinait de nouveau la sentinelle à travers ses jumelles.

L'homme écrasa sa cigarette contre le mur de planches de la guérite, puis sortit de sa poche une blague à tabac de cuir, ouvrit le papier du mégot et vida le reste de tabac dans la blague. Il se leva, posa son fusil contre le mur de la guérite et s'étira;

puis il reprit son fusil, le mit en bandoulière et se dirigea vers le pont. Anselmo s'aplatit sur le sol. Robert Jordan glissa ses jumelles dans la poche de sa chemise et se cacha la tête derrière le tronc du pin.

"Sept hommes et un caporal, dit Anselmo tout près de son oreille. Je me suis informé auprès du Gitan.

— Nous allons partir dès qu'il se tiendra tranquille, dit Robert Jordan. Nous sommes trop près.

— Tu as vu ce que tu voulais?

— Oui, tout ce que je voulais."

Le froid gagnait rapidement, maintenant que le soleil avait disparu, et la lumière baissait tandis que s'éteignait l'éclat laissé par le dernier rayon sur les montagnes situées derrière les deux hommes.

"Que t'en semble?" demanda doucement Anselmo, tandis qu'ils regardaient la sentinelle traverser le pont dans la direction de l'autre guérite, sa baïonnette luisant d'un dernier rayon, sa silhouette informe drapée dans la couverture.

"Très bien, répondit Robert Jordan. Très, très bien.

— Je suis content, dit Anselmo. On s'en va, maintenant, il n'y a plus de danger qu'il nous voie."

La sentinelle était debout, le dos tourné, à l'autre extrémité du pont. De la gorge, montait le bruit du torrent contre les roches. Puis, à travers ce bruit, parvint un ronflement régulier, et ils virent la sentinelle regarder en l'air, son bonnet tricoté rejeté en arrière; alors, tournant la tête et regardant en l'air eux aussi, ils virent, haut dans le ciel du soir, trois monoplans en formation de V; les appareils ressemblaient à ces hauteurs encore éclairées par le soleil, à de délicats objets d'argent; ils traversèrent le ciel extraordinairement vite, au battement régulier de leurs moteurs.

"Les nôtres? demanda Anselmo.

— On dirait", fit Robert Jordan, mais il savait qu'à cette hauteur il était impossible de rien distinguer avec certitude. Ce pouvait être une patrouille du soir appartenant à l'un ou l'autre camp. Mais on disait toujours : ces chasseurs sont à nous, parce que cela réconfortait les gens. Pour les bombardiers, c'était une autre affaire.

Anselmo partageait évidemment ce sentiment. " Ce sont les nôtres, dit-il. Je les reconnais. Ce sont des *Moscas*.

— Oui, dit Robert Jordan. Il me semble aussi que ce sont des *Moscas*.

— Ce sont des *Moscas* ", dit Anselmo.

Robert Jordan n'aurait eu qu'à les regarder avec ses jumelles pour savoir immédiatement avec certitude, mais il préférait n'en rien faire. Il n'avait pas besoin de savoir ce soir qui ils étaient, et, si cela plaisait au vieux de se faire des illusions, il n'avait nulle envie de les lui retirer. Pourtant, maintenant qu'ils s'éloignaient dans la direction de Ségovie, ils ne ressemblaient plus aux avions verts à ailes basses, rouges aux extrémités, les Boeing P. 32 russes transformés, que les Espagnols appelaient *Moscas*. On ne distinguait pas les couleurs, mais la forme était autre. Non. C'était une patrouille fasciste qui rentrait.

La sentinelle était toujours de dos, à côté de la guérite la plus éloignée.

" Partons ", dit Robert Jordan. Il se mit à remonter la pente, marchant avec précaution sous le couvert des branches. Anselmo le suivait à une centaine de mètres. Lorsqu'il fut certain de ne plus être aperçu du pont, Jordan s'arrêta; le vieux le rejoignit et passa devant, abordant le col d'un pas régulier, gravissant dans l'ombre la pente abrupte.

" Nous avons une aviation formidable, dit le vieux tout heureux.

— Oui.

— Et nous vaincrons.

— Il faut que nous vainquions.

— Oui. Et quand nous aurons vaincu, il faudra que tu viennes chasser.

— Chasser quoi?

— Le sanglier, l'ours, le loup, le chamois.

— Tu aimes la chasse?

— Oui, parbleu. Plus que n'importe quoi. Dans mon village, on chasse, tous. Tu n'aimes pas la chasse, toi?

— Non, dit Robert Jordan. Je n'aime pas tuer des animaux.

— Pour moi, c'est le contraire, dit le vieux, je n'aime pas tuer des hommes.

— Personne n'aime ça, sauf ceux qui ont le cerveau dérangé, dit Robert Jordan. Mais je n'ai rien contre, quand c'est nécessaire. Quand c'est pour la cause.

— C'est tout de même autre chose, dit Anselmo. Dans ma maison — quand j'avais une maison, maintenant je n'en ai plus — il y avait les défenses des sangliers que j'avais tués dans la forêt en bas. Il y avait les peaux de loups que j'avais tués. Je les chassais dans la neige, l'hiver. Un très grand, je l'ai tué la nuit près du village, en rentrant chez moi un soir de novembre. Il y avait quatre peaux de loup par terre dans ma maison. Elles étaient usées, à force, mais c'étaient des peaux de loup. Il y avait les cornes du chamois que j'avais tué dans la haute Sierra et il y avait un aigle, empaillé par un empailleur d'oiseaux d'Avila, avec les ailes ouvertes et des yeux jaunes, tout pareils aux vrais yeux d'un aigle vivant. C'était une très belle chose et tout ça me faisait grand plaisir à regarder.

— Oui, dit Robert Jordan.

— La porte de l'église de mon village, il y avait clouée dessus la patte d'un ours que j'avais tué au printemps. Je l'avais trouvé sur une colline dans la neige en train de retourner une bûche avec sa patte.

— Quand cela?

— Il y a six ans. Et chaque fois que je voyais cette patte qui ressemblait à une main d'homme, mais avec de longues griffes, séchée et clouée par la paume à la porte de l'église, ça me faisait plaisir.

— Tu en étais fier?

— Fier de me rappeler la rencontre avec l'ours dans la montagne, ce début de printemps. Mais de tuer un homme, qui est un homme comme nous, il n'en reste rien de bon.

— On ne peut pas clouer sa patte à la porte de l'église, dit Robert Jordan.

— Non. On ne serait pas assez sauvage. Pourtant, la main d'un homme, ça ressemble à la patte d'un ours.

— Comme la poitrine d'un homme ressemble à la poitrine

d'un ours, dit Robert Jordan. La peau de l'ours enlevée, il y a beaucoup de ressemblances dans les muscles.

— Oui, dit Anselmo. Les Gitans croient que l'ours est un frère de l'homme.

— Les Indiens d'Amérique aussi, dit Robert Jordan. Et quand ils tuent un ours, ils s'excusent auprès de lui et lui demandent pardon. Ils posent son crâne dans un arbre et lui demandent pardon avant de le laisser là.

— Les Gitans croient que l'ours est frère de l'homme parce qu'il a le même corps sous sa peau, parce qu'il boit de la bière, parce qu'il écoute la musique et parce qu'il aime à danser.

— Les Indiens croient ça aussi.

— Est-ce que les Indiens sont des Gitans?

— Non. Mais ils se font des ours la même idée qu'eux.

— Je comprends. Les Gitans croient aussi que c'est un frère parce qu'il vole pour le plaisir.

— Tu as du sang gitan?

— Non. Mais j'en ai vu beaucoup, des Gitans, et, bien sûr, plus encore depuis le mouvement. Il y en a beaucoup dans les montagnes. Pour eux, ce n'est pas un péché de tuer en dehors de la tribu. Ils ne l'avouent pas, mais c'est vrai.

— Comme les Maures.

— Oui. Mais les Gitans ont beaucoup de lois qu'ils n'avouent pas. A la guerre, beaucoup sont redevenus mauvais comme dans l'ancien temps.

— Ils ne comprennent pas pourquoi on fait cette guerre. Ils ne savent pas pourquoi nous nous battons.

— Non, dit Anselmo. Ils savent seulement qu'il y a la guerre et que les gens peuvent tuer comme dans l'ancien temps sans être sûrs d'être punis.

— Tu as tué, toi? demanda Robert Jordan dans l'intimité faite de l'ombre et d'une journée passée en commun.

— Oui. Plusieurs fois. Mais pas avec plaisir. Pour moi, c'est un péché, de tuer un homme. Même les fascistes, qu'il faut qu'on tue. Pour moi, il y a une grande différence entre l'ours et l'homme, et je ne crois pas aux boniments des Gitans sur la fraternité avec les animaux. Non. Je suis contre toutes les tueries d'hommes.

— Pourtant, tu as tué.

— Oui. Et je le ferai encore. Mais, si je vis après ça, j'es-saierai de vivre de telle façon, ne faisant de mal à personne, que je serai pardonné.

— Par qui?

— Qui sait? Puisque nous n'avons plus de Dieu ici, ni Son Fils, ni le Saint-Esprit, qui est-ce qui pardonne? Je ne sais pas.

— Tu n'as plus de Dieu?

— Non, bien sûr que non. S'il y avait un Dieu, Il n'aurait jamais permis ce que j'ai vu de mes yeux. Dieu, on peut le leur laisser.

— Ils le réclament.

— Sûr qu'Il me manque, élevé comme j'ai été dans la reli-gion. Mais, maintenant, il faut qu'un homme soit responsable envers lui-même.

— Alors c'est toi qui te pardonneras d'avoir tué.

— Je crois, dit Anselmo. Puisque tu le dis comme ça, aussi clairement, je crois que ça doit être vrai. Mais, avec ou sans Dieu, je pense que c'est un péché de tuer. Prendre la vie à un autre, pour moi, c'est très grave. Je le ferai quand ce sera nécessaire, mais je ne suis pas de la race de Pablo.

— Pour gagner une guerre, il faut tuer ses ennemis. Ç'a toujours été ainsi....

— Naturellement. A la guerre, il faut tuer. Mais j'ai des idées très bizarres ", dit Anselmo. Les deux hommes mar-chaient à présent tout près l'un de l'autre, dans l'obscurité. Anselmo parlait tout bas, tournant parfois la tête tout en mon-tant. " Je ne tuerais pas même un évêque. Je ne tuerais pas un propriétaire. Je les ferais travailler tous les jours, comme on travaillait aux champs, et comme on travaillait aux arbres dans la montagne, pour tout le reste de leur vie. Alors, ils comprendraient pourquoi l'homme est né. Qu'ils dorment où nous dormons. Qu'ils mangent comme nous mangeons Mais surtout qu'ils travaillent. Ça leur apprendrait.

— Et ils survivraient pour t'asservir à nouveau.

— Les tuer, ça ne leur apprend rien, dit Anselmo. On ne peut pas les exterminer tous; plus on en tue, plus il en repousse, et toujours plus haineux. La prison, ça ne sert à rien. La prison ça ne fait que de la haine. Il faudrait que tous nos ennemis s'instruisent.

— Pourtant, tu as tué.

— Oui, dit Anselmo. Beaucoup de fois, et je recommencerai. Mais pas avec plaisir et en considérant ça comme un péché.

— Et la sentinelle? Tu pensais qu'il faudrait la tuer, et tu plaisantais.

— Oui, je plaisantais. Et je tuerai la sentinelle. Oui, sûrement, et avec le cœur pur en pensant à notre tâche. Mais pas avec plaisir.

— Nous les laisserons à ceux qui aiment ça, dit Robert Jordan. Il y en a huit et cinq. Ça fait treize pour ceux qui aiment ça.

— Il y en a beaucoup qui aiment ça, dit Anselmo dans l'obscurité. Nous en avons beaucoup de ceux-là. Plus que de gens qui serviraient dans une bataille.

— Tu as déjà été dans une bataille?

— Non, dit le vieux. On s'est battus à Ségovie au début du mouvement, mais on a été battus et on s'est enfuis. J'ai couru avec les autres. On ne comprenait pas vraiment ce qu'on faisait ni comment il aurait fallu faire. Et puis, j'avais seulement un pistolet avec des cartouches de petit plomb et les *guardias civiles* avaient des Mauser. Je ne pouvais pas tirer sur eux avec du petit plomb à cent mètres, et eux, à trois cents mètres, ils nous tuaient comme ils voulaient, comme des lapins. Ils tiraient beaucoup et bien, et on était comme des moutons en face d'eux. — Il se tut, puis demanda : Tu penses qu'il y aura une bataille au pont?

— Possible.

— Je n'ai jamais vu de bataille sans m'enfuir, dit Anselmo. Je ne sais pas comment je me conduirais. Je suis vieux et je me demandais....

— Je réponds de toi, lui dit Robert Jordan.

— Et toi, tu as été dans beaucoup de batailles?

— Plusieurs.

— Et qu'est-ce que tu penses de cette affaire de pont?

— D'abord je pense au pont. C'est mon métier. Ce n'est pas difficile de détruire le pont. Nous prendrons alors des dispositions pour le reste... pour les préliminaires. Tout ça sera écrit.

— Il y a très peu de gens qui savent lire, dit Anselmo.

— Tout le monde trouvera par écrit ce qu'il devra faire et sera donc au courant, mais les explications seront également données, très clairement, de vive voix.

— Je ferai ce qu'on me dira, dit Anselmo. Mais quand je me rappelle la fusillade de Ségovie, s'il doit y avoir une bataille ou bien beaucoup de coups de feu, j'aimerais savoir très clairement ce que je dois faire en toute circonstance. Parce que, comme ça, je ne m'enfuirai peut-être pas, comme à Ségovie. J'avais toujours tendance à me mettre à courir, à Ségovie.

— Nous serons ensemble, lui dit Robert Jordan. Je te dirai à tout moment ce qu'il y aura à faire.

— Alors ce n'est pas compliqué, dit Anselmo. Je peux faire n'importe quoi si on me commande.

— A nous le pont, et la bataille, s'il y en a une ", dit Robert Jordan, et, en prononçant ces paroles, dans l'obscurité, il se sentait un peu théâtral, mais en espagnol cela sonnait bien.

" Ce sera d'un intérêt extrême ", dit Anselmo, et en l'entendant dire cela honnêtement, clairement et sans pose, sans la discrétion feinte des Anglais ni la bravade latine, Robert Jordan pensa qu'il avait beaucoup de chance d'avoir ce vieux auprès de lui; maintenant qu'il avait vu le pont, étudié et simplifié le problème qui aurait consisté à surprendre le poste et à effectuer la destruction du pont d'une manière normale, il se mit à en vouloir aux ordres de Golz et à leur nécessité. Il leur en voulait des conséquences qu'ils pourraient avoir pour lui et pour ce vieux. C'étaient de bien mauvais ordres pour les exécutants.

Ce n'est pas là une façon de penser, se dit-il; penser à ce qui peut arriver, à toi ou aux autres, ne signifie rien. Ni toi ni ce vieux n'êtes rien. Vous êtes les instruments de votre devoir. Il y a des ordres nécessaires auxquels vous ne pouvez rien; il y a un pont et ce pont peut être le point où l'avenir de la race humaine prendra un autre cours. Comme n'importe quel événement de cette guerre. Tu n'as qu'une chose à faire et une seule. Une seule chose? Fichtre! se dit-il. S'il n'y avait qu'une seule chose, tout irait comme sur des roulettes. Suffit, crétin, ne t'en fais pas, se dit-il à lui-même. Pense à autre chose.

Alors il pensa à Maria dont la peau, les cheveux et les yeux étaient du même brun doré. Les cheveux de la jeune fille étaient un peu plus foncés que le reste, mais ils deviendraient plus clairs tandis que sa peau se hâlerait davantage, douce peau à la surface d'or pâle recouvrant un feu plus sombre. Douce, elle devait être, doux tout son corps; elle se mouvait avec timidité comme si quelque chose en elle et autour d'elle la gênait, quelque chose qui aurait existé dans le monde visible et pas seulement dans son esprit. Elle rougissait quand il la regardait; elle était assise, les mains croisées autour de ses genoux, sa chemise ouverte sur son cou, la coupe de ses seins relevés contre sa chemise. Robert Jordan sentait sa gorge s'étrangler et il éprouvait une difficulté à marcher. Anselmo et lui gardèrent donc le silence jusqu'au moment où le vieux dit : "Maintenant, on descend entre ces roches jusqu'au camp."

Comme ils avançaient entre les roches, dans l'obscurité, une voix d'homme s'adressa à eux. "Halte, qui va là?" Ils entendirent le double claquement du fusil que l'on déverrouille, puis que l'on arme.

"Camarades, dit Anselmo.

— Quels camarades?

— Camarades de Pablo, lui dit le vieux. Tu ne nous connais pas?

— Si, dit la voix. Mais c'est la consigne. Vous avez le mot de passe?

— Non. On vient d'en bas.

— Je sais, dit l'homme dans l'obscurité. Vous venez du pont. Je sais tout ça. Ce n'est pas moi qui ai donné l'ordre. Vous devez savoir la seconde moitié d'un mot de passe.

— Quelle est la première moitié? demanda Robert Jordan.

— Je l'ai oubliée, dit l'homme dans l'ombre, et il rit. Va te faire foutre avec ta saloperie de dynamite.

— C'est ce qu'on appelle la discipline de guérilla, dit Anselmo. Tu as armé ton outil?

— Il est armé, dit l'homme dans l'ombre. Mais je le retiens avec mon pouce et mon index.

— Tu feras ça un de ces jours avec un Mauser qui n'aura ni saillant, ni cran d'arrêt, et il partira.

— Mais c'est un Mauser, dit l'homme. Seulement j'ai une pince du pouce et de l'index qui dépasse tout. Je le tiens toujours comme ça.

— Ton fusil est pointé où? demanda Anselmo dans l'obscurité.

— Sur toi, dit l'homme. Tout le temps depuis le début. Et quand tu arriveras au camp, dis que quelqu'un vienne me relever parce que je crève de faim et que j'ai oublié le mot de passe.

— Comment t'appelles-tu? demanda Robert Jordan.

— Agustin, dit l'homme. Je m'appelle Agustin et je crève d'ennui dans ce coin.

— Nous ferons la commission ", dit Robert Jordan, et il songea que le mot *aburrimiento* qui signifie ennui en espagnol était un mot qu'aucun paysan n'emploierait dans aucune autre langue. C'était pourtant un des mots les plus communs dans la bouche d'un Espagnol de n'importe quelle classe.

" Attends ", dit Agustin, et, s'approchant, il posa la main sur l'épaule de Robert Jordan. Puis, il fit fonctionner son briquet, le leva et souffla sur le bout de la mèche pour regarder, à cette lueur, le visage du jeune homme.

" Tu ressembles à l'autre, dit-il. Pas tout à fait, pourtant, écoute, écoute.... " Il abaissa son briquet et se redressa, tenant son fusil. " Dis-moi. C'est vrai, ce qu'on raconte? Le pont?... "

— Quoi, le pont?

— Qu'on va faire sauter un foutu pont, et qu'il faudra foutre le camp de ces montagnes?

— Je ne sais pas, moi.

— Ah! tu ne sais pas, toi, dit Agustin. Quel culot! A qui donc est la dynamite alors?

— A moi.

— Et tu ne sais pas pour quoi c'est faire? Ne me raconte pas de bourdes.

— Je sais pour quoi c'est faire, tu le sauras aussi en temps voulu, dit Robert Jordan. Mais maintenant nous allons au camp.

— Allez donc dans ce foutoir et allez vous faire foutre vous-même. Mais tu veux que je te dise quelque chose qui pourra te servir?

— Oui, dit Robert Jordan. Si ce n'est pas de la merde ", employant lui aussi le mot grossier qui revenait le plus souvent dans la conversation d'Agustin. Cet homme parlait de façon si ordurière, accouplant une obscénité à chaque nom, en guise d'épithète, la conjuguant ensuite comme un verbe, que Robert Jordan se demandait s'il était capable de prononcer une phrase convenable. Agustin rit dans l'ombre en entendant ce mot. " C'est une façon de parler que j'ai. Peut-être que c'est vilain. Qui sait? Chacun sa manière. Écoute-moi. Le pont, ça ne me regarde pas. Le pont ou autre chose. D'ailleurs je m'ennuie dans ces montagnes. Qu'on foute le camp s'il le faut. Ces montagnes ne me disent rien. Qu'on s'en aille. Mais je voudrais te dire une chose. Garde bien tes explosifs.

— Merci, dit Robert Jordan. De toi?

— Non, dit Agustin. De gens moins merdeusement équipés que moi.

— Et alors? demanda Robert Jordan.

— Tu comprends l'espagnol, dit Agustin, sérieusement cette fois. Veille bien sur tes foutus explosifs.

— Merci.

— Non. Pas la peine de remercier. Veille sur ton matériel.

— Est-ce qu'il lui est arrivé quelque chose?

— Non, ou je ne perdrais pas mon temps à te dire ça.

— Merci quand même. Maintenant nous allons au camp.

— Bon, dit Agustin. Et qu'ils envoient quelqu'un ici qui connaisse le mot de passe.

— On te verra au camp?

— Oui, vieux... et bientôt.

— Allons ", dit Robert Jordan à Anselmo.

Ils longeaient à présent la prairie enveloppée d'un brouillard gris. L'herbe était souple sous leurs pieds, après le tapis d'aiguilles de pin de la forêt, et la rosée pénétrait leurs espadrilles. Devant eux, entre les arbres, Robert Jordan apercevait une lumière à l'endroit où devait se trouver l'ouverture de la grotte.

"Agustin est un homme très bien, dit Anselmo. Il parle très grossièrement et toujours à la blague, mais c'est un homme très sérieux.

— Tu le connais bien?

— Oui. Depuis longtemps. J'ai grande confiance en lui.

— Et en ce qu'il dit?

— Oui. Ce Pablo file un mauvais coton. Tu as pu t'en rendre compte.

— Et il faudrait faire quoi?

— Il faudrait veiller tout le temps.

— Qui?

— Toi. Moi. La femme. Et Agustin, puisqu'il se rend compte du danger.

— Est-ce que tu te doutais que les choses allaient aussi mal que ça, ici?

— Non, dit Anselmo. Ça s'est gâté tout d'un coup. Mais il fallait bien venir ici. C'est le pays de Pablo et de El Sordo. Dans leur pays, il faut s'entendre avec eux, quand on ne peut pas agir seul.

— Et El Sordo?

— Bien, dit Anselmo. Aussi bien que l'autre est mal.

— Tu crois qu'il est vraiment suspect?

— Tout l'après-midi j'y ai pensé, et maintenant que nous avons entendu ce que nous avons entendu, je pense que oui. Vraiment.

— Ne vaudrait-il pas mieux s'en aller en disant qu'il s'agit d'un autre pont et demander des hommes d'autres bandes?

— Non, dit Anselmo. C'est son pays à lui. Tu ne pourrais pas bouger sans qu'il le sache. Mais il faut bouger avec beaucoup de précautions. "

CHAPITRE IV

Ils descendirent vers l'ouverture de la grotte. De la lumière filtrait au bord d'une couverture tendue devant l'entrée. Les deux ballots étaient au pied de l'arbre sous une bâche. Robert Jordan s'agenouilla et tâta la toile, humide et raide. Dans l'ombre, il passa la main sous la bâche, dans la poche extérieure d'un des sacs, et en sortit une gourde recouverte de cuir qu'il glissa dans la poche de sa culotte. Ouvrant les cadenas passés à travers les trous qui entouraient l'orifice des sacs et dénouant les ficelles, il tâta l'intérieur et, de la main, vérifia le contenu. Au fond de l'un des ballots, il toucha les blocs enveloppés dans des pochettes, les pochettes enroulées dans le sac de couchage. Puis, ayant renoué les coulisses et refermé le cadenas du premier sac, il glissa ses mains dans l'autre et sentit le contour dur de la boîte de bois du vieux détonateur et la boîte à cigares contenant les capsules. Chaque petit cylindre était enroulé à plusieurs tours dans ses deux fils. Robert Jordan avait enveloppé le tout aussi soigneusement qu'il enveloppait, étant petit, sa collection d'œufs d'oiseaux sauvages. Le corps de la mitraillette séparée du canon et, roulés dans sa veste de cuir, les deux macarons et les cinq chargeurs casés dans l'une des poches intérieures du grand ballot, les petits rouleaux de fil de cuivre et le grand rouleau de fil isolé dans l'autre : tout était en place. Dans la pochette contenant le fil, il sentit ses pinces et les deux poinçons de bois qui devaient permettre de percer l'extrémité des blocs. Enfin, de la dernière poche intérieure, il sortit une grande boîte de cigarettes russes, une de celles qui venaient du quartier général de Golz. Resserrant la coulisse du sac, il referma le cadenas, boucla le rabat et étendit de nouveau la toile sur les deux ballots. Anselmo était entré dans la grotte.

Robert Jordan se leva pour le suivre, puis se ravisa et, enlevant la toile des deux ballots, il les souleva, et se dirigea, parvenant tout juste à les porter, vers l'ouverture de la grotte. Il posa l'un de ses fardeaux et écarta la portière, puis, la tête baissée et portant un sac dans chaque main par les courroies, il entra dans la grotte.

Il faisait chaud et fumeux à l'intérieur. Une table était disposée le long d'un mur avec une chandelle de suif plantée dans une bouteille, et, à la table, étaient assis Pablo, trois hommes qu'il ne connaissait pas, et le Gitan Rafael. La chandelle projetait des ombres sur le mur, derrière les hommes, et Anselmo était debout à droite de la table. La femme de Pablo était penchée sur le feu de charbon qui brûlait dans l'âtre. Maria, agenouillée à côté d'elle, remuait quelque chose dans une marmite de fer. Elle souleva la cuiller de bois et regarda Robert Jordan debout sur le seuil. Celui-ci apercevait, dans l'éclat du feu que la femme attisait avec un soufflet, le visage de la jeune fille, son bras, et les gouttes qui coulaient de la cuiller dans la marmite de fer.

"Qu'est-ce que tu portes là? demanda Pablo.

— Mes affaires ", dit Robert Jordan, et il posa les deux sacs un peu à l'écart l'un de l'autre à l'entrée de la grotte, du côté opposé à celui de la table.

"Ça ne peut pas rester dehors? demanda Pablo.

— Quelqu'un pourrait marcher dessus dans l'obscurité ", dit Robert Jordan, qui s'approcha de la table et y posa la boîte de cigarettes.

"Je n'aime pas avoir de la dynamite dans la grotte, dit Pablo.

— Elle est loin du feu, dit Robert Jordan. Prenez des cigarettes. " Il glissa l'ongle de son pouce le long du couvercle recouvert de papier où était représenté un grand cuirassé en couleurs et il poussa la boîte vers Pablo.

Anselmo lui ayant approché un tabouret de cuir brut, il s'assit à la table. Pablo le regarda comme s'il allait lui parler de nouveau, puis tendit la main et prit des cigarettes.

Robert Jordan poussa la boîte vers les autres. Il ne les regardait pas encore. Mais il remarqua qu'un des hommes prenait des cigarettes et les deux autres non. Toute son attention était concentrée sur Pablo.

"Comment ça va, Gitan? dit-il à Rafael.

— Bien ", dit le Gitan. Robert Jordan sentait qu'on était en train de parler de lui quand il était entré. Même le Gitan était mal à l'aise.

"Elle va te permettre de manger encore? demanda Robert Jordan au Gitan.

— Oui. Pourquoi pas? " dit le Gitan. Ils étaient loin de leurs plaisanteries amicales de l'après-midi.

La femme de Pablo ne disait rien et continuait à souffler sur les charbons.

"Un qui s'appelle Agustín dit qu'il meurt d'ennui là-haut, dit Robert Jordan.

— Ça ne tue pas, dit Pablo. Qu'il crève un petit peu.

— Il y a du vin? " demanda Robert Jordan à la cantonade en se penchant en avant, les mains sur la table.

"Il n'en reste pas beaucoup ", dit Pablo maussade. Robert Jordan décida qu'il ferait mieux de regarder les trois autres et d'essayer de voir où il en était.

"Dans ce cas, je voudrais une tasse d'eau. Toi, dit-il à la jeune fille, donne-moi une tasse d'eau. "

La jeune fille regarda la femme qui ne dit rien et semblait n'avoir pas entendu, puis elle s'approcha d'un pot contenant de l'eau et y trempa une tasse. Elle la porta, remplie, à la table et la posa devant lui. Robert Jordan lui sourit. En même temps, il contractait les muscles de son estomac et se tournait un peu vers la gauche sur son tabouret de façon à faire glisser son pistolet le long de sa ceinture au point où il voulait. Il baissa la main vers la poche de son pantalon. Pablo le regardait. Il savait que tous le regardaient, mais lui ne regardait que Pablo. Sa main sortit de la poche tenant la gourde couverte de cuir. Il dévissa le bouchon puis, levant sa tasse, but la moitié de l'eau et versa très lentement dans la tasse un peu du contenu de la gourde.

"C'est trop fort pour toi, dit-il à la jeune fille et il lui sourit

de nouveau. Il en reste peu, sans quoi je t'en offrirais, dit-il à
Pablo.

— Je n'aime pas l'anis ", dit Pablo.

L'odeur âcre se répandait à travers la table, et il avait reconnu,
dans cette boisson, le seul élément qui lui fût familier.

" Tant mieux, dit Robert Jordan, parce qu'il en reste très
peu.

— Qu'est-ce que c'est? demanda le Gitan.

— Un médicament, dit Robert Jordan. Tu veux goûter?

— C'est pour quoi?

— Pour tout, dit Robert Jordan. Ça guérit tout. Si tu as
n'importe quoi de mauvais, ça te guérira.

— Fais-moi goûter ", dit le Gitan.

Robert Jordan poussa la tasse vers lui. Le liquide mélangé
d'eau était devenu d'un jaune laiteux, et il souhaita que le
Gitan n'en prît pas plus d'une gorgée. Il lui en restait très peu,
et une tasse de cette boisson remplaçait les journaux du soir,
toutes les soirées d'autrefois passées dans les cafés, tous les
marronniers qui devaient être en fleurs ce mois-ci, les grands
chevaux lents des boulevards extérieurs, les librairies, les
kiosques, les musées, le Parc Montsouris, le Stade Buffalo
et les Buttes Chaumont, la Guaranty Trust Company et l'Ile
de la Cité, le vieil hôtel Foyot et le plaisir de lire et de se reposer
le soir; toutes les choses qu'il avait aimées et oubliées et qui
revenaient à lui lorsqu'il goûtait cette opaque, cette âpre
alchimie liquide qui engourdissait la langue, réchauffait le
cerveau, brûlait l'estomac, changeait les idées.

Le Gitan fit la grimace et lui rendit la tasse. " Ça sent l'anis,
mais c'est amer comme de la bile, dit-il. J'aimerais mieux être
malade que de prendre ce médicament.

— C'est de l'absinthe, lui dit Robert Jordan. C'est de la vraie
absinthe. On dit que ça détruit le cerveau, mais je ne le crois
pas. Ça change seulement les idées. Il faut verser l'eau dedans,
très doucement, goutte à goutte. Mais moi j'ai versé l'absinthe
dans l'eau.

— Qu'est-ce que tu dis? demanda Pablo avec mauvaise
humeur, percevant la raillerie.

— J'explique le médicament, lui dit Robert Jordan en souriant. J'ai acheté ça à Madrid. C'était la dernière bouteille et elle m'a duré trois semaines. " Il en avala une grande gorgée et il sentit sa langue envahie d'une délicate anesthésie. Il regarda Pablo et sourit de nouveau.

" Comment vont les affaires? " demanda-t-il.

Pablo ne répondit pas, et Robert Jordan regarda attentivement les trois autres hommes assis autour de la table. L'un avait un grand visage plat, plat et brun comme un jambon de Serrano, avec un nez camus et cassé; la cigarette russe longue et mince sortant perpendiculairement de cette face la faisait paraître encore plus plate. Cet homme avait des cheveux gris coupés court et des touffes de barbe grise. Il portait l'habituelle blouse noire boutonnée au col. Il baissa les yeux vers la table quand Robert Jordan le regarda, mais ses yeux étaient tranquilles et ne clignèrent pas. Les deux autres étaient visiblement frères. Ils se ressemblaient beaucoup, étaient tous deux petits, trapus, noirs de cheveux, les cheveux plantés bas sur le front, les yeux sombres, la peau brune. L'un avait une cicatrice sur le front au-dessus de l'œil gauche. Quand il les regarda, ils lui rendirent son regard avec tranquillité. Ils pouvaient avoir, l'un vingt-six ou vingt-huit ans, l'autre environ deux ans de plus.

" Qu'est-ce que tu regardes? demanda l'un des frères, celui à la cicatrice.

— Toi, dit Robert Jordan.

— Tu vois quelque chose de bizarre?

— Non, dit Robert Jordan. Une cigarette?

— Pourquoi pas? " dit le frère. Il n'en avait pas pris auparavant. " Elles sont comme celles qu'avait l'autre. Celui du train.

— Tu étais au train?

— On était tous au train, dit le frère doucement. Tous, sauf le vieux.

— C'est ça qu'on devrait faire maintenant, dit Pablo. Encore un train.

— Nous pouvons en faire un, dit Robert Jordan. Après le pont. "

Il voyait que la femme de Pablo s'était détournée du feu et

qu'elle écoutait. Quand il prononça le mot pont, tout le monde garda le silence.

" Après le pont ", répéta-t-il lentement, et il but une gorgée d'absinthe. Autant le sortir, pensa-t-il. Ça viendrait de toute façon.

" Pour le pont, je n'en suis pas, dit Pablo regardant la table. Ni moi ni mes gens. "

Robert Jordan ne répondit rien. Il regarda Anselmo et leva la tasse. " Alors on fera ça tous les deux, vieux, dit-il, et il sourit.

— Sans ce poltron, dit Anselmo.

— Qu'est-ce que tu as dit? (Pablo s'adressait au vieux.)

— Rien pour toi. Je ne t'ai pas parlé ", lui dit Anselmo.

Robert Jordan regarda alors au-delà de la table, là où la femme de Pablo était debout près du feu. Elle n'avait encore prononcé aucune parole, ni fait aucun signe. Mais maintenant elle disait à la jeune fille quelque chose qu'il ne pouvait entendre; la jeune fille, agenouillée devant le feu de cuisine, se leva, glissa le long du mur, écarta la couverture qui pendait devant l'ouverture de la grotte, et sortit. Je crois que c'est pour maintenant, pensa Robert Jordan. Je crois que ça y est. Je ne désirais pas que ça prenne ce cours-là, mais il me semble que c'est ce cours-là que ça prend.

" Alors nous ferons le pont sans ton aide, dit Robert Jordan à Pablo.

— Non, dit Pablo, et Robert Jordan voyait son visage se couvrir de sueur. Tu ne feras pas sauter de pont par ici.

— Non?

— Tu ne feras pas sauter de pont, dit Pablo avec force.

— Et toi? " Robert Jordan s'adressait à la femme de Pablo debout, énorme et silencieuse, près du feu. Elle se tourna vers eux et dit : " Je suis pour le pont. " Son visage était éclairé par le feu; il était coloré; il apparaissait chaud et sombre, et beau à présent, à la lueur du feu, et tel qu'il devait être vu.

" Qu'est-ce que tu dis? " lui demanda Pablo, et Robert Jordan vit son regard traqué et la sueur de son front lorsqu'il tourna la tête.

" Je suis pour le pont et contre toi, dit la femme de Pablo. C'est tout.

— Moi aussi, je suis pour le pont ", dit l'homme à la face plate et au nez cassé, en écrasant le bout de sa cigarette sur la table.

" Moi, le pont, je m'en fous, dit un des frères. Moi, je suis pour la *mujer* à Pablo.

— Moi aussi, dit l'autre frère.

— Moi aussi ", dit le Gitan.

Robert Jordan observait Pablo et, tout en l'observant, laissait pendre sa main droite de plus en plus bas, prêt, si c'était nécessaire, espérant à moitié que cela le devînt (sentant peut-être que ce serait le plus simple et le plus facile, mais ne voulant pas gâcher ce qui marchait si bien, sachant combien vite toute une famille, tout un clan, toute une bande, peut se tourner contre un étranger dans une dispute, mais pensant pourtant que ce qui pouvait être fait avec la main serait le plus simple et le meilleur et, chirurgicalement, le plus sain, maintenant que ceci s'était passé); il voyait aussi la femme à Pablo debout, là, et il la regardait rougir fièrement et sainement aux hommages d'allégeance.

" Moi, je suis pour la République, dit la femme de Pablo allégrement. Et la République, c'est le pont. Après, on aura le temps de faire d'autres projets.

— Oh! toi, dit Pablo amèrement. Avec ta tête de taureau et ton cœur de putain! Tu penses qu'il y aura un " après " au pont? As-tu seulement idée de ce qui va se passer?

— Ce qui devra se passer, dit la femme de Pablo. Ce qui devra se passer se passera.

— Et ça ne te fait rien d'être chassée comme une bête après cette affaire qui ne nous rapporte rien? Ou même d'y mourir?

— Rien, dit la femme de Pablo. Et n'essaie pas de me faire peur, espèce de lâche.

— Lâche, dit Pablo amèrement. Vous traitez un homme de lâche parce qu'il a le sens tactique. Parce qu'il sait voir d'avance les résultats d'une folie. Ce n'est pas lâche de reconnaître ce qui est fou.

— Et ce n'est pas fou de savoir ce qui est lâche, dit Anselmo, incapable de résister à l'envie de lancer cette phrase.

— Tu as envie de mourir? " lui demanda sérieusement

Pablo, et Robert Jordan comprit que la question n'avait rien d'une formule de rhétorique.

"Non.

— Alors tiens ta langue. Tu parles beaucoup trop de choses que tu ne comprends pas. Tu ne vois pas que c'est grave? ajouta-t-il presque avec pitié. Est-ce que je suis le seul à voir la gravité de tout ça? "

Je le crois, se dit Robert Jordan. Pablo, mon vieux, je le crois. Sauf moi. Tu le vois et je le vois aussi, et la femme l'a lu dans ma main, mais elle ne le voit pas encore. Pas encore, elle ne le voit pas encore.

"Est-ce que je suis chef pour rien? demanda Pablo. Je sais de quoi je parle. Vous autres, vous ne savez pas. Ce vieux dit des bêtises. C'est un vieil homme, un messager, un guide pour étrangers. Cet étranger arrive ici faire une chose pour le bien des étrangers. Pour son bien, nous devons être sacrifiés. Moi, je suis pour le bien et la sécurité de tous.

— Sécurité! — La femme de Pablo parlait. — Ça n'existe pas, la sécurité. Il y en a tant maintenant qui viennent chercher la sécurité ici qu'ils sont un grand danger. En cherchant la sécurité maintenant, tu perds tout. "

Elle était debout près de la table à présent, sa grande cuiller à la main.

"Ça existe, la sécurité, dit Pablo. Dans le danger, il y a la sécurité de savoir quels risques courir. Un toréador sait ce qu'il fait. S'il s'en tire, c'est qu'il ne court pas de risques inutiles.

— Jusqu'à ce qu'il soit éventré. — La femme parlait avec amertume. — Combien de fois est-ce que j'ai entendu des matadors parler comme ça avant d'être éventrés. Combien de fois est-ce que j'ai entendu Finito dire que tout ça est affaire de connaissance et que le taureau n'éventre jamais l'homme, que c'est plutôt l'homme qui s'éventre lui-même sur la corne du taureau. Toujours, ils parlent comme ça, dans leur arrogance, avant de se faire éventrer. Après, on va les voir à la clinique. " A présent, elle mimait une visite au chevet du blessé : " Bonjour, mon vieux. Bonjour ", fit-elle d'une voix sonore. Puis : " Buenas, Compadre. Comment ça va, Pilar? " imitant la voix faible du toréador couché. " Comment c'est arrivé, Finito,

Chico? Comment ce sale accident est-il arrivé ? " avec sa pleine voix. Puis, l'amenuisant : " Ce n'est rien, femme, ce n'est rien. Ça n'aurait pas dû arriver. Je l'ai très bien tué, tu comprends. Personne n'aurait pu le tuer mieux. Je l'ai tué exactement comme il fallait. Il était complètement mort; il vacillait sur ses jambes et il était prêt à tomber de tout son poids; alors je me suis écarté de lui avec beaucoup d'allure et de style et, par-derrière, il m'a lancé sa corne entre les fesses et l'a fait ressortir par le foie. " Elle se mit à rire, abandonnant l'imitation du parler presque efféminé du toréador et reprenant sa propre intonation : " Vous et votre sécurité! Moi qui ai vécu neuf ans avec trois des matadors les plus mal payés du monde, je crois que je sais ce que c'est que la peur et la sécurité! Parlez-moi de n'importe quoi, mais pas de sécurité. Et toi! Les illusions que j'avais sur toi, et ce qu'elles sont devenues! Au bout d'un an de guerre, tu es devenu un paresseux, un ivrogne et un lâche.

— Tu n'as pas le droit de parler comme ça, dit Pablo. Et moins encore devant les gens et un étranger.

— Je parlerai comme je veux, continua la femme à Pablo. Tu n'as pas entendu? Tu crois encore que c'est toi qui commandes ici?

— Oui, dit Pablo. C'est moi qui commande.

— Sans blague, dit la femme. C'est moi qui commande! Tu n'as pas entendu *la gente?* Ici personne ne commande que moi. Tu peux rester si tu veux et manger et boire du vin, mais sans te saouler, et travailler avec nous si tu veux. Mais ici, c'est moi qui commande.

— Je devrais vous tuer tous les deux, toi et l'étranger, dit Pablo d'un air sombre.

— Essaie, pour voir, dit la femme.

— Une tasse d'eau pour moi ", dit Robert Jordan sans quitter du regard l'homme à la lourde tête maussade et la femme fière et confiante, qui tenait sa grande cuiller comme un bâton de commandement.

" Maria ", appela la femme de Pablo. La jeune fille entra. " De l'eau pour le camarade. "

Robert Jordan prit sa gourde dans sa poche et, tout en la

prenant, dégagea légèrement son pistolet de l'étui et l'approcha plus à portée de main. Il versa une seconde rasade d'absinthe dans sa tasse, prit l'eau que la jeune fille lui apportait et commença à en verser dans l'absinthe goutte à goutte. La jeune fille restait debout à côté de lui à le regarder.

"Dehors, lui dit la femme de Pablo avec un geste de la cuiller.

— Il fait froid, dehors ", fit la jeune fille, sa joue près de celle de Robert Jordan, regardant ce qui se passait dans la tasse où la liqueur formait un nuage.

"Peut-être, dit la femme de Pablo. Mais ici il fait trop chaud. Puis elle ajouta avec bonté : Ce n'est pas pour longtemps.... "

La jeune fille hocha la tête et sortit.

Je ne pense pas qu'il en supporte beaucoup plus, se dit Robert Jordan. Il tenait la tasse d'une main, et l'autre reposait maintenant ouvertement sur son pistolet. Il avait défait le cran d'arrêt et il sentait le contact rassurant et familier de la crosse au quadrillage usé, presque lisse ; il caressait la rondeur froide et sympathique du pontet. Pablo ne le regardait plus, lui, mais seulement la femme. Elle continuait : " Écoute-moi, ivrogne. Tu comprends qui commande ici ?

— C'est moi.

— Non. Écoute. Ote la cire de tes oreilles poilues. Écoute bien. Moi, c'est moi qui commande. "

Pablo la regardait, et l'on ne pouvait lire ses pensées sur son visage. Il la regardait très tranquillement, puis il tourna les yeux vers l'autre côté de la table, vers Robert Jordan. Il le contempla longtemps, pensivement, puis regarda de nouveau la femme.

"Très bien. C'est toi qui commandes, dit-il. Et si tu veux, lui aussi peut commander. Et vous pouvez aller tous les deux au diable. " Il regardait la femme bien en face sans se laisser dominer par elle ni sembler très troublé de ce qu'elle lui avait dit. " Possible que je sois paresseux et que je boive trop. Et vous pouvez me considérer comme un lâche, quoique, là, vous vous trompiez. Mais je ne suis pas idiot. — Il s'arrêta. — Commande, et bien du plaisir. Et maintenant, si tu es une femme en même temps qu'un chef, donne-nous à manger.

— Maria ", appela la femme de Pablo.

La jeune fille passa la tête en écartant la couverture à l'entrée de la grotte. " Viens, maintenant, et sers le souper. "

La jeune fille entra, s'approcha de la table basse près de l'âtre et y prit les bols émaillés qu'elle posa sur la grande table.

" Il y a assez de vin pour tous, dit la femme de Pablo à Robert Jordan. Ne fais pas attention à ce que dit cet ivrogne. Quand ce sera fini, on en aura d'autre. Avale cette chose bizarre que tu es en train de boire et prends une tasse de vin. "

Robert Jordan avala d'un coup le reste de son absinthe et la sentit répandre en lui une chaleur douce, fine, vaporeuse, humide, créatrice de réactions chimiques, et il tendit sa tasse vers le vin. La jeune fille la lui remplit et sourit.

" Alors, tu as vu le pont? " demanda le Gitan. Les autres, qui n'avaient pas ouvert la bouche depuis le changement d'allégeance, se penchaient tous à présent pour écouter.

" Oui, dit Robert Jordan. C'est du facile. Tu veux que je te montre?

— Oui, vieux. Tu m'intéresses. "

Robert Jordan sortit le carnet de la poche de sa chemise et lui montra les croquis.

" Regardez-moi ça, dit l'homme à la face plate, nommé Primitivo. C'est le pont tout craché. "

Robert Jordan, de la pointe du crayon, montrait comment il faudrait faire sauter le pont et expliquait la raison de la position des charges.

" Quelle simplicité! dit le frère à la cicatrice qu'on appelait Andrès. Et comment les fais-tu partir? "

Robert Jordan expliqua cela également. Il sentait le bras de la jeune fille posé sur son épaule, tandis qu'elle regardait le carnet. La femme de Pablo regardait aussi. Seul, Pablo s'en désintéressait, assis à l'écart avec une tasse dont il renouvelait le contenu en la plongeant dans la grande coupe où Maria avait versé du vin de l'outre qui pendait à gauche de l'entrée de la grotte.

" Tu en as déjà fait beaucoup, de ce travail-là? demanda doucement la jeune fille à Robert Jordan.

— Oui.

— Et on pourra voir?

— Oui. Pourquoi pas?

— Vous verrez, dit Pablo de son bout de table. Ça, vous verrez, j'en suis sûr.

— Ferme ça ", dit la femme de Pablo, et, soudain, se rappelant ce qu'elle avait vu dans la main cet après-midi-là, elle fut prise d'une colère sauvage et irraisonnée. "Ferme ça, lâche. Ferme ça, oiseau de malheur. Ferme ça, assassin.

— Bon, dit Pablo, je ferme ça. C'est toi qui commandes maintenant et tu peux continuer à regarder les belles images. Mais rappelle-toi que je ne suis pas idiot. "

La femme de Pablo sentait sa rage se changer en chagrin et en un sentiment de dépression qui effaçait tout espoir, toute promesse. Elle connaissait ce sentiment depuis sa jeunesse et, toute sa vie, en avait su la cause. Il venait soudain de s'emparer d'elle, mais elle le rejeta; elle refusa de se laisser entamer, elle ou la République, et dit : " Maintenant on va manger. Remplis les bols à la marmite, Maria. "

CHAPITRE V

Robert Jordan écarta la couverture de cheval suspendue devant l'ouverture de la grotte et, faisant un pas dehors, respira profondément l'air froid de la nuit. Le brouillard s'était dissipé, découvrant les étoiles. Il n'y avait pas de vent et, maintenant qu'il était hors de l'air chaud de la grotte, lourd des fumées de tabac et de charbon, chargé des odeurs de riz et de viande cuite, de safran, de piment et d'huile, et de la senteur — vin et goudron — de la grande outre de peau pendue près de la porte, pendue par le cou, les quatre pattes écartées (le vin se vidait par une ouverture vissée dans une patte et gouttait un peu sur le sol de terre, parfumant la poussière); maintenant qu'il était hors de l'odeur des diverses herbes dont il ne savait pas le nom et qui pendaient en bouquets au plafond avec de longues guirlandes d'ail, loin de la senteur cuivrée du vin rouge et de l'ail, de la sueur de cheval et de la sueur d'homme séchée dans les vêtements de ceux qui étaient assis à la table (sure et grise, la sueur d'homme; douce et écœurante, l'écume séchée et étrillée des chevaux), Robert Jordan respira profondément l'air nocturne et clair des montagnes, qui sentait les pins et la rosée répandue sur l'herbe de la prairie près du torrent. La rosée s'était accumulée depuis que le vent était tombé, mais, comme Robert Jordan s'attardait là, debout, il se dit que, sur le matin, il y aurait de la gelée.

Comme il restait là, respirant profondément, écoutant la nuit, il entendit d'abord des coups de feu lointains; puis il entendit crier un hibou dans les arbres, plus bas, là où se trouvait l'enclos des chevaux. A l'intérieur de la grotte, il entendit le Gitan se mettre à chanter et les accords assourdis d'une guitare.

" J'eus héritage de mon père ", la voix artificiellement tendue s'éleva, rauque, et soutint la dernière note. Puis continua :

> " C'est la lune et le soleil
> Et bien que j'erre à travers le monde
> Il ne s'est jamais dissipé. "

La guitare vibra aux applaudissements qui saluèrent le chanteur. " Bien ! " s'écria quelqu'un : " Chante-nous le Catalan, Gitan.

— Non.

— Si, si. Le Catalan.

— Bon, dit le Gitan, et il chanta plaintivement :

> Mon nez est plat
> Ma face est noire
> Mais je suis quand même un homme.

— Olé ! dit quelqu'un. Continue, Gitan ! "

La voix du Gitan s'éleva sur un ton d'ironie tragique :

> " Dieu merci, je suis nègre
> Et non pas Catalan !

— Ça fait beaucoup de bruit, dit la voix de Pablo, ferme ça, Gitan. "

Il entendit la voix de la femme :

" Oui. Ça fait trop de bruit. Tu pourrais ameuter la *guardia civil* avec cette voix, qui n'est même pas belle.

— Il y a un autre couplet, dit le Gitan, et la guitare commença.

— Tu peux le garder ", lui dit la femme.

La guitare se tut.

" Je ne suis pas en voix ce soir. Alors, rien de perdu ", dit le Gitan, et, écartant la couverture, il sortit dans l'obscurité.

Robert Jordan le regarda se diriger vers un arbre, puis venir à lui.

" Roberto, fit doucement le Gitan.

— Oui, Rafael ", dit-il: Il comprenait à sa voix que le Gitan était troublé par le vin. Lui-même avait bu deux absinthes et du vin, mais avait la tête claire et froide, tendue par la dispute avec Pablo.

" Pourquoi n'as-tu pas tué Pablo? demanda le Gitan très doucement.

— Pourquoi le tuer?

— Il faudra que tu le tues, tôt ou tard; pourquoi n'as-tu pas choisi ce moment?

— Tu parles sérieusement?

— Qu'est-ce que tu crois qu'ils attendaient tous? Pourquoi est-ce que tu crois que la femme avait renvoyé la fille? Tu crois qu'on peut continuer comme ça, après tout ce qu'on a dit?

— C'est vous autres qui devriez le tuer.

— *Qué va*, dit tranquillement le Gitan. C'est ton affaire. Trois, quatre fois on croyait que tu allais le tuer. Pablo n'a pas d'amis.

— J'en ai eu l'idée, dit Robert Jordan. Mais je l'ai laissé tomber.

— Sûr que tout le monde s'en est aperçu. Tout le monde avait vu tes préparatifs. Pourquoi est-ce que tu ne l'as pas fait?

— J'ai pensé que ça pourrait vous être pénible à vous autres ou à la femme.

— *Qué va*. La femme attendait ça, comme une putain, l'oiseau rare. Tu es plus jeune que tu ne parais.

— C'est possible.

— Tue-le maintenant, insista le Gitan.

— C'est de l'assassinat.

— Tant mieux, dit le Gitan très doucement. Moins de danger. Vas-y. Tue-le maintenant.

— Je ne peux pas comme ça. Ça me dégoûte et ce n'est pas ainsi qu'on doit agir pour la cause.

— Provoque-le alors, dit le Gitan. Mais il faut le tuer. Y a pas. "

Tandis qu'ils parlaient, le hibou passa entre les arbres dans toute la mollesse du silence, plongea devant eux, puis s'éleva, les ailes battant rapidement, mais sans bruit de plumes qui trahît la chasse de l'oiseau.

" Regarde-le, dit le Gitan dans l'ombre. Voilà comme il faut être.

— Et dans la journée, aveugle sur un arbre avec les corbeaux tout autour, dit Robert Jordan.

— Ça ne leur arrive que rarement, dit le Gitan. Ou alors, par hasard. Tue-le, continua-t-il. Avant que ça devienne difficile.

— Maintenant, le moment est passé.

— Provoque-le, dit le Gitan. Ou profite du calme. "

La couverture qui servait de porte à la grotte s'écarta et de la lumière se répandit. Quelqu'un s'approcha d'eux.

" Une belle nuit, dit l'homme d'une voix sourde. Il va faire beau. " C'était Pablo.

Il fumait une des cigarettes russes. Il aspira une bouffée, et sa face ronde apparut dans la lumière avivée. On distinguait à la lueur des étoiles son corps massif aux bras longs.

" Ne fais pas attention à la femme ", dit-il à Robert Jordan. Dans l'ombre, la cigarette s'aviva de nouveau, puis brilla dans sa main qui s'abaissa. " Elle est difficile, quelquefois. C'est une brave femme. Très fidèle à la République. " Le bout lumineux de la cigarette tremblait légèrement. Il doit l'avoir au coin de sa bouche, pensa Robert Jordan. " Nous ne devrions pas avoir de difficultés. Nous sommes d'accord. Je suis content que tu sois venu. " La cigarette brûla plus vif. " Ne fais pas attention aux disputes, dit-il. Tu es le bienvenu ici.

— Maintenant, excuse-moi, dit-il. Il faut que j'aille voir comment ils ont attaché les chevaux. "

Il s'éloigna entre les arbres vers le bord de la prairie et ils entendirent un cheval qui hennissait en bas.

"Tu vois? dit le Gitan. Maintenant, tu vois? C'est comme ça qu'on laisse passer le moment. "

Robert Jordan ne répondit pas.

" Je descends là-bas, dit le Gitan mécontent.

— Quoi faire?

— Qué va, quoi faire. Au moins l'empêcher de partir.

— Il peut partir à cheval d'en bas?

— Non.

— Alors, va là où tu pourras l'en empêcher.

— Agustín y est.

— Alors, va parler à Agustín. Dis-lui ce qui est arrivé.

— Agustín le tuera avec plaisir.

— Tant mieux, dit Robert Jordan. Va là-haut et raconte-lui tout ce qui s'est passé.

— Et alors?

— Moi, je vais voir en bas dans la prairie.

— Bien. " Il ne pouvait pas voir le visage de Rafael dans l'obscurité mais il le sentit sourire. " Te voilà décidé à prendre le mors aux dents, dit le Gitan d'un ton approbateur.

— Va trouver Agustín, lui dit Robert Jordan.

— Oui, Roberto, oui ", dit le Gitan.

Robert Jordan partit entre les pins, à tâtons, d'arbre en arbre, jusqu'au bord de la prairie où la lueur des étoiles rendait l'ombre moins dense. Il parcourut la prairie du regard et, entre lui et le torrent, il aperçut la masse sombre des chevaux. Il les compta. Il y en avait cinq. Robert Jordan s'assit au pied d'un pin, les yeux tournés vers la prairie.

Je suis fatigué, songeait-il, et peut-être mon jugement n'est-il pas bon, mais ma mission, c'est le pont, et pour remplir cette mission je ne dois pas courir de risques inutiles. Bien sûr, on risque parfois gros à ne pas profiter des occasions. Jusqu'ici, j'ai essayé de laisser la situation suivre son cours. S'il est vrai, comme dit le Gitan, qu'ils attendaient de moi que je tue Pablo, alors j'aurais dû le faire. Mais je ne l'ai jamais clairement senti.

Pour un étranger, tuer là où il doit, par la suite, s'assurer la collaboration des gens, c'est une très mauvaise tactique.

On peut se permettre cela en pleine action, ou lorsqu'on s'appuie sur une solide discipline. Dans le cas présent, je crois que j'aurais eu tort. Pourtant c'était tentant et ça paraissait simple et rapide. Mais je ne crois pas que rien soit si rapide ni si simple dans ce pays, et j'ai beau avoir absolument confiance dans la femme, on ne peut pas savoir comment elle réagirait devant un acte aussi brutal. Voir quelqu'un mourir dans un endroit pareil, ça peut être très laid, sale, repoussant. Impossible de prévoir la réaction de cette femme. Sans elle, il n'y a ici ni organisation ni discipline, et avec elle tout peut marcher très bien. L'idéal serait qu'elle le tue, ou le Gitan (mais il ne le fera pas) ou la sentinelle, Agustín, Anselmo le fera si je le lui demande, mais il dit qu'il est contre. Il le déteste, je crois, et il se fie déjà à moi; il croit en moi comme représentant de ce en quoi il croit. Il n'y a que lui et la femme qui croient vraiment en la République, pour autant que je sache, mais il est encore trop tôt pour savoir ça.

Comme ses yeux s'accoutumaient à la lumière des étoiles, il vit Pablo debout près d'un des chevaux. Le cheval cessa de paître et leva la tête, puis la baissa de nouveau avec impatience. Pablo était debout près du cheval, appuyé contre lui, se déplaçant avec lui de la longueur de sa corde et lui caressant l'encolure. Le cheval s'agaçait de ces caresses, tandis qu'il paissait. Robert Jordan ne pouvait pas voir ce que faisait Pablo ni entendre ce qu'il disait au cheval, mais se rendait compte qu'il ne le détachait ni ne le sellait. Il resta là, à observer, essayant de considérer clairement le problème.

"Mon grand, mon bon petit cheval", disait Pablo à l'animal, dans l'obscurité; c'était au grand étalon qu'il parlait. "Grand, beau, avec ta jolie figure blanche, ton grand cou courbé comme le viaduc de mon *pueblo*. Il s'arrêta. Mais plus courbé et bien plus beau." Le cheval mangeait l'herbe, penchait la tête de côté pour arracher les pousses, importuné par l'homme et son discours. "Tu n'es pas une femme, toi, ni un fou", disait Pablo au cheval bai. "Mon grand, mon beau, mon petit. Tu n'es pas une femme comme un rocher qui flambe, toi. Tu n'es pas une pouliche de fille avec une tête rasée et des gestes de poney encore humide de sa mère. Tu n'engueules pas, tu ne mens pas, tu ne comprends pas tout de travers. Mon bon petit grand. "

Il aurait été très intéressant pour Robert Jordan d'entendre Pablo parler au cheval bai, mais il ne l'entendit pas, car, convaincu maintenant que Pablo ne faisait que surveiller ses chevaux, et ayant décidé qu'il n'était pas opportun de le tuer, il se leva et retourna à la grotte. Pablo demeura longtemps dans la prairie à parler à son cheval. Le cheval ne comprenait rien de ce que son maître disait. Il saisissait seulement ce que le ton de la voix avait de câlin. Il avait passé toute la journée dans l'enclos et il avait faim. Il paissait impatiemment dans les limites de la corde, et l'homme l'ennuyait. Pablo finit par enfoncer le piquet et resta près du cheval sans plus parler. Le cheval continua à paître, content que l'homme ne le dérangeât plus.

CHAPITRE VI

Dans un coin de la grotte, Robert Jordan, assis près du feu sur l'un des tabourets de cuir brut, écoutait parler la femme. Elle lavait les assiettes, et la jeune Maria les essuyait et les rangeait, à genoux devant un creux du mur qui servait d'étagère.

" C'est étrange qu'El Sordo ne soit pas venu, disait-elle. Y a une heure qu'il devrait être là.

— Tu lui as dit de venir?

— Non. Il vient tous les soirs.

— Peut-être qu'il est occupé.

— C'est possible, dit-elle. S'il ne vient pas, il faudra qu'on aille le voir demain.

— Oui. C'est loin d'ici?

— Non. Ça fera une bonne promenade. J'ai besoin d'exercice.

— Je peux venir? demanda Maria. Je peux venir aussi, Pilar.

— Oui, ma belle, dit la femme, puis, tournant son visage massif : Elle n'est pas jolie? demanda-t-elle à Robert Jordan. Comment est-ce que tu la trouves? Un peu maigre?

— Je la trouve très bien ", dit Robert Jordan. Maria lui remplit sa tasse de vin. "Bois ça, dit-elle. Tu me trouveras encore mieux. Il faut boire beaucoup pour me trouver belle.

— Alors il vaut mieux que je m'arrête, dit Robert Jordan. Je te trouve déjà belle et plus encore.

— Ça c'est parler, dit la femme. Tu parles comme il faut. Quelle qualité est-ce que tu lui trouves encore?

— Intelligente ", dit Robert Jordan, ne sachant que répondre. Maria se mit à rire, et la femme secoua tristement la tête. "Tu avais bien commencé, et comme tu finis mal, Don Roberto!

— Ne m'appelle pas Don Roberto.

— C'est une blague. Ici on dit Don Pablo pour rigoler. Comme on dit Señorita Maria pour rigoler.

— Je ne blague pas si facilement, dit Robert Jordan. C'est " camarades " que nous devrions tous nous appeler, dans cette guerre, pour être sérieux. Dans la blague, il y a une pourriture qui commence.

— Tu es très religieux sur la politique, fit la femme pour le taquiner. Tu ne plaisantes jamais?

— Si. J'aime beaucoup les plaisanteries, mais pas sur la façon de s'appeler. C'est comme un drapeau.

— Moi, je pourrais plaisanter sur un drapeau. N'importe quel drapeau, dit la femme en riant. Pour moi on peut plaisanter de tout. Le vieux drapeau rouge et or, on l'appelait pus et sang. Le drapeau de la République, avec la pourpre en plus, on l'appelait sang, pus et permanganate. C'est une blague.

— Il est communiste, dit Maria. Ce sont des *gente* très sérieux.

— Tu es communiste?

— Non, je suis antifasciste.

— Depuis longtemps?

— Depuis que j'ai compris le fascisme.

— Combien de temps ça fait?

— Près de dix ans.

— Ça n'est pas beaucoup, dit la femme. Moi, il y a vingt ans que je suis républicaine.

— Mon père a été républicain toute sa vie, dit Maria. C'est pour ça qu'ils l'ont fusillé.

— Mon père aussi a été républicain toute sa vie. Et aussi mon grand-père, dit Robert Jordan.

— Dans quel pays?

— Aux États-Unis.

— On les a tués? demanda la femme.

— *Qué va*, dit Maria. Les États-Unis, c'est un pays de républicains. On ne vous tue pas parce que vous êtes républicain là-bas.

— Tout de même, c'est une bonne chose d'avoir un grand-père qui était républicain, dit la femme. Ça prouve qu'on a du bon sang.

— Mon grand-père était du Comité National républicain, dit Robert Jordan. — Même Maria fut impressionnée.

— Et ton père sert toujours la République? demanda Pilar.

— Non, il est mort.

— On peut demander comment il est mort?

— Il s'est tué.

— Pour ne pas être torturé? demanda la femme.

— Oui, dit Robert Jordan. Pour ne pas être torturé. "

Maria le regarda avec des larmes dans les yeux. "Mon père, dit-elle, n'a pas pu se procurer d'arme. Oh! je suis contente que ton père ait eu la chance d'avoir une arme.

— Oui. C'était de la chance, dit Robert Jordan. Si on parlait d'autre chose?

— Alors, toi et moi, on est pareils ", dit Maria. Elle lui mit la main sur le bras et le regarda bien en face. Il regarda son visage brun et ses yeux qui ne lui avaient jamais paru jusqu'alors aussi jeunes que le reste de ses traits, mais qui étaient devenus soudain avides, jeunes et remplis d'ardeur.

" Vous pourriez être frère et sœur, à vous voir, dit la femme. Mais je crois que c'est une chance que vous ne le soyez pas.

— Je comprends, maintenant, l'impression que j'ai eue, dit Maria. Maintenant, c'est clair.

— *Qué va* ", dit Robert Jordan, et, se penchant, il passa sa main sur la tête de la jeune fille. Tout le jour il avait désiré faire ce geste et, maintenant, il sentait sa gorge se gonfler. Elle remuait la tête sous sa main et lui souriait. Il sentait l'épaisseur drue mais soyeuse des cheveux courts glisser entre ses doigts. Puis sa main toucha le cou, et il la laissa retomber.

" Encore, dit-elle. Toute la journée j'ai eu envie que tu fasses ça.

— Plus tard, dit Robert Jordan, et sa voix était sourde.

— Et moi? — La femme de Pablo parlait de sa voix sonore. — Il faut que j'assiste à ça? Je ne dois pas me troubler? On n'y peut rien. Faute de mieux, que Pablo revienne. "

Maria ne s'occupait plus d'elle, ni des autres qui jouaient aux cartes à la table dans la lumière de la chandelle.

" Tu veux encore une tasse de vin, Roberto? demanda-t-elle.

— Oui, dit-il. Pourquoi pas?

— Tu vas avoir un ivrogne comme moi, dit la femme. Avec la chose bizarre qu'il a bue dans sa tasse et tout ça. Écoute-moi, *Inglés*.

— Pas *Inglés*. Américain.

— Écoute-moi, Américain. Où est-ce que tu as l'intention de dormir?

— Dehors. J'ai un sac de couchage.

— Bon, dit-elle. La nuit est claire?

— Oui, il fera froid.

— Dehors donc, dit-elle. Dors dehors. Et ton matériel peut dormir avec moi.

— Bon, dit Robert Jordan.

— Laisse-nous un moment. " Robert Jordan parlait à la jeune fille en lui posant la main sur l'épaule.

" Pourquoi?

— Je veux parler à Pilar.

— Il faut que je m'en aille?

— Oui.

— Qu'est-ce que c'est? " demanda la femme à Pablo quand la jeune fille s'en fut allée jusqu'à l'entrée de la grotte où elle resta debout sous la grande outre de vin, à regarder les joueurs de cartes.

" Le Gitan dit que j'aurais dû..., commença-t-il.

— Non. — La femme l'interrompit. — Il se trompe.

— S'il fallait que je.... Robert Jordan parlait doucement mais avec difficulté.

— Tu l'aurais fait, je le crois, dit la femme. Non, ce n'est pas nécessaire. Je t'observais. Mais ton jugement était bon.

— Mais s'il était utile....

— Non, dit la femme. Je te dis que ce n'est pas utile. L'esprit du Gitan est corrompu....

— Mais un homme peut être très dangereux par faiblesse.

— Non. Tu ne comprends pas. Cet homme n'est même plus capable d'être dangereux.

— Je ne comprends pas.

— Tu es très jeune encore, dit-elle. Tu comprendras. Puis, à la jeune fille : Viens Maria. Nous ne parlons plus. "

La jeune fille revint. Robert Jordan tendit la main et la lui passa sur les cheveux. Elle se frottait sous sa main comme une petite chatte. Puis il crut qu'elle allait pleurer. Mais les coins de ses lèvres remontèrent de nouveau et elle le regarda en souriant.

" Tu ferais bien d'aller te coucher maintenant, dit la femme à Robert Jordan. Tu as fait un long voyage.

— Bon, dit Robert Jordan. Je vais prendre mes affaires. "

CHAPITRE VII

Robert Jordan était étendu dans son sac de couchage, par terre, dans la forêt. Il était abrité par les rochers, près de l'entrée de la grotte. Tout en dormant, il se retourna et, ce faisant, roula sur son pistolet attaché par une lanière à l'un de ses poignets. Il avait posé l'arme à côté de lui sous la couverture quand il s'était étendu pour dormir, les épaules, le dos et les jambes si lourds, les muscles tellement courbaturés que la terre en paraissait moelleuse. Rien que de s'allonger dans le sac doublé de flanelle, il avait éprouvé une espèce de volupté chargée de fatigue. Il eut, en s'éveillant, l'impression d'avoir déjà dormi longtemps; il se demanda où il était, comprit, puis sortit le pistolet de sous son flanc et se disposa avec plaisir à replonger dans le sommeil, la main sur le ballot de ses vêtements soigneusement roulés autour de ses espadrilles, l'autre bras passé sous cet oreiller.

Puis il sentit une main sur son épaule et se tourna vivement, le poing droit crispé sur le pistolet dans le sac de couchage.

"Oh! c'est toi", dit-il et, lâchant son arme, il tendit les deux bras et l'attira à lui. Entre ses bras, il la sentit frissonner.

" Viens à l'intérieur, dit-il doucement. Il fait froid dehors.

— Non. Il ne faut pas.

— Viens, dit-il. Nous discuterons après. "

Elle tremblait. Il avait son poignet dans une main et il la soutenait légèrement de l'autre bras. Elle détournait la tête.

" Viens, petit chevreau, dit-il, et il lui donna un baiser sur la nuque.

— J'ai peur.

— Non. N'aie pas peur. Viens.

— Comment?

— Glisse-toi à l'intérieur. Il y a beaucoup de place. Veux-tu que je t'aide?

— Non ", dit-elle. Elle était à présent dans le sac de couchage et il la pressait contre lui, essayant de poser ses lèvres sur les siennes; elle enfouissait son visage dans le rouleau de vêtements qui servait d'oreiller, mais elle lui avait mis les bras autour du cou et le tenait serré. Puis il sentit ses bras se détendre et elle eut un frisson.

" Non, dit-il en riant. N'aie pas peur. C'est le pistolet. "

Il prit l'arme et la glissa derrière lui.

" J'ai honte, dit-elle, détournant son visage.

— Non. Il ne faut pas. Allons, voyons.

— Non, c'est vrai, il ne faut pas. Mais j'ai honte et j'ai peur.

— Non, mon chevreau. Je t'en prie.

— Il ne faut pas. Si tu ne m'aimes pas.

— Je t'aime.

— Je t'aime. Oh! je t'aime. Mets ta main sur ma tête ", dit-elle, le visage toujours dans l'oreiller. Il lui mit la main sur la tête et la caressa. Soudain, le visage de Maria quitta l'oreiller. Ils se trouvèrent pressés l'un contre l'autre, joue contre joue. Elle pleurait.

Il la tenait immobile et serrée, sentant toute la longueur du jeune corps. Il caressait sa tête et baisait le sel humide de ses yeux, et, tandis qu'elle pleurait, ses seins ronds aux pointes fermes le touchaient à travers la chemise dont elle était vêtue.

" Je ne sais pas embrasser, dit-elle. Je ne sais pas comment on fait.

— On n'est pas obligé d'embrasser.

— Si. Il faut que je t'embrasse. Il faut que je fasse tout.

— On n'est pas obligé de rien faire. On est très bien comme ça. Mais tu as beaucoup de vêtements.

— Qu'est-ce qu'il faut faire?

— Je vais t'aider.

— C'est mieux?

— Oui. Beaucoup. Ce n'est pas mieux pour toi?

— Si. Beaucoup mieux. Et je pourrai aller avec toi, comme Pilar a dit?

— Oui.

— Mais pas dans un Foyer. Avec toi.

— Non, dans un Foyer.

— Non. Non. Non. Avec toi, et je serai ta femme. "

Ils étaient étendus là tous les deux, et tout ce qui auparavant était recouvert fut découvert. Là où il y avait eu la rudesse des étoffes, tout était douceur, douce pression ferme et ronde, et longue fraîcheur chaleureuse, fraîche à la surface et chaude au-dedans, tenant serré, tenu serré; solitaire douceur envahissante, environnante, créatrice de bonheur, jeune, amoureuse, et qui devint ensuite une douceur brûlante et une solitude dévorante, douloureuse, si poignante que Robert Jordan n'en pouvait plus et dit : " Tu en as aimé d'autres?

— Jamais. "

Puis soudain, inanimée sous l'étreinte : " Mais on m'a fait des choses.

— Qui?

— Plusieurs. "

Maintenant elle était étendue, parfaitement immobile, comme si son corps était mort, et elle détournait la tête.

" Maintenant tu ne m'aimeras plus.

— Je t'aime ", dit-il.

Mais quelque chose s'était passé en lui, et elle le savait.

" Non ", dit-elle. Sa voix était blanche et sans relief. " Tu ne m'aimeras plus. Mais peut-être que tu m'emmèneras au Foyer. Et j'irai au Foyer et je ne serai jamais ta femme ni rien.

— Je t'aime, Maria.

— Non. Ce n'est pas vrai ", dit-elle. Puis à la fin, pitoyable et espérante : " Mais je n'ai jamais embrassé aucun homme.

— Alors embrasse-moi maintenant.

— Je voudrais, dit-elle. Mais je ne sais pas comment. Quand on m'a fait des choses, je me suis débattue jusqu'à ce que je n'aie plus pu voir. Je me suis débattue jusqu'à... jusqu'à... jusqu'à ce que l'un d'eux s'asseoie sur ma tête... et je l'ai mordu... et alors on m'a attaché la bouche et on m'a tenu les bras derrière la tête... et les autres me faisaient des choses.

— Je t'aime, Maria, dit-il. Et personne ne t'a rien fait. Toi, on ne peut pas te toucher. Personne ne t'a touché, petit chevreau.

— Tu crois ça?

— Je le sais.

— Et tu peux m'aimer encore? dit-elle, chaude contre lui à présent.

— Encore plus.

— Je vais essayer de t'embrasser très bien.

— Embrasse-moi un peu.

— Je ne sais pas.

— Embrasse-moi tout simplement. "

Elle l'embrassa sur la joue.

" Non.

— Qu'est-ce qu'on fait du nez? Je me suis toujours demandé ce qu'on faisait du nez.

— Regarde, tourne la tête. " Et leurs bouches se joignirent. Elle était serrée contre lui, sa bouche s'entrouvrit peu à peu. Et, soudain, tenant ainsi la jeune fille contre lui, il se sentit plus heureux qu'il n'avait jamais été, d'un bonheur intérieur léger, amoureux, exaltant, et sans pensée, et sans fatigue, et sans souci, et tout délices, et il dit : " Mon petit chevreau. Ma chérie. Ma douce. Ma longue aimée.

— Qu'est-ce que tu dis? fit-elle comme si elle était très loin.

— Mon aimée ", dit-il.

Ils étaient étendus ainsi, il sentait son cœur battre contre le sien et, du bord de son pied, il lui caressa très doucement les pieds.

" Tu es venue pieds nus, dit-il.

— Oui.

— Alors tu savais que tu venais te coucher.

— Oui.

— Et tu n'avais pas peur.

— Si. Très. Mais plus peur encore de ne pas savoir comment ôter mes chaussures.

— Et quelle heure est-il maintenant? *lo sabes?*

— Non. Tu n'as pas de montre?

— Si. Mais elle est derrière ton dos.

— Enlève-la de là.

— Non.

— Alors regarde par-dessus mon épaule. "

Il était une heure. Le cadran lumineux brillait dans l'ombre du sac de couchage.

" Ton menton me gratte l'épaule.

— Pardon. Je n'ai rien pour me raser.

— J'aime ça. Ta barbe est blonde?

— Oui.

— Et elle sera longue?

— Pas avant le pont. Maria, écoute. Est-ce que tu...?

— Quoi?

— Est-ce que tu veux?

— Oui. Tout. Je t'en prie. Et si nous faisons tout ensemble, le reste n'aura peut-être jamais été.

— Tu as trouvé cela?

— Non. Je le pense, mais c'est Pilar qui me l'a dit.

— Elle est pleine de sagesse.

— Et, autre chose. (Maria parlait bas.) Elle m'a dit de te dire que je ne suis pas malade. Elle sait ces choses-là et elle m'a dit de te dire ça.

— Elle t'a dit de me le dire?

— Oui. Je lui ai parlé et je lui ai dit que je t'aime. Je t'ai aimé quand je t'ai vu aujourd'hui, et je t'avais aimé, mais je ne t'avais jamais vu avant, et je l'ai dit à Pilar, et elle m'a dit, si je t'en parlais jamais, de te dire que je n'étais pas malade. L'autre chose, elle me l'avait dite il y a longtemps. Peu de temps après le train.

— Qu'est-ce qu'elle t'a dit?

— Elle m'a dit que rien ne peut vous être fait qu'on n'accepte pas et que si j'aimais quelqu'un, ça supprimerait tout. Je voulais mourir, tu sais.

— Ce qu'elle a dit est vrai.

— Et maintenant je suis contente de n'être pas morte. Je suis tellement contente de n'être pas morte. Et tu peux m'aimer?

— Oui. Je t'aime en ce moment.

— Et je peux être ta femme?

— Je ne peux pas avoir de femme, avec le métier que je fais. Mais tu es ma femme maintenant.

— Si je le suis une fois, alors je continuerai à l'être. Je suis ta femme maintenant?

— Oui, Maria. Oui, mon petit chevreau. "

Elle se serra contre lui et elle cherchait ses lèvres et elle les trouva et ils s'embrassèrent et il la sentit fraîche, neuve et lisse et jeune et adorable dans cette fraîcheur chaude, dévorante; et incroyable était la présence de Maria dans ce sac aussi familier pour lui que ses vêtements ou ses chaussures ou son devoir; et enfin elle dit, peureuse : " Maintenant faisons vite ce qu'il faut faire pour que le reste n'existe plus.

— Tu veux?

— Oui, dit-elle presque avec violence. Oui. Oui. Oui. "

CHAPITRE VIII

La nuit était froide. Robert Jordan dormit profondément. Il se réveilla une fois et, en s'étirant, sentit que la jeune fille était là, couchée en chien de fusil, plus bas que lui dans le sac, respirant légèrement et régulièrement. Alors, dans l'obscurité, il déroba sa tête au froid, au ciel dur émaillé d'étoiles, à l'air froid qui lui remplissait les narines; il plongea dans la chaleur du sac et baisa la douce épaule de la jeune fille. Celle-ci ne s'éveilla pas, et il se tourna sur le côté, loin d'elle, et — la tête hors du sac, de nouveau, dans le froid — il resta un moment éveillé, goûtant tout le luxe de sa fatigue, puis le bonheur lisse, tactile, de leurs deux corps rapprochés; puis il étendit les jambes jusqu'à toucher le fond du sac et retomba d'un seul coup dans le sommeil.

Il se réveilla au point du jour; la jeune fille était partie. Il le savait en s'éveillant et, tendant le bras, il sentit le sac encore chaud à l'endroit où elle avait reposé. Il regarda vers l'entrée de la grotte où la couverture pendait, bordée de givre, et il vit la mince fumée grise qui, montant d'une fente des rochers, indiquait que le feu de la cuisine était allumé.

Un homme sortit d'entre les arbres, une couverture sur là tête, à la manière d'un *poncho* : Pablo qui fumait une cigarette. Il est allé ramener les chevaux dans l'enclos, songea Jordan.

Pablo écarta la portière et entra dans la grotte sans avoir regardé dans la direction de Robert Jordan.

Robert Jordan tâta de la main le givre léger répandu sur la soie mince, usée et tachée de l'enveloppe qui, depuis cinq ans, lui servait à recouvrir son duvet, puis il se renfouit à l'intérieur. *Bueno*, se dit-il, en sentant la caresse familière de la doublure de flanelle sur ses jambes étendues ; il les écarta, puis les rapprocha et se tourna sur le côté de façon que sa tête ne fût pas dans la direction d'où il savait que viendrait le soleil. *Que mas da*, je peux bien dormir encore.

Il dormit jusqu'à ce qu'un bruit de moteurs d'avions l'éveillât.

Couché sur le dos, il les vit, patrouille fasciste de trois Fiat, minuscules, brillants, rapides à travers le ciel de la montagne, volant dans la direction d'où Anselmo et lui étaient venus la veille. Ces trois-là disparurent, puis il en vint neuf autres volant beaucoup plus haut, en colonne par trois.

Pablo et le Gitan étaient debout à l'entrée de la grotte, dans l'ombre, regardant le ciel, tandis que Robert Jordan restait étendu sans bouger. Le ciel était à présent rempli du ronflement martelé des moteurs. Il y eut un nouveau vombrissement, et trois nouveaux avions apparurent, cette fois à moins de trois cents mètres au-dessus de la clairière. Ces trois-là étaient des bombardiers bi-moteurs Heinkel cent onze.

Robert Jordan, la tête dans l'ombre des roches, savait qu'ils ne le voyaient pas et que, le verraient-ils, cela n'avait pas d'importance. Il savait qu'ils pouvaient voir les chevaux dans l'enclos s'ils étaient à la recherche de quelque signe dans ces montagnes. Les verraient-ils d'ailleurs, qu'à moins d'être alertés, ils les prendraient tout naturellement pour de la cavalerie à eux. Puis vint un nouveau ronflement plus fort. Trois Heinkel cent onze apparurent, approchèrent rapidement, volant encore plus bas, en formation rigide, leur battement sonore allant crescendo jusqu'à devenir assourdissant, puis décroissant tandis qu'ils dépassaient la clairière.

Robert Jordan défit le ballot de vêtements qui lui servait d'oreiller et sortit sa chemise. Il était en train de l'enfiler, lorsqu'il entendit les avions suivants ; il mit son pantalon sans sortir du sac et s'étendit, immobile, tandis que surgissaient trois nouveaux bombardiers bi-moteurs Heinkel. Avant qu'ils eussent disparu derrière la crête de la montagne, il avait bouclé son pistolet, roulé le sac et l'avait posé contre les rochers où il s'adossait à présent, assis par terre et nouant ses espadrilles. Le ronflement, prenant de l'ampleur, devint un fracas plus sonore que jamais, et neuf nouveaux bombardiers légers Heinkel approchèrent par échelons, fendant le ciel.

Robert Jordan se glissa le long des rochers jusqu'à l'ouverture de la grotte où l'un des frères, Pablo, le Gitan, Anselmo, Agustin et la femme étaient debout à regarder.

" Il a déjà passé des avions comme ça? demanda-t-il.

— Jamais, dit Pablo. Rentre. Ils vont te voir ".

Le soleil n'avait pas encore atteint l'entrée de la grotte. Il éclairait juste la prairie près du torrent. Robert Jordan savait que les avions ne pouvaient le voir dans l'obscurité, l'ombre matinale des arbres, l'ombre épaisse projetée par les rochers, le cachant. Il entra dans la grotte pour ne pas énerver ses compagnons.

" Il y en a beaucoup, dit la femme.

— Et il en viendra encore, dit Robert Jordan.

— Comment le sais-tu? demanda Pablo soupçonneux.

— Ceux-ci doivent avoir de la chasse avec eux. "

Juste à ce moment, ils les entendirent — ronflement plus aigu, pareil à une plainte — et, tandis qu'ils passaient à environ douze cents mètres, Robert Jordan compta quinze Fiat échelonnés comme un vol d'oies sauvages par groupes de trois en forme de V.

A l'entrée de la grotte, ils avaient tous des visages graves et Robert Jordan dit : " Vous n'avez jamais vu autant d'avions?

— Jamais, dit Pablo.

— Il n'y en a pas beaucoup à Ségovie?

— Il n'y en a jamais eu comme ça. D'habitude, on en voit trois, quelquefois six, des chasseurs. Peut-être trois Junkers, des gros à trois moteurs, avec des chasseurs. Jamais on n'avait vu tant d'avions que ça. "

Mauvais, se dit Robert Jordan. Vraiment mauvais. Cette concentration d'aviation est de très mauvais augure. Il faut que j'écoute où ils tirent. Mais non, on n'a pas encore amené les troupes pour l'attaque. Sûrement pas avant ce soir ou demain soir, sûrement pas encore. Aucune unité ne peut être en mouvement à l'heure actuelle.

Il percevait encore le ronflement décroissant. Il regarda sa montre. Ils devaient être à présent au-dessus des lignes, les premiers en tout cas. Il poussa le ressort qui commandait l'aiguille des minutes et la regarda tourner. Non, peut-être pas encore. Maintenant. Oui. Bien au-delà maintenant. Quatre cents kilomètres à l'heure pour les cent onze en tout cas. Il leur fallait cinq minutes pour arriver là-bas. Maintenant ils sont bien au-delà du col, avec la Castille toute jaune et fauve au-dessous d'eux dans le matin, le jaune rayé par les routes blanches et parsemé de petits villages; les ombres des Heinkel glissent sur la campagne comme les ombres des requins sur un banc de sable au fond de l'océan.

Il ne percevait aucun éclatement de bombes. Sa montre continuait son tic-tac.

Ils vont à Colmenar, à l'Escurial ou à l'aérodrome de Manzanarès el Real, songeait-il, là où il y a un vieux château au-dessus du lac et des canards dans les roseaux, et un faux aérodrome juste derrière le vrai avec de faux avions à moitié camouflés, les hélices tournant au vent. Ça doit être là qu'ils vont. Ils ne peuvent pas être prévenus de l'attaque, se disait-il, et quelque chose en lui disait : Pourquoi cela? Ils ont été prévenus de toutes les autres.

" Tu crois qu'ils ont vu les chevaux? demanda Pablo.

— Ceux-là n'étaient pas à la recherche de chevaux, dit Robert Jordan.

— Mais est-ce qu'ils les ont vus?

— Non, à moins qu'on leur ait dit de les chercher.

— Ils pouvaient les voir?

— Probablement pas, dit Robert Jordan, à moins que le soleil n'ait été au-dessus des arbres.

— Il y est très tôt, dit Pablo tristement.

— Je crois qu'ils ont autre chose en tête que tes chevaux ", dit Robert Jordan.

Huit minutes s'étaient écoulées depuis qu'il avait poussé le ressort de sa montre. On n'entendait toujours aucun bruit de bombardement.

" Qu'est-ce que tu fais avec la montre? demanda la femme.

— J'écoute où ils sont allés.

— Oh! " dit-elle. Au bout de dix minutes il cessa de regarder sa montre, sachant que ce serait trop loin pour entendre à présent, même en comptant une minute pour le voyage du son, et il dit à Anselmo : " Je voudrais te parler. "

Anselmo sortit de la grotte; les deux hommes firent quelques pas et s'arrêtèrent sous un pin.

" *Qué tal?* demanda Robert Jordan. Comment ça va?

— Très bien.

— Tu as mangé?

— Non. Personne n'a mangé.

— Alors mange et emporte quelque chose pour midi. Je veux que tu ailles surveiller la route. Note tout ce qui passe dans les deux sens.

— Je ne sais pas écrire.

— Ce n'est pas nécessaire. " Robert Jordan arracha deux pages à son carnet et, avec son couteau, coupa trois centimètres du bout de son crayon. " Prends ça et fais une marque pour les tanks, comme ça (il dessina sommairement un tank), une marque pour chacun, et quand il y en aura quatre, barre les quatre pour indiquer le cinquième.

— C'est comme ça que nous comptons aussi.

— Bon. Fais une autre marque, deux roues et une caisse pour les camions. S'ils sont vides, un cercle. S'ils sont pleins de soldats, un bâton. Une marque pour les canons. Les gros, comme ça. Les petits, comme ça. Une marque pour les autos. Une marque pour les ambulances. Comme ça, deux roues et une caisse avec une croix dessus. Une marque pour l'infanterie à pied par compagnie, comme ça, tu vois? Un petit carré et une marque à côté. Une marque pour la cavalerie, comme ça, tu vois? Comme un cheval. Un rectangle à quatre pieds. Ça c'est un escadron de vingt chevaux. Tu comprends? Chaque escadron, une marque.

— Oui. C'est malin.

— Maintenant " — il dessina deux grandes roues entourées de cercles et une courte ligne indiquant un canon. " Ceux-là, ce sont les antitanks. Ils ont des pneus. Une marque pour eux. Ceux-là ce sont des antiaériens, deux roues avec le canon dressé. Une marque pour eux aussi. Tu comprends? Tu as déjà vu des canons comme ça?

— Oui, dit Anselmo. Naturellement. C'est clair.

— Emmène le Gitan avec toi pour qu'il sache où tu es posté et qu'on puisse te relever. Choisis une place sûre, pas trop près, et d'où tu puisses voir bien et commodément. Reste là jusqu'à ce qu'on te relève.

— Je comprends.

— Bon. Et que je sache, quand tu reviendras, tout ce qui aura passé sur la route. Il y a une feuille pour ce qui monte la route, une pour ce qui la descend. "

Ils revinrent vers la grotte.

" Envoie-moi Rafael ", dit Robert Jordan, et il attendit près d'un arbre. Il regarda Anselmo entrer dans la grotte et la couverture retomber derrière lui. Le Gitan sortit nonchalamment, en s'essuyant la bouche du revers de la main.

" *Qué tal?* dit le Gitan. Tu t'es bien amusé cette nuit?

— J'ai dormi.

— Tant mieux, dit le Gitan, et il sourit. Tu as une cigarette?

— Écoute, dit Robert Jordan en palpant ses poches à la recherche des cigarettes. Je voudrais que tu ailles avec Anselmo jusqu'à un endroit d'où il surveillera la route. Là, tu le laisseras, en notant la place, afin de pouvoir m'y guider, moi ou celui qui le relèvera plus tard. Après, tu iras observer la scierie et tu noteras s'il y a des changements dans le poste.

— Quels changements?

— Combien d'hommes y a-t-il maintenant?

— Huit. Aux dernières nouvelles.

— Vois combien il y en a à présent. Note à quels intervalles on change la garde à ce pont.

— Intervalles?

— Combien de temps reste la garde et à quelle heure on la change.

— Je n'ai pas de montre.

— Prends la mienne. — Il la détacha.

— Quelle montre! fit Rafael admiratif. Regardez-moi ces complications. Une montre comme ça devrait savoir lire et écrire. Regardez-moi la complication de ces chiffres. C'est une montre à tuer toutes les autres.

— Ne joue pas avec, dit Robert Jordan. Tu sais lire l'heure?

— Et comment! Douze heures midi. Faim. Douze heures minuit. Sommeil. Six heures du matin, faim. Six heures du soir, saoul. Avec de la chance. Dix heures du soir....

— Assez, dit Robert Jordan. Tu n'as pas besoin de faire le clown. Je veux que tu observes la garde au grand pont et le poste de la route du bas, de même que le poste et la garde de la scierie et du petit pont.

— C'est beaucoup de travail. — Le Gitan sourit. — Tu es sûr qu'il n'y a personne que tu aimerais mieux envoyer?

— Non, Rafael. Il est important que tu travailles très soigneusement et que tu ne te fasses pas repérer.

— Je crois bien que je ne me ferai pas repérer, dit le Gitan. Pourquoi est-ce que tu me dis de ne pas me faire repérer? Tu crois que j'ai envie qu'on me tire dessus?

— Prends les choses un peu au sérieux, dit Robert Jordan. C'est sérieux, ça.

— Tu me demandes de prendre les choses au sérieux. Après ce que tu as fait cette nuit? Quand tu devais tuer un homme et qu'au lieu de ça tu fais ce que tu as fait? Tu devais en tuer un, pas en faire un! Quand nous venons de voir dans le ciel assez d'avions pour nous tuer tous, en remontant jusqu'à nos grand-pères et en descendant jusqu'à nos petits-enfants qui ne sont pas encore nés et en passant par le bétail, des chèvres aux punaises. Des avions qui font un bruit à cailler le lait dans le sein de ta mère, que le ciel en est obscurci, et qu'ils hurlent comme des lions; et tu me demandes de prendre les choses au sérieux. Je les prends déjà trop au sérieux.

— Très bien, dit Robert Jordan; il rit et posa sa main sur l'épaule du Gitan. Ne les prends pas trop au sérieux, alors. Maintenant finis ton petit déjeuner et pars.

— Et toi? demanda le Gitan. Qu'est-ce que tu fais?

— Je vais voir El Sordo.

— Après ces avions, c'est très possible que tu ne retrouves personne dans toutes ces montagnes, dit le Gitan. Il a dû y avoir beaucoup de gens qui ont transpiré à grosses gouttes, ce matin quand les avions sont passés.

— Ceux-là ont autre chose à faire que de chasser les guérillas.

— Oui ", dit le Gitan. Puis il secoua la tête. " Mais quand ça leur prendra de se mettre à ce travail-là !...

— *Qué va*, dit Robert Jordan. Ce sont les meilleurs de tous les bombardiers légers allemands. On n'envoie pas ceux-là contre les Gitans.

— Ils me font horreur, dit Rafael. Ces choses-là, oui, elles me font peur.

— Ils vont bombarder un aérodrome, dit Robert Jordan en rentrant dans la grotte. Je suis presque sûr qu'ils y vont.

— Qu'est-ce que tu dis ? " demanda la femme de Pablo. Elle lui remplit un bol de café et lui tendit une boîte de lait condensé. " Il y a du lait ? Quel luxe !

— Il y a de tout, dit-elle. Et depuis les avions il y a beaucoup de frousse. Où est-ce que tu dis qu'ils allaient ? "

Robert Jordan fit couler un peu de lait épais dans son café à travers la fente de la boîte, l'essuya contre le bord de la tasse et remua le café jusqu'à ce qu'il fût d'un brun clair.

" Ils vont bombarder un aérodrome, je pense. Ils peuvent aussi aller à l'Escurial ou à Colmenar. Peut-être les trois.

— Qu'ils aillent très loin et ne reviennent pas par ici, dit Pablo.

— Et pourquoi est-ce qu'ils sont là maintenant ? demanda la femme. Qu'est-ce qui les amène à présent ? Jamais on n'a vu d'avions comme ça. Ni en telle quantité. Ils préparent une attaque ?

— Quel mouvement est-ce qu'il y a eu sur la route, cette nuit ? " demanda Robert Jordan. Maria était tout près de lui, mais il ne la regardait pas.

" Toi, dit la femme, Fernando, tu étais à La Granja cette nuit. Quel mouvement y avait-il ?

— Aucun. " Ce fut un petit homme au visage ouvert, âgé d'environ trente-cinq ans, avec un œil poché, et que Robert Jordan n'avait pas vu auparavant, qui répondit : " Quelques camions comme d'habitude. Des autos. Pas de mouvements de troupes pendant que j'y étais.

— Tu vas à La Granja toutes les nuits ? lui demanda Robert Jordan.

— Moi ou un autre, dit Fernando. Quelqu'un y va.

— Ils vont aux nouvelles, au tabac, aux commissions, dit la femme.

— Nous avons du monde là-bas?

— Oui. Ceux qui travaillent à la centrale électrique. Et d'autres.

— Quelles étaient les nouvelles?

— *Pues nadas*. Rien. Ça continue à aller mal dans le nord. Ce n'est pas nouveau. Dans le nord, ça va mal depuis le commencement.

— On n'a rien entendu dire de Ségovie?

— Non, *hombre*. Je n'ai rien demandé.

— Tu vas à Ségovie?

— Quelquefois, dit Fernando. Mais c'est risqué. Il y a des contrôles où ils demandent les papiers.

— Tu connais l'aérodrome?

— Non, *hombre*. Je sais où c'est, mais je n'y ai jamais été. On demande beaucoup les papiers dans ce coin-là.

— Personne ne parlait de ces avions hier soir?

— A La Granja? Personne. Mais on en parlera sûrement ce soir. On parlait du discours de Queipo de Llano à la radio. Rien d'autre. Si.... Il paraît que la République prépare une offensive.

— Que quoi?

— Que la République prépare une offensive.

— D'où vient ce bruit?

— D'où? Bah! de différents côtés. Les officiers parlent dans les cafés, à Ségovie et Avila, et les garçons écoutent. Les bruits se répandent. Depuis quelque temps, on parle d'une offensive de la République par ici.

— De la République ou des Fascistes?

— De la République. Si c'était des Fascistes, tout le monde le saurait. Non. C'est une offensive importante. Des gens disent même qu'il y en aura deux. Une ici et l'autre sur Alto de Léon près de l'Escurial. Tu en as entendu parler?

— Qu'est-ce qu'on t'a dit d'autre?

— *Nada, hombre*. Ah! si. On disait aussi que les Républicains essaieraient de faire sauter les ponts s'il devait y avoir une offensive. Mais les ponts sont gardés.

— Est-ce que tu plaisantes? dit Robert Jordan en buvant son café.

— Non, *hombre*, dit Fernando.

— Celui-là ne plaisante pas, dit la femme. Et c'est dommage.

— Alors, dit Robert Jordan, merci pour toutes ces nouvelles. Tu n'as rien appris d'autre?

— Non. On parle, comme toujours, de troupes qu'on enverrait pour nettoyer ces montagnes. On dit qu'ils sont en route. Qu'ils sont déjà partis de Valladolid. Mais on dit toujours ça. Il ne faut pas y faire attention.

— Et toi, — la femme s'adressait à Pablo presque méchamment, — avec tes paroles de sécurité. "

Pablo la regarda pensivement et se gratta le menton. " Toi, dit-il, et tes ponts.

— Quels ponts? demanda gaiement Fernando.

— Idiot, lui dit la femme. Cervelle épaisse. *Tonto*. Prends encore une tasse de café et essaie de te rappeler d'autres nouvelles.

— Ne te fâche pas, Pilar, dit Fernando, calme et de bonne humeur. Il ne faut pas s'inquiéter pour des racontars. Je t'ai dit à toi et à ce camarade tout ce que je me rappelle.

— Tu ne te rappelles rien de plus? demanda Robert Jordan.

— Non, dit Fernando avec dignité. Et c'est une chance si je me rappelle ça, parce que, comme c'étaient des racontars, je n'y ai pas fait attention.

— Alors, il y avait peut-être encore autre chose?

— Oui. C'est possible. Mais je n'ai pas fait attention. Depuis un an, je n'ai entendu que des racontars. "

Robert Jordan entendit fuser un rire; c'était la jeune Maria, debout derrière lui, qui ne pouvait plus se contenir.

" Trouve-nous encore des racontars, Fernando ", dit-elle, et ses épaules furent de nouveau secouées par le fou rire.

" Si je me les rappelais, je ne les répéterais pas, fit Fernando. C'est indigne d'un homme d'écouter des racontars et de leur donner de l'importance.

— Et c'est avec ça que nous sauverons la République, dit la femme.

— Non. *Vous* la sauverez en faisant sauter des ponts, lui dit Pablo.

— Partez, dit Robert Jordan à Anselmo et Rafael. Si vous avez fini de manger.

— Nous partons ", dit le vieux, et tous deux se levèrent. Robert Jordan sentit une main sur son épaule. C'était Maria. " Tu devrais manger, dit-elle, et elle lui laissa sa main posée sur l'épaule. Mange bien pour que ton estomac puisse supporter encore d'autres racontars.

— Les racontars m'ont coupé l'appétit.

— Non. Il ne faut pas. Mange ça maintenant avant qu'il en vienne d'autres. — Elle posa le bol devant lui.

— Ne te moque pas de moi, lui dit Fernando. Je suis ton ami, Maria.

— Je ne me moque pas de toi, Fernando. C'est de lui que je me moque et il devrait manger, sans quoi il aura faim.

— Nous devrions tous manger, dit Fernando. Pilar, qu'est-ce qui se passe, qu'on ne nous sert pas?

— Rien, *hombre*, dit la femme de Pablo, et elle lui remplit son bol de ragoût. Mange. Oui, ça, tu peux. Mange, maintenant.

— C'est très bon, Pilar, dit Fernando, toute sa dignité intacte.

— Merci, dit la femme. Merci et encore merci.

— Tu m'en veux? demanda Fernando.

— Non. Mange. Vas-y, mange. "

Robert Jordan regarda Maria; les épaules de la jeune fille recommencèrent à être secouées par le rire et elle détourna les yeux. Fernando mangeait posément, la dignité inscrite sur son visage, dignité que ne parvenait pas à entamer la grande cuiller dont il se servait ni le mince filet de jus qui coulait des coins de sa bouche.

" La nourriture te plaît? lui demanda la femme.

— Oui, Pilar, dit-il, la bouche pleine. C'est comme d'habitude. "

Robert Jordan sentit la main de Maria sur son bras et sentit les doigts de la jeune fille l'étreindre de plaisir.

" C'est pour ça que ça te plaît? demanda la femme à Fernando.

— Oui, ajouta-t-elle. Je vois. Le ragoût; comme d'habitude. *Como siempre*. Les choses vont mal dans le nord; comme d'habitude. Une offensive par ici; comme d'habitude. Que des troupes viennent nous pourchasser; comme d'habitude. Tu pourrais servir de modèle pour la statue de comme d'habitude.

— Mais pour les deux derniers, ce ne sont que des racontars, Pilar.

— L'Espagne.... " La femme à Pablo parlait amèrement. Puis elle se tourna vers Robert Jordan. " Est-ce qu'ils ont des gens comme ça dans les autres pays?

— Il n'y a pas deux pays comme l'Espagne, répondit courtoisement Robert Jordan.

— Tu as raison, dit Fernando. Il n'y a pas deux pays au monde comme l'Espagne.

— Tu n'as jamais vu d'autres pays?

— Non, dit Fernando. Et je n'en ai pas envie.

— Tu vois ". La femme de Pablo s'adressait à Robert Jordan.

" Fernando, dit Maria. Raconte-nous la fois où tu es allé à Valence.

— Je n'ai pas aimé Valence.

— Pourquoi? demanda Maria en pressant de nouveau le bras de Robert Jordan.

— Les gens se tenaient mal, et je ne comprenais pas leur parler. Tout ce qu'ils faisaient, c'était de se crier *che* les uns aux autres.

— Et eux, ils te comprenaient? demanda Maria.

— Ils faisaient semblant que non, dit Fernando.

— Et qu'est-ce que tu faisais là?

— Je suis reparti sans même voir la mer, dit Fernando. Je n'aimais pas les gens.

— Oh! sors d'ici, espèce de vieille fille, dit la femme de Pablo. Sors d'ici, tu me rends malade. A Valence, j'ai passé le meilleur temps de ma vie. *Vamos!* Valence. Ne parle pas de Valence.

— Qu'est-ce que tu faisais là? " demanda Maria. La femme de Pablo s'assit à la table avec un bol de café, un morceau de pain et un bol de ragoût.

" *Que?* Ce qu'on faisait là? J'y étais pendant le contrat que Finito avait pour trois courses à la Feria. Jamais je n'ai vu tant de monde. Jamais je n'ai vu des cafés si pleins. Il fallait attendre pendant des heures avant de s'asseoir et on ne pouvait pas monter dans les tramways. A Valence, il y avait beaucoup de mouvement, toute la journée et toute la nuit.

— Mais qu'est-ce que vous faisiez? demanda Maria.

— Tout, dit la femme. Nous allions à la plage et nous nous baignions, et il y avait des bateaux à voile qu'on faisait tirer hors de l'eau par des bœufs. On menait les bœufs dans l'eau jusqu'à ce qu'ils soient obligés de nager; alors on les attelait aux bateaux et, quand ils avaient à nouveau pied, ils remontaient sur le sable. Dix couples de bœufs traînant un bateau à voile hors de la mer, le matin, avec la ligne de petites vagues qui se brisent sur la plage. Ça, c'est Valence.

— Mais qu'est-ce que tu faisais d'autre que regarder les bœufs?

— Nous mangions dans des pavillons sur le sable. Des beignets de poisson haché et de poivre rouge et vert et des noix grosses comme des grains de riz. De la pâte légère et moelleuse et du poisson d'une richesse incroyable. Des crevettes toutes fraîches de la mer, arrosées de jus de citron. Elles étaient roses et lisses et il y avait quatre bouchées par crevette. Ça, on en mangeait beaucoup. Et puis on mangeait du *paella* avec des coquillages tout frais, des moules, des langoustines et des petites anguilles. Et puis on mangeait des anguilles encore plus petites, toutes seules, frites à l'huile, minces comme des haricots verts et enroulées dans tous les sens, et si tendres qu'elles fondaient dans la bouche sans qu'on les mâche. Et, tout le temps, on buvait un vin blanc, froid, léger et bon, à trente *centimos* la bouteille. Et pour finir, du melon. C'est le pays du melon.

— Le melon de Castille est meilleur, dit Fernando.

— *Qué va*, dit la femme de Pablo. Le melon de Castille, c'est pour la montre. Le melon de Valence, pour le manger. Quand je pense à ces melons, longs comme le bras, verts comme la mer et croquant et juteux à couper, et plus doux que le petit matin en été! Ah! quand je pense à ces toutes petites anguilles, minuscules, délicates, en montagnes sur le plat! On avait aussi de la bière en pichets tout l'après-midi, de la bière si froide qu'elle transpirait sur les pichets grands comme des pots à eau.

— Et qu'est-ce que tu faisais quand tu n'étais pas à manger et boire?

— On faisait l'amour dans la chambre, les jalousies baissées sur le balcon. Une brise venait du haut de la fenêtre : on pouvait laisser ouvert. On faisait l'amour là, dans la chambre sombre, même le jour, à cause des stores, et, de la rue, venaient le parfum du marché aux fleurs et l'odeur de la poudre brûlée des pétards, des *tracas* qui parcouraient les rues et sautaient tous les jours à midi pendant la Feria. Les feux de Bengale traversaient toute la ville, et les explosions couraient sur les poteaux et les fils des tramways, et ça sautait, de poteau en poteau, avec des éclairs et un fracas qu'on ne peut pas croire. "On faisait l'amour, et puis on commandait un pichet de bière avec la buée de sa fraîcheur sur le verre, et quand la fille l'apportait, je le prenais à la porte et je mettais le froid du pichet contre le dos de Finito qui dormait maintenant et qui ne s'était pas réveillé quand on avait apporté la bière, et il disait : "Non, Pilar. Non, femme, laisse-moi dormir". Et je disais : "Non, réveille-toi et bois ça pour voir comme c'est froid", et il buvait sans ouvrir les yeux et il se rendormait, et moi je m'étendais, un oreiller derrière moi, au pied du lit, et je le regardais dormir, brun, et noir de cheveux, et jeune et tranquille dans son sommeil, et je buvais tout le pichet, en écoutant la musique d'un orphéon qui passait. Est-ce que tu connais ces choses-là, toi? demanda-t-elle à Pablo.

— Nous avons fait des choses ensemble, dit Pablo.

— Oui, dit la femme. Et tu étais plus mâle que Finito dans ton temps. Mais on n'a jamais été à Valence. Jamais on ne s'est couchés ensemble dans un lit en écoutant un orphéon qui passait dans Valence.

— C'était impossible, lui dit Pablo. Nous n'avons pas eu l'occasion d'aller à Valence. Tu le sais bien, si tu veux être raisonnable. Mais, avec Finito, tu n'as jamais fait sauter de train.

— Non, dit la femme. Voilà ce qui nous reste. Le train. Oui. Toujours le train. Personne ne peut rien dire contre. Ça reste, de toutes les paresses, dégonflages et ratages. Ça reste, de la couardise de ce moment. Il y a eu beaucoup d'autres choses avant aussi. Je ne veux pas être injuste. Mais il ne faut rien dire non plus contre Valence. Tu m'entends?

— Je n'ai pas aimé, dit Fernando tranquillement. Je n'ai pas aimé Valence.

— Et on dit que le mulet est têtu, dit la femme. Range, Maria, qu'on puisse partir. "

Comme elle disait cela, ils entendirent les premiers sons annonçant le retour des avions.

CHAPITRE IX

Ils étaient debout à l'entrée de la grotte à regarder les bombardiers dont les formations naviguaient, cette fois, à haute altitude, rapides et dangereux fers de lance qui fendaient le ciel d'un bruit de moteur. Ils ont la forme de requins, se dit Robert Jordan, de ces requins du Gulf Stream aux larges nageoires et au nez pointu. Mais ceux-là, avec leurs larges nageoires d'argent, leur ronflement, le brouillard de leurs hélices au soleil, ceux-là n'avancent pas comme des requins. Ils avancent comme la fatalité mécanisée.

Tu devrais écrire, se dit-il. Peut-être que tu écriras, un jour. Il sentit Maria qui lui prenait le bras. Elle regardait en l'air, et il lui dit : " A quoi est-ce qu'ils ressemblent pour toi, *guapa?*

— Je ne sais pas, dit-elle. A la mort, je pense.

— Pour moi, ils ressemblent à des avions. — C'était la femme de Pablo. — Où sont les petits?

— Ils passent peut-être d'un autre côté, dit Robert Jordan.

Ces bombardiers vont trop vite pour attendre les autres et
doivent rentrer seuls. Nous ne les poursuivons jamais de l'autre
côté des lignes. Il n'y a pas assez d'appareils pour risquer
cela. "

A ce moment, trois chasseurs Heinkel en formation de V,
volant très bas, arrivèrent sur eux, juste au-dessus de la cime
des arbres, semblables à de vilains joujoux bruyants, les ailes
tremblantes, le nez pincé; ils grandirent tout à coup de façon
terrifiante et passèrent, de toute leur envergure, dans un fracas
gémissant. Ils étaient si bas que, de l'entrée de la grotte, tous
purent voir les pilotes, leur casque, leurs grosses lunettes, une
écharpe volant derrière la tête du chef de patrouille.

" Ceux-là peuvent voir les chevaux, dit Pablo.

— Ceux-là peuvent voir ton mégot, dit la femme. Baisse la
couverture. "

Il ne venait plus d'avions. Les autres devaient être passés
plus loin. Quand le bourdonnement se fut éteint, tous sortirent de la grotte.

Le ciel était vide à présent, haut, bleu et clair.

" On croirait sortir d'un rêve ", dit Maria à Robert Jordan.
On n'entendait même plus cet imperceptible bourdonnement
de l'avion qui s'éloigne, bourdonnement semblable à un
doigt qui vous frôle à peine et s'éloigne et vous touche de
nouveau.

" Ce n'est pas un rêve, et va faire le ménage, lui dit Pilar.
Et alors? Elle se tournait vers Robert Jordan. On va à cheval
ou à pied? "

Pablo la regarda et grommela.

" Comme tu veux, dit Robert Jordan.

— Alors, à pied, dit-elle. C'est bon pour mon foie.

— Le cheval aussi est bon pour le foie.

— Oui, mais dur aux fesses. On ira à pied. Et toi.... Elle se
tourna vers Pablo. Descends et compte tes bêtes et vois si elles
ne se sont pas envolées avec eux.

— Tu veux un cheval? demanda Pablo à Robert Jordan.

— Non. Merci beaucoup. Et la jeune fille?

— Il vaut mieux qu'elle marche, dit Pilar. Elle serait cour-
baturée à trop d'endroits et elle ne serait plus bonne à rien. "

Robert Jordan sentit son visage rougir.

" Tu as bien dormi? " demanda Pilar. Puis elle dit : " C'est vrai qu'il n'y a pas de maladie. Il aurait pu y en avoir. Je ne sais pas pourquoi il n'y en a pas eu. Il y a probablement un Dieu après tout, bien que nous l'ayons supprimé. Va-t'en, dit-elle à Pablo. Ça ne te regarde pas. Ces affaires-là concernent les gens plus jeunes que toi... et faits d'une autre étoffe. Va. — Puis, à Robert Jordan : Agustín veille sur tes affaires. Nous partirons quand il sera là. "

Il faisait clair, à présent, brillant et chaud, au soleil. Robert Jordan regardait la grande femme au visage brun, ses bons yeux écartés et sa face carrée; lourde, ridée et d'une laideur plaisante, les yeux gais, mais le visage triste tant que les lèvres ne remuaient pas. Il la regarda, puis regarda l'homme massif qui s'éloignait entre les arbres dans la direction de l'enclos. La femme le suivait des yeux, elle aussi.

" Vous avez fait l'amour? demanda la femme.

— Qu'est-ce qu'elle a dit?

— Elle n'a pas voulu me le dire.

— Je ne veux pas non plus.

— Alors vous avez fait l'amour, dit la femme. Fais bien attention à elle.

— Et si elle a un bébé?

— Ça ne serait pas un mal, dit la femme. Ça n'en vaudrait que mieux.

— L'endroit n'est pas bien choisi.

— Elle ne restera pas ici. Elle s'en ira avec toi.

— Et où est-ce que j'irai? Je ne peux pas emmener une femme là où je vais.

— Qui sait? Tu pourras peut-être en emmener deux.

— Ce n'est pas une façon de parler.

— Écoute, dit la femme, je ne suis pas froussarde, mais je vois très clairement les choses au petit matin et je pense que, parmi tous ceux que nous voyons vivants aujourd'hui, il y en a beaucoup qui ne verront jamais un autre dimanche.

— Quel jour est-on?

— Dimanche.

— *Qué va*, dit Robert Jordan. Dimanche prochain, c'est

très loin. Si on voit mercredi, ça sera très bien. Mais je n'aime pas t'entendre parler comme ça.

— Tout le monde a besoin de parler à quelqu'un, dit la femme. Avant, on avait la religion et les autres bêtises. Maintenant, pour chacun, il devrait y avoir quelqu'un à qui on peut parler franchement; malgré tout le courage qu'on peut avoir, on se sent de plus en plus seul.

— Nous ne sommes pas seuls. Nous sommes tous ensemble.

— La vue de ces machines, ça vous fait quelque chose, dit la femme. Nous ne sommes rien contre ces machines.

— Pourtant nous pouvons les vaincre.

— Écoute, dit la femme. Je t'avoue ma tristesse, mais ne crois pas que je manque de résolution. Je suis toujours aussi décidée.

— La tristesse se dissipera avec le soleil. C'est comme une brume.

— Bon, dit la femme. Comme tu veux. Voilà ce que c'est que de divaguer sur Valence; et ce raté d'homme qui est allé regarder ses chevaux. Je l'ai blessé beaucoup avec cette histoire. Le tuer, oui. L'injurier, oui. Mais le blesser, non.

— Comment t'es-tu mise avec lui?

— Comme on se met avec quelqu'un. Dans les premiers jours du mouvement, et avant aussi, il était quelque chose. Quelque chose de sérieux. Mais maintenant il est fini. On a enlevé le bouchon, et tout le vin a coulé de l'outre.

— Je ne l'aime pas.

— Il ne t'aime pas non plus, et il y a de quoi. Hier soir j'ai couché avec lui. " Elle souriait maintenant et hochait la tête. " *Vamos a ver*, dit-elle. Je lui ai dit : Pablo, pourquoi est-ce que tu ne tues pas l'étranger? C'est un brave garçon, Pilar, qu'il m'a dit. C'est un brave garçon. Alors j'ai dit : tu comprends maintenant que c'est moi qui commande? Oui, Pilar, oui, qu'il a dit. Plus tard dans la nuit, je l'entends s'éveiller, et le voilà qui pleure. Il pleure avec un vilain bruit court, comme les hommes pleurent, qu'on dirait qu'il y a un animal en eux qui les secoue. Qu'est-ce qui t'arrive, Pablo? que je lui dis et je le serre contre moi. Rien, Pilar, Rien. — Si, il t'arrive quelque chose. — Les gars, il dit, la façon dont ils

m'ont laissé tomber. Les *gente*. — Oui, mais ils sont avec moi,
que je dis, et je suis ta femme. — Pilar, il dit, rappelle-toi le
train. Puis il dit : Dieu te garde, Pilar. — Pourquoi est-ce
que tu parles de Dieu? je lui dis. Qu'est-ce que c'est que cette
façon de parler? — Oui, qu'il dit, Dieu et la *Virgen*. — *Qué
va*, Dieu et la *Virgen*, je lui dis. Est-ce que c'est une façon de
parler? — J'ai peur de mourir, Pilar, qu'il dit. *Tengo miedo de
morir.* Tu comprends? — Alors, sors du lit, que je lui dis.
Il n'y a pas place dans un lit pour moi, toi et ta peur tous
ensemble. Alors il a eu honte et il s'est tu et je me suis endormie,
mais cet homme, c'est une ruine. "

Robert Jordan ne dit rien.

" Toute ma vie, j'ai eu cette tristesse par moments, dit la
femme. Mais ce n'est pas comme la tristesse de Pablo. Ça n'a
rien à faire avec ma résolution.

— Je le crois.

— Peut-être que c'est comme les règles d'une femme, dit-elle.
Peut-être que ce n'est rien. " Elle se tut, puis reprit : " J'ai mis
beaucoup d'illusions dans la République. Je crois beaucoup
en la République et j'ai la foi. J'y crois avec ma foi comme
ceux qui ont de la religion croient aux mystères.

— Je te crois.

— Et toi, tu l'as, cette foi?

— En la République?

— Oui?

— Oui, fit-il, espérant dire vrai.

— Je suis contente, dit la femme. Et tu n'as pas peur?

— Pas de mourir, dit-il, sincère.

— Mais peur d'autres choses?

— Seulement de ne pas faire mon devoir comme il faut.

— Pas d'être pris, comme l'autre?

— Non, dit-il, sincère. Si on avait peur de ça, on serait si
angoissé qu'on ne serait plus bon à rien.

— Tu es bien froid.

— Non, dit-il, je ne crois pas.

— Non. C'est dans la tête que tu es froid.

— C'est parce que je suis très préoccupé par mon travail.

— Mais tu n'aimes pas la vie?

— Si. Beaucoup. Mais il ne faut pas que mon travail en souffre.

— Tu aimes boire, je sais. Je l'ai vu.

— Oui. Beaucoup. Mais il ne faut pas que ça dérange mon travail.

— Et les femmes?

— Je les aime beaucoup, mais je n'y ai jamais attaché beaucoup d'importance.

— Ça ne t'intéresse pas?

— Si. Mais je n'en ai pas trouvé une qui m'ait ému comme on dit qu'elles doivent vous émouvoir.

— Je crois que tu mens.

— Peut-être un peu.

— Mais tu aimes Maria.

— Oui, tout d'un coup et beaucoup.

— Moi aussi. Je l'aime beaucoup. Oui. Beaucoup.

— Moi aussi, dit Robert Jordan et il sentait sa voix s'étrangler. Moi aussi. Oui ". Cela lui faisait plaisir de le dire et il le dit très solennellement en espagnol : " Je la chéris beaucoup.

— Je vous laisserai seuls quand nous aurons vu El Sordo. "

Robert Jordan ne répondit rien. Puis il dit : " Ce n'est pas nécessaire.

— Si, *hombre*. C'est nécessaire. On n'a pas beaucoup de temps.

— Tu as vu ça dans ma main?

— Non. Il ne faut pas croire à ces bêtises. "

Elle écartait cela en même temps que tout ce qui pouvait nuire à la République.

Robert Jordan ne dit rien. Il regardait Maria qui rangeait la vaisselle dans la grotte. La jeune fille s'essuya les mains, se retourna et lui sourit. Elle ne pouvait entendre les paroles de Pilar, mais, comme elle souriait à Robert Jordan, elle rougit très fort sous sa peau hâlée et puis lui sourit de nouveau.

" Il y a le jour aussi, dit la femme. Vous avez la nuit, mais il y a le jour aussi. Où est le luxe et l'abondance qu'on avait à Valence, de mon temps? Mais vous pourrez cueillir quelques fraises des bois ou je ne sais quoi du même genre. " Elle rit.

Robert Jordan posa la main sur la grosse épaule de Pilar. " Je t'aime bien aussi, dit-il. Je t'aime beaucoup.

— Tu es un vrai Don Juan Tenorio, dit la femme, confuse. Tu as un commencement d'amour pour tout le monde. Voilà Agustin. "

Robert Jordan entra dans la grotte et s'approcha de Maria. Debout, elle le regardait s'avancer, les yeux brillants, la rougeur couvrant de nouveau ses joues et sa gorge.

" Bonjour, petit chevreau ", dit-il, et il lui donna un baiser sur la bouche. Elle se tenait serrée contre lui, puis elle le regarda bien en face. " Bonjour. Oh! bonjour. Bonjour. "

Fernando, qui était encore à table, fumant une cigarette, se leva, secoua la tête et sortit en prenant sa carabine posée contre le mur.

" C'est très inconvenant, dit-il à Pilar. Et je n'aime pas ça. Tu devrais veiller sur cette fille.

— Je veille, dit Pilar. Ce camarade est son *novio*.

— Oh! dit Fernando. Dans ce cas, du moment qu'ils sont fiancés, je reconnais que c'est tout à fait normal.

— J'en suis heureuse, dit la femme.

— Également, acquiesça gravement Fernando. *Salud*, Pilar.

— Où vas-tu?

— Au poste d'en haut relever Primitivo.

— Qu'est-ce que tu vas foutre? " demanda Agustin au petit homme grave, comme celui-ci montait le sentier.

" Mon devoir, dit Fernando avec dignité.

— Ton devoir, dit Agustin moqueur. J'emmerde le lait de ton devoir. Puis s'adressant à la femme : Où est cette connerie qu'il faut que je garde?

— Dans la grotte, dit Pilar. Dans deux sacs. Et je suis fatiguée de ta grossièreté.

— J'emmerde le lait de ta fatigue, dit Agustin.

— Alors va-t'en et emmerde-toi toi-même, lui dit Pilar sans colère.

— Et ta mère, riposta Agustin.

— Tu n'en as jamais eu ", lui dit Pilar, les insultes ayant atteint l'extrême solennité espagnole où les actes ne sont plus exprimés mais sous-entendus.

" Qu'est-ce qu'ils font là-dedans? " Agustin interrogeait maintenant d'un air de confidence.

" Rien, lui dit Pilar. *Nada*. Nous sommes au printemps après tout, animal.

— Animal, dit Agustin goûtant le mot. Animal. Et toi. Fille de la grande putain des putains. J'emmerde le lait du printemps.

— Toi, dit-elle en riant de son rire sonore, tu manques de variété dans tes jurons. Mais tu as de la force. Tu as vu les avions?

— Je chie dans le lait de leurs moteurs ", dit Agustin en hochant la tête et en se mordant la lèvre inférieure.

" Pas mal, dit Pilar, vraiment pas mal, mais bien difficile à exécuter.

— A cette altitude, oui. — Agustin sourit. — *Desde luego*. Mais il vaut mieux blaguer.

— Oui, dit la femme de Pablo. Il vaut beaucoup mieux blaguer; tu es un brave type et tes blagues sont solides.

— Écoute, Pilar. — Agustin parlait sérieusement. — Quelque chose se prépare, pas vrai?

— Qu'est-ce que tu en penses?

— Que ça ne pourrait pas sentir plus mauvais. Pour y avoir des avions, y avait des avions.

— Et ça t'a donné la frousse comme aux autres?

— *Qué va*, dit Agustin. Qu'est-ce que tu crois qu'ils préparent?

— Regarde, dit Pilar. Puisqu'on envoie un gars pour le pont, c'est que les Républicains préparent une offensive. Et cette offensive, les Fascistes se préparent à la recevoir puisqu'ils envoient des avions. Mais pourquoi les exposer comme ça, ces zincs?

— Cette guerre, dit Agustin, ce n'est que connerie sur connerie.

— Bien sûr, dit Pilar. Sans ça nous ne serions pas ici.

— Oui, dit Agustin. On nage dans la connerie depuis un an maintenant. Mais Pablo est un malin. Pablo est très astucieux.

— Pourquoi dis-tu ça?

— Je le dis.

— Mais tu dois bien comprendre, expliqua Pilar. C'est

trop tard maintenant pour se sauver par l'astuce, et il a perdu le reste.

— Je comprends, dit Agustin. Je sais qu'il faut qu'on s'en aille. Et puisqu'il faut qu'on gagne si on veut survivre, il faut que le pont saute. Mais Pablo a beau être un dégonflé, il est très malin.

— Moi aussi, je suis maligne.

— Non, Pilar, dit Agustin. Tu n'es pas maligne. Tu es brave. Tu es loyale. Tu as de la décision. Tu as de l'intuition. Beaucoup de décision et beaucoup de cœur. Mais tu n'es pas maligne.

— Tu crois ça? demanda la femme pensivement.

— Oui, Pilar.

— Le garçon est malin, dit la femme. Malin et froid. Très froid de la tête.

— Oui, dit Agustin. Il doit connaître son affaire, sinon on ne l'aurait pas chargé de ça. Mais je ne sais pas s'il est malin. Pablo, *je sais* qu'il est malin.

— Mais plus bon à rien à cause de sa frousse et de son dégoût de l'action.

— Mais malin quand même.

— Et qu'est-ce que tu en dis?

— Rien. J'essaie de voir les choses intelligemment. En ce moment il faut agir avec intelligence. Après le pont, il faudra filer tout de suite. Tout doit être prêt. Il faut savoir où on ira et comment.

— Naturellement.

— Pour ça... Pablo. Il faut être malin.

— Je n'ai pas confiance en Pablo.

— Pour ça, si.

— Non. Tu ne sais pas ce qu'il est démoli.

— *Pero es muy vivo.* Il est très malin. Et si nous ne sommes pas malins dans cette affaire, on est baisés.

— J'y penserai, dit Pilar. J'ai toute la journée pour y penser.

— Pour les ponts : ce garçon, dit Agustin. Il doit savoir y faire. Regarde comme l'autre avait bien organisé le train.

— Oui, dit Pilar. C'est vraiment lui qui avait tout décidé.

— Toi pour l'énergie et la résolution, dit Agustin. Mais

Pablo pour le déménagement. Pablo pour la retraite. Oblige-le à étudier ça maintenant.

— Tu es intelligent.

— Intelligent, oui, dit Agustin. Mais *sin picardia*. Pablo pour ça.

— Avec sa frousse et tout?

— Avec sa frousse et tout.

— Et qu'est-ce que tu penses du pont?

— C'est nécessaire. Ça, je sais. Il y a deux choses que nous devons faire. Nous devons nous tirer d'ici et nous devons gagner. Les ponts sont nécessaires si nous voulons gagner.

— Si Pablo est si malin, pourquoi est-ce qu'il ne voit pas ça?

— Il veut que les choses restent comme elles sont par faiblesse. Il veut mijoter dans sa faiblesse. Mais la marmite va bouillir. Obligé de changer, il s'arrangera quand même pour être malin. *Es muy vivo*.

— C'est bien, que le garçon ne l'ait pas tué.

— *Qué va*. Le Gitan voulait que moi je le tue hier soir. Le Gitan est un animal.

— Tu es un animal aussi, dit-elle. Mais intelligent.

— Nous sommes tous les deux intelligents, dit Agustin. Mais le talent, c'est Pablo!

— Mais difficile à vivre. Tu ne sais pas comme il est démoli.

— Si. Mais un de ces talents! Regarde, Pilar. Pour faire la guerre, tout ce qu'il faut, c'est de l'intelligence. Mais pour la gagner, il faut du talent et du matériel.

— Je vais y réfléchir, dit-elle. Maintenant, il faut partir. Nous sommes en retard. Puis, élevant la voix. L'Anglais! appela-t-elle. *Inglés!* Viens. On part. "

CHAPITRE X

" Reposons-nous, dit Pilar à Robert Jordan. Assieds-toi là, Maria, et reposons-nous.

— Nous continuons, dit Robert Jordan. On se reposera quand on sera arrivé. Il faut que je voie cet homme.

— Tu le verras, lui dit la femme. Rien ne presse. Assieds-toi là, Maria.

— Venez, dit Robert Jordan. On se reposera en haut.

— Moi, je me repose maintenant ", dit la femme et elle s'assit au bord de l'eau. La jeune fille s'installa à côté d'elle dans la bruyère dont le sol était couvert; le soleil brillait sur ses cheveux. Seul, Robert Jordan restait debout, regardant la haute prairie traversée par le torrent. Des rocs gris surgissaient parmi les fougères jaunes qui, plus bas, remplaçaient la bruyère, et l'on voyait, plus bas encore, la ligne sombre des pins.

" C'est encore loin, chez El Sordo? demanda-t-il.

— Non, dit la femme. C'est de l'autre côté de ce terrain, dans la vallée, au-dessus des arbres qui sont en haut du torrent. Assieds-toi et laisse ton sérieux de côté.

— Je veux voir El Sordo et que tout soit réglé.

— Moi, je veux prendre un bain de pieds ", dit la femme. Elle ôta ses espadrilles, retira un gros bas de laine et plongea son pied droit dans le torrent. " Bon Dieu, c'est froid!

— On aurait dû prendre les chevaux, lui dit Robert Jordan.

— Non, ça me fait du bien, dit la femme. C'est ça qui me manquait. Et toi, qu'est-ce que tu as?

— Rien, excepté que je suis pressé.

— Calme-toi donc. On a bien le temps. Quelle journée! Et ce que je suis contente de ne pas être dans les pins! Tu ne peux pas imaginer comme on peut se fatiguer des pins. Tu n'en as pas assez des pins, toi, *guapa*?

— Je les aime, dit la jeune fille.

— Qu'est-ce que tu trouves à aimer là-dedans?

— J'aime respirer leur odeur et sentir les aiguilles sous les pieds. J'aime le vent dans les grands, et le craquement des branches les unes contre les autres.

— Tu aimes n'importe quoi, dit Pilar. Tu serais une affaire pour n'importe quel homme, si tu étais seulement meilleure cuisinière. Mais les pins, c'est une forêt d'ennui. Tu n'as jamais vu une forêt de hêtres, ni de chênes, ni de châtaigniers. Ça, c'est des forêts. Dans ces forêts-là, chaque arbre est différent des autres; ça a du caractère, de la beauté. Une forêt de pins, c'est l'ennui. Qu'est-ce que tu en dis, *Inglés*?

— Moi aussi, j'aime les pins.

— *Pero, venga*, dit Pilar. Les deux pareils. Moi aussi, j'aime les pins, mais on a été dedans trop longtemps. Et j'en ai marre aussi des montagnes. Dans les montagnes, il n'y a que deux directions. Descendre et monter, et quand on descend on **arrive** à la route et aux villes des fascistes.

— Tu vas quelquefois à Ségovie?

— *Qué va*. Avec ma figure? Trop connue, la figure. Qu'est-ce que tu dirais si tu étais laide, la belle? demanda-t-elle à Maria.

— Tu n'es pas laide.

— *Vamos*, je ne suis pas laide! Je suis laide de naissance. J'ai été laide toute ma vie. Toi, *Inglés*, qui ne sais rien des femmes, sais-tu ce que ressent une femme laide? Sais-tu ce que c'est que d'être laide toute sa vie et de sentir en dedans de soi qu'on est belle? C'est très drôle. " Elle mit l'autre pied dans le torrent et le retira. " Bon Dieu, que c'est froid! Regarde la bergeronnette ", dit-elle en désignant un oiseau pareil à une petite boule grise qui voletait de pierre en pierre en remontant le torrent. " Ça n'est bon à rien. Ni à chanter ni à manger. Tout ce que ça sait faire, c'est de remuer la queue. Donne-moi une cigarette, *Inglés* ", dit-elle. Elle l'alluma avec un briquet, qu'elle prit dans la poche de sa blouse, aspira la fumée et regarda Maria et Robert Jordan.

"C'est très drôle, la vie, dit-elle, et elle souffla la fumée par les narines. J'aurais fait un homme réussi, mais je suis tout entière femme et laideur. Pourtant beaucoup d'hommes m'ont aimée, et j'ai aimé beaucoup d'hommes. C'est drôle. Écoute ça, *Inglés*, c'est intéressant. Regarde-moi, laide comme je suis. Regarde de plus près, *Inglés*.

— Tu n'es pas laide.

— *Qué no?* Ne me mens pas. Ou bien (elle rit de son rire profond), est-ce que ça commence à opérer sur toi? Non. Je blague. Regarde cette laideur. Et pourtant, on a en soi un sentiment qui aveugle un homme pendant qu'il vous aime. Avec ce sentiment, on l'aveugle et on s'aveugle soi-même. Et puis, un jour, sans raison, il vous voit aussi laide qu'on l'est vraiment et il n'est plus aveugle; alors on se voit soi-même aussi laide qu'il vous voit et on perd son homme et ce qu'on se sentait. Tu comprends, *guapa*?" Elle tapota l'épaule de la jeune fille.

"Non, dit Maria. Parce que tu n'es pas laide.

— Tâche de te servir de ta tête, pas de ton cœur, et écoute, dit Pilar. Je vous dis des choses très intéressantes. Ça ne t'intéresse pas, *Inglés*?

— Si. Mais il faudrait partir.

— *Qué va*, partir. Je suis très bien ici. Alors ", continua-t-elle, s'adressant à présent à Robert Jordan, comme si elle parlait à des élèves — on eût presque dit qu'elle faisait une conférence — : "Au bout d'un certain temps, quand on est laide comme moi, aussi laide qu'une femme peut être, alors, je dis, au bout d'un certain temps, le sentiment, le sentiment idiot qu'on est belle vous revient tout doucement. Ça pousse comme un chou. Et alors, quand ce sentiment est revenu, un autre homme vous voit et vous trouve belle, et tout est à recommencer. Maintenant, je crois que j'ai dépassé tout ça, mais ça pourrait revenir. Tu as de la chance, *guapa*, de ne pas être laide.

— Mais je suis laide, affirma Maria.

— Demande-lui, dit Pilar. Et ne mets pas tes pieds dans l'eau, ça va les geler.

— Roberto dit qu'on devrait partir, je crois qu'il vaudrait mieux, dit Maria.

— Écoutez-moi ça, dit Pilar. Cette affaire m'intéresse autant que ton Roberto et je dis qu'on est très bien ici à se reposer au bord de l'eau, et qu'on a tout le temps. En plus, j'aime parler. C'est la seule chose civilisée qui nous reste. Est-ce qu'on a d'autres distractions? Ça ne t'intéresse pas, ce que je dis, *Inglés*?

— Tu parles très bien. Mais il y a d'autres choses qui m'intéressent plus que la beauté ou la laideur.

— Alors, parlons de ce qui t'intéresse.

— Où étais-tu au début du mouvement?

— Dans ma ville.

— Avila?

— *Qué va*. Avila.

— Pablo m'a dit qu'il était d'Avila.

— Il ment. Il a voulu être d'une grande ville. Sa ville, c'est... et elle nomma une petite ville.

— Et qu'est-ce qui s'est passé?

— Beaucoup de choses, dit la femme. Beaucoup. Et toutes vilaines. Toutes, même les magnifiques.

— Raconte-moi, dit Robert Jordan.

— C'est brutal, dit la femme. Je n'aime pas en parler devant la petite.

— Raconte, dit Robert Jordan. Et si ce n'est pas pour elle, qu'elle n'écoute pas.

— Je peux entendre ", dit Maria. Elle mit sa main sur celle de Robert Jordan. " Je peux tout entendre.

— Il ne s'agit pas de savoir si tu peux entendre, dit Pilar. Mais si je dois te le raconter et de donner des cauchemars.

— Ce n'est pas une histoire qui me donnera des cauchemars. Tu crois qu'après ce qui nous est arrivé j'aurai des cauchemars à cause d'une histoire?

— Peut-être que ça en donnera à l'*Inglés*.

— Essaie pour voir.

— Non, *Inglés*, je ne blague pas. Tu as vu le début du mouvement dans les petites villes?

— Non, dit Robert Jordan.

— Alors, tu n'as rien vu. Tu as vu Pablo maintenant, tout dégonflé. Mais il fallait voir Pablo dans ce temps-là.

— Raconte.

— Non, je n'ai pas envie.

— Raconte.

— Bon. Je raconterai la vérité, comme ça s'est passé. Mais toi, *guapa*, s'il arrive un moment où ça t'est pénible, dis-le.

— Si ça m'est pénible, je n'écouterai pas, lui dit Maria. Ça ne peut pas être pire que beaucoup de choses.

— Je crois que si, dit la femme. Donne-moi encore une cigarette, *Inglés*, et *vamonos*. "

La jeune fille s'adossa au talus, et Robert Jordan se coucha, les épaules touchant le sol et la tête appuyée contre un plant de bruyère. Il étendit le bras et rencontra la main de Maria ; il la prit, frottant leurs deux mains contre la bruyère ; puis elle ouvrit la sienne et, tout en écoutant, la posa à plat sur celle de Robert Jordan.

" C'est au petit matin que les *civiles* de la caserne se sont rendus, commença Pilar.

— Vous aviez attaqué la caserne ? demanda Robert Jordan.

— Pablo l'avait encerclée dans la nuit, il avait coupé les fils du téléphone, mis de la dynamite sous un des murs et il avait crié à la *guardia civil* de se rendre. Ils ne voulaient pas. Alors au petit jour, il a fait sauter le mur. On s'est battu. Il y a eu deux *civiles* de tués. Quatre ont été blessés et quatre se sont rendus.

" On était tous sur les toits, par terre ou au pied des murs, dans la lumière du petit matin, et le nuage de poussière de l'explosion n'était pas encore retombé, parce qu'il était très haut dans l'air et qu'il n'y avait pas de vent pour le chasser ; on tirait tous dans la brèche de la caserne, on chargeait et on tirait dans la fumée, et, de l'intérieur, il venait encore des coups de fusil ; alors, quelqu'un a crié dans la fumée de ne plus tirer, et quatre *civiles* sont sortis, les mains en l'air. Un grand morceau du toit s'était écroulé, il n'y avait plus de mur et ils venaient se rendre.

" Il y en a encore dedans ? que Pablo a crié.

— Il y a des blessés.

— Gardez ceux-là ", Pablo a dit à quatre des nôtres qui venaient de là où nous tirions. " Debout, là, contre le mur ", qu'il a dit aux *civiles*. Les quatre *civiles* se sont mis contre le mur, sales, poussiéreux, couverts de fumée, avec les quatre qui les gardaient en pointant leurs fusils contre eux, et Pablo et les autres sont allés achever les blessés.

" Quand ils ont eu fini et qu'il n'y a plus eu de cris de blessés, ni grognements, ni hurlements, ni coups de fusil dans la caserne, Pablo et les autres sont ressortis. Pablo avait son fusil sur le dos et il tenait un Mauser à la main.

" Regarde, Pilar, qu'il me fait. C'était dans la main d'un " officier qui s'est tué. Je n'ai jamais tiré avec ça. Toi, qu'il " dit à un des gardes, montre-moi comment ça marche. Non. " Ne me montre pas. Explique-moi. "

" Les quatre *civiles* étaient restés contre le mur, suant et ne disant rien, pendant qu'on entendait les coups de feu à l'intérieur de la caserne. C'étaient tous des grands types avec des figures de *guardias civiles*, le même genre de figure que la mienne. Sauf que leur figure à eux était couverte d'un petit peu de barbe, — le dernier matin qu'ils ne se raseraient pas — parce qu'ils n'étaient pas encore rasés, et ils étaient là debout contre le mur et ne disaient rien.

" Toi, qu'a dit Pablo à celui qui était le plus près de lui. Dis-moi comment ça marche.

— Baisse le petit levier, qu'il lui a répondu d'une voix très blanche. Tire le chien en arrière et laisse-le revenir en avant.

— Qu'est-ce que c'est que le chien? " Pablo a demandé, et il regardait les quatre *civiles*. " Qu'est-ce que c'est que le chien?

— Le bloc au-dessus. "

" Pablo le tirait en arrière, mais ça ne venait pas. " Et alors? qu'il a dit. C'est enrayé. Tu m'as menti.

— Tire plus fort et laisse-le revenir doucement en avant ", le *civil* lui a dit, et je n'ai jamais entendu un son de voix pareil. C'était plus gris qu'un matin sans lever de soleil.

Pablo a fait comme l'homme lui disait, et le bloc s'est mis en place, et comme ça le pistolet était armé avec le chien levé.

C'était un vilain pistolet, petit et rond à la crosse, grand et plat au canon et pas maniable. Pendant tout ce temps-là, les *civiles* regardaient Pablo et ils n'avaient rien dit.

"Qu'est-ce que vous allez faire de nous? il y en a un qui lui demande.

— Vous tuer, Pablo répond.

— Quand? l'homme demande de la même voix grise.

— Tout de suite, que dit Pablo.

— Où? l'homme demande.

— Ici, dit Pablo. Ici. Tout de suite. Ici et tout de suite. Tu as quelque chose à dire?

— *Nada*, qu'il fait le *civil*. Rien. Mais c'est pas du beau travail.

— C'est toi qu'es pas beau, Pablo lui dit. Toi l'assassin des paysans. Toi qui tuerais ta propre mère.

— Je n'ai jamais tué personne, le *civil* lui a dit. Et je te prie de ne pas parler de ma mère.

— Montre-nous comment on meurt, toi qui n'as jamais fait que tuer.

— Ce n'est pas la peine de nous insulter, un autre *civil* a dit. Et nous savons mourir.

— A genoux contre le mur, la tête contre ", Pablo leur a dit. Les *civiles* se sont regardés.

"A genoux, que je dis, Pablo a dit. A genoux par terre.

— Qu'est-ce que tu en dis, Paco? " qu'un *civil* a demandé au plus grand, celui qui avait parlé du pistolet avec Pablo. Il avait des galons de caporal sur la manche, et il transpirait fort, pourtant le petit matin était encore froid.

"Autant s'agenouiller, qu'il a répondu. Ça n'a pas d'importance.

— C'est plus près de la terre ", le premier qui avait parlé a dit; il essayait de blaguer, mais ils étaient tous trop graves pour blaguer, et personne n'a souri.

"Alors, à genoux ", le premier *civil* a dit, et les quatre se sont mis à genoux; ils avaient l'air tout drôles, la tête contre le mur et les mains sur le côté, et Pablo est passé derrière eux et il leur a tiré l'un après l'autre une balle derrière la tête avec le pistolet, en passant de l'un à l'autre et en mettant le canon du pistolet contre le derrière de leur tête, et chaque homme glissait par terre au moment où Pablo tirait. J'entends encore le pistolet, un bruit aigu et pourtant comme étouffé, et je vois le canon sauter et la tête de l'homme pendre en avant. Il y en a un qui a gardé la tête droite quand le pistolet l'a touché. Il y en a un qui a tendu sa tête en avant, le front pressé contre la pierre. Il y en a un qui a frissonné de tout son corps et sa tête tremblait. Il n'y en a qu'un, le dernier, qui a mis ses mains devant ses yeux, et les quatre corps étaient recroquevillés contre le mur quand Pablo les a laissés et qu'il est revenu vers nous avec le pistolet encore dans la main.

"Tiens-moi ça, Pilar, qu'il me fait. Je ne sais pas comment remettre le chien", et il m'a tendu le pistolet. Il restait là à regarder les quatre gardes par terre contre le mur de la caserne. Tous ceux qui étaient avec nous restaient aussi là à les regarder et personne ne disait rien.

"On avait conquis la ville et il était encore très tôt, et personne n'avait mangé, ni pris le café, et on se regardait et on était tout couverts de la poussière de l'explosion de la caserne, poudreux comme quand on a battu le grain, et j'étais là, debout, à tenir le pistolet, et ça pesait lourd dans ma main, et ça me faisait drôle au creux de l'estomac de regarder les gardes morts là contre le mur, tous aussi gris et poussiéreux que nous. Mais, maintenant, chacun d'eux mouillait de son sang la saleté sèche du mur devant lui. Et pendant qu'on était là, le soleil est monté au-dessus des collines au loin; il brillait maintenant sur la route où on était et sur le mur blanc de la caserne, et la poussière dans l'air était dorée dans ce premier soleil; le paysan qui était à côté de moi a regardé le mur de la caserne et ce qui était par terre, et puis il nous a regardés, nous, et, après, le soleil, et il a dit : " *Vaya*, un jour qui commence.

— Maintenant, allons prendre le café, que j'ai dit.

— Bien, Pilar, bien ", qu'il a fait. Et on est monté dans la ville, jusqu'à la *plaza*, et ce sont les derniers sur lesquels on a tiré dans la ville.

"Qu'est-ce qui est arrivé aux autres? demanda Robert Jordan. Est-ce qu'il n'y avait pas d'autres fascistes dans la ville?

— *Qué va*, s'il n'y avait pas d'autres fascistes? Il y en avait plus de vingt. Mais sur ceux-là, on n'a pas tiré.

— Qu'est-ce qu'on a fait?

— Pablo les a fait tuer à coups de fléaux et jeter du haut de la colline dans la rivière.

— Tous les vingt?

— Je vais te dire. Ça n'est pas si simple. Et de toute ma vie je ne souhaite pas revoir une scène pareille à ces mises à mort sur la *plaza* en haut de la colline au-dessus de la rivière.

" La ville est bâtie sur un plateau au-dessus de la rivière; il y a une place avec une fontaine, des bancs et de grands arbres qui donnent de l'ombre aux bancs. Les balcons des maisons donnent sur la *plaza*. Six rues y débouchent, et, tout autour, sauf sur un côté, il y a des maisons avec des arcades. Quand le soleil est chaud, on peut marcher à l'ombre des arcades. Le quatrième côté de la place est en bordure du plateau et ombragé d'arbres : c'est le mail. Bien au-dessous, on voit la rivière. Cent mètres à pic, jusqu'à la rivière.

" C'est Pablo qui avait tout organisé, comme pour l'attaque de la caserne. D'abord, il a fait bloquer les rues avec des carrioles comme pour disposer la place pour une *capea*. Pour une course de taureaux d'amateurs. Les fascistes étaient tous enfermés dans l'*Ayuntamiento*, l'hôtel de ville, qui était le plus grand bâtiment sur la *plaza*. C'est là qu'était l'horloge incrustée dans le mur et c'est dans ce bâtiment, sous les arcades, qu'était le club des fascistes. Et, sous les arcades, sur le trottoir, devant leur club, ils avaient leurs fauteuils et leurs tables. C'est là, avant le mouvement, qu'ils avaient l'habitude de prendre leur apéritif. Les fauteuils et les tables étaient en osier. Ça avait l'air d'un café, mais en plus chic.

— Mais il n'y avait pas eu de bataille pour les faire prisonniers?

— Pablo les avait arrêtés dans la nuit avant l'attaque de la caserne. Mais la caserne était déjà encerclée. Ils ont tous été arrêtés chez eux à l'heure où l'attaque commençait. C'était malin. Pablo, c'est un organisateur. Sans quoi il aurait eu des gens pour l'attaquer sur ses flancs et sur ses arrières pendant qu'il attaquait la caserne de la *guardia civil*.

" Pablo est très intelligent, mais très brutal. Il avait bien préparé et bien ordonné cette affaire de la ville. Écoutez : une fois qu'on a eu réussi l'attaque, pris et descendu les quatre gardes, une fois qu'on a eu pris le café dans le café qui ouvre toujours le premier, le matin, au coin d'où part le premier autobus, Pablo s'est mis à l'organisation de la *plaza*. Les charrettes ont été placées exactement comme pour une *capea*, sauf que le côté du bord de la rivière n'était pas barricadé. Celui-là, on l'a laissé ouvert. Alors, Pablo a donné l'ordre au prêtre de confesser les fascistes et de leur donner les sacrements nécessaires.

— Où est-ce que cela se passait?

— Dans l'*Ayuntamiento*, comme j'ai dit. Il y avait une grande foule dehors, et pendant que ça se passait à l'intérieur avec le prêtre, il y avait pas mal de chahut dehors : on criait des grossièretés, mais la plupart des gens étaient très sérieux et dignes. Ceux qui rigolaient, c'étaient ceux qui étaient déjà saouls d'avoir bu au succès de la caserne; c'étaient des gens sans intérêt qui auraient été saouls de toute façon.

" Pendant que le prêtre faisait son office, Pablo a fait mettre ceux de la *plaza* sur deux rangs.

" Il les a fait mettre sur deux rangs comme on mettrait des hommes pour un concours de corde, ou comme ils se mettent dans une ville pour attendre la fin d'une course cycliste, avec juste assez de place pour laisser passer les coureurs, ou encore comme les gens se mettent pour voir passer l'image sainte dans une procession. Il y avait deux mètres entre les deux rangs et ils allaient depuis la porte de l'*Ayuntamiento*, tout droit à travers la place, jusqu'au bord du plateau. Comme ça, de la porte de l'*Ayuntamiento* en regardant la *plaza*, un qui sortait devait voir deux bonnes rangées de gens qui attendaient.

" Ils étaient armés de fléaux comme pour battre le grain et ils étaient à une bonne longueur de fléau les uns des autres. Ils n'avaient pas tous des fléaux parce qu'on n'avait pas pu en trouver assez. Mais la plupart en avaient qui venaient du magasin de Don Guillermo Martin, un fasciste qui vendait toutes sortes d'outils pour l'agriculture. Et ceux qui n'avaient pas de fléaux avaient des bâtons de berger ou des aiguillons, et il y en avait qui avaient des fourches en bois, celles qui ont des dents en bois pour remuer et faire sauter la balle et la paille après le battage. Il y en avait qui avaient des faux et des faucilles, mais, ceux-là, Pablo les avait placés tout au bout, là où le rang arrivait au bord du plateau.

" Les rangs étaient tranquilles, et c'était un jour clair comme aujourd'hui. Il y avait des nuages haut dans le ciel comme maintenant, la *plaza* n'était pas encore poussiéreuse, parce qu'il y avait eu une rosée épaisse dans la nuit, et les arbres mettaient de l'ombre sur les hommes en rangs; on entendait l'eau couler du tuyau de cuivre qui était dans la gueule du lion et tomber dans la fontaine où les femmes apportent leurs cruches à remplir.

" C'est seulement près de l'*Ayuntamiento*, là où le prêtre faisait son office avec les fascistes, qu'il y avait un peu de chahut. Ça venait de ces vauriens qui, comme j'ai dit, étaient déjà saouls et se pressaient contre les fenêtres et criaient des grossièretés et des blagues de mauvais goût à travers les barreaux de fer des fenêtres. La plupart des hommes, dans les rangs, attendaient en silence, et j'en ai entendu un qui disait à un autre :

" Est-ce qu'il y aura des femmes? "

" Et un autre a dit : " J'espère que non, par le Christ. "

" Alors il y en a un qui a dit : " Voilà la femme à Pablo. Écoute, Pilar. Est-ce qu'il y aura des femmes? "

" Je l'ai regardé. C'était un paysan en veste du dimanche et il transpirait beaucoup, et je lui ai dit : " Non, Joaquin. Il n'y a pas de femmes. Nous, on ne tue pas les femmes. Pourquoi est-ce qu'on tuerait leurs femmes? "

" Et il a dit : " Grâce à Dieu, il n'y a pas de femmes, et quand est-ce que ça commence? "

" Et j'ai dit : " Dès que le prêtre aura fini.

— Et le prêtre?

— Je ne sais pas ", que je lui ai dit, et j'ai vu sa figure qui travaillait et la sueur qui coulait de son front. " Je n'ai jamais tué un homme, il a dit.

— Eh bien, tu apprendras, que lui a dit le paysan à côté de

lui. Mais je ne crois pas qu'un coup de ça tue un homme, et il tenait son fléau à deux mains, et le regardait d'un air de doute.

— C'est ça qui est beau, qu'un autre a dit. Il faudra beaucoup de coups "

"Quelqu'un a dit : " *Ils* ont pris Valladolid. *Ils* tiennent Avila. Je l'ai entendu dire avant qu'on entre dans la ville.

— *Ils* ne prendront jamais cette ville. Cette ville-ci est à nous. On les a devancés, que j'ai dit. Pablo, lui, il n'attend pas qu'ils frappent les premiers.

— Pablo est capable, qu'a dit un autre. Mais quand il a fini les *civiles*, il a été égoïste. Tu ne trouves pas, Pilar?

— Si, que j'ai dit. Mais maintenant vous participez tous à ça.

— Oui, qu'il a fait. C'est bien organisé. Mais pourquoi est-ce qu'on n'a plus de nouvelles du mouvement?

— Pablo a coupé les fils du téléphone avant l'attaque de la caserne. Ils ne sont pas encore réparés.

— Ah! qu'il a dit, alors, c'est pour ça qu'on ne sait rien. Moi, j'ai entendu les nouvelles à la radio du cantonnier, de bonne heure ce matin.

— Pourquoi est-ce qu'on s'y prend comme ça? qu'il m'a demandé.

— Pour économiser les cartouches, que j'ai dit. Et pour que chaque homme ait sa part de responsabilité.

— Que ça commence, alors! Que ça commence! Je l'ai regardé et j'ai vu qu'il pleurait.

— Pourquoi pleures-tu, Joaquin? que je lui ai demandé. Il n'y a pas de quoi pleurer.

— Je n'y peux rien, Pilar, qu'il a dit. Je n'ai jamais tué personne. "

"Si vous n'avez pas vu le jour de la révolution dans une petite ville où tout le monde se connaît et s'est toujours connu, vous n'avez rien vu. Et, ce jour-là, la plupart des hommes dans les deux rangs qui traversaient la *plaza* portaient les vêtements dans lesquels ils travaillaient aux champs, parce qu'ils s'étaient dépêchés de venir en ville, mais il y en avait qui ne savaient pas comment il faut s'habiller pour le premier jour d'un mouvement, et alors ils avaient mis leurs habits du dimanche ou des jours de fête, et ceux-là, en voyant que les autres, y compris ceux qui avaient fait l'attaque de la caserne, portaient leurs plus vieux habits, avaient honte de n'être pas habillés comme il fallait. Mais ils ne voulaient pas ôter leur veste, de peur de la perdre ou qu'elle soit volée par les vauriens, et ils étaient là à transpirer au soleil en attendant que ça commence.

" Alors le vent s'est levé, et la poussière avait séché maintenant sur la *plaza*, parce que les hommes, en marchant et en piétinant, l'avaient fait voler, et ça commençait à souffler, et un homme en veste du dimanche bleu foncé a crié : " *Agua! Agua!* " et le balayeur de la *plaza* qui devait arroser la *plaza* tous les matins avec un tuyau est venu, et il a commencé à repousser la poussière sur les bords de la *plaza* et vers le milieu. Alors les deux rangs ont reculé pour le laisser arroser la poussière au milieu de la *plaza*; le tuyau faisait de grands arcs d'eau qui brillaient dans le soleil et les hommes s'appuyaient sur leurs fléaux ou leurs bâtons ou leurs fourches de bois blanc et regardaient l'arrosage. Et alors, quand la *plaza* a été bien lavée et la poussière tombée, les rangs se sont reformés et un paysan a crié : " Quand est-ce qu'on aura le premier fasciste? Quand est-ce que le premier va sortir de la boîte?

— Bientôt, Pablo a crié à la porte de l'*Ayuntamiento*. Bientôt. Le premier va sortir. " Sa voix était enrouée d'avoir crié dans l'attaque et à cause de la fumée de la caserne.

" Qu'est-ce qu'on attend? quelqu'un a demandé.

— Ils sont encore occupés avec leurs péchés, Pablo a crié.

— Il y en a bien vingt.

— Plus.

— A vingt, ça fait beaucoup de péchés à raconter.

— Oui, mais je crois que c'est un truc pour gagner du temps. Sûr que dans un moment pareil on ne doit pas pouvoir se rappeler tous ses péchés. Les plus gros seulement.

— Alors patiente un peu. Parce que, avec plus de vingt qu'ils sont, ça fait assez de gros péchés pour prendre du temps.

— Oh! je patiente, que dit l'autre. Mais il vaut mieux en finir. Aussi bien pour eux que pour nous. On est en juillet, et il y a beaucoup de travail. On a moissonné, mais on n'a pas battu. C'est pas encore le moment des fêtes et des foires.

— Mais c'est la fête et la foire aujourd'hui, quelqu'un dit. Et dans la balle, il y a la liberté de ce *pueblo.*

— Il faudra bien l'administrer pour la mériter, un autre dit. Pilar, qu'il me dit, quand est-ce qu'on aura une réunion pour organiser?

— Aussitôt qu'on aura fini ça, je lui ai dit. Dans ce même bâtiment de l'*Ayuntamiento.* "

" Je portais un des tricornes vernis de la *guardia civil*, histoire de rigoler, et j'avais baissé le chien du pistolet en le tenant avec mon pouce pendant que je tirais le levier, comme ça semblait normal, et le pistolet était tenu par une corde que j'avais autour de la taille, le long canon enfoncé sous la corde. Et quand je l'avais mis, ça m'avait paru une bonne blague, mais après j'ai regretté de n'avoir pas pris l'étui du pistolet, plutôt que le chapeau. Et un des hommes dans le rang m'a dit : " Pilar, ma fille. Je trouve ça de mauvais goût pour toi de porter ce chapeau. Maintenant on en a fini avec les choses comme la *guardia civil.*

— Alors je vais l'ôter, que j'ai dit, et je l'ai ôté.

— Donne-le-moi, qu'il m'a dit. Il faut le détruire. "

" Et comme on était au bout du rang, là où le mail longe le bord du plateau au-dessus de la rivière, il a pris le chapeau et l'a jeté en bas avec le geste d'un bouvier qui lance une pierre aux taureaux pour les rassembler. Le chapeau a volé à travers l'espace et on l'a vu, de plus en plus petit, le cuir verni, brillant dans l'air pur, descendre en tournoyant jusque dans la rivière. J'ai regardé de l'autre côté de la place et, à toutes les fenêtres et sur tous les balcons, il y avait foule. Deux rangées d'hommes traversaient la place jusqu'au porche de l'*Ayuntamiento*, et la foule se pressait du dehors contre les fenêtres de ce bâtiment; on entendait le bruit de beaucoup de gens qui parlaient; alors j'ai entendu un cri et quelqu'un a dit : voilà le premier, et c'était Don Benito Garcia, le maire, qui sortait, tête nue. Il a descendu lentement les marches du porche. Rien. Il s'est engagé entre les deux rangées d'hommes qui tenaient les fléaux. Rien. Il a passé devant deux hommes, quatre hommes, huit hommes, dix hommes, et rien ne se passait, et il marchait entre ces rangées d'hommes, la tête

levée, sa figure toute grise, les yeux fixés droit devant lui, puis
regardant à droite et à gauche, et il marchait d'un pas ferme.
Toujours rien. Personne ne bronchait.

"D'un balcon, quelqu'un a crié : *Que pasa, cobardes?* Qu'est-
ce qui se passe, bande de lâches? Don Benito avançait toujours,
et il ne se passait toujours rien. Alors j'ai vu, à trois mètres
de moi, un homme qui se mordait les lèvres. Sa figure se
contractait et ses mains étaient blanches sur son fléau. Je
l'ai vu qui regardait Don Benito, qui le regardait avancer. Et
il ne se passait toujours rien. Alors, juste avant que Don Benito
arrive à sa hauteur, l'homme a brandi son fléau et cognant
celui qui était à côté de lui, il a lancé à Don Benito un coup
qui l'a atteint sur le côté de la tête. Don Benito a regardé
l'homme, qui a frappé de nouveau en criant : Attrape ça,
cabron, et Don Benito a reçu un coup de fléau dans la figure.
Il s'est mis les mains sur la figure et on a continué à le battre
jusqu'à ce qu'il tombe, et l'homme qui l'avait frappé le premier a crié aux autres de l'aider : il a tiré sur le col de la chemise de Don Benito, et les autres l'ont pris par les bras; ils
l'ont tiré, la face dans la poussière de la *plaza*; ils l'ont tiré
sur le mail jusqu'au bord du plateau et ils l'ont lancé dans la
rivière. L'homme qui avait frappé le premier était à genoux
au bord du plateau à regarder, et il disait : Le *Cabron*! Le
Cabron! Oh! le *Cabron*! C'était un fermier de Don Benito.
Ils ne s'étaient jamais bien entendus, tous les deux. Ils avaient
eu maille à partir à propos d'un bout de terrain près de la
rivière que Don Benito avait retiré à cet homme et loué à un
autre, et le fermier, depuis longtemps, le haïssait. Il n'est pas
revenu dans le rang, il est resté assis au bord du plateau à
regarder l'endroit où Don Benito était tombé.

"Après Don Benito, plus personne ne sortait. Il n'y avait
plus de bruit maintenant sur la *plaza* parce que tout le monde
attendait de voir qui allait sortir. Alors, un ivrogne s'est mis
à gueuler : "*Que salga el toro!* Faites sortir le taureau! "

"Alors, quelqu'un près des fenêtres de l'*Ayuntamiento* a
hurlé : "Ils ne bougent pas! Ils sont tous en train de prier! "

"Un autre ivrogne a crié : "Sortez-les. Allez, sortez-les.
Finie, la prière! "

" Mais personne ne sortait. Et puis, alors, j'ai vu sortir un homme.

" C'était Don Federico Gonzalez, le propriétaire du moulin et du magasin d'alimentation, un fasciste de premier ordre. Il était grand et maigre et ses cheveux étaient ramenés d'un côté à l'autre de son crâne pour cacher qu'il était chauve, et il portait une chemise de nuit rentrée dans son pantalon. Il était pieds nus comme quand on l'avait emmené de chez lui et il marchait devant Pablo, les mains en l'air, et Pablo marchait derrière lui avec le canon de son fusil pressé contre le dos de Don Federico Gonzalez jusqu'au moment où Don Federico a été entre les deux rangs. Mais quand Pablo l'a laissé, Don Federico ne pouvait plus avancer et il restait planté là, les yeux levés et les mains en l'air, comme s'il voulait les accrocher au ciel.

" Il n'a pas de jambes pour marcher, quelqu'un a dit.

— Qu'est-ce qu'il y a, Don Federico? Tu ne peux plus marcher? " quelqu'un lui criait. Mais Don Federico restait là les mains en l'air et il n'y avait que ses lèvres qui bougeaient.

" Avance, Pablo lui a crié du perron. Marche. "

" Don Federico restait là, il ne pouvait pas bouger. Un des ivrognes l'a piqué par-derrière avec le manche d'un fléau, et Don Federico a fait un bond comme un cheval nerveux, mais il restait toujours à la même place, les mains levées et les yeux au ciel.

" Alors le paysan qui était à côté de moi a dit : " C'est honteux. Je n'ai rien contre lui, mais il faut en finir. " Alors il a remonté le rang et il s'est faufilé jusqu'à l'endroit où était Don Federico, et il a dit : " Avec votre permission ", et il lui a donné un grand coup sur la tête avec un bâton.

" Alors Don Federico a abaissé les mains et les a mis sur son crâne là où il était chauve et, avec la tête baissée et couverte par ses mains, et ses longs cheveux clairsemés qui s'échappaient de ses doigts, il a couru très vite entre les deux rangs pendant que les fléaux le cognaient sur le dos et les épaules. Il a fini par tomber, et ceux du bout du rang l'ont ramassé et jeté par-dessus le bord du plateau. Il n'avait pas ouvert la bouche depuis le moment où il était sorti avec le fusil de Pablo dans les reins. Sa seule difficulté était pour avancer. C'était comme si ses jambes ne lui obéissaient pas.

"Après Don Federico, les plus durs s'étaient rassemblés au bout des rangs, au bord du plateau; je les ai laissés là, j'ai été sous l'arcade de l'*Ayuntamiento*, j'ai repoussé deux ivrognes et j'ai regardé par le carreau de la fenêtre. Dans la grande salle de l'*Ayuntamiento*, ils étaient tous à genoux en demi-cercle à prier, et le prêtre était à genoux, et priait avec eux. Pablo et un nommé Cuatro Dedos, Quatre Doigts, un cordonnier qui était beaucoup avec Pablo dans ce temps-là, et deux autres encore, étaient debout avec des fusils, et Pablo a dit au prêtre : " A qui le tour? " et le prêtre a continué à prier, et ne lui a pas répondu.

"Écoute-moi, que Pablo a dit au prêtre de sa voix enrouée, à qui le tour maintenant? Qui est prêt? "

" Le prêtre ne voulait pas causer à Pablo et faisait semblant de ne pas le voir. Je voyais que mon Pablo s'énervait.

"Allons-y tous ensemble ", c'était Don Ricardo Monsalvo, un propriétaire de terrain, qui disait ça à Pablo en levant la tête et s'arrêtant de prier pour parler.

" *Qué va*, qu'il a dit Pablo. Un à la fois à mesure que vous êtes prêts.

— Alors j'y vais maintenant, qu'a dit Don Ricardo. Je ne serai jamais plus prêt. " Le prêtre l'a béni pendant qu'il parlait et l'a béni encore une fois quand il s'est levé, sans s'arrêter de prier, et il a tendu un crucifix à baiser à Don Ricardo, et Don Ricardo l'a baisé, et puis il s'est retourné et il a dit à Pablo : " Je ne serai jamais aussi prêt. Espèce de *Cabron* de mauvais lait. Allons-y.

" Don Ricardo était un petit homme avec des cheveux gris et un gros cou, et il avait une chemise sans col. Il avait les jambes en arceaux à force de monter à cheval. " Au revoir, qu'il a fait à tous ceux qui étaient à genoux. Ne soyez pas tristes. Mourir n'est rien. La seule chose, c'est de mourir entre les mains de cette *canalla*. Ne me touche pas, qu'il a dit à Pablo. Ne me touche pas avec ton fusil. "

" Il est sorti devant l'*Ayuntamiento* avec ses cheveux gris et

ses petits yeux gris et son gros cou, et il avait l'air tout petit
et furieux. Il a regardé la double rangée de paysans et il a craché par terre. Il pouvait cracher de la vraie salive, et, dans des
moments pareils, tu dois savoir ça, *Inglés*, c'est très rare, et il
a dit : " *Arriba España!* A bas la République et je chie dans
le lait de vos pères. "

" Alors à cause de cette insulte, on l'a tout de suite mis à
mort. On l'a battu dès qu'il est arrivé devant le premier des
hommes, battu pendant qu'il essayait d'avancer, la tête haute,
battu jusqu'à ce qu'il tombe, et coupé avec les faux et les faucilles, et, à plusieurs, ils l'ont porté au bord du plateau pour
le jeter en bas, et maintenant ils avaient du sang sur les mains
et sur leurs habits, et on commençait maintenant à sentir
que ceux qui sortaient là étaient vraiment des ennemis et qu'il
fallait les tuer.

" Jusqu'à ce que Don Ricardo soit sorti avec violence et
en criant ces insultes, il y en avait beaucoup dans le rang, j'en
suis sûre, qui auraient donné gros pour n'être pas là. Et s'il y
en avait eu un dans le rang qui avait crié : " Allons, pardon-
nons au reste : maintenant ils ont eu leur leçon, " je suis sûre
qu'on aurait été d'accord.

" Mais Don Ricardo, avec toute sa vaillance, il a rendu un
mauvais service aux autres. Parce qu'il a excité les hommes
dans le rang, et là où, avant, ils faisaient seulement un devoir
et sans beaucoup de goût, maintenant, ils étaient en colère,
et on voyait la différence.

" Sortez le prêtre et ça ira plus vite; quelqu'un a crié.

— Sortez le prêtre.

— Après les trois larrons, le prêtre!

— Deux larrons ", qu'un paysan tout petit a dit à l'homme
qui avait crié. " C'étaient deux larrons qu'il y avait avec Notre-
Seigneur.

— Le Seigneur à qui? qu'il a dit, l'air en colère et tout
rouge.

— C'est une façon de parler; on dit Notre-Seigneur.

— Ce n'est pas mon Seigneur, à moi. Non, sans blague;
que l'autre a dit. Et tu ferais mieux de garder ta gueule si tu
n'as pas envie de marcher entre les rangs.

— Je suis aussi bon républicain libertaire que toi, le petit paysan a dit. J'ai frappé Don Ricardo à travers la gueule. J'ai frappé Don Federico sur le dos. J'ai raté Don Benito. Mais je dis que Notre-Seigneur, c'est comme ça qu'on dit, et il y avait deux larrons.

— Parlons-en de ton républicanisme. Tu causes de Don ci et Don ça.

— C'est comme ça qu'on les appelle ici.

— Pas moi, ces *cabrones*. Et ton Seigneur... Ah! En voilà un nouveau. "

" Alors on a vu une scène ignoble, parce que l'homme qui sortait de l'*Ayuntamiento*, c'était Don Faustino Rivero, le fils aîné de son père Don Celestino Rivero, un propriétaire. Il était grand et il avait des cheveux blonds fraîchement peignés en arrière, parce qu'il portait toujours un peigne dans sa poche et qu'il venait de se repeigner avant de sortir de là. C'était un grand coureur de filles, un lâche qui avait toujours voulu être matador amateur. Il allait beaucoup avec les Gitans et avec les toréadors, et avec les éleveurs de taureaux, et il adorait porter le costume andalou, mais il n'avait pas de courage et on le considérait comme un jeanfoutre. Une fois, on avait annoncé qu'il allait paraître dans une course d'amateurs au bénéfice de l'asile des vieillards d'Avila et qu'il tuerait un taureau, à cheval, dans le style andalou, qu'il avait passé beaucoup de temps à étudier; quand il a vu la taille du taureau qu'on lui avait mis à la place du petit faible des jambes qu'il s'était choisi, il a dit qu'il était malade, et il y en a qui disent qu'il s'est mis trois doigts au fond de la gorge pour se faire vomir.

" Quand les rangs l'ont vu, ils ont commencé à crier : " Holà, Don Faustino. Attention à ne pas vomir.

— Écoute-moi, Don Faustino. Il y a de belles filles en bas du plateau.

— Don Faustino, attends voir qu'on amène un taureau encore plus gros que l'autre. "

" Et un lui a crié : " Écoute-moi, Don Faustino. Tu n'as jamais entendu parler de la mort? "

" Don Faustino restait là debout et il faisait encore le brave. Il était encore sous le coup de l'impulsion qui lui avait fait annoncer aux autres qu'il allait sortir. C'est la même impulsion qui l'avait fait s'annoncer pour la course de taureaux. Ça lui avait fait croire et espérer qu'il pourrait être un matador amateur. Maintenant, c'était l'exemple de Don Ricardo qui l'inspirait, et il était là, debout, beau garçon et l'air brave, et il faisait sa figure dédaigneuse. Mais il ne pouvait pas parler.

"Viens, Don Faustino, quelqu'un a crié du rang. Viens, Don Faustino. Voilà le plus grand taureau de tous."

"Don Faustino les regardait, et je crois que pendant qu'il les regardait il n'y avait pas de pitié pour lui dans aucun des deux rangs. Pourtant il était toujours là, beau et fier; mais le temps pressait et il n'y avait qu'une direction à prendre.

"Don Faustino, quelqu'un a appelé. Qu'est-ce que tu attends, Don Faustino?

"— Il se prépare à vomir, quelqu'un a dit, et les rangs se sont mis à rire.

"— Don Faustino, qu'un paysan a appelé. Vomis, si ça te fait plaisir. Moi, je m'en fous."

"Alors, pendant qu'on attendait, Don Faustino a regardé le long des rangées et à travers la place, vers le plateau, et quand il a vu le bord et le vide derrière, il s'est retourné tout d'une pièce et il est rentré par la porte de l'*Ayuntamiento*.

"Tous les rangs ont grondé, et quelqu'un a crié d'une voix aiguë : "Où que tu vas, Don Faustino? Où que tu vas?

"— Il va rendre ", un autre a crié, et tout le monde a recommencé à rigoler.

"Alors on a vu Don Faustino qui sortait de nouveau, le fusil de Pablo dans le dos. Tout son beau maintien était parti maintenant. De regarder les rangs, ça lui avait retiré son allure, et maintenant il sortait avec Pablo derrière lui comme si Pablo balayait une rue et que Don Faustino était ce qu'il poussait devant lui. Don Faustino sortait et il se signait et il priait, et, après, il a mis ses mains devant ses yeux, et, avec sa bouche qui remuait, il a avancé entre les lignes.

"Personne ne disait rien et personne ne le touchait, et, quand il a été à la moitié du chemin, il n'a pas pu aller plus loin et il est tombé à genoux.

"Personne ne l'a frappé. Je suis venue derrière un des

rangs pour voir ce qui lui arrivait, et un paysan s'est penché et l'a remis sur ses pieds et lui a dit : " Lève-toi, Don Faustino, et marche toujours. Le taureau n'est pas encore sorti. "

" Don Faustino ne pouvait pas marcher seul, et le paysan en blouse noire l'a aidé d'un côté, et un autre paysan en blouse noire et en bottes de berger l'a aidé de l'autre, en le soutenant par les bras, et Don Faustino avançait entre les rangs, les mains devant les yeux; ses lèvres n'arrêtaient pas de bouger et ses cheveux collés brillaient au soleil, et des paysans disaient quand il passait : " Don Faustino, *buen provecho*. Don Faustino, bon appétit ", et d'autres disaient : " Don Faustino, *a sus ordenes* ", et un qui avait flanché lui aussi à une course de taureaux a dit : " Don Faustino *Matador*, *a sus ordenes* ", et un autre a dit : " Don Faustino, il y a de belles filles au ciel, Don Faustino. " Et ils l'ont fait marcher le long des rangs, en le tenant serré de chaque côté, en le soutenant pour qu'il puisse marcher, et lui avec ses mains devant les yeux. Mais il devait regarder entre ses doigts parce que, quand ils sont arrivés au bord du plateau avec lui, il s'est de nouveau mis à genoux, puis il s'est jeté par terre. Il s'agrippait au sol en se tenant à l'herbe et en disant : " Non. Non. Non. Je vous en prie. Non. Je vous en prie. Je vous en prie. Non. Non. "

" Alors, les paysans qui étaient avec lui et les autres, les durs du bout du rang, se sont vite précipités derrière lui, pendant qu'il était à genoux, et ils lui ont donné une bourrade et il a été par-dessus le bord sans même qu'on l'ait battu, et on l'entendait crier fort et très haut pendant qu'il tombait.

" C'est à ce moment-là que j'ai compris que les hommes sur les rangs avaient tourné à la cruauté. C'étaient d'abord les insultes de Don Ricardo et ensuite la couardise de Don Faustino qui les avaient rendus comme ça.

" Un autre! " qu'a crié un paysan, et un autre paysan l'a tapé dans le dos et il a dit : " Don Faustino! Quelle histoire. Don Faustino!

— Il a vu le gros taureau maintenant, qu'a dit un autre. Maintenant, ça ne lui servirait plus à rien de rendre.

— De ma vie, un autre paysan a dit, de ma vie, je n'avais jamais rien vu de pareil à Don Faustino.

— Il y en a d'autres, un autre paysan a dit. Patience. Qui sait ce qu'on verra encore.

— Il peut y avoir des géants et des nains, que le premier paysan a dit. Il peut y avoir des nègres et des bêtes curieuses d'Afrique. Mais, pour moi, jamais, jamais il n'y aura rien de pareil à Don Faustino. Mais qu'on nous en donne un autre maintenant! Allons. Un autre! "

" Les ivrognes passaient des bouteilles d'anis et de cognac qu'ils avaient pillées au bar dans le club des fascistes, et ils avalaient ça comme du vin, et beaucoup d'hommes dans les rangs commençaient aussi à être un peu saouls de ce qu'ils buvaient, après l'émotion forte de Don Benito, Don Federico, Don Ricardo et surtout Don Faustino. Ceux qui ne buvaient pas aux bouteilles de liqueur, ils buvaient aux outres de vin qu'on faisait circuler. On m'a tendu une outre, et j'ai bu une grande gorgée en laissant le vin me rafraîchir la gorge en coulant de la *bota* de cuir, parce que moi aussi j'avais très soif.

" Tuer, ça donne très soif, l'homme à l'outre m'a dit.

— *Qué va*, j'ai dit. Tu as tué?

— On en a tué quatre, qu'il a dit tout fier. Sans compter les *civiles*. C'est vrai que tu as tué un des *civiles*, Pilar?

— Pas un seul, que j'ai dit. J'ai tiré dans la fumée comme les autres quand le mur est tombé. C'est tout.

— D'où te vient ce pistolet, Pilar?

— De Pablo. Pablo me l'a donné après qu'il a eu tué les *civiles*.

— Il les a tués avec ce pistolet?

— Avec celui-là et pas un autre, que j'ai dit. Et après, il me l'a donné comme arme.

— Je peux le voir, Pilar? Je peux le tenir?

— Pourquoi pas, *hombre?* " que j'ai dit, et je lui ai donné le pistolet. Je me demandais pourquoi personne ne sortait plus, et, juste à ce moment, qu'est-ce qui sort? Don Guillermo Martin qui avait le magasin où on avait pris les fléaux, les bâtons de berger et les fourches en bois. Don Guillermo était un fasciste mais, à part ça, il n'y avait rien contre lui.

" C'est vrai qu'il ne payait pas grand-chose à ceux qui faisaient les fléaux, mais il ne les vendait pas cher non plus, et si on n'avait pas envie d'acheter des fléaux chez Don Guillermo, on pouvait les faire soi-même, pour rien que le prix du bois et du cuir. Il avait une façon pas polie de causer, et il était, sans aucun doute, fasciste et membre de leur club, et il s'asseyait midi et soir dans les fauteuils carrés de leur club pour lire *El Debate*, pour se faire cirer les bottes et pour boire du vermouth avec de l'eau de Seltz en mangeant des amandes grillées, des crevettes séchées et des anchois. Mais on ne tue pas pour ça, et je suis sûre que, si ça n'avait pas été les insultes de Don Ricardo Montalvo et la scène lamentable de Don Faustino, et la boisson par-dessus l'émotion des gens, quelqu'un aurait crié : "Que Don Guillermo aille en paix. On a ses fléaux. Qu'il s'en aille."

"Parce que, tu vois, les gens de cette ville sont aussi bons qu'ils peuvent être cruels, et ils ont un sentiment naturel de la justice et un désir de faire ce qui est juste. Mais la cruauté était entrée dans les rangs, et aussi la saoulerie, ou le commencement de la saoulerie, et les rangs n'étaient plus ce qu'ils étaient quand Don Benito était sorti. Je ne sais pas comment c'est dans les autres pays et j'aime le plaisir de boire comme personne, mais, en Espagne, la saoulerie, quand elle est produite par d'autres boissons que du vin, c'est une chose bien ignoble, et les gens font des choses qu'ils n'auraient pas faites autrement. Ce n'est pas comme ça dans ton pays, *Inglés*?

— Si, c'est comme ça, dit Robert Jordan. Quand j'avais sept ans, en allant avec ma mère à un mariage dans l'État d'Ohio, où je devais être garçon d'honneur, et où nous devions porter des fleurs, une petite fille et moi....

— Tu as fait ça? demanda Maria. Ce que c'est gentil!

— Dans cette ville, un nègre a été pendu à un réverbère et, après ça, brûlé. C'était une lampe à arc, avec un mécanisme permettant de faire descendre le globe jusqu'au trottoir. On a d'abord monté le nègre par le mécanisme qui servait à monter la lampe à arc, mais ça s'est cassé.

— Un nègre, dit Maria. Il fallait être sauvage.

— Les gens étaient saouls? demanda Pilar. Ils étaient assez saouls pour brûler un nègre?

— Je ne sais pas, dit Robert Jordan. La maison où je me trouvais était située juste au coin de la rue, en face du réverbère, et je regardais par-dessous les stores d'une fenêtre. La rue était pleine de monde et quand on a monté le nègre pour la seconde fois....

— Si tu n'avais que sept ans et que tu étais dans une maison, tu ne pouvais pas savoir s'ils étaient saouls ou pas, dit Pilar.

— Comme je disais, quand on a monté le nègre pour la seconde fois, ma mère m'a enlevé de la fenêtre, et je n'ai plus rien vu, dit Robert Jordan. Mais, depuis, il m'est arrivé des aventures qui prouvent que l'ivrognerie est la même dans mon pays : laide et brutale.

— Tu étais trop petit, à sept ans, dit Maria. Tu étais trop petit pour des choses pareilles. Moi, je n'ai jamais vu de nègres, sauf dans un cirque. A moins que les Maures soient des nègres.

— Certains en sont et d'autres n'en sont pas, dit Pilar. Je pourrais t'en dire sur les Maures.

— Pas tant que moi, dit Maria. Ah! non, pas tant que moi.

— Ne parle pas de ça, dit Pilar. C'est malsain. Où est-ce qu'on en était?

— On parlait de la saoulerie dans les rangs, dit Robert Jordan. Continue.

— Ce n'est pas juste de dire saoulerie, fit Pilar. Parce qu'ils étaient encore loin d'être saouls. Mais ils étaient déjà modifiés, et quand Don Guillermo est sorti, se tenant droit, myope, les cheveux gris, moyen comme taille, avec une chemise qui avait un bouton de col mais pas de col, là, debout, et qu'il s'est signé et qu'il a regardé devant lui — mais il ne voyait pas grand-chose sans ses lunettes — et qu'il s'est avancé, bien calme, c'était à faire pitié. Mais quelqu'un a crié dans le rang : Ici, Don Guillermo. Par ici, Don Guillermo. Dans cette direction. Ici, on a tous tes marchandises.

"Ils avaient tant rigolé avec Don Faustino : ils ne voyaient pas que Don Guillermo c'était autre chose, et que, s'il fallait tuer Don Guillermo, il fallait le tuer vite et avec dignité.

"Don Guillermo, qu'un autre a crié : tu veux envoyer quelqu'un à la maison chercher tes lunettes?"

"La maison de Don Guillermo n'était pas une maison, parce qu'il n'avait pas beaucoup d'argent; il était fasciste seulement pour faire chic et pour se consoler d'être obligé de travailler pour pas grand-chose dans sa boutique d'outils agricoles. Il était fasciste aussi de par la religion de sa femme qu'il partageait par amour pour elle. Il habitait dans un appartement, à trois maisons de la place. Pendant que Don Guillermo était là debout à regarder, de ses yeux myopes, les rangs entre lesquels il devrait passer, une femme s'est mise à crier sur le balcon de l'appartement où il habitait. Elle pouvait le voir du balcon et c'était sa femme.

"Guillermo, elle criait. Guillermo. Attends-moi, je viens avec toi."

"Don Guillermo a tourné la tête du côté des cris. Il ne pouvait pas voir sa femme. Il a essayé de dire quelque chose, mais il n'a pas pu. Alors il a fait un signe avec la main dans la direction où la femme l'avait appelé et il s'est avancé entre les rangs.

"Guillermo! qu'elle criait. Guillermo! Oh! Guillermo! Elle se tenait, les mains à la barre du balcon, et elle se balançait en avant et en arrière. "Guillermo!"

"Don Guillermo a encore fait un signe de la main dans la direction d'où venait le bruit, et il s'est avancé entre les rangs, la tête levée. On n'aurait pu dire ce qu'il ressentait, sauf par la couleur de sa figure.

"Alors, il y a un ivrogne qui a hurlé : "Guillermo!" dans les rangs en imitant la voix aiguë et brisée de sa femme; alors Don Guillermo s'est jeté sur cet homme, comme aveugle, et les larmes lui coulaient maintenant sur les joues. L'homme lui a donné un grand coup de fléau en pleine figure et, sous le choc, Don Guillermo est tombé assis et il est resté là assis à pleurer, mais pas de peur, pendant que les ivrognes le battaient, et un ivrogne a sauté sur lui, à cheval sur ses épaules, et il l'a battu à coups de bouteille. Après ça, beaucoup ont quitté les rangs et leur place a été prise par les ivrognes, ceux qui chahutaient et disaient des choses de mauvais goût par les fenêtres de l'*Ayuntamiento*.

"Moi, j'avais déjà été secouée de voir Pablo tuer la *guardia civil*, dit Pilar. C'était du vilain travail, mais je me disais : il faut ce qu'il faut, et, au moins, on n'est pas cruels : on se contente de leur ôter la vie. Tuer les gens, c'est horrible; nous le savons depuis des années; mais c'est aussi une nécessité si on veut gagner et sauver la République.

" Quand on avait barricadé la place et formé les rangs, j'avais admiré et compris ça comme une idée de Pablo, mais ça me semblait tout de même un peu fantastique et je me disais qu'il faudrait que tout ça soit fait avec bon goût pour ne pas être répugnant. Sûr que, si les fascistes devaient être exécutés par le peuple, il valait mieux que tout le peuple prenne part, et je voulais partager et être coupable autant que n'importe qui, tout comme j'espérais partager la récompense quand la ville serait à nous. Mais, après Don Guillermo, j'ai eu un sentiment de honte et de dégoût, et, quand les ivrognes sont entrés dans les rangs et que les autres ont commencé à s'en aller pour protester, après Don Guillermo, j'aurais voulu n'avoir plus rien à faire avec ce qui se passait dans les rangs, et je me suis éloignée; j'ai traversé la place et je me suis assise sur un banc sous un des grands arbres qui donnaient de l'ombre.

" Deux paysans du rang sont venus en parlant ensemble et un d'eux m'a dit : " Qu'est-ce qui t'arrive, Pilar?

— Rien, *hombre*, que je lui ai répondu.

— Si, qu'il a dit. Dis-le. Qu'est-ce que tu as?

— Je crois que j'en ai plein les tripes, je lui ai dit.

— Nous aussi ", qu'il a dit, et ils se sont assis tous les deux sur le banc. Il y en avait un qui avait une outre de vin et il me l'a passée.

" Rince-toi la bouche, qu'il m'a dit, et l'autre a dit, en continuant la conversation qu'ils avaient commencée : Le pire, c'est que ça porte malheur. Personne ne me fera croire que des choses comme de tuer Don Guillermo de cette façon ne portent pas malheur.

— Alors, l'autre a dit, s'il faut vraiment qu'on les tue tous, et je ne suis pas sûr que ce soit si nécessaire, qu'on les tue au moins convenablement et sans se moquer d'eux!

— La moquerie, ça se comprend dans le cas de Don Faustino, l'autre a dit. Parce qu'il a toujours été un farceur et jamais un homme sérieux. Mais se moquer d'un homme sérieux comme Don Guillermo, on n'a pas le droit.

— J'en ai plein les tripes ", que je lui ai dit, et c'était absolument vrai, parce que je sentais un vrai malaise en dedans de moi, et des sueurs et des nausées comme si j'avais mangé des mauvais coquillages.

"Alors, fini, le premier a dit. On n'y trempera plus. Mais je me demande ce qui se passe dans les autres villes.

— On n'a pas encore réparé les fils téléphoniques, que j'ai dit. Il va falloir arranger ça.

— C'est clair, qu'il a fait. Qui sait si on ne ferait pas mieux de mettre la ville en état de défense, que de massacrer les gens avec cette lenteur et cette brutalité.

— Je vais causer à Pablo ", je leur ai dit, et je me suis levée du banc pour aller sous les arcades qui menaient à la porte de l'*Ayuntamiento*. Maintenant, les rangs n'étaient plus droits et ordonnés, et il y avait beaucoup de saoulerie et très grave. Deux hommes étaient tombés par terre et restaient étalés sur le dos au milieu de la place, et ils se passaient une bouteille de l'un à l'autre. L'un avalait une gorgée et puis il criait : "*Viva la Anarquia!*" comme ça, sur le dos, et en hurlant comme un fou. Il avait un mouchoir noir et rouge autour du cou. L'autre criait : "*Viva la Libertad!*" et il donnait des coups de pied en l'air, et puis il gueulait de nouveau : "*Viva la Libertad!*" Il avait aussi un mouchoir rouge et noir et il le secouait dans une main, et il brandissait la bouteille dans l'autre.

"Un paysan qui avait quitté les rangs et qui s'était mis à l'ombre sous les arcades les regardait, dégoûté, et il disait : "Ils devraient crier : Vive la saoulerie! Ils ne sont pas capables de croire à autre chose!

— Ils ne croient même pas à ça, un autre paysan a dit. Ceux-là, ils ne comprennent rien et ils ne croient à rien. "

"Juste à ce moment-là, un des ivrognes s'est remis debout et il a levé les deux bras avec les poings fermés au-dessus de sa tête et il gueulait : "Vive l'Anarchie et la Liberté et merde pour la République! "

"L'autre ivrogne, qui était toujours sur le dos, a attrapé

la cheville de celui qui gueulait et s'est mis à rouler sur le côté. Alors l'ivrogne qui gueulait a roulé sur lui, et puis il s'est assis, et celui qui avait fait tomber l'autre a pris par le bras celui qui gueulait et puis il lui a tendu une bouteille et il a embrassé son mouchoir rouge et noir, et ils ont bu tous les deux ensemble.

" Juste à ce moment, il y a eu un hurlement dans les rangs, et, en regardant sous l'arcade, je ne pouvais pas voir celui qui sortait parce qu'il ne dépassait pas les têtes de ceux qui se pressaient devant la porte de l'*Ayuntamiento*. Tout ce que je pouvais voir, c'est que Pablo et Cuatro Dedos poussaient quelqu'un avec leurs fusils, mais je ne pouvais pas voir qui c'était et je me suis rapprochée des rangs, là où ils étaient serrés contre la porte pour essayer de voir.

" On se poussait beaucoup maintenant. Les chaises et les tables du café des fascistes avaient été renversées, sauf une table où il y avait un ivrogne couché, la tête pendante et la bouche ouverte. J'ai ramassé une chaise, je l'ai appuyée à un des piliers et je suis montée dessus pour pouvoir regarder par-dessus les têtes.

" L'homme que Pablo et Cuatro Dedos poussaient, c'était Don Anastasio Rivas : un fasciste invétéré et l'homme le plus gros de la ville. C'était un acheteur de grains et agent pour plusieurs compagnies d'assurances, et il prêtait aussi de l'argent à de gros intérêts. Moi, sur ma chaise, je le voyais descendre les marches et avancer vers les rangs avec sa grosse nuque qui gonflait au-dessus de son col de chemise, et son crâne chauve qui brillait au soleil, mais il n'est même pas entré dans le groupe, parce que, cette fois-ci, ce n'étaient plus des cris, mais un hurlement général. C'était pas beau à entendre. Tous les pochards hurlaient à la fois. Les rangs se sont disloqués, des hommes se sont précipités et j'ai vu Don Anastasio se jeter par terre, ses mains sur sa tête; après ça, on ne pouvait plus le voir, parce que les hommes s'empilaient sur lui. Et quand les hommes l'ont laissé, Don Anastasio était mort : on lui avait frappé la tête contre les pavés du trottoir sous les arcades; il n'y avait plus de rangs, il n'y avait plus que de la foule.

" On y va, qu'ils commençaient à crier. On va les chercher.

— Il est trop lourd à porter. " Un homme donnait des coups de pied à Don Anastasio qui était étendu sur le ventre. Laissons-le là.

— Pas la peine de traîner ce paquet de tripes jusqu'au bord du plateau. Laissons-le là.

— On y va et on va les finir à l'intérieur, un homme a crié. On y va.

"Pas la peine d'attendre toute la journée au soleil, qu'a hurlé un autre. Allons. On y va. "

"La foule se pressait maintenant sous les arcades. Il y avait des cris et des poussées. On se serait cru dans une ménagerie. Ils hurlaient tous : " Ouvrez! Ouvrez! Ouvrez! " parce que les gardes avaient fermé les portes de l'*Ayuntamiento* quand les rangs s'étaient disloqués

"Moi, montée sur la chaise, je pouvais voir à travers les barreaux des fenêtres dans la salle de l'*Ayuntamiento*, et, à l'intérieur, rien n'avait changé. Le prêtre était debout, ceux qui restaient étaient à genoux en demi-cercle autour de lui, et ils priaient tous. Pablo était assis sur la grande table devant le fauteuil du maire, son fusil sur le dos. Il était assis les jambes pendantes et il fumait une cigarette. Tous les gardes étaient assis dans les fauteuils de l'administration avec leurs fusils. La clef de la grande porte était sur la table à côté de Pablo.

"La foule hurlait : " Ouvrez! Ouvrez! Ouvrez! " sur l'air des lampions, et Pablo restait assis là comme s'il n'entendait pas. Il a dit quelque chose au prêtre, mais je ne pouvais pas entendre à cause du bruit de la foule.

"Le prêtre ne lui répondait toujours pas, et il continuait à prier. J'ai rapproché ma chaise du mur en la poussant devant moi comme les gens me poussaient par-derrière. Je suis remontée sur la chaise. J'avais la tête contre les barreaux de la fenêtre et je me tenais aux barreaux. Voilà-t-y pas qu'un homme veut aussi monter sur ma chaise et qu'il reste dessus avec ses bras autour des miens en tenant les barreaux les plus écartés.

"La chaise va craquer, que je lui ai dit.

— Qu'est-ce que ça fait? qu'il a dit. Regarde-les. Regarde-les prier. "

" Sa respiration sur mon cou sentait comme sent la foule, aigre comme du vomi sur les pavés et l'odeur de la saoulerie, et alors il a passé sa tête entre les barreaux, par-dessus mon épaule, et il s'est mis à gueuler : " Ouvrez! Ouvrez! " et c'était comme si j'avais la foule sur le dos, dans un rêve.

" Maintenant, la foule se poussait contre la porte et ceux qui étaient en avant étaient écrasés par les autres qui poussaient, et alors, de la place, un grand ivrogne en blouse noire avec un mouchoir rouge et noir autour du cou est arrivé en courant et s'est jeté contre la foule, et est tombé en avant sur les hommes qui poussaient; alors il s'est reculé, et puis il s'est lancé à nouveau contre les dos des hommes qui poussaient, en criant : Vive moi, et vive l'Anarchie!

" Pendant que je regardais, l'homme s'est éloigné de la foule; il est allé s'asseoir et il a bu à la bouteille; et alors, pendant qu'il était assis là, il a vu Don Anastasio toujours étendu à plat ventre sur le pavé, mais très piétiné, maintenant; alors l'ivrogne s'est levé et il s'est approché de Don Anastasio, il lui a versé de la bouteille sur la tête et sur ses habits; ensuite il a pris une boîte d'allumettes dans sa poche et il en a allumé plusieurs en essayant de mettre le feu à Don Anastasio. Mais le vent soufflait fort, il éteignait les allumettes. Au bout d'un petit moment, le grand ivrogne s'est assis à côté de Don Anastasio en secouant la tête et en buvant à la bouteille; de temps en temps, il se penchait et il donnait à Don Anastasio des claques sur l'épaule... sur l'épaule d'un cadavre!

" Pendant ce temps-là, la foule criait toujours d'ouvrir, et l'homme qui était monté sur ma chaise se tenait fort aux barreaux de la fenêtre et criait d'ouvrir. Il m'assourdissait avec sa voix qui me gueulait aux oreilles et sa respiration sale qui soufflait sur moi, et j'ai fini de regarder l'ivrogne qui essayait de mettre le feu à Don Anastasio, et j'ai recommencé à regarder dans la salle de l'*Ayuntamiento*, et c'était comme avant. Ils priaient toujours, les hommes, tous à genoux, la chemise ouverte, les uns la tête penchée, d'autres la tête levée, et ils regardaient le prêtre et le crucifix qu'il portait; le prêtre priait vite en regardant au-dessus de leurs têtes, et, derrière lui, Pablo, sa cigarette allumée, était assis là sur la table, balançant les jambes, son fusil sur le dos, et il jouait avec la clef.

" J'ai vu Pablo se pencher de nouveau pour parler au prêtre et je ne pouvais pas entendre ce qu'il disait à cause des cris. Mais le prêtre ne lui répondait toujours pas et continuait à prier. Alors, un homme s'est levé dans le demi-cercle de ceux qui priaient, et j'ai vu qu'il voulait sortir. C'était Don Castro, que tout le monde appelait Don Pepe, un fasciste à tous crins et marchand de chevaux; il était debout maintenant, petit, l'air propre, même sans être rasé, et avec une veste de pyjama enfoncée dans un pantalon gris rayé. Il a baisé le crucifix, le prêtre l'a béni, il s'est redressé, il a regardé Pablo et il a tourné brusquement la tête vers la porte.

" Pablo a secoué la tête en continuant à fumer. Je pouvais voir Don Pepe qui disait quelque chose à Pablo, mais je ne pouvais pas entendre quoi. Pablo n'a pas répondu; il a seulement secoué encore la tête en regardant vers la porte.

" Alors, j'ai vu Don Pepe se tourner pour regarder la porte, et je me suis rendu compte qu'il ne savait pas, avant ça, que la porte était fermée à clef. Pablo lui a montré la clef et il est resté à la regarder un moment, et puis il s'est retourné, et il est allé s'agenouiller de nouveau. J'ai vu le prêtre qui regardait Pablo et Pablo qui faisait un sourire et lui montrait la clef, et le prêtre a eu l'air de se rendre compte, pour la première fois, que la porte était fermée à clef, et on aurait dit qu'il allait secouer la tête, mais il l'a seulement penchée et il s'est remis à prier.

" Je ne sais pas comment ils avaient fait pour ne pas comprendre que la porte était fermée, ou alors c'était qu'ils étaient trop occupés avec leurs prières et les choses qu'ils pensaient; mais maintenant ils avaient sûrement compris, ils comprenaient les cris et ils devaient se rendre compte que tout était changé. Mais ils restaient comme avant.

" Maintenant, les cris étaient si forts qu'on n'entendait plus rien, et l'ivrogne qui était sur la chaise avec moi essayait de secouer les barreaux et il gueulait : " Ouvrez! Ouvrez! " qu'il en était enroué.

" Je regardais Pablo qui causait de nouveau au prêtre, et le prêtre ne répondait pas. Alors j'ai vu Pablo détacher son fusil et taper le prêtre sur l'épaule avec. Le prêtre ne faisait pas attention à lui, et j'ai vu Pablo secouer la tête. Puis il a causé par-dessus l'épaule à Cuatro Dedos et Cuatro Dedos a causé aux autres gardes; alors ils se sont levés et ils ont été au fond de la salle, et ils sont restés là, debout avec leurs fusils.

" J'ai vu Pablo qui disait quelque chose à Cuatro Dedos, et il a renversé deux tables et des bancs; les gardes étaient debout derrière avec leurs fusils. Ça faisait une barricade dans ce coin de la salle. Pablo s'est penché en avant et il a encore tapé le prêtre sur l'épaule avec son fusil; le prêtre ne faisait pas du tout attention à lui, mais je voyais que Don Pepe le regardait pendant que les autres ne faisaient pas attention et continuaient à prier. Pablo secouait la tête, et quand il a vu que Don Pepe le regardait, il a secoué la tête en lui montrant la clef qu'il tenait dans sa main. Don Pepe a compris et il a baissé la tête, et il s'est mis à prier très vite.

" Pablo est descendu de la table et il est passé derrière, là où il y avait le fauteuil du maire sur l'estrade derrière la longue table du conseil. Il s'est assis dedans et il s'est roulé une cigarette, en regardant tout le temps les fascistes qui priaient avec le prêtre. Il n'y avait pas d'expression du tout sur sa figure. La clef était sur la table devant lui. C'était une grande clef de fer de plus d'un pied de long. Alors Pablo a crié quelque chose aux gardes, mais je n'ai pas entendu quoi, et un garde s'est approché de la porte. Je les voyais tous qui priaient plus vite que jamais et je savais que maintenant ils savaient, tous.

" Pablo a dit quelque chose au prêtre, mais le prêtre n'a pas répondu. Alors, Pablo s'est penché, il a ramassé la clef et il l'a jetée par en dessous au garde qui était à la porte. Le garde l'a attrapée, et Pablo lui a souri. Alors, le garde a mis la clef dans la serrure, il a tourné et il a tiré la porte à lui en s'abritant derrière quand la foule s'est précipitée.

Je les ai vus entrer et, juste à ce moment, l'ivrogne qui était sur la chaise avec moi s'est mis à pousser des cris : " Ahi! Ahi! " et à tendre sa tête en avant, et je ne pouvais plus rien voir, et il gueulait : " Tuez-les! Tuez-les! A coups de bâton! Tuez-les! " et il me repoussait avec ses deux bras et je ne pouvais rien voir.

" Je lui ai enfoncé mon coude dans le ventre et je lui ai dit : " Ivrogne, à qui est cette chaise? Laisse-moi regarder! " "

" Mais il continuait à se secouer avec les bras et les mains aux barreaux, et il criait : " Tuez-les! A coups de bâton! A coups de bâton! C'est ça. A coups de bâton! Tuez-les! *Cabrones! Cabrones! Cabrones!* "

" Je lui ai donné un grand coup de coude et j'ai dit : " *Cabron!* Ivrogne! Laisse-moi voir! "

" Alors il m'a mis ses mains sur la tête pour se hisser et voir mieux; il s'appuyait de tout son poids sur ma tête et il continuait à gueuler : " A coups de bâton! C'est ça! A coups de bâton!

— Coups de bâton toi-même! " que je lui ai dit, et j'ai poussé mon coude fort, là où ça devait lui faire mal, et ça lui a fait mal. Il a ôté ses mains de ma tête et il les a mises là où ça lui faisait mal, et il a dit : " *No hay derecho, mujer.* Tu n'as pas le droit de faire ça. " Et à ce moment, en regardant à travers les barreaux, j'ai vu la salle pleine d'hommes qui brandissaient leurs bâtons et qui frappaient avec leurs fléaux, et qui enfonçaient et frappaient et poussaient et donnaient des coups aux gens avec leurs fourches de bois blanc qui étaient rouges maintenant et avaient les dents cassées, et c'était comme ça dans toute la salle pendant que Pablo restait assis dans le grand fauteuil avec son fusil sur les genoux à regarder, et il y avait des cris et des coups et des blessures, et les hommes hurlaient comme les chevaux hurlent dans un incendie. J'ai vu le prêtre, ses robes relevées, qui grimpait sur un banc, et ceux qui le poursuivaient le frappaient avec les faux et les faucilles, et alors quelqu'un l'a attrapé par sa robe et il y a eu un hurlement et j'ai vu deux hommes qui lui enfonçaient leurs faux dans le dos, et un troisième le tenait par sa robe, et le prêtre levait les bras, et il s'accrochait au dossier d'une chaise, et alors la chaise où j'étais s'est cassée, et l'ivrogne et moi on était sur le trottoir qui sentait le vin renversé et le vomi, et l'ivrogne secouait son doigt en disant : " *No hay derecho, mujer, no hay derecho.* Tu aurais pu me blesser " et les gens nous piétinaient pour entrer dans la salle de l'*Ayuntamiento.* Tout ce que je pouvais voir, c'étaient les jambes des gens qui entraient par la porte et l'ivrogne, assis par terre en face de moi, qui se tenait là où je l'avais cogné.

"C'est comme ça qu'ont fini les fascistes dans notre ville, et j'ai été contente de ne pas en voir plus. Sans cet ivrogne, j'aurais tout vu. On peut dire qu'il a servi à quelque chose, parce que, ce qui se passait dans l'*Ayuntamiento*, c'était une chose qu'on regretterait d'avoir vue.

"Mais l'autre ivrogne, celui qui était sur la place, était quelque chose d'encore plus étonnant. Quand nous nous sommes relevés, après avoir cassé la chaise, pendant que les gens continuaient à se bousculer dans l'*Ayuntamiento*, j'ai vu cet ivrogne, avec son mouchoir noir et rouge, qui versait encore quelque chose sur Don Anastasio. Il branlait la tête et il avait beaucoup de mal à se tenir assis, mais il versait et il allumait des allumettes, et je te verse et je t'allume des allumettes, alors je me suis approchée de lui et je lui ai dit : " Qu'est-ce que tu fais, vaurien ?

— *Nada, mujer, nada*, qu'il a dit. Fous-moi la paix. "

"Alors, peut-être parce que j'étais debout là et que mes jambes faisaient écran contre le vent, l'allumette a pris et une flamme bleue s'est mise à courir depuis l'épaule de la veste de Don Anastasio et derrière sa nuque, et l'ivrogne a levé la tête, et il s'est mis à gueuler d'une voix formidable : " On brûle les morts ! On brûle les morts !

— Qui ? quelqu'un a demandé.

— Où ? quelqu'un d'autre a crié.

— Ici, que gueulait l'ivrogne. Ici même ! "

"Alors, quelqu'un a donné un grand coup de fléau à l'ivrogne sur le côté du crâne, et il est tombé en arrière ; il était étendu par terre et il a regardé l'homme qui l'avait frappé, et alors il a fermé les yeux, il a croisé les mains sur la poitrine et il est resté étendu là, à côté de Don Anastasio, comme endormi. L'homme ne l'a plus frappé ; il est resté couché là, et il était encore là quand on a ramassé Don Anastasio et qu'on l'a mis avec les autres dans la charrette qui les a tous emmenés jusqu'au bord du plateau où on les a jetés ce soir-là avec les autres, après le nettoyage de l'*Ayuntamiento*. Il aurait mieux valu pour la ville qu'on y jette vingt ou trente ivrognes, surtout ceux avec les mouchoirs rouges et noirs, et, si on fait jamais une autre révolution, je crois qu'il faudra commencer par détruire ceux-là. Mais nous ne savions pas encore. On a appris, les jours suivants.

"Cette nuit-là on ne savait pas ce qui allait se passer. Après le massacre dans l'*Ayuntamiento*, il n'y a plus eu de tuerie, mais nous n'avons pas pu avoir de réunion ce soir-là parce qu'il y avait trop d'hommes saouls. Il était impossible d'obtenir de l'ordre, et alors la réunion a été remise au lendemain.

"Cette nuit-là, j'ai couché avec Pablo. Je ne devrais pas te dire ça, *guapa*, mais d'un autre côté, ça te fait du bien de tout savoir, et au moins, ce que je te dis, c'est la vérité. Écoutez ça, *Inglés*, c'est très curieux.

"Comme je dis, cette nuit-là, on a mangé et c'était très curieux. C'était comme après un orage ou une inondation ou une bataille, et tout le monde était fatigué, et personne ne parlait beaucoup. Moi, je me sentais vide et pas bien, j'étais pleine de honte avec un sentiment d'avoir mal fait, je sentais une grande oppression et un pressentiment de choses mauvaises, comme ce matin après les avions. Et sûr que le mauvais est venu dans les trois jours.

"Pendant qu'on mangeait, Pablo parlait très peu.

"Ça t'a plu, Pilar?" qu'il m'a demandé finalement, la bouche pleine de chevreau rôti. On mangeait à l'auberge d'où partent les autobus, et la salle était pleine et les gens chantaient et le service était difficile.

"Non, j'ai dit. Sauf Don Faustino, ça ne m'a pas plu.

— Moi, ça m'a plu, qu'il a fait.

— Le tout? j'ai demandé.

— Le tout", qu'il a dit, et il s'est coupé un grand morceau de pain avec son couteau et il s'est mis à éponger sa sauce avec. "Tout, sauf le prêtre.

— Ça ne t'a pas plu, le prêtre?" parce que je savais qu'il haïssait les prêtres encore plus que les fascistes.

"Il m'a déçu", Pablo a dit tristement.

"Il y en avait tant qui chantaient, qu'on était presque obligé de crier pour s'entendre.

— Pourquoi?

— Il est mort très mal, Pablo a dit. Pas assez de dignité.

— Comment, tu aurais voulu qu'il ait de la dignité pendant qu'il avait la foule après lui? j'ai dit. Je trouve qu'il a toujours gardé beaucoup de dignité. Toute la dignité qu'on peut avoir.

— Oui, Pablo a dit. Mais à la dernière minute il a eu peur.

— Qui est-ce qui n'aurait pas peur? j'ai dit. Tu n'as pas vu avec quoi on le frappait?

— Comment est-ce que je n'aurais pas vu? Pablo a dit. Mais je trouve qu'il est mort très mal.

— Dans des conditions pareilles, tout le monde meurt mal, que j'ai dit. Qu'est-ce qu'il te faut pour ton argent? Tout ce qui s'est passé dans l'*Ayuntamiento* était ignoble.

— Oui, qu'a dit Pablo. Il n'y avait pas beaucoup d'organisation. Mais, un prêtre, ça doit donner l'exemple.

— Je croyais que tu détestais les prêtres.

— Oui, et Pablo s'est coupé encore du pain. Mais un prêtre *espagnol*, un prêtre *espagnol*, ça devrait mourir très bien.

— Je trouve qu'il est mort assez bien, que j'ai dit, pour avoir été privé de toutes les formalités.

— Non, qu'a fait Pablo. Moi, j'ai été très déçu. Toute la journée, j'ai attendu la mort du prêtre. Je pensais qu'il serait le dernier à entrer dans les rangs. J'attendais ça avec beaucoup d'impatience. J'attendais ça comme le bouquet. Je n'avais jamais vu un prêtre mourir.

— Tu as tout le temps, que je lui ai dit, ironiquement. C'est aujourd'hui seulement que le mouvement a commencé.

— Non, qu'il a dit. Je suis déçu.

— Maintenant, que j'ai dit, je suppose que tu vas perdre ta foi.

— Tu ne comprends pas, Pilar, qu'il a dit. C'était un prêtre *espagnol*.

— Quel peuple c'est, les Espagnols? que je lui ai dit. Et quel peuple orgueilleux, hein, *Inglés*? Quel peuple!

— Il faut partir, dit Robert Jordan, qui regardait le soleil. Il est près de midi.

— Oui, dit Pilar. On va s'en aller. Mais laisse-moi te finir l'histoire de Pablo. Ce soir-là, il m'a dit : " Pilar, cette nuit, on ne fera rien!

— Bien, que je lui ai dit. Ça me plaît.

— Je trouve que ça serait de mauvais goût après la tuerie de tant de gens.

— *Qué va*, que je dis. Quel saint tu fais! Tu crois que j'ai vécu des années avec des toréadors pour ne pas savoir comment ils sont après la Corrida?

— C'est vrai, Pilar? qu'il m'a demandé.

— Est-ce que je t'ai jamais menti? je lui ai demandé.

— C'est vrai, Pilar. Je suis un homme fini, ce soir. Tu ne m'en veux pas?

— Non, *hombre*, que je lui ai dit. Mais il ne faudrait pas que tu tues des gens tous les jours, Pablo. "

" Et il a dormi cette nuit-là comme un bébé, et je l'ai réveillé le matin à l'aube. Mais moi, je n'ai pas pu dormir de la nuit, et je me suis levée, et je suis restée assise dans un fauteuil. Je regardais par la fenêtre et je voyais la place au clair de lune, là où il y avait eu les rangs, et, à l'autre bout de la place, je voyais les arbres luisants sous la lune et l'obscurité de leur ombre, les bancs tout éclairés aussi par la lune, les bouteilles cassées qui brillaient et le bout du plateau où on les avait tous jetés. Il n'y avait pas de bruit, seulement le tintement de l'eau dans la fontaine, et moi, j'étais assise là à me dire qu'on avait mal commencé.

" La fenêtre était ouverte, et plus haut que la place, à la Fonda, j'entendais une femme qui pleurait. Je suis sortie, pieds nus, sur le balcon. La lune éclairait toutes les façades de la place, et les pleurs venaient du balcon de la maison de Don Guillermo. C'était sa femme. Elle était sur le balcon, à genoux, et elle pleurait.

" Alors, je suis entrée dans la chambre, et je me suis assise, et je n'avais pas envie de penser, parce que c'était le plus mauvais jour de ma vie, jusqu'à ce qu'il en vienne un autre.

— Qu'est-ce que c'était que l'autre? demanda Maria.

— Trois jours plus tard, quand les fascistes ont pris la ville.

— Ne me raconte pas, dit Maria. Je ne veux pas entendre ça. Ça suffit comme ça. C'est déjà trop.

— Je t'avais prevenue qu'il ne fallait pas écouter, dit Pilar. Hein? Je ne voulais pas que tu écoutes. Maintenant, tu vas avoir des cauchemars.

— Non, dit Maria. Mais je ne veux pas en entendre davantage.

— Il faudra me raconter ça une autre fois, dit Robert Jordan.

— Oui, dit Pilar. Mais c'est mauvais pour Maria.

— Je ne tiens pas à l'entendre, dit Maria plaintivement. Je t'en prie, Pilar. Ne le raconte pas si je suis là, parce que je pourrais entendre malgré moi. "

Ses lèvres tremblaient, et Robert Jordan crut qu'elle allait pleurer.

" Je t'en prie, Pilar. Ne raconte pas.

— Ne t'en fais pas, ma tondue, dit Pilar. Ne t'en fais pas. Je le raconterai à l'*Inglés*, un autre jour.

— Oh! mais je veux être là quand il y est, dit Maria. Oh! Pilar, ne le raconte pas, jamais.

— Je lui raconterai pendant que tu travailleras.

— Non. Non. Je t'en prie. N'en parlons plus du tout, dit Maria.

— Ce n'est que juste que je raconte ça aussi, maintenant que j'ai raconté ce que nous avions fait, dit Pilar. Mais tu ne l'entendras pas, je te promets.

— Est-ce qu'il n'y a rien d'agréable à raconter? dit Maria. Est-ce qu'il faut toujours parler d'horreurs?

— Cet après-midi, dit Pilar. Toi et l'*Inglés*, vous pourrez parler de ce qui vous plaira, tous les deux.

— Alors vivement l'après-midi, dit Maria. Que ça vienne vite.

— Ça viendra, lui dit Pilar. Ça viendra très vite et s'en ira de même, et demain passera très vite aussi.

— Cet après-midi, dit Maria. Cet après-midi. Vivement cet après-midi. "

CHAPITRE XI

Ils avaient dévalé de la haute prairie dans la vallée boisée et pris un sentier qui remontait le torrent, puis s'en écartait, pour grimper à pic une bordure rocheuse escarpée. Ils montaient maintenant, dans l'ombre épaisse des pins. Un homme, portant une carabine, sortit alors de derrière un arbre.

" Halte! dit-il. Puis : *Hola*, Pilar. Qui est là avec toi?

— Un *Inglés*, dit Pilar. Mais avec un nom chrétien : Roberto. Quelle saloperie d'à-pic pour arriver ici!

— *Salud, Camarada*, dit le garde à Robert Jordan en tendant la main. Tu vas bien?

— Oui, dit Robert Jordan. Et toi?

— Moi aussi ", dit le garde. Il était très jeune, avec un visage mince à l'ossature légère, au nez un peu busqué, aux pommettes hautes, aux yeux gris. Il était nu-tête, ses cheveux étaient noirs et hirsutes, et sa poignée de main ferme et amicale. Ses yeux aussi étaient amicaux.

" Bonjour, Maria, dit-il à la jeune fille. Ça ne t'a pas fatiguée?

— *Qué va*, Joaquin, dit la jeune fille. On s'est arrêtés à bavarder plus longtemps qu'on a marché.

— C'est toi le dynamiteur? demanda Joaquin. On nous a dit que tu étais là.

— On a passé la nuit chez Pablo, dit Robert Jordan. Oui, c'est moi le dynamiteur.

— On est content de te voir, dit Joaquin. C'est pour un train?

— Tu étais au dernier train? demanda Robert Jordan, et il sourit.

— Si j'y étais! dit Joaquin. C'est là qu'on a ramassé ça,

(il fit un grand sourire à Maria). Tu es jolie, maintenant, lui dit-il. On t'a dit comme tu es jolie?

— Tais-toi, Joaquin, et merci beaucoup, dit Maria. Toi, tu serais joli si tu te faisais couper les cheveux.

— Je t'ai portée, dit Joaquin à la jeune fille. Je t'ai portée sur mes épaules.

— Comme beaucoup d'autres, dit Pilar d'une voix sonore. Qui est-ce qui ne l'a pas portée! Où est le vieux?

— Au camp.

— Où est-ce qu'il était hier soir?

— A Ségovie.

— Il a ramené des nouvelles?

— Oui, dit Joaquin. Il y a du nouveau.

— Bon ou mauvais?

— Mauvais, je crois.

— Vous avez vu les avions?

— Ahi! fit Joaquin, et il secoua la tête. Ne m'en parle pas. Camarade dynamiteur, quels avions c'étaient?

— Heinkel cent onze, les bombardiers; Heinkel et Fiat, la chasse, lui dit Robert Jordan.

— Les gros avec les ailes basses, c'était quoi?

— Les Heinkel cent onze.

— Qu'on les appelle comme on voudra, ils sont toujours aussi dangereux, dit Joaquin. Mais je vous retarde. Je vais vous amener au commandant.

— Le commandant? " demanda Pilar.

Joaquin hocha la tête d'un air sérieux. " J'aime mieux ça que " chef ", dit-il. C'est plus militaire.

— Tu te militarises beaucoup, dit Pilar en riant.

— Non, dit Joaquin. Mais j'aime les termes militaires parce que ça rend les ordres plus clairs et la discipline meilleure.

— En voilà pour ton goût, *Inglés*, dit Pilar. Un garçon très sérieux.

— Tu veux que je te porte? " demanda Joaquin à la jeune fille. Il lui passa un bras autour des épaules et lui sourit au visage.

" Une fois suffit, lui dit Maria. Merci quand même.

— Tu te rappelles? lui demanda Joaquin.

— Je me rappelle qu'on me portait, dit Maria. Mais toi, non. Je me rappelle le Gitan parce qu'il m'a lâchée beaucoup de fois. Mais je te remercie, Joaquin, et je te porterai un de ces jours.

— Moi, je me rappelle très bien, dit Joaquin. Je me rappelle que je tenais tes deux jambes et que j'avais ton ventre sur l'épaule et ta tête sur le dos, et tes bras pendaient sur mon dos.

— Tu as beaucoup de mémoire, dit Maria, et elle lui sourit. Moi, je ne me rappelle rien de tout ça. Ni tes bras, ni tes épaules, ni ton dos.

— Tu veux que je te dise quelque chose? lui demanda Joaquin.

— Qu'est-ce que c'est?

— J'étais content que tu me pendes sur le dos quand on nous tirait dessus par-derrière.

— Quel cochon! dit Maria. Et est-ce que c'est pour ça que le Gitan m'a tellement portée?

— Pour ça et pour se tenir à tes jambes.

— Mes héros, dit Maria. Mes sauveurs.

— Écoute, *guapa*, lui dit Pilar. Ce garçon t'a beaucoup portée. Et, à ce moment-là, tes jambes ne disaient rien à personne. A ce moment-là, il n'y avait que les balles qui disaient ce qu'elles avaient à dire. Et, s'il t'avait laissée tomber, il aurait été bien vite hors d'atteinte des balles.

— Je l'ai remercié, dit Maria. Et je le porterai un de ces jours. Laisse-nous plaisanter. Je ne vais pas pleurer parce qu'il m'a portée, non?

— Je t'aurais bien laissée tomber, fit Joaquin continuant à la taquiner. Mais j'avais peur que Pilar me tue.

— Je n'ai tué personne, dit Pilar.

— *No hace falta*, lui dit Joaquin. Tu n'as pas eu besoin. Tu les faisais mourir de peur rien qu'en ouvrant la bouche.

— En voilà une façon de parler! lui dit Pilar. Toi qui étais un petit garçon si poli. Qu'est-ce que tu faisais avant le mouvement, petit garçon?

— Très peu de chose, dit Joaquin. J'avais seize ans.

— Mais quoi au juste?

— Quelques paires de chaussures de temps en temps.

— Tu les fabriquais?

— Non, je les cirais.

— *Qué va*, dit Pilar. Ça n'est pas tout. " Elle observa le visage brun du garçon, sa charpente légère, sa tignasse et sa démarche rapide. " Pourquoi est-ce que tu n'as pas réussi?

— Réussi à quoi?

— A quoi? Tu sais bien à quoi. Tu laisses pousser la petite queue maintenant.

— Je crois que c'était la peur, dit le garçon.

— Tu n'es pas mal bâti, lui dit Pilar. Mais la figure ne vaut pas grand-chose. Alors c'était la peur, oui? Tu étais très bien au train.

— Je n'ai plus peur d'eux maintenant, dit le garçon. D'aucun. Et on a vu bien pire et bien plus dangereux que les taureaux. Il n'y a sûrement pas de taureau aussi dangereux qu'une mitrailleuse. Mais si j'étais dans l'arène maintenant, je ne sais pas si je serais maître de mes jambes.

— Il voulait être toréador, expliqua Pilar à Robert Jordan. Mais il avait peur.

— Tu aimes les taureaux, toi, camarade dynamiteur? demanda Joaquin en souriant de toutes ses dents.

— Beaucoup, dit Robert Jordan. Énormément.

— Tu les as vus à Valladolid? demanda Joaquin.

— Oui. En septembre, à la *feria.*

— C'est mon pays, dit Joaquin. Quelle belle ville, mais ce que les *buena gente,* les bonnes gens de cette ville ont souffert dans cette guerre! Puis, le visage grave : Ils ont fusillé mon père. Ma mère. Mon beau-frère, et maintenant ma sœur.

— Quels sauvages! " dit Robert Jordan.

Combien de fois avait-il entendu cela? Combien de fois avait-il entendu des gens prononcer ces mots avec difficulté? Combien de fois avait-il vu leurs yeux se mouiller et leur gorge se durcir et dire avec peine : mon père, ou mon frère, ou ma mère, ou ma sœur? Il ne pouvait se rappeler combien de fois il avait entendu mentionner de telles morts. Presque toujours, les gens parlaient comme ce garçon le faisait en ce moment, tout d'un coup et à propos du nom d'une ville, et, chaque fois, ils disaient : " Quels sauvages! "

On apprenait seulement l'annonce de la mort. On ne voyait pas le père tomber, mourir d'une mort semblable à celle des fascistes que Pilar avait décrite dans la prairie, près du torrent. On savait que le père était mort dans quelque cour, ou contre un mur, ou bien dans un champ ou un verger, ou encore la nuit à la lumière des phares d'un camion, au bord de quelque route. On avait vu les phares du haut des collines et entendu les coups de feu, et, après, on était descendu sur la route et on avait trouvé les corps. On n'avait vu fusiller ni la mère, ni la sœur, ni le frère. On vous l'avait dit; on avait entendu les coups de feu et on avait vu les cadavres.

Pilar lui avait dévoilé ce qui s'était passé dans la ville.

Si cette femme pouvait écrire! pensait-il. Il essaierait d'écrire l'histoire, lui, et s'il avait la chance de se la bien rappeler, peut-être pourrait-il la rapporter telle qu'elle lui avait été confiée. Dieu, que Pilar racontait bien! Elle était meilleure que Quevedo, songeait-il. Il n'a jamais écrit la mort d'aucun Don Faustino comme elle l'a racontée. Je voudrais écrire assez bien pour pouvoir reproduire cette histoire, songea-t-il. Ce que nous avons fait. Pas ce que les autres nous ont fait. Il en savait assez là-dessus. Il en savait beaucoup sur ce qui se passait derrière les lignes. Mais il fallait avoir connu les gens avant. Il fallait savoir ce qu'ils avaient été dans leurs villages.

A cause de notre mobilité, et parce que nous n'avons jamais été obligés de demeurer sur place pour recevoir le châtiment, nous n'avons jamais su comment les choses finissaient en réalité, songeait-il. On habite chez un paysan, dans sa famille. On arrive à la nuit et on mange avec eux. Le jour, on se cache, et, la nuit suivante, on est parti. On fait son boulot et on s'en va. Si on repasse par là, on apprend qu'ils ont été fusillés. C'est aussi simple que ça.

Mais on est toujours parti quand ça arrive. Les *partizans* font leurs dégâts et puis ils filent. Les paysans restent et paient. J'ai toujours su ce qui se passait de l'autre côté, songea-t-il. Ce que nous leur avons fait au début. Je l'ai toujours su, et ça m'a toujours fait horreur; j'en ai entendu parler cyniquement, et avec honte, avec bravade, avec vantardise, en s'en excusant, en expliquant, en niant. Mais cette sacrée femme, elle m'a tout mis devant les yeux comme si j'y étais.

Bon, se dit-il, c'est comme ça qu'on s'instruit, et quelle éducation ce serait, en fin de compte. On apprend quelque chose dans cette guerre si on écoute. Toi, tu as sûrement beaucoup appris. Il avait de la chance d'avoir passé une partie des dix années précédentes en Espagne, avant la guerre. Les gens fondaient leur confiance principalement sur le langage. Ils vous faisaient confiance parce que vous compreniez complètement leur langue et employiez leurs idiomes, et parce que vous connaissiez les différents endroits du pays. En définitive, un Espagnol n'est vraiment loyal qu'à son village. D'abord l'Espagne, évidemment, puis sa propre tribu, puis sa province, puis son village, sa famille et enfin son métier. Si on parlait sa langue, un Espagnol était prévenu favorablement; si on connaissait sa province, c'était encore mieux, mais si on connaissait son village et son métier, on était aussi avancé qu'un étranger pourrait jamais être. Il ne se sentait jamais étranger en Espagne, et, la plupart du temps, on ne le traitait pas vraiment comme un étranger; il fallait pour cela que les gens se retournent contre vous.

Évidemment, ils se tournaient souvent contre vous, mais ils se tournaient toujours contre tout le monde. Ils se tournaient contre eux-mêmes aussi. S'il y en avait trois ensemble, deux s'alliaient contre le troisième, et puis les deux premiers commençaient à se trahir mutuellement. Pas toujours, mais assez souvent pour qu'on en tire une conclusion.

Ce n'était pas une façon de penser; mais qui censurait ses pensées? Lui seul. Il ne se permettait aucune pensée défaitiste. La première chose était de gagner la guerre. Si on ne gagnait pas la guerre, tout était perdu. Mais il observait, écoutait et se rappelait tout. Il servait dans une guerre, il mettait à son service une loyauté absolue et une activité aussi complète que possible. Mais sa pensée n'appartenait à personne, non plus que ses facultés de voir et d'entendre, et, s'il devait porter des jugements, il les porterait plus tard. Il disposerait alors pour cela d'un matériel bien plus grand, et il en avait déjà beaucoup; un peu trop, parfois.

Regarde cette femme, songeait-il. Quoi qu'il arrive, si j'en ai le temps, il faut que je lui fasse raconter le reste de son histoire. Regarde-la marcher avec les deux gosses. On ne pourrait pas trouver trois plus beaux produits d'Espagne. Elle est comme une montagne, et le garçon et la fille comme de jeunes arbres. Les vieux arbres sont tous abattus et les jeunes arbres poussent droit. Malgré tout ce qui leur est arrivé à tous les deux, ils ont l'air aussi frais et pur et neuf et intact que s'ils n'avaient jamais entendu parler de malheur. Mais, d'après Pilar, Maria vient seulement de se remettre. Elle a dû être dans un état terrible.

Il se rappelait un jeune Belge de la Onzième Brigade qui s'était engagé avec cinq autres garçons de son village. C'était un village d'environ deux cents habitants et ce garçon n'en était jamais sorti auparavant. La première fois qu'il avait vu ce garçon, à l'État-Major de la Brigade de Hans, les cinq autres du même village avaient tous été tués, et le garçon était en très mauvais état. On l'employait comme serveur au mess du Quartier Général. Il avait un visage flamand, gros, blond, rouge, et d'épaisses mains maladroites de paysan, et il maniait les plats avec la lourdeur et la gaucherie d'un cheval de trait. De plus il pleurait tout le temps. Pendant tout le repas, il pleurait sans aucun bruit.

On levait la tête, et il était là en train de pleurer. Si on lui demandait du vin, il pleurait, et si on lui passait son assiette pour le ragoût, il pleurait en détournant la tête. Puis il s'arrêtait; mais, si on le regardait, les larmes recommençaient à couler. Entre les plats, il pleurait dans la cuisine. Tout le monde était très gentil avec lui. Mais ça ne servait à rien. Il faudrait, pensait Robert Jordan, essayer de savoir ce que ce garçon était devenu, s'il était remis et s'il était de nouveau capable de porter les armes.

Maria se portait assez bien, à présent. A ce qu'il semblait en tout cas. Mais il n'était pas psychiatre. Le psychiatre, c'était Pilar. Ça leur avait sans doute fait du bien, à la jeune fille et à lui, de passer ensemble la nuit précédente. Ç'avait sûrement été bon pour lui. Il se sentait très bien aujourd'hui, sain, bon, insouciant et heureux. La situation se présentait

assez mal, mais aussi, il avait beaucoup de chance. Il en avait
vu d'autres qui s'annonçaient mal. S'annoncer.... Il pensait
en espagnol. Maria était charmante.

Regarde-la, se dit-il. Regarde-la.

Il la regardait marcher joyeusement au soleil, sa chemise
kaki ouverte au col. Elle marche comme un poulain, songea-
t-il. Personne n'a jamais connu pareille chance. Ces choses-
là n'arrivent pas dans la réalité. Mais, après tout, peut-être
est-ce que je rêve ou que je me laisse trop aller à mon imagination, pensait-il, et que rien ne s'est réellement passé? Je
me suis bien trouvé, en rêve, dans le même lit que des actrices
de cinéma qui me prodiguaient leurs gentillesses. Il les avait
toutes eues, et se rappelait encore Garbo et Harlow. Oui,
Harlow plusieurs fois. Peut-être rêvait-il encore.

Mais il se rappelait encore la nuit où Garbo était venue
dans son lit, la nuit d'avant l'attaque de Pozoblanco; elle
portait un chandail d'une laine douce et soyeuse. Quand il la
prenait dans ses bras, et quand elle se penchait, ses cheveux
lui caressaient la figure. Elle lui demandait pourquoi il ne
lui avait jamais dit qu'il l'aimait, alors qu'elle l'aimait depuis
si longtemps. Elle n'était ni timide, ni froide, ni distante. Elle
était exquise à tenir serrée contre soi et gentille et charmante,
comme autrefois avec Jack Gilbert. C'était aussi vrai que si
c'était arrivé, et il l'aimait beaucoup plus que Harlow, bien
que Garbo ne fût encore venue à lui qu'une fois, alors que
Harlow... peut-être le présent n'était-il, lui aussi, qu'un rêve.

Peut-être que non, pourtant, se dit-il. Peut-être pourrais-je
en ce moment tendre la main et toucher Maria. L'oserais-tu, se
demanda-t-il? Peut-être t'apercevrais-tu que rien ne s'est jamais
vraiment produit et que seule ton imagination a travaillé,
comme dans ces rêves où des actrices de cinéma, des anciennes
amies revenaient coucher dans ce sac de couchage la nuit sur
tous les sols nus, dans la paille des granges, les étables, les
corrales et les *cortijos*, les bois, les garages, les camions, et
toutes les montagnes d'Espagne. Elles venaient toutes dans
ce sac de couchage pendant son sommeil et elles étaient toutes
beaucoup plus gentilles qu'elles n'avaient jamais été dans la
vie. N'as-tu pas peur de toucher Maria et de t'assurer ainsi de

sa présence, se disait-il. Mais si, tu as peur : rêve, imagination, irréalité.

Il traversa le sentier et mit sa main sur le bras de la jeune fille. Il sentit sous ses doigts la douceur du bras que revêtait l'étoffe kaki usée. Maria le regarda et sourit.

"Bonjour, Maria, dit-il.

— Bonjour, *Inglés* ", répondit-elle, et il voyait la jeune fille, son visage hâlé et le gris jaune de ses yeux, ses lèvres pleines qui souriaient et ses cheveux courts brûlés par le soleil. Elle leva le visage vers lui et lui sourit dans les yeux. Tout était bien vrai.

Ils arrivaient en vue du camp d'El Sordo, sous les derniers pins, là où s'arrondissait une roche en forme de cuve renversée. Toutes ces cuves calcaires doivent être pleines de grottes, songea-t-il. En voilà deux devant nous. Les petits sapins qui poussent dans le rocher les cachent bien. La place est bonne, peut-être meilleure, que celle de Pablo.

"Comment est-ce qu'on l'a fusillée, ta famille? demandait Pilar à Joaquin.

— Rien de spécial, femme, dit Joaquin. Ils étaient de gauche comme beaucoup d'autres à Valladolid. Quand les fascistes ont épuré la ville, ils ont d'abord fusillé le père. Il avait voté pour les socialistes. Puis ils ont fusillé la mère. Elle avait voté pareil. C'était la première fois qu'elle votait de sa vie. Après ça, ils ont fusillé le mari d'une des sœurs. Il était membre du syndicat des conducteurs de tramways. Évidemment, il ne pouvait pas conduire un tramway sans appartenir au syndicat. Mais il ne s'occupait pas de politique. Je le connaissais bien. Il était même plutôt mou. Je ne crois même pas que c'était un bon camarade. Puis le mari de l'autre fille, de mon autre sœur, qui était aussi dans les tramways, était parti dans les montagnes comme moi. Ils croyaient qu'elle savait où il était. Mais elle ne le savait pas. Alors ils l'ont tuée parce qu'elle ne voulait rien dire.

— Quels sauvages, dit Pilar. Où est El Sordo? Je ne le vois pas.

— Il est là. Il doit être à l'intérieur ", répondit Joaquin et, s'arrêtant, la crosse de son fusil par terre, il dit : " Pilar, écoute-moi. Et toi, Maria. Pardonnez-moi si je vous ai fait mal en vous parlant de la famille. Je sais que tout le monde a les mêmes chagrins et qu'il vaut mieux ne pas en parler.

— Il faut en parler, dit Pilar. Pourquoi est-on né, si ce n'est pas pour s'aider l'un l'autre ? Écouter et ne rien dire, c'est bien le moins qu'on puisse faire.

— Mais ça peut être pénible pour la Maria. Elle en a eu trop pour son compte.

— *Qué va*, dit Maria. Mon baquet est si grand que tu peux y vider le tien sans le remplir. Je suis triste pour toi, Joaquin, et j'espère que ta sœur va bien.

— Jusqu'ici, elle va très bien, dit Joaquin. Ils l'ont mise en prison, et il paraît qu'ils ne la maltraitent pas trop.

— Tu as encore d'autres parents ? demanda Robert Jordan.

— Non, dit le garçon. Moi. Rien d'autre. Sauf le beau-frère qui est allé dans la montagne. Je crois qu'il est mort.

— Il est peut-être très bien, dit Maria ; avec une bande, ailleurs, dans les montagnes.

— Pour moi, il est mort, dit Joaquin. Il n'a jamais été très fort et il était conducteur de tram ; ce n'est pas la meilleure préparation pour les montagnes. Je ne crois pas qu'il ait pu durer un an. Il était un peu faible de la poitrine aussi.

— Peut-être qu'il va quand même très bien. " Maria mit le bras sur l'épaule de Joaquin.

" Bien sûr, fillette. Tu as peut-être raison ", dit-il.

Comme le garçon restait là debout, Maria se haussa, lui mit les bras autour du cou et l'embrassa. Joaquin détourna la tête parce qu'il pleurait.

" Je fais comme pour un frère, lui dit Maria. Je t'embrasse comme un frère. "

Le garçon secoua la tête, pleurant sans bruit.

" Je suis ta sœur, lui dit Maria. Et je t'aime et tu as une famille. On est tous ta famille.

— Y compris l'*Inglés*, dit Pilar d'une voix tonnante. Pas vrai, l'*Inglés* ?

— Oui, dit Robert Jordan au garçon. On est tous ta famille, Joaquin.

— C'est ton frère, dit Pilar. Hein, *Inglés* ? "

Robert Jordan mit son bras autour des épaules du garçon.
"Nous sommes tous frères, dit-il. Joaquin hocha la tête.

— J'ai honte d'avoir parlé, dit-il. De parler de choses
pareilles, ça rend tout plus difficile pour tout le monde. J'ai
honte du mal que je vous fais.

— Va te faire foutre avec ta honte, dit Pilar de sa belle
voix profonde. Et si Maria t'embrasse encore, je m'en vais
me mettre à t'embrasser moi aussi. Ça fait des années que
je n'ai pas embrassé un toréador, pas même un raté comme
toi. J'aimerais bien embrasser un toréador raté tourné au
communiste. Tiens-le, *Inglés*, que je lui donne un bon
baiser

— *Qué va*, dit le garçon, et il se détourna brusquement.
Laissez-moi tranquille. Je vais très bien et j'ai honte. "

Il était là, debout, essayant de maîtriser l'expression de son
visage. Maria mit sa main dans celle de Robert Jordan. Pilar,
debout, les poings sur les hanches, regardait à présent le garçon
d'un air moqueur.

"Si je t'embrasse, lui dit-elle, ce ne sera pas en sœur. Cette
idée d'embrasser en sœur!

— Pas la peine de blaguer, dit le garçon. Je vous ai dit
que ça allait très bien. Je regrette d'avoir parlé.

— Eh bien alors, allons voir le vieux, dit Pilar. Ces émotions me fatiguent. "

Le garçon la regarda. On voyait à ses yeux qu'il était soudain blessé.

"Pas tes émotions, lui dit Pilar. Les miennes. Tu es bien
tendre pour un toréador.

— J'ai raté mon coup, dit Joaquin. Ce n'est pas la peine
de tant insister.

— Mais tu laisses repousser la queue encore une fois.

— Oui, pourquoi pas? Les combattants, c'est très utili-
sable pour les courses de taureaux, économiquement. Beaucoup y trouvent du travail. Et l'État va contrôler tout ça. Et
peut-être que maintenant je n'aurai plus peur.

— Peut-être pas, dit Pilar. Peut-être pas.

— Pourquoi lui parler si durement, Pilar? dit Maria. Je
t'aime beaucoup, mais tu agis comme une vraie sauvage.

— Possible que je sois sauvage, dit Pilar. Écoute, *Inglés*. Tu sais ce que tu vas dire à El Sordo?

— Oui.

— Parce que c'est un homme qui parle peu, pas comme moi et toi, et cette ménagerie sentimentale.

— Pourquoi parles-tu comme ça? demanda de nouveau Maria irritée.

— Je ne sais pas, dit Pilar en reprenant sa marche. Pourquoi, à ton avis?

— Je ne sais pas.

— Par moments, beaucoup de choses me fatiguent, dit Pilar, de mauvaise humeur. Tu comprends? Et une, entre autres, c'est d'avoir quarante-huit ans. Tu m'entends? Quarante-huit ans et une figure vilaine. Et une autre encore, c'est de voir la panique dans la figure d'un toréador raté, de tendances communistes, quand je dis en plaisantant que je vais l'embrasser.

— C'est pas vrai, Pilar, dit le garçon. Tu n'as rien vu de semblable.

— *Qué va*, c'est pas vrai. Et je vous emmerde tous. Ah! le voilà. *Hola*, Santiago! *Qué tal?* "

L'homme à qui parlait Pilar était petit et lourd. Il avait le visage brun aux pommettes larges, les cheveux gris, des yeux écartés d'un brun jaune, un nez busqué à la racine mince, comme un Indien, une lèvre supérieure longue, et une grande bouche mince rasée de près. Il vint à leur rencontre depuis l'entrée de la grotte; la démarche de ses jambes arquées complétait sa culotte et ses bottes de gardien de troupeaux. La journée était chaude, mais il portait une courte veste de cuir, doublée de peau de mouton, boutonnée jusqu'au cou. Il tendit à Pilar une grande main brune : " *Hola*, femme, dit-il, *Hola* ", dit-il à Robert Jordan, et il lui serra la main en le regardant attentivement, bien en face. Robert Jordan vit que les yeux de l'homme étaient jaunes comme ceux d'un chat et plats comme ceux des reptiles. " *Guapa* ", dit-il à Maria en lui donnant une tape sur l'épaule.

" Déjà mangé? " demanda-t-il à Pilar. Elle secoua la tête.

" Manger? dit-il, et il regarda Robert Jordan. Boire? "

demanda-t-il avec un geste de la main, le pouce imitant le goulot d'une bouteille qu'on incline.

" Oui, merci.

— Bien, dit El Sordo. Whisky?

— Vous avez du whisky? "

El Sordo acquiesça. " *Inglés?* demanda-t-il. Pas *Ruso?*

— *Americano.*

— Peu d'Américains par ici, dit-il.

— Plus, maintenant.

— Tant mieux. Nord ou sud?

— Nord.

— Comme *Inglés.* Quand sauter le pont?

— Vous êtes au courant du pont? "

El Sordo fit oui de la tête.

" Après-demain matin.

— Bon, dit El Sordo.

— Pablo? " demanda-t-il à Pilar.

Elle secoua la tête. El Sordo sourit.

" Va-t'en, dit-il à Maria, et il sourit encore. Reviens ". Il tira de sa veste une grosse montre pendue au bout d'une courroie, " une demi-heure "

Il leur fit signe de s'asseoir sur un tronc taillé en forme de banc et, regardant Joaquin, tendit le pouce vers le sentier dans la direction d'où ils étaient venus.

" J'accompagne Joaquin et je reviens ", dit Maria.

El Sordo s'en fut dans la grotte et en sortit avec un flacon de whisky et trois verres. Il tenait le flacon sous un bras, les trois verres à la main, un doigt dans chaque verre. Son autre main entourait le col d'une cruche de terre remplie d'eau. Il déposa les verres et le flacon sur le tronc d'arbre et mit la cruche par terre.

" Pas de glace, dit-il à Robert Jordan, et il lui tendit le flacon.

— Je n'en veux pas, dit Pilar en couvrant son verre de la main.

— De la glace, la nuit dernière par terre, dit-il encore, et il sourit. Tout fondu. La glace, là-haut ", dit El Sordo, et il désignait la neige qu'on voyait sur la cime nue de la montagne. " Trop loin. "

Robert Jordan commençait à verser dans le verre d'El Sordo, mais le sourd secoua la tête et lui indiqua du geste qu'il devait se servir lui-même.

Robert Jordan se versa beaucoup de whisky; El Sordo le regardait faire, très intéressé, et, l'opération terminée, il tendit la cruche d'eau à Robert Jordan. Celui-ci inclina la cruche et laissa l'eau froide s'écouler par le bec de terre cuite.

El Sordo se versa un demi-verre et acheva de le remplir avec de l'eau.

" Vin? demanda Pilar.

— Non. Eau.

— Prends, dit-il. Pas bon, fit-il à Robert Jordan, et il sourit. Connu beaucoup d'Anglais. Toujours beaucoup de whisky.

— Où?

— Ranch, dit El Sordo. Amis du patron.

— Où trouvez-vous ce whisky?

— Quoi? Il n'entendait pas.

— Faut crier, dit Pilar. Dans l'autre oreille. "

El Sordo désignait sa meilleure oreille en souriant.

" Où trouvez-vous du whisky? cria Robert Jordan.

— Je le fais ", dit El Sordo, et il vit s'arrêter la main et le verre que Robert Jordan portait à sa bouche.

" Non, dit El Sordo en lui tapotant l'épaule. Blague. Vient de La Granja. M'a dit hier soir que vient dynamiteur anglais. Bon. Très content. Chercher whisky. Pour toi. Tu aimes!

— Beaucoup, dit Robert Jordan. C'est du très bon whisky.

— Content? Sordo sourit. Voulais l'apporter ce soir avec informations.

— Quelles informations?

— Beaucoup de mouvements de troupes.

— Où?

— Ségovie. Avions, as vu?

— Oui.

— Mauvais, hein?

— Mauvais.

— Mouvements de troupes?

— Beaucoup entre Villacastin et Ségovie. Sur route Valladolid. Beaucoup entre Villacastin et San Rafael. Beaucoup. Beaucoup.

— Qu'est-ce que tu penses?

— Nous préparons quelque chose.

— Possible.

— Ils savent. Eux aussi préparent.

— C'est possible.

— Pourquoi pas sauter le pont ce soir?

— Ordres.

— Quels ordres?

— Quartier général.

— Ah!

— C'est important, le moment où on fera sauter le pont? demanda Pilar.

— Rien de plus important.

— Mais s'ils amènent des troupes?

— J'enverrai Anselmo avec un rapport de tous les mouvements et concentrations. Il surveille la route.

— Tu as quelqu'un sur la route? " demanda Sordo.

Robert Jordan ne savait pas ce que l'homme avait ou non entendu. On ne sait jamais avec un sourd.

" Oui, dit-il.

— Moi aussi. Pourquoi ne pas faire sauter le pont maintenant?

— J'ai mes ordres.

— Ça ne me plaît pas, dit El Sordo. Ça ne me plaît pas.

— Moi non plus ", dit Robert Jordan.

El Sordo secoua la tête et avala une gorgée de whisky.

" Tu as besoin de moi?

— Combien d'hommes avez-vous?

— Huit.

— Pour couper le téléphone, attaquer le poste à la maison du cantonnier, le prendre et se replier sur le pont.

— C'est facile.

— Tout sera par écrit.

— Pas la peine. Et Pablo?

— Coupera le téléphone en bas, attaquera le poste à la scierie, le prendra, et se repliera sur le pont.

— Et après, pour la retraite? demanda Pilar. On est sept hommes, deux femmes, et cinq chevaux. Vous en êtes? crit-elle dans l'oreille de Sordo.

— Huit hommes et quatre chevaux. *Faltan caballos*, dit-il, manque de chevaux.

— Dix-sept personnes et neuf chevaux, dit Pilar. Sans compter les bagages. "

Sordo ne dit rien.

" Pas moyen d'avoir des chevaux? dit Robert Jordan dans la bonne oreille de Sordo.

— En un an de guerre, dit Sordo, en ai eu quatre. Il montra quatre doigts. Maintenant, t'en faut huit pour demain.

— Oui, dit Robert Jordan. Du moment que vous partez. Plus la peine de faire attention par ici maintenant. Vous ne pourriez pas faire une descente et voler huit têtes de chevaux?

— Peut-être, dit Sordo. Peut-être rien. Peut-être plus.

— Vous avez une arme automatique? " demanda Robert Jordan.

Sordo fit oui de la tête.

" Où? •

— En haut.

— Quel genre?

— Sais pas le nom. Avec des macarons.

— Combien de coups?

— Cinq macarons.

— Quelqu'un sait s'en servir?

— Moi. Un peu. Je ne tire pas trop. Pas envie de faire de boucan par ici. Pas la peine de gâcher des cartouches.

— J'irai voir ça tout à l'heure, dit Robert Jordan. Vous avez des grenades à main?

— Quantités.

— Et combien de cartouches par fusil?

— Tout ce qu'il faut.

— Combien?

— Cent cinquante. Plus, peut-être.

— Et d'autres gens?

— Pourquoi?

— Pour être assez en force pour prendre les postes et couvrir le pont pendant que je le fais sauter. Il faudrait le double de ce qu'on a.

— On prendra les postes, ne t'en fais pas. A quel moment du jour?

— Le matin.

— T'en fais pas.

— J'emploierais bien vingt hommes de plus, sûr, dit Robert Jordan.

— Pas de bons. Tu en veux sur qui on ne peut pas compter?

— Non. Combien de bons?

— Peut-être quatre.

— Pourquoi si peu?

— Pas confiance.

— Pour garder les chevaux.

— Faut être très sûr pour garder les chevaux.

— J'aimerais avoir dix hommes sûrs de plus, si je pouvais.

— Quatre.

— Anselmo m'a dit qu'il y en avait plus de cent ici dans ces montagnes.

— Pas bons.

— Tu as dit trente, dit Robert Jordan à Pilar. Trente sûrs, jusqu'à un certain point.

— Et les gens d'Elias? cria Pilar à Sordo. Il secoua la tête.

— Pas bons.

— Vous ne pouvez pas en trouver dix? " demanda Robert Jordan. Sordo le regarda avec ses yeux plats et jaunes, et secoua la tête.

" Quatre, dit-il, et il tendit quatre doigts.

— Les vôtres sont bons? " demanda Robert Jordan, regrettant ces mots au moment même où il les disait.

Sordo acquiesça.

" *Dentro de la gravedad*, dit-il en espagnol. Dans les limites du danger. Il sourit. Sera dur, hein?

— Possible.

— M'est égal, dit Sordo simplement, sans vantardise. Vaut mieux quatre hommes bien que beaucoup de moches. Dans cette guerre toujours beaucoup de mauvais, très peu de bien. Chaque jour, moins de bien. Et Pablo? (Il regarda Pilar.)

— Comme tu sais, dit Pilar. Pire tous les jours. "

Sordo haussa les épaules.

"Bois, dit Sordo à Robert Jordan. J'amène les miens, et encore quatre. Ça fait douze. Ce soir, on discutera tout ça. J'ai soixante bâtons de dynamite. Tu les veux?

— Quel pourcentage?

— Sais pas. Dynamite ordinaire. L'apporterai.

— On fera sauter le petit pont d'en haut avec, dit Robert Jordan. C'est chic. Vous venez ce soir? Apportez-la, voulez-vous? Je n'ai pas d'ordres pour ça, mais ça devrait être fait.

— Je viendrai ce soir. Puis chasserai chevaux.

— Une chance, pour les chevaux?

— Peut-être. Maintenant, manger. "

Je me demande s'il parle comme ça à tout le monde, pensa Robert Jordan. Ou bien est-ce qu'il croit que c'est comme ça qu'on se fait comprendre d'un étranger?

"Et où est-ce qu'on ira quand ce sera fait? " hurla Pilar dans l'oreille de Sordo.

Il haussa les épaules.

"Il faudra arranger tout ça, dit la femme.

— Bien sûr, dit Sordo. Pourquoi pas?

— L'affaire se présente assez mal, dit Pilar. Il faudra organiser ça très bien.

— Oui, femme, dit Sordo. Qu'est-ce qui te tourmente?

— Tout ", hurla Pilar.

Sordo lui sourit.

"Tu es restée longtemps avec Pablo ", dit-il.

Alors il ne parle ce petit nègre espagnol que pour les étrangers, se dit Robert Jordan. Bon. Je suis content de l'entendre parler convenablement.

"Où pensez-vous qu'on devrait aller? demanda Pilar.

— Où?

— Oui. Où?

— Il y a beaucoup d'endroits, dit Sordo. Beaucoup d'endroits. Tu connais les Gredos?

— Il y a beaucoup de monde par là. Tous ces endroits-là seront nettoyés dès qu'ils auront le temps.

— Oui. Mais c'est un grand pays et très sauvage.

— Ça sera difficile d'y arriver, dit Pilar.

— Tout est difficile, dit El Sordo. On peut arriver aux Gredos aussi bien qu'ailleurs. Voyager de nuit. Ici c'est très dangereux maintenant. C'est un miracle qu'on soit resté si longtemps. Les Gredos, c'est plus sûr qu'ici, comme pays.

— Tu sais où je voudrais aller? lui demanda Pilar.

— Où? Paramera? Ça ne vaut rien.

— Non, dit Pilar. Pas la Sierra de Paramera. Je veux aller à la République.

— C'est possible.

— Tes gens viendraient?

— Oui, si je leur dis.

— Les miens, je ne sais pas, dit Pilar. Pablo ne voudra pas; pourtant il pourrait sûrement y être plus en sûreté. Il est trop vieux pour être enrôlé comme soldat, à moins qu'ils n'appellent d'autres classes. Le Gitan ne voudra pas. Les autres, je ne sais pas.

— Parce que rien ne se passe par ici depuis longtemps, ils ne se rendent pas compte du danger, dit El Sordo.

— Après les avions d'aujourd'hui, ils verront plus clair, dit Robert Jordan. Mais je crois que vous pourriez opérer très bien à partir des Gredos.

— Quoi? " dit El Sordo, et il le regarda avec ses yeux très plats. Il n'y avait pas d'amitié dans son interrogation.

" Vous pourriez faire des raids plus réussis de là-bas, dit Robert Jordan.

— Ah! fit El Sordo. Tu connais les Gredos?

— Oui. On peut opérer de là contre la principale ligne de chemin de fer. On peut la couper continuellement comme nous faisons plus au sud, en Estramadure. Opérer de là, ça vaudrait mieux que de retourner à la République, dit Robert Jordan. Vous êtes plus utile là. "

Tous deux, en l'écoutant, étaient devenus maussades.

Sordo regarda Pilar et elle le regarda.

" Tu connais les Gredos? demanda Sordo. Vraiment?

— Bien sûr, dit Robert Jordan.

— Où irais-tu?

— Au-dessous de Barco de Avila. Mieux qu'ici. On fait

des raids contre la grand-route et la voie ferrée entre Bejar et Plaşencia.

— Très difficile, dit Sordo.

— On a travaillé contre la même voie ferrée dans des régions beaucoup plus dangereuses, en Estramadure, dit Robert Jordan.

— Qui, on?

— Le groupe de *guerrilleros* d'Estramadure.

— Vous êtes beaucoup?

— Une quarantaine.

— Est-ce que celui qui avait les nerfs fatigués et un drôle de nom venait de là? demanda Pilar.

— Oui.

— Où il est, maintenant?

— Mort, je t'ai dit.

— Tu viens aussi de là-bas?

— Oui.

— Tu vois ce que je veux dire? " lui dit Pilar.

Et j'ai fait une erreur, songea Robert Jordan par-devers lui. J'ai dit à des Espagnols que nous pouvions faire quelque chose mieux qu'eux, quand la règle est de ne jamais parler de ses propres exploits ou talents. Au lieu de les flatter, je leur ai dit ce que je trouvais qu'ils devraient faire, et maintenant ils sont furieux. Eh bien, ça passera, ou ça ne passera pas. Ils seraient certainement plus utiles dans les Gredos qu'ici. La preuve, c'est qu'ici ils n'ont rien fait depuis l'affaire du train que Kachkine avait organisée. Ce n'est pas un tel succès. Ça a coûté aux fascistes une locomotive et quelques hommes tués, mais ils en parlent tous comme si c'était le tournant de la guerre. Peut-être qu'ils se décideront à aller dans les Gredos. Oui, mais peut-être aussi que je vais me faire vider d'ici. En tout cas, ça n'est pas une perspective si riante qu'on ait envie de s'appesantir dessus.

" Écoute, *Inglés*, lui dit Pilar. Comment vont tes nerfs?

— Très bien, dit Robert Jordan. Parfaitement.

— Parce que, le dernier dynamiteur qu'on nous a envoyé pour travailler avec nous, ç'avait beau être un technicien formidable, il était très nerveux.

— Il y en a qui sont nerveux, dit Robert Jordan.

— Je ne dis pas que c'était un lâche, parce qu'il s'est très bien conduit, continua Pilar. Mais il parlait d'une façon très bizarre et vague. — Elle éleva la voix : Pas vrai, Santiago, que le dernier dynamiteur, celui du train, était un peu drôle?

— *Algo raro* ", acquiesça le sourd, et ses yeux se fixèrent sur le visage de Robert Jordan d'une façon qui lui rappela l'orifice d'un tube d'aspirateur. " *Si, algo raro pero bueno.*

— *Murio*, dit Robert Jordan dans l'oreille du sourd. Il est mort.

— Comment est-ce que c'est arrivé? " demanda le sourd en portant son regard des yeux de Robert Jordan à ses lèvres.

" Je l'ai tué, dit Robert Jordan. Il était trop grièvement blessé pour voyager et je l'ai tué.

— Il parlait toujours d'une telle possibilité, dit Pilar. C'était son idée fixe.

— Oui, dit Robert Jordan. Il parlait toujours de cette possibilité, et c'était son idée fixe.

— *Como fué?* demanda le sourd. C'était un train?

— C'était en revenant d'un train, dit Robert Jordan. Le train a réussi. En revenant dans l'obscurité, nous avons rencontré une patrouille fasciste, et pendant qu'on courait il a été atteint dans le haut du dos, mais sans qu'aucune vertèbre ait été touchée, seulement l'omoplate. Il a encore marché longtemps, mais, avec sa blessure, il a été obligé de s'arrêter. Il ne voulait pas rester seul derrière, et je l'ai tué.

— *Menos mal*, dit El Sordo.

— Tu es sûr que tes nerfs sont en bon état? demanda Pilar à Robert Jordan.

— Oui, dit-il. Je suis sûr que mes nerfs sont en bon état et je pense que, quand nous en aurons fini avec ce pont, vous ferez bien d'aller aux Gredos. "

Comme il disait cela, la femme se répandit en flots d'invectives grossières qui déferlaient sur lui et autour de lui comme l'eau chaude et blanche qui jaillit à l'éruption soudaine d'une chaudière.

Le sourd hochait la tête en regardant Robert Jordan avec un sourire ravi. Il continua à hocher la tête de bonheur, tandis que Pilar continuait à lancer des bordées d'injures, et Robert Jordan comprit que tout allait de nouveau très bien. Elle s'arrêta enfin de jurer, saisit la cruche d'eau, y but et dit d'un ton calme : " Alors, pour ce qui est de ce que nous devons faire après, ferme ça, tu comprends, *Inglés?* Toi, tu retourneras à la République en emmenant ta marchandise, et laisse-nous décider tout seuls, nous autres, dans quelle partie de ces montagnes nous allons mourir.

— Vivre, dit El Sordo. Calme-toi, Pilar.

— Vivre et mourir, dit Pilar. Je vois assez bien comment ça finira. Je t'aime bien, *Inglés*, mais pour ce qui est de ce que nous devrons faire quand le truc sera fini, ta gueule.

— C'est ton affaire, dit Robert Jordan. Je ne m'en mêle pas.

— Mais si, tu t'en mêles, dit Pilar. Emmène ta petite putain tondue et va-t'en à la République, mais ne claque pas la porte sur les autres qui ne sont pas des étrangers et qui aimaient la République quand toi tu t'essuyais encore le menton du lait de ta mère. "

Tandis qu'ils parlaient, Maria était revenue en montant le sentier, et elle entendit la dernière phrase que Pilar, élevant de nouveau la voix, hurlait à Robert Jordan. Maria secoua vivement la tête en regardant son ami et agita le doigt en signe de dénégation. Pilar vit Robert Jordan regarder la jeune fille, le vit sourire. Elle se retourna, puis dit : " Oui, j'ai dit putain, et je le maintiens. Et je suppose que vous irez ensemble à Valence et que nous, on pourra manger de la chèvre aux Gredos.

— Je suis une putain, si ça te fait plaisir, dit Maria. Ça doit être vrai, puisque tu le dis. Mais calme-toi. Qu'est-ce qui t'arrive?

— Rien ", dit Pilar, et elle se rassit sur le banc; sa voix était calme à présent et toute rage métallique en avait disparu. " Je ne dis pas ça. Mais j'ai envie d'aller à la République!

— Nous pourrons y aller tous, dit Maria.

— Pourquoi pas? dit Robert Jordan. Puisque les Gredos n'ont pas l'air de te plaire. "

Sordo lui sourit.

« On verra, dit Pilar, sa colère à présent évanouie. Donnemoi un verre de ce drôle de truc. Je me suis usé la gorge de colère. On verra. On verra ce qui arrive.

— Vois-tu, camarade expliqua El Sordo, c'est le matin qui est difficile. » Il ne parlait plus son espagnol pour étranger, et il regardait Robert Jordan dans les yeux avec calme et sérieux; sans inquiétude, ni méfiance, ni la plate supériorité de vétéran qu'il affichait auparavant. « Je comprends ce qu'il te faut; je sais que les sentinelles doivent être exterminées et le pont couvert pendant que tu fais ton boulot. Ça, je le comprends parfaitement. C'est facile à faire avant le jour ou au petit jour.

— Oui, dit Robert Jordan. Va-t'en une minute, veux-tu? » dit-il à Maria sans la regarder.

La jeune fille s'éloigna de quelques pas pour ne pas entendre et s'assit, les mains croisées sur ses chevilles.

« Vois-tu, dit El Sordo. Là, il n'y a pas de problème. Mais pour filer après et quitter le pays en plein jour, ça c'est un grave problème.

— Naturellement, dit Robert Jordan. J'y ai pensé. Ça sera en plein jour pour moi aussi.

— Mais tu es seul, dit El Sordo. Nous sommes plusieurs.

— Il y a la possibilité de retourner aux camps et d'en partir à la nuit, dit Pilar, portant le verre à ses lèvres puis l'abaissant.

— Ça aussi, c'est très dangereux, expliqua El Sordo. C'est peut-être encore plus dangereux.

— Je peux étudier ça, dit Robert Jordan.

— Faire le pont la nuit, ça serait facile, dit El Sordo. Si tu veux absolument que ce soit en plein jour, ça pourra avoir des conséquences graves.

— Je le sais.

— Tu ne pourrais pas le faire la nuit?

— Si, mais on me fusillerait.

— Il est très possible qu'on soit tous fusillés si tu le fais en plein jour.

— Pour moi, c'est beaucoup moins important, du moment que le pont aura sauté comme il faut, dit Robert Jordan.

Mais je vois votre point de vue. Vous ne pouvez pas opérer une retraite en plein jour?

— Bien sûr que si, dit El Sordo. On opérera la retraite. Mais je t'explique pourquoi on est inquiet et pourquoi on est en colère. Tu parles d'aller aux Gredos comme si c'était une manœuvre militaire. Si on arrive aux Gredos, ce sera un miracle. "

Robert Jordan ne dit rien.

" Écoute-moi, dit le sourd. Je parle beaucoup. Mais c'est comme ça qu'on arrivera peut-être à se comprendre. On vit ici par miracle. Par le miracle de la paresse et de la stupidité des fascistes, et ça leur passera avec le temps. Bien sûr, on est très prudents et on ne fait pas d'histoires dans ces montagnes.

— Je sais.

— Mais, maintenant, avec ça, il faudra s'en aller. Il faut bien réfléchir à la manière de s'en aller.

— Naturellement.

— Alors, dit El Sordo. Maintenant, mangeons, j'ai beaucoup parlé.

— Je ne t'ai jamais entendu parler autant, dit Pilar. Est-ce que c'est ça? (Elle leva son verre.)

— Non. (El Sordo secoua la tête.) Ce n'est pas le whisky. C'est que je n'avais jamais eu autant à dire.

— J'apprécie votre aide et votre loyauté, dit Robert Jordan. Je me rends compte de la difficulté causée par le choix du moment où on fera sauter le pont.

— Ne parle pas de ça, dit El Sordo. On est ici pour faire ce qu'on peut. Mais ça, c'est compliqué.

— Et, sur le papier, tellement simple, dit Robert Jordan en souriant. Sur le papier, le pont saute au moment où l'attaque commence, de façon que rien n'arrive par la route. C'est très simple.

— Qu'ils nous fassent faire une fois quelque chose sur le papier, dit El Sordo. Qu'on invente et qu'on exécute quelque chose sur le papier!

— Le papier saigne peu, dit Robert Jordan, citant le dicton.

— Mais il est très utile, dit Pilar. *Es muy util*. Ce que j'aimerais me servir de tes ordres pour ça!

— Moi aussi, dit Robert Jordan. Mais on ne gagnera jamais une guerre comme ça.

— Non, dit la grosse femme. Sans doute pas. Mais tu sais ce qui me plairait?

— Aller à la République ", dit El Sordo. Il approchait d'elle sa bonne oreille tout en parlant. " *Ya iras, mujer*. Gagnons ça et ce sera la République partout.

— Très bien, dit Pilar. Et maintenant, pour l'amour de Dieu, mangeons. "

CHAPITRE XII

Ils quittèrent El Sordo après le repas, et redescendirent le sentier. El Sordo les accompagna jusqu'au poste d'en bas.

" *Salud*, dit-il. A ce soir.

— *Salud, camarada* ", lui dit Robert Jordan, et tous trois redescendirent le sentier, tandis que le vieil homme, debout, les suivait des yeux. Maria se retourna et agita la main. El Sordo agita la sienne faisant, de l'avant-bras, ce geste rapide qui, selon la mode espagnole, veut être une salutation, mais rappelle bien plutôt le jet d'une pierre. Pendant tout le déjeuner, il n'avait pas déboutonné sa veste de peau de mouton, et s'était montré d'une courtoisie rigoureuse, prenant soin de tourner la tête en écoutant. Il s'était remis à parler dans son espagnol simpliste pour interroger poliment Robert Jordan sur la situation dans la République; mais il était visible qu'il désirait se débarrasser de ses convives.

En s'en allant, Pilar lui avait dit : " Qu'est-ce qu'il y a, Santiago?

— Rien, femme, avait répondu le sourd. Ça va très bien, mais je réfléchis.

— Moi aussi ", avait dit Pilar, et, à présent qu'ils suivaient le sentier, marche facile et plaisante à travers les pins le long de la descente qu'ils avaient montée péniblement tout à l'heure, Pilar ne disait rien. Robert Jordan et Maria se taisaient aussi, et tous trois cheminèrent rapidement. Le sentier, après avoir parcouru les fonds boisés de la vallée, s'élevait à travers la haute futaie pour déboucher enfin sur les hauteurs couvertes de prairies.

Il faisait chaud, cet après-midi de la fin mai, et, à mi-chemin du dernier escarpement, la femme s'arrêta. Robert Jordan en fit autant et, se retournant, vit la sueur perler sur le front de Pilar. Son visage brun lui parut pâle, la peau terne, et des creux noirs cernaient les yeux.

"Reposons-nous un moment, dit-il. Nous allons trop vite.

— Non, dit-elle. Continuons.

— Repose-toi, Pilar, dit Maria. Tu n'as pas l'air bien. "
Elle recommença à monter le sentier, mais, au sommet, elle haletait et on ne pouvait plus nier la pâleur de son visage en sueur.

"Assieds-toi, Pilar, dit Maria. Je t'en prie, je t'en prie, assieds-toi.

— Bon ", dit Pilar. Tous trois s'assirent sous un pin et regardèrent, au-delà de la haute prairie, les cimes qui semblaient surgir des courbes des vallées, couvertes d'une neige qui brillait dans le soleil de ce début d'après-midi.

"Quelle saloperie que la neige, et comme c'est beau à regarder, dit Pilar. Quelle illusion, la neige. " Elle se tourna vers Maria : " Je te demande pardon de t'avoir rudoyée, _guapa_. Je ne sais pas ce qui me prend aujourd'hui. Je suis de mauvaise humeur.

— Je ne fais jamais attention à ce que tu dis quand tu es en colère, répondit Maria. Et tu es souvent en colère.

— Non, c'est pire que de la colère, dit Pilar en regardant vers les sommets.

— Tu n'es pas bien, dit Maria.

— C'est pas ça non plus, fit la femme. Viens là, *guapa*, et mets ta tête sur mes genoux. "

Maria se rapprocha d'elle, tendit les bras et les croisa comme on fait pour s'endormir sans oreiller, et elle posa sa tête sur l'épaule de la femme. Elle leva son visage vers Pilar et lui sourit, mais la grande femme regardait plus loin que la prairie, vers les montagnes. Elle caressait la tête de la jeune fille sans la regarder, suivant d'un doigt léger le front, puis le contour de l'oreille, puis la ligne des cheveux qui poussent sur la nuque.

" Tu l'auras dans un petit moment, *Inglés* ", dit-elle. Robert était assis derrière elle.

" Ne parle pas comme ça, dit Maria.

— Oui, il t'aura, dit Pilar sans les regarder ni l'un ni l'autre. Je n'ai jamais eu envie de toi. Mais je suis jalouse.

— Pilar, dit Maria. Ne parle pas comme ça.

— Il t'aura ", dit Pilar, et elle passa le doigt autour du lobe de l'oreille de la jeune fille. " Mais je suis très jalouse.

— Mais, Pilar, dit Maria, c'est toi qui m'as expliqué qu'il n'y avait rien de ce genre entre nous.

— Il y a toujours quelque chose de ce genre, dit la femme. Il y a toujours quelque chose qui ne devrait pas être. Mais, avec moi, il n'y a rien. Vraiment, je veux ton bonheur et rien d'autre. "

Maria se tut et resta étendue ainsi, essayant de faire peser sa tête le moins possible.

" Écoute, *guapa* ", dit Pilar, et elle passa son doigt, distraitement maintenant, mais avec précision, sur le contour des joues. " Écoute, *guapa*, je t'aime; il peut t'avoir, je ne suis pas une *tortillera*, mais une femme à hommes. C'est vrai. Mais maintenant, j'ai du plaisir à dire comme ça au grand jour que je t'aime.

— Je t'aime aussi.

— *Qué va*. Ne dis pas de bêtises. Tu ne sais même pas de quoi je parle.

— Si, je sais.

— *Qué va*. Tu sais. Tu es pour l'*Inglés*. C'est comme ça que ce doit être. C'est ce que je voulais. Je n'aurais pas permis autre chose. Je ne fais pas de perversion. Je te dis seulement une vérité. Il n'y a pas beaucoup de gens qui te diront jamais la vérité; aucune femme, en tout cas. Je suis jalouse et je le dis tout net.

— Ne le dis pas, fit Maria. Ne le dis pas, Pilar.

— *Por qué* ne le dis pas, dit la femme toujours sans les regarder. Je le dirai jusqu'au moment où je n'aurai plus envie de le dire. Et (maintenant elle abaissait son regard sur la jeune fille) le moment est venu : je n'en ai plus envie. Je ne le dis plus, tu comprends?

— Pilar, dit Maria. Ne parle pas comme ça.

— Tu es un drôle de petit chevreau, dit Pilar. Et enlève ta tête, maintenant, ces bêtises son passées.

— Ce n'étaient pas des bêtises, dit Maria. Et ma tête est bien où elle est.

— Non. Enlève-la ", lui dit Pilar. Elle passa ses grandes mains sous la tête de la jeune fille et la souleva. "Et toi, *Inglés?* " demanda-t-elle, tenant toujours la tête de la jeune fille en regardant au loin vers les montagnes. " Le chat t'a mangé la langue?

— Non, pas le chat, dit Robert Jordan.

— Quel animal alors? " Elle posa la tête de la jeune fille sur le sol.

" Ce n'est pas un animal, lui dit Robert Jordan.

— Tu l'as avalée alors?

— Probablement, dit Robert Jordan.

— Et c'était bon? " Pilar se tournait vers lui maintenant et lui souriait.

" Pas très.

— Je le pensais, dit Pilar. Je le *pensais*. Mais je te rends ton chevreau. Je n'ai d'ailleurs jamais essayé de te le prendre, ton chevreau. Ça lui va bien, ce nom. Je t'ai entendu l'appeler comme ça, ce matin. "

Robert Jordan sentit son visage rougir.

" Tu es bien rude, pour une femme, lui dit-il.

— Non, dit Pilar. Mais j'ai beau être simple, je suis très compliquée. Tu n'es pas très compliqué, toi, *Inglés?*

— Non. Ni si simple non plus.

— Tu me plais, *Inglés* ", dit Pilar. Puis elle sourit et se pencha en avant, sourit et secoua la tête. " Et si je pouvais te prendre le chevreau et te prendre au chevreau?

— Tu ne pourrais pas.

— Je sais, dit Pilar, et elle sourit de nouveau. Et je ne le voudrais pas non plus. Mais quand j'étais jeune, j'aurais pu.

— Je le crois.

— Tu le crois?

— Bien sûr, dit Robert Jordan. Mais ce genre de conversation est stupide.

— Ça ne te ressemble pas, dit Maria.

— Je ne me ressemble pas beaucoup moi-même, aujourd'hui, dit Pilar. Je me ressemble très peu. Ton pont m'a donné la migraine, *Inglés*.

— On peut l'appeler le Pont Migraine, dit Robert Jordan. Mais je le ferai tomber dans cette gorge comme une cage cassée.

— Bien, dit Pilar. Continue à parler comme ça.

— Je le ferai tomber comme on rompt une banane après l'avoir épluchée.

— Je mangerais bien une banane, dit Pilar. Va toujours, *Inglés*. Continue à parler énergiquement.

— Ce n'est pas la peine, dit Robert Jordan. Allons au camp.

— Ton devoir, dit Pilar. Ça viendra assez vite. J'ai dit que je vous laisserai tous les deux.

— Non. J'ai beaucoup à faire.

— Ça aussi c'est beaucoup et ça ne prend pas longtemps.

— Tais-toi, Pilar, dit Maria. Tu parles grossièrement.

— Je suis grossière, dit Pilar. Mais je suis aussi très délicate. *Soy muy delicada.* Je vous laisse tous les deux. Et cette histoire de jalousie est idiote. J'étais furieuse contre Joaquín parce que j'ai vu dans son regard combien je suis laide. Je suis jalouse parce que tu as dix-neuf ans, c'est tout. Ce n'est pas une jalousie qui dure. Tu n'auras pas toujours dix-neuf ans. Maintenant, je m'en vais.

Elle se leva, et, un poing sur la hanche, regarda Robert Jordan qui s'était levé lui aussi. Maria restait assise par terre sous l'arbre, la tête baissée.

" Allons au camp tous ensemble, dit Robert Jordan. Ça vaut mieux et on a beaucoup à faire. "

Pilar désigna, du menton, Maria assise, et détourna la tête sans rien dire. Puis elle sourit, haussa imperceptiblement les épaules et dit : " Vous savez le chemin?

— Oui, dit Maria sans lever la tête.

— *Pues me voy*, dit Pilar. Alors, je m'en vais. On aura quelque chose de reconstituant à te donner à manger, *Inglés*. "

Elle traversa la prairie vers le torrent qui descendait au camp.

" Attends, lui cria Robert Jordan. Il vaut mieux rentrer tous ensemble. "

Maria restait assise sans rien dire.

Pilar ne se retourna pas.

" *Qué va*, aller ensemble, dit-elle. Je te verrai au camp. "

Robert Jordan restait debout, immobile.

" Est-ce qu'elle va bien? demanda-t-il à Maria. Elle avait l'air malade tout à l'heure.

— Laisse-la, dit Maria, la tête toujours baissée.

— Je crois que je devrais l'accompagner.

— Laisse-la, dit Maria, Laisse-la. "

CHAPITRE XIII

Ils marchaient dans les herbes de la haute prairie. Robert Jordan sentait contre ses jambes le frottement des bruyères, sentait le poids de son pistolet contre sa cuisse, sentait le soleil sur sa tête, sentait sur son dos la fraîcheur de la brise qui soufflait des sommets enneigés, et, dans sa main, il sentait la main, ferme et robuste, de la jeune fille, et leurs doigts mêlés. De là, de la paume de cette main appuyée contre la paume de la sienne, de leurs doigts entrelacés et du poignet qui touchait le sien, quelque chose venait, de cette main, de ces doigts et de ce poignet, vers les siens, quelque chose d'aussi frais que le premier souffle qui vient à vous sur la mer en ridant à peine sa surface miroitante, d'aussi léger qu'une plume qui frôle votre lèvre, ou qu'une feuille qui tombe dans l'air immobile; une impression légère que seul ressentait le contact de leurs doigts, mais qui s'exaltait, s'intensifiait tellement et devenait si insistant, si aigu et si fort par la rude pression de leurs doigts, de leurs paumes et de leurs poignets serrés l'un contre l'autre, que le jeune homme croyait sentir un courant lui monter le long du bras et lui pénétrer le corps d'un poignant désir. Le soleil luisait sur les cheveux de la jeune fille, dorés comme le blé, sur son visage d'or, lisse et délicieux, et sur la courbe de sa gorge; alors, il lui pencha la tête en arrière, la serra contre lui et l'embrassa. Il sentit qu'elle tremblait, de tout son corps qu'il tenait pressé contre lui, et il sentait ses seins à travers les deux chemises kaki, il les sentait, petits et fermes, il tendit la main et défit les boutons de la chemise, et se pencha, et l'embrassa. Elle restait debout, frémissante, la tête renversée, soutenue par le bras qui l'enlaçait. Elle baissa ensuite le menton pour en toucher les cheveux de Robert Jordan, puis il sentit ses mains qui lui prenaient la tête pour la frotter contre elle. Il se redressa et la serra fort dans ses deux bras, si fort qu'elle en fut soulevée du sol, fort contre lui; il la sentait trembler, et elle mit ses lèvres sur le cou du jeune homme, et il la reposa par terre en disant : " Maria, oh! ma gentille Maria. "

Puis, il dit : " Où faut-il aller? "

Elle ne répondit pas, mais glissa sa main dans la chemise de Robert Jordan, et il la sentit qui défaisait les boutons : " Toi aussi. Je veux t'embrasser aussi, dit-elle.

— Non, petit chevreau.

— Si, si. Tout comme toi.

— Non. C'est impossible.

— Bon alors. Oh! alors. Oh! alors. Oh! "

Alors, il y eut l'odeur de l'herbe écrasée. Maria sentit la rudesse des tiges repliées sous sa tête et le soleil brillant sur ses yeux fermés. Lui, toute sa vie, se rappellerait Maria la tête renversée dans les racines de bruyère, la courbe de sa gorge et les lèvres qui remuaient légèrement tout bas et le frémissement des cils sur les yeux fermés contre le soleil, contre tout. Et il n'y avait pour elle que du rouge, de l'orange, que l'or rouge du soleil sur ses yeux fermés, et tout était de cette couleur, tout, la plénitude, la possession, le contentement, tout était de cette couleur, tout rayonnait de cette couleur. Pour lui, ce fut un passage sombre qui ne menait à rien, et encore à rien, et encore à rien, et encore une fois à rien, sans fin, jamais, à rien. Pesant sur ses coudes par terre pour rien, passage sombre et sans fin, suspendu tout le temps à un néant sans issue, cette fois et encore une fois, toujours pour rien, maintenant, ah! ne pas renaître une fois encore pour rien, et maintenant, au-delà de tout ce qu'on peut supporter, plus haut, plus haut, plus haut et vers rien. Soudain, éblouissement, béatitude, tout ce qui était sombre et néant disparu, le temps absolument immobile; ils étaient là tous les deux, le temps suspendu, et il sentait la terre bouger et s'évanouir sous eux.

Plus tard, il était couché sur le côté, la tête enfoncée dans les herbes. Il les respirait; l'odeur des racines, de la terre et du soleil s'y mêlaient, le sol était rugueux à ses épaules nues et à ses flancs, la jeune fille était étendue près de lui, les yeux toujours fermés; elle les ouvrit et lui sourit. Il dit, très bas et comme de très loin et pourtant de si près : " Bonjour, chevreau. " Elle sourit, et, tout près, elle dit : " Bonjour, mon *Inglés*.

— Je ne suis pas un *Inglés*, dit-il très paresseusement.

— Oh! si, dit-elle. Tu es mon *Inglés* ". Elle tendit les bras, lui prit les deux oreilles et lui donna un baiser sur le front.

" Là, dit-elle. C'est bien, comme ça? Est-ce que je t'embrasse mieux? "

Plus tard, ils marchèrent ensemble le long du torrent et il dit : " Maria, je t'aime, tu es si délicieuse, si adorable, si belle, et cela me fait un tel effet d'être avec toi que j'ai l'impression de vouloir en mourir.

— Oh! dit-elle. Moi, je meurs chaque fois. Toi, tu ne meurs pas?

— Non. Presque. Mais est-ce que tu as senti la terre bouger?

— Oui. Pendant que je mourais. Mets ton bras autour de moi, s'il te plaît.

— Non. J'ai ta main. Ta main suffit. "

Il la regarda, puis il regarda au-dessus de la prairie où chassait un faucon. Les gros nuages de l'après-midi descendaient maintenant sur les monts.

" Et ce n'est pas comme ça pour toi avec les autres? lui demanda Maria, tandis qu'ils marchaient la main dans la main.

— Non. C'est vrai.

— Tu en as aimé beaucoup d'autres?

— Quelques-unes. Mais pas comme toi.

— Et ce n'était pas comme ça? Vrai?

— C'était un plaisir, mais pas comparable.

— Et la terre a bougé. La terre n'avait jamais bougé avant?

— Non. C'est vrai. Jamais.

— Ah! dit-elle. Et nous n'avons qu'un jour!

Il ne dit rien.

" Mais nous l'avons tenu, le trésor, en tout cas, dit Maria. Et je te plais aussi? Tu me trouves bien? Je serai plus jolie plus tard.

— Tu es très belle maintenant.

— Non, dit-elle. Mais passe ta main sur ma tête. "

Il le fit, sentit les doux cheveux courts s'aplatir puis se relever entre ses doigts. Il lui posa les deux mains sur la tête, lui renversa le visage et l'embrassa.

" J'aime beaucoup embrasser, dit-elle. Mais je ne suis pas adroite.

— Tu n'as pas besoin de savoir embrasser.

— Si, j'ai besoin. Si je dois être ta femme, il faudra que je te fasse plaisir de toutes les façons.

— Tu me fais suffisamment plaisir. On ne pourrait pas me faire plus de plaisir.

— Mais tu verras, dit-elle toute heureuse. Mes cheveux t'amusent maintenant parce que c'est drôle. Mais ils repoussent. Ils seront longs, et alors je ne serai plus laide, et peut-être que tu m'aimeras beaucoup.

— Tu as un joli corps, dit-il. Le plus joli du monde.

— Il est jeune et mince, c'est tout.

— Non. Dans un beau corps, il y a quelque chose de magique. Je ne sais pas ce qui fait que cette magie existe dans l'un et pas dans l'autre. Mais toi, tu l'as.

— Pour toi, dit-elle.

— Non.

— Si. Pour toi et pour toi toujours et seulement pour toi. Mais, ça ne suffit pas. J'apprendrai à bien prendre soin de toi. Mais, dis-moi la vérité : la terre n'avait jamais bougé pour toi avant?

— Jamais, dit-il, sincère.

— Maintenant je suis heureuse, dit-elle. Maintenant je suis vraiment heureuse.

— Et tu penses à autre chose? lui demanda-t-elle.

— Oui. À mon travail.

— Je voudrais qu'on ait des chevaux, dit Maria. Dans mon bonheur, je voudrais être sur un bon cheval et galoper avec toi qui galoperais de plus en plus vite. Nous irions toujours plus vite, mais nous ne dépasserions pas mon bonheur.

— On pourrait emmener ton bonheur en avion, dit-il distraitement.

— Et monter, monter dans le ciel comme les petits avions de chasse qui brillent au soleil, dit-elle. Faire des boucles et plonger. *Que bueno!* — Elle riait. — Mon bonheur ne s'en apercevrait même pas.

— Ton bonheur a l'estomac bien accroché ", dit-il, entendant à moitié ce qu'elle disait.

Parce que, maintenant, Robert Jordan n'était plus là. Il marchait à côté d'elle, mais son esprit était occupé par le problème du pont; tout était clair, dur et net comme lorsque l'objectif d'un appareil photographique est mis au point. Il voyait les deux postes et Anselmo et le Gitan qui veillaient. Il voyait la route vide et la voyait peuplée. Il voyait où il placerait les deux armes automatiques pour obtenir le meilleur champ de tir. Et qui les servira? Moi, à la fin, songea-t-il, mais qui pour commencer? Il plaçait les charges, les équilibrait et les attachait, déroulait ses fils les accrochait, et revenait à l'endroit où il avait placé la vieille boîte du détonateur:

puis il se mit à penser à tout ce qui pourrait survenir, à tout ce qui pourrait aller de travers. Suffit, se dit-il. Tu as fait l'amour avec cette fille, et maintenant tu as la tête claire, bien claire et tu te mets à t'inquiéter. On peut réfléchir sans s'inquiéter. Ne t'inquiète pas. Il ne faut pas t'inquiéter. Tu sais tout ce que tu peux avoir à faire, et tu sais ce qui peut arriver. Bien sûr, ça peut arriver.

Tu t'es lancé en sachant pourquoi tu te battais. On se battait et on faisait ce qu'il fallait faire pour avoir une chance de gagner.

C'est ainsi que Robert Jordan était obligé maintenant d'employer ces gens qu'il aimait, comme on emploie des soldats envers lesquels, si on veut réussir, il ne faut éprouver aucun sentiment. Pablo était évidemment le plus intelligent de tous. Il avait immédiatement compris combien l'affaire était mauvaise. La femme avait été entièrement favorable à l'entreprise, elle l'était encore, mais la conscience de ce dont il s'agissait véritablement gagnait peu à peu et l'avait déjà beaucoup changée. Sordo avait compris tout de suite, et il ferait ce qu'il faudrait, mais sans plus d'enthousiasme que Robert Jordan lui-même.

Alors, songeait-il, tu dis que ce n'est pas ce qui t'arrivera à toi, mais ce qui peut arriver à la femme et à la jeune fille et aux autres, qui te préoccupe? Soit. Qu'est-ce qui leur serait arrivé si tu n'étais pas venu? Qu'est-ce qui leur arrivait avant que tu sois là? Il ne faut pas penser à ça. Tu n'es pas responsable d'eux dans l'action. Les ordres ne viennent pas de toi. Ils viennent de Golz. Et qui est Golz? Un bon général. Le meilleur sous lequel tu aies jamais servi. Mais un homme doit-il exécuter des ordres impossibles en sachant à quoi ils mènent? Même s'ils émanent de Golz qui est le parti, en même temps que l'armée? Oui. Il devait les exécuter, parce que c'était seulement en les exécutant qu'on pourrait prouver leur impossibilité. Comment savoir, qu'on n'avait pas essayé? Si chacun se mettait à dire que les ordres étaient impossibles à exécuter au moment où on les recevait, où irait-on? Où irions-nous tous, si on se contentait de dire " impossible ", en recevant des ordres?

Il en avait vu, des chefs pour lesquels tous les ordres étaient impossibles. Ce salaud de Gomez en Estramadure. Il avait vu assez d'attaques où les flancs n'avançaient pas, parce qu'avancer était impossible. Non, il exécuterait les ordres, mais ce n'était pas de chance d'aimer les gens avec qui il fallait travailler.

Dans tout leur travail, eux, les *partizans*, apportaient un surcroît de danger et de malchance aux gens qui les abritaient, et les aidaient. À quelle fin? Afin que, tout compte fait, le pays soit libéré de tout danger et qu'il y fasse bon vivre. C'était vrai, aussi banal que cela pût sembler.

Si la République perdait, il serait impossible pour ceux qui croyaient en elle de vivre en Espagne. Mais était-ce bien sûr? Oui, il le savait d'après ce qui se passait dans les régions que les fascistes avaient déjà prises.

Pablo était un salaud, mais les autres étaient des gens épatants, et n'était-ce pas les trahir tous que de leur faire faire ce travail? Peut-être. Mais, s'ils ne le faisaient pas, deux escadrons de cavalerie viendraient les chasser de ces montagnes avant une semaine.

Non. Il n'y avait rien à gagner à les laisser tranquilles. Sauf qu'on devrait laisser tout le monde tranquille et ne déranger personne. Alors, tu crois ça, vraiment, se disait-il; tu crois que l'idéal, c'est de laisser tout le monde tranquille? Oui, il croyait cela. Mais alors, la société organisée et tout le reste? Ça, c'était le boulot des autres. Lui, il avait autre chose à faire après cette guerre. Il combattait à présent dans cette guerre, parce qu'elle avait commencé dans un pays qu'il aimait, et parce qu'il croyait à la République et que si elle était détruite la vie serait impossible pour tous ces gens qui croyaient en elle. Il était sous le commandement communiste pour la durée des opérations. Ici, en Espagne, c'étaient les communistes qui fournissaient la meilleure discipline, la plus raisonnable et la plus saine pour la poursuite de la guerre. Il acceptait leur commandement pour la durée des opérations parce que, dans la conduite de la guerre, ils étaient le seul parti dont le programme et la discipline lui inspirassent du respect.

Mais quelles étaient ses opinions politiques? Il n'en avait

pas pour l'instant. Mais ne raconte ça à personne, songea-t-il. Ne l'avoue jamais. Et qu'est-ce que tu feras après? Je rentrerai et je gagnerai ma vie à enseigner l'espagnol comme avant, et j'écrirai un livre vrai. J'ai l'impression, songea-t-il, j'ai l'impression que ce sera facile.

Il faudrait qu'il parle politique avec Pablo. Il serait sûrement intéressant de connaître son évolution. Le mouvement classique de gauche à droite, probablement; comme le vieux Lerroux. Pablo ressemblait beaucoup à Lerroux. Prieto ne valait pas mieux.

Pablo et Prieto avaient une foi à peu près égale dans la victoire finale. Ils avaient tous une politique de voleurs de chevaux. Lui croyait à la République comme à une forme de gouvernement, mais la République devrait se débarrasser de cette bande de voleurs de chevaux qui l'avaient menée dans l'impasse où elle se trouvait quand la rébellion avait commencé. Y avait-il jamais eu un peuple dont les dirigeants eussent été à ce point ses ennemis?

Ennemis du peuple. Voilà une expression dont il pourrait se dispenser, un cliché qu'il faudrait abandonner. Ça, c'était le résultat d'avoir couché avec Maria. Ses idées politiques étaient devenues, depuis quelque temps, aussi étroites et conformistes que celles d'un vieux bigot, et des expressions comme " ennemis du peuple " lui venaient à l'esprit sans qu'il prît guère la peine de les examiner. Toutes sortes de clichés révolutionnaires et patriotiques. Sa pensée les adoptait sans critique. Certes, ils étaient vrais, mais on s'y habituait trop facilement. Cependant, depuis la nuit dernière et cet après-midi, il avait l'esprit beaucoup plus clair et plus pur à l'égard de ces questions. Drôle de chose que la bigoterie. Pour devenir bigot, il faut être absolument sûr d'avoir raison, et rien ne vous donne plus cette certitude, ce sentiment d'avoir raison, que la continence. La continence est l'ennemie de l'hérésie.

Cette idée résisterait-elle à l'examen? C'était probablement en vertu d'elle que les communistes accusaient tant les bohèmes. Quand on est saoul ou quand on commet le péché de chair ou d'adultère, on découvre sa propre faillibilité jusque dans ce

substitut si mouvant de la foi des apôtres : la ligne du parti.
A bas la bohème, le péché de Mayakovsky.

Mais Mayakovsky était redevenu un saint. Parce qu'il était
mort et enterré, bien entendu. Toi aussi, tu te trouveras mort
et enterré, un de ces jours, se dit-il. Allez, assez! Pense à
Maria.

Maria attaquait puissamment sa bigoterie. Jusqu'ici, elle
n'avait pas affecté sa résolution, mais il préférerait de beaucoup ne pas mourir. Il renoncerait avec joie à une fin de héros
ou de martyr. Il n'aspirait pas aux Thermopyles, il ne désirait
être l'Horatius d'aucun pont, ni le petit garçon hollandais,
avec son doigt dans le trou de la digue. Non. Il aimerait passer
quelque temps avec Maria. C'était là l'expression la plus simple
de ce qu'il souhaitait. Il aimerait passer très longtemps, une
éternité avec elle.

Il ne croyait pas qu'il y aurait plus jamais pour lui d'" éternité " sur terre, mais, le cas échéant, il aimerait la passer avec
elle. Nous pourrions aller à l'hôtel et nous inscrire, Docteur
et Mrs. Livingstone. Pourquoi pas? songeait-il.

Pourquoi ne pas l'épouser? Bien sûr, songea-t-il. Je l'épou-
serai. Alors, nous serons Mr. et Mrs. Robert Jordan de Sun
Valley, Idaho. Ou bien Corpus Christi, Texas; ou Butte,
Montana.

Les Espagnoles étaient des épouses merveilleuses. Je le sais,
puisque je n'en ai jamais eu. Et quand je reprendrai mon
poste à l'université, elle fera une très bonne femme de professeur, et quand les étudiants d'espagnol viendront le soir
fumer une pipe et discuter, de leur façon si libre et instructive,
sur Quevedo, Lope de Vega, Galdos, et autres morts admi-
rables, Maria pourra leur raconter comment quelques croisés
de la vraie foi, en chemises bleues, s'asseyaient sur sa tête
pendant que d'autres lui tordaient les bras, lui levaient les
jupes et les lui fourraient dans la bouche.

Je me demande comment Maria plaira à Missoula, Montana?
En admettant que je retrouve un poste à Missoula. Je suppose
que je suis étiqueté comme un rouge pour de bon maintenant,
et qu'on va me mettre sur une liste noire. Quoique, à vrai dire,
on ne sait jamais. On ne peut pas dire. Ils n'ont pas de preuve

de ce que font les gens, et, d'ailleurs, si on le leur racontait, ils ne le croiraient jamais. Mon passeport était valable pour l'Espagne avant les nouveaux règlements.

On ne pourra pas rentrer avant l'automne trente-sept. Je suis parti pendant l'été trente-six, et les congés ont beau n'être que d'un an, on n'a pas besoin d'être là avant la rentrée de l'année suivante. Il y a encore beaucoup de temps d'ici le trimestre d'automne. Il y a beaucoup de temps d'ici demain, pendant que tu y es. Non. Je ne crois pas que tu aies à t'en faire pour l'université. Il suffit que tu arrives là à l'automne et tout ira bien. Tâche d'y être pour ce moment-là.

Mais quelle étrange existence, et qui durait depuis longtemps maintenant. Rudement étrange! L'Espagne était ton boulot, ton métier, donc il est naturel que tu sois en Espagne. Tu as travaillé plusieurs étés sur des projets de construction, et dans les services forestiers, à faire des routes. Tu as appris à manier la poudre, donc les destructions sont aussi un boulot normal et naturel pour toi. Toujours un peu précipité, mais normal.

Une fois qu'on a accepté l'idée de destruction sous forme de problème, il n'y a plus de problème. Mais les destructions s'accompagnent de détails qui les rendent fort compliquées, bien que, Dieu sait, on prenne ces à-côtés à la légère. Il y avait, se disait-il, le constant effort pour réaliser les conditions les meilleures possibles en vue des assassinats qui devaient accompagner les destructions. Les grands mots rendaient-ils ces actes plus excusables? Rendaient-ils le meurtre plus ragoûtant? Tu t'y es fait bien facilement, si tu veux mon avis, se dit-il. Et ce que tu seras devenu, ou plus exactement ce à quoi tu seras bon quand tu quitteras le service de la République, me paraît à moi, songeait-il, extrêmement problématique. Mais j'imagine que tu te débarrasseras de tous ces souvenirs en les couchant, noir sur blanc, sur le papier. Tu as un beau livre à écrire, si tu en es capable. Bien meilleur que l'autre.

Mais en attendant, toute la vie que tu as, que tu auras jamais, c'est aujourd'hui, ce soir, demain, aujourd'hui, ce soir, demain, et ainsi de suite indéfiniment (espérons-le). Tu ferais donc mieux de prendre le temps qui vient et d'en remercier le sort. Et si le pont va mal?... Il ne s'annonce pas trop bien pour l'instant.

Mais Maria t'a fait du bien. N'est-ce pas? Oh! quel bien elle t'a fait, songeait-il. Voilà donc, peut-être, ce que la vie me réserve. Peut-être que c'est cela, ma vie, et que, au lieu de durer soixante-dix ans, elle n'aura duré que soixante-dix heures. Ou plutôt soixante-douze, pour les trois jours.

Il doit être, je pense, aussi possible de vivre toute une vie en soixante-dix heures qu'en soixante-dix ans... à condition que votre vie ait été bien remplie jusqu'au moment où commencent les soixante-dix heures et qu'on ait déjà atteint un certain âge.

Quelle bêtise! songea-t-il. Quelle sottise tu te mets à penser tout seul. C'est vraiment idiot. Peut-être n'est-ce pas si idiot que ça, après tout. Bah! on verra. La dernière fois que j'ai couché avec une fille, c'était à Madrid. Non, à l'Escurial. Je me suis réveillé dans la nuit croyant que la personne en question en était une autre, et j'ai été fou de joie jusqu'au moment où j'ai reconnu mon erreur. En somme, cette fois-là, je n'ai fait que remuer des cendres. Mais, à part cela, cette nuit-là n'a pas été désagréable. La fois d'avant, c'était à Madrid. Je me suis un peu menti et, au cours de nos ébats, je me suis quelque peu joué la comédie quant à l'identité de ma partenaire. Enfin, toujours la même histoire. Je ne suis donc pas un admirateur romantique de la femme espagnole, et d'ailleurs, dans n'importe quel pays, je n'ai jamais considéré une passade que comme une passade. Mais, j'aime tellement Maria que, lorsque je suis avec elle, je me sens littéralement mourir. Je n'avais jamais cru que ça puisse arriver.

Alors, ta vie peut troquer ses soixante-dix ans contre soixante-dix heures : maintenant, j'ai ce trésor et j'ai la chance de l'apprécier à sa juste valeur. S'il n'y a pas de "pour longtemps", ni de "pour le reste de notre vie", ni de "désormais", mais que seul "maintenant" existe, eh bien, alors c'est de l'heure présente qu'il faut rendre grâce et j'en suis heureux. *Ahora, maintenant, now, heute. Maintenant* : un drôle de mot pour exprimer tout un monde et toute une vie. *Esta noche, ce soir, to-night, heute abend. Life* et *wife. Vie* et *Marie*, et *mari*. Non, ça n'allait pas? Il y avait *now* et *frau*, mais ça ne prouvait rien non plus. Par exemple, *dead*, *mort*, *muerto* et *tot*. *Tot* était de ces trois mots celui qui exprimait le mieux l'idée de mort. *War*, *guerre*, *guerra* et *krieg*. *Krieg* était ce qui ressemblait le plus à la guerre. Ou pas? Ou bien était-ce seulement qu'il savait moins l'allemand que les autres langues? *Chérie*, *sweetheart*, *prenda* et *schatz*. Ces mots-là, il les troquerait tous pour : " Maria ". Maria, voilà un nom!

Bah! ils s'y mettraient tous et ça ne serait plus long maintenant. Il est vrai que le pont s'annonçait de plus en plus mal. Le pont était une opération que l'on ne pouvait pas mener à bien le matin. Les positions intenables, on attend la nuit pour les quitter. On essaie au moins de durer jusqu'à la nuit. Tout va bien, à condition de pouvoir attendre la nuit pour se replier. Quant à tenir le coup du matin au soir!... Et ce pauvre idiot de Sordo qui avait abandonné son espagnol petit nègre pour lui expliquer tout ça si soigneusement. Comme si lui, Robert Jordan, n'avait pas vécu depuis l'avant-dernière nuit avec cette idée qui lui pesait, comme un morceau de pâte pas digérée vous pèse continuellement au creux de l'estomac.

Quelle histoire! On va toute sa vie en croyant que de semblables aventures signifient quelque chose, et elles finissent toujours par ne rien signifier du tout. Il n'y avait jamais rien eu de ce qu'il y avait là maintenant. On croit que c'est une chose qu'on ne connaîtra jamais. Et puis, dans une affaire emmerdante comme cette coordination de deux bandes de guérillas à la noix, pour vous aider à faire sauter un pont dans des conditions impossibles, pour faire avorter une contre-offensive qui aura probablement déjà commencé, on tombe sur une femme comme cette Maria. Certes, ça devait t'arriver. Tu es tombé sur elle un peu tard, voilà tout.

Donc, une femme comme cette Pilar pousse littéralement cette fille dans ton sac de couchage, et qu'est-ce qui se passe? Oui, qu'est-ce qui se passe? Qu'est-ce qui se passe? Dis-moi ce qui se passe, s'il te plaît. Oui. Voilà ce qui se passe. Voilà exactement ce qui se passe.

Tu te mens à toi-même quand tu prétends que Pilar a poussé cette fille dans ton sac de couchage. N'essaie pas de tout nier et de tout avilir. Tu as été pris dès que tu as vu Maria. La première fois qu'elle a ouvert la bouche et t'a parlé, c'était déjà fait, et tu le sais. Maintenant que tu le tiens, le trésor, ce n'est pas une raison parce que tu n'avais jamais pensé le tenir un jour, pour le vilipender. Tu sais bien que tu le tiens, et cela depuis la première minute où tu as posé les yeux sur Maria, depuis l'instant où elle est sortie, penchée, portant ce plateau de fer.

Ça t'a pris à ce moment-là, et tu le sais, alors, pourquoi mentir? Tu t'es senti tout drôle intérieurement chaque fois que tu la regardais et chaque fois qu'elle te regardait. Alors pourquoi ne pas le reconnaître? Bon, très bien, je le reconnais. Et quant à Pilar qui te la jette à la tête, Pilar s'est simplement conduite en femme intelligente. Elle avait pris bien soin de cette jeune fille et elle a vu de quoi il retournait, à la minute même où la jeune fille est rentrée dans la grotte avec le plateau de cuisine.

Alors elle a facilité les choses. Elle a facilité les choses pour qu'existât hier soir, et cet après-midi. Elle est rudement plus civilisée que toi, et elle connaît la valeur du temps. Oui, se dit-il, on peut admettre, je pense, qu'elle a quelques notions sur la valeur du temps. Elle a filé parce qu'elle ne voulait pas que d'autres perdent ce qu'elle avait perdu. Après ça, la pilule a été trop grosse à avaler; elle a voulu revenir en arrière, là-bas dans la montagne, et je pense que nous ne l'avons guère aidée.

Voilà donc ce qui arrive et ce qui t'est arrivé; tu ferais aussi bien de l'admettre. Tu n'auras plus jamais deux nuits entières à passer avec elle. Pas toute une vie, pas de vie commune, pas de ce qu'on a toujours trouvé normal que tout le monde ait, pas du tout. Une nuit de passée, une nuit cet après-midi, une nuit à venir; peut-être. Non, monsieur.

Pas de temps, pas de bonheur, pas de plaisir, pas d'enfants, pas de maison, pas de salle de bains, pas de pyjama propre, pas de journal du matin, pas de réveil ensemble, pas de réveil embelli par l'idée qu'elle est là et qu'on n'est pas tout seul. Non. Rien de tout ça. Mais pourquoi, puisque c'est tout ce que tu auras dans ta vie de ce que tu désires, puisque tu l'as trouvé, pourquoi pas une nuit, une seule nuit, dans un lit avec des draps?

Tu demandes l'impossible. Tu demandes l'impossibilité même. Donc, si tu aimes cette fille autant que tu le dis, tu ferais mieux de l'aimer très fort et de regagner en intensité ce qui manquera en durée et en continuité. Tu entends? Au temps jadis, les gens y consacraient une vie. Et maintenant que tu l'as trouvé, si tu as deux nuits, tu te demandes d'où vient tant de chance. Deux nuits. Deux nuits pour aimer, honorer et chérir. Pour le meilleur et pour le pire. Dans la maladie et dans la mort. Non, je me trompe; dans la maladie et dans la santé. Jusqu'à ce que la mort nous sépare. En deux nuits. Plus que probablement. Plus que probablement; et maintenant quitte ce genre de pensées. Tu peux cesser maintenant. Ce n'est pas bon pour toi. Ne fais rien de ce qui n'est pas bon pour toi. Ne fais rien de ce qui n'est pas bon pour toi. Et ça ne l'est sûrement pas.

C'était de ça que Golz parlait. Plus le temps passait, plus Golz paraissait intelligent. Alors c'était là-dessus qu'il l'interrogeait : la compensation pour un service irrégulier. Golz avait-il connu cela, et étaient-ce la précipitation et le manque de temps et les circonstances qui le créaient? Était-ce là quelque chose qui arrivait à tout le monde dans des circonstances analogues? Et est-ce qu'il imaginait que c'était quelque chose de spécial, parce que c'était à lui que ça arrivait? Golz avait-il couché en hâte à droite et à gauche quand il commandait la cavalerie irrégulière dans l'Armée Rouge, et la combinaison des circonstances, et tout ça, lui avait-elle fait trouver dans ces femmes tout ce qui était en Maria?

Sans doute, Golz connaissait-il tout cela, lui aussi, et tenait-il à bien marquer qu'il faut vivre toute sa vie dans les deux nuits qui vous sont données; quand on vit comme nous vivons maintenant, il faut concentrer tout ce qu'on aurait toujours dû avoir dans le court espace de temps où l'on peut l'avoir.

Le système était bon. Mais il ne croyait pas que Maria n'eût été créée que par les circonstances. À moins, naturellement, qu'elle ne fût une réaction des conditions de sa vie à elle, autant que de celles de sa vie à lui. Celles où elle se trouve pour sa part ne sont pas si favorables, pensa-t-il. Non, pas si favorables.

Si c'était comme ça, eh bien c'était comme ça. Mais il ne trouvait pas de loi pour lui faire dire que ça lui plaisait. Je ne savais pas que j'aurais jamais pu éprouver ce que j'ai éprouvé, songea-t-il. Ni que cela pouvait m'arriver. Je voudrais l'avoir toute ma vie. Tu l'auras, disait l'autre partie de lui-même. Tu l'auras. Tu l'as *maintenant*, et c'est toute ta vie, maintenant. Il n'y a rien d'autre que maintenant. Il n'y a ni hier, certainement, ni demain non plus. Quel âge faut-il que tu atteignes avant de savoir ça? Il n'y a que deux jours. Eh bien, deux jours, c'est ta vie, et tout ce qui s'y passera sera en proportion. C'est comme ça qu'on vit toute une vie en deux jours. Et si tu cesses de te plaindre et de demander l'impossible, tu auras une bonne vie. Une bonne vie ne se mesure pas en âges bibliques.

Alors, maintenant, ne t'en fais plus, prends ce qui vient et fais ton boulot, et tu auras une longue vie et très heureuse. Sa vie n'avait-elle pas été heureuse ces derniers temps? De quoi te plains-tu? C'est comme ça, avec ce genre de travail, se dit-il, et l'idée lui plut. Ce n'est pas tant ce qu'on apprend, que les gens qu'on rencontre. Il était content parce qu'il plaisantait et il revint à la jeune fille.

" Je t'aime, chevreau, dit-il à la jeune fille. Qu'est-ce que tu disais?

— Je disais, lui dit-elle, qu'il ne faut pas t'en faire pour ton travail, parce que je ne m'en mêlerai pas, je ne t'embêterai pas. S'il y a quelque chose que je peux faire, tu me le diras.

— Il n'y a rien, dit-il. C'est vraiment très simple.

— Pilar m'apprendra ce qu'il faut faire pour bien soigner un homme, et je le ferai, dit Maria. Puis, en apprenant, je trouverai des choses moi-même, et il y en a d'autres que tu pourras me dire.

— Il n'y a rien à faire.

— *Qué va, hombre*, il n'y a rien! Ton sac de couchage, ce matin, il aurait fallu le secouer et l'aérer et le suspendre quelque part au soleil, et puis, avant que la rosée tombe, le mettre à l'abri.

— Continue, mon petit chevreau.

— Tes chaussettes, il faudrait les laver et les mettre à sécher. Je veillerai à ce que tu en aies deux paires.

— Quoi encore?

— Si tu me montres comment m'y prendre, je nettoierai et je graisserai ton pistolet.

— Embrasse-moi, dit Robert Jordan.

— Non, c'est sérieux. Est-ce que tu me montreras, pour ton pistolet? Pilar a des chiffons et de l'huile. Il y a une baguette dans la grotte qui doit aller.

— Bien sûr, je te montrerai.

— Et puis, dit Maria, si tu m'apprends à tirer, l'un de nous pourra tuer l'autre et puis se tuer lui-même, s'il y en a un de blessé et s'il le faut pour ne pas être pris.

— Très intéressant, dit Robert Jordan. Tu as beaucoup d'idées de ce genre?

— Pas beaucoup, dit Maria. Mais celle-là est bonne. Pilar m'a donné ça et m'a dit comment on s'en sert. " Elle ouvrit la poche de sa chemise et en sortit un étui de cuir comme ceux où l'on met les peignes de poche, puis, ôtant une bande de caoutchouc qui le fermait aux deux bouts, elle en sortit une lame de rasoir. " Je porte toujours ça sur moi, dit-elle. Pilar dit qu'il faut couper là, juste derrière l'oreille, en tirant par là. " Elle fit le geste avec son doigt. " Elle dit qu'il y a là une grande artère et qu'en coupant dans ce sens là on ne peut pas se manquer. Elle dit aussi que ça ne fait pas mal et qu'il faut seulement appuyer fort derrière l'oreille et tirer vers le bas. Elle dit que ce n'est rien et qu'il n'y a rien à faire, une fois que c'est coupé.

— C'est vrai, dit Robert Jordan. C'est la carotide. "

Alors, elle se promène tout le temps avec ça, pensa-t-il, comme une possibilité prévue et acceptée.

" Mais j'aimerais mieux que tu me tues, dit Maria. Promets que, si c'est jamais nécessaire, tu me tueras.

— Bien sûr, dit Robert Jordan. Je promets.

— Merci beaucoup, lui dit Maria. Je sais que ce n'est pas facile.

— C'est entendu ", dit Robert Jordan. On oublie tout ça, pensa-t-il. On oublie les beautés de la guerre civile quand on

pense trop étroitement à son boulot. Tu avais oublié ça. Bah!
c'est ce qu'il faut. Kachkine n'arrivait pas à l'oublier et ça
gâtait son travail. Ne penses-tu pas plutôt que ce garçon avait
un grain? C'était curieux, car il n'avait éprouvé absolument
aucune émotion en tirant sur Kachkine. Il supposait que ça
aurait pu lui faire quelque chose. Mais, en fait, il n'avait
absolument rien éprouvé.

"Mais il y a d'autres choses que je peux faire pour toi",
lui dit Maria, marchant à son côté, à présent très sérieuse et
féminine.

"A part me tuer?

— Oui. Je pourrai te rouler des cigarettes quand tu n'en
auras plus de celles avec des tubes. Pilar m'a appris à les rouler
très bien, serré et net et bien ferme.

— Parfait, dit Robert Jordan. Tu les lèches toi-même?

— Oui, dit la jeune fille, et si tu es blessé, je te soignerai,
je panserai tes blessures, je te laverai, je te donnerai à manger.

— Peut-être que je ne me ferai pas blesser, dit Robert Jordan.

— Alors, si tu es malade, je te soignerai, je te ferai de la
soupe, je te laverai, je ferai tout pour toi. Et je te ferai la lecture.

— Peut-être que je ne serai pas malade.

— Alors je t'apporterai ton café le matin quand tu te
réveilleras....

— Peut-être que je n'aime pas le café, lui dit Robert Jordan.

— Si, tu l'aimes, dit joyeusement la jeune fille. Tu en as
pr is deux tasses ce matin.

— Et si je me lasse du café et qu'il n'y ait pas besoin de me
tuer, et que je ne sois ni blessé ni malade, et que je renonce à
fumer et que je n'aie qu'une seule paire de chaussettes, et
que je suspende mon sac de couchage moi-même. Alors,
chevreau? Il lui tapota le dos. Alors, dis?

— Alors, fit Maria, j'emprunterai les ciseaux de Pilar et je
te couperai les cheveux.

— Je n'aime pas qu'on me coupe les cheveux.

— Moi non plus, dit Maria. Et j'aime tes cheveux comme
ça. Alors, si je ne peux rien faire pour toi, je m'assoierai près
de toi et je te regarderai, et la nuit on fera l'amour.

— Bien, dit Robert Jordan. Ce dernier propos est très sage.

— Je trouve aussi. Maria sourit. Oh! *Inglés*, dit-elle.

— Je m'appelle Roberto.

— Non. Moi, je t'appelle *Inglés*, comme Pilar.

— Je m'appelle tout de même Roberto.

— Non, dit-elle. Maintenant, pour toute la journée, c'est *Inglés*. Dis, *Inglés*, est-ce que je peux t'aider dans ton travail?

— Non. Ce que je fais en ce moment, je le fais seul, et tout dans ma tête.

— Bien, dit-elle. Et quand est-ce que ce sera fini?

— Cette nuit, si j'ai de la chance.

— Bon ", dit-elle.

Devant eux, descendait le dernier bois qui conduisait au camp.

"Qui est-ce? " demanda Robert Jordan en tendant le doigt.

A la lisière inférieure de la prairie, là où se dressaient les premiers arbres, la femme était assise, la tête sur ses bras. A cette distance, elle avait l'air d'un paquet sombre, noir contre le brun du tronc d'arbre.

"Viens ", dit Robert Jordan, et il se mit à courir vers la femme. Il avait des broussailles jusqu'aux genoux, et elles alourdissaient sa course. A une certaine distance, il ralentit et prit le pas. La femme s'appuyait la tête sur ses bras croisés, et elle apparaissait large et noire contre le tronc d'arbre. Il vint à elle et dit " Pilar! " d'une voix forte.

La femme leva la tête et le regarda.

"Oh! dit-elle. Vous avez déjà fini?

— Tu es souffrante? demanda-t-il en se penchant sur elle.

— *Qué va*, dit-elle. Je dormais.

— Pilar, dit Maria qui les avait rejoints, en s'agenouillant près d'elle. Comment ça va? Tu te sens bien?

— Je vais au mieux ", dit Pilar, mais elle ne se levait pas. Elle les regardait tous deux. " Eh bien, *Inglés*? dit-elle. Tu as de nouveau fait l'homme?

— Tu te sens tout à fait bien? demanda Robert Jordan sans répondre à la question.

— Pourquoi pas? J'ai dormi. Et vous?

— Non.

— Eh bien, dit Pilar à la jeune fille, ça a l'air de te réussir? "

Maria rougit et ne dit rien.

" Laisse-la tranquille, dit Robert Jordan.

— Personne ne t'a rien demandé, lui dit Pilar. Maria ", dit-elle et sa voix était dure. La jeune fille ne leva pas les yeux.

" Maria, dit de nouveau la femme. Ça a l'air de te réussir.

— Laisse-la tranquille, répéta Robert Jordan.

— Toi, ferme ça, dit Pilar sans le regarder. Écoute, Maria, dis-moi quelque chose.

— Non, dit Maria, et elle secoua la tête.

— Maria ", dit Pilar, et sa voix était aussi dure que son visage. Il n'y avait rien d'amical dans son visage. " Dis-moi quelque chose, de toi-même. "

La jeune fille secoua la tête.

Robert Jordan pensait : si je n'avais pas à travailler avec cette femme et son ivrogne de mari et sa smalah à la noix, je la giflerais si fort que....

" Vas-y, raconte-moi, dit Pilar à la jeune fille.

— Non, dit Maria. Non.

— Laisse-la tranquille ", dit Robert Jordan, et sa voix n'avait plus son timbre habituel. Je vais la gifler quand même, pensa-t-il.

Pilar ne lui répondit même pas. Robert Jordan n'avait en aucune manière l'impression de se trouver devant un serpent fascinant un oiseau, non plus que devant un chat qui guette son oiseau. Le jeune homme n'arrivait à déceler ni perfidie, ni perversité. Il avait l'impression de voir se déployer une tête de cobra. Ce déploiement, il le sentait. Il en discernait la menace. Toutefois, ce déploiement semblait guidé plus par un instinct de découverte que par le désir de faire le mal. J'aimerais mieux ne pas assister à ça, songeait Robert Jordan. Mais ça ne mérite tout de même pas une gifle.

" Maria, dit Pilar. Je ne te toucherai pas. Raconte maintenant, de ta propre volonté. "

" *De tu propia voluntad* ", tels étaient les mots espagnols. La jeune fille secoua la tête.

" Maria, dit Pilar. Maintenant et de ta propre volonté. Tu m'entends? Ce que tu voudras.

— Non, dit doucement la jeune fille. Non et non.

— Maintenant, tu vas me raconter, lui dit Pilar. N'importe quoi. Tu verras. Maintenant tu vas me raconter.

— La terre a bougé, dit Maria, sans regarder la femme. C'est vrai. C'est une chose que je ne peux pas te dire.

— Alors ", dit Pilar, et sa voix était chaude et affectueuse, et il n'y avait rien de forcé en elle; mais Robert Jordan remarqua de petites gouttes de transpiration sur son front et ses lèvres. " Ah! Elle a bougé. Alors vous y êtes.

— C'est vrai, dit Maria, et elle se mordit la lèvre.

— Bien sûr que c'est vrai, dit Pilar avec bonté. Mais ne le dis pas, même à ta famille, parce qu'on ne te croira pas. Tu n'es pas de sang *Cali, Inglès?* "

Elle se mit debout, Robert Jordan l'aidant à se relever.

" Non, dit-il. Non, pas que je sache.

— Maria non plus, pas qu'elle sache, dit Pilar. *Pues es muy raro.* C'est très étrange.

— Mais c'est arrivé, Pilar, dit Maria.

— *Como que no, hija?* dit Pilar. Pourquoi pas, ma fille? Quand j'étais jeune, la terre bougeait tellement qu'on la sentait glisser dans l'espace et on avait peur qu'elle se dérobe sous vous. Cela arrivait toutes les nuits.

— Tu mens, dit Maria.

— Oui, dit Pilar. Je mens. Elle ne bouge jamais plus de trois fois dans une vie. Elle a vraiment bougé?

— Oui, dit la jeune fille. C'est vrai.

— Et pour toi, *Inglès?* " Pilar regardait Robert Jordan. " Ne mens pas.

— Oui, dit-il. Vraiment.

— Bon, dit Pilar. Bon. C'est déjà ça.

— Qu'est-ce que tu veux dire avec tes trois fois? demanda Maria. Pourquoi dis-tu ça?

— Trois fois, dit Pilar. Pour toi, ça fait déjà une.

— Seulement trois fois?

— Pour la plupart des gens, jamais, lui dit Pilar. Tu es sûre qu'elle a bougé?

— On aurait pu tomber, dit Maria.

— Elle a dû bouger alors, dit Pilar. Allons, viens, et rentrons au camp.

— Qu'est-ce que c'est que cette bêtise des trois fois? " dit Robert Jordan à la grosse femme tandis qu'ils marchaient ensemble entre les pins.

" Bêtises? elle le regarda de travers. Ne me parle pas de bêtises, petit Anglais.

— C'est une sorcellerie, comme pour les lignes de la main?

— Non, c'est bien connu et prouvé chez les *Gitanos*.

— Mais nous ne sommes pas *Gitanos*.

— Non. Mais vous avez eu un peu de chance. Les non-gitans ont un peu de chance quelquefois.

— Tu penses vraiment ce que tu dis? Les trois fois?... " Elle le regarda de nouveau bizarrement. " Laisse-moi, *Inglés*, dit-elle. Ne me tourmente pas. Tu es trop jeune pour que je te raconte.

— Mais, Pilar, dit Maria.

— Ferme ça, lui dit Pilar. Tu en as eu une, et il y en a encore deux pour toi dans le monde.

— Et toi? lui demanda Robert Jordan.

— Deux, dit Pilar, et elle leva les deux doigts. Deux. Et il n'y en aura jamais de troisième.

— Pourquoi? demanda Maria.

— Oh! ferme ça, dit Pilar. Ferme ça. *Busnes* de ton âge m'assomment.

— Pourquoi pas de troisième? demanda Robert Jordan.

— Oh! fermez ça, voulez-vous? dit Pilar. Fermez ça. "

Bon, se dit Robert Jordan. Seulement, ça ne prend pas. J'ai connu des tas de Gitans, et ils sont assez étranges. Mais nous aussi nous sommes étranges. La différence, c'est qu'il nous faut gagner honnêtement notre vie. Personne ne sait de quelles tribus nous descendons ni quelles sont nos hérédités ni quels mystères il y avait dans les bois où vivaient les gens dont nous descendons. Tout ce que nous savons, c'est que nous ne savons pas. Nous ne savons rien sur ce qui nous arrive la nuit. Mais quand ça arrive le jour, alors, il y a vraiment de quoi s'étonner. Quoi que ce soit, c'est arrivé, et maintenant, non seulement il a fallu que cette femme le fasse dire à la jeune fille alors qu'elle n'en avait pas envie, mais il faut qu'elle s'en empare et se l'approprie. Il faut qu'elle en fasse une affaire de Gitan. Je pensais qu'elle était partie dans les montagnes, mais, depuis, elle s'est mise à jouer les tyrans. Si ç'avait été pour faire du mal, elle aurait mérité d'être tuée. Mais ça n'était pas mal. C'était seulement le désir de garder son emprise sur la vie. De la garder à travers Maria.

Quand tu seras sorti de cette guerre, tu pourrais te mettre à étudier les femmes, se dit-il. Tu pourrais commencer par Pilar. Elle nous a fabriqué une journée assez compliquée, si tu veux mon avis. Jusque-là, elle n'avait jamais sorti ses histoires gitanes. Sauf la main, pensa-t-il. Oui, naturellement, la main. Et je ne crois pas que, pour la main, elle truquait. Elle n'a pas voulu me dire ce qu'elle voyait, naturellement. Quoi qu'elle ait vu, elle y croyait. Mais ça ne prouve rien.

" Écoute, Pilar ", dit-il à la femme.

Pilar le regarda et sourit.

" Qu'est-ce qu'il y a? demanda-t-elle.

— Ne sois pas si mystérieuse, dit Robert Jordan. Les mystères me fatiguent beaucoup.

— Alors? dit Pilar.

— Je ne crois pas aux ogres, aux jeteurs de sort, aux diseurs de bonne aventure ni à la sorcellerie gitane à la noix.

— Oh! dit Pilar.

— Non. Et tu pourrais bien laisser cette fille tranquille.

— Je laisserai cette fille tranquille.

— Et cesse ces mystères, dit Robert Jordan. On a assez de travail et assez de choses à faire sans les compliquer avec des trucs à la noix. Moins de mystères, et plus de travail.

— D'accord, dit Pilar en approuvant de la tête. Mais écoute, *Inglés*, fit-elle, et elle lui sourit. Est-ce que la terre a bougé?

— Oui et merde. Elle a bougé. "

Pilar éclata de rire et s'arrêta, debout, regardant Robert Jordan et riant de plus belle.

" Oh! *Inglés*, *Inglés*, dit-elle en riant. Tu es très comique. Il faudra que tu travailles beaucoup maintenant pour regagner ta dignité. "

Va au diable, pensa Robert Jordan. Mais il garda le silence.

Tandis qu'ils parlaient, le soleil s'était ennuagé et, comme le jeune homme regardait en arrière vers les montagnes, il vit que le ciel était devenu lourd et gris.

"Il va sûrement neiger, dit Pilar en regardant le ciel.

— Maintenant? Nous sommes presque en juin?

— Pourquoi pas? Les montagnes ne savent pas les noms des mois. Nous sommes dans la lune de mai.

— Ça ne peut pas être de la neige, dit-il. Il ne peut pas neiger.

— Quand même, *Inglés*, lui dit-elle, il neigera."

Robert Jordan leva la tête vers le gris épais du ciel, où le soleil, devenu d'un jaune pâle, disparut bientôt. Le gris uniformément étendu, doux et lourd, le gris découpait maintenant la crête des montagnes.

"Oui, dit-il. Tu as raison, je crois."

CHAPITRE XIV

Quand ils atteignirent le camp, il neigeait et les flocons tombaient de biais entre les pins. Ils descendaient obliquement entre les arbres, d'abord clairsemés et tournoyants. Puis, quand le vent froid se mit à souffler de la montagne, ils commencèrent à tourbillonner et à s'épaissir, et Robert Jordan, furieux, s'arrêta devant la grotte à les regarder.

"Il va beaucoup neiger", dit Pablo. Il avait la voix pâteuse et les yeux rouges et troubles.

"Est-ce que le Gitan est rentré? lui demanda Robert Jordan.

— Non, dit Pablo. Ni lui, ni le vieux.

— Veux-tu venir avec moi au poste d'en haut, celui qui est sur la route?

— Non, dit Pablo. Je ne veux pas me mêler de ça.

— Alors je vais y aller seul.

— Dans cette tempête, tu risques de ne pas trouver, dit Pablo. Je n'irais pas maintenant.

— Il n'y a qu'à descendre sur la route, et après, on la suit en montant.

— Tu trouveras peut-être. Mais les deux sentinelles vont remonter maintenant, avec cette neige, et tu les manqueras, sur la route.

— Le vieux m'attend.

— Mais non. Il va rentrer, maintenant, avec cette neige. "

Pablo regarda la neige qui tombait vite, à présent, devant l'entrée de la grotte et dit : " Tu n'aimes pas la neige, *Inglés ?* "

Robert Jordan jura ; Pablo le regarda de ses yeux troubles et se mit à rire.

" Avec ça, foutue, ton offensive, *Inglés*, dit-il. Allons, viens dans la grotte, tes gens vont arriver tout de suite. "

Dans la grotte, Maria s'occupait devant le feu, et Pilar devant la table de cuisine. Le feu fumait ; la jeune fille l'activait, le tisonnant avec un bâton, puis l'éventant avec un papier plié ; il y eut alors une bouffée de fumée, puis un embrasement soudain, et le bois se mit à flamber d'une haute flamme brillante que le vent tirait par le trou du toit.

" Et cette neige, dit Robert Jordan. Tu crois qu'il va en tomber beaucoup ?

— Beaucoup ", dit Pablo avec satisfaction. Puis il appela Pilar. " Toi non plus, femme, ça ne te plaît pas ? Maintenant que tu commandes, ça ne te plaît pas, cette neige ?

— *A mi qué ?* dit Pilar par-dessus l'épaule. Puisqu'il neige, il neige.

— Prends du vin, *Inglés*, dit Pablo. Moi, j'ai bu toute la journée, en attendant la neige.

— Donne-m'en une tasse, dit Robert Jordan.

— A la neige ", dit Pablo en trinquant avec lui. Robert Jordan le regarda dans les yeux en faisant tinter sa tasse contre l'autre. Salaud, assassin aux yeux troubles, pensa-t-il. Je voudrais cogner cette tasse contre tes dents. *Du calme*, se dit-il, *du calme*.

" C'est très beau, la neige, dit Pablo. Tu ne vas pas pouvoir dormir dehors, avec cette neige qui tombe. "

Ah! c'est donc ça? songea Robert Jordan. Tu as bien des soucis, Pablo!

" Non? fit-il poliment.

— Non. Très froid, dit Pablo. Très humide. "

Tu ne sais pas pourquoi ces vieux duvets coûtent soixante-cinq dollars, pensa Robert Jordan. Je voudrais bien avoir un dollar pour chaque fois que j'y ai dormi sous la neige.

" Alors, je devrais dormir ici? demanda-t-il poliment.

— Oui.

— Merci, dit Robert Jordan. Je dormirai dehors.

— Dans la neige?

— Oui. " (Au diable tes yeux de cochon, rouges et san-guinolents, et ta face de cochon à poils de cochon.) " Dans la neige. " (Dans cette sacrée, désastreuse, inattendue, défai-tiste saloperie de neige.)

Il s'approcha de Maria qui venait de poser une bûche de pin dans le feu.

" Très beau, la neige, dit-il à la jeune fille.

— Mais mauvais pour le travail, n'est-ce pas? lui demanda-t-elle. Ça ne t'inquiète pas?

— *Qué va*, dit-il. Ça ne sert à rien de s'inquiéter. Quand est-ce que le dîner sera prêt?

— Je pensais bien que tu aurais de l'appétit, dit Pilar. Tu veux un bout de fromage en attendant?

— Je veux bien ", dit-il. Elle lui coupa un morceau à même le grand fromage qui pendait, accroché dans un filet au plafond, et lui tendit la tranche épaisse. Il resta debout pour manger. Le fromage était un petit peu trop aigre pour son goût.

" Maria, dit Pablo de sa place à la table.

— Quoi? demanda la jeune fille.

— Essuie la table, Maria ", dit Pablo, et il souriait à Robert Jordan.

" Essuie tes éclaboussures toi-même, lui dit Pilar. Essuie d'abord ton menton et ta chemise, et puis la table.

— Maria, appela Pablo.

— Ne fais pas attention. Il est saoul, dit Pilar.

— Maria, appela Pablo. Il neige toujours et c'est beau la neige. "

Il ne connaît pas ce sac de couchage, pensait Robert Jordan. Ce vieil œil de cochon ne sait pas pourquoi j'ai payé ce sac soixante-cinq dollars chez Woods. Dès que le Gitan sera revenu, j'irai chercher le vieux. Je devrais y aller maintenant, mais c'est très possible que je les rate. Je ne sais pas où il est posté.

" Tu veux faire des boules de neige? dit-il à Pablo. Tu veux une bataille de boules de neige?

— Quoi? demanda Pablo. Qu'est-ce que tu proposes?

— Rien, dit Robert Jordan. Tes selles sont bien couvertes?

— Oui. "

Alors, Robert Jordan dit en anglais : " Tu vas laisser tes chevaux prendre racine, ou bien creuser autour pour les tirer de là?

— Quoi?

— Rien. C'est ton affaire, mon vieux. Moi je partirai d'ici à pied.

— Pourquoi est-ce que tu parles en anglais? demanda Pablo.

— Je ne sais pas, dit Robert Jordan. Quelquefois, quand je suis très fatigué, je parle anglais. Ou quand je suis très dégoûté. Ou cafardeux, disons. Quand je suis cafardeux, je parle anglais pour entendre le son. C'est un bruit rassurant. Tu devrais essayer, un de ces jours.

— Qu'est-ce que tu dis, *Inglés?* fit Pilar. Ça a l'air très intéressant, mais je ne comprends pas.

— Rien, dit Robert Jordan. J'ai dit " rien " en anglais.

— Eh bien, maintenant, parle espagnol, dit Pilar. C'est plus court et plus simple en espagnol.

— Sûrement, " dit Robert Jordan. Mais bon Dieu, songeait-il, oh Pablo, oh Pilar, oh Maria, oh vous, les deux frères dans le coin dont j'ai oublié le nom, mais dont il faut que je me rappelle la présence! Par moments, j'en ai vraiment plein le dos. De ça et de vous et de moi et de la guerre, et pourquoi, par-dessus le marché, pourquoi faut-il qu'il neige maintenant? Merde, c'est tout de même trop. Non. Ce n'est pas trop. Rien n'est trop. Il faut accepter et s'en sortir. Et maintenant, cesse de cabotiner et d'accepter la neige, et ensuite écoute le rapport de ton Gitan et va ramasser ton vieux. Mais neiger!

Maintenant, en ce mois-ci! Suffit, se dit-il. Suffit et accepte. La coupe... la coupe... qu'était-ce donc déjà que cette histoire de coupe? Je ferais mieux de m'exercer la mémoire, pensait Robert Jordan, ou bien de ne jamais chercher de citations, parce que, lorsqu'une vous échappe, les bribes vous en trottent ensuite sans cesse dans la tête. Qu'était-ce donc que cette histoire de coupe?

"Donnez-moi du viń, s'il vous plaît", dit-il en espagnol. Puis : "Beaucoup de neige? Eh? fit-il à Pablo. *Mucha nieve.*"

L'ivrogne leva les yeux vers lui et sourit. Il hocha la tête et sourit de nouveau.

"Pas d'offensive, pas *d'aviones.* Pas de pont. Rien que la neige, dit Pablo.

— Tu crois que ça peut durer longtemps? — Robert Jordan s'assit à côté de lui. — Tu crois qu'il va nous neiger dessus tout l'été, Pablo, mon vieux?

— Tout l'été, non, dit Pablo. Cette nuit et demain, oui.

— Qu'est-ce qui te fait penser ça?

— Il y a deux espèces de tempêtes, dit Pablo sentencieusement. Les unes viennent des Pyrénées. Celles-là amènent de grands froids. Mais la saison est trop avancée.

— Bon, fit Robert Jordan. C'est toujours ça.

— Cette tempête-là, elle vient de Cantebrico, dit Pablo. Elle vient de la mer. Avec le vent dans cette direction, ce sera une grosse tempête avec beaucoup de neige.

— Où as-tu appris tout ça, l'ancien?" demanda Robert Jordan.

Maintenant que sa rage était passée, cette tempête l'agitait comme toutes les tempêtes. Dans un blizzard, un grain, une averse subite, une pluie tropicale, ou un orage d'été dans la montagne, il y avait pour lui une excitation qu'il ne trouvait nulle part ailleurs. Cela ressemblait à l'excitation du combat, en plus pur. Il y a un vent du combat, mais c'est un vent chaud, chaud et sec comme votre bouche; et il souffle lourd, chaud et sale; il s'élève et disparaît avec la fortune du jour. Robert Jordan connaissait bien ce vent-là.

Mais une tempête de neige, c'était tout le contraire. Quand la neige tombe en tempête, on s'approche des bêtes sauvages, et elles n'ont pas peur. Elles voyagent à travers la campagne sans savoir où elles sont, et le daim s'arrête parfois sous l'auvent du chalet. Dans une tempête de neige, on avance à cheval vers un élan, et il prend votre cheval pour un autre élan, et se met à trotter à votre rencontre. Dans une tempête de neige, le vent peut souffler en rafale; mais il souffle une pureté blanche et l'air est plein de courants de blancheurs; tout est métamorphosé, et, quand le vent tombe, alors, c'est la paix. C'était une grande tempête que celle-ci; autant en jouir. Elle démolissait tout, mais on pouvait au moins en jouir.

" J'ai été *arroyero* pendant plusieurs années, dit Pablo. On passait des marchandises à travers les montagnes dans de grandes carrioles, avant les camions. Dans ce boulot-là, on apprend à connaître le temps.

— Et comment es-tu entré dans le mouvement?

— J'ai toujours été à gauche, dit Pablo. On avait beaucoup de contacts avec les gens des Asturies où ils sont très développés politiquement. J'ai toujours été pour la République.

— Mais qu'est-ce que tu faisais avant le mouvement?

— A ce moment-là, je travaillais pour un marchand de chevaux de Saragosse. Il fournissait des chevaux pour les courses de taureaux et pour les remontes de l'armée. C'est à ce moment-là que j'ai rencontré Pilar qui était, comme elle te l'a dit, avec le matador Finito de Palencia. "

Il dit cela avec beaucoup de fierté.

" Il ne valait pas grand-chose comme matador ", dit un des frères assis à la table, en regardant le dos de Pilar debout devant le poêle.

" Non? dit Pilar en se retournant et en regardant l'homme. Il ne valait pas grand-chose comme matador? "

Là, maintenant, dans cette grotte, à côté du feu de cuisine, elle le revoyait, petit et brun, le visage net, les yeux tristes, les joues creuses, et ses cheveux noirs et bouclés humides sur son front, à l'endroit où le chapeau serré du matador avait laissé une ligne rouge que personne d'autre ne remarquait. Elle le voyait debout maintenant, affrontant le taureau de cinq ans, affrontant les cornes qui avaient soulevé les chevaux, le grand cou qui avait poussé le cheval en l'air, plus haut, plus haut, tandis que le cavalier enfonçait sa pique dans ce cou, le poussant plus haut, plus haut, jusqu'à ce que le cheval retombât avec un craquement et que le cavalier s'abattît contre la barrière de bois; et, tandis que le taureau pesait sur ses pattes de devant, le grand cou lançait en avant les cornes qui allaient fouailler le cheval et cherchaient à lui arracher la vie. Elle le voyait, Finito, le matador médiocre, debout maintenant en face du taureau et se tournant pour lui présenter le flanc. Elle le voyait maintenant avec netteté enrouler l'épais drap rouge autour du bâton, le drap lourd du sang des passes par lesquelles il avait balayé la tête et les épaules du taureau. Elle voyait la luisance humide et ruisselante du garrot, et l'échine, tandis que le taureau se secouait en faisant cliqueter les banderilles. Elle voyait Finito se dresser de profil, à cinq pas de la tête du taureau, du taureau immobile et massif, et lever lentement l'épée jusqu'à ce que la pointe fût au niveau de son épaule, et puis, au jugé, faire porter la lame inclinée en un point qu'il ne pouvait pas voir parce que la tête du taureau était plus haute que son regard. Il faisait baisser cette tête par le mouvement d'ondulation que son bras gauche imprimait au drap humide et lourd; mais maintenant il se reculait légèrement sur les talons et regardait le long de la lame, de profil devant la corne ébréchée; le torse du taureau haletait et ses yeux étaient fixés sur le drap.

Maintenant elle voyait l'homme très nettement, elle entendait sa voix mince et claire tandis qu'il tournait la tête et, regardant les gens du premier rang de l'arène juste au-dessus de la barrière rouge, disait : " Voyons si nous pourrons le tuer comme ceci! "

Elle entendait la voix et elle voyait le matador avancer avec un premier ploiement des genoux. Elle suivait le trajet de l'arme par-dessus la corne qui s'abaissait à présent comme par magie à mesure que le mufle du taureau suivait le drap qui balayait le sol, le mince poignet brun très sûr commandant l'abaissement des cornes et les dominant, tandis que l'épée entrait dans la masse sombre du garrot.

Elle voyait l'éclat de l'épée pénétrer lentement et régulièrement, comme si la poussée du taureau avait pour dessein d'enfoncer l'arme plus avant en l'arrachant à la main de l'homme; elle la regardait s'enfoncer jusqu'au moment où le petit homme brun, dont les yeux n'avaient pas quitté le point de pénétration de l'épée, écartait à présent de la corne son ventre creusé et s'éloignait de l'animal pour se dresser, tenant à la main gauche le bâton portant le drap, et levant la main droite en regardant mourir le taureau.

Elle le voyait dressé, les yeux fixés sur le taureau qui essayait encore de se tenir debout, sur le taureau qui oscillait comme un arbre avant la chute, sur le taureau qui luttait pour rester sur ses pattes, la main du petit homme levée en un geste de triomphe. Elle le voyait se dresser là, en sueur, dans l'immense soulagement d'en avoir fini, soulagé de voir le taureau mourir, soulagé qu'il n'y ait eu ni choc ni coup de corne au moment où il s'était dégagé; puis, comme il restait là, dressé, le taureau s'abattait enfin en roulant, mort, les quatre pattes en l'air, et elle voyait le petit homme brun se diriger, las et sans sourire, vers la barrière.

Elle savait qu'il n'aurait pas pu traverser l'arène en courant, quand sa vie en eût dépendu, et elle le regardait marcher lentement vers la barrière, s'essuyer la bouche sur une serviette, regarder la serviette et secouer la tête, puis s'essuyer le visage et commencer le tour triomphal de l'arène.

Elle le voyait s'avancer lentement, d'un pas traînant, autour de l'arène. Il souriait, saluait, souriait, suivi de ses assistants, se baissait, ramassait les cigares, relançait les chapeaux, faisait le tour de l'arène, souriait de ses yeux tristes, pour finir le circuit devant elle. Elle regardait encore et elle le voyait assis à présent sur la marche de la barrière de bois, la bouche dans une serviette.

Elle voyait tout cela, Pilar, debout, là, près du feu, et elle dit : " Ce n'était donc pas un bon matador? Avec quelle espèce de gens est-ce que je passe ma vie maintenant!

— C'était un bon matador, dit Pablo. Il était gêné par sa petite taille.

— Et sûr qu'il était tuberculeux, dit Primitivo.

— Tuberculeux? dit Pilar. Qui est-ce qui ne serait pas tuberculeux après tout ce qu'il avait enduré? Dans ce pays où un pauvre ne peut espérer gagner de l'argent à moins d'être un criminel comme Juan March ou un toréador d'opéra ou un ténor? Comment n'aurait-il pas été tuberculeux? Dans un pays où les bourgeois mangent tellement que ça leur démolit l'estomac et qu'ils ne peuvent pas vivre sans bicarbonate de soude et où les pauvres ont faim depuis leur naissance jusqu'au jour de leur mort, comment n'aurait-il pas été tuberculeux? Si tu avais voyagé sous les banquettes des compartiments de troisième pour aller sans payer d'une feria à l'autre, comme font les enfants qui apprennent le métier de l'arène, par terre, dans la poussière et la saleté, avec les crachats frais et les crachats séchés; tu ne serais pas tuberculeux, toi, si tu avais eu la poitrine battue par les cornes?

— Naturellement, dit Primitivo. J'ai dit seulement qu'il était tuberculeux.

— Naturellement qu'il était tuberculeux, dit Pilar, debout, sa grande cuiller de bois à la main. Il était petit et il avait une petite voix et très peur des taureaux. Je n'ai jamais vu un homme avoir plus peur avant la course et je n'en ai jamais vu qui ait moins peur une fois dans l'arène. Toi, dit-elle à Pablo, tu as peur de mourir maintenant. Tu y attaches de l'importance. Mais Finito, lui, il avait peur tout le temps. Et, dans l'arène, c'était un lion.

— Il avait la réputation d'être très vaillant, dit le second frère.

— Jamais je n'ai connu un homme qui avait autant peur, dit Pilar. Il ne voulait même pas avoir une tête de taureau dans la maison. Une fois, à la feria de Valladolid, il avait tué un taureau de Pablo Romero très bien....

— Je me rappelle, dit le premier frère. J'y étais. Un beige avec un front frisé et de très hautes cornes, un taureau de plus de trente *arrobas*. C'est le dernier taureau qu'il a tué à Valladolid.

— Exactement, dit Pilar. Et après ça, le club des enthousiastes qui se réunissaient au Café Colon et qui avaient donné son nom à leur club ont fait empailler la tête du taureau et la lui ont offerte à un petit banquet au Café Colon. Pendant le dîner, la tête était accrochée au mur, mais elle était recouverte d'une étoffe. J'étais là, et il y en avait d'autres encore,

Pastora qui est plus laide que moi et la Niña de los Peines, et d'autres gitanes et des putains de grande classe. C'était un banquet petit, mais très animé... presque violent à cause d'une dispute qui s'est élevée entre Pastora et une des plus importantes putains sur une question de convenances. Moi, je me sentais plus qu'heureuse. J'étais assise à côté de Finito et je remarquais qu'il ne voulait pas lever les yeux vers la tête de taureau qui était enveloppée d'une étoffe pourpre, comme le sont les images des saints dans les églises pendant la semaine de la Passion de notre ancien Seigneur.

"Finito ne mangeait pas beaucoup, parce que, au moment de la mise à mort dans sa dernière corrida de l'année à Saragosse, il avait reçu un *polatazo*, un coup du plat de la corne. Il était resté quelque temps évanoui, et encore à ce moment-là il ne pouvait pas garder la nourriture dans son estomac. Il mettait son mouchoir sur sa bouche et il y crachait beaucoup de sang de temps en temps pendant le banquet. Qu'est-ce que je voulais vous raconter?

— La tête de taureau, dit Primitivo. La tête de taureau empaillée.

— Oui, dit Pilar. Oui. Mais il faut que je vous donne certains détails pour que vous vous rendiez compte. Finito n'était jamais très gai, vous savez. Il était grave au fond, et je ne l'ai jamais vu rire de rien quand nous étions seuls. Pas même des choses qui étaient très comiques. Il prenait tout très au sérieux. Il était presque aussi sérieux que Fernando. Mais ce banquet-là lui était offert par un club d'*aficionados* qui avaient formé le *Club Finito*, et il fallait bien qu'il se donne l'air gai et aimable. Alors, pendant tout le dîner, il souriait et il disait des choses aimables, et il n'y avait que moi qui m'apercevais de ce qu'il faisait avec le mouchoir. Il avait trois mouchoirs sur lui et il les a trempés tous les trois. Ensuite, il m'a dit très bas : " Pilar, je n'en peux plus. Je crois qu'il faut que je rentre.

" — Eh bien, rentrons, alors, j'ai dit. Parce que je voyais qu'il souffrait beaucoup. On riait beaucoup à ce moment-là autour de la table, et ça faisait un boucan formidable.

" — Non. Je ne peux pas m'en aller, Finito me dit. Après

tout, c'est un club en mon honneur, et j'ai des obligations.

" — Si tu es malade, partons, j'ai dit.

" — Non, il a dit. Je reste. Donne-moi du manzanilla.

" Je ne trouvais pas que c'était raisonnable de sa part de boire, puisqu'il avait l'estomac dans cet état; mais il ne pouvait évidemment pas supporter plus longtemps l'amusement, et les rires et le bruit sans prendre quelque chose. Alors je l'ai regardé boire très vite une bouteille presque entière de manzanilla. Comme il avait fini ses mouchoirs, maintenant il employait sa serviette.

" Maintenant, le banquet avait atteint un degré de grand enthousiasme, et quelques-unes des putains les moins lourdes étaient portées en triomphe autour de la table sur les épaules des membres du club. On a demandé à Pastora de chanter. El Niño Ricardo jouait de la guitare. C'était très émouvant et une occasion de vraie joie et de débordements d'amitié. Jamais je n'ai vu dans aucun banquet pareil enthousiasme *flamenco*, et, pourtant, on n'en était pas encore à dévoiler la tête de taureau, ce qui, après tout, était la raison de ce banquet.

" Je m'amusais tellement, et j'étais si occupée à claquer des mains pour accompagner la musique de Ricardo et à aider à former un groupe de claqueurs pour le chant de Niña de los Peines, que je ne me suis pas aperçue que, maintenant, Finito avait rempli sa serviette et avait pris la mienne. Il buvait encore du manzanilla, il avait les yeux très brillants et il hochait la tête d'un air tout content en regardant chacun. Il ne pouvait pas parler beaucoup parce que, à n'importe quel moment, en parlant, il pouvait être obligé de prendre sa serviette, mais il avait l'air de s'amuser énormément, et, après tout, c'est pour ça qu'il était là.

" Comme ça, le banquet continuait, et l'homme qui était à côté de moi était l'ancien impresario de Rafael el Gallo, et il me racontait une histoire et ça finissait comme ça : " Alors, " Rafael est venu à moi et m'a dit : Tu es le meilleur ami que " j'aie au monde et le plus noble. Je t'aime comme un frère et " je veux te faire un cadeau. Alors, il m'a donné une très belle " épingle de cravate en diamant et il m'a embrassé sur les " deux joues, et nous étions tous les deux très émus. Et puis,

" Rafael el Gallo, après m'avoir donné l'épingle de cravate
" en diamant, est sorti du café et j'ai dit à Renata qui était
" assise à ma table : Ce sale Gitan vient de signer un contrat
" avec un autre impresario. Qu'est-ce que tu veux dire?
" Renata m'a demandé. Voilà dix ans que je suis son impre-
" sario et il ne m'a jamais fait de cadeau ", le manager de
El Gallo a dit. Ça ne peut pas vouloir dire autre chose! Et
c'était absolument vrai, et c'est comme ça qu'El Gallo l'a
quitté.

" Mais, à ce moment-là, Pastora s'est mêlée de la conversation, peut-être pas tant pour défendre le bon renom de
Rafael, puisque personne n'a jamais dit autant de mal de lui
qu'elle, mais parce que l'impresario avait parlé contre les
Gitans en disant : " Sale Gitan. " Elle s'en est mêlée si vio-
lemment et en termes tels que l'impresario a bien été obligé
de se taire. Je m'en suis mêlée pour calmer Pastora, et une
autre *Gitana* s'en est mêlée pour me calmer. Il y avait tant
de tapage que personne ne pouvait entendre un mot de tout
ce qu'on disait, sauf le mot " putain " qui sonnait par-dessus
tous les autres jusqu'à ce que le calme ait été rétabli; les trois
d'entre nous qui s'en étaient mêlées étaient assises à regarder
leur verre, et alors je me suis aperçue que Finito, un air
d'horreur sur la figure, regardait la tête de taureau encore
enveloppée dans l'étoffe pourpre.

" A ce moment, le président du club a commencé le discours qu'on devait faire avant de découvrir la tête, et, pendant
tout le discours qui était applaudi avec des cris de " *Olé!* "
et des coups sur la table, je regardais Finito qui se servait de
sa... non, de ma serviette, et se reculait dans son fauteuil et
regardait avec horreur, comme fasciné, la tête enveloppée du
taureau, sur le mur en face de lui.

" Vers la fin du discours, Finito s'est mis à secouer la tête
et il s'enfonçait toujours davantage dans son fauteuil.

" Comment ça va, mon petit? " je lui ai demandé, mais
quand il m'a regardée, il ne m'a pas reconnue; il secouait
seulement la tête et il disait " non, non, non ".

" Alors le président du club a fini son discours, et puis tout
le monde l'a acclamé pendant qu'il montait sur une chaise

pour couper la corde qui attachait l'étoffe pourpre. Alors, il a lentement dégagé la tête, mais voilà que l'étoffe est restée accrochée à une des cornes. Alors, il a décroché l'étoffe, et les belles cornes pointues, bien polies, sont apparues. Le grand taureau jaune pointait en avant ses énormes cornes noires, ses cornes dont les pointes blanches étaient aussi acérées que des piquants de porc-épic. On aurait dit que la tête était vivante; son front était frisé comme en vrai, ses narines étaient ouvertes, ses yeux étaient brillants : il était là et il regardait Finito, tout droit.

" Tout le monde criait et applaudissait, et Finito se reculait encore en s'enfonçant dans son fauteuil, et alors tout le monde s'est tu et l'a regardé : il faisait non, non, il regardait le taureau et il se reculait encore et puis il a dit " Non ! " très fort, et un grand bouillonnement de sang est sorti. Il n'a même pas pris la serviette et ça coulait sur son menton; il regardait toujours le taureau et il a dit : " Toute la saison, oui. Pour gagner de l'argent, oui. Pour manger, oui. Mais je ne peux pas manger. Vous entendez? J'ai une maladie d'estomac. Et maintenant que la saison est finie : Non ! Non ! Non ! " Il regardait autour de la table, puis il a regardé la tête de taureau et il a dit : " non " encore une fois, et puis il a penché la tête et il a mis sa serviette sur son menton, et alors il est resté assis là, comme ça, et il ne disait plus rien, et le banquet qui avait si bien commencé, et qui avait l'air de devoir être une date dans l'histoire de l'amusement et de la bonne amitié, n'a pas été un succès du tout.

— C'est combien de temps après ça qu'il est mort? demanda Primitivo.

— Cet hiver-là, dit Pilar. Il ne s'est jamais remis de ce dernier coup que le taureau lui avait donné du plat de sa corne, à Saragosse. C'est pire que d'être encorné, parce que la blessure est intérieure et ça ne guérit pas. Il recevait un coup comme ça presque chaque fois qu'il mettait à mort, et c'est pour ça qu'il ne réussissait pas mieux. Il avait du mal à se dégager de la corne à cause de sa petite taille. Presque chaque fois, le côté de la corne l'atteignait. Mais évidemment la plupart du temps ce n'étaient que des coups légers.

— Puisqu'il était si petit, il n'aurait pas dû essayer d'être matador ", dit Primitivo.

Pilar regarda Robert Jordan et hocha la tête. Puis elle se pencha sur la grande marmite de fer et elle continua à hocher la tête.

Quel peuple, songeait-elle. Quel peuple, ces Espagnols! et "puisqu'il était si petit, il n'aurait pas dû essayer d'être matador ". Et j'entends ça et je ne dis rien. Ça ne me met pas en colère et quand j'ai fini d'expliquer, je me tais. Comme c'est simple quand on ne sait rien! *Qué sencillo!* Quand on ne sait rien, on dit : " Il ne valait pas grand-chose comme toréador. " Quand on ne sait rien, un autre dit : " Il était tuberculeux. " Et un autre dit, quand quelqu'un qui sait leur a expliqué : " Puisqu'il était si petit, il n'aurait pas dû être matador. "

Maintenant, courbée au-dessus du feu, elle revoyait, sur le lit, le corps nu et brun avec les coutures boursouflées dans les deux cuisses, le creux profond cicatrisé sous les côtes à droite et, sur le flanc, le long ravin blanc qui finissait sous l'aisselle. Elle voyait les yeux et le grave visage brun et les noirs cheveux bouclés rejetés maintenant en arrière. Elle était assise près de lui sur le lit, lui frictionnant les jambes, massant les muscles tendus des mollets, les pétrissant, les relâchant, puis les tapotant doucement avec ses mains croisées.

" Comment ça va? lui disait-elle. Comment vont les jambes, mon petit?

— Très bien, Pilar, disait-il sans ouvrir les yeux.

— Tu veux que je te frictionne la poitrine?

— Non. Pilar. N'y touche pas, je t'en prie.

— Et les cuisses?

— Non. J'ai trop mal.

— Mais si je les frictionne avec du liniment, ça les réchauffera et ça ira mieux.

— Non, Pilar. Je te remercie. J'aime mieux qu'on n'y touche pas.

— Je vais te laver avec de l'alcool.

— Oui. Vas-y très doucement.

— Tu as été formidable dans le dernier taureau, lui disait-elle, et il disait : Oui, je l'ai très bien tué. "

Puis, après l'avoir lavé et couvert d'un drap, elle s'étendait à côté de lui dans le lit et il tendait une main brune. Il lui prenait la main et disait : " Tu es une femme épatante, Pilat." Il ne plaisantait jamais plus que ça et, généralement, après la course, il s'endormait et elle restait couchée là, tenant la main de Finito dans les deux siennes et l'écoutant respirer.

Il avait souvent peur en dormant; elle sentait sa main se crisper, et elle voyait la sueur perler sur son front. S'il s'éveillait, elle disait : " Ce n'est rien ", et il se rendormait. Elle avait été ainsi avec lui cinq ans et ne l'avait jamais trompé ou presque jamais; et puis, après l'enterrement, elle s'était mise avec Pablo qui amenait les chevaux des picadors dans l'arène et qui ressemblait à tous les taureaux que Finito avait passé sa vie à mettre à mort. Mais ni force de taureau ni courage de taureau ne duraient, elle le savait à présent, et qu'est-ce qui durait? Je dure, songeait-elle. Oui, j'ai duré. Mais pourquoi?

" Maria, dit-elle. Fais donc attention. C'est un feu de cuisine que tu fais, pas un incendie. "

A ce moment-là, le Gitan apparut sur le seuil. Il était couvert de neige, sa carabine à la main, et il tapait des pieds pour en décoller la neige.

Robert Jordan se leva et s'approcha de lui. " Alors? "dit-il au Gitan.

" Gardes de six heures, deux hommes à la fois sur le grand pont, dit le Gitan. Il y a huit hommes et un caporal à la cabane du cantonnier. Voilà ton chronomètre.

— Et le poste de la scierie?

— Le vieux y est. Il peut observer ça et la route en même temps.

— Et la route? demanda Robert Jordan.

— Le mouvement habituel, dit le Gitan. Rien d'extraordinaire. Plusieurs autos. "

Le Gitan semblait gelé, son visage sombre était creusé par le froid et ses mains étaient rouges. Toujours debout à l'entrée de la grotte, il ôta sa veste et la secoua.

" Je suis resté jusqu'à ce qu'on change la garde, dit-il. On l'a changée à midi et à six heures. C'est une longue garde. Je suis content de ne pas être dans leur armée.

— Allons chercher le vieux, dit Robert Jordan en mettant sa veste de cuir.

— Pas moi, dit le Gitan. Pour moi, maintenant, le feu et la soupe chaude. Je vais expliquer à un de ceux-là où il est, pour qu'il te conduise. Hé, fainéants, cria-t-il aux hommes assis à la table, qui veut conduire l'*Inglés* là où le vieux observe la route?

— J'y vais. — Fernando se leva. — Dis-moi où c'est.

— Écoute, dit le Gitan. C'est là... ", et il lui expliqua où le vieil Anselmo était posté.

CHAPITRE XV

Anselmo était accroupi dans le creux du tronc d'un grand arbre, et le vent soufflait la neige des deux côtés. Il se pressait contre l'arbre. Ses mains étaient enfouies dans les manches de sa veste, et il s'engonçait dans le col aussi profondément qu'il pouvait. Si je reste longtemps ici, je gèlerai, songeait-il, et ça ne servira à rien. L'*Inglés* m'a dit de rester jusqu'à ce qu'on me relève, mais, à ce moment-là, il ne savait pas qu'il y aurait cette tempête. Il n'y a pas eu de mouvement anormal sur la route, et je connais les dispositions et les règles du poste de la scierie. Je devrais aller au camp, maintenant. N'importe quelle personne sensée penserait que je dois rentrer au camp. Je vais attendre encore un petit peu, pensa-t-il, et puis j'irai au camp. C'est la faute des ordres qui sont trop rigides. On ne prévoit rien en cas de changement dans la situation. Il se frotta les pieds l'un contre l'autre. Puis il sortit ses mains des manches de sa veste, se pencha en avant, se frotta les jambes et tapa ses pieds l'un contre l'autre pour entretenir la circulation. Il faisait moins froid, là, à l'abri du vent, dans le creux de l'arbre, mais il faudrait se mettre bientôt en route.

Comme il était là, accroupi, se frottant les pieds, il entendit une auto sur la route. Elle avait des chaînes et un anneau tapait. Elle montait la route couverte de neige; elle était peinte en vert et brun par grandes taches de couleur, les fenêtres barbouillées de bleu pour masquer l'intérieur, avec seulement un demi-cercle laissé transparent qui permettait aux occupants de regarder dehors. C'était une Rolls Royce de deux ans, une voiture de ville camouflée pour les besoins de l'État-Major. Mais Anselmo ne savait pas cela. Il ne pouvait pas voir, dans la voiture, trois officiers emmitouflés de leurs capes. Deux dans le fond et un sur le strapontin. Au moment où la voiture dépassait Anselmo, l'officier sur le strapontin regarda par la demi-lune ménagée dans le bleu de la vitre. Mais Anselmo ne s'en aperçut pas. Aucun des deux ne vit l'autre.

L'auto passa dans la neige juste au-dessous de lui. Anselmo vit le conducteur, visage rouge et casque d'acier, le visage et le casque surmontant la cape en tissu à couverture dans laquelle il était enveloppé; il vit le canon de la mitraillette que portait le soldat assis à côté du conducteur. Puis l'auto disparut, et Anselmo fouilla à l'intérieur de sa veste; il sortit de la poche de sa chemise les deux feuillets arrachés au carnet de Robert Jordan et fit une marque en face du dessin représentant une auto. C'était la dixième auto qui montait la route ce jour-là. Six l'avaient redescendue. Quatre étaient encore en haut. Ce n'était pas là une quantité anormale, mais Anselmo ne distinguait pas entre les Ford, Fiat, Opel, Renault et Citroën de l'État-Major de la Division qui tenait les cols et la ligne de montagnes, et les Rolls Royce, Lancia, Mercédès et Isotta du Quartier Général. Cette distinction, Robert Jordan l'aurait faite et, s'il eût été à la place du vieux, il aurait compris la signification de ces voitures qui montaient. Mais il n'était pas là, et le vieux faisait simplement une marque sur le bout de papier pour chaque auto qui montait la route.

Anselmo avait si froid à présent qu'il décida qu'il ferait mieux d'aller au camp avant la nuit. Il n'avait pas peur de se perdre, mais il pensait qu'il était inutile de rester plus longtemps là. Le vent soufflait de plus en plus froid, et la neige ne diminuait pas. Pourtant, lorsqu'il fut debout, tapant des pieds en regardant la route à travers la chute serrée des flocons, il ne se mit pas en marche, mais demeura là, appuyé contre le côté abrité du pin.

L'*Inglés* m'a dit de rester, songeait-t-il. En ce moment, peut-être qu'il est en route pour venir ici. Si je m'en vais, il peut se perdre dans la neige en me cherchant. Pendant toute cette guerre, nous avons souffert de manque de discipline et de désobéissance aux ordres; je m'en vais attendre encore un peu l'*Inglés*. Mais, s'il n'arrive pas bientôt, il faudra que je m'en aille tout de même, malgré tous les ordres, parce que j'ai un rapport à donner tout de suite et beaucoup à faire ces jours-ci; et puis, geler ici serait une exagération inutile.

De l'autre côté de la route, à la scierie, de la fumée sortait de la cheminée, et Anselmo la sentait rabattue vers lui par le vent à travers la neige. Les fascistes ont chaud, songeait-il, et ils sont bien à leur aise. Et demain soir nous les tuerons. C'est une drôle de chose, et je n'aime pas à y penser. Je les ai observés toute la journée : ce sont des hommes comme nous. Je crois que je pourrais aller jusqu'à la scierie et frapper à la porte, et que je serais bien reçu, sauf qu'ils ont l'ordre de demander les papiers de tous les voyageurs. Ce sont les ordres qui se mettent entre nous. Ces hommes-là ne sont pas fascistes. Je les appelle comme ça, mais ils ne le sont pas. Ce sont de pauvres hommes comme nous. Ils n'auraient jamais dû combattre contre nous, et je n'aime pas l'idée de tuer.

Ceux de ce poste sont de Galice. Je le sais de les avoir entendus parler cet après-midi. Ils ne peuvent pas déserter parce que, alors, on fusillerait leurs familles. Les gens de Galice sont, ou très intelligents, ou très bêtes et brutaux. J'en ai connu des deux espèces. Lister est de Galice, de la même ville que Franco. Je me demande ce que ces gens de Galice pensent de cette neige, maintenant, en cette saison. Ils n'ont pas de montagnes aussi hautes. Dans leur pays, il pleut toujours et c'est toujours vert.

Une lumière apparut à la fenêtre de la scierie. Anselmo frissonna et pensa : au diable cet *Inglés!* Voilà ces gens de Galice au chaud, dans une maison, ici, dans notre pays, et moi, je gèle derrière un arbre, et nous vivons dans un trou de rocher, comme les bêtes de la montagne. Mais demain, songeait-il, les bêtes sortiront de leur trou, et ceux qui sont si à leur aise en ce moment mourront au chaud dans leurs couvertures. Comme ceux qui sont morts la nuit où nous avons attaqué Otero. Il n'aimait pas se rappeler Otero.

A Otero, cette nuit-là, il avait tué pour la première fois et il espérait qu'il n'aurait pas à tuer dans ce coup-ci. C'est à Otero que Pablo avait poignardé le garde, pendant qu'Anselmo lui tirait la couverture sur la tête. Le garde, tout empaqueté qu'il était, s'était saisi du pied d'Anselmo et poussait des cris épouvantables. Anselmo avait dû tâtonner dans la couverture et poignarder l'homme jusqu'à ce qu'il lui ait lâché le pied et se soit tu. Il avait son genou sur la gorge de l'homme pour le faire taire, et il enfonçait son couteau dans la masse pendant que Pablo lançait la bombe par la fenêtre dans la pièce où les hommes du poste étaient tous endormis. Et, au moment de l'explosion, on aurait dit que le monde entier vous éclatait en rouge et jaune devant les yeux; et deux nouvelles bombes étaient déjà lancées. Pablo avait amorcé les bombes et les avaient jetées vivement par la fenêtre. Ceux qui n'avaient pas été tués dans leur lit le furent, en se levant, par l'explosion de la deuxième bombe. C'était la grande époque de Pablo, l'époque où il écumait le pays comme un tartare et où aucun poste fasciste n'était en sûreté la nuit.

Et maintenant il est aussi fini et dégonflé qu'un verrat châtré, pensa Anselmo. Quand la castration est achevée et que les hurlements ont cessé, on jette les deux glandes, et le verrat, qui n'est plus un verrat, s'en va vers elles en reniflant et en fouillant, et il les mange. Non, il n'en est pas là, pensa Anselmo en souriant, on peut exagérer dans le mal, même en pensant à Pablo. Mais il est assez vilain et assez changé.

Il fait trop froid, pensa-t-il. Pourvu que cet *Inglés* vienne. Pourvu que je n'aie pas à tuer dans ce poste-là. Ces quatre hommes de Galice et leur caporal, c'est pour ceux qui aiment à tuer. L'*Inglés* l'a dit. Je le ferai si c'est mon devoir, mais l'*Inglés* a dit que je resterai avec lui au pont, et que ça, ce seront les autres qui s'en chargeront. Au pont, il y aura une bataille, alors j'aurai fait tout ce qu'un vieux bonhomme peut faire dans cette guerre. Mais que l'*Inglés* vienne vite maintenant, parce que j'ai froid, et, de voir la lumière dans la scierie où je sais que les gens de Galice sont au chaud, ça me donne encore plus froid. Je voudrais bien être chez moi dans ma maison et que cette guerre soit finie. Mais tu n'as pas de maison, pensa-t-il. Il faut gagner cette guerre avant que tu puisses rentrer dans ta maison.

A l'intérieur de la scierie, un des soldats était assis sur son lit de camp et graissait ses bottes. Un autre était étendu et dormait. Le troisième faisait la cuisine, et le caporal lisait un journal. Les casques étaient pendus au mur, et les fusils posés contre la cloison de planches.

" Qu'est-ce que c'est que ce pays où il neige quand on est presque en juin? dit le soldat qui était assis sur son lit.

— C'est un phénomène, dit le caporal.

— On est dans la lune de mai, dit le soldat qui faisait la cuisine. La lune de mai n'est pas encore finie.

— Qu'est-ce que c'est que ce pays où il neige en mai? insista le soldat assis sur le lit.

— En mai, la neige n'est pas une rareté dans ces montagnes, dit le caporal. Ici, en Castille, mai est un mois de grande chaleur, mais qui peut avoir aussi de grands froids.

— Ou de la pluie, dit le soldat sur le lit. Ce mois de mai, il a plu presque tous les jours.

— Mais non, dit le soldat qui faisait la cuisine. Et, en plus, ce mois de mai, c'était la lune d'avril.

— Il y a de quoi devenir fou avec toi et tes lunes, dit le caporal. Fous-nous la paix avec tes lunes.

— Tous ceux qui habitent près de la mer ou à la campagne savent que c'est la lune et pas le mois qui compte, dit le soldat qui faisait la cuisine. Maintenant, par exemple, on vient juste de commencer la lune de mai. Pourtant, on est bientôt en juin.

— Pourquoi alors est-ce qu'on n'est pas complètement en retard sur les saisons? dit le caporal. Toute cette histoire me casse la tête.

— Tu es de la ville, dit le soldat qui faisait la cuisine. Tu es de Lugo. Qu'est-ce que tu sais de la mer ou de la campagne?

— On en apprend plus dans une ville que vous autres *analfabetos* dans ta mer ou dans ta campagne.

— C'est dans cette lune que viennent les premiers grands bancs de sardines, dit le soldat qui faisait la cuisine. Dans cette lune, on appareille les sardiniers, et le maquereau file au nord.

— Pourquoi n'es-tu pas dans la marine, puisque tu viens de Noya? demanda le caporal.

— Parce que je ne suis pas inscrit à Noya, mais à Negreira où je suis né. Et à Negreira, qui est sur la rivière, on vous prend pour l'armée.

— Pas de chance, dit le caporal.

— Faut pas croire que la marine, c'est sans danger, dit le soldat qui était assis sur le lit. Même s'il n'y a pas de bataille, c'est une côte dangereuse en hiver.

— Il n'y a rien de pire que l'armée, dit le caporal.

— Toi, un caporal, dit le soldat qui faisait la cuisine, qu'est-ce que c'est que cette façon de parler?

— Non, dit le caporal. Je parle des dangers. Je parle des bombardements, des attaques à lancer, de la vie dans les tranchées.

— Ici, on n'a guère de ça, dit le soldat sur le lit.

— Grâce à Dieu, dit le caporal. Mais qui sait quand ça nous retombera dessus? Sûr qu'on ne va pas nous laisser toujours si pépères.

— Pendant combien de temps tu crois qu'on va rester dans cette planque?

— Je ne sais pas, dit le caporal. Mais je voudrais bien que ça dure toute la guerre.

— Six heures de garde, c'est trop long, dit le soldat qui faisait la cuisine.

— On fera des gardes de trois heures tant qu'il y aura cette tempête, dit le caporal. C'est régulier.

— Qu'est-ce que c'était que toutes ces voitures d'état-major? demanda le soldat sur le lit. Ça ne me plaît pas, moi, toutes ces voitures d'état-major.

— Moi non plus, dit le caporal. Tous les trucs de ce genre, c'est mauvais signe.

— Et l'aviation, dit le soldat qui faisait la cuisine. L'aviation : encore un mauvais signe.

— Mais nous avons une aviation formidable, dit le caporal. Les Rouges n'ont pas une aviation comme nous. Ces avions, ce matin, il y avait de quoi réjouir n'importe qui.

— J'ai vu les avions des Rouges quand c'était sérieux, dit le soldat sur le lit. J'ai vu les bombardiers bi-moteurs, c'était quelque chose d'atroce à supporter.

— Oui. Mais ils ne sont pas aussi formidables que notre aviation, dit le caporal. Nous, on a une aviation insurpassable. "

Ainsi parlaient-ils dans la scierie, tandis qu'Anselmo attendait sous la neige, regardant la route et la lumière qui brillait à la fenêtre de la scierie.

J'espère que je ne serai pas dans la tuerie, pensait Anselmo. Je pense qu'après la guerre, il faudra faire grande pénitence. Si on n'a plus de religion, après la guerre, alors je pense qu'il faudra une espèce de pénitence civique organisée pour que tout le monde puisse être purifié de la tuerie, ou alors on n'aura jamais de base vraie et humaine pour vivre. C'est nécessaire de tuer, je sais, mais, tout de même, c'est très mal, de la part d'un homme, et je pense que, quand tout sera fini et qu'on aura gagné la guerre, il faudra une espèce de pénitence pour la purification de nous tous.

Anselmo était un homme très bon, et chaque fois qu'il était seul pendant assez longtemps, et il était presque toujours seul, ce problème de la tuerie le tourmentait.

Pour l'*Inglés*, je me demande, songeait-il. Il m'a dit que ça ne lui faisait rien. Pourtant il a l'air sensible et bon. C'est peut-être que chez les jeunes ça n'a pas d'importance. C'est peut-être que chez les étrangers, ou pour ceux qui n'ont pas eu notre religion, il n'y a pas le même sentiment. Mais je crois que tous ceux qui auront tué en souffriront un jour, et, ça a beau être nécessaire, je pense que c'est un grand péché et qu'après il faudra faire quelque chose de très fort pour expier.

Il faisait nuit à présent. Anselmo regardait la lumière, de l'autre côté de la route, et il se battait les flancs pour se réchauffer. Maintenant, songeait-il, il allait rentrer au camp; mais quelque chose le retenait là près de l'arbre au-dessus de la route. Il neigeait plus fort, et Anselmo pensait : si seulement on pouvait faire sauter le pont cette nuit. Par une nuit comme celle-ci, ça ne serait rien de prendre le poste et de faire sauter le pont, et tout serait fini. Par une nuit comme ça, on pourrait faire n'importe quoi.

Puis il resta là debout contre l'arbre, tapant doucement des pieds, et il ne pensa plus au pont. La nuit tombante lui donnait toujours une impression de solitude, et, ce soir, il se sentait si solitaire qu'il y avait en lui un vide analogue à la faim. Autrefois, il pouvait guérir cette sensation de solitude en disant ses prières. Souvent, en rentrant de la chasse, il s'était récité un grand nombre de fois la même prière et s'était senti mieux. Mais il n'avait pas prié une seule fois depuis le mouvement. Les prières lui manquaient, mais il aurait trouvé malhonnête et hypocrite de les dire. Il ne voulait demander aucune faveur spéciale, aucun traitement différent de celui qui était imparti à tous les hommes.

Non, songeait-il, je suis seul. Mais c'est comme ça que sont tous les soldats et tous ceux qui ont perdu leur famille, leurs parents. Je n'ai pas de femme, mais je suis content qu'elle soit morte avant le mouvement. Elle ne l'aurait pas compris. Je n'ai pas d'enfants et je n'aurai jamais d'enfants. Je suis seul dans la journée quand je ne travaille pas, et, quand l'obscurité descend, c'est un moment de grande solitude. Mais il y a une chose que j'ai et qu'aucun homme ni aucun Dieu ne peut me prendre, et c'est que j'ai bien travaillé pour la République. J'ai travaillé dur pour le bien que nous partagerons tous plus tard. J'ai travaillé de mon mieux depuis le début du mouvement et je n'ai rien fait de quoi je sois honteux.

Ce que je regrette seulement, c'est la tuerie. Mais il y aura sûrement moyen d'expier ça, parce que, pour un péché comme ça, que tant ont commis, certainement, il faudra trouver une absolution juste. Je voudrais bien parler de ça avec l'*Inglés*, mais, comme il est jeune, peut-être qu'il ne comprendrait pas. Il a parlé de la tuerie, déjà. Ou bien est-ce que c'est moi qui en avais parlé le premier? Il a dû tuer beaucoup, mais il n'a pas l'air d'aimer ça. Dans ceux qui aiment ça, il y a toujours quelque chose de pourri.

Ce doit être un bien grand péché, songeait-il. Parce que, ça a beau être nécessaire, c'est sûrement une chose qu'on n'a pas le droit de faire. Mais en Espagne, on fait ça trop facilement, et souvent sans vraie nécessité. Sur le coup, on commet des injustices qu'après cela il est trop tard pour réparer. J'aimerais mieux ne pas tant penser à ça, se dit-il. Je voudrais qu'il y ait une pénitence qu'on puisse commencer tout de suite, parce que c'est le seul acte que j'ai commis, dans ma vie, qui me mette mal à l'aise lorsque je suis seul. Tout le reste vous est pardonné. On a une chance d'effacer ses fautes, en vivant avec bonté et décence. Mais je pense que, cette tuerie, ce doit être un grand péché et je voudrais bien régler ça. Plus tard, il pourrait y avoir certains jours où on travaillerait pour l'État ou bien des choses qu'on pourrait faire pour effacer ça. Ce sera probablement quelque chose qu'on paiera, comme au temps de l'Église, songea-t-il, et il sourit. L'Église était bien organisée pour le péché. L'idée lui plaisait, et il souriait dans l'obscurité, quand Robert Jordan arriva. Il arriva silencieusement, et le vieux ne le vit qu'au dernier moment.

"*Hola, viejo*, dit tout bas Robert Jordan en lui frappant sur le dos. Comment ça va, le vieux?

— Très froid, dit Anselmo. (Fernando se tenait un peu à l'écart, le dos tourné contre la neige qui tombait toujours.)

— Viens, chuchota Robert Jordan. Viens au camp te réchauffer. C'est un crime de t'avoir laissé là si longtemps.

— Voilà leur lumière, montra Anselmo.

— Où est la sentinelle?

— On ne la voit pas d'ici. Elle est de l'autre côté du tournant.

— Qu'ils aillent au diable, dit Robert Jordan. Tu me raconteras ça au camp. Viens. Allons-nous-en.

— Laisse que je te montre.

— Je viendrai voir ça demain matin, dit Robert Jordan. Tiens, avale une gorgée de ça."

Il tendit sa gourde au vieux. Anselmo avala.

"Ahi, dit-il, et il se frotta la bouche. C'est du feu.

— Viens, dit Robert Jordan dans l'obscurité. Allons-nous-en."

Il faisait sombre à présent. On ne distinguait que la chute des flocons poussés par le vent, et la ligne rigide des troncs de pins. Fernando était debout un peu plus haut. Regardez-moi cet Indien de boîte à cigares, se dit Robert Jordan. Il faut lui offrir à boire, je pense.

“ Hé, Fernando, dit-il en le rejoignant. Une gorgée?

— Non, dit Fernando. Je te remercie. ”

C'est moi qui te remercie, pensa Robert Jordan. Je suis heureux que les Indiens de boîtes à cigares ne boivent pas. Il ne m'en reste pas trop. Bon Dieu, ça me fait plaisir de voir ce vieux, songeait Robert Jordan. Il regarda Anselmo et lui tapa de nouveau sur le dos. Ils commençaient à gravir la pente.

“ Ça me fait plaisir de te voir, *viejo*, dit-il à Anselmo. Quand j'ai le cafard, rien que de te voir, ça me remonte. Viens, allons-y. ”

Ils montaient dans la neige.

“ Rentrons au palais de Pablo ”, dit Robert Jordan au vieux. En espagnol ça faisait très bien.

“ *El Palacio del Miedo*, dit Anselmo. Le Palais de la Frousse.

— *La cueva de los huevos perdidos*, repartit gaiement Robert Jordan. La grotte des œufs perdus.

— Quels œufs? demanda Fernando.

— Une blague, dit Robert Jordan. Une simple blague. Ce ne sont pas des œufs pour de vrai.

— Mais pourquoi sont-ils perdus? demanda Fernando.

— Je ne sais pas, dit Robert Jordan. Cherche dans un livre. Demande à Pilar ”, puis il mit son bras autour des épaules d'Anselmo et le tint serré. Il le secouait tout en marchant. “ Écoute, dit-il, ça me fait plaisir de te voir, tu entends? Tu ne sais pas ce que ça représente dans ce pays de trouver quelqu'un à la place où on l'a laissé. ”

Cette façon de critiquer le pays était une grande preuve de confiance et d'intimité.

“ Je suis content de te voir, dit Anselmo. Mais j'allais juste partir.

— Tu parles, dit joyeusement Robert Jordan. Tu aurais plutôt gelé.

— Comment ça allait-il là-haut? demanda Anselmo.

— Très bien, dit Robert Jordan. Tout va très bien. "

Il était heureux de ce bonheur soudain et rare qui peut envahir tout homme chargé d'un commandement dans une armée révolutionnaire : le bonheur de découvrir qu'un de vos flancs tient bon. Si jamais ils tenaient tous les deux, ça serait probablement trop pour qu'on puisse le supporter, songea-t-il. Je me demande qui serait capable de supporter ça. Et un flanc, n'importe quel flanc, se terminait toujours par un homme. Oui, un seul homme. Ce n'était pas là l'axiome qu'il voulait. Mais il avait cet homme sous la main. Un homme, un seul, mais un vrai. Tu seras le flanc gauche pendant la bataille, songea-t-il. Il vaut mieux ne pas le dire ça maintenant. Ça sera une rudement petite bataille, songea-t-il. Mais elle sera rudement dure aussi. Eh bien, j'ai toujours souhaité d'en avoir une bien à moi. J'ai toujours eu mon idée sur ce qui n'allait pas dans celles des autres, depuis Azincourt. Il faudra que celle-ci marche bien. Elle sera petite, mais très chic. Si j'ai à faire ce que je pense que j'aurai à faire, elle sera vraiment très chic.

"Écoute, dit-il à Anselmo. Je suis rudement content de te voir.

— Moi aussi ", dit le vieux.

Comme ils grimpaient dans l'obscurité, le vent sur le dos, la tempête autour d'eux, Anselmo ne se sentait pas solitaire. Il ne s'était plus senti solitaire depuis que l'*Inglés* lui avait frappé sur l'épaule. L'*Inglés* était heureux et content et ils plaisantaient tous les deux. L'*Inglés* disait que tout allait bien et il ne s'en faisait pas. L'alcool dans son estomac le réchauffait, et ses pieds aussi se réchauffaient en grimpant.

"Pas grand-chose sur la route, dit-il à l'*Inglés*.

— Bon, lui dit l'*Inglés*. Tu me montreras quand on sera arrivé. "

Anselmo était heureux maintenant, et il se réjouissait d'être resté à son poste d'observation.

S'il était rentré au camp, ç'aurait été très bien. Ç'aurait été raisonnable, étant donné les circonstances, pensait Robert Jordan. Mais il était resté comme on le lui avait dit. C'est là la chose la plus rare qui se puisse rencontrer en Espagne, se dit le jeune homme. Rester dans une tempête, cela représente des tas de choses, à sa manière. Ce n'est pas pour rien que les Allemands emploient le mot tempête pour désigner un assaut. Je n'aurai certainement pas trop de deux types de plus, capables de tenir ainsi. Pas trop, certainement. Je me demande si ce Fernando serait resté. C'est possible. Après tout, c'est lui qui a proposé de venir tout à l'heure. Est-ce qu'il serait resté? Ce serait beau. Il est bien assez entêté pour ça. Il faudra que je me renseigne un peu. Je me demande à quoi ce vieil Indien de boîte à cigares pense en ce moment.

« A quoi penses-tu, Fernando? demanda Robert Jordan.

— Pourquoi me demandes-tu ça?

— Par curiosité, dit Robert Jordan. Je suis très curieux de nature.

— Je pensais au souper, dit Fernando.

— Tu aimes manger?

— Oui, beaucoup.

— Comment est la cuisine de Pilar?

— Moyenne », répondit Fernando.

C'est un second Coolidge, pensa Robert Jordan. Mais, avec tout ça, j'ai comme une idée qu'il serait resté.

Tous trois, dans la neige, gravissaient la montagne.

CHAPITRE XVI

« El Sordo est passé », dit Pilar à Robert Jordan. Ils venaient de quitter la tempête pour la chaleur enfumée de la grotte, et la femme avait fait signe à Robert Jordan de s'approcher d'elle. « Il est parti chercher des chevaux.

— Bien. Il n'a rien dit pour moi?

— Seulement qu'il était allé chercher des chevaux.

— Et nous?

— *No sé*, dit-elle. Regarde-le. "

Robert Jordan avait vu Pablo en entrant, et Pablo lui avait souri. Il le regarda de nouveau, assis à la table, et il lui sourit en agitant la main.

" *Inglés*, appela Pablo, ça tombe toujours, *Inglés*. "

Robert Jordan acquiesça.

"Donne-moi tes chaussures que je les fasse sécher, dit Maria. Je vais les suspendre là dans la fumée du feu.

— Attention de ne pas les brûler, lui dit Robert Jordan. Je n'ai pas envie de me balader par ici pieds nus. Qu'est-ce qui se passe? demanda-t-il à Pilar. C'est une réunion? Vous n'avez pas de sentinelles dehors?

— Dans cette tempête? *Qué va.* "

Il y avait six hommes assis devant la table, adossés contre le mur. Anselmo et Fernando étaient encore en train de secouer la neige de leurs vestes, tapotant leurs pantalons et grattant leurs semelles contre le mur près de l'entrée.

"Donne-moi ta veste, dit Maria. Ne laisse pas la neige fondre dessus. "

Robert Jordan ôta sa veste, fit tomber la neige de son pantalon et défit ses espadrilles.

"Tu vas tout mouiller ici, dit Pilar.

— C'est toi qui m'as appelé.

— Ce n'est pas une raison pour ne pas retourner à la porte pour te brosser.

— Excuse-moi, dit Robert Jordan, debout, pieds nus sur la poussière du sol. Trouve-moi une paire de chaussettes, Maria.

— Le Seigneur et Maître, dit Pilar, et elle se mit à tisonner le feu.

— *Hay que aprovechar el tiempo*, lui dit Robert Jordan. Il faut prendre le temps comme il vient.

— C'est fermé, dit Maria.

— Voilà la clef, et il la lui lança.

— Elle ne va pas à ce sac.

— C'est l'autre. Elles sont sur le dessus, de côté. "

La jeune fille trouva la paire de chaussettes et l'apporta avec la clef, après avoir refermé le sac.

" Assieds-toi, enfile-les et frotte-toi bien les pieds ", dit-elle. Robert Jordan lui sourit.

" Tu ne peux pas les sécher avec tes cheveux? fit-il pour que Pilar entendît.

— Quel cochon! dit-elle. Tout à l'heure c'était le seigneur du château, maintenant c'est notre ex-Seigneur lui-même. Donne-lui un coup avec une de ces bûches, Maria.

— Non, fit Robert Jordan. Je blague parce que je suis content.

— Tu es content?

— Oui, dit-il. Je pense que tout marche très bien.

— Roberto, dit Maria. Va t'asseoir, sèche-toi les pieds et je vais te donner quelque chose à boire pour te réchauffer.

— On dirait que c'est la première fois de sa vie que cet homme a les pieds mouillés, dit Pilar, et qu'on n'a jamais vu un flocon de neige. "

Maria lui apporta une peau de mouton qu'elle posa sur le sol poussiéreux de la grotte.

" Là, dit-elle. Garde ça sous tes pieds jusqu'à ce que tes chaussures soient sèches. "

La peau de mouton était fraîchement séchée et non tannée. Comme Robert Jordan posait dessus ses pieds couverts seulement de ses chaussettes, il la sentit craquer comme du parchemin.

Le feu fumait, et Pilar appela Maria. " Souffle le feu, fainéante. Ce n'est pas une fumerie ici.

— Souffle-le toi-même, dit Maria. Je vais chercher la bouteille qu'El Sordo a laissée.

— Elle est derrière ses ballots, lui dit Pilar. Il faut que tu t'occupes de lui comme d'un nourrisson?

— Non, dit Maria. Comme d'un homme qui a froid et qui est mouillé. Un homme qui rentre chez lui. La voilà. " Elle apporta la bouteille à Robert Jordan. " C'est la bouteille de midi. On pourrait faire une lampe magnifique avec cette bouteille-là. Quand on aura de nouveau l'électricité, quelle lampe on pourra faire avec cette bouteille! " Elle regardait admirativement le flacon. " Comment prends-tu ça, Roberto?

— Je croyais que j'étais *Inglés*, lui dit Robert Jordan.

— Je t'appelle Roberto devant les autres, dit-elle tout bas, et elle rougit. Comment le veux-tu, Roberto?

— Roberto, dit Pablo d'une voix pâteuse en hochant la tête. Comment le veux-tu, Don Roberto?

— Tu en veux? " lui demanda Robert Jordan.

Pablo secoua la tête. " Moi, je me saoule avec du vin, dit-il dignement.

— Va-t'en avec Bacchus, dit Robert Jordan.

— Qui est Bacchus? demanda Pablo.

— Un copain à toi.

— Je n'en ai jamais entendu parler, dit lourdement Pablo. Jamais dans ces montagnes.

— Donnes-en une tasse à Anselmo, dit Robert Jordan à Maria. C'est lui qui a froid. " Il enfilait la paire de chaussettes sèches; le mélange de whisky et d'eau dans la tasse sentait propre et réchauffait finement. Mais ça ne frise pas en vous comme fait l'absinthe, songea-t-il. Il n'y a rien qui vaille l'absinthe.

Qui imaginerait qu'ils aient du whisky ici? pensa-t-il. C'est vrai que La Granja était l'endroit d'Espagne où on avait le plus de chance d'en trouver. Et ce Sordo qui s'en va acheter une bouteille pour le dynamiteur de passage, qui pense à la descendre et à la laisser. Ce n'était pas seulement de la politesse qu'avaient ces gens. La politesse, ç'aurait été de sortir la bouteille et d'en offrir cérémonieusement un verre. C'est ce que des Français auraient fait, et ils auraient gardé le reste pour une autre occasion. Non, cette attention profonde, la pensée que l'hôte aimerait ça, l'idée de lui en apporter pour lui faire plaisir, alors qu'on était soi-même engagé dans une entreprise où on aurait eu toutes les raisons de ne penser qu'à soi, et à rien d'autre qu'à l'affaire en train, ça c'était espagnol. Une espèce de courtoisie proprement espagnole, songeait-il. Avoir pensé à apporter le whisky, c'était une de ces choses qui faisaient qu'on aimait ces gens. Allons, ne les romance pas, pensa-t-il. Il y a autant d'espèces d'Espagnols que d'Américains. N'empêche que c'était très élégant d'avoir apporté cette bouteille.

" Ça te plaît? " demanda-t-il à Anselmo.

Le vieux était assis près du feu, un sourire sur le visage, ses grosses mains tenant la tasse. Il secoua la tête.

"Non? lui demanda Robert Jordan.

— La gosse a mis de l'eau dedans, dit Anselmo.

— C'est comme ça que Roberto le prend, dit Maria. Il te faut quelque chose de particulier?

— Non, lui dit Anselmo. Rien du tout de particulier. Mais j'aime quand ça brûle par où que ça passe.

— Donne-moi ça, dit Robert Jordan à la jeune fille, et verse-lui de ce qui brûle."

Il vida la tasse dans la sienne et la rendit à la jeune fille qui y pencha soigneusement le flacon.

"Ah!" Anselmo prit la tasse, renversa la tête et laissa le liquide couler dans sa gorge. Puis il regarda Maria debout tenant le flacon et cligna des paupières avec des larmes dans les yeux. "Ça, dit-il. Ça. — Puis il se lécha les lèvres. — Ça, ça tue le ver.

— Roberto", dit Maria. Elle vint à lui, tenant toujours le flacon. "Tu veux manger, maintenant?

— C'est prêt?

— C'est prêt si tu veux.

— Les autres ont mangé?

— Tous, sauf toi, Anselmo et Fernando.

— Alors mangeons, dit-il. Et toi?

— Après, avec Pilar.

— Mange avec nous maintenant.

— Non. Ça ne serait pas bien.

— Allons, mange avec nous. Dans mon pays, un homme ne mange pas avant sa femme.

— C'est ton pays. Ici, c'est mieux de manger après.

— Mange avec lui, dit Pablo en les regardant. Mange avec lui. Bois avec lui. Couche avec lui. Meurs avec lui. Fais comme dans son pays.

— Tu es saoul?" dit Robert Jordan debout devant Pablo. L'homme au visage sale et hirsute le regarda gaiement.

"Oui, dit Pablo. Où est-ce qu'il est, ton pays, *Inglés*, où les femmes mangent avec les hommes?

— Aux *Estados Unidos*, dans l'État de Montana.

— C'est là que les hommes portent des jupes comme des femmes?

— Non. Ça, c'est en Écosse.

— Mais écoute, dit Pablo, quand vous portez des jupes comme ça, *Inglés*....

— Je n'en porte pas, dit Robert Jordan.

— Quand vous portez ces jupes, continua Pablo. Qu'est-ce que vous avez dessous?

— Je ne sais pas ce que les Écossais portent, dit Robert Jordan. Je me le suis déjà demandé.

— Non, pas les *Escoceses*, dit Pablo. Qui te parle des *Escoceses?* Qui s'occupe de gens avec un nom pareil? Pas moi. Je m'en fous. Vous, je te dis, *Inglés*. Vous. Qu'est-ce que vous portez sous vos jupes dans votre pays?

— Je t'ai dit et répété que nous ne portions pas de jupes, dit Robert Jordan. Pas même quand on est saoul, pas même pour rigoler.

— Mais, sous vos jupes, insistait Pablo. Tout le monde sait bien que vous portez des jupes. Même les soldats. J'ai vu les photos, et j'en ai vu des vrais au Cirque. Qu'est-ce que vous portez sous vos jupes, *Inglés?*

— *Los cojones* ", dit Robert Jordan. Anselmo se mit à rire, ainsi que les autres qui écoutaient; tous, sauf Fernando. Le son du mot, du mot cru prononcé devant les femmes le choquait.

" Ça, c'est normal, dit Pablo. Mais il me semble que quand on a assez de *cojones*, on ne porte pas de jupes.

— Ne le monte pas encore, *Inglés*, dit l'homme à la face plate et au nez cassé qu'on appelait Primitivo. Il est saoul. Dis-moi, qu'est-ce qu'on élève comme animaux dans ton pays?

— Des bovins et des moutons, dit Robert Jordan. Et puis on cultive, il y a beaucoup de blé et de haricots. Et aussi des betteraves à sucre. "

Les trois nouveaux arrivés étaient assis à la table à présent, tout près des autres. Seul, Pablo restait à l'écart devant un bol de vin. Il y avait du ragoût comme la veille, et Robert Jordan mangeait de très grand appétit.

" Dans votre pays, il y a des montagnes? Avec ce nom-là,

sûrement, il y a des montagnes? " demanda poliment Primitivo pour entretenir la conversation. Il était gêné par l'ivrognerie de Pablo.

" Beaucoup de montagnes, et très hautes.

— Et de bons pâturages?

— Excellents. De hauts pâturages d'été dans les forêts du
gouvernement. Puis, à l'automne, on redescend les troupeaux.

— Est-ce que les terres sont la propriété des paysans?

— La plupart des terres sont la propriété de ceux qui les
cultivent. A l'origine, les terres étaient la propriété de l'État
et, en s'y installant et en déclarant son intention de les faire
valoir, un homme pouvait obtenir un titre de propriété de
cent cinquante hectares.

— Dites-moi comment ça se passe? demanda Agustin.
C'est une réforme agraire qui signifie quelque chose. "

Robert Jordan expliqua le système. Il n'y avait jamais pensé
comme à une réforme agraire.

" C'est magnifique, dit Primitivo. Alors, vous avez le
communisme dans votre pays?

— Non. Ça se fait aussi comme ça sous la République.

— Pour moi, dit Agustin, tout peut se faire sous la République. Je ne vois pas la nécessité d'une autre forme de gouvernement.

— Vous n'avez pas de gros propriétaires? demanda André.

— Beaucoup.

— Alors il doit y avoir des abus.

— Sûrement. Il y a beaucoup d'abus.

— Mais vous allez les supprimer?

— On essaie de plus en plus. Mais il y a encore beaucoup
d'abus.

— Mais il n'y a pas de grandes propriétés qu'il faudrait
morceler?

— Si. Mais il y en a qui pensent que les impôts les morcel-
leront.

— Comment? "

Robert Jordan, tout en épongeant la sauce de son bol avec
un bout de pain, expliqua comment fonctionnait l'impôt sur
le revenu et sur les successions. " Mais les grandes propriétés

sont toujours là. Et il y a aussi des impôts sur le sol, dit-il.

— Mais, sûrement, les gros propriétaires et les gens riches vont faire une révolution contre ces impôts-là? Ces impôts-là, moi je trouve ça révolutionnaire. Ils vont se révolter contre le gouvernement, quand ils s'apercevront qu'ils sont menacés, exactement comme les fascistes ont fait ici, dit Primitivo.

— C'est possible.

— Alors il faudra vous battre dans votre pays comme on se bat ici, dit Primitivo.

— Oui, il faudra se battre.

— Il n'y a pas beaucoup de fascistes dans votre pays?

— Il y en a beaucoup qui ne savent pas qu'ils sont fascistes, mais ils le découvriront le moment venu.

— Mais vous ne pouvez pas les supprimer avant qu'ils se rebellent?

— Non, dit Robert Jordan. Nous ne pouvons pas les supprimer. Mais nous pouvons instruire le peuple de façon qu'il redoute le fascisme, et le reconnaisse quand il se montre, et le combatte.

— Tu sais où il n'y a pas de fascistes? demanda Andrès.

— Où?

— Dans la ville de Pablo, dit Andrès, et il sourit.

— Tu sais ce qu'on a fait dans ce village? demanda Primitivo à Robert Jordan.

— Oui. On m'a raconté.

— C'est Pilar?

— Oui.

— La femme n'a pas pu tout te raconter, dit Pablo d'une voix pâteuse. Parce qu'elle n'a pas vu la fin : elle est tombée d'une chaise devant la fenêtre.

— Raconte-lui toi-même alors, dit Pilar. Puisque tu connais l'histoire, raconte-lui.

— Non, dit Pablo. Je ne l'ai jamais racontée.

— Non, dit Pilar. Et tu ne la raconteras pas. Et, maintenant, tu voudrais bien que ce ne soit jamais arrivé.

— Non, dit Pablo. Ce n'est pas vrai. Si tout le monde avait tué les fascistes, comme moi, on n'aurait pas cette guerre. Mais je n'aurais pas voulu que ça se passe comme ça s'est passé.

— Pourquoi dis-tu ça? lui demanda Primitivo. Est-ce que tu changes de politique?

— Non. Mais c'était sauvage, dit Pablo. Dans ce temps-là, j'étais un sauvage.

— Et maintenant tu es saoul, dit Pilar.

— Oui, dit Pablo. Avec ta permission.

— Je t'aimais mieux quand tu étais sauvage, dit la femme. De tous les hommes, le pire, c'est l'ivrogne. Le voleur, pendant qu'il ne vole pas, il est comme tout le monde. L'escroc, il ne fait pas ça chez lui. L'assassin, chez lui, il peut se laver les mains. Mais l'ivrogne pue et vomit dans son propre lit et il dissout ses organes dans l'alcool.

— Tu es une femme, tu ne comprends pas, dit Pablo avec résignation. Je suis saoul de vin et je serais heureux sans ces gens que j'ai tués. Ils me remplissent de chagrin. " Il hocha la tête d'un air lugubre.

" Donnez-lui un peu de ce que Sordo a apporté, dit Pilar. Donnez-lui quelque chose qui le remonte. Il est trop triste, ce n'est pas supportable !

— Si je pouvais leur rendre la vie, je le ferais, dit Pablo.

— Va te faire foutre, dit Agustin. Où est-ce qu'on est ici?

— Je leur rendrais la vie, dit tristement Pablo. A tous.

— Ta mère, lui cria Agustin. Ne mouffte pas comme ça ou bien fous le camp. C'est des fascistes que tu as tués.

— Tu m'entends, dit Pablo. A tous que je leur rendrais la vie.

— Et après ça, tu marcheras sur les flots, dit Pilar. De ma vie, je n'ai vu un dégonflé pareil. Jusqu'à hier tu avais encore des restes d'homme. Et, maintenant, il n'y a même plus de quoi faire un chat malade. Et avec ça, content dans ta dégueulasserie.

— On aurait dû les tuer tous ou personne. (Pablo hochait la tête.) Tous ou personne.

— Écoute, *Inglés*, dit Agustin. Comment es-tu venu en Espagne? Fais pas attention à Pablo. Il est saoul.

— Je suis venu, pour la première fois, il y a douze ans, pour étudier le pays et apprendre la langue, dit Robert Jordan. J'enseigne l'espagnol dans une université.

— Tu n'as pas beaucoup l'air d'un professeur, dit Primitivo.

— Il n'a pas de barbe, dit Pablo. Regarde-le. Il n'a pas de barbe.

— Tu es professeur pour de vrai?

— Lecteur.

— Mais tu fais la leçon?

— Oui.

— Mais pourquoi l'espagnol? demanda Andrès. Ça ne serait pas plus facile pour toi de faire la leçon d'anglais puisque tu es Anglais?

— Il parle espagnol aussi bien que nous, dit Anselmo. Pourquoi ne ferait-il pas la leçon d'espagnol?

— Oui. Mais, en somme, c'est un peu drôle pour un étranger de faire la leçon d'espagnol, dit Fernando. Je ne veux rien dire contre toi, Don Roberto.

— C'est un faux professeur, dit Pablo très content de lui. Il n'a pas de barbe.

— Sûrement, tu sais mieux l'anglais, dit Fernando. Est-ce que ça ne serait pas mieux et plus facile et plus normal de faire la leçon d'anglais?

— Il ne fait pas la leçon à des Espagnols..., commença Pilar.

— J'espère bien! dit Fernando.

— Laisse-moi finir, espèce de mulet, lui dit Pilar. Il fait la leçon d'espagnol aux Américains, aux Américains du Nord.

— Ils ne savent pas l'espagnol? demanda Fernando. Les Américains du Sud le savent.

— Mulet, dit Pilar. Il fait la leçon d'espagnol aux Américians du Nord qui parlent anglais.

— Tout de même, je pense que ça serait plus facile pour lui de faire la leçon d'anglais, puisque c'est ça qu'il parle, dit Fernando.

— Tu ne vois pas qu'il parle espagnol? " Pilar fit à Robert Jordan un signe de tête découragé.

" Oui. Mais il a un accent.

— D'où? demanda Robert Jordan.

— D'Estramadure, dit Fernando d'un air sentencieux.

— Oh! ma mère, dit Pilar. Quelles gens!

— C'est possible, dit Robert Jordan. J'ai passé par là avant de venir ici.

— Il le sait bien, dit Pilar. Espèce de vieille fille — elle s'adressait à Fernando. Tu as assez mangé?

— Je pourrais manger plus, s'il y en a, lui dit Fernando. Et il ne faut pas croire que j'ai voulu dire quelque chose contre toi, Don Roberto.

— Merde, fit simplement Agustin. Et remerde. Est-ce qu'on fait la révolution pour dire Don Roberto à un camarade?

— Pour moi la révolution c'est de dire Don à tout le monde, dit Fernando. C'est comme ça que ça devrait être sous la République.

— Merde, dit Agustin. Merde noire.

— Et, tout de même, je pense que ça serait plus facile et plus normal pour Don Roberto de faire la leçon d'anglais.

— Don Roberto n'a pas de barbe, dit Pablo. C'est un faux professeur.

— J'emmerde tout le monde, dit Agustin. On se croirait dans une maison de fous ici.

— Tu devrais boire, lui dit Pablo. Moi, je trouve tout normal. Sauf que Don Roberto n'a pas de barbe. "

Maria passa la main sur la joue de Robert Jordan.

" Il a de la barbe, dit-elle à Pablo.

— Tu dois le savoir ", dit Pablo, et Robert Jordan le regarda.

Je ne le crois pas si saoul, pensa Robert Jordan. Non, pas si saoul. Et je ferais aussi bien d'être sur mes gardes.

" Dis donc, fit-il à Pablo. Tu crois que cette neige va durer?

— Qu'est-ce que tu en penses?

— Je te le demande.

— Demande à un autre, lui dit Pablo. Je ne suis pas ton service d'information. Tu as un papier de ton service d'information. Demande à la femme. C'est elle qui commande.

— C'est à toi que j'ai demandé.

— Va te faire foutre, lui dit Pablo. Toi et la femme et la fille.

— Il est saoul, dit Primitivo. Fais pas attention, *Inglés*.

— Je ne crois pas qu'il soit si saoul ", dit Robert Jordan.

Maria était debout derrière lui, et Robert Jordan voyait les yeux de Pablo qui la regardaient par-dessus son épaule. Les petits yeux qui ressemblaient à ceux d'un sanglier dans la tête ronde couverte de poils la regardaient, et Robert Jordan pensait : j'ai rencontré beaucoup de tueurs dans cette guerre, et même avant, et ils étaient tous différents; il n'y a pas de trait commun; ni de type de criminel; mais Pablo est bien vilain.

« Je ne crois pas que tu saches boire, dit-il à Pablo, ni que tu sois saoul.

— Je suis saoul, dit Pablo avec dignité. Boire n'est rien. Ce qu'il faut, c'est être saoul. *Estoy muy borracho*.

— J'en doute, fit Robert Jordan. Lâche, oui. »

Il y eut soudain un tel silence dans la grotte qu'il pouvait entendre le sifflement du bois brûlant dans l'âtre où Pilar faisait la cuisine. Il entendait craquer la peau de mouton où il appuyait les pieds. Il croyait presque entendre la neige tomber dehors. Il ne l'entendait pas, mais il entendait le silence où elle tombait.

Je voudrais le tuer et en avoir fini, pensait Robert Jordan. Je ne sais pas ce qu'il va faire, mais rien de bien sûrement. Après-demain, le pont. Cet homme est pourri et constitue un danger pour toute l'entreprise. Allons. Finissons-en.

Pablo lui sourit, leva un doigt et le passa sur sa gorge. Il secoua la tête qui bougeait seulement un peu de chaque côté de son cou épais et court.

« Non, *Inglés*, dit-il. Ne me provoque pas. » Il regarda Pilar et lui dit : « C'est pas comme ça que tu te débarrasseras de moi.

— *Sinverguenza*, lui dit Robert Jordan, décidé maintenant à agir. *Cobarde*.

— C'est très possible, fit Pablo. Mais je ne me laisserai pas provoquer. Bois quelque chose, *Inglés*, et va dire à la femme que c'est raté.

— Ta gueule, dit Robert Jordan. Si je te provoque, c'est pour mon compte.

— Tu perds ton temps, lui dit Pablo. Moi, je ne provoque personne.

— Tu es un *bicho raro* », dit Robert Jordan qui ne voulait pas abandonner la partie, ni manquer son coup une seconde fois; il savait, au moment où il parlait; que tout cela était déjà arrivé auparavant; il avait l'impression qu'il jouait un rôle appris par cœur, qu'il s'agissait de quelque chose qu'il avait lu ou rêvé, et il sentait tout cela tourner en rond.

" Très rare, oui, dit Pablo. Très rare et très saoul. A ta santé, *Inglés*. " Il plongea une tasse dans la bassine de vin et la leva. " *Salud y cojones.* "

Un oiseau rare, c'est vrai, et malin et très compliqué, songea Robert Jordan qui ne pouvait plus entendre le feu tellement son cœur battait fort.

" A ta santé ", dit Robert Jordan, et il plongea une tasse dans le vin. La trahison ne signifierait rien sans tous les hommages, pensa-t-il. Hommage donc. " *Salud*, dit-il. *Salud* et encore *salud* ", que je te *salud*, songeait-il. *Salud* et que je te *salud*.

" Don Roberto, fit Pablo d'une voix pâteuse.

— Don Pablo, dit Robert Jordan.

— Tu n'es pas professeur, dit Pablo, puisque tu n'as pas de barbe. Et puis, pour te débarrasser de moi, il faut que tu m'assassines, et pour ça tu n'as pas de *cojones*. "

Il regardait Robert Jordan, la bouche fermée, si bien que ses lèvres n'étaient qu'une ligne étroite; comme la bouche d'un poisson, songea Robert Jordan. Avec cette tête-là, on dirait un de ces poissons-scies qui avalent de l'air et enflent une fois qu'on les a pêchés.

" *Salud*, Pablo ", dit Robert Jordan. Il leva la tasse et but. " J'apprends beaucoup avec toi.

— J'instruis le professeur. (Pablo hocha la tête.) Viens, Don Roberto, on sera amis.

— On est déjà amis, dit Robert Jordan.

— Mais maintenant on sera bons amis.

— On est déjà bons amis.

— Faut que je foute le camp de là, dit Agustin. C'est vrai qu'on dit qu'il faut en manger une tonne dans sa vie, mais, pour l'instant, j'en ai vingt-cinq livres enfoncées dans chaque oreille.

— Qu'est-ce qui te prend, *negro*? lui dit Pablo. Tu n'aimes pas voir l'amitié entre Don Roberto et moi?

— Prends garde à ne pas m'appeler *negro*. " Agustin alla à Pablo et se tint devant lui, les bras ballants.

" C'est comme ça qu'on t'appelle, dit Pablo.

— Pas toi.

— Bon alors, *blanco*.

— Pas ça non plus.

— Qu'est-ce que tu es alors, rouge?

— Oui. Rouge. *Rojo*. Avec l'étoile de l'Armée Rouge, et pour la République. Et mon nom c'est Agustin.

— Quel patriote, dit Pablo. Regarde-moi, *Inglés*, ce patriote modèle. "

Agustin le frappa durement sur la bouche du revers de la main gauche. Pablo restait assis. Les coins de sa bouche étaient souillés de vin, et son expression n'avait pas changé, mais Robert Jordan observait ses yeux étroits, comme les pupilles presque verticales d'un chat sous une vive lumière.

" Ça ne prend pas, dit Pablo. Ne compte pas là-dessus, femme. " Il tourna la tête vers Pilar. " Je ne me laisse pas provoquer. "

Agustin le frappa de nouveau. Cette fois, il lui lança un coup de poing sur la bouche. Robert Jordan tenait son pistolet sous la table. Il avait défait le cran d'arrêt et il écartait Maria de la main gauche. Elle s'éloigna à peine, et il la poussa fort contre les côtes avec sa main gauche pour qu'elle s'en allât vraiment. Cette fois, elle s'en alla, et il la vit du coin de l'œil se glisser le long du mur vers le feu; alors Robert Jordan guetta le visage de Pablo. L'homme au crâne rond, assis, regardait Agustin de ses petits yeux plats. Les pupilles étaient encore plus petites à présent. Il se lécha les lèvres, leva un bras, s'essuya la bouche du revers de la main, regarda, et vit du sang sur sa main. Il passa la langue sur ses lèvres et cracha.

" Ça ne prend pas, dit-il. Je ne suis pas idiot. Moi, je ne provoque personne.

— *Cabron*, dit Agustin.

— Tu dois le savoir, dit Pablo. Tu connais la femme. "

Agustin le frappa de nouveau très fort sur la bouche, et Pablo se mit à rire, découvrant ses dents jaunes, cassées. gâtées, dans la ligne rougie de la bouche.

" Finis ça ", dit Pablo, et il tendit sa tasse pour ramasser un peu de vin dans la bassine. " Personne ici n'a les *cojones* de me tuer. Jeux de mains, jeux de vilains.

— *Cobarde*, dit Agustin.

— Jeux de mots aussi ", dit Pablo, et il fit un bruit d'aspiration en se rinçant la bouche avec le vin. Il cracha par terre. " Les mots, je suis bien au-dessus de ça. "

Agustin restait debout, le regardant, l'injuriant; il parlait avec lenteur, clarté et dédain, et le débit de ses injures était aussi régulier que s'il eût jeté du fumier dans un champ en le prenant avec une fourche sur une carriole.

" Ça non plus, ça ne prend pas. Finis, Agustin. Et ne me frappe plus. Tu vas te faire mal aux mains. "

Agustin s'éloigna de lui et s'en alla près de l'entrée.

" Ne sors pas, dit Pablo. Il neige, dehors. Reste ici bien au chaud.

— Oh toi! Toi! " Agustin se retourna pour lui parler, mettant tout son mépris dans le seul " *Tu!* "

" Oui, moi, dit Pablo. Je serai encore vivant quand tu seras mort. "

Il remplit à nouveau sa tasse de vin et la leva vers Robert Jordan. " Au professeur ", dit-il. Puis, s'adressant à Pilar : " A la *Senora Commandante* ", puis, les regardant à la ronde : " A tous ceux qui ont des illusions. "

Agustin s'avança vers lui et, d'une gifle rapide, lui arracha la tasse des mains.

" Gaspillage, dit Pablo. C'est bête. "

Agustin l'injuria de façon ordurière.

" Non, dit Pablo plongeant une autre tasse dans la bassine. Je suis saoul, tu vois bien. Quand je ne suis pas saoul, je ne parle pas. Tu ne m'as jamais vu parler autant. Mais un homme intelligent est obligé quelquefois d'être saoul pour passer le temps avec des imbéciles.

— Fous-nous la paix avec ta frousse, lui dit Pilar. J'en ai marre de toi et de ta frousse.

— Comme cette femme parle! dit Pablo. Je m'en vais aller voir les chevaux.

— Va les enculer, dit Agustin. C'est pas dans tes habitudes?

— Non ", dit Pablo, et il secoua la tête. Il était en train de décrocher du mur sa grande cape en drap de couverture et il regarda Agustin. " Toi, dit-il, ce que tu peux être violent.

— Qu'est-ce que tu vas faire avec les chevaux? dit Agustin.

— M'occuper d'eux.

— Les enculer, dit Agustin.

— Je les aime beaucoup, dit Pablo. Même de derrière, ils sont plus beaux et ils ont plus de bon sens que ces gens. Amusez-vous bien, dit-il, et il sourit. Parle-leur du pont, *Inglés*. Explique-leur leur fonction dans l'attaque. Dis-leur comment conduire la retraite. Où les emmèneras-tu, *Inglés*, après le pont? Où les emmèneras-tu, tes patriotes? J'y ai pensé toute la journée en buvant.

— Et qu'est-ce que tu as pensé? demanda Agustin.

— Ce que j'ai pensé? " dit Pablo, et il explora de la langue l'intérieur de ses lèvres. " *Qué te importa*, ce que j'ai pensé.

— Dis-le, lui dit Agustin.

— Beaucoup de choses ", dit Pablo. Il passa la couverture par-dessus sa tête. Son crâne rond sortait maintenant des plis jaune sale de la couverture. " J'ai beaucoup pensé.

— Quoi? dit Agustin. Quoi?

— J'ai pensé que vous étiez une bande de gens à illusions, dit Pablo. Menés par une femme qui a sa cervelle entre ses cuisses, et un étranger qui vient pour vous détruire.

— Va-t'en, lui cria Pilar. Va-t'en te vautrer dans la neige. Va traîner ton mauvais sang ailleurs, espèce de *maricon* pour chevaux.

— Ça, c'est parler ", dit Agustin admirativement et distraitement à la fois. Il était soucieux.

" Je m'en vais, dit Pablo. Mais je rentrerai bientôt. " Il écarta la couverture de l'entrée et sortit. Puis, de la porte, il cria encore : " Ça tombe toujours, *Inglés*. "

CHAPITRE XVII

A présent, le seul bruit qu'on entendît dans la grotte était le sifflement que faisait l'âtre quand la neige tombait par le trou du toit sur les charbons allumés.

" Pilar, dit Fernando. Il reste du ragoût?

— Oh! ta gueule ", dit la femme. Mais Maria alla porter le bol de Fernando près de la grande marmite posée au bord du feu et la remplit. Elle remit le bol sur la table et tapota l'épaule de Fernando qui se courbait en avant pour manger. Mais Fernando ne leva pas les yeux. Il était tout entier au ragoût.

Agustin restait debout près du feu. Les autres étaient assis. Pilar était à table en face de Robert Jordan.

" Maintenant, *Inglés*, dit-elle, tu sais ce que c'est.

— Qu'est-ce qu'il va faire? demanda Robert Jordan.

— N'importe quoi. " La femme regardait la table. " N'importe quoi. Il est capable de n'importe quoi.

— Où est le fusil mitrailleur? demanda Robert Jordan.

— Là, dans le coin, enveloppé dans la couverture, dit Primitivo. Tu le veux?

— Plus tard, dit Robert Jordan. Je veux savoir où il est.

— Il est là, dit Primitivo. Je l'ai rentré et je l'ai enveloppé dans ma couverture pour le garder au sec. Les macarons sont dans le sac.

— Il ne ferait pas ça, dit Pilar. Il ne fera rien avec la *máquina*.

— Tu disais qu'il ferait n'importe quoi.

— Oui, dit-elle. Mais il n'a pas l'habitude de la *máquina*. Il lancerait plutôt une bombe. C'est plus dans son style.

— C'est une idiotie et une faiblesse de ne pas l'avoir tué ", dit le Gitan, qui n'avait pris aucune part aux conversations de la soirée. " Hier soir, Roberto aurait dû le tuer.

— Le tuer ", dit Pilar. Son grand visage était sombre et paraissait las. " Je suis pour, maintenant.

— J'étais contre ", dit Agustin. Il était debout devant le feu, ses longs bras tombants, ses joues recouvertes d'une ombre de barbe sous les pommettes creusées par la lueur du feu. " Maintenant, je suis pour, dit-il. Il est dangereux maintenant, et il voudrait qu'on soit tous descendus.

— Parlons tous, dit Pilar, et sa voix était lasse. Toi, Andrès ?

— *Matarlo* ", dit le frère à qui les cheveux descendaient bas, en pointe, sur le front, et il hocha la tête.

" Eladio ?

— Également, dit l'autre frère. Pour moi, il me semble qu'il constitue un grand danger. Et il ne sert à rien.

— Primitivo ?

— Également.

— Fernando ?

— Est-ce qu'on ne pourrait pas le garder prisonnier ? demanda Fernando.

— Qui est-ce qui le garderait ? dit Primitivo. Il faudrait deux hommes pour garder un prisonnier, et qu'est-ce qu'on en ferait pour finir ?

— On pourrait le vendre aux fascistes ? dit le Gitan.

— Pas de ça, fit Agustin. C'est répugnant.

— C'était seulement une idée, dit Rafael le Gitan. Il me semble que les *facciosos* seraient contents de l'avoir.

— Assez, dit Agustin. C'est répugnant.

— Pas plus répugnant que Pablo, fit le Gitan pour se justifier.

— Une chose répugnante n'en justifie pas une autre, dit Agustin. Eh bien, c'est tout. Sauf le vieux et l'*Inglés*.

— Ils ne sont pas dans le coup, dit Pilar. Il n'a pas été leur chef.

— Un instant, dit Fernando. Je n'ai pas fini.

— Vas-y, dit Pilar. Continue à parler jusqu'à ce qu'il revienne. Continue à parler jusqu'à ce qu'il lance une grenade sous cette couverture et fasse tout sauter ici. Dynamite et tout.

— Je trouve que tu exagères, Pilar, dit Fernando. Je ne crois pas qu'il ait des projets pareils.

— Je ne crois pas non plus, dit Agustin. Parce que ça attirerait l'attention sur lui aussi, et il va revenir dans un petit moment boire son vin.

— Pourquoi pas le passer à El Sordo et laisser El Sordo le vendre aux fascistes? proposa Rafael. On pourrait lui crever les yeux, et il serait facile à mener.

— Tais-toi, dit Pilar. Quand tu parles comme ça, je pense à quelque chose de très justifié contre toi aussi.

— D'ailleurs, les fascistes ne paieraient rien pour lui, dit Primitivo. Il y en a d'autres qui ont essayé des coups de ce genre et ils ne paient rien. Ils te fusilleront toi aussi.

— Aveugle, je crois qu'on pourrait le vendre pour quelque chose, dit Rafael.

— Tais-toi, dit Pilar. Si tu parles encore de crever les yeux de n'importe qui, tu pourras suivre le même chemin que l'autre.

— Mais lui, Pablo, il a bien crevé les yeux du *guardia civil* qui était blessé, insista le Gitan. Tu as oublié?

— Ferme ta gueule ", lui dit Pilar. Elle était gênée qu'on tînt de tels propos devant Robert Jordan.

" On ne m'a pas laissé finir, interrompit Fernando.

— Finis, lui dit Pilar. Vas-y. Finis.

— Puisque ça ne serait pas pratique de garder Pablo prisonnier, commença Fernando, et puisque c'est répugnant de le livrer....

— Finis, lui dit Pilar. Pour l'amour de Dieu, finis.

— ... par négociations ou autrement, poursuivit tranquillement Fernando, je suis d'avis qu'il serait peut-être préférable de l'éliminer, afin que les opérations projetées soient assurées du maximum de chances de succès. "

Pilar regarda le petit homme, secoua la tête, se mordit les lèvres et ne dit rien.

" Voilà mon avis, dit Fernando. Je crois que nous sommes en droit de penser qu'il constitue un danger pour la République....

— Mère de Dieu! dit Pilar. Même ici, un homme peut faire de la bureaucratie rien qu'avec sa bouche.

— ... tant par ses propres paroles que par sa récente activité, continua Fernando. Et, s'il est vrai qu'il mérite de la reconnaissance pour son activité au début du mouvement et jusqu'à ces derniers temps.... "

Pilar était retournée près du feu. Elle revint à la table.

" Fernando, dit tranquillement Pilar en lui tendant un bol. Prends ce ragoût, je te prie, en toute convenance, remplis-toi la bouche et ne parle plus. Nous avons pris connaissance de ton opinion.

— Mais comment alors..., demanda Primitivo qui ne finit pas sa phrase.

— *Estoy listo*, dit Robert Jordan. Je suis prêt. Puisque vous êtes tous d'avis que ce doit être fait, c'est un service que je suis à même de rendre. "

Qu'est-ce qui me prend? songea-t-il. A force de l'avoir écouté, voilà que je me mets à parler comme Fernando. Ce langage doit être contagieux. Le français, langue de la diplomatie. L'espagnol, langue de la bureaucratie.

" Non, dit Maria. Non.

— Ça ne te regarde pas, dit Pilar à la jeune fille. Ferme ça.

— Je le ferai ce soir ", dit Robert Jordan.

Il vit Pilar le regarder, un doigt sur les lèvres. Elle eut un mouvement vers l'entrée.

La couverture fixée devant l'ouverture de la grotte s'écarta, et Pablo passa la tête. Il sourit à la ronde, entra, se retourna pour rattacher la couverture derrière lui. Puis, debout, leur faisant face, il retira la cape qui lui couvrait la tête et en secoua la neige.

" Vous parliez de moi? il s'adressait à tous. Je vous dérange? "

Personne ne lui répondit. Il pendit la couverture à une patère fixée au mur et s'approcha de la table.

" *Qué tal?* " demanda-t-il. Il prit sa tasse qu'il avait laissée sur la table et la plongea dans la bassine. " Il n'y a plus de vin, dit-il à Maria. Verses-en de l'outre. "

Maria prit la bassine, se dirigea vers l'outre poussiéreuse, toute détendue et noircie, pendue au mur, le col en bas, et dévissa le bouchon d'une des pattes. Pablo la regarda s'agenouiller, lever le bol et surveiller : le léger vin rouge coulait si vite qu'il bouillonnait en emplissant la bassine.

" Fais attention, lui dit-il. Le vin est au-dessous du torse maintenant. "

Personne ne dit rien.

" J'ai bu du nombril à l'estomac aujourd'hui, dit Pablo. C'est la besogne d'une journée. Qu'est-ce que vous avez tous? Vous avez perdu la langue? "

Personne ne disait rien.

" Revisse-le, Maria, dit Pablo. Ne le laisse pas déborder.

— Il y aura tout ce qu'il faudra, comme vin, dit Agustin. Tu pourras te saouler.

— On a retrouvé sa langue, dit Pablo, et il salua Agustin. Félicitations. Je croyais que quelque chose t'avait rendu muet.

— Quoi? demanda Agustin.

— Mon entrée.

— Tu crois que ton entrée a de l'importance? "

Il est en train de se monter lui-même, songea Robert Jordan. Peut-être qu'Agustin va faire le coup. Il le hait sûrement assez. Moi, je ne le hais pas. Non, je ne le hais pas. Il me dégoûte, mais je ne le hais pas. Bien que cette histoire d'aveuglement le mette dans une classe à part. Quand même, c'est leur guerre. Mais nous ne pouvons pas l'avoir autour de nous pendant ces deux jours. Je vais me tenir à l'écart de tout ça, pensa-t-il. J'ai déjà fait une fois l'imbécile avec lui ce soir et je suis tout à fait décidé à le liquider. Mais je n'ai pas envie de faire l'imbécile avant. Et il n'y aura pas de duel au pistolet ni d'histoires avec toute cette dynamite à côté. Pablo y a pensé, naturellement. Et toi, tu y avais pensé? se dit-il à lui-même. Non, et Agustin non plus. Tu mérites tout ce qui peut t'arriver, pensa-t-il.

" Agustin, dit-il.

— Quoi? " Agustin leva une tête maussade en se détournant de Pablo.

" J'ai à te parler, dit Robert Jordan.

— Plus tard.

— Maintenant, dit Robert Jordan. *Por favor.* "

Robert Jordan s'était approché de l'ouverture de la grotte, et Pablo le suivait des yeux. Agustin, grand, les joues creuses, se leva et le rejoignit. Il marchait avec regret et mépris.

" Tu as oublié ce qu'il y a dans les sacs? lui dit Robert Jordan à voix basse.

— Merde! dit Agustin. On s'habitue et alors on oublie.

— Moi aussi, j'avais oublié.

— Merde! dit Agustin. Ce qu'on est idiot. " Il retourna nonchalamment vers la table et s'assit. " Un verre, Pablo, mon vieux, dit-il. Comment vont les chevaux?

— Très bien, dit Pablo. Et il neige moins.

— Tu crois que ça va cesser?

— Oui, dit Pablo. Ça diminue et ce sont des petits flocons durs. Le vent va continuer, mais la neige s'en va. Le vent a changé.

— Tu crois que ça aura cessé demain? lui demanda Robert Jordan.

— Oui, dit Pablo. Je crois qu'il fera froid et clair. Le vent tourne. "

Regarde-le, pensait Robert Jordan. Maintenant, il fait l'aimable. Il a tourné comme le vent. Il a une tête et un corps de cochon, et je sais qu'il est plusieurs fois assassin, et pourtant il a la sensibilité d'un bon baromètre. Oui, songeait-il, et le porc est un animal très intelligent lui aussi. Pablo a de la haine pour nous, ou peut-être est-ce seulement pour nos projets. Il vous pousse à bout, avec des insultes haineuses, et puis, quand il voit qu'on est sur le point de se débarrasser de lui, il laisse tomber et recommence de plus belle.

" Nous aurons beau temps pour l'affaire, *Inglés*, dit Pablo à Robert Jordan.

— *Nous*, dit Pilar. *Nous?*

— Oui, nous. " Pablo lui sourit et but un peu de vin. " Pourquoi pas? J'ai réfléchi pendant que j'étais dehors. Pourquoi ne pas nous mettre d'accord?

— En quoi? demanda la femme. En quoi, maintenant?

— En tout, lui dit Pablo. Dans cette affaire du pont. Je suis avec toi maintenant.

— Tu es avec nous maintenant? lui demanda Agustin. Après ce que tu as dit?

— Oui, fit Pablo. Avec ce changement de temps, je suis avec toi. "

Agustin secoua la tête. " Le temps, dit-il, et secoua encore la tête. Et après les gifles que je t'ai données.

— Oui. " Pablo lui sourit et passa ses doigts sur ses lèvres. " Après ça aussi. "

Robert Jordan observait Pilar. Elle regardait Pablo comme une bête curieuse. Il y avait encore sur son visage l'ombre que la conversation sur les yeux crevés y avait mise. Elle secoua la tête comme pour s'en débarrasser. " Écoute, dit-elle à Pablo.

— Oui, femme.

— Qu'est-ce qui te prend?

— Rien, dit Pablo. J'ai changé d'avis. C'est tout.

— Tu as écouté à la porte, lui dit-elle.

— Oui, dit-il. Mais je n'ai pas pu entendre.

— Tu as peur qu'on te tue.

— Non, lui dit-il en regardant au-dessus du bord de sa tasse. Je n'ai pas peur de ça. Tu le sais.

— Alors qu'est-ce qui te prend? dit Agustin. Un moment, tu es saoul, tu nous engueules tous, tu laisses tomber le travail en train, tu parles ignoblement de notre mort, tu insultes les femmes et tu te mets en travers de ce qu'on doit faire....

— J'étais saoul, lui dit Pablo.

— Et maintenant....

— Je ne suis plus saoul, dit Pablo. Et j'ai changé d'avis.

— Que les autres te croient. Pas moi, dit Agustin.

— Crois-moi ou ne me crois pas, dit Pablo. Mais il n'y a personne comme moi pour t'emmener aux Gredos.

— Les Gredos?

— C'est le seul endroit où aller après le pont. "

Robert Jordan regarda Pilar en levant la main du côté opposé à Pablo et en se tapotant l'oreille d'un air interrogatif.

La femme acquiesça. Puis acquiesça encore. Elle dit quelque chose à Maria et la jeune fille vint à côté de Robert Jordan.

" Elle a dit : " Sûr qu'il a entendu ", dit Maria à l'oreille de Robert Jordan.

" Alors, Pablo, dit sentencieusement Fernando. Tu es pour nous maintenant et d'accord pour l'affaire du pont?

— Oui, *hombre* ", dit Pablo. Il regarda Fernando droit dans les yeux et acquiesça.

" En vérité? demanda Primitivo.

— *De veras*, lui dit Pablo.

— Et tu crois que ça peut réussir? demanda Fernando. Tu as confiance, maintenant?

— Pourquoi pas? dit Pablo. Tu n'as pas confiance, toi?

— Si, dit Fernando. Mais moi, j'ai toujours eu confiance.

— Faut que je sorte d'ici, dit Agustin.

— Il fait froid dehors, lui dit Pablo sur un ton amical.

— Peut-être, dit Agustin. Mais je ne peux pas rester plus longtemps dans ce *manicomio*.

— N'appelle pas cette grotte une maison de fous, dit Fernando.

— Un *manicomio* pour fous furieux, dit Agustin. Et je me tire avant de devenir fou moi-même. "

CHAPITRE XVIII

On dirait un manège de foire, pensait Robert Jordan. Pas un de ces manèges qui tournent très vite, au son d'un orgue de barbarie, et où les enfants chevauchent des vaches aux cornes dorées et cueillent des anneaux avec des bâtons, sous la lumière vacillante du gaz qui troue le crépuscule bleu de l'avenue du Maine... un de ces manèges adossés à une baraque à frites et à une loterie dont la roue balaie de ses lanières de cuir les compartiments numérotés et les pyramides de sucre candi qui servent de lots.... Non, il ne s'agit pas d'un manège de ce genre-là, bien que ces gens attendent, ici, comme les hommes en casquette et les femmes en chandail et tête nue, qui, là-bas, regardent tourner la roue de la fortune.

Oui, les gens sont bien là. Mais c'est une autre roue. Une roue
qui monterait et redescendrait tout en tournant.

Elle a accompli deux fois son circuit jusqu'à présent. C'est
une vaste roue qui tourne dans un plan incliné. Chaque fois,
elle fait un tour et revient au point de départ. Il y a un côté
plus haut que l'autre. La roue vous élève d'abord et vous redescend ensuite au niveau d'où vous étiez parti. Et puis, il n'y
a pas de lot, songea-t-il, et personne ne choisirait de monter
sur cette roue-là. On est dessus à chaque coup, et on fait le
tour sans l'avoir désiré le moins du monde. Il n'y a qu'un tour,
un tour ellipsoïdal qui monte et redescend, et on se retrouve
au point de départ. Nous y voilà de nouveau, songeait-il, et
rien n'est réglé.

Il faisait chaud dans la grotte et, dehors, le vent était tombé.
Il était assis à la table, à présent, son carnet devant lui, et il
mettait au point la partie technique de l'explosion du pont.
Il fit trois croquis, posa ses formules, nota la méthode de
l'explosion en deux croquis aussi simplistes qu'un dessin
d'école maternelle, afin qu'Anselmo pût finir au cas où quelque chose lui arriverait à lui, au cours de la démolition. Il ter-
mina ces croquis et les étudia.

Maria, assise à côté de lui, regardait par-dessus son épaule.
Il avait conscience de la présence de Pablo, de l'autre côté de
la table, et de celle des autres qui bavardaient et jouaient aux
cartes. Il sentait les odeurs de la grotte, qui n'étaient plus
celles du repas et de la cuisine, mais qui étaient faites de la
fumée du feu, de senteur masculine, de tabac, de vin rouge
et de l'aigreur cuivrée des corps. Quand Maria, qui le regardait
finir un croquis, posa sa main sur la table, il prit cette main dans
la sienne, la leva jusqu'à son visage, et respira la fraîcheur de
l'eau et du savon noir dont elle s'était servie pour la vaisselle.
Il reposa la main sans regarder la jeune fille et, comme il
continuait à travailler, il ne la vit pas rougir. Elle laissa sa
main posée là, tout près de la sienne, mais il ne la prit plus.

Il avait fini le plan de démolition; sur une nouvelle page il
rédigea ses instructions. Sa pensée était claire et aisée, et ce
qu'il écrivait lui plaisait. Il remplit deux pages du carnet et
les relut attentivement.

Je pense que c'est tout, se dit-il. C'est parfaitement clair et je ne crois pas qu'il y ait de lacunes. Les deux postes seront détruits et le pont sautera conformément aux ordres de Golz, et c'est là tout ce dont je suis responsable. Je n'aurais jamais dû m'engager dans cette histoire de Pablo. Ça s'arrangera d'une façon ou d'une autre. Il y aura Pablo, ou bien il n'y aura pas Pablo. Je m'en fous, de toute façon. Mais je ne remonterai plus sur cette roue. J'y suis monté deux fois, et, deux fois, elle a tourné et est revenue à son point de départ; mais moi, je ne tourne plus.

Il ferma le carnet et regarda Maria. " Hola, *guapa*, lui dit-il. Tu as compris quelque chose à tout ça?

— Non, Roberto ", dit la jeune fille, et elle posa sa main sur celle qui tenait encore le crayon. " Tu as fini?

— Oui, maintenant, tout est noté et organisé.

— Qu'est-ce que tu faisais, *Inglés?* " demanda Pablo de l'autre côté de la table. Ses yeux étaient de nouveau troubles.

Robert Jordan le regarda attentivement. Pas sur la roue, se dit-il à lui-même. Ne grimpe pas sur cette roue. Je crois qu'elle va recommencer à tourner.

" Je travaillais le problème du pont, répondit-il poliment.

— Comment ça va? demanda Pablo.

— Très bien, dit Robert Jordan. Tout va très bien.

— Moi j'ai travaillé le problème de la retraite ", dit Pablo, et Robert Jordan regarda ses yeux porcins d'alcoolique, puis la bassine de vin. Elle était presque vide.

Pas sur la roue, se dit-il. Il recommence à boire. C'est vrai. Mais ne monte pas sur cette roue maintenant. Ne dit-on pas que Grant était saoul une bonne partie du temps pendant la guerre civile? Bien entendu, il l'était. Grant serait furieux de la comparaison, s'il pouvait voir Pablo. En outre, Grant fumait le cigare. Il faudrait tâcher de trouver un cigare pour Pablo. Ce serait juste ce qu'il faudrait pour compléter ce visage : un cigare mâchonné. Où pourrait-on trouver un cigare pour Pablo?

" Comment va? demanda poliment Robert Jordan.

— Très bien, dit Pablo d'un air sentencieux, en hochant lourdement la tête. *Muy bien.*

— Tu as une idée? " demanda Agustin, du coin où il était en train de jouer aux cartes.

" Oui, dit Pablo. Plusieurs idées.

— Où les as-tu trouvées? Dans cette bassine? demanda Agustin.

— Peut-être, dit Pablo. Qui sait? Maria, remplis-moi la bassine, s'il te plaît.

— C'est dans l'outre qu'il doit y avoir de belles idées, dit Agustin, se remettant à jouer. Pourquoi ne te mets-tu pas dedans?

— Non, dit Pablo avec calme. Je les cherche dans la bassine. "

Lui non plus, il ne grimpe pas sur la roue, pensa Robert Jordan. Elle doit tourner toute seule. Je ne pense pas qu'on puisse rester dessus très longtemps. Cette roue-là mène sûrement à la mort. Je suis content qu'on n'y soit plus. Ça m'a donné le vertige, une ou deux fois. Mais c'est sur des trucs comme ça que les ivrognes et les types vraiment méprisables ou cruels tournent jusqu'à ce qu'ils meurent. Ça tourne et ça monte et le mouvement n'est jamais tout à fait le même, et, après, ça redescend en tournant. Elle peut toujours tourner, pensa-t-il. On ne m'y reprendra plus. Non, mon général! Je ne suis plus sur la roue, général Grant.

Pilar était assise près du feu, sa chaise placée de telle sorte qu'elle voyait par-dessus l'épaule des deux joueurs de cartes qui lui tournaient le dos. Elle suivait le jeu.

Le plus étonnant ici, c'est le passage des moments périlleux à la sérénité d'une véritable vie de famille, pensait Robert Jordan. C'est quand cette sacrée roue redescend qu'elle vous accroche, se dit-il. Mais personne ne m'y fera plus monter.

Il y a deux jours, je ne savais même pas que Pilar, Pablo et les autres existaient, pensa-t-il. Il n'y avait pas de Maria dans ce monde. C'était assurément un monde beaucoup plus simple. J'ai reçu de Golz des instructions parfaitement claires et qui semblaient parfaitement exécutables, bien que présentant certaines difficultés et entraînant certaines conséquences. Je pensais qu'une fois le pont démoli, ou bien je reviendrais dans les lignes ou bien je n'y reviendrais pas. Si je devais y revenir, j'avais l'intention de demander à passer quelque temps à Madrid. Il n'y a pas de permission dans cette guerre, mais je suis sûr que j'aurais pu obtenir deux ou trois jours à Madrid.

A Madrid, songea-t-il, je voulais acheter des livres, aller à l'Hôtel Florida, demander une chambre, prendre un bain bien chaud. J'aurais envoyé Luis, le portier, chercher une bouteille d'absinthe, s'il était possible d'en trouver une aux Mantequerias Leonesas ou dans n'importe quel endroit près de la Gran Via, et je serais resté couché à lire, après le bain, en buvant une ou deux absinthes. Après, j'aurais téléphoné au Gaylord pour voir si je pouvais y aller dîner.

Il ne voulait pas dîner sur la Gran Via, parce que la cuisine n'y était vraiment pas bonne et qu'il fallait y arriver de bonne heure si l'on voulait avoir des chances de goûter cette cuisine. Et puis, il y avait là trop de journalistes qu'il connaissait et il n'avait pas envie de surveiller ses paroles. Il avait envie de boire des absinthes et de pouvoir se laisser aller à bavarder. Il irait donc au Gaylord faire un bon dîner avec Karkov, boire de la vraie bière et se renseigner sur la marche de la guerre.

La première fois qu'il était venu à Madrid, il n'avait pas aimé le Gaylord, l'hôtel de Madrid où les Russes s'étaient installés, parce que l'endroit lui avait paru trop luxueux, la chère trop fine pour une ville assiégée, et les propos trop cyniques pour une guerre. Mais je me suis très facilement laissé corrompre, pensa-t-il. Pourquoi ne mangerait-on pas aussi bien que possible quand on revient d'une affaire comme celle-ci? Et les propos qu'il avait trouvés cyniques, la première fois qu'il les avait entendus, ne s'étaient révélés que trop véridiques par la suite. Cette affaire-ci sera quelque chose à raconter au Gaylord, songea-t-il, quand ce sera fait. Oui, quand ce sera fait!

Pouvait-on emmener Maria au Gaylord? Non, impossible. Mais il pourrait la laisser à l'hôtel où elle prendrait un bain chaud, et il la trouverait là en rentrant du Gaylord. Oui, il pourrait faire cela. Puis, après avoir parlé d'elle à Karkov, il pourrait la leur amener plus tard, parce qu'ils seraient curieux et qu'ils auraient envie de la connaître.

Peut-être n'irait-il même pas au Gaylord. On pourrait

manger de bonne heure sur la Gran Via et se dépêcher de rentrer au Florida. Mais tu sais très bien que tu iras au Gaylord, parce que tu as envie de revoir tout ça; tu as envie de manger de nouveau de ces mets et tu as envie de revoir tout ce confort et tout ce luxe, au sortir de cette mission. Après, tu rentreras au Florida et Maria sera là. Mais bien sûr qu'elle y sera, quand cette affaire sera finie. Quand elle sera finie. Oui, quand elle sera finie. S'il réussit cette affaire-ci, il méritera bien un dîner au Gaylord.

Le Gaylord était le lieu de rencontre des célèbres chefs paysans et ouvriers espagnols qui, sans aucun entraînement militaire, étaient sortis du peuple pour prendre les armes au début de la guerre; et l'on découvrait que beaucoup d'entre eux parlaient russe. Cela avait été sa première grande déception, quelques mois auparavant, et il s'était fait en lui-même quelques remarques ironiques. Mais, plus tard, il s'était rendu compte que c'était très bien ainsi. Ils étaient bien paysans et ouvriers. Ils avaient pris part à la révolution de 1934 et, après son échec, ils avaient dû fuir le pays; en Russie, on les avait envoyés à l'École militaire et à l'Institut Lénine, dirigés par le Komintern, de façon à les préparer pour les prochains combats et à leur donner l'instruction militaire nécessaire pour exercer un commandement.

Là-bas, le Komintern avait entrepris leur éducation. Dans une révolution, on ne peut pas révéler à tout le monde qui vous soutient, ni qu'on en sait plus qu'on n'est censé savoir. Il avait appris cela. Si une chose était fondamentalement juste, peu importait que l'on mentît. Mais on mentait beaucoup. Au début, le mensonge ne lui avait pas plu. Il détestait cela. Plus tard, il s'était mis à l'aimer. Cela entrait dans le rôle du partisan, mais il y avait là une pente très dangereuse.

C'était au Gaylord qu'on apprenait que Valentin Gonzalès, appelé El Campesino ou Le Paysan, n'avait jamais été paysan, mais était un ancien sergent de la Légion étrangère espagnole, qui avait déserté et combattu avec Abd-el-Krim. Ça aussi, c'était très bien. Pourquoi pas? Il fallait avoir des chefs paysans tout prêts, dans ce genre de guerre, et un vrai chef paysan risquait de ressembler un peu trop à Pablo. On ne pouvait pas attendre la venue du vrai Chef Paysan! D'ailleurs, peut-être aurait-il eu par trop de caractéristiques paysannes. Il avait donc fallu en fabriquer un. D'après ce qu'il avait vu du Campesino, avec sa barbe noire, ses épaisses lèvres négroïdes, ses yeux fiévreux, Jordan se disait qu'il devait être aussi difficile à manier qu'un véritable chef paysan. La dernière fois qu'il l'avait vu, il semblait s'être pris à sa propre publicité et croire qu'il était paysan pour tout de bon. C'était un homme solide et brave, aussi brave qu'homme au monde. Mais, mon Dieu, quel bavard! Et quand il était excité, il disait n'importe quoi, sans se soucier des conséquences de son indiscrétion. Les conséquences avaient déjà été considérables. Mais il s'était montré un merveilleux chef de brigade dans des circonstances où tout semblait perdu. Il ne s'apercevait jamais que tout était perdu, et il s'en tirait toujours.

On rencontrait également au Gaylord le simple maçon Enrique Lister de Galice, qui commandait à présent une division et qui parlait russe, lui aussi. On y rencontrait aussi le menuisier Juan Modesto, d'Andalousie, à qui l'on venait de confier un corps d'armée. Ce n'était évidemment pas à Puerto de Santa Maria qu'il avait appris le russe, bien qu'il en eût été capable s'il y avait eu là une école Berlitz à l'usage des menuisiers. De tous les jeunes militaires, il était celui en qui les Russes avaient le plus confiance, parce que c'était un véritable homme de parti, un "cent pour cent", comme ils disaient, tout fiers de cet américanisme. Il était beaucoup plus intelligent que Lister et El Campesino.

Oui, le Gaylord était bien l'endroit où il fallait aller pour compléter son éducation. On apprenait là comment tout se passait et non comment tout était censé se passer. Il n'avait fait que commencer sa propre éducation, se disait-il. Il se demandait s'il en aurait pour longtemps. Le Gaylord était bon et sain. C'était ce qu'il lui fallait. Au début, à l'époque où il croyait encore à toutes les sottises, le Gaylord l'avait choqué. Mais, maintenant, il en savait assez pour accepter la nécessité de tous les mensonges, et ce qu'il apprenait au Gaylord ne faisait que renforcer sa foi dans ce qu'il considérait comme vrai. Il était content de savoir comment les choses se passaient

réellement, et non comment elles étaient censées se passer.
Il y avait toujours des mensonges dans une guerre. Mais la
vérité de Lister, Modesto et El Campesino valait mieux que
tous les mensonges et toutes les légendes. Oui, un jour, on
dirait la vérité à tous. En attendant, il était content qu'il y eût
un Gaylord où l'apprendre pour son propre compte.

Oui, c'est là qu'il irait à Madrid, après avoir acheté des
livres et avoir pris un bain chaud, bu de l'alcool et lu un peu.
Mais ce plan datait d'avant Maria. Eh bien, ils auraient deux
chambres. Elle pourrait faire ce qu'elle voudrait pendant
qu'il irait là-bas et, en rentrant du Gaylord, il viendrait la
trouver. Elle avait attendu tout ce temps dans les montagnes.
Elle pourrait attendre un petit peu à l'Hôtel Florida. Ils auraient
donc trois jours à Madrid. Trois jours, c'était beaucoup.
Il l'emmènerait voir les Marx Brothers dans " Une nuit à
l'Opéra ". Il y avait trois mois qu'on donnait ce film, et il
tiendrait bien encore trois mois. Elle aimerait " Une nuit à
l'Opéra ". Ça lui plairait beaucoup.

Mais il y avait loin du Gaylord à cette grotte. Non, ce n'était
pas ça le plus difficile. Ce qui était loin, c'était d'aller de cette
grotte au Gaylord. Il y avait été avec Kachkine, la première
fois, et l'endroit ne lui avait pas plu. Kachkine lui avait dit
qu'il fallait qu'il rencontrât Karkov, parce que Karkov désirait connaître des Américains et parce qu'il était l'homme au
monde qui aimait le mieux Lope de Vega; il pensait que
" *Fuente Ovejuna* " était le plus grand drame qu'on eût jamais
écrit. Peut-être était-ce vrai, mais ce n'était pas l'avis de Robert
Jordan.

Karkov lui avait plu, mais pas l'endroit. Karkov était
l'homme le plus intelligent qu'il eût rencontré. Chaussé de
bottes noires, vêtu d'une culotte de cheval et d'une tunique
grises, il avait de petits pieds, de petites mains, un visage et un
corps frêles et bouffis, et il parlait en postillonnant entre ses
dents gâtées; à leur première rencontre, Robert Jordan l'avait
trouvé comique. Mais il possédait plus de cervelle et plus de
dignité intérieure, d'insolence et d'humour, qu'aucun homme
qu'il eût jamais connu.

Le Gaylord lui-même lui avait paru indécent de luxe et de

corruption. Mais pourquoi les envoyés d'une puissance qui gouvernait un sixième du globe n'auraient-ils pas eu un peu de confort? Eh bien, ils en avaient, et Robert Jordan, choqué d'abord par tout cela, avait fini par l'accepter et même par s'y complaire. Kachkine l'avait présenté comme un type inouï, et Karkov avait commencé par déployer une politesse insultante, puis, comme Robert Jordan ne jouait pas du tout le héros, mais qu'il s'était mis à raconter une histoire très drôle et très inconvenante, qui n'était pas du tout à son avantage, Karkov était passé de la politesse à une joyeuse grossièreté, puis à l'insolence, et ils étaient devenus amis.

Kachkine n'était que toléré dans ce milieu. Il y avait certainement un point sombre dans le passé de Kachkine, et il était en Espagne pour se racheter. On n'avait pas voulu lui dire ce que c'était, mais peut-être le lui dirait-on, maintenant que Kachkine était mort. Quoi qu'il en fût, Karkov et lui étaient devenus amis, et il s'était également lié d'amitié avec cette étonnante femme brune, maigre, fatiguée, aimante, nerveuse, dépouillée et sans amertume, cette femme au corps décharné, négligé, aux courts cheveux noirs, rayés de gris, qui était l'épouse de Karkov et servait comme interprète dans les chars d'assaut. Il était aussi l'ami de la maîtresse de Karkov, qui avait des yeux de chatte, des cheveux d'or roux (plus roux ou plus dorés, selon le coiffeur), un corps paresseux et sensuel (fait pour se mouler agréablement contre d'autres corps), une bouche faite pour se mouler contre d'autres bouches, et une âme stupide, ambitieuse et extrêmement loyale. Cette maîtresse aimait les potins et se livrait à des liaisons passagères qui semblaient amuser Karkov. On disait que Karkov avait encore une autre femme, à part celle des chars d'assaut, peut-être deux, mais personne n'en était bien sûr. Robert Jordan aimait beaucoup et celle qu'il connaissait et la maîtresse. Il pensait qu'il aimerait probablement aussi l'autre, s'il la rencontrait, en admettant qu'il y en eût une autre. Karkov avait bon goût en matière de femmes.

Il y avait des sentinelles, baïonnette au canon, devant la porte cochère du Gaylord, et ce serait, cette nuit, l'endroit le plus confortable de tout Madrid assiégé. Il aurait aimé être là-bas ce soir, plutôt qu'ici, quoiqu'on fût très bien ici, maintenant qu'ils avaient arrêté cette roue. Et la neige cessait, elle aussi.

Il aimerait présenter sa Maria à Karkov, mais il ne pourrait pas l'emmener au Gaylord sans en avoir demandé l'autorisation, et il faudrait voir, aussi, comment il serait reçu après cette expédition. L'attaque terminée, Golz serait là, et, s'il avait bien travaillé, tout le monde le saurait déjà par Golz. Golz se moquerait de lui, à cause de Maria. Après ce que Jordan lui avait dit à propos des filles.

Il tendit la main vers la bassine de Pablo et y trempa une tasse qu'il remplit de vin. " Avec votre permission ", dit-il.

Pablo hocha la tête. Il doit être en plein dans ses plans militaires, pensa Robert Jordan. Il ne cherche pas une gloire fallacieuse dans la gueule du canon, mais la solution d'un problème dans ce bol. Tout de même, le gars doit être joliment capable, pour avoir pu commander cette bande avec succès pendant si longtemps. Il regarda Pablo en se demandant quel genre de chef de guérilla il eût fait dans la guerre civile d'Amérique. Il y en avait eu des quantités, songea-t-il. Mais nous savons très peu de choses sur eux. Il ne s'agissait pas des Quantrill ni des Mosby, ni de son propre grand-père, mais des petits, des coureurs des bois. Et, pour ce qui était de boire, Grant était-il vraiment un ivrogne ? Son grand-père l'affirmait. Grant était toujours un peu saoul vers quatre heures de l'après-midi, disait-il. A un moment du siège de Vicksburg, il avait été complètement saoul pendant deux jours. Mais grand-père affirmait qu'il se conduisait tout à fait normalement, quoiqu'il eût bu ; sauf qu'il était parfois difficile de le réveiller. Mais si on arrivait à le réveiller, alors il était normal.

Jusqu'à présent, il n'y avait pas de Grant, ni de Sherman, ni de Stonewall Jackson, d'aucun côté, dans cette guerre. Non. Ni de Jeb Stuart non plus. Ni de Sheridan. Mais il y avait profusion de Mc Clellans. Les fascistes avaient de nombreux Mc Clellans et nous en avions au moins trois.

Il n'avait certes pas rencontré de génie militaire dans cette guerre. Pas un. Ni rien qui y ressemblât. Kleber, Lucasz et Hans avaient bien travaillé dans leur coin pendant la défense de Madrid avec les Brigades Internationales. Et Miaja, le vieux chauve à lunettes, vaniteux, bête comme une chouette, sans conversation, brave et stupide comme un taureau, qu'une propagande habile avait présenté comme le défenseur de Madrid, Miaja avait été si jaloux de la publicité faite autour de Kleber qu'il avait forcé les Russes à relever Kleber de son commandement et à l'envoyer à Valence. Kleber était un bon soldat, mais borné, et il parlait vraiment trop, étant donné le poste qu'il avait. Golz était un bon général, un bon soldat, mais on l'avait toujours conservé dans une position subalterne et on ne lui avait jamais laissé beaucoup de liberté d'action. Cette attaque était sa plus grande affaire jusqu'ici, et Robert Jordan n'aimait pas trop tout ce qu'il savait de cette attaque. Il y avait aussi Gall, le Hongrois, qui aurait dû être fusillé si l'on pouvait seulement croire la moitié de ce qui se disait au Gaylord. Même si l'on n'en croyait que dix pour cent, se dit Robert Jordan.

Il aurait aimé voir la bataille au cours de laquelle on avait battu les Italiens, sur le plateau derrière Guadalajara. Mais, à ce moment-là, il était en Estramadure. Hans lui en avait parlé un soir au Gaylor, quinze jours plus tôt, et il lui avait tout expliqué. Il y avait eu un instant vraiment désespéré, lorsque les Italiens avaient percé les lignes de Trijueque. Si la route de Torija-Brihuega avait été coupée, la Douzième Brigade aurait été encerclée. " Mais sachant que nous avions affaire à des Italiens, avait dit Hans, nous avons risqué une manœuvre qui aurait été injustifiable contre d'autres troupes. Et elle a réussi. "

Hans lui avait tout montré sur ses cartes de la région où s'était déroulée la bataille. Il les portait toujours avec lui, dans sa serviette, et paraissait chaque fois émerveillé de ce miracle. Hans était un bon soldat et un bon compagnon. Il avait raconté que les troupes espagnoles de Lister, de Modesto et de Campesino s'étaient toutes bien comportées dans cette bataille. Le mérite en revenait aux chefs et à la discipline qu'ils imposaient. Mais Lister, Campesino et Modesto avaient exécuté plusieurs de leurs manœuvres sur les instructions de leurs conseillers russes. Ils ressemblaient à des élèves-pilotes qui conduisent un avion à double commande, de façon que le professeur puisse intervenir si l'élève fait une faute. Enfin, cette année montrerait ce qu'ils avaient appris. Au bout d'un certain temps, il n'y aurait plus de double commande, et l'on verrait alors comment, livrés à eux-mêmes, ils maniaient divisions et corps d'armée.

Ils étaient communistes et ils avaient le sens de la discipline. La discipline qu'ils exigeaient faisait de bons résultats. Lister était féroce sur la discipline. C'était un vrai fanatique, et il avait tout le mépris espagnol pour la vie humaine. Il n'y avait guère eu d'armée, depuis les premières invasions tartares, où les hommes eussent été exécutés sommairement pour aussi peu de chose que sous son commandement. Mais il savait comment faire d'une division une unité combattante. C'est une chose de tenir en position. C'en est une autre d'attaquer des positions et de les prendre, et c'est tout autre chose encore de faire manœuvrer une armée en campagne, se disait Robert Jordan, assis devant la table. D'après ce que j'ai vu de lui, je me demande comment Lister s'en tirera quand on aura supprimé les doubles commandes. Mais peut-être qu'on ne les supprimera pas, songea-t-il. Savoir si on les supprimera. Ou si on les renforcera? Je me demande quelle est la position russe dans tout ça? C'est au Gaylord qu'il faut aller, pensa-t-il. Il y a des tas de choses que j'ai besoin de savoir et que je n'apprendrai qu'au Gaylord.

À un certain moment, il avait cru que le Gaylord était mauvais pour lui. C'était le contraire du communisme puritain, religieux, de 63 Velasquez, le palace de Madrid transformé en Quartier Général de la Brigade Internationale. Au 63 Velasquez, on se sentait membre d'un ordre religieux. L'atmosphère du Gaylord était très loin, aussi, du sentiment qu'on éprouvait au Quartier Général du Cinquième Régiment, avant qu'il eût été dissous dans les brigades de la nouvelle armée.

Là, on sentait qu'on participait à une croisade. C'était le seul mot qui convînt, bien qu'on en eût tant usé et abusé qu'il n'avait plus son véritable sens. On ressentait, malgré toute la bureaucratie, l'incompétence et les querelles de parti,

quelque chose qui ressemblait au sentiment qu'on s'attendait
à éprouver, et qu'on n'éprouvait pas, quand on faisait sa
première communion : un sentiment de consécration à un
devoir envers tous les opprimés du monde, et dont il serait
aussi difficile et gênant de parler que d'une expérience religieuse. Et pourtant, ce sentiment était aussi authentique que
celui qu'on éprouvait en entendant du Bach ou bien en contem-
plant la lumière qui tombait des vitraux de la cathédrale de
Chartres ou de la cathédrale de Leon; ou bien en regardant
Mantegna, Greco et Brueghel au Prado. Cela vous permettait
de participer à quelque chose en quoi l'on pouvait croire
entièrement, complètement, et où l'on se sentait uni par une
fraternité absolue à tous ceux qui y étaient également engagés.
Ce sentiment, inconnu jusque-là, prenait une telle importance,
alors, que votre propre mort vous semblait sans importance;
comme une chose qu'il n'importait d'éviter que parce qu'elle
empêcherait l'accomplissement de votre devoir. Mais ce qu'il
y avait de mieux, c'était que l'on pouvait obéir à ce sentiment
et à cette nécessité. On pouvait se battre.

Donc, tu t'es battu, pensait-il. Avec le combat, cette pureté
de sentiment disparaissait bientôt chez les survivants, chez
les vainqueurs. Qu'en restait-il, au bout de six mois?

La défense d'une position ou d'une ville est une forme de la
guerre dans laquelle on éprouve cela. La bataille de la Sierra
avait été ainsi. Là, ils s'étaient battus dans la véritable cama-
raderie de la révolution. Là-haut, quand il avait fallu renforcer
la discipline, il l'avait compris et approuvé. Sous les obus, des
hommes avaient eu peur et s'étaient enfuis. Il les avait vu fusiller. On les avait laissés à enfler au bord de la route, personne
ne se souciant d'eux, si ce n'est pour leur prendre leurs cartouches et ce qu'ils pouvaient avoir de précieux. Prendre leurs
cartouches, leurs bottes et leurs vestes de cuir, c'était très
normal. Les dépouiller de leurs objets de valeur n'était que
réaliste. Ce serait toujours autant de moins pour les anarchistes.

Il paraissait juste et nécessaire de fusiller les fuyards. Il n'y
avait rien de mal là-dedans. Leur fuite était de l'égoisme. Les
fascistes avaient attaqué, et on les avait arrêtés sur cette pente

des montagnes de Guadarrama, toute en rochers gris, en petits sapins et en broussailles. On avait résisté sur la route, sous les bombes des avions, et puis sous les obus, quand ils avaient amené leur artillerie. Le soir, les survivants avaient contre-attaqué et repoussé les fascistes. Plus tard, quand ils avaient essayé de descendre sur la gauche en se glissant entre les rochers et les arbres, nous avions tenu dans le sanatorium, en tirant par les fenêtres et par le toit, bien qu'ils eussent réussi à passer des deux côtés, et nous avons su alors ce que c'était qu'être encerclés, jusqu'au moment où la contre-attaque les eut rejetés de nouveau derrière la route.

Dans tout cela, dans la peur qui vous sèche la bouche et la gorge, dans la poussière de plâtras et la soudaine panique d'un mur qui s'abat, s'écroulant dans la flamme et le grondement d'un éclatement d'obus, on dégage la mitrailleuse, on tire les corps des servants aplatis sur le ventre et couverts de débris, on sort le chargeur brisé, on redresse la ceinture, on s'étend derrière le bouclier, et la mitrailleuse recommence à balayer la route; on a fait ce qu'il fallait faire et on sait qu'on a eu raison. Tu as connu la bouche sèche, l'exaltation purificatrice, purifiée par la peur, que donne le combat, et tu t'es battu cet été et cet automne pour tous les pauvres du monde, contre toutes les tyrannies, pour toutes les choses auxquelles tu crois et pour le nouveau monde auquel ton éducation t'a préparé. Tu as appris, cet automne, se dit-il, comment souffrir et mépriser la souffrance des longues périodes de froid, d'humidité et de boue dans les travaux de terrassement et de fortification. Et la sensation de l'été et de l'automne était profondément enfouie sous la fatigue, le sommeil, l'impatience, l'inconfort. Mais cette sensation était là pourtant, et tout ce qu'on subissait ne faisait que la confirmer. C'est dans ces jours-là, pensait-il, que tu as éprouvé cette fierté profonde, saine et sans égoïsme... et qui, au Gaylord, aurait fait de toi un emmerdeur, songea-t-il tout à coup.

Non, tu n'aurais pas été très bien au Gaylord, dans ce temps-là, se dit-il. Tu étais trop naïf. Tu étais dans une espèce d'état de grâce. Mais le Gaylord n'était peut-être pas non plus alors ce qu'il est maintenant. Non, en fait, ce n'est pas ça, se rappela-t-il. Ce n'est pas ça du tout. Il n'y avait pas de Gaylord, à ce moment là.

Karkov lui avait parlé de cette époque où les Russes qui se trouvaient à Madrid habitaient le Palace. Robert Jordan n'en avait pas connu, alors. C'était avant la formation des premiers groupes de *partizan;* avant qu'il eût rencontré Kachkine et les autres. Kachkine était dans le nord, à Irun, à Saint-Sébastien, et prenait part aux combats avortés du côté de Victoria. Il n'était arrivé à Madrid qu'en janvier et, tandis que Robert Jordan se battait à Carabanchel et à Usera, au long des trois journées où l'on avait arrêté l'aile droite de l'offensive fasciste sur Madrid, repoussé les Maures et le *Tercio* de maison en maison pour libérer ce faubourg pilonné au bord du plateau gris dévoré de soleil, et établir une ligne de défense sur les hauteurs qui devaient protéger ce coin de la ville, Karkov, lui, était dans Madrid.

Karkov lui-même parlait sans cynisme de cette époque. C'était l'époque qui leur appartenait à tous, où tout semblait perdu, et chacun gardait aujourd'hui, plus précieux qu'une citation ou qu'une décoration, le souvenir de sa propre conduite lorsque tout semblait perdu. Le gouvernement avait quitté la ville, emmenant dans sa fuite toutes les autos du ministère de la guerre, et le vieux Miaja avait dû inspecter ses défenses à bicyclette.

Robert Jordan avait peine à croire à cette histoire-là. Même avec l'imagination la plus patriotique, il n'arrivait pas à se représenter Miaja à bicyclette; pourtant, Karkov disait que c'était vrai. Mais comme il l'avait écrit dans des journaux russes, il voulait probablement s'efforcer de croire à ses propres articles.

Karkov lui avait raconté une autre histoire qu'il n'avait pas écrite, celle-là. Il y avait au Palace trois blessés russes dont il était responsable : deux conducteurs de tanks et un aviateur, tous trois intransportables. Comme il était de la plus haute importance qu'on n'eût pas la preuve du soutien russe, qui eût justifié l'intervention ouverte des fascistes, Karkov était chargé de faire en sorte que ces blessés ne tombassent pas entre les mains des fascistes au cas où la ville serait évacuée.

En cas d'évacuation, Karkov devait donc, avant de quitter l'hôtel, les empoisonner pour détruire toute preuve de leur identité. Personne ne pouvait trouver un air russe aux cadavres de trois blessés : l'un, avec une balle dans l'abdomen; l'autre, avec une mâchoire arrachée et les cordes vocales à nu; le troisième, avec le fémur écrasé et les mains et la face si profondément brûlées que le visage n'était plus qu'une plaie sans cils, sans sourcils, sans cheveux. Personne ne pourrait trouver dans les cadavres de ces blessés, qu'il laisserait derrière lui dans les lits du Palace, la preuve qu'ils étaient russes. Rien ne prouvait qu'un mort nu était russe. Rien ne montre la nationalité ni le parti politique d'un mort.

Robert Jordan avait demandé à Karkov quels avaient été ses sentiments devant la nécessité d'accomplir cet acte, et Karkov lui avait dit que cette perspective n'était guère réjouissante. " Comment auriez-vous fait ? " lui avait demandé Robert Jordan, et il avait ajouté : " Ce n'est pas si simple, vous savez, d'empoisonner les gens d'une minute à l'autre. " Et Karkov avait dit : " Oh! si, quand on a toujours sur soi ce qu'il faut pour le cas où on en aurait besoin soi-même. " Puis il avait ouvert son étui à cigarettes et avait montré à Robert Jordan ce qu'il contenait.

" Mais la première chose qu'on fera, si vous êtes prisonnier, sera de vous prendre votre étui à cigarettes, avait remarqué Robert Jordan. On vous fera lever les mains.

— J'en ai aussi un peu ici, avait dit Karkov en souriant et en montrant le revers de sa tunique. Il suffit de prendre le revers dans la bouche, comme ça, de mordre et d'avaler.

— C'est beaucoup mieux, avait dit Robert Jordan. Dites-moi, est-ce que ça sent les amandes amères comme dans les romans policiers?

— Je ne sais pas, avait dit Karkov très amusé. Je n'en ai jamais senti. Voulez-vous qu'on brise un petit tube pour voir?

— Il vaut mieux que vous le gardiez.

— Oui, avait dit Karkov en remettant l'étui à cigarettes dans sa poche. Je ne suis pas un défaitiste, vous comprenez, mais il est toujours possible que nous connaissions de nouveau des moments graves, et on ne peut pas se procurer ça

n'importe où. Vous avez vu le communiqué du front de Cordoue? Il est magnifique. C'est mon communiqué préféré pour
l'instant.

— Que disait-il? " Robert Jordan était venu à Madrid
du front de Cordoue, et il éprouvait le soudain raidissement
que l'on ressent lorsque quelqu'un plaisante sur un sujet
dont vous seul avez le droit de rire. " Dites-moi?

— *Nuestra gloriosa tropa sigue avanzando sin perder ni una sola
palma de terreno*, avait dit Karkov dans son drôle d'espagnol.

— Ce n'est pas possible, avait fait Robert Jordan, scep-
tique.

— Nos glorieuses troupes continuent d'avancer sans perdre un pouce de terrain, avait répété Karkov en anglais. C'est
dans le communiqué. Je vous le retrouverai. "

Toi, tu te rappelais les hommes que tu connaissais et qui
étaient morts dans la bataille autour de Pozoblanco; mais, au
Gaylord, c'était un sujet de plaisanteries.

Tel était donc le Gaylord, aujourd'hui. Pourtant, il n'y
avait pas toujours eu un Gaylord, et si la situation actuelle
était de celles qui font surgir des choses comme le Gaylord
parmi les survivants des premiers jours, eh bien, il était content
d'avoir vu le Gaylord et de le connaître. Tu es loin de ce que
tu éprouvais dans la Sierra et à Carabanchel et à Usera, songea-t-il. Tu te laisses bien facilement corrompre. Mais est-ce
corruption, ou bien simplement as-tu perdu la naïveté de tes
débuts? Ne serait-ce pas la même chose dans tous les domaines?
Qui donc garde dans son travail cette virginité de l'âme avec
laquelle les jeunes médecins, les jeunes prêtres et les jeunes
soldats commencent généralement leur carrière? Les prêtres
la conservent, ou bien ils renoncent. Je pense que les Nazis
la conservent, pensa-t-il, et les communistes, s'ils ont une
discipline intérieure assez sévère. Mais regarde Karkov.

Il ne se lassait pas de considérer le cas de Karkov. La dernière fois qu'il avait été au Gaylord, Karkov s'était montré
éblouissant au sujet d'un certain économiste britannique
qui avait passé longtemps en Espagne. Robert Jordan connaissait les écrits de cet homme depuis des années et il l'avait
toujours estimé sans le connaître du tout. Il ne goûtait pas parti-

culièrement ce qu'il avait écrit sur l'Espagne. C'était trop clair et trop simple, trop noir et blanc; beaucoup de statistiques étaient faussées, il le savait, par une illusion optimiste. Mais il se disait qu'il est bien rare qu'on goûte les ouvrages consacrés à un pays qu'on connaît vraiment bien, et il estimait cet homme pour ses intentions.

Et puis, il avait fini par le rencontrer, un après-midi, pendant l'offensive de Carabanchel. Jordan et ses compagnons étaient installés dans l'arène. On tirait dans les deux rues et tout le monde s'énervait, dans l'attente de l'attaque. On leur avait promis un tank qui n'était pas arrivé, et Montero était assis, la tête dans les mains, et il répétait : " Le tank n'est pas là. Le tank n'est pas là. "

C'était une journée froide; une poussière jaune tourbillonnait dans les rues; Montero avait été blessé au bras gauche et le bras devenait raide. " Il nous faut un tank, disait-il. Il faut attendre le tank, mais on ne peut plus attendre. " Sa blessure le rendait irritable.

Robert Jordan était parti à la recherche du tank. Montero disait qu'il pouvait être arrêté derrière le grand immeuble, au coin de la ligne de tramway. Il y était bien. Seulement ce n'était pas un tank. Les Espagnols, à cette époque, appelaient n'importe quoi un tank. C'était une vieille auto blindée. Le conducteur ne voulait pas quitter l'angle de l'immeuble et venir jusqu'à l'arène. Il était debout derrière la voiture, les bras croisés appuyés à la paroi de métal et sa tête, coiffée d'un casque de cuir, pressée contre ses bras. Quand Robert Jordan s'adressa à lui, il se contenta de secouer la tête entre ses bras. Enfin, il se redressa sans regarder Robert Jordan.

" Je n'ai pas d'ordres ", avait-il dit d'un air maussade.

Robert Jordan avait sorti son pistolet de l'étui et en avait appuyé le canon contre la veste de cuir du conducteur.

" Voilà tes ordres ", lui avait-il dit. L'homme avait secoué sa tête coiffée d'un lourd casque de cuir, capitonné comme celui d'un joueur de football, et avait dit : " Il n'y a pas de munitions pour la mitrailleuse. "

— On a des munitions à l'arène, lui avait dit Robert Jordan. Allons, viens. On chargera les bandes là-bas. Viens.

— Il n'y a personne pour tirer, avait dit le conducteur.

— Où est-il? Où est ton copain?

— Mort, avait répondu le conducteur. Là, à l'intérieur.

— Sors-le, lui avait dit Robert Jordan. Sors-le de là.

— Je ne veux pas y toucher, avait dit le conducteur. D'ailleurs il est plié en deux, coincé entre la mitrailleuse et le volant, et je ne peux pas l'enjamber.

— Allons, avait dit Robert Jordan. On va le sortir ensemble. "

Il s'était cogné la tête en grimpant dans l'auto blindée, et s'était coupé au-dessus du sourcil; le sang coulait sur son visage. L'homme mort était lourd, et si raide qu'on ne pouvait pas le plier; il avait dû lui marteler la tête pour la sortir du coin où elle avait glissé, la face vers le sol, entre le siège et le volant. Il avait réussi, finalement, à glisser son genou sous la tête du cadavre, puis, le saisissant par la veste, maintenant que la tête était dégagée, il l'avait tiré vers la portière.

" Donne-moi un coup de main, avait-il dit au conducteur.

— Je ne veux pas le toucher ", avait dit le conducteur, et Robert Jordan avait vu qu'il pleurait. Les larmes coulaient de chaque côté de son nez, sur son visage couvert de poussière; son nez aussi coulait.

Debout à côté de la portière, Robert Jordan avait tiré le cadavre qui était tombé sur le trottoir, à côté des rails du tramway, dans la même position recroquevillée. Il demeura là, le visage d'un gris cireux sur le trottoir de ciment, les mains repliées sous lui, comme dans la voiture.

" Monte, nom de Dieu ", avait dit Robert Jordan, faisant signe au conducteur avec son pistolet. " Monte tout de suite. "

C'est à ce moment qu'il avait vu l'homme qui sortait de derrière l'immeuble. Il portait un long pardessus et il était nu-tête, les cheveux gris, les pommettes larges, les yeux caves et rapprochés. Il tenait un paquet de Chesterfields à la main; il en avait sorti une et l'avait tendue à Robert Jordan qui, du bout de son pistolet, poussait le conducteur dans l'auto blindée.

" Une minute, camarade, avait-il dit à Robert Jordan en

espagnol. Pouvez-vous m'expliquer quelque chose à propos de la bataille?"

Robert Jordan avait pris la cigarette et l'avait mise dans la poche de son bleu de mécanicien. Il avait reconnu ce camarade d'après ses portraits. C'était l'économiste britannique.

"Va te faire foutre", avait-il dit en anglais, puis, en espagnol au conducteur : "Là. A l'arène. Compris?" Il avait claqué la lourde portière et ils avaient descendu la longue pente tandis que les balles commençaient à frapper contre l'auto avec un bruit de cailloux lancés contre une bouilloire de fer. Puis, quand la mitrailleuse avait ouvert le feu sur eux, on eût dit des coups de marteaux répétés. Derrière l'arène, où les affiches du mois d'octobre s'étalaient encore à côté du guichet des billets, ils s'étaient arrêtés près des caisses de munitions ouvertes. Les camarades, armés de fusils, des grenades à la ceinture et dans les poches, les attendaient. Montero avait dit : "Bon. Voilà le tank. Maintenant, on peut attaquer."

Plus tard dans la nuit, alors qu'ils avaient pris les dernières maisons sur la colline, Jordan était étendu confortablement derrière un mur de brique dans lequel un trou servait de meurtrière, et il regardait le beau champ de tir bien égal qui s'étendait entre eux et le rebord où les fascistes s'étaient retirés.

Il pensait avec une aise presque voluptueuse à la crête de la colline, couverte de villas effondrées, qui protégeait leur flanc gauche. Il s'était étendu sur un tas de paille, dans ses vêtements trempés de sueur, et il s'était enroulé dans une couverture pour se sécher. Couché là, il avait pensé à l'économiste et s'était mis à rire, puis avait regretté son impolitesse. Mais, au moment où l'homme lui avait tendu la cigarette comme un pourboire, en paiement de ses informations, la haine du combattant pour le non-combattant avait eu raison de lui.

A présent, il se rappelait le Gaylord, et Karkov parlant de cet homme. "Alors c'est là que vous l'avez rencontré, avait dit Karkov. Moi, ce jour-là, je ne suis pas allé plus loin que le Puente de Toledo. Il était vraiment très près du front. Je crois d'ailleurs que ç'a été son dernier jour de bravoure. Il a quitté Madrid le lendemain. C'est à Tolède qu'il s'est montré le plus brave, à ce que je crois. A Tolède, il a été formidable.

Il a été l'un des ouvriers de la prise de l'Alcazar. Il fallait le voir à Tolède! Je crois bien que si notre siège a réussi, c'est grâce à ses efforts et à ses conseils. C'était la période la plus idiote de la guerre. Elle a atteint là un paroxysme d'idiotie. Mais, dites-moi, qu'est-ce qu'on pense de lui en Amérique?

— En Amérique, avait dit Robert Jordan, on considère qu'il est très bien avec Moscou.

— Ce n'est pas exact, avait dit Karkov. Mais il a un visage étonnant; un visage et des manières qui lui réussissent. Moi, avec ma tête, il n'y a rien à faire. Le peu que j'ai accompli, ç'a été *malgré* ma figure, qui n'a rien pour enflammer les gens ni les amener à m'aimer et à avoir confiance en moi. Mais ce type, Mitchell, a une tête qui fait sa fortune. C'est une tête de conspirateur. Tous ceux qui ont lu des histoires de conspiration ont tout de suite confiance en lui. Et puis, il a des manières de conspirateur. On ne peut pas le voir entrer dans une pièce sans comprendre aussitôt qu'on a affaire à un conspirateur de premier ordre. Tous ceux de vos riches compatriotes qui, sentimentalement, souhaitent aider l'Union Soviétique (qu'ils croient) ou prendre une petite assurance contre un succès possible du Parti, voient immédiatement, à la figure de cet homme et à ses manières, qu'il ne peut pas être autre chose qu'un fidèle agent du Komintern.

— Il n'a pas de rapports avec Moscou?

— Non. Écoutez, camarade Jordan. Vous connaissez la blague sur les deux espèces d'imbéciles?

— L'imbécile ordinaire et l'imbécile heureux?

— Non. Les deux espèces d'imbéciles que nous avons en Russie. Karkov sourit et commença : D'abord il y a l'imbécile d'hiver. L'imbécile d'hiver vient à la porte de votre maison et frappe bruyamment. Vous ouvrez la porte et vous le voyez là; vous ne l'avez jamais vu. C'est un spectacle impressionnant. Un très grand type avec de hautes bottes, une pelisse de fourrure, un bonnet de fourrure; il est tout couvert de neige. Il commence par taper ses bottes, et il en tombe de la neige. Puis il enlève sa pelisse de fourrure, la secoue, et il en tombe encore de la neige. Puis il enlève son bonnet de fourrure et le tape contre la porte. Il tombe encore de la neige de son bonnet de fourrure. Puis il recommence à taper ses bottes et entre enfin dans la maison. Alors, vous le regardez et vous voyez que c'est un imbécile. C'est l'imbécile d'hiver.

"Mais, l'été, vous avez un imbécile qui descend la rue en secouant les bras et en tournant la tête de côté et d'autre, et n'importe qui reconnaît à deux cents mètres que c'est un imbécile. C'est un imbécile d'été. Cet économiste est un imbécile d'hiver.

— Mais pourquoi est-ce que les gens le considèrent, ici? avait demandé Robert Jordan.

— Sa figure, avait répondu Karkov. Sa belle *gueule de conspirateur*[1] et ce truc excellent de toujours arriver d'un autre endroit où il est très considéré et très important. Bien sûr, — Karkov avait souri — il est obligé de voyager beaucoup pour que le truc continue à prendre. Vous savez, les Espagnols sont très bizarres, avait continué Karkov. Ce gouvernement a été très riche. Beaucoup d'or. Mais ils ne donnent rien à leurs amis. Vous êtes un ami? Très bien. Vous faites ça pour rien et ne devez pas attendre de récompense. Mais aux gens qui représentent une firme importante ou un pays qui n'est pas bien disposé et qu'il faut influencer, à ces gens-là, ils donnent beaucoup. C'est très intéressant à observer de près.

— Je n'aime pas ça. D'ailleurs, cet argent appartient aux travailleurs espagnols.

— On ne vous demande pas d'aimer ça, mais de comprendre, lui avait dit Karkov. Je vous explique un peu tout ça chaque fois que je vous vois; à la fin, votre éducation sera faite. Ça doit être très intéressant de s'instruire, pour un professeur.

— Je ne sais pas si je serai encore professeur quand je rentrerai. On m'expulsera probablement comme rouge.

— Eh bien, vous pourrez peut-être venir dans l'Union Soviétique et y continuer vos études. Ce serait peut-être la meilleure solution pour vous.

— Mais c'est l'espagnol qui est mon domaine!

— Il y a beaucoup de pays où l'on parle espagnol, avait dit Karkov. Ils ne doivent pas être tous aussi difficiles à manier

1. En français dans le texte. *(N. D. T.)*

que l'Espagne. Et puis, rappelez-vous que vous n'êtes plus professeur depuis neuf mois. En neuf mois, vous avez peut-être appris un nouveau métier. Qu'avez-vous étudié comme dialectique?

— J'ai lu le Manuel du Marxisme d'Emil Burns. C'est tout.

— Si vous l'avez lu jusqu'au bout, c'est déjà un petit commencement. Il y a quinze cents pages, et on peut passer un certain temps sur chacune. Mais il y a d'autres choses que vous devriez lire.

— Je n'ai pas le temps de lire maintenant.

— Je sais, avait dit Karkov. Je veux dire, après. Il y a beaucoup de choses à lire pour comprendre une partie de ce qui se passe. Mais un jour, un livre sortira de tout ce que nous vivons à présent. Un livre qui sera bien utile et qui expliquera bien des choses qu'il faut connaître. Peut-être l'écrirai-je. J'espère que ce sera moi qui l'écrirai.

— Je ne vois pas qui pourrait faire mieux.

— Pas de flatterie, avait dit Karkov. Je suis journaliste. Mais, comme tous les journalistes, je rêve de faire de la littérature. Pour l'instant, je suis en plein dans une étude sur Calvo Sotelo. C'était un très bon fasciste; un vrai fasciste espagnol. Franco et les autres ne le sont pas. J'ai étudié tous les écrits et tous les discours de Sotelo. Il était très intelligent et ç'a été très intelligent de le tuer.

— Je croyais que vous n'étiez pas partisan de l'assassinat politique?

— C'est une pratique très usitée, avait dit Karkov, très, très usitée.

— Mais....

— Nous ne sommes pas partisans des actes de terrorisme individuels, avait dit Karkov en souriant. Et encore moins, bien sûr, quand ils sont commis par des criminels ou des organisations contre-révolutionnaires. Nous avons horreur de la duplicité et de la perfidie de ces hyènes de naufrageurs boukharinites, et des rebuts d'humanité comme Zinoviev, Kamenev, Rykov et leurs bourreaux. Nous haïssons ces odieux personnages! (Il avait souri de nouveau.) Mais je crois tout de même pouvoir dire que l'assassinat politique est une pratique très usitée.

— Vous voulez dire....

— Je ne veux rien dire. Mais il est certain que nous exécutons et supprimons ces odieux personnages, ces rebuts d'humanité, ces chiens de généraux traîtres et cette chose révoltante que sont les amiraux traîtres à leur parole. Ceux-là, on les supprime. On ne les assassine pas. Vous voyez la différence?

— Je vois, avait dit Robert Jordan.

— Et ce n'est pas une raison parce que je plaisante quelquefois, et vous savez comme c'est dangereux de plaisanter, même pour rire? Bon. — Ce n'est pas une raison parce que je plaisante, pour penser que le peuple espagnol ne regrettera pas amèrement un jour de n'avoir pas abattu certains généraux qui, aujourd'hui encore, ont un commandement. Non que j'aime beaucoup ces exécutions, vous me comprenez bien?

— Moi, ça ne me fait rien, avait dit Robert Jordan. Je n'aime pas ça, mais ça ne me fait plus rien.

— Je sais. On me l'a dit.

— Cela a-t-il une importance quelconque? avait demandé Robert Jordan. J'essayais seulement d'être sincère.

— C'est regrettable, avait dit Karkov. Mais c'est une des choses qui font que l'on considère comme sûrs des gens qui, autrement, mettraient beaucoup plus de temps à être classés dans cette catégorie.

— Est-ce qu'on me considère comme sûr?

— Dans votre travail, vous êtes considéré comme très sûr. Il faut que je parle avec vous, un jour, pour me rendre compte de ce que vous avez dans la tête. C'est dommage que nous ne parlions jamais sérieusement.

— Ma pensée restera en suspens jusqu'à ce que nous ayons gagné la guerre, avait dit Robert Jordan.

— Alors peut-être va-t-elle rester longtemps en chômage. Mais il serait prudent de l'exercer un peu.

— Je lis *Mundo Obrero* ", lui avait dit Robert Jordan, et Karkov avait répondu : " Très bien. Parfait. Moi aussi, je sais prendre la plaisanterie. Mais il y a des choses très intelligentes dans *Mundo Obrero*. Les seules choses intelligentes qu'on ait écrites sur cette guerre.

— Oui, avait dit Robert Jordan. D'accord, Mais, pour se

faire une image complète de la situation, on ne peut pas se contenter de lire seulement l'organe du parti.

— Non. Mais même en lisant vingt journaux, vous n'arriverez pas à vous faire cette image. D'ailleurs, je ne vois pas ce que vous en feriez. Moi, j'ai presque constamment une vue de ce genre, et tout ce que je fais, c'est d'essayer de l'oublier.

— Vous trouvez que ça va si mal?

— Ça va mieux maintenant que ça n'a été. On se débarrasse des pires. Mais la pourriture est partout. Nous constituons en ce moment une très grande armée. Certains éléments, ceux de Modesto, d'El Campesino, de Lister et de Duran, sont sûrs. Ils sont mieux que sûrs, ils sont magnifiques. Vous verrez ça. Et puis nous avons toujours les brigades, bien que leur rôle se transforme. Mais une armée composée d'éléments bons et d'éléments mauvais ne peut pas gagner une guerre. Il faut que tous soient parvenus à un certain niveau de développement politique; il faut que tous sachent pourquoi ils se battent, et l'importance de leur combat. Il faut que tous croient à leur combat et que tous acceptent la discipline. Nous créons une très grande armée par la conscription, sans avoir le temps d'y implanter la discipline qu'il faut à une armée de ce genre pour bien se conduire au feu. Nous appelons ça une armée populaire, mais elle n'aura pas les bases d'une vraie armée populaire et elle n'aura pas la discipline de fer qu'il faut. Vous verrez. La méthode est très dangereuse.

— Vous n'êtes pas très gai, aujourd'hui.

— Non, avait dit Karkov. Je viens de rentrer de Valence où j'ai vu beaucoup de monde. On ne rentre jamais très gai de Valence. A Madrid, on se sent bien, et pur, et on n'imagine pas qu'on pourrait ne pas gagner. Valence, c'est autre chose. Les lâches qui ont fui Madrid continuent à gouverner là-bas. Ils sont installés comme poissons dans l'eau, dans l'incurie, la bureaucratie. Ils n'ont que mépris pour ceux de Madrid. Leur obsession, maintenant, c'est l'affaiblissement du commissariat à la guerre. Et Barcelone. Il faut voir Barcelone.

— Comment est-ce?

— Toujours un opéra-comique. Au commencement, c'était le paradis des toqués et des révolutionnaires romantiques.

Maintenant, c'est le paradis des petits soldats. Des soldats qui aiment à se pavaner en uniforme, à bluffer, à porter des foulards noirs et rouges. Qui aiment tout, dans la guerre, sauf se battre. Valence, c'est à vomir, et Barcelone, à se tordre.

— Et le putsch du P.O.U.M.?

— Le P.O.U.M. n'a jamais été sérieux. C'était une hérésie de toqués et de cerveaux brûlés; au fond, ce n'était qu'un enfantillage. Il y avait là de braves gens mal dirigés. Il y avait une cervelle d'assez bonne qualité et un peu d'argent fasciste. Pas beaucoup. Pauvre P.O.U.M. Des gens très bêtes, dans l'ensemble.

— Mais il y a eu beaucoup de morts dans le putsch?

— Moins qu'on n'en a fusillé après et qu'on n'en fusillera encore. Le P.O.U.M. porte bien son nom. Ce n'est pas sérieux. On aurait dû l'appeler G.A.L.E. ou R.O.U.G.E.O.L.E. Mais non. La rougeole est bien plus dangereuse. Elle peut affecter la vue et l'ouïe. Mais vous savez qu'ils avaient organisé un complot pour me tuer, moi, pour tuer Walter, pour tuer Modesto et pour tuer Prieto? Vous voyez comme ils confondaient tout. Nous ne sommes pas tous du même bord. Pauvre P.O.U.M. Ils n'ont jamais tué personne. Ni au front ni ailleurs. A Barcelone, oui, quelques-uns.

— Vous y étiez?

— Oui. J'ai câblé un article sur la corruption de cette fameuse organisation d'assassins trotzkystes et sur leurs abjectes machinations fascistes, mais, entre nous, le P.O.U.M., ça n'est pas très sérieux. Nin était leur seul homme. Nous l'avions pris, mais il s'est échappé.

— Où est-il maintenant?

— A Paris. Nous disons qu'il est à Paris. C'était un type très sympathique, mais il avait des aberrations en matière politique.

— Mais ils avaient des contacts avec les fascistes, n'est-ce pas?

— Qui n'en a pas?

— Nous.

— Qui sait? J'espère que non. Vous allez souvent derrière leurs lignes, fit-il en souriant. Mais la semaine dernière, le frère d'un des secrétaires de l'Ambassade républicaine à Paris a fait un voyage à Saint-Jean-de-Luz pour rencontrer des gens de Burgos.

— J'aime mieux le front, avait dit Robert Jordan. Plus on est près du front, mieux sont les gens.

— Vous vous plaisez derrière les lignes fascistes?

— Beaucoup. Nous avons des types bien là-bas.

— Oh! vous savez, ils doivent avoir leurs types bien derrière nos lignes, eux aussi. Nous les attrapons et nous les fusillons, et eux attrapent les nôtres et les fusillent. Quand vous êtes chez eux, pensez toujours au nombre de gens qu'ils doivent envoyer chez nous.

— J'y ai pensé.

— Bien, avait dit Karkov. Vous avez sans doute assez à penser comme ça pour aujourd'hui. Alors, finissez cette bière et sauvez-vous parce qu'il faut que je monte voir des gens. Des huiles. Revenez bientôt. "

Oui, songeait Robert Jordan. On apprend beaucoup au Gaylord. Karkov avait lu le seul et unique livre que lui, Jordan, eût publié. Le livre n'avait pas été un succès. Il ne comptait que deux cents pages et n'avait peut-être pas été lu par deux mille personnes. Jordan y avait mis ce qu'il avait découvert de l'Espagne en dix ans de voyage à pied, en wagons de troisième classe, en autobus, à cheval, à dos de mulet, en carriole. Il connaissait bien le pays basque, la Navarre, l'Aragon, la Galice, les deux Castilles et l'Estramadure. Il existait de si bons livres écrits par Borrow, Ford et les autres qu'il n'avait pas eu grand-chose à ajouter. Mais Karkov avait dit que le livre était bon.

" C'est pour ça que je m'intéresse à vous, avait-il ajouté. Je trouve que vous écrivez d'une façon absolument véridique, et c'est très rare. Alors, je voudrais que vous appreniez certaines choses. "

Eh bien, il écrirait un livre quand ceci serait fini. Rien que sur les choses qu'il connaissait vraiment et sur ce qu'il savait. Mais il faudrait que je sois un bien meilleur écrivain pour traiter de tout ça, songea-t-il. Les choses qu'il avait appris à connaître pendant la guerre n'étaient pas si simples.

CHAPITRE XIX

" Qu'est-ce que tu fais ? " lui demanda Maria. Elle était debout à côté de lui ; il tourna la tête et lui sourit.

" Rien, dit-il, je réfléchissais.

— A quoi ? Au pont ?

— Non. Le pont, c'est fini. A toi et à un hôtel à Madrid où il y a des Russes que je connais, et à un livre que j'écrirai un jour.

— Il y a beaucoup de Russes à Madrid ?

— Non. Très peu.

— Mais, dans les journaux fascistes, on dit qu'il y en a des centaines de milliers.

— Des mensonges. Il y en a très peu.

— Tu aimes les Russes ? Celui qui était ici était Russe.

— Il te plaisait ?

— Oui. J'étais malade ce jour-là, mais je l'ai trouvé très beau et très brave.

— Très beau, quelle bêtise, dit Pilar. Il avait le nez plat comme la main et des pommettes larges comme des fesses de mouton.

— C'était un très bon ami, à moi, et un camarade, dit Robert Jordan à Maria. Je l'aimais beaucoup.

— Sûr, dit Pilar. Mais tu l'as tué. "

A ces mots, les trois joueurs de cartes levèrent la tête, et Pablo regarda Robert Jordan. Personne ne dit rien, mais au bout d'un moment Rafael, le Gitan, demanda : " C'est vrai, Roberto ?

— Oui ", dit Robert Jordan. Il regrettait que Pilar eût

parlé ainsi; il regrettait d'avoir raconté cela chez El Sordo.
" A sa demande. Il était grièvement blessé.

— *Qué cosa mas rara*, dit le Gitan. Tout le temps qu'il était
avec nous il parlait de cette possibilité. Je ne sais pas combien
de fois je lui ai promis que je le ferais. Quelle chose étrange,
dit-il encore en hochant la tête.

— C'était un homme très étrange, dit Primitivo. Très sin-
gulier.

— Écoute, dit Andrés, l'un des deux frères, toi qui es professeur et tout ça. Tu crois qu'un homme peut savoir son avenir
et ce qui va lui arriver?

— Je suis sûr qu'il ne peut pas le savoir ", dit Robert Jordan.
Pablo le regardait curieusement, et Pilar fixait sur lui des yeux
sans expression. " Pour ce qui est du camarade russe, il était
devenu nerveux à force d'être resté longtemps au front. Il
s'était battu à Irun, où, vous le savez, ç'a été très vilain. Très
vilain. Il s'était battu après ça dans le Nord. Et, depuis que les
premiers groupes qui travaillent derrière les lignes ont été
formés, il travaillait ici, en Estramadure et en Andalousie.
Je crois qu'il était très fatigué, énervé, et qu'il imaginait des
choses terribles.

— Il a sûrement dû voir bien des horreurs, dit Fernando.

— Comme tout le monde, dit Andrés. Mais écoute-moi,
Inglés. Tu crois que ça peut exister, un homme qui sait d'avance
ce qui va lui arriver?

— Mais non, dit Robert Jordan. C'est de l'ignorance et de
la superstition que de croire ça.

— Continue, fit Pilar. Écoutons le point de vue du professeur. " Elle lui parlait comme à un enfant précoce.

" Je crois que la peur produit des visions d'horreur, dit
Robert Jordan. Quand il voit des mauvais signes....

— Comme les avions aujourd'hui, dit Primitivo.

— Comme ton arrivée ", fit doucement Pablo de l'autre
côté de la table. Robert Jordan le regarda et vit que ce n'était
pas une provocation, mais la simple expression d'une pensée;
il continua :

" Quand il voit des mauvais signes, celui qui a peur se
représente sa propre fin et il prend ses imaginations pour des

pressentiments. Je crois que c'est tout ce qu'il y a là-dedans. Je ne crois pas aux ogres, ni à la divination, ni aux choses surnaturelles, conclut Robert Jordan.

— Mais le type au drôle de nom, il voyait bien ce qui l'attendait, dit le Gitan. Et c'est bien comme ça que c'est arrivé.

— Il ne le voyait pas, dit Robert Jordan. Il en avait peur et c'est devenu une obsession. Personne ne peut se vanter d'avoir prévu quoi que ce soit.

— Pas même moi? " lui demanda Pilar. Elle ramassa un peu de cendre dans le creux de sa main et souffla dessus pour la faire envoler. " Même moi, je ne peux pas me vanter de ça?

— Non. Malgré toutes tes sorcelleries, gitanes et autres, tu ne peux pas te vanter de ça.

— Parce que tu es un miracle de surdité ", dit Pilar, dont le grand visage apparaissait, large et rude, dans la lumière des bougies. " Ce n'est pas que tu sois idiot. Tu es seulement sourd. Un sourd ne peut pas entendre la musique. Il ne peut pas entendre la radio non plus. Alors, comme il ne les entend pas, comme il ne les a jamais entendues, il peut dire que ça n'existe pas. *Qué va, Inglés.* J'avais vu la mort de ce garçon au drôle de nom sur sa figure, comme si elle y avait été marquée au fer rouge.

— Tu n'as rien vu de la sorte, affirma Robert Jordan. Tu as vu la peur et l'appréhension. La peur venait de ce par quoi il avait passé. L'appréhension était pour les horreurs dont il envisageait la possibilité.

— *Qué va*, dit Pilar. J'ai vu la mort là, aussi nettement que si elle était assise sur ses épaules. Et mieux encore : il sentait la mort.

— Il sentait la mort, répéta Robert Jordan railleur. La peur, peut-être. Il y a une odeur de la peur.

— *De la muerte*, dit Pilar. Écoute. Quand Blanquet, qui était le plus grand *peon de brega* qui ait jamais existé, travaillait sous les ordres de Granero, il m'a raconté que, le jour de la mort de Manolo Granero, quand ils se sont arrêtés à la chapelle avant d'aller à l'arène, l'odeur de mort était si forte sur Manolo que Blanquet en a presque été malade. Et il avait accompagné Manolo pendant qu'il se baignait et s'habillait à l'hôtel avant de partir pour les arènes. Il n'avait pas retrouvé l'odeur dans l'auto où ils s'étaient entassés pour aller à la plaza. Et personne d'autre que Juan Luis de la Rosa ne l'avait sentie dans la chapelle. Ni Marcial, ni Chicuelo ne s'en étaient aperçus, ni là, ni quand ils s'étaient mis tous les quatre en ligne pour le *paseo*. Mais Juan Luis était comme un blanc mort, Blanquet m'a raconté, et alors Blanquet lui a dit : " Toi aussi?

— A étouffer, Juan Luis lui a dit. Et ça vient de ton matador.

— *Pues nada*, Blanquet a dit. Il n'y a rien à faire. Espérons qu'on s'est trompés.

— Et les autres? Juan Luis a demandé à Blanquet.

— *Nada*, Blanquet a dit. Rien. Mais celui-là, il pue pire que José à Talavera.

" Et c'est cet après-midi là que le taureau *Pocapena*, du ranch de Veraqua, a démoli Manolo Granero contre les planches de la barrière, devant le *tendido* deux, à la Plaza de Toros de Madrid. J'y étais avec Finito et je l'ai vu. La corne a complètement démoli le crâne de Manolo qui avait la tête coincée sous l'*estribo*, au pied de la *barrera* où le taureau l'avait poussé.

— Mais toi, tu avais senti quelque chose? demanda Fernando.

— Non, dit Pilar. J'étais trop loin. On était au septième rang du *tendido* trois. De là, j'ai vu tout ce qui se passait. Mais, le soir même, Blanquet, qui avait été sous les ordres de Joselito quand lui aussi avait été tué, l'a raconté à Finito chez Fornos, et Finito a demandé à Juan Luis de la Rosa qui n'a rien voulu dire. Mais il hochait la tête pour montrer que c'était vrai. J'étais là. Alors, *Inglés*, possible que tu sois sourd à certaines choses comme Chicuelo et Marcial Lalanda et tous leurs banderilleros et picadors et toute la *gente* de Juan Luis et de Manolo Granero étaient sourds ce jour-là. Mais Juan Luis et Blanquet n'étaient pas sourds. Et moi non plus, je ne suis pas sourde à ces choses-là.

— Pourquoi dites-vous sourd quand il s'agit du nez? demanda Fernando.

— *Leche!* fit Pilar. C'est toi qui devrais être le professeur à la place de l'*Inglés*. Mais je pourrais te raconter d'autres choses,

Inglés, et ne mets pas en doute ce que tu es tout simplement incapable de voir ou d'entendre. Tu ne peux entendre ce qu'un chien entend, ni sentir ce qu'un chien sent. Mais tu as tout de même eu un peu l'expérience de ce qui peut arriver à un homme. "

Maria mit sa main sur l'épaule de Robert Jordan et l'y laissa, et il se mit tout à coup à penser : finissons-en avec toutes ces bêtises et profitons du temps qui nous reste. Mais il est encore trop tôt. Il faut tuer ce reste de soirée. Il demanda alors à Pablo : " Et toi. Tu crois à ces sorcelleries ?

— Je ne sais pas, dit Pablo. Je serais plutôt de ton avis. Il ne m'est jamais rien arrivé de surnaturel. La peur, ça oui, sûrement. Et comment ! Mais je crois que la Pilar peut lire l'avenir dans la main. Si elle ne ment pas, elle a peut-être vraiment senti cette odeur.

— *Qué va*, si je mens, dit Pilar. Ce n'est pas moi qui l'ai inventé. Ce Blanquet était un homme extrêmement sérieux et, en plus, très dévot. Ce n'était pas un Gitan, mais un bourgeois de Valence. Tu ne l'as jamais vu ?

— Si, dit Robert Jordan. Je l'ai souvent vu. Il était petit, avec un teint gris, et personne ne maniait mieux la cape. Il courait comme un lapin.

— Exactement, dit Pilar. Il avait le teint gris à cause d'une maladie de cœur, et les Gitans disaient qu'il portait la mort avec lui, mais qu'il pouvait la chasser avec la cape comme on époussette une table. Et pourtant, lui qui n'était pas Gitan, il a senti la mort sur Joselito à Talavera. Je ne sais d'ailleurs pas comment il a pu la sentir par-dessus l'odeur de manzanilla. Plus tard, Blanquet n'en parlait qu'avec beaucoup d'hésitation, et ceux à qui il en parlait disaient que c'était une idée et qu'il avait simplement senti la vie que José menait dans ce temps-là, qui lui sortait avec la sueur sous les bras. Mais alors, plus tard, il y a eu cette histoire de Manolo Granero et, là, Juan Luis de la Rosa en était aussi. Il est certain que Juan Luis était un homme de très peu d'honneur, mais il avait beaucoup de sensibilité dans son travail, et c'était aussi un grand tombeur de femmes. Mais Blanquet, lui, était sérieux, très calme et absolument incapable de dire un mensonge.

Et moi, je te dis que j'ai senti la mort sur ton collègue qui était là.

— Je ne le crois pas, dit Robert Jordan. D'ailleurs tu as dit que Blanquet avait senti cela juste avant le *paseo*. Juste avant que la course ne commence. Mais ici, vous et Kachkine, vous avez réussi l'affaire du train. Ce n'est pas là qu'il a été tué. Comment pouviez-vous déjà le sentir, alors?

— Ça n'a aucun rapport, expliqua Pilar. Dans la dernière saison d'Ignacio Sanchez Mejias, il sentait si fort la mort qu'il y en avait beaucoup qui refusaient de s'asseoir avec lui au café. Tous les Gitans le savaient.

— On invente ces choses-là une fois que le type est mort, coupa Robert Jordan. Tout le monde savait que Sanchez Mejias était bon pour une *cornada* parce qu'il était resté trop longtemps sans entraînement, que son style était lourd et dangereux, parce que sa force et l'agilité de ses jambes étaient parties et que ses réflexes n'étaient plus ce qu'ils avaient été.

— Sûrement, lui dit Pilar. Tout ça c'est vrai. Mais tous les Gitans savaient aussi qu'il sentait la mort, et quand il entrait à la Villa Rosa on voyait des gens comme Ricardo et Felipe Gonzalez s'en aller par la petite porte derrière le bar.

— Ils lui devaient probablement de l'argent, dit Robert Jordan.

— C'est possible, dit Pilar. Très possible. Mais ils sentaient ça aussi et tous le savaient.

— Ce qu'elle dit est vrai, *Inglés*, fit Rafael, le Gitan. C'est bien connu chez nous.

— Je n'en crois rien, dit Robert Jordan.

— Écoute, *Inglés*, commença Anselmo. Je suis contre toutes ces sorcelleries. Mais cette Pilar a la réputation d'être très avancée dans ce genre de choses.

— Mais comment est-ce que ça sent? demanda Fernando. Que sent-on? S'il y a une odeur, ce doit être une odeur bien définie.

— Tu veux le savoir, Fernandito? fit Pilar en lui souriant. Tu crois que tu pourrais la sentir?

— Si elle existe vraiment, pourquoi est-ce que je ne la sentirais pas aussi bien qu'un autre?

— Pourquoi pas? " Pilar se moquait de lui, ses grandes mains croisées sur ses genoux. "Tu n'as jamais été à bord d'un bateau, Fernando?

— Non. Et je n'en ai aucune envie.

— Alors tu ne la reconnaîtrais peut-être pas. Parce que c'est, en partie, l'odeur qui vient sur un bateau, quand il y a une tempête et que les hublots sont fermés. Collez votre nez contre la poignée de cuivre d'un hublot bien fermé, sur un bateau qui roule et qui tangue sous vous à vous faire trouver mal, avec un creux dans l'estomac, et vous aurez une partie de cette odeur.

— Je ne pourrai pas la reconnaître parce que je ne monterai jamais sur un bateau, dit Fernando.

— Moi, j'ai été plusieurs fois sur des bateaux, dit Pilar. Pour aller au Mexique et au Venezuela.

— Et le reste de l'odeur, qu'est-ce que c'est? " demanda Robert Jordan.

Pilar, qui se remémorait fièrement ses voyages, lui jeta un regard d'ironie.

"Très bien, *Inglés*. Apprends. C'est ce qu'il faut. Apprends. Très bien. Après cette odeur du bateau, il faut descendre, tôt le matin, au *matadero* du Puente de Toledo, à Madrid, et rester là sur le pavé mouillé, quand le brouillard monte du Manzanares, et attendre les vieilles qui viennent avant l'aube pour boire le sang des bêtes égorgées. Quand une de ces vieilles ressort du *matadero*, enveloppée dans son châle, avec une face grise, des yeux creux et la barbe de la vieillesse sur son menton et sur ses joues, une barbe qui sort du blanc cireux de sa figure comme les pousses qui sortent d'une graine de haricot, pas des poils, mais des pousses pâles dans la mort de sa figure, serre-la fort dans tes bras, *Inglés*, et presse-la contre toi et embrasse-la sur la bouche, et tu connaîtras la deuxième partie de l'odeur.

— Celle-là me coupe l'appétit, dit le Gitan. Les pousses, c'est trop.

— Tu veux en savoir davantage? demanda Pilar à Robert Jordan.

— Sûrement, dit-il. Puisqu'il faut apprendre, apprenons.

— Ces pousses sur la face des vieilles femmes, ça me fait mal au cœur, dit le Gitan. Pourquoi est-ce que c'est comme ça chez les vieilles femmes. Pilar? Chez nous, ce n'est pas comme ça.

— Non..., dit Pilar railleuse. Chez nous, la vieille femme, qui était si svelte dans sa jeunesse, excepté naturellement l'enflure perpétuelle qui est la marque des faveurs de son mari et que toutes les Gitanes poussent devant elles....

— Ne parle pas comme ça, dit Rafael. C'est ignoble.

— Ça te vexe, dit Pilar. Tu as jamais vu une Gitane qui n'était pas sur le point ou qui ne venait pas d'avoir un enfant?

— Toi.

— Assez, dit Pilar. Il n'y a personne qui ne puisse être blessé. Ce que je disais, c'est que l'âge apporte sa forme de laideur à tous. Pas la peine de détailler. Mais si l'*Inglés* doit apprendre cette odeur qu'il brûle de reconnaître, il faut qu'il aille au *matadero* le matin de bonne heure.

— J'irai, dit Robert Jordan. Mais j'aurai l'odeur quand elles passeront, sans les embrasser. Moi aussi, j'ai peur des pousses, comme Rafael.

— Embrasses-en une, dit Pilar. Embrasses-en une, *Inglés*, pour savoir. Et puis, avec ça dans tes narines, remonte en ville et quand tu verras une poubelle avec des fleurs pourries, plonges-y la tête et respire pour que ce parfum se mélange à ceux que tu as déjà dans le nez.

— Entendu, fit Robert Jordan. Quelles fleurs?

— Des chrysanthèmes.

— Continue, dit Robert Jordan. Je les sens.

— Alors, continua Pilar, il faut que ce soit un jour d'automne avec de la pluie, ou au moins du brouillard, ou même le commencement de l'hiver, et maintenant il faut que tu continues à marcher dans la ville et dans la Calle de Salud pour sentir ce que tu sens quand on balaie les *casas de putas* et qu'on vide les seaux dans l'égout et, avec cette odeur de travail d'amour perdu mélangé au parfum sucré des eaux de savon et à l'odeur des mégots, avec cette odeur frôlant à peine tes narines, tu devras aller au Jardin Botanico où, la nuit, les filles qui ne peuvent plus travailler en maison font leur métier contre les grilles de fer du parc et sur le trottoir. C'est là, à l'ombre des arbres, contre les grilles de fer, qu'elles accomplissent tous les désirs de l'homme; depuis les demandes les plus simples, au prix de dix *centimos*, jusqu'à une peseta pour ce grand acte par lequel on est né. Là, sur un parterre de fleurs mortes et pas encore arrachées, qui font le sol plus moelleux, bien plus moelleux que le trottoir, tu trouveras un vieux sac de toile abandonné, avec l'odeur de la terre humide, des fleurs fanées et des choses qui se sont faites cette nuit-là. Dans ce sac, il y aura l'essence de tout, de la terre morte et des tiges de fleurs mortes et de leurs pétales pourris, et l'odeur qui est à la fois celle de la mort et de la naissance de l'homme. Tu mettras la tête dans ce sac et tu essaieras de respirer à travers.

— Non.

— Si, dit Pilar. Tu mettras ta tête dans le sac et tu essaieras de respirer, et alors, si tu n'as perdu aucune des odeurs précédentes, en aspirant très fort, tu sentiras l'odeur-de-la-mort-à-venir telle que nous la reconnaissons.

— Très bien, dit Robert Jordan. Et tu dis que Kachkine sentait cela quand il était ici?

— Oui.

— Eh bien, fit Robert Jordan d'un air grave. Dans ce cas-là, j'ai bien fait de le tuer.

— *Olé*, dit le Gitan. Les autres rirent.

— Très bien, approuva Primitivo. Ça la lui coupe, pour un moment.

— Voyons, Pilar, dit Fernando. Tu ne pouvais pas penser que quelqu'un d'instruit comme Don Roberto allait faire des choses aussi dégoûtantes.

— Non, reconnut Pilar.

— Tout ça c'est extrêmement répugnant.

— Oui, reconnut Pilar.

— Tu ne pensais pas vraiment qu'il ferait ces choses dégradantes?

— Non, dit Pilar. Va te coucher, hein?

— Mais, Pilar..., continuait Fernando.

— Ferme ça, veux-tu? lui dit durement Pilar. Ne fais pas l'idiot, et moi, je vais essayer de ne pas faire l'idiot en parlant à des gens qui ne peuvent même pas comprendre de quoi on parle.

— J'avoue que je ne comprends pas, commença Fernando.

— N'avoue pas et n'essaie pas de comprendre, dit Pilar. Est-ce qu'il neige toujours ? »

Robert Jordan alla à l'entrée de la grotte, souleva la couverture et regarda dehors. La nuit était claire et froide, et il ne neigeait plus. Il regarda la blancheur qui s'étendait entre les troncs d'arbres, puis, plus haut, vers le ciel, clair maintenant. L'air lui entrait dans les poumons, froid et coupant.

El Sordo va laisser beaucoup de traces s'il a volé des chevaux cette nuit, se dit-il.

Il fit retomber la couverture et rentra dans la grotte enfumée. " Il fait beau, dit-il. La tempête est finie. "

CHAPITRE XX

Il attendait, étendu dans la nuit, que la jeune fille vînt le retrouver. Il n'y avait plus de vent et les pins étaient immobiles. Leurs troncs surgissaient de la neige qui recouvrait le sol. Il était étendu dans le sac de couchage et il sentait sous lui l'élasticité du lit qu'il s'était fabriqué; il sentait ses jambes allongées dans la chaleur du sac, l'air vif et froid sur sa tête et dans ses narines. Couché sur le côté, il avait sous la tête le ballot fait de son pantalon et de sa veste, enroulés autour de ses chaussures en guise d'oreiller, et, contre son flanc, le contact métallique et froid du gros pistolet qu'il avait sorti de l'étui en se déshabillant et qu'il avait attaché par sa courroie à son poignet droit. Il écarta le pistolet et s'enfonça davantage dans le sac, les yeux fixés, par-delà la neige, sur la fente noire entre les rochers qui marquait l'entrée de la grotte. Le ciel était clair et la neige reflétait assez de lumière pour qu'on pût distinguer les troncs des arbres et la masse des rochers à l'endroit où se trouvait la grotte.

Plus tôt dans la soirée, il avait pris la hache, était sorti de la grotte et, foulant la neige neuve, était allé jusqu'à la lisière de la clairière où il avait abattu un petit sapin. Il l'avait traîné dans l'obscurité jusqu'au pied du mur rocheux. Là, il l'avait posé droit et, tenant solidement le tronc d'une main, il en avait coupé tous les rameaux. Puis, laissant là la pile de branchages, il avait couché le tronc nu dans la neige et était rentré dans la grotte prendre une planche qu'il avait remarquée contre un mur. Avec cette planche, il avait écarté la neige au pied de la muraille rocheuse, puis il avait ramassé ses rameaux et, après en avoir secoué la neige, il les avait disposés en rangées, comme des ressorts, les uns au-dessus des autres, pour former un lit. Il avait mis le tronc en travers, au pied de ce lit de branchages, pour maintenir les rameaux en place, et il l'avait solidement fixé avec deux bouts de bois pointus arrachés au bord de la planche. Puis il était retourné dans la grotte, où il était entré en se baissant pour passer sous la couverture, et il avait posé la hache et la planche contre le mur.

" Qu'est-ce que tu fais dehors? avait demandé Pilar.

— Je fais un lit.

— Ne prends pas des morceaux de mon étagère pour ton lit.

— Je suis navré.

— Ça ne fait rien, dit-elle. Il y a encore des planches à la scierie. Quel genre de lit est-ce que tu t'es fait?

— Comme dans mon pays.

— Alors, dors bien dedans ", avait-elle dit. Robert Jordan avait ouvert un des sacs, en avait sorti le sac de couchage, avait remis en place les objets qui étaient enveloppés dans le sac et était sorti avec le sac de couchage, en se baissant de nouveau pour passer sous la couverture; il avait étendu le sac sur les rameaux, la partie fermée posée contre le tronc fixé au pied du lit. L'extrémité ouverte était abritée par la muraille rocheuse. Puis, il était retourné dans la grotte pour prendre ses sacs, mais Pilar avait dit : " Ils peuvent dormir avec moi, comme hier.

— Vous n'allez pas placer des sentinelles? avait-il demandé. La nuit est claire et la tempête est finie.

— Fernando y va ”, avait dit Pilar.

Maria était au fond de la grotte, et Robert Jordan ne pouvait pas la voir.

“ Bonsoir, tout le monde, avait-il dit. Je vais me coucher. ”

Parmi les autres, occupés à étendre des couvertures et des traversins devant le feu de cuisine, repoussant tables et tabourets de cuir pour faire de la place, Primitivo et Andrès avaient levé la tête et dit : “ *Buenas noches*. ”

Anselmo était déjà endormi dans un coin, si bien enroulé dans sa cape et dans sa couverture qu'on ne voyait même pas le bout de son nez. Pablo dormait sur sa chaise.

“ Tu veux une peau de mouton pour ton lit? avait demandé doucement Pilar à Robert Jordan.

— Non. Je te remercie. Je n'en ai pas besoin.

— Dors bien, avait-elle dit. Je réponds de ton matériel. ”

Fernando était sorti avec lui; il s'arrêta un instant à l'endroit où Robert Jordan avait étendu le sac de couchage.

“ Drôle d'idée de dormir en plein air, Don Roberto ” avait-il dit, debout dans l'obscurité, emmitouflé dans sa cape, sa carabine pointant derrière son épaule.

“ J'ai l'habitude. Bonne nuit.

— Ah! du moment que tu as l'habitude.

— Quand est-ce qu'on relève?

— A quatre heures.

— Il fera froid d'ici là.

— J'ai l'habitude, dit Fernando.

— Ah! du moment que tu as l'habitude..., avait répondu poliment Robert Jordan.

— Oui, avait dit Fernando. Maintenant il faut que j'aille là-haut. Bonne nuit, Don Roberto.

— Bonne nuit, Fernando. ”

Puis Robert Jordan s'était fait un oreiller des vêtements qu'il avait retirés, était entré dans le sac, et, couché, avait commencé à attendre. Il sentait l'élasticité des rameaux sous la chaleur moelleuse et duvetée du sac; le cœur battant, les yeux fixés sur l'entrée de la grotte, par-delà la neige, il attendit.

La nuit était claire, et sa tête était aussi claire et froide que l'air. Il respirait l'odeur des rameaux de sapin, des aiguilles de pin écrasées et l'odeur plus vive de la résine qui suintait des branches coupées. Pilar, songea-t-il. Pilar et l'odeur de mort. Moi, c'est cette odeur-ci que j'aime. Celle-ci et le trèfle frais coupé, la sauge écrasée par mon cheval au milieu des troupeaux, la fumée du feu de bois et les feuilles d'automne qu'on brûle. Celle-là, l'odeur de cette fumée qui s'élève des tas de feuilles rangées le long des rues, à Missoula, en automne, ce doit être l'odeur de la nostalgie. Qu'est-ce que tu préférerais? Les herbes douces que les Indiens mettent dans leurs paniers? Le cuir fumé? L'odeur de la terre, au printemps, après une averse? L'odeur de la mer, quand on avance sur un cap, en Galice à travers les broussailles? Ou bien le vent qui soufflait de la terre en approchant de Cuba dans la nuit? Ça, c'était l'odeur des cactus en fleurs, des mimosas et des algues. Ou bien préférerais-tu l'odeur du jambon frit, le matin quand on a faim? Ou celle du café au petit déjeuner? Ou bien une grosse pomme dans laquelle on mord? Ou bien un pressoir à cidre? Ou le pain frais sorti du four? Tu dois avoir faim, se dit-il. Étendu sur le côté, il regardait l'entrée de la grotte, dans la lumière des étoiles, réfractée par la neige.

Quelqu'un sortit de derrière la couverture et il distingua une silhouette debout près de la fente du rocher. Il entendit un bruissement sur la neige, puis la silhouette se courba et rentra.

Je suppose qu'elle ne viendra pas avant qu'ils soient tous endormis, songea-t-il. Quelle perte de temps : la nuit est à moitié passée. Oh! Maria. Viens vite, Maria, nous n'avons pas beaucoup de temps. Il entendit le bruit doux de la neige tombant d'une branche sur le sol enneigé. Un peu de vent soufflait. Il le sentait sur son visage. Une soudaine angoisse le prit à l'idée qu'elle pouvait ne pas venir. Le vent qui se levait lui rappelait combien proche était le matin. De la neige continuait à tomber des branches, dans le bruit du vent qui agitait les cimes des pins.

Viens maintenant, Maria. Je t'en prie, viens vite, songeait-il. Oh! viens, viens maintenant. N'attends pas. Ce n'est plus la peine d'attendre qu'ils soient endormis.

Puis, il la vit sortir de sous la couverture qui fermait l'entrée de la grotte. Elle resta là un moment, debout; il savait que c'était elle, mais il ne pouvait pas voir ce qu'elle faisait. Il siffla tout bas. Elle était toujours devant la grotte, occupée il ne savait à quoi dans l'ombre du rocher. Puis elle vint en courant, portant quelque chose dans ses mains; il la vit courir, avec ses longues jambes, à travers la neige. Puis elle fut là, à genoux près du sac de couchage, la tête pressée contre la sienne, essuyant la neige de ses pieds. Elle l'embrassa et lui tendit son ballot.

"Mets ça avec ton oreiller, dit-elle. J'ai enlevé tout ça pour gagner du temps.

— Tu es venue pieds nus dans la neige?

— Oui, dit-elle, et rien qu'avec ma chemise de mariée. "

Il la serra dans ses bras, et elle frotta sa tête contre son menton.

"Ne touche pas mes pieds, dit-elle. Ils sont très froids, Roberto.

— Mets-les là et réchauffe-les.

— Non, dit-elle. Ils vont se réchauffer. Mais, maintenant, dis vite que tu m'aimes.

— Je t'aime.

— C'est bon. Oh! comme c'est bon.

— Je t'aime, mon petit chevreau.

— Est-ce que tu aimes ma chemise de mariée?

— C'est toujours la même.

— Oui, la même que hier soir. C'est ma chemise de noces.

— Mets tes pieds là.

— Oh! non, ce serait abuser de ta confiance. Ils se réchaufferont tout seuls. Ils ne me donnent pas froid, à moi. Il n'y a que pour toi qu'ils sont froids, à cause de la neige. Dis-le encore.

— Je t'aime, mon petit chevreau.

— Je t'aime aussi et je suis ta femme.

— Ils dormaient?

— Non, dit-elle. Mais je n'en pouvais plus. Quelle importance?

— Aucune, " dit-il, et il la sentit contre lui, mince et longue, et chaude et délicieuse. " Rien d'autre n'a d'importance.

— Mets ta main sur ma tête, dit-elle, et puis laisse-moi voir si je sais t'embrasser.

— C'était bien? demanda-t-elle.

— Oui, dit-il. Enlève ta chemise de mariée.

— Tu trouves que je devrais?

— Oui, si tu ne dois pas avoir froid.

— *Qué va*, froid. Je brûle.

— Moi aussi. Mais, après, tu n'auras pas froid?

— Non. Après, on sera comme un seul animal de la forêt, et tellement près l'un de l'autre qu'aucun des deux ne pourra dire qu'il est lui et pas l'autre. Tu ne sens pas que mon cœur est ton cœur?

— Si. Il n'y a pas de différence.

— Sens, maintenant. Je suis toi et tu es moi et tout de l'un est l'autre. Et je t'aime, oh! je t'aime tant. Est-ce que nous ne sommes pas vraiment un? Est-ce que tu ne le sens pas?

— Si, dit-il. C'est vrai.

— Et sens, maintenant. Tu n'as pas d'autre cœur que le mien.

— Ni d'autres jambes, ni d'autres pieds, ni d'autre corps.

— Mais nous sommes différents, dit-elle. Je voudrais qu'on soit exactement pareils.

— Tu ne le penses pas.

— Si, si. C'est une chose qu'il fallait que je te dise.

— Tu ne le penses pas.

— Peut-être pas, dit-elle tout bas, les lèvres sur son épaule. Mais j'avais envie de le dire. Puisque nous sommes différents, je suis contente que tu sois Roberto et moi Maria. Mais si tu avais jamais envie de changer, je serais contente de changer. Je serais toi parce que je t'aime tellement.

— Je n'ai pas envie de changer. Il vaut mieux être soi et que chacun soit celui qu'il est.

— Mais nous ne serons plus qu'un maintenant et il n'y aura jamais de séparation. Puis elle dit : Je suis toi quand tu n'es pas là. Oh! je t'aime tant, il faut que je te soigne bien.

— Maria.

— Oui.

— Maria.

— Oui.

— Maria.

— Oh! oui. Je t'en prie.

— Tu n'as pas froid?

— Oh! non. Tire le sac sur tes épaules.

— Maria.

— Je ne peux pas parler.

— Oh! Maria, Maria, Maria. "

Ils se retrouvèrent plus tard tout près l'un de l'autre, la nuit froide autour d'eux, enfouis dans la chaleur du sac, la tête de Maria touchant la joue de Robert Jordan. Étendue, tranquille, heureuse, tout contre lui, Maria dit doucement : " Et toi?

— *Como tu*, dit-il.

— Oui, dit-elle. Mais ce n'était pas comme cet après-midi.

— Non.

— Mais cela m'a encore mieux plu. On n'a pas besoin de mourir.

— *Ojala no*, dit-il. J'espère bien que non.

— Je ne voulais pas dire ça.

— Je sais. Je sais ce que tu veux dire. Nous pensons à la même chose.

— Alors pourquoi as-tu dit ça au lieu de ce que je pensais?

— Pour un homme, c'est différent.

— Alors je suis contente que nous soyons différents.

— Et moi aussi, dit-il. Mais j'avais compris ce que tu disais quand tu parlais de mourir. J'ai seulement parlé en homme, par habitude. J'ai éprouvé la même chose que toi.

— Quoi que tu sois et quoi que tu dises, c'est comme ça que je veux que tu sois.

— Et je t'aime et j'aime ton nom, Maria.

— Un nom banal.

— Non, dit-il. Il n'est pas banal.

— On dort maintenant? dit-elle. Je dormirai facilement.

— Dormons ", dit-il. Il sentit le long corps léger, chaud contre le sien, apaisant, abolissant la solitude, par magie, par le simple contact des flancs, des épaules et des pieds, concluant avec lui une alliance contre la mort, et il dit : " Dors bien, mon long petit chevreau. "

Elle dit : " Je dors déjà.

— Je vais dormir, dit-il. Dors bien, mon aimée. " Puis il s'endormit, heureux dans son sommeil.

Mais, dans la nuit, il s'éveilla et il la serra contre lui comme si elle était toute la vie et qu'on voulût la lui enlever. Il la tenait, et il sentait qu'elle était toute la vie, et c'était vrai. Mais elle dormait bien, profondément, et ne s'éveilla pas. Alors, il s'écarta et se tourna sur le côté. Tirant le sac de couchage par-dessus la tête de Maria, il embrassa la jeune fille sur le cou, dans le sac, puis il remonta la lanière de son pistolet, le posa à côté de lui à portée de sa main, et il resta là, étendu dans la nuit, à réfléchir.

CHAPITRE XXI

Un vent tiède se leva avec le jour, et Jordan entendit les chutes lourdes de la neige fondante qui tombait des branches. C'était un matin de la fin du printemps. Il comprit, à la première bouffée d'air qu'il aspira, que la tempête de montagne qui avait amené la neige n'avait été qu'un caprice de l'atmosphère et qu'avant midi, il n'y aurait plus de neige. Puis il entendit un trot mat de cheval, assourdi par la neige humide. Il entendit aussi le claquement de fontes mal assujetties et le craquement du cuir.

" Maria, dit-il en secouant l'épaule de la jeune fille pour la réveiller. Cache-toi dans le sac ", et il boutonna sa chemise d'une main, tenant de l'autre le pistolet dont il défaisait le cran d'arrêt avec son pouce. Il vit la tête tondue de la jeune fille plonger brusquement dans le sac de couchage, puis il distingua le cavalier qui s'avançait entre les arbres. Alors, il s'enfonça dans le sac et, tenant son pistolet à deux mains, visa l'homme qui venait à lui. C'était la première fois qu'il le voyait.

Le cavalier était presque en face de lui, à présent. Il montait un grand genet gris et portait un béret kaki, une cape taillée dans une couverture à la façon d'un poncho, et de lourdes bottes noires. Du fourreau qui pendait à droite de sa selle, pointaient la crosse et le chargeur oblong d'un pistolet mitrailleur. Il avait un visage juvénile et dur et, à ce moment-là, il aperçut Robert Jordan.

Il baissa la main vers son arme et, comme il se penchait, tirant et secouant le fourreau, Robert Jordan vit la tache rouge de l'insigne qu'il portait sur le côté gauche de sa cape kaki.

Visant le centre de la poitrine, un peu au-dessous de l'insigne, Robert Jordan tira.

Le coup gronda dans les bois neigeux.

Le cheval fonça comme sous l'éperon, et le jeune homme, toujours penché vers le fourreau, glissa par terre, le pied droit pris dans l'étrier. Le cheval se mit à galoper entre les arbres, traînant son cavalier qui rebondissait, face contre terre. Robert Jordan se leva, tenant d'une main son pistolet.

Le grand cheval gris galopait à travers les pins. Il y avait un large sillon dans la neige, là où avait été traîné le cavalier, avec, d'un côté, un filet rouge. Des gens sortaient de la grotte. Robert Jordan se pencha, déroula son pantalon qui lui avait servi d'oreiller et commença à l'enfiler.

"Habille-toi", dit-il à Maria.

Au-dessus de leur tête, il entendait le bruit d'un avion volant très haut. Entre les arbres, il apercevait le cheval gris, arrêté, son cavalier toujours pendu à l'étrier, la face au sol.

"Va, attrape le cheval", cria-t-il à Primitivo qui s'approchait de lui. Puis : "Qui était de garde là-haut?

— Rafael", répondit Pilar du seuil de la grotte. Elle était là debout les cheveux encore nattés pour la nuit en deux tresses pendantes.

"La cavalerie donne, dit Robert Jordan. Montez votre sacrée mitrailleuse là-haut."

Il entendit Pilar appeler "Agustin", vers l'intérieur de la grotte. Elle y rentra, puis deux hommes en sortirent en courant, l'un portant l'arme automatique dont le trépied se balançait sur son épaule; l'autre portait un sac de munitions.

"Va là-haut avec eux, dit Robert Jordan à Anselmo. Tu t'étendras à côté de la pétoire pour en maintenir les pieds."

Tous trois montèrent au pas de course le sentier qui s'enfonçait dans le bois.

Le soleil n'avait pas encore atteint la crête des monts. Robert Jordan, debout, boutonna son pantalon et serra sa ceinture; le pistolet pendait toujours par une lanière à son poignet. Il le remit dans son étui, à sa ceinture. Puis il fit glisser le nœud coulant de la lanière et passa la tête dans la boucle.

Quelqu'un t'étranglera, avec cela, un jour, se dit-il. Enfin, heureusement que tu l'avais. Il sortit le pistolet de l'étui, retira le chargeur, y ajouta une cartouche prise dans la cartouchière de l'étui et remit le chargeur en place.

Il regarda entre les arbres où Primitivo, tenant le cheval par les rênes, s'efforçait de dégager le pied du cavalier de l'étrier. Le corps gisait face contre terre dans la neige et tandis qu'il regardait, Primitivo se mit à fouiller les poches du cadavre.

"Viens, lui cria-t-il. Amène le cheval."

Comme il s'agenouillait pour nouer ses espadrilles, il sentit contre sa jambe les mouvements de Maria qui s'habillait sous le couvert du sac de couchage. Il n'y avait pas de place pour elle dans sa vie à ce moment-là.

Le cavalier ne s'attendait pas à cela, songea-t-il. Il ne suivait pas une piste, et il n'était pas sur le qui-vive. Il devait faire partie d'une patrouille disséminée dans ces montagnes. Mais quand la patrouille s'apercevra de sa disparition, on suivra ses traces jusqu'ici. A moins que la neige ne fonde auparavant, pensa-t-il. Ou à moins qu'il n'arrive quelque chose à la patrouille.

"Vous feriez mieux de descendre, maintenant", dit-il à Pablo.

Ils étaient tous sortis de la grotte, la carabine à la main, des grenades dans la ceinture. Pilar tendit à Robert Jordan un sac de cuir rempli de grenades; il en prit trois qu'il mit dans sa poche. Il entra dans la grotte, trouva ses deux sacs, ouvrit

elui qui contenait la mitraillette, sortit la culasse et le canon,
assembla les pièces de l'arme démontée, mit un chargeur en
lace, et trois dans ses poches. Il referma le sac et se dirigea
ers la sortie de la grotte. J'ai les poches bien chargées, pensa-
-il, pourvu qu'elles ne craquent pas. Il sortit de la grotte et
it à Pablo : " Je monte là-haut. Est-ce qu'Agustin sait se
ervir de votre mitrailleuse?

— Oui, dit Pablo. — Il regardait Primitivo qui amenait le
heval.

— *Mira qué caballo*, dit-il. Regardez-moi ce cheval! "
Le grand cheval gris transpirait et frissonnait légèrement.
Robert Jordan lui flatta l'encolure.

" Je vais le mettre avec les autres, dit Pablo.

— Non, fit Robert Jordan. Il a laissé des traces en entrant
ci. Il faut qu'il en ressorte.

— C'est vrai, reconnut Pablo. Je vais partir avec lui. Je le
acherai et je le ramènerai quand la neige aura fondu. Tu as
e bonnes idées, aujourd'hui, *Inglés*.

— Envoie quelqu'un en bas, dit Robert Jordan. Nous, il
aut que nous montions.

— Ce n'est pas la peine, dit Pablo. Les cavaliers ne peuvent
as venir par le bas. Mais nous, nous pouvons filer par ici, et
ar deux autres chemins. Il vaut mieux ne pas faire de traces,
'il vient des avions. Donne-moi la *bota* de vin, Pilar.

— Pour t'en aller te saouler, dit Pilar. Tiens, prends ça à
a place. " Il tendit la main et prit deux grenades qu'il mit
ans ses poches.

" *Qué va*, me saouler, dit Pablo. La situation est grave. Mais
onne-moi la *bota*. Je ne peux pas faire tout ça en buvant de
eau. "

Il leva les bras, saisit les rênes et sauta en selle. Il sourit et
aressa le cheval nerveux. Robert Jordan le vit frotter affectueu-
ement sa jambe le long du flanc de la bête.

" *Qué caballo mas bonito*, dit-il en caressant de nouveau le
rand genet gris. *Qué caballo mas hermoso*. Allons. Plus vite il
era hors d'ici, mieux cela vaudra. "

Il se pencha et tira le pistolet mitrailleur de son fourreau;
'était une vraie petite mitraillette qu'on pouvait charger avec

des cartouches de 9 mm.; il l'examina. " Regardez-moi comm
ils sont armés, dit-il. Voilà de la cavalerie moderne.

— Voilà de la cavalerie moderne, là-bas, face contre terre
dit Robert Jordan. *Vamonos*.

— Toi, Andrès, selle les chevaux et tiens-les prêts. Si t
entends des coups de feu, fais-les monter dans le bois, derrièr
la brèche, et viens nous retrouver, avec tes armes, pendan
que les femmes garderont les chevaux. Fernando, tu veillera
à ce qu'on m'apporte aussi les sacs. Surtout, qu'on les port
avec précaution. Je te les confie à toi aussi, dit-il à Pilar. E
veille à ce qu'ils viennent avec les chevaux. *Vamonos*, dit-i
Partons.

— La Maria et moi, on va tout préparer pour le départ
dit Pilar. Puis, de plus près, à Robert Jordan : Regarde-le.
Elle désignait Pablo sur le cheval gris qu'il montait à pleine
cuisses, à la manière des gardiens de troupeaux; les naseau
du cheval se dilatèrent tandis que Pablo remplaçait le char
geur de la mitraillette. " Regarde l'effet qu'a produit ce chéva
sur lui.

— Si je pouvais avoir deux chevaux, fit Robert Jorda
avec ferveur.

— Ton cheval à toi, c'est le danger.

— Alors donne-moi un mulet, fit Robert Jordan en sou
riant.

— Déshabille-moi ça ", dit-il à Pilar en tournant la tête ver
l'homme étendu à plat ventre dans la neige. " Et prends tout
lettres et papiers, et mets-les dans la poche extérieure de mo
sac. Tout, tu m'entends?

— Oui.

— *Vamonos* ", dit-il.

Pablo chevauchait en tête, et les deux hommes suivirent
l'un derrière l'autre, attentifs à ne pas laisser de traces dans l
neige. Robert Jordan portait sa mitraillette, le canon en bas
Je voudrais qu'on puisse la charger avec les mêmes munition
que cette arme de cavalerie, pensa-t-il. Mais on ne peut pas
Ça, c'est une arme allemande. C'était l'arme de ce vieu
Kachkine.

Le soleil pointait à présent au-dessus de la montagne. U

vent chaud soufflait, et la neige fondait. C'était un ravissant matin de printemps.

Robert Jordan regarda derrière lui et vit Maria debout à côté de Pilar. Puis la jeune fille se mit à monter le sentier en courant.

" Écoute, dit-elle. Je peux venir avec toi?

— Non. Aide Pilar. "

Elle marchait à côté de lui et lui prit le bras.

" Si, je viens.

— Non. "

Elle continua à marcher avec lui.

" Je pourrais tenir le pied de la mitrailleuse, comme tu as dit à Anselmo.

— Tu ne tiendras pas de pied. Pas même celui de la mitrailleuse. "

Elle avança sa main et la mit dans la poche de Robert Jordan.

" Non, dit-il. Mais prends bien soin de ta chemise de mariée.

— Embrasse-moi, dit-elle, si nous devons nous quitter.

— Tu n'as pas de pudeur, dit-il.

— Non, fit-elle. Aucune.

— Va-t'en, maintenant. Il y a trop de travail. Peut-être allons-nous devoir nous battre, s'ils suivent les traces de ce cheval.

— Écoute, dit-elle. Tu as vu ce qu'il portait sur la poitrine?

— Oui. Et alors?

— C'était le Sacré-Cœur.

— Oui. Tous les Navarrais ont ça.

— Et tu l'as visé là?

— Non. Au-dessous. Va-t'en maintenant.

— Tu sais, dit-elle. J'ai tout vu.

— Tu n'as rien vu. Un homme. Un homme tombant de cheval. *Vete.* Va-t'en.

— Dis que tu m'aimes.

— Non. Pas maintenant.

— Tu ne m'aimes pas maintenant?

— *Déjamos.* Va-t'en. On ne peut pas faire ce que je fais et aimer en même temps.

— Je voudrais tenir le pied de la mitrailleuse et, pendant qu'elle tire, t'aimer : tout ça en même temps.

— Tu es folle. Va-t'en maintenant.

— Je ne suis pas folle, dit-elle. Je t'aime.

— Alors, redescends.

— Bon. J'y vais. Et si tu ne m'aimes pas, moi je t'aime assez pour deux. "

Il la regarda et sourit à travers ses réflexions.

" Quand vous entendrez tirer, dit-il, vous viendrez avec les chevaux. Aide Pilar à porter les sacs. Peut-être qu'il n'y aura rien du tout. Je l'espère.

— J'y vais, dit-elle. Regarde-moi le cheval de Pablo. "

Le grand genet gris montait le sentier.

" Oui. Mais va-t'en.

— Je m'en vais ", dit-elle.

Il sentait dans sa poche, contre sa cuisse, le poing de la jeune fille. Il la regarda et vit qu'elle avait des larmes dans les yeux. Elle sortit son poing de la poche et, jetant ses bras autour du cou de Jordan, elle l'embrassa.

" Je m'en vais, dit-elle. *Me voy*. Je m'en vais. "

Il tourna la tête et la vit debout dans les premiers rayons du matin, qui caressaient son visage brun auréolé de cheveux courts, couleur de tan et d'or brûlé. Elle leva le poing vers lui, se retourna et redescendit le sentier, la tête baissée.

Primitivo se retourna et la regarda.

" Si elle n'avait pas les cheveux si courts, ce serait une jolie fille, dit-il.

— Oui ", dit Robert Jordan. Il pensait à autre chose.

" Comment elle est au lit? demanda Primitivo.

— Quoi?

— Au lit.

— Ta gueule!

— Il n'y a pas de quoi se vexer parce que....

— Assez ", fit Robert Jordan. Il examinait la position.

CHAPITRE XXII

" Coupe-moi des branches de pin, dit Robert Jordan à Primitivo, et apporte-les vite.

— Je n'aime pas cet emplacement, pour la mitrailleuse, dit-il à Agustin.

— Pourquoi?

— Mets-la là. Je t'expliquerai plus tard.

— Là, comme ça. Laisse que je t'aide. Là ", fit-il, en s'accroupissant près de lui.

Il regarda à travers l'étroit passage, notant la hauteur des rochers de part et d'autre.

" Il faut la mettre plus loin, dit-il, plus loin par là. Bon. Ici. Ça ira pour le moment. Là. Mets des pierres par ici. En voilà une. Mets-en une autre là, de côté. Laisse au canon la place de bouger. Il faut mettre cette pierre plus loin. Anselmo, descends à la grotte et rapporte-moi une hache. Vite.

— Vous n'avez jamais eu un emplacement convenable pour la mitrailleuse? demanda-t-il à Agustin.

— On l'a toujours mise là.

— Kachkine n'a jamais dit de la mettre ici?

— Non. Quand on a apporté la mitrailleuse, il était déjà parti.

— Ceux qui l'ont apportée ne savaient pas s'en servir?

— Non, c'étaient des porteurs.

— Quelle manière de travailler! dit Robert Jordan. On vous l'a donnée comme ça, sans instructions?

— Oui, comme un cadeau. Une pour nous et une pour El Sordo. Quatre hommes les ont apportées, sous la conduite d'Anselmo.

— C'est un miracle qu'on ne les ait pas perdues. Quatre hommes à travers les lignes!

— C'est ce que je me suis dit aussi, dit Agustin. J'ai pensé que ceux qui les envoyaient avaient envie qu'ils se perdent. Mais Anselmo les a très bien guidés.

— Tu sais la manier?

— Oui. Je me suis entraîné. Je sais. Pablo sait. Primitivo sait. Fernando aussi. On s'est exercé à la démonter et à la remonter sur la table, dans la grotte. Une fois, on l'avait démontée et on est resté deux jours avant de savoir comment la remonter. Depuis, on ne la démonte plus.

— Elle tire, au moins, maintenant?

— Oui. Mais on ne laisse pas le Gitan ni les autres s'amuser avec.

— Tu vois? Là elle était inutilisable, dit-il. Regarde. Ces rochers qui devaient protéger votre flanc couvraient vos assaillants. Avec une arme comme celle-là, il faut avoir un espace découvert devant soi. Et puis, il faut les prendre de flanc. Tu vois? Regarde maintenant. On domine tout ça.

— Je comprends, dit Agustin. Mais on ne s'est jamais battus sur la défensive, sauf quand ils ont attaqué notre ville. Au train, il y avait des soldats avec la *máquina*.

— Eh bien, apprenons ensemble, dit Robert Jordan. Il y a certaines règles à observer. Où est le Gitan? Il devrait être ici.

— Je ne sais pas.

— Où peut-il bien être allé?

— Je ne sais pas. "

Pablo était parti à cheval à travers le col et avait tourné en cercle autour du sommet découvert qui formait le champ de tir de l'arme automatique. A présent, Robert Jordan le regardait descendre la pente, le long de la piste que le cheval avait tracée en montant. Il disparut parmi les arbres, vers la gauche.

" J'espère qu'il ne va pas se jeter dans la cavalerie, pensa Robert Jordan. J'ai bien peur qu'il ne nous retombe dans les bras. "

Primitivo apporta les branches de pin, et Robert Jordan les planta à travers la neige dans la terre, qui n'était pas gelée, et les recourba en arcs au-dessus du canon.

" Apportes-en encore, dit-il. Il faut une cachette pour deux servants. Ça ne vaut pas grand-chose, mais c'est toujours ça en attendant la hache. Écoute, dit-il. Si tu entends un avion, où que tu sois, couche-toi à plat ventre dans l'ombre des rochers. Je reste ici avec la mitrailleuse. "

Maintenant que le soleil brillait et que soufflait un vent chaud, il faisait bon, sur la face ensoleillée des rochers. Quatre chevaux, pensa Robert Jordan. Les deux femmes et moi, Anselmo, Primitivo, Fernando, Agustin, comment diable s'appelle l'autre frère? Ça fait huit. Sans compter le Gitan. Ça fait neuf. Plus Pablo qui est parti avec un cheval, ça fait dix. Ah! oui, il s'appelle Andrès, l'autre frère. Plus l'autre, Eladio. Ça fait onze. Pas même une moitié de cheval pour chacun. Trois hommes peuvent tenir ici et quatre s'en aller. Cinq, avec Pablo. Reste deux. Trois, avec Eladio. Où diable est-il?

Dieu sait ce qui attend Sordo aujourd'hui, s'ils trouvent la trace de ses chevaux dans la neige. C'est vache, cette neige qui s'arrête comme ça. Mais elle fond aujourd'hui, ça va arranger les choses. Pas pour Sordo. J'ai peur qu'il soit trop tard pour que les choses s'arrangent pour Sordo.

Si on arrive à passer la journée sans avoir à se battre, on pourra lancer la grande affaire demain avec ce qu'on a. Je sais qu'on peut. Pas très bien, peut-être. Pas comme il faudrait, pour faire du bon boulot; pas comme nous l'aurions voulu; mais, en se servant de tout le monde, on peut tenter le coup. *Si on n'a pas à se battre aujourd'hui.* Si nous devons nous battre aujourd'hui, Dieu nous protège.

En attendant, je ne vois pas de meilleure place que celle-ci. Si on s'en va maintenant, on ne fera que laisser des traces. L'emplacement n'est pas plus mauvais qu'un autre et, si les choses tournent mal, il y a trois issues. Après ça viendra la nuit et, où que nous soyons dans ces montagnes, je peux atteindre le pont et le faire sauter au matin. Je ne sais pas pourquoi je me suis inquiété. Ça semble assez facile maintenant. J'espère que l'aviation sortira à temps, pour une fois. Oui, je l'espère. Demain, il y aura du chambard.

Pour ce qui est d'aujourd'hui, ça va être ou très intéressant, ou très plat. Je suis bien content que ce bourrin se balade au loin. Même s'ils arrivaient ici, je ne crois pas qu'ils s'y reconnaîtraient avec les pistes brouillées comme elles le sont. Ils penseraient qu'il s'est arrêté et a tourné, et ils suivraient les traces de Pablo. Je me demande où ira ce vieux salaud? Il va probablement tracer des pistes comme un vieil élan, en montant, et puis, quand la neige aura fondu, il fera le tour par en bas. C'est vrai que ce cheval lui a fait de l'effet. Peut-être qu'il en a simplement profité pour foutre le camp. Bah! ça le regarde. Il doit commencer à savoir se débrouiller, depuis le temps! Avec tout ça, je n'ai pas trop confiance en lui.

Je trouve plus malin de planquer la mitrailleuse dans les rochers, avec un bon camouflage, que de lui fabriquer un vrai abri. S'ils arrivaient, eux ou leurs avions, ils nous surprendraient en train de creuser. Telle qu'elle est placée, elle tiendra le passage aussi longtemps que ça servira à quelque chose. Moi, en tout cas, je ne peux pas m'attarder à combattre. Il faut que je me tire d'ici avec mon matériel, et j'emmènerai Anselmo. Qui restera pour nous couvrir pendant qu'on s'en va, si on se bat ici?

A ce moment, tandis qu'il observait le terrain, il vit le Gitan qui arrivait par la gauche, entre les rochers. Sa démarche était nonchalante et déhanchée; il portait sa carabine à la bretelle, son visage brun souriait, et il tenait deux gros lièvres, un dans chaque main. Il les tenait par les pattes, la tête pendante.

"*Hola*, Roberto", cria-t-il joyeusement.

Robert Jordan mit sa main devant sa bouche, et le Gitan parut interdit. Il se glissa derrière les rochers jusqu'à l'endroit où Robert Jordan était accroupi, à côté de l'arme automatique cachée par les branchages. Il s'accroupit à côté de lui et posa les lièvres dans la neige. Robert Jordan le regarda.

"Et alors, *hijo de la gran puta!* dit-il tout bas. D'où sors-tu, nom de Dieu?

— J'ai suivi leurs traces, dit le Gitan. Je les ai eus tous les deux. Ils faisaient l'amour dans la neige.

— Et ton poste?

— Ça n'a pas duré longtemps, chuchota le Gitan. Qu'est-ce qui se passe? Il y a une alerte?

— Des mouvements de cavalerie.

— *Redios!* fit le Gitan. Tu les as vus?

— Il y en a un au camp pour l'instant. Il est venu pour le petit déjeuner.

— Je me disais bien que j'avais entendu un coup de feu ou quelque chose comme ça, dit le Gitan. Merde de merde! Il est arrivé par ici?

— Par ici, par *ton* poste.

— *Ay mi madre!* dit le Gitan. Je n'ai pas de chance.

— Si tu n'étais pas gitan, je t'abattrais.

— Non, Roberto. Ne dis pas ça. Je suis désolé. J'étais avec les lièvres. Avant le jour, j'ai entendu le mâle sauter dans la neige. Tu ne peux pas imaginer cette foire qu'ils faisaient. Je me suis approché, au bruit, mais ils avaient filé. J'ai suivi les traces dans la neige et, en montant, je les ai trouvés ensemble et je les ai tués tous les deux. Sens comme ils sont gras pour la saison. Pense à ce que la Pilar va en faire. Je suis désolé, Roberto, aussi désolé que toi. Le cavalier a été tué?

— Oui.

— Par toi?

— Oui.

— *Que tio!* fit le Gitan sur un ton de flatterie sans vergogne. Tu es un vrai phénomène.

— Ta mère! " dit Robert Jordan. Il ne pouvait s'empêcher de sourire au Gitan. " Va porter tes lièvres au camp et apporte-nous le petit déjeuner. "

Il tendit la main et palpa les lièvres qui gisaient dans la neige, disloqués, longs, lourds, avec leur épaisse fourrure, leurs longues pattes, leurs longues oreilles, leurs yeux sombres et ronds, grands ouverts.

" Ils sont gras, dit-il.

— Gras! fit le Gitan. Chacun d'eux a une pleine casserole de lard sur les côtes. De ma vie je n'ai vu des lièvres pareils, même en rêve.

— Allons, va, dit Robert Jordan, reviens vite avec le petit déjeuner, et apporte-moi les documents de ce *requeté*. Demande-les à Pilar.

— Tu n'es pas fâché contre moi, Roberto?

— Pas fâché. Dégoûté que tu aies abandonné ton poste. Et si ç'avait été toute une troupe de cavaliers?

— *Redios!* dit le Gitan. Comme tu es raisonnable!

— Écoute-moi. Il ne faut pas recommencer à abandonner ton poste comme ça. Jamais. Ce n'est pas à la légère que j'ai parlé de t'abattre.

— Bien sûr. D'ailleurs, jamais une occasion comme ces deux lièvres ne se présentera de nouveau. Ça n'arrive pas deux fois dans une vie d'homme.

— *Anda!* dit Robert Jordan. Et dépêche-toi de revenir. "

Le Gitan ramassa les deux lièvres et s'éloigna en se glissant entre les rochers. Robert Jordan se mit à observer la brèche et la pente descendante. Une corneille volait en cercle au-dessus de lui, puis alla se poser sur un pin en contrebas. Une autre corneille la rejoignit, et Robert Jordan songea : voilà mes sentinelles. Tant qu'elles ne bougeront pas, c'est que personne n'approchera entre les arbres.

Ce Gitan, pensa-t-il, il ne vaut vraiment rien. Il n'a ni sens politique ni discipline, et on ne peut compter sur lui pour rien. Mais j'aurai besoin de lui demain. J'ai un emploi pour lui, demain. C'est drôle de voir un Gitan à la guerre. On devrait les exempter, comme les objecteurs de conscience. Ou comme ceux qui ne sont pas bons pour le service, physiquement ou moralement. Ils ne valent rien. Mais les objecteurs de conscience n'ont pas été exemptés, dans cette guerre. Personne n'a été exempté. La guerre est venue et a pris tout le monde. Oui, elle est venue ici cette fois, chez ces fainéants. Ils l'ont, maintenant.

Agustin et Primitivo montèrent, portant des branches, et Robert Jordan confectionna un bon camouflage pour la mitrailleuse, un camouflage qui la rendrait invisible des avions et paraîtrait naturel, vu de la forêt. Il leur montra où placer un homme en haut des rochers sur la droite, d'où on pouvait voir tout le pays de ce côté-là, et un autre à un endroit d'où l'on pouvait surveiller le seul accès à la muraille de gauche.

" Ne tirez pas si vous voyez qui que ce soit, dit Robert Jordan. Faites rouler un caillou en bas pour m'avertir, un petit caillou, et faites-nous signe avec votre fusil, comme ça ", il leva le fusil et le tint au-dessus de sa tête. " Et pour indiquer leur nombre, comme ça. " Il leva et abaissa le fusil. " S'ils sont descendus de cheval, dirigez le canon du fusil vers la terre. Comme ça. Ne tirez pas tant que vous n'entendrez pas tirer la *máquina*. Visez aux genoux, quand vous tirez de cette hauteur. Si vous m'entendez siffler trois fois avec ce sifflet, descendez sans vous découvrir et venez vers les rochers où est la *máquina*. "

Primitivo leva son fusil.

" Je comprends, dit-il. C'est très simple.

— Envoyez d'abord le caillou pour nous avertir, puis indiquez la direction et le nombre. Attention de ne pas vous montrer.

— Oui, dit Primitivo. Je peux lancer une grenade?

— Pas avant que la *máquina* n'ait tiré. Il se peut que des cavaliers viennent par ici à la recherche de leur camarade et n'essaient pas de pénétrer plus avant. Ils peuvent suivre les traces de Pablo. Nous ne désirons pas le combat si on peut l'éviter. Avant tout, tâchons de l'éviter. Maintenant, montez.

— *Me voy*, dit Primitivo, et il escalada les hautes roches, sa carabine à la main.

— Toi, Agustin, dit Robert Jordan. Qu'est-ce que tu sais faire, avec cette mitrailleuse? "

Agustin s'avança, grand, noir, la mâchoire bleue, les yeux enfoncés, la bouche mince, les mains lourdes et abîmées par le travail.

" *Pues*, la charger. Viser. Tirer. C'est tout.

— Tu ne tireras pas avant qu'ils ne soient à cinquante mètres, et seulement quand tu seras sûr qu'ils vont s'engager dans la passe qui mène à la grotte, dit Robert Jordan.

— D'accord. Ça fait quelle distance?

— Ce rocher. S'il y a un officier, tire sur lui en premier. Puis pointe ta pièce vers les autres. Pointe très lentement. Tiens-la fort pour qu'elle ne rebondisse pas. Vise soigneusement et ne tire pas plus de six coups à la fois si tu peux. Mais, chaque fois, vise un homme, puis pointe sur un autre. Pour un homme à cheval, vise au ventre.

— Oui.

— Il faut que quelqu'un tienne le trépied pour que la pièce ne remue pas. Comme ça. Et il la chargera pour toi.

— Et toi, où est-ce que tu seras?

— Je serai là, sur la gauche. Là-haut, d'où je peux tout voir, et je couvrirai ta gauche avec la petite *máquina*. S'ils viennent, on devrait pouvoir en faire un massacre. Mais il ne faut pas tirer avant qu'ils soient aussi près que ça.

— Je crois bien qu'on pourra les massacrer! *Menuda matanza!*

— Mais j'espère qu'ils ne viendront pas.

— S'il n'y avait pas ton pont, on pourrait les massacrer et puis filer.

— A quoi cela servirait-il? Ça n'avancerait à rien. Le pont fait partie d'un plan pour gagner la guerre. Ça, ce serait exactement zéro. Ça serait un incident. Rien.

— *Qué va*, rien. Chaque fasciste mort est un fasciste de moins.

— Oui. Mais, avec l'affaire du pont, nous pouvons prendre Ségovie. La capitale de la province. Penses-y. Ça serait la première qu'on prendrait.

— Tu crois ça sérieusement? Qu'on peut prendre Ségovie?

— Oui. C'est possible, si le pont saute comme il faut.

— Je voudrais qu'on ait le massacre ici et le pont aussi.

— Tu es bien gourmand ", lui dit Robert Jordan.

Pendant tout ce temps, il surveillait les corneilles. Il remarqua que l'une d'elles regardait quelque chose. L'oiseau croassa et s'envola. Mais l'autre restait tranquillement dans l'arbre. Robert Jordan regarda vers le poste de Primitivo en haut sur le rocher. Il le vit qui observait la campagne mais ne faisait pas de signe. Robert Jordan se pencha en avant, ouvrit la culasse de la mitrailleuse et vérifia que le chargeur était bien engagé. Puis il referma la culasse. La corneille était toujours dans l'arbre. L'autre fit un vaste cercle au-dessus de la neige puis vint de nouveau se poser. Sous le soleil et le vent chaud, des branches de sapins laissaient tomber leur charge de neige.

" Je te promets un massacre demain matin, dit Robert Jordan. Il faudra descendre le poste à la scierie.

— Je suis prêt, dit Agustin. *Estoy listo*.

— Et aussi le poste qui est dans la cabane du cantonnier, au-dessous du pont.

— Je suis bon pour l'une ou pour l'autre, dit Agustin. Ou pour les deux.

— Pas pour les deux. On les attaque en même temps, dit Robert Jordan.

— Alors pour l'une des deux, dit Agustin. Ça fait longtemps que je réclame de l'action dans cette guerre. Pablo nous fait crever d'inaction ici. ''

Anselmo arriva, apportant la hache.

'' Tu veux encore des branches, demanda-t-il. Moi, ça me paraît bien caché.

— Pas des branches, dit Robert Jordan. Deux petits arbres qu'on pourrait planter ici et là, pour que ça ait l'air plus naturel. Il n'y a pas assez d'arbres par ici pour que ça paraisse tout à fait naturel.

— Je vais en apporter.

— Va les couper assez loin pour qu'on ne voie pas les souches. ''

Robert Jordan entendit la hache résonner dans les bois derrière lui. Il leva les yeux vers Primitivo, là-haut dans les rochers, puis il examina les pins, en bas, de l'autre côté de la clairière. La corneille était toujours là. Il entendit le premier ronflement aigu d'un avion qui approchait. Il leva la tête et le vit très haut, minuscule et argenté sous le soleil. Il semblait à peine bouger dans le ciel.

'' Ils ne peuvent pas nous voir, dit-il à Agustin. Mais il faut faire attention. C'est le deuxième avion d'observation aujourd'hui.

— Et ceux d'hier? demanda Agustin.

— Ce n'est plus qu'un mauvais rêve maintenant, dit Robert Jordan.

— Ils doivent être à Ségovie. Le mauvais rêve attend là-bas de devenir une réalité. ''

L'avion avait disparu à présent au-dessus des montagnes, mais le bruit du moteur s'entendait encore.

Comme Robert Jordan regardait en l'air, il vit la corneille s'envoler. Elle volait tout droit entre les arbres sans croasser.

CHAPITRE XXIII

" Couche-toi ", chuchota Robert Jordan à Agustin; puis, tournant la tête, il fit signe : " Baisse-toi, baisse-toi ", à Anselmo qui arrivait par la brèche portant un sapin sur l'épaule comme un arbre de Noël. Il vit le vieux poser son sapin derrière un rocher et disparaître entre les rocs, puis Robert Jordan se remit à observer devant lui l'espace découvert, dans la direction du bois. Il ne vit rien, n'entendit rien, mais il sentait battre son cœur. Puis il entendit le choc de la pierre sur la pierre, la descente bondissante d'un caillou. Il tourna la tête vers la droite, et, levant les yeux, vit le fusil de Primitivo levé et abaissé horizontalement quatre fois. Puis il n'y eut plus rien d'autre à voir que l'étendue blanche devant lui, avec la trace circulaire laissée par le cheval gris et, plus bas, la ligne du bois.

" Cavalerie ", dit-il tout bas à Agustin.

Agustin le regarda et ses joues sombres et caves s'élargirent dans un sourire. Robert Jordan remarqua qu'il transpirait. Il tendit la main et la lui mit sur l'épaule. A ce moment, ils virent quatre cavaliers sortir des bois et Robert Jordan sentit les muscles du dos d'Agustin se tendre sous sa main.

Il y avait un cavalier en tête, les trois autres trottaient derrière. Celui qui conduisait suivait les traces du cheval gris. Il chevauchait, les yeux à terre. Les trois autres étaient disposés en éventail à travers le bois. Tous étaient sur le qui-vive. Robert Jordan sentit son cœur battre contre le sol neigeux où il était étendu, les coudes écartés, et il regardait les cavaliers par l'œilleton de la mitrailleuse.

L'homme qui conduisait suivit la piste jusqu'à l'endroit où Pablo avait tourné en cercle et, là, s'arrêta. Les autres le rejoignirent et, parvenus à sa hauteur, s'arrêtèrent.

Robert Jordan les voyait nettement au-dessus du chargeur d'acier bleu de la mitrailleuse. Il distinguait les visages des hommes, les sabres pendants, les flancs des chevaux, sombres de sueur, le cône des capes kaki et l'inclinaison navarraise des bérets kaki. Le chef dirigea son cheval vers la brèche entre les rochers où était placée l'arme automatique, et Robert Jordan vit son visage juvénile, tanné par le vent et le soleil, ses yeux rapprochés, son nez aquilin, et son menton trop long et en galoche.

Ainsi monté, le poitrail du cheval face à Robert Jordan, la tête du cheval levée, la crosse de la petite mitraillette pointant hors du fourreau, au côté droit de la selle, le chef fit un geste vers l'espace découvert où était placée l'arme.

Robert Jordan enfonça ses coudes dans le sol et regarda le long du canon les quatre cavaliers arrêtés dans la neige. Trois d'entre eux avaient sorti leurs armes. Deux les tenaient en travers de leur selle. L'autre l'avait à sa droite, la crosse contre sa hanche.

C'est rare de les voir de si près, songea-t-il. Comme ça, en visant. En général, on les aperçoit de si loin qu'ils ont l'air d'hommes en miniature et c'est une affaire de tirer jusque-là. Ou bien ils courent et s'agitent, et on martèle une pente ou bien on barre une certaine rue, ou on vise les fenêtres; ou encore, on les voit de très loin défiler sur une route. Ce n'est qu'aux trains qu'on les voit comme ça. Ce n'est que là qu'ils sont comme maintenant, et, avec quatre mitrailleuses comme ça, on les disperse comme un rien. A travers l'œilleton, à cette distance, ils paraissent deux fois grandeur nature.

Toi, songea-t-il en regardant à travers la mire, le haut du guidon sur la poitrine du chef, un peu à droite de l'insigne écarlate, flamboyant sous le soleil matinal, sur le fond kaki de la cape. Toi, songea-t-il, pensant en espagnol à présent, et il poussa ses doigts contre le pontet de la mitrailleuse. Toi, songea-t-il de nouveau, te voilà mort en pleine jeunesse. Et toi, pensat-il, et toi. Mais il ne faut pas que ça arrive. Il ne faut pas.

Il sentit qu'Agustin, à côté de lui, allait commencer à tousser. Il le sentit se retenir, suffoquer et avaler. Puis, comme il regardait le long du bleu gras du chargeur, à travers l'arc de branchage, les doigts toujours posés contre le pontet, il vit le chef faire tourner son cheval et le diriger vers le bois où s'enfonçait la piste de Pablo. Tous quatre s'engagèrent au trot dans le bois et Agustin dit tout bas : " *Cabrones!* "

Robert Jordan regarda derrière lui, vers les rochers où Anselmo avait déposé l'arbre.

Le Gitan Rafael s'avançait vers eux entre les rochers, portant deux sacs d'arçons, son fusil sur le dos. Robert Jordan lui fit signe de se baisser et le Gitan disparut.

" On aurait pu les descendre tous les quatre ", dit Agustin tout bas. Il était encore en sueur.

" Oui, chuchota Robert Jordan. Mais qui sait ce qui serait arrivé au bruit? "

A ce moment, il entendit dégringoler un autre caillou et il regarda vivement autour de lui. Mais le Gitan et Anselmo étaient tous deux hors de vue. Il baissa les yeux sur sa montre, puis regarda en l'air et vit Primitivo lever et abaisser son fusil en une série de petites secousses. Pablo a quarante-cinq minutes d'avance, pensa Robert Jordan, puis il entendit le bruit d'un détachement de cavalerie qui approche.

" *No te apures*, chuchota-t-il à Agustin. N'aie pas peur. Ils passeront comme les autres. "

Ils apparurent, trottant à la lisière du bois en colonne par deux, vingt hommes à cheval, armés et vêtus comme les autres, sabres pendants, la mitraillette au fourreau, et ils s'enfoncèrent dans le bois comme avaient fait les autres.

" *Tu vois?* dit Robert Jordan à Agustin. Tu vois?

— Ils étaient beaucoup, dit Agustin.

— C'est à eux qu'on aurait eu affaire si on avait descendu les autres ", dit Robert Jordan très bas. Son cœur avait repris son rythme tranquille, sa chemise était mouillée de neige fondante. Il éprouvait une sensation de vide dans la poitrine.

Le soleil brillait sur la neige qui fondait rapidement. Il la voyait se creuser autour des troncs d'arbre, et, devant le canon de la mitrailleuse, sous ses yeux, la surface neigeuse était humide et friable entre la chaleur du soleil qui faisait fondre le dessus et la chaleur de la terre.

Robert Jordan leva les yeux vers le poste de Primitivo et

vit celui-ci faire le signal : " Rien ", en croisant les mains, les paumes vers le sol.

La tête d'Anselmo apparut au-dessus d'un rocher, et Robert Jordan lui fit signe d'approcher. Le vieux se glissa de rocher en rocher, arriva en rampant et resta à côté du canon.

" Beaucoup, fit-il. Beaucoup!

— Je n'ai pas besoin des arbres, lui dit Robert Jordan. Plus la peine de faire de nouveaux décors forestiers. "

Anselmo et Agustin sourirent.

" Le camouflage a bien supporté l'épreuve, et il serait dangereux de planter des arbres maintenant, car ces gens vont revenir et ils ne sont peut-être pas idiots. "

Il éprouvait un besoin de parler, signe chez lui qu'il venait de traverser un grand danger. Il pouvait toujours mesurer la gravité d'une affaire à l'intensité de l'envie de parler qui lui venait après.

" Bon camouflage, hein? dit-il.

— Oui, fit Agustin. Très bon, et que tous les fascistes aillent se faire foutre. On aurait pu en descendre quatre. Tu as vu? demanda-t-il à Anselmo.

— J'ai vu.

— Toi, fit Robert Jordan à Anselmo, il faut que tu ailles au poste d'hier ou à un autre bon poste que tu choisiras pour observer la route et me faire un rapport sur tout ce qui y passera, comme hier. Il est déjà tard pour ça. Restes-y jusqu'à la nuit. Puis reviens et on en enverra un autre.

— Mais je vais laisser des traces.

— Monte dès que la neige aura disparu. La route sera boueuse. Regarde s'il y a beaucoup de traces de camions et des traces de tanks dans la gadoue de neige fondue. C'est tout ce que nous pourrons savoir avant que tu prennes ton poste.

— Tu permets? demanda le vieux.

— Bien sûr.

— Si tu permets, est-ce qu'il ne vaudrait pas mieux que j'aille à La Granja et que je me renseigne sur ce qui s'est passé la nuit dernière, et que j'envoie quelqu'un pour observer aujourd'hui, comme tu m'as appris? Celui-là pourrait venir faire son rapport ce soir, ou même je pourrais retourner à La Granja prendre son rapport.

— Tu n'as pas peur de rencontrer de la cavalerie?

— Pas quand la neige aura fondu.

— Il y a quelqu'un à La Granja qui pourrait faire ça?

— Oui. Pour ça oui. Une femme. Il y a plusieurs femmes sûres à La Granja.

— Je crois bien, dit Agustin. J'en suis même sûr. Et il y en a plusieurs qui sont bonnes à autre chose encore. Tu ne veux pas que j'y aille?

— Laisse le vieux y aller. Tu sais manier cette mitrailleuse et la journée n'est pas finie.

— J'irai quand la neige sera fondue, dit Anselmo. Et elle fond vite.

— Tu penses qu'ils ont des chances de rattraper Pablo? demanda Robert Jordan à Agustin.

— Pablo est malin, dit Agustin. Est-ce que des hommes rattrapent un cerf, sans chiens?

— Ça arrive, dit Robert Jordan.

— Pas Pablo, dit Agustin. C'est clair qu'il n'est qu'un débris de ce qu'il était autrefois. Mais ce n'est pas pour rien qu'il est encore en vie et pépère dans ces montagnes, à se saouler la gueule, quand il y en a tant qui sont morts contre un mur.

— Il est si malin que ça?

— Bien plus.

— Il ne m'a pourtant pas semblé très à son affaire, ici.

— *Como que no?* S'il n'était pas très à son affaire, il serait mort hier soir. J'ai l'impression que tu ne comprends pas la politique, *Inglés*, ni la guérilla. En politique comme ici, la première chose c'est de continuer à exister. Regarde comment il a continué à exister hier soir. Et la quantité d'ordure qu'il a avalée de moi et de toi. "

Maintenant que Pablo faisait de nouveau partie du groupe, Robert Jordan ne voulait plus dire de mal de lui, et il n'avait pas plus tôt dit qu'il ne lui paraissait pas très à son affaire, qu'il le regretta. Il savait bien que Pablo était très malin. Pablo avait immédiatement vu le point dangereux dans les ordres concernant la destruction du pont. Il n'avait fait cette remarque

que parce qu'il ne l'aimait pas, et il savait, en la faisant, qu'il avait tort. Cela tenait à cette envie de parler qui suivait les émotions. Il changea de conversation et dit à Anselmo : " Tu veux aller à La Granja en plein jour?

— Ce n'est pas terrible, dit le vieux. Je n'irai pas avec une musique militaire.

— Ni avec une sonnette au cou, dit Agustin. Ni en portant un étendard.

— Comment iras-tu?

— Par les crêtes d'abord, et puis je descendrai à travers la forêt.

— Mais s'ils t'arrêtent?

— J'ai des papiers.

— On en a tous, mais il faut se dépêcher d'avaler les mauvais. "

Anselmo secoua la tête et tapota la poche de sa blouse.

" Combien de fois j'y ai pensé, dit-il. Et je n'aime pas avaler du papier.

— Je trouve qu'on devrait y mettre un peu de moutarde, fit Robert Jordan. Dans ma poche gauche, j'ai nos papiers à nous. Dans la droite, les papiers fascistes. Comme ça, en cas de danger, pas de confusion. "

Le danger avait vraiment dû être sérieux, au moment où le chef de la première patrouille avait fait un geste dans leur direction, car ils parlaient tous beaucoup. Trop, pensait Robert Jordan.

" Mais écoute, Roberto, dit Agustin. On dit que le gouvernement glisse de plus en plus vers la droite; que, dans la République, on ne dit plus Camarade, mais Señor et Señora. Tu peux intervertir tes poches?

— Quand il sera aussi à droite que ça, je mettrai mes papiers dans ma poche-revolver, dit Robert Jordan, et je la coudrai au milieu du fond de mon pantalon!

— Espérons qu'ils resteront dans ta chemise, dit Agustin. Est-ce qu'on va gagner cette guerre et perdre la révolution?

— Non, fit Robert Jordan. Mais si on ne gagne pas cette guerre, il n'y aura pas de révolution, ni de République, ni de toi, ni de moi, ni de rien, qu'un énorme *carajo*.

— C'est ce que je dis, fit Anselmo. Il faut qu'on gagne cette guerre.

— Et, ensuite, fusiller les anarchistes et les communistes et toute cette *canalla*, sauf les bons républicains, dit Agustín.

— Qu'on gagne cette guerre et qu'on ne fusille personne, dit Anselmo. Qu'on gouverne avec justice et que tous profitent des avantages, d'après le mal qu'ils se seront donné. Et qu'on instruise ceux qui se sont battus contre nous, pour qu'ils comprennent leur erreur.

— Il faudra en fusiller beaucoup, dit Agustín. Beaucoup, beaucoup, beaucoup. "

Il frappa de son poing droit fermé la paume de sa main gauche.

" J'espère qu'on ne fusillera personne. Pas même les chefs. Qu'on les laisse se racheter par le travail.

— Je sais à quel travail je les mettrais, dit Agustín, et il ramassa une poignée de neige qu'il mit dans sa bouche.

— Quel travail? demanda Robert Jordan.

— Deux boulots extrêmement reluisants.

— Qui sont? "

Agustín suça encore un peu de neige et regarda vers la clairière où les cavaliers avaient passé. Puis il cracha la neige fondue. " *Vaya.* Quel petit déjeuner! fit-il. Où est cet immonde Gitan?

— Quels boulots? lui demanda Robert Jordan. Parle, mauvaise langue.

— Sauter d'avion sans parachute, dit Agustín, les yeux brillants. Ceci, pour ceux que nous aimons bien. Et pour les autres, on les clouerait en haut de poteaux.

— Tu parles d'une façon ignoble, dit Anselmo. On n'aura jamais de République, comme ça.

— Je voudrais nager cinquante mètres dans une soupe épaisse faite avec leurs *cojones* à tous, dit Agustín. Et quand je voyais ces quatre-là et que je pensais qu'on pouvait les descendre, j'étais comme une jument attachée qui attend l'étalon.

— Mais tu sais pourquoi on ne les a pas descendus? dit doucement Robert Jordan.

— Oui, fit Agustín. Oui. Mais j'en avais envie comme une

jument en chaleur. Tu ne peux pas comprendre si tu ne l'as pas senti.

— Tu transpirais assez, dit Robert Jordan. Je croyais que c'était de peur.

— De peur, oui, dit Agustin. De peur et d'autre chose. Et, dans cette vie, il n'y a rien de plus fort que cette autre chose. "

Oui, pensa Robert Jordan. Nous faisons ça froidement, mais pas eux, jamais. C'est leur sacrement. L'ancien, celui qu'ils avaient avant que la nouvelle religion leur vienne de l'autre bout de la Méditerranée, celui qu'ils n'ont jamais abandonné, mais seulement refoulé et caché pour le ressortir pendant les guerres et les inquisitions. C'est le peuple de l'Auto da Fé, l'acte de foi. Tuer, il le faut, mais pour nous, c'est différent. Et toi, se demanda-t-il, n'as-tu jamais ressenti cela? N'as-tu jamais senti cela dans la Sierra? Ni à Usera? Ni tout ce temps en Estramadure? Ni à aucun moment? *Qué va*, se dit-il. A chaque train.

Cesse de faire de la littérature douteuse sur les Berbères et les anciens Ibères, et reconnais que tu as pris plaisir à tuer, comme tous ceux qui sont soldats par choix y prennent parfois plaisir, qu'ils l'avouent ou non. Anselmo n'aime pas ça, parce qu'il est chasseur, lui, et non soldat. Ne l'idéalise pas non plus. Les chasseurs tuent des animaux, et les soldats tuent des hommes. Ne te mens pas à toi-même, pensa-t-il. Et ne fais pas de littérature. Voilà longtemps, maintenant, que tu y es pris. Et ne pense pas de mal d'Anselmo non plus. C'est un chrétien. Quelque chose de très rare dans les pays catholiques.

Mais, pour Agustin, je croyais que c'était la peur, songea-t-il. Cette peur naturelle d'avant l'action. Mais il y avait autre chose aussi. Peut-être aussi qu'il crâne maintenant, bien sûr. Il y avait beaucoup de peur dans son cas. J'ai senti la peur sous ma main. Enfin, il était temps de cesser de parler.

"Va voir si le Gitan apporte à manger, dit-il à Anselmo. Ne le laisse pas monter jusqu'ici. C'est un fou. Apporte-le toi-même. Et quelle que soit la quantité qu'il y en aura, envoies-en chercher encore. J'ai très faim. "

CHAPITRE XXIV

Maintenant, c'était bien un matin de la fin mai. Le ciel était haut et clair, et le vent soufflait chaud sur les épaules de Robert Jordan. La neige fondait rapidement, et ils mangeaient leur petit déjeuner. Il y avait deux grands sandwiches de viande et de fromage de chèvre pour chacun, et Robert Jordan avait coupé avec son couteau d'épaisses tranches d'oignon qu'il avait fourrées de chaque côté de la viande et du fromage entre les tranches de pain.

" Les fascistes vont te sentir jusqu'à l'autre bout de la forêt! dit Agustin, la bouche pleine.

— Donne-moi l'outre que je me rince la bouche ", dit Robert Jordan, la bouche pleine de viande, de fromage, d'oignon et de pain mâché.

Il n'avait jamais éprouvé une telle faim. Il se remplit la bouche du vin auquel l'outre de cuir donnait un vague goût de goudron; il levait l'outre, pour laisser le filet de vin couler dans le fond de sa bouche; l'outre touchait les aiguilles de pin du camouflage, et il renversait la tête parmi les branchages pour mieux boire.

" Tu veux encore ce sandwich? lui demanda Agustin en le lui tendant de l'autre côté du canon.

— Non. Merci. Mange-le.

— Je ne peux pas. Je n'ai pas l'habitude de manger le matin.

— Tu n'en veux pas, vraiment?

— Non. Prends-le. "

Robert Jordan le prit et le posa sur son genou pendant

qu'il sortait un oignon de la poche de sa veste où se trouvaient les grenades, et ouvrit son couteau pour le couper. Il enleva une fine pelure argentée qui s'était salie dans sa poche, puis coupa une épaisse tranche. Un segment extérieur tomba, il le ramassa, le remit autour de la tranche et fourra le tout dans le sandwich.

"Tu manges toujours des oignons à ton petit déjeuner? demanda Agustin.

— Quand il y en a.

— Tout le monde fait ça dans ton pays?

— Non, dit Robert Jordan. Là-bas, c'est mal vu.

— Ça me fait plaisir, dit Agustin. J'avais toujours considéré l'Amérique comme un pays civilisé.

— Qu'est-ce que tu as contre les oignons?

— L'odeur, c'est tout. A part ça, c'est de la rose. "

Robert Jordan lui sourit, la bouche pleine.

"De la rose, dit-il. Rudement vrai. Une rose égale une rose, égale un oignon.

— Tes oignons te montent au cerveau, dit Agustin. Fais attention.

— Un oignon égale un oignon, égale un oignon ", dit gaiement Robert Jordan, et il pensa, une pierre égale un roc, égale une roche, égale un rocher, égale un caillou.

"Rince-toi la bouche avec du vin, dit Agustin. Tu es marrant, *Inglés*. Il y a une grande différence entre toi et le dernier dynamiteur qui a travaillé avec nous.

— Il y a effectivement une grande différence.

— Laquelle?

— Je suis vivant et il est mort ", dit Robert Jordan. Puis : Qu'est-ce qui te prend? songea-t-il. En voilà une façon de parler! C'est de manger qui te met dans cet état de béatitude? Qu'est-ce que tu es, ivre d'oignon? C'est tout ce que ça te fait maintenant? Ça ne m'a jamais fait grand-chose, se dit-il, sincère. Tu as essayé que ça te fasse quelque chose, parfois, mais ça ne t'a jamais rien fait. Pas la peine de mentir pour le temps qui reste.

"Non, dit-il, sérieux maintenant. Celui-là, c'était un homme qui avait beaucoup souffert.

— Et toi? Tu n'as pas souffert?

— Non, dit Robert Jordan. Moi je suis de ceux qui souffrent peu.

— Moi aussi, lui dit Agustin. Il y en a qui souffrent et il y en a qui ne souffrent pas. Moi, je souffre très peu.

— Ça vaut mieux. Robert Jordan déboucha l'outre. Et avec ça, c'est encore mieux.

— Je souffre pour les autres.

— Comme tous les hommes bons devraient le faire.

— Mais pour moi-même, très peu.

— Tu as une femme?

— Non.

— Moi non plus.

— Mais maintenant, tu as la Maria.

— Oui.

— C'est très drôle, dit Agustin. Depuis qu'elle est venue avec nous, depuis le train, Pilar la gardait de tout le monde, aussi férocement que si elle avait été dans un couvent de Carmélites. Tu ne peux pas imaginer la férocité avec laquelle elle la gardait. Tu arrives, et elle t'en fait cadeau. Comment trouves-tu ça?

— Ça ne s'est pas passé comme ça.

— Comment alors?

— Elle me l'a confiée pour que j'en prenne soin.

— Confier pour *joder* avec elle toute la nuit... En voilà une façon de prendre soin de quelqu'un!

— Tu ne comprends pas qu'on puisse prendre bien soin de quelqu'un de cette façon-là?

— Si. Mais pour ce qui est de ces soins-là, n'importe lequel de nous aurait pu les lui donner.

— Ne parlons plus de ça, dit Robert Jordan. Je l'aime sérieusement.

— Sérieusement?

— Il ne peut rien y avoir de plus sérieux au monde.

— Alors, après? Après le pont?

— Elle viendra avec moi.

— Dans ce cas-là, dit Agustin, qu'on n'en parle plus, et soyez heureux tous les deux. "

Il souleva l'outre de vin et but une longue gorgée, puis la tendit à Robert Jordan.

" Quelque chose encore, *Inglés*, dit-il.

— Tout ce que tu voudras.

— Moi aussi, je l'aimais beaucoup. "

Robert Jordan lui posa la main sur l'épaule.

" Beaucoup, dit Agustin. Beaucoup plus qu'on ne peut imaginer.

— J'imagine.

— Elle a fait sur moi une impression qui ne s'en va pas.

— J'imagine.

— Tu sais. Je te dis ça très sérieusement.

— Dis-le.

— Je ne l'ai jamais touchée et je n'ai jamais rien eu à faire avec elle, mais je l'aime beaucoup. *Inglés*, ne la traite pas à la légère. Ce n'est pas parce qu'elle couche avec toi que c'est une poule.

— Je prendrai soin d'elle.

— Je te crois. Mais écoute. Tu ne comprends pas ce qu'une fille comme elle serait s'il n'y avait pas eu de révolution. Tu as une grande responsabilité. Celle-là a vraiment beaucoup souffert. Elle n'est pas comme nous.

— Je l'épouserai.

— Non. Ce n'est pas ça. Ça, ce n'est pas nécessaire, sous la révolution. Quoique... il hocha la tête... ça vaudrait mieux.

— Je l'épouserai, dit Robert Jordan, et, en le disant, il sentait sa gorge toute drôle. Je l'aime beaucoup.

— Plus tard, dit Agustin. Quand ça sera plus commode. L'important c'est d'en avoir l'intention.

— Je l'ai.

— Écoute, dit Agustin. Je parle trop, et d'une chose qui ne me regarde pas. Mais, est-ce que tu as connu beaucoup de femmes dans ce pays?

— Quelques-unes.

— Des poules?

— D'autres aussi.

— Combien?

— Plusieurs.

— Et tu as couché avec elles?

— Non.

— Tu vois?

— Oui.

— Ce que je veux dire, c'est que cette Maria n'a pas fait ça à la légère.

— Moi non plus.

— Si je l'avais cru, je t'aurais tiré dessus la nuit dernière quand tu étais couché avec elle. Pour ces choses-là, on tue beaucoup dans ce pays.

— Écoute, vieux, dit Robert Jordan. C'est à cause du manque de temps qu'il n'y a pas eu plus de cérémonie. Ce qui nous manque, c'est le temps. Demain, il faudra se battre. Pour moi, ce n'est rien. Mais, pour Maria et moi, ça veut dire que nous devons vivre toute notre vie d'ici là.

— Et un jour et une nuit, c'est pas lourd, dit Agustín.

— Oui. Mais il y a eu hier, et la nuit d'avant, et la nuit denière.

— Tu sais, dit Agustín. Si je peux faire quelque chose pour toi.

— Non. Tout va très bien.

— Si je pouvais faire quelque chose pour toi ou pour la tondue....

— Non.

— C'est vrai qu'il n'y a pas grand-chose qu'un homme puisse faire pour un autre.

— Ce n'est pas vrai. On peut faire beaucoup.

— Quoi?

— Quoi qu'il se passe aujourd'hui et demain, en ce qui concerne la bataille, fais-moi confiance et obéis, même si les ordres paraissent idiots.

— Je te fais confiance. Depuis cette affaire de cavalerie et la façon dont tu as éloigné le cheval.

— Ça n'était rien. Tu vois que nous travaillons pour un but précis : gagner la guerre. Jusqu'à ce que nous ayons gagné, tout le reste est sans importance. Demain, on a quelque chose de très important. De vraiment important. Et puis, on aura de la bataille. Dans la bataille, il faut de la discipline. Parce que beaucoup de choses ne sont pas ce qu'elles paraissent. La discipline doit venir de la confiance. "

Agustin cracha par terre.

" La Maria et ces choses-là, c'est une autre histoire, dit-il. Toi et la Maria, il faut que vous profitiez du temps qui reste, comme des êtres humains. Si je peux te servir à quelque chose, je suis à tes ordres. Mais pour ce qui est de demain, je t'obéirai aveuglément. Si on doit mourir pour l'affaire de demain, on mourra content et le cœur léger.

— Je sens la même chose, dit Robert Jordan. Mais l'entendre de toi, ça fait plaisir.

— Et puis, dit Agustin, celui là-haut (il désignait Primitivo), c'est un type sûr. La Pilar, c'est beaucoup, beaucoup plus que tu ne peux imaginer. Le vieil Anselmo aussi. Andrès aussi. Eladio aussi. Très calme, mais très sûr. Et Fernando. Je ne sais pas ce que tu en penses. C'est vrai qu'il est plus lourd que du mercure. Il est plus assommant qu'un bœuf qui traîne un chariot sur la grand-route. Mais pour se battre et faire ce qu'on lui dit, *es muy hombre!* Tu verras.

— Nous avons de la chance.

— Non. Nous avons deux points faibles. Le Gitan et Pablo. Mais la bande de Sordo est supérieure à la nôtre, comme la nôtre est supérieure à de la crotte de bique.

— Alors, tout va bien.

— Oui, dit Agustin. Mais je voudrais que ce soit pour aujourd'hui.

— Moi aussi. Pour en finir. Mais ce n'est pas pour aujourd'hui.

— Tu crois que ce sera mauvais?

— Ça peut l'être.

— Mais tu es très gai maintenant, *Inglés*.

— Oui.

-- Moi aussi. Malgré la Maria et tout ça.

— Tu sais pourquoi?

— Non.

— Moi non plus. Peut-être que c'est le temps. Il fait beau.

— Qui sait? Peut-être que c'est parce qu'on va avoir de l'action.

— Je crois que c'est ça, dit Robert Jordan. Mais pas aujourd'hui. Avant tout, il faut éviter un accrochage aujourd'hui. "

Comme il parlait, il entendit quelque chose. C'était un bruit lointain qui dominait le souffle du vent chaud dans les arbres. Il n'était pas sûr de son impression, et il resta, la bouche ouverte, aux aguets, la tête levée vers Primitivo. A peine avait-il cru entendre, que c'était passé. Le vent soufflait dans les pins, et Robert Jordan se tendait tout entier pour écouter. Et il entendit le son ténu apporté par le vent.

" Pour moi, ça n'a rien de tragique, disait Agustin. Je n'aurai pas la Maria, et après? J'irai avec des poules, comme toujours.

— Tais-toi ", dit-il sans l'écouter, et il s'étendit près de lui, la tête tournée de l'autre côté. Agustin le regarda.

" *Qué pasa?* " demanda-t-il.

Robert Jordan mit sa main devant la bouche et continua d'écouter. De nouveau, il entendit. C'était léger, assourdi, sec et lointain. Mais on ne pouvait plus s'y tromper. C'était le roulement précis et craquant d'un feu de mitrailleuse. On eût dit que, charge après charge, de minuscules feux d'artifice partaient au loin, très loin.

Robert Jordan regardait Primitivo, qui le regardait aussi, la main en cornet autour de l'oreille. Comme il levait les yeux, Primitivo désigna la montagne plus haut.

" On se bat chez El Sordo, dit Robert Jordan.

— Il faut aller à leur secours, dit Agustin. Rassemble les gens. *Vamonos.*

— Non, dit Robert Jordan. Il faut rester ici. "

CHAPITRE XXV

Robert Jordan leva les yeux vers Primitivo qui, debout à son poste, haussait son fusil et le pointait, indiquant une direction. Il hocha la tête pour montrer qu'il avait compris, mais l'homme continuait à lui faire signe, la main à l'oreille, insistant.

" Reste avec la mitrailleuse et ne tire que si tu es sûr, sûr, sûr, qu'ils viennent chez nous. Et, même alors, pas avant qu'ils n'aient atteint ce buisson, dit Robert Jordan désignant le buisson. Tu comprends?

— Oui. Mais....

— Pas de mais. Je t'expliquerai plus tard. Je vais voir Primitivo. "

Anselmo était près de lui, et il dit au vieux :

" *Viejo*, reste ici avec Agustin et la mitrailleuse. " Il parlait posément, sans hâte. " Il ne doit pas tirer, à moins que la cavalerie n'entre vraiment par ici. Si elle se présente seulement, il doit la laisser tranquille comme nous avons fait tout à l'heure. S'il doit tirer, tiens ferme le trépied et passe-lui les munitions.

— Bien, dit le vieux. Et La Granja?

— Plus tard. "

Robert Jordan escalada et contourna les roches grises, mouillées à présent sous ses mains qu'il y appuyait pour se hisser. Le soleil faisait fondre rapidement la neige. Le sommet des roches était sec. Tout en grimpant, il regardait le bois de pins, la longue pente découverte et le fond de la vallée qui apparaissait au loin, au pied des hautes montagnes. Arrivé à côté de Primitivo, il se redressa; ils étaient dans un creux, derrière deux roches, et le petit homme au visage brun lui dit : " Ils attaquent Sordo. Qu'est-ce qu'on fait?

— Rien ", dit Robert Jordan.

Il entendait nettement la fusillade à présent et, en regardant devant lui, il vit de l'autre côté de la vallée, à l'endroit où le sol remontait, un détachement de cavalerie sortir du bois et traverser la pente neigeuse, gravissant la montagne dans la direction des coups de feu. Il vit la double ligne de chevaux et d'hommes, sombre sur la neige. Il la regarda atteindre le bord de la vallée et s'enfoncer dans le bois.

" Il faut aller à leur secours ", dit Primitivo. Sa voix était sèche et blanche.

" C'est impossible, lui dit Robert Jordan. Je m'attendais à ça depuis ce matin.

— Comment?

— Ils sont allés voler des chevaux hier soir. La neige s'est arrêtée, et on a suivi leurs traces.

— Mais il faut aller à leur secours, dit Primitivo. On ne peut pas les laisser seuls dans un moment pareil. Ce sont nos camarades. "

Robert Jordan mit la main sur l'épaule de l'homme.

" On ne peut rien faire, dit-il. Si on pouvait, on le ferait.

— Il y a moyen d'arriver là-bas par en haut. On peut prendre ce chemin avec les chevaux et les deux mitrailleuses. Celle qui est là, et la tienne. On peut les aider comme ça.

— Écoute, dit Robert Jordan.

— J'écoute *ça* ", dit Primitivo.

Les salves roulaient comme des vagues qui se recouvrent. Puis on entendit le bruit des grenades à main, lourd et feutré dans le roulement sec du feu de mitrailleuse.

" Ils sont perdus, dit Robert Jordan. Quand la neige a cessé, ils étaient perdus. Si nous y allons, nous serons perdus aussi. Nous ne pouvons pas diviser le peu de forces que nous avons. "

Des poils gris recouvraient la mâchoire de Primitivo, sa lèvre supérieure et son cou. Le reste du visage était d'un brun lisse avec un nez courbé et épaté, et des yeux gris enfoncés; comme il l'observait, Robert Jordan vit les poils gris trembler aux coins de la bouche et sur les cordes du cou,

" Écoute, dit-il. C'est un massacre.

— Oui, s'ils ont encerclé le creux, dit Robert Jordan. Il y en a peut-être qui ont pu filer.

— Si on y allait maintenant, on pourrait les prendre par-derrière, dit Primitivo. Allons-y à quatre, avec les chevaux.

— Et puis? Qu'est-ce qui se passera quand tu les auras pris par-derrière?

— On rejoindra Sordo.

— Pour mourir là. Regarde le soleil. Le jour est long. "

Le ciel était haut et sans nuage, et le soleil leur chauffait le dos. Il y avait maintenant de grandes plaques nues sur la pente sud, au-dessous d'eux, et toute la neige des pins était tombée. En dessous d'eux, une légère vapeur s'élevait dans les chauds rayons du soleil, des rochers humides de neige fondue.

" Il faut l'accepter, dit Robert Jordan. *Hay que aguantarse*. Ce sont des choses qui arrivent dans une guerre.

— Mais on ne peut rien faire? Vraiment? " Primitivo le

regardait, et Robert Jordan savait qu'il avait confiance en lui. "Tu ne pourrais pas m'envoyer avec un autre et la petite mitrailleuse?

— Ça ne servirait à rien ", dit Robert Jordan.

Il crut voir quelque chose qu'il attendait, mais c'était un faucon qui se laissait tomber dans le vent, puis remontait audessus de la ligne la plus éloignée du bois de pins. "Ça ne servirait à rien, quand même on irait tous ", dit-il.

A ce moment, la fusillade redoubla d'intensité, ponctuée par l'éclatement lourd des grenades.

"Oh! merde, " dit Primitivo avec une espèce de ferveur dans la grossièreté, les larmes aux yeux et les joues tremblantes. "Oh! Dieu et la Vierge, emmerdez ces vaches-là dans le lait de leur saloperie!

— Calme-toi, dit Robert Jordan. Tu vas te bagarrer avec eux avant longtemps. Tiens, voilà la femme. "

Pilar grimpait vers eux, se hissant lourdement sur les rochers.

Agustin continuait à jurer : " Les salauds. Oh! Dieu et la Vierge, foutez-les dans leur merde ", chaque fois que le vent apportait un bruit de salve, et Robert Jordan dégringola de son rocher pour aider Pilar à monter.

"Tes jumelles, dit-elle en se dégageant de la courroie. Alors, c'est chez Sordo?

— Oui.

— *Pobre*, dit-elle avec compassion. Pauvre Sordo. "

Elle était essoufflée par l'ascension, et elle prit la main de Robert Jordan, la serrant fort dans la sienne, tout en regardant au loin.

"Comment marche la bagarre, tu crois?

— Mal. Très mal.

— Il est *jodido*.

— Je crois.

— *Pobre*, dit-elle. A cause des chevaux sans doute?

— Probablement.

— *Pobre*, dit Pilar. Puis : Rafael m'a raconté des tas de conneries sur des mouvements de cavalerie. Qu'est-ce qu'il y a eu?

— Une patrouille, et un détachement.

— Jusqu'où ? "

Robert Jordan désigna l'endroit où la patrouille s'était arrêtée et lui montra l'emplacement camouflé de la mitrailleuse. De leur poste d'observation, ils voyaient tout juste une des bottes d'Agustín sortant de l'arc de branchages.

" Le Gitan m'a raconté qu'ils étaient venus si près que le canon touchait le poitrail du cheval du chef, dit Pilar. Quelle race ! Tes jumelles étaient dans la grotte.

— Vous avez fait les bagages ?

— Tout ce qu'on pourra emporter. On a des nouvelles de Pablo ?

— Il avait quarante minutes d'avance sur la cavalerie. Ils se sont engagés sur ses traces. "

Pilar lui sourit et lui lâcha la main. " Ils ne le trouveront jamais, dit-elle. Et Sordo, on peut faire quelque chose ?

— Rien.

— *Pobre*, dit-elle. J'aimais beaucoup Sordo. Tu es sûr, *sûr*, qu'il est *jodido* ?

— Oui. J'ai vu beaucoup de cavalerie.

— Plus qu'ici ?

— Un gros détachement de plus qui montait là-bas.

— Écoute, fit Pilar. *Pobre, pobre Sordo.* "

Ils écoutèrent la fusillade.

" Primitivo voulait y aller, dit Robert Jordan.

— Tu n'es pas fou ? dit Pilar à l'homme au visage plat. Qu'est-ce qui m'a fichu des *locos* pareils ?

— Je voudrais aller à leur secours.

— *Qué va*, dit Pilar. Encore un rêveur. Tu as peur de ne pas mourir assez vite sans voyages inutiles ? "

Robert Jordan la regarda, regarda son lourd visage brun aux pommettes hautes comme celles des Indiens, les sombres yeux écartés et la bouche rieuse à la lèvre inférieure lourde et amère.

" Conduis-toi en homme, dit-elle à Primitivo. En grande personne. Avec tes cheveux gris et tout ça.

— Ne te fous pas de moi, dit Primitivo maussade. Quand on a un peu de cœur et un peu d'imagination....

— On apprend à les faire taire, dit Pilar. Tu mourras bien assez vite avec nous. Pas besoin d'aller chercher ça chez des étrangers. Quant à l'imagination, le Gitan en a assez pour tout le monde. Non, ce roman qu'il m'a raconté!...

— Si tu avais vu ça, tu ne parlerais pas de roman, dit Primitivo. On l'a échappé belle.

— *Qué va*, dit Pilar. Des cavaliers sont venus ici et ils sont repartis. Et vous vous croyez des héros. Voilà où on en est à force d'inaction.

— Et chez Sordo, ça n'est pas grave non plus? " dit Primitivo avec mépris à présent. Il souffrait visiblement chaque fois que le vent apportait le bruit des coups de feu, et il aurait voulu ou bien y aller ou bien que Pilar s'en allât et le laissât en paix.

" *Total qué?* dit Pilar. C'est comme ça, c'est comme ça. Ne perds pas tes *cojones* à cause des malheurs des autres.

— Fous le camp, lui dit Primitivo. Il y a des femmes d'une stupidité et d'une brutalité insupportables.

— C'est pour compléter les hommes peu doués pour la procréation, dit Pilar. S'il n'y a rien à voir, je m'en vais. "

A ce moment, Robert Jordan entendit l'avion très haut. Il leva la tête; cela semblait être le même appareil d'observation que celui qu'il avait vu au début de la matinée. Il rentrait des lignes à présent, et se dirigeait vers le haut plateau où on attaquait El Sordo.

" C'est l'oiseau de malheur, dit Pilar. Est-ce qu'il verra ce qui se passe là-bas?

— Sûrement, dit Robert Jordan. S'il n'est pas aveugle. "

Ils regardèrent l'avion glisser très haut, paisible et argenté dans le soleil. Il venait de la gauche, et on pouvait voir les disques de lumière que faisaient les hélices.

" Baisse-toi ", dit Robert Jordan.

L'avion était au-dessus d'eux, et son ombre passa sur l'espace découvert tandis que le ronflement du moteur atteignait son maximum d'intensité. Puis il s'éloigna dans la direction du sommet de la vallée. Ils le regardèrent s'éloigner régulièrement jusqu'à disparaître, pour revenir soudain en un vaste cercle plongeant; il décrivit ainsi deux cercles au-dessus du plateau et repartit vers Ségovie.

Robert Jordan regarda Pilar. Elle avait des gouttes de sueur sur le front; elle secoua la tête. Elle mordait sa lèvre inférieure.

" Chacun son faible. Moi, ce sont ceux-là qui me tapent sur les nerfs.

— Tu n'as pas attrapé ma frousse? dit ironiquement Primitivo.

— Non. (Elle lui mit la main sur l'épaule.) Tu n'as pas la frousse, je le sais. Je te demande pardon d'avoir charrié un peu trop fort. On est tous dans le même bain. " Puis, s'adressant à Robert Jordan : " Je vais envoyer à manger et du vin. Tu as besoin d'autre chose?

— Pas pour l'instant. Où sont les autres?

— Ta réserve est intacte, en bas, avec les chevaux, fit-elle en souriant. Tout est bien caché. Tout est prêt. Maria est avec ton matériel.

— Si par hasard il y avait de l'aviation, garde-la dans la grotte.

— Oui, Seigneur *Inglés*, dit Pilar. *Ton* Gitan (je t'en fais cadeau), je l'ai envoyé cueillir des champignons pour cuire avec les lièvres. Il y a beaucoup de champignons en ce moment, et je me suis dit qu'on ferait aussi bien de manger les lièvres aujourd'hui, quoiqu'ils auraient été meilleurs demain ou après-demain.

— Je crois qu'il vaut mieux les manger aujourd'hui, en effet ", répondit Robert Jordan, et Pilar mit sa grande main sur l'épaule de celui-ci, à l'endroit où passait la courroie de la mitraillette, puis, levant la main, elle lui lissa les cheveux. " Quel *Inglés*, dit Pilar. J'enverrai Maria avec les *pucheros* quand ils seront prêts. "

La fusillade lointaine était presque terminée. On n'entendait plus, de temps à autre, qu'un coup de feu isolé.

" Tu crois que c'est fini? demanda Pilar.

— Non, dit Robert Jordan. D'après le bruit, il y a eu une attaque, et elle a été repoussée. Maintenant, je dirais que l'agresseur les encercle. Il s'est mis à couvert et il attend les avions. "

Pilar s'adressa à Primitivo. " Tu sais, je ne voulais pas t'insulter.

— *Ya lo sé*, dit Primitivo. Tu m'en as souvent fait voir de pires. Tu as une langue infecte. Mais, fais attention à ce que tu dis, femme. Sordo était un bon camarade à moi.

— Et pas à moi? lui demanda Pilar. Écoute, face plate. En guerre on ne peut pas dire ce qu'on sent. On a assez de soi sans se charger encore de Sordo. "

Primitivo restait maussade.

"Tu devrais te soigner, lui dit Pilar. Je m'en vais faire à déjeuner.

— Tu as apporté les documents de ce *requeté?* lui demanda Robert Jordan.

— Je suis idiote, dit-elle. Je les ai oubliés. J'enverrai la Maria. "

CHAPITRE XXVI

Il était trois heures de l'après-midi quand les avions revinrent. La neige avait complètement disparu depuis midi, et les rochers, à présent, étaient chauds de soleil. Il n'y avait pas de nuage dans le ciel, et Robert Jordan était assis dans les rochers, le torse nu, brunissant son dos au soleil en lisant les lettres trouvées sur le cavalier mort. De temps à autre, il interrompait sa lecture pour regarder à travers la vallée vers la ligne de pins et le plateau, puis il revenait aux lettres. La cavalerie n'avait pas reparu. Parfois, on entendait un coup de feu dans la direction du camp d'El Sordo. Mais la fusillade était terminée.

La lecture des papiers militaires lui apprit que le garçon auquel ils appartenaient était de Tafalla en Navarre, qu'il avait vingt et un ans, qu'il n'était pas marié, et que son père était forgeron. Son régiment était le Nème de Cavalerie, ce qui étonna Robert Jordan, car il croyait ce régiment dans le Nord. Il était Carliste et avait été blessé au combat d'Irun au début de la guerre.

Je l'ai probablement vu courir dans les rues devant les taureaux, à la Feria de Pampelune, pensa Robert Jordan A la guerre, on ne tue jamais ceux qu'on voudrait, se dit-il. Enfin, presque jamais, corrigea-t-il, et il continua à lire les lettres.

Les premières qu'il lut étaient conventionnelles, très soigneusement écrites, et ne traitaient guère que d'événements locaux. Elles étaient de sa sœur. Robert Jordan apprit que tout allait bien à Tafalla, que le père se portait bien, que la mère était comme toujours mais qu'elle avait des douleurs dans le dos, qu'elle espérait qu'il allait bien et qu'il n'était pas trop en danger et qu'elle était heureuse de savoir qu'il combattait les Rouges pour libérer l'Espagne de la domination des hordes marxistes. Puis, il y avait la liste des garçons de Tafalla tués ou grièvement blessés depuis sa dernière lettre. Cela faisait beaucoup pour une ville de l'importance de Tafalla, songea Robert Jordan.

Il était longuement question de religion dans les lettres, et elle priait Saint Antoine, la Sainte Vierge de Pilar et les autres Saintes Vierges de le protéger; elle lui demandait de ne jamais oublier qu'il était également protégé par le Sacré Cœur de Jésus qu'il portait toujours, elle en était sûre, sur son propre cœur, car d'innombrables exemples avaient prouvé (ceci était souligné) qu'il avait le pouvoir d'arrêter les balles. Elle restait à jamais sa sœur affectionnée, Concha.

Cette lettre était un peu salie aux bords; Robert Jordan la rangea soigneusement avec les papiers militaires, et ouvrit une lettre dont l'écriture était moins appliquée. Elle était de la *novia* du garçon, sa fiancée, et celle-ci apparaissait, sous des formules conventionnelles, absolument folle d'inquiétude quant aux dangers qu'il courait. Robert Jordan la lut, puis mit lettres et papiers dans la poche de son pantalon. Il n'avait pas envie de lire les autres lettres.

Je pense que j'ai fait ma bonne action pour aujourd'hui, se dit-il. Je pense que oui, se répétait-il.

" Qu'est-ce que tu lisais? lui demanda Primitivo.

— Les documents et les lettres de ce *requeté* qu'on a descendu ce matin. Tu veux les voir?

— Je ne sais pas lire, dit Primitivo. Il y a quelque chose d'intéressant?

— Non, lui dit Robert Jordan. Ce sont des lettres person-
nelles.

— Comment ça va, là d'où il venait? On peut le voir par les
lettres?

— Ça semble aller très bien, dit Robert Jordan. Il y a beaucoup de pertes dans sa ville. " Il examina le camouflage qu'on
avait un peu modifié et amélioré, une fois la neige fondue, et
qui paraissait très naturel. Il regarda au loin.

" De quelle ville est-il? demanda Primitivo.

— Tafalla, répondit Robert Jordan. Eh bien oui, se dit-il,
je regrette, si ça peut servir à quelque chose. "

Ça ne peut servir à rien, se dit-il. Eh bien alors, laisse tomber,
se dit-il. Entendu, je laisse tomber.

Mais ça n'était pas si facile. Combien en as-tu tués? se demanda-t-il à lui-même. Je ne sais pas. Tu trouves que tu as le droit
de tuer? Non. Mais il faut bien. Combien de ceux que tu as
tués étaient de vrais fascistes? Très peu. Mais ce sont tous des
ennemis, contre la force de qui nous dressons notre force.
Mais tu préfères les Navarrais à tous les autres Espagnols.
Oui. Et tu le tues? Oui. Si tu ne le crois pas, va voir au camp.
Tu ne sais pas que c'est mal de tuer? Si. Mais tu le fais? Oui. Et
tu continues à croire absolument que ta cause est juste? Oui.

Elle est juste, se dit-il, non pour se rassurer, mais avec
orgueil. J'ai foi dans le peuple et je crois qu'il a le droit de se
gouverner à son gré. Mais on ne doit pas croire au droit de
tuer, se dit-il. Il faut tuer parce que c'est nécessaire, mais il
ne faut pas croire que c'est un droit. Si on le croit, tout se
corrompt.

Mais combien penses-tu en avoir tués? Je ne tiens pas à
m'en souvenir. Mais tu le sais? Oui. Combien? On ne peut pas
être sûr du nombre. En faisant sauter un train, on en tue beaucoup. Vraiment beaucoup. Mais on ne peut pas savoir exactement combien. Mais ceux que tu sais? Plus de vingt. Et parmi
ceux-ci combien de vrais fascistes? Deux dont je suis sûr.
Parce que j'ai été obligé de les abattre quand nous les avons
faits prisonniers à Usera. Et ça ne t'a rien fait? Non. Plaisir non
plus? J'ai décidé de ne jamais recommencer. J'ai évité. J'ai
évité de tuer ceux qui étaient désarmés.

Écoute, se dit-il à lui-même. Tu ferais mieux de ne pas t'occuper de ça. C'est très mauvais pour toi et pour ton travail. Puis il se répondit : Écoute-moi, toi! Tu es en train de faire quelque chose de très important, et il faut que je sois sûr que tu comprends. Il faut que je te fasse comprendre cela clairement. Parce que, si ce n'est pas clair dans ton esprit, tu n'as pas le droit de faire les choses que tu fais, puisque toutes sont criminelles, et qu'aucun homme n'a le droit de retirer la vie à un autre, à moins que ce ne soit pour empêcher que quelque chose de pire n'arrive à d'autres gens. Alors, tâche de bien piger, et ne te mens pas à toi-même.

Mais je ne vais pas garder le compte des gens que j'ai tués, comme on fait collection de trophées, ou comme on découpe d'ignobles encoches sur son fusil, se dit-il. J'ai le droit de ne pas en garder le compte et j'ai le droit de les oublier.

Non, répliqua-t-il. Tu n'as pas le droit d'oublier quoi que ce soit. Tu n'as pas le droit de fermer les yeux devant quoi que ce soit, ni d'oublier quoi que ce soit, ni de l'édulcorer ni de le changer.

Tais-toi, se dit-il. Tu deviens horriblement pompeux.

Ni même de te duper toi-même là-dessus, reprit l'autre lui-même.

Entendu, se dit-il. Merci pour tous ces bons conseils; et aimer Maria, est-ce bien?

Oui, répondit l'autre lui-même.

Même s'il n'y a pas place pour ce qu'on appelle l'amour dans une conception purement matérialiste de la société?

Depuis quand as-tu une telle conception? demanda l'autre lui-même. Tu ne l'as jamais eue. Et tu n'as jamais pu l'avoir. Tu n'es pas un vrai marxiste et tu le sais. Tu crois à la Liberté, à l'Égalité et à la Fraternité. Tu crois à la Vie, à la Liberté, et à la Poursuite du Bonheur. Ne te bourre pas le crâne avec des excès de dialectique. C'est bon pour d'autres, pas pour toi. Il faut que tu connaisses ces histoires pour ne pas avoir l'air d'un ballot. Il faut accepter beaucoup de choses pour gagner une guerre. Si nous perdons cette guerre, tout cela sera perdu.

Mais, après, tu pourras rejeter ce à quoi tu ne crois pas. Il y a beaucoup de choses auxquelles tu ne crois pas et beaucoup auxquelles tu crois.

Et autre chose. Ne te bourre jamais le crâne sur ton amour pour quelqu'un. C'est seulement que la plupart des gens n'ont pas la chance d'avoir ça. Tu n'avais jamais eu ça avant, et maintenant tu l'as. Ce qui t'arrive avec Maria, que cela ne dure qu'aujourd'hui et une partie de demain, ou que cela dure toute la vie, c'est la chose la plus importante qui puisse arriver à un être humain. Il y aura toujours des gens pour dire que ça n'existe pas, parce qu'ils n'ont pas pu l'avoir. Mais, moi, je te dis que c'est vrai et que tu as de la chance, même si tu meurs demain.

Assez d'histoires de mort, se dit-il. Ce n'est pas une façon de parler. C'est le langage de nos amis anarchistes. Chaque fois que ça va vraiment mal, ils ont envie de mettre le feu à quelque chose et puis de mourir. Drôle d'esprit que le leur. Très curieux. Enfin, aujourd'hui sera bientôt passé, mon vieux, se dit-il. Presque trois heures, on va bientôt manger. On tire toujours chez Sordo, ce qui prouve qu'ils l'ont encerclé et attendent probablement des renforts. Mais il faut qu'ils les reçoivent avant la nuit.

Je me demande comment ça se passe, là-haut, chez Sordo. C'est ce qui nous attend tous, à la longue. Ça ne doit pas être drôle du tout là-haut, chez Sordo. Nous pouvons dire que nous avons mis Sordo dans un joli pétrin avec cette histoire de chevaux. Comment dit-on en espagnol? *Un callejon sin salida*. Une voie sans issue. Je pense que, dans ce cas-là, je saurais faire assez bonne figure. Une fois suffit, et c'est vite fini. Mais quel luxe ce serait de prendre part un jour à une guerre où on pourrait se rendre, quand on serait encerclés! *Estamos copados*. Nous sommes encerclés. Ça a été le grand cri d'effroi de cette guerre. Après ça, on était abattu; s'il n'y avait rien de pire avant, on avait de la chance. Sordo n'aurait pas cette chance-là. Eux non plus, quand le moment viendrait.

Il était trois heures. Il entendit un ronflement lointain et, levant les yeux, il vit les avions.

CHAPITRE XXVII

El Sordo combattait sur un sommet. Il n'aimait pas cette colline, et, quand il l'avait vue, il avait pensé que sa forme était celle d'un chancre. Mais il n'avait pas le choix et il l'avait repérée d'aussi loin qu'il l'avait aperçue. Il avait galopé vers elle, poussant son cheval qu'il sentait pantelant entre ses jambes, la mitrailleuse pesant sur son dos, le sac de grenades se balançant d'un côté et le sac de chargeurs de l'autre, tandis que Joaquin et Ignacio s'arrêtaient et tiraient, s'arrêtaient et tiraient, pour lui laisser le temps de mettre la mitrailleuse en position.

Il y avait encore de la neige alors, la neige qui les avait perdus, et, quand son cheval fut touché et que, la respiration sifflante, il avait commencé à monter à pas lents, chancelants et trébuchants, la dernière partie du chemin, arrosant la neige d'un jet rouge et saccadé, Sordo avait grimpé à pied, en le traînant par la bride. Il avait grimpé aussi vite qu'il pouvait avec les deux sacs qui pesaient sur ses épaules, tandis que les balles s'écrasaient contre les rochers; puis, tenant le cheval par la crinière, il l'avait abattu rapidement, adroitement et tendrement, à l'endroit où il avait besoin de lui, de telle façon que le cheval s'était effondré la tête en avant, dans une brèche entre deux rochers. Sordo avait placé la mitrailleuse de façon à tirer par-dessus l'échine du cheval, et il avait vidé deux chargeurs, en rafales précipitées, tandis que les douilles vides s'enfonçaient dans la neige; une odeur de poils brûlés montait de l'endroit de la peau du cheval où s'appuyait la gueule chaude du canon, tandis qu'il tirait sur ceux qui montaient la pente, les obligeant à se disperser pour se mettre à l'abri. Pendant tout ce temps-là, il éprouvait une sensation de froid dans le dos parce qu'il ne pouvait pas savoir ce qui se passait derrière lui. Quand le dernier des cinq hommes eut atteint le sommet, cette sensation de froid disparut, et il décida de conserver ses munitions pour le moment où il en aurait besoin.

Il y avait deux autres chevaux morts sur la pente et trois au sommet. Il n'avait pu voler que trois chevaux, la nuit précédente, et l'un d'eux s'était enfui quand on avait essayé de le monter à vif dans l'enclos du camp, au moment où les premiers coups de feu s'étaient fait entendre.

Des cinq hommes qui avaient atteint le sommet, trois étaient blessés. Sordo était blessé au mollet et en deux endroits du bras gauche. Il avait grand-soif, ses blessures lui raidissaient les muscles, et l'une de celles du bras était très douloureuse. Il avait mal à la tête et, tandis qu'il demeurait étendu, attendant les avions, il pensa à une plaisanterie espagnole. C'était : « *Hay que tomar la muerte como si fuera aspirina* », ce qui veut dire : « Tu devras prendre la mort comme si c'était de l'aspirine. » Mais il ne fit pas la plaisanterie tout haut. Il sourit quelque part à l'intérieur de sa migraine et de la nausée qui le prenait chaque fois qu'il bougeait le bras, et il regarda autour de lui ce qui restait de sa bande.

Les cinq hommes étaient disposés comme les rayons d'une étoile à cinq branches. Creusant avec leurs genoux et leurs mains, ils avaient construit des monticules de boue et de pierres devant leur tête et leurs épaules. Abrités de la sorte, ils étaient en train de relier ces monticules individuels par un parapet de pierre et de terre. Joaquin, l'adolescent, possédait un casque dont il se servait pour creuser et charrier la terre.

Il avait trouvé ce casque lors de l'attaque du train, percé par une balle, et tout le monde s'était moqué de lui. Mais il avait rabattu au marteau les bords déchirés du trou et y avait enfoncé un bouchon de bois qu'il avait raboté au niveau du métal.

Quand la bataille avait commencé, il avait enfoncé le casque sur sa tête, si fort que son crâne en avait résonné comme s'il l'eût brusquement coiffé d'une casserole, et, dans la course finale, poumons douloureux, jambes mortes, bouche sèche, tandis que les balles s'écrasaient, claquaient et chantaient autour de lui, dans la course pour atteindre le sommet, après que son cheval eut été tué, le casque lui avait paru très lourd, ceignant son front gonflé d'un bandeau de fer. Mais il l'avait conservé. Maintenant il creusait avec une régularité désespérée et presque machinale. Jusqu'ici, il n'avait pas été atteint.

" Ça sert tout de même à quelque chose ", lui dit Sordo de sa voix profonde et enrouée.

" *Resistir y fortificar es vencer* ", dit Joaquin, la bouche raide, desséchée par une peur qui dépassait la soif normale de la bataille. C'était un des slogans du parti communiste qui signifiait : " Tenir et se fortifier, c'est vaincre. "

Sordo regarda vers le bas de la pente où un cavalier sortait de derrière un rocher. Il aimait beaucoup Joaquin, mais il n'avait pas en ce moment l'esprit ouvert aux slogans.

" Qu'est-ce que tu disais? "

L'un des hommes se détourna de la construction qui l'occupait. Cet homme était étendu à plat ventre et, de ses deux mains, plaçait soigneusement une pierre, sans soulever son menton du sol.

Joaquin répéta la phrase, de sa voix juvénile et sèche, sans s'arrêter une seconde de creuser.

" Qu'est-ce que c'est, le dernier mot? demanda l'homme au menton contre terre.

— *Vencer*, dit le garçon. Vaincre.

— *Mierda*, fit l'homme au menton contre terre.

— Il y a un autre mot d'ordre qui s'applique ici, continua Joaquin, et l'on eût dit qu'il sortait ces slogans un à un, comme des talismans. La Pasionaria dit qu'il vaut mieux mourir debout que vivre à genoux.

— *Mierda*, encore, dit l'homme, et un autre lança par-dessus son épaule : " On n'est pas à genoux, on est sur le ventre. "

— Dis donc, communiste, tu sais que ta Pasionaria a un fils de ton âge qui est en Russie depuis le début du mouvement?

— C'est un mensonge, dit Joaquin.

— *Qué va*, c'est un mensonge, dit l'autre. C'est le dynamiteur au drôle de nom qui me l'a dit. Il était du parti aussi. Pourquoi est-ce qu'il mentirait?

— C'est un mensonge, dit Joaquin. Elle ne ferait pas une

chose pareille : cacher son fils en Russie, planqué, loin de la guerre.

— Je voudrais y être, moi, en Russie, dit un autre des hommes de Sordo. Ta Pasionaria, elle ne m'enverrait pas en Russie, des fois, hé, communiste?

— Si tu as tellement confiance en ta Pasionaria, va donc lui demander de nous sortir de sur cette colline, dit un homme qui avait la cuisse bandée.

— Les fascistes s'en chargeront, dit l'homme au menton dans la boue.

— Ne dis pas de choses pareilles, lui dit Joaquin.

— Tu as la bouche encore pleine du lait de ta mère. Essuie tes lèvres et passe-moi de la terre dans ton casque, dit l'homme au menton contre terre. Aucun de nous ne verra le soleil se coucher ce soir. "

El Sordo pensait : Ça a la forme d'un chancre. Ou d'un sein de jeune fille, sans pointe. Ou d'un cratère de volcan. Tu n'as jamais vu de volcan, songea-t-il, et tu n'en verras jamais. D'ailleurs cette colline est comme un chancre. T'occupe pas des volcans. Trop tard maintenant pour les volcans.

Il regarda avec précaution par-dessus l'encolure du cheval mort; il y eut un martèlement rapide de coups de feu provenant d'un rocher, beaucoup plus bas sur la pente, et il entendit les balles pénétrer dans le cheval. Il rampa derrière l'animal et risqua un coup d'œil entre la croupe du cheval et le rocher. Juste au-dessous de lui, sur le flanc de la colline, il vit les cadavres de trois cavaliers qui avaient été tués au moment où les fascistes avaient tenté l'assaut de la colline, sous la protection d'un feu nourri d'armes automatiques. El Sordo et ses compagnons avaient brisé cette attaque en faisant rouler des grenades le long de la pente. Il y avait d'autres cadavres, qu'il ne pouvait pas voir, sur d'autres versants de la colline. Il n'y avait pas d'accès aisé par où les assaillants pussent approcher du sommet, et Sordo savait que, tant qu'il aurait des cartouches et des grenades, et qu'il lui resterait quatre hommes, on ne le sortirait pas de là, à moins d'y amener un mortier de tranchée. Il ne savait pas s'ils avaient été chercher un mortier de tranchée à La Granja. Peut-être pas, puisque les avions n'allaient certainement pas tarder à arriver. Quatre heures s'étaient écoulées depuis que l'avion de reconnaissance les avait survolés.

Cette colline est vraiment comme un chancre, songea Sordo, et nous en sommes le pus. Mais nous en avons tué beaucoup quand ils ont fait cette bourde. Comment pouvaient-ils espérer nous prendre de cette façon-là? Ils ont un armement si moderne qu'ils en deviennent fous de confiance. Il avait tué d'une grenade le jeune officier qui menait l'assaut. La grenade avait rebondi et roulé au-devant d'eux sur la pente, tandis qu'ils montaient en courant, à demi courbés. A travers l'éclat jaune et la fumée grise, il avait vu l'officier plonger en avant. Il gisait là, à présent, comme un ballot de vieux habits, marquant l'extrême limite atteinte par les assaillants. Sordo regarda ce cadavre puis, plus bas sur la pente, les autres.

Ces gens sont braves, mais stupides, songea-t-il. Mais ils ont compris maintenant, et ils ne nous attaqueront plus avant que les avions n'arrivent. A moins, bien sûr, qu'ils aient un mortier. Avec un mortier, ce sera facile. Le mortier, c'était la méthode normale, et il savait que l'arrivée d'un mortier signifierait leur mort à tous les cinq, mais, quand il pensait à l'arrivée des avions, il se sentait aussi nu sur cette colline que si on lui avait retiré tous ses vêtements et jusqu'à sa peau. On ne peut pas se sentir plus nu, pensa-t-il. En comparaison, un lapin écorché est aussi bien couvert qu'un ours. Mais pourquoi amèneraient-ils des avions? Ils pourraient nous déloger facilement avec un mortier de tranchée. Mais ils sont fiers de leurs avions et ils vont probablement les amener. Comme ils étaient fiers de leurs armes automatiques, ce qui leur a fait faire cette bêtise. Mais ils ont sûrement aussi envoyé chercher un mortier.

L'un des hommes tira. Puis tira de nouveau rapidement.

" Économise tes cartouches, dit Sordo.

— Un de ces fils de pute vient d'essayer d'atteindre ce rocher, fit l'homme qui avait tiré en tendant le doigt.

— Tu l'as touché? demanda Sordo, tournant la tête avec difficulté.

— Non, fit l'homme. Ce salaud s'est planqué.

— La putain des putains, c'est Pilar, dit l'homme au menton

dans la boue. Cette garce, elle sait qu'on est en train de mourir ici.

— Elle n'y peut rien ", dit Sordo. L'homme avait parlé du côté de sa bonne oreille, et il l'avait entendu sans tourner la tête. " Qu'est-ce qu'elle y peut?

— Attaquer ces salauds par-derrière.

— *Qué va*, dit Sordo. Ils sont dispersés autour de la montagne. Comment est-ce qu'elle pourrait leur tomber dessus? Ils sont cent cinquante. Peut-être plus maintenant.

— Mais si on tient jusqu'à la nuit, dit Joaquin.

— Et si Noël vient à Pâques, dit l'homme au menton sur le sol.

— Et si ta tante en avait, elle serait ton oncle, lui dit un autre. Fais chercher la Pasionaria. Pour nous aider, il n'y a plus qu'elle.

— Je ne crois pas cette histoire de son fils, dit Joaquin. Ou alors, s'il est là-bas, c'est qu'il s'entraîne pour être aviateur ou quelque chose comme ça.

— Il est planqué là-bas, lui dit l'homme.

— Il étudie la dialectique. La Pasionaria y a été aussi. Et Lister, et Modesto et les autres. C'est le type au drôle de nom qui me l'a dit. Ils vont apprendre là-bas, pour revenir nous aider, dit Joaquin.

— Qu'ils nous aident tout de suite, dit un autre. Que tous ces salauds de bourreurs de mou enrussifiés viennent nous aider maintenant. Il tira et dit : *Me cago en tal;* je l'ai encore loupé.

— Garde tes cartouches et ne parle pas tant, ça va te donner soif, dit Sordo. Il n'y a pas d'eau sur cette colline.

— Prends de ça ", dit l'homme et, roulant sur le côté, il fit passer par-dessus sa tête une outre de vin qu'il portait en bandoulière, et la tendit à Sordo. " Rince-toi bien la bouche, vieux. Tu dois avoir très soif avec tes blessures.

— Prenons-en tous, dit Sordo.

— Alors je commence ", dit le propriétaire de l'outre, et il y but une longue gorgée avant de la faire circuler.

" Sordo, quand crois-tu que les avions vont venir? demanda l'homme au menton dans la boue.

— D'un moment à l'autre, dit Sordo. Ils devraient déjà être là.

— Tu crois que ces fils de pute vont nous attaquer de nouveau?

— Seulement si les avions n'arrivent pas. "

Il ne jugea pas utile de parler du mortier. Ils s'en apercevraient bien assez tôt, quand le mortier serait là.

" Dieu sait qu'ils ont assez d'avions avec tout ce qu'on a vu hier.

— Trop ", dit Sordo.

Sa tête était très douloureuse, et son bras si raide que tout mouvement était une souffrance presque intolérable. Levant l'outre de vin avec son bras valide, il regarda le ciel haut, clair et bleu : un ciel de début d'été. Il avait cinquante-deux ans et il était sûr qu'il voyait ce ciel pour la dernière fois.

Il n'avait pas du tout peur de mourir, mais il était furieux d'être ainsi pris au piège sur cette colline où il n'y avait rien d'autre à faire qu'à mourir. Si on avait pu filer, songea-t-il. Si on avait pu les entraîner dans la longue vallée, ou si on avait pu se sauver de l'autre côté de la route, ç'aurait été très bien. Mais ce chancre de colline. Reste à l'utiliser au mieux, et c'est ce qu'on a fait jusqu'à maintenant.

S'il avait su combien d'hommes, dans l'histoire, avaient dû mourir sur une colline, cela ne l'aurait nullement consolé, car, aux minutes qu'il traversait, les hommes ne sont pas plus impressionnés par ce qui est arrivé à d'autres dans des circonstances analogues, qu'une veuve d'un jour ne trouve de réconfort dans la pensée que d'autres maris bien-aimés sont morts. Qu'on en ait peur ou non, il est difficile d'accepter sa propre fin. Sordo l'avait acceptée, mais il n'y avait pas d'apaisement dans cette acceptation, même à cinquante-deux ans, avec trois blessures, et sur une colline encerclée.

Il en plaisantait en lui-même, mais il regarda le ciel et les lointains sommets, il avala le vin, et il constata qu'il n'avait aucune envie de mourir. S'il faut mourir, songeait-il, et c'est clair qu'il le faut, je peux mourir. Mais je déteste ça.

Mourir n'était rien, et il ne s'en faisait aucune peinture terrifiante. Mais vivre, c'était un champ de blé balancé par le

vent au flanc d'un coteau. Vivre, c'était un faucon dans le
ciel. Vivre, c'était une cruche d'eau dans la poussière du grain
battu et l'envol de la balle. Vivre, c'était un cheval entre les
jambes, une carabine dans les fontes, et une colline, et une
vallée, et un ruisseau bordé d'arbres, et l'autre bord de la
vallée avec, au loin, d'autres collines.

Sordo rendit l'outre de vin à son propriétaire avec un
mouvement de tête qui était un remerciement. Il se pencha en
avant et flatta l'encolure du cheval mort, à l'endroit où le
canon de l'arme automatique avait brûlé le cuir. Il sentait
encore l'odeur du poil brûlé. Il se rappelait comment il avait
tenu le cheval là, tremblant, les balles sifflant et craquant autour
d'eux et au-dessus d'eux comme un rideau, et comment il
avait tiré avec soin, juste à l'intersection des lignes reliant
chacune des oreilles à l'œil du côté opposé. Puis, quand le
cheval s'était abattu, il s'était couché derrière son échine
chaude et moite pour tirer sur les assaillants qui montaient
la colline.

"*Eras mucho caballo*, dit-il, ce qui signifiait : Toi, tu étais un
fameux cheval."

El Sordo était étendu à présent sur son côté valide et il
regardait le ciel. Il était couché sur un monticule de douilles
vides, la tête protégée par le roc et le corps allongé contre le
flanc du cheval. Ses blessures raidissaient douloureusement
ses muscles, il souffrait beaucoup et il se sentait trop fatigué
pour remuer.

"Qu'est-ce qui t'arrive, mon vieux? lui demanda l'homme
à côté de lui.

— Rien. Je me repose.

— Dors, fit l'autre. Ils nous réveilleront bien en arrivant."

A ce moment, quelqu'un cria du bas de la pente.

"Écoutez, bandits!" La voix venait de derrière le rocher
qui abritait l'arme automatique la plus proche d'eux. "Rendez-vous maintenant, avant que les avions ne vous mettent
en pièces.

— Qu'est-ce qu'il dit?" demanda Sordo.

Joaquin le lui répéta. Sordo roula sur le côté et se souleva
de façon à se trouver de nouveau derrière son arme.

" Peut-être qu'il n'y aura pas d'avions, dit-il. Ne leur répondez pas et ne tirez pas. Peut-être qu'on va pouvoir les faire attaquer de nouveau.

— Si on les engueulait un peu? " demanda l'homme qui avait raconté à Joaquin que le fils de la Pasionaria était en Russie.

" Non, dit Sordo. Donne-moi ton grand pistolet. Qui a un grand pistolet?

— Voilà.

— Donne-le-moi. " A genoux, il prit le grand Star 9 mm. et tira une balle dans le sol, à côté du cheval mort, attendit, puis tira de nouveau quatre fois à intervalles réguliers. Puis il attendit en comptant jusqu'à soixante et tira une dernière balle dans le corps du cheval mort. Il sourit et rendit le pistolet.

" Recharge-le, chuchota-t-il, et que personne ne dise un mot et que personne ne tire.

— *Bandidos!* " cria la voix, derrière les rochers.

Sur la colline, personne ne répondit.

" *Bandidos!* Rendez-vous maintenant avant qu'on ne vous fasse sauter en mille morceaux.

— Ça prend ", chuchota Sordo tout content.

Comme il surveillait la pente, un homme se montra au-dessus d'un rocher. Aucun coup de feu ne vint de la colline et la tête disparut. El Sordo attendit, tout en observant, mais plus rien ne se passa. Il tourna la tête et regarda les autres qui surveillaient chacun son secteur de pente. Comme il les regardait, les autres secouèrent la tête.

" Que personne ne bouge, chuchota-t-il.

— Fils de pute, cria de nouveau la voix de derrière les rochers.

— Cochons rouges. Violeurs de mères. Buveurs du lait de leur père. "

Sordo sourit. Il arrivait à entendre les insultes qu'on lui hurlait, en tournant vers elles sa bonne oreille. Ça c'est meilleur que de l'aspirine, songea-t-il. Combien va-t-on en attraper? Est-ce qu'ils seront si crétins que ça?

La voix s'était tue de nouveau, et pendant trois minutes, ils n'entendirent rien et n'aperçurent aucun mouvement.

Puis, à une centaine de mètres au-dessous d'eux, le guetteur
se découvrit et tira. La balle frappa la paroi rocheuse et ricocha
avec un sifflement aigu. Puis Sordo vit un homme, courbé en
deux, courir de l'abri de rochers où était l'arme automatique,
à travers l'espace découvert, jusqu'au grand rocher derrière
lequel était caché l'homme qui criait. Il plongea presque
derrière le rocher.

Sordo regarda autour de lui. On lui fit signe qu'il n'y avait
pas de mouvement sur les autres pentes. El Sordo sourit,
tout heureux, et secoua la tête. Dix fois mieux que de l'aspirine, pensa-t-il, et il attendit, heureux comme seul un chasseur
peut l'être.

Plus bas sur la pente, l'homme qui avait couru hors de
l'amoncellement de rocs vers l'abri qu'offrait le grand rocher
parlait à l'autre.

" Vous croyez?

— Je ne sais pas, répondit le guetteur.

— Ça serait logique, dit l'homme qui était l'officier commandant le détachement. Ils sont encerclés. Ils n'ont rien
d'autre à attendre que la mort. "

Le soldat ne dit rien.

" Qu'est-ce que tu penses? demanda l'officier.

— Rien, dit le soldat.

— Tu n'as observé aucun mouvement depuis les coups de
pistolet?

— Aucun. "

L'officier regarda sa montre-bracelet. Il était trois heures
moins dix.

" Il y a déjà une heure que les avions devraient être là ",
dit-il. À ce moment, un autre officier vint se plaquer derrière
la roche. Le guetteur s'écarta pour lui faire place.

" Et toi, Paco, demanda le premier officier. Que t'en
semble? "

Le second officier était essoufflé par la course qu'il avait
fournie pour monter et traverser la pente.

" Pour moi, c'est une ruse, dit-il.

— Et si ce n'en était pas une? Nous serions grotesques
d'attendre ici et d'assiéger des morts.

— On a déjà été pires que grotesques, dit le second officier. Regarde-moi cette pente. "

Il leva les yeux vers les cadavres qui gisaient près du sommet. De leur observatoire, la ligne du sommet montrait les rocs épars, le ventre, les jambes en raccourci et les sabots du cheval de Sordo, et la terre rejetée par ceux qui avaient construit le parapet.

" Et le mortier? demanda le second officier.

— Il devrait être là d'ici une heure. Sinon avant.

— Alors, attendons-le. On a déjà fait assez de bêtises comme ça.

— *Bandidos!* " hurla soudain le premier officier en se redressant et en levant la tête au-dessus du rocher; la crête de la colline lui parut ainsi beaucoup plus proche. " Cochons de Rouges! Froussards! "

Le second officier regarda le soldat et secoua la tête. Le soldat détourna les yeux, mais ses lèvres se serrèrent.

Le premier officier restait là debout, la tête dominant largement le rocher, et la main sur la crosse de son pistolet. Il se mit à injurier avec véhémence le sommet de la colline. Rien ne se passa. Alors, il s'écarta délibérément du rocher et resta debout ainsi, regardant vers le sommet.

" Tirez, bande de lâches, si vous êtes vivants, hurla-t-il. Tirez sur un homme qui n'a peur d'aucun des Rouges qui soient jamais sortis du ventre de la Grande Pute. "

C'était une longue phrase à hurler, et le visage de l'officier en était tout rouge et congestionné.

Le second officier, un homme maigre, brûlé par le soleil, avec des yeux calmes, une bouche mince à la lèvre supérieure longue, des joues creuses couvertes de poil, secoua de nouveau la tête. C'était l'officier qui criait en ce moment qui avait commandé la première attaque. Le jeune lieutenant qui gisait mort sur la pente avait été le meilleur ami de l'autre lieutenant, dont le nom était Paco Berrendo. Il écoutait maintenant les hurlements du capitaine, qui était dans un état de surexcitation visible.

" Ce sont ces cochons qui ont tué ma sœur et ma mère ", dit le capitaine. Il avait un visage rouge, une moustache blonde d'aspect britannique et quelque chose de défectueux dans le regard. Les yeux étaient d'un bleu pâle, avec des cils pâles aussi. Quand on les regardait, on avait l'impression qu'ils accommodaient lentement. " Rouges! cria-t-il. Froussards! " et il recommença à les injurier.

Il était complètement exposé à présent et, visant avec soin, il tira dans la seule cible que présentait le sommet de la colline : le cheval mort qui avait appartenu à Sordo. La balle souleva une bouffée de poussière à une quinzaine de mètres au-dessous du cheval. Le capitaine tira de nouveau. La balle heurta un rocher et ricocha en sifflant.

Le capitaine, debout, regardait le sommet de la colline. Le lieutenant Berrendo regardait le corps de l'autre lieutenant juste au-dessous du sommet. Le guetteur regardait par terre devant lui. Puis il leva les yeux vers le capitaine.

" Il n'y a personne de vivant là-haut, dit le capitaine. Toi, fit-il au guetteur, monte voir. "

Le soldat baissa les yeux. Il ne dit rien.

" Tu ne m'entends pas? lui cria le capitaine.

— Si, mon capitaine, dit le soldat sans le regarder.

— Eh bien, vas-y. Le capitaine tenait toujours son pistolet. Tu m'entends?

— Oui, mon capitaine.

— Alors pourquoi n'y vas-tu pas?

— Je n'ai pas envie, mon capitaine.

— Tu n'as pas *envie*? " Le capitaine appuya son pistolet contre les reins de l'homme. " Tu n'as pas *envie*?

— J'ai peur, mon capitaine ", dit le soldat avec dignité.

Le lieutenant Berrendo, qui observait le visage du capitaine et ses yeux étranges, crut qu'il allait tuer l'homme sur place.

" Capitaine Mora, dit-il.

— Lieutenant Berrendo?

— Ce soldat a peut-être raison.

— Raison de dire qu'il a peur? Raison de dire qu'il n'a pas *envie* d'obéir à un ordre?

— Non. Raison de croire à une ruse.

— Ils sont tous morts, dit le capitaine. Vous ne m'entendez pas? Je dis qu'ils sont tous morts.

— Vous voulez dire nos camarades étendus sur cette pente? lui demanda Berrendo. Je suis d'accord avec vous.

— Paco, dit le capitaine, ne faites pas l'imbécile. Vous croyez que vous étiez le seul à avoir de l'affection pour Julian? Je vous dis que les Rouges sont morts. Regardez. "

Il se redressa, et, posant les deux mains sur le rocher, il s'y hissa en grimpant maladroitement sur les genoux, puis se leva tout droit.

"Tirez! cria-t-il, debout sur le rocher de granit gris, en agitant les deux bras. Tirez. Tirez. Tuez-moi. "

Au sommet de la colline, El Sordo restait couché derrière le cheval mort et souriait.

Quel peuple! pensait-il. Il rit, essayant de se retenir, parce que le rire secouait son bras et lui faisait mal.

"Rouges, hurlait-on en bas. Canaille rouge. Tirez sur moi. Tuez-moi. "

Sordo, la poitrine secouée par le rire, jeta un rapide regard par-dessus la croupe du cheval et vit le capitaine qui agitait les bras, du haut de son rocher. Un autre officier se tenait près du rocher. Le soldat était debout de l'autre côté. Sordo continua à regarder dans cette direction et secoua la tête, tout heureux.

Tirez sur moi, se répétait-il tout bas. Tuez-moi! Puis, ses épaules furent de nouveau secouées par le rire. Cela lui faisait mal au bras, et, chaque fois qu'il riait, il avait l'impression que sa tête allait éclater. Mais le rire le secoua de nouveau comme un spasme.

Le capitaine Mora descendit du rocher.

" Me croyez-vous, maintenant, Paco? demanda-t-il au lieutenant Berrendo.

— Non, dit le lieutenant Berrendo.

— *Cojones!* dit le capitaine. Il n'y a rien d'autre ici que des idiots et des froussards. "

Le soldat était prudemment retourné derrière la roche et le lieutenant Berrendo s'accroupit à côté de lui.

Le capitaine, à découvert à côté du rocher, se remit à crier des horreurs vers le sommet de la colline. Il n'est pas de langue plus ordurière que l'espagnol. On y trouve la traduction de toutes les grossièretés des autres langues, et, en outre, des expressions qui n'existent que dans les pays où le blasphème va de pair avec l'austérité religieuse. Le lieutenant Berrendo était un pieux catholique. Le soldat, également. Tous deux Carlistes de Navarre, ils juraient et blasphémaient quand ils étaient en colère, mais n'en considéraient pas moins cela comme un péché dont ils se confessaient régulièrement.

Comme ils étaient accroupis derrière la roche, regardant le capitaine et écoutant ce qu'il hurlait, tous deux se désolidarisaient de lui et de ses paroles. Ils ne tenaient pas à avoir ce genre de propos sur la conscience un jour où ils pouvaient mourir. Ça ne porte pas bonheur de parler comme ça, pensait le soldat. Parler comme ça de la *Virgen*, ça porte la poisse. Celui-là, il parle pire que les Rouges.

Julian est mort, songeait le lieutenant Berrendo. Mort là, sur la pente, un jour comme ça. Et voilà ce gueulard qui continue à nous porter malheur avec ses blasphèmes.

Enfin, le capitaine cessa de hurler et se tourna vers le lieutenant Berrendo. Ses yeux paraissaient plus étranges que jamais.

" Paco, dit-il gaiement. Nous allons y monter, vous et moi.

— Pas moi.

— Comment ? " Le capitaine sortit de nouveau son pistolet.

Je déteste ces brandisseurs de pistolet, pensa Berrendo. Ils ne peuvent pas donner un ordre sans exhiber leur arme. Ils doivent sortir leur pistolet quand ils vont aux cabinets et se donner l'ordre de faire ce qu'ils ont à faire.

" J'irai si vous m'en donnez l'ordre, mais en protestant, dit le lieutenant Berrendo au capitaine.

— Eh bien, j'irai seul, dit le capitaine. Ça pue trop fort la lâcheté par ici. "

Tenant son pistolet dans la main droite, il se mit à monter la pente. Berrendo et le soldat le suivaient des yeux. Il ne cherchait pas à s'abriter et il regardait droit devant lui les rochers, le cheval mort et la terre fraîchement remuée au sommet.

El Sordo était couché derrière le cheval au coin du rocher, regardant le capitaine qui montait la colline.

Un seulement, songea-t-il. Nous n'en avons qu'un. Mais, à sa façon de parler, c'est un *caza mayor*. Regarde-le avancer.

Celui-là est pour moi. Celui-là je l'emmène avec moi en voyage.
Celui qui s'amène là, il va faire le même voyage que moi.
Allons, viens, Camarade Voyageur. Viens, monte. Viens tout
droit. Viens chez moi. Allons. Avance. Ne ralentis pas. Viens
tout droit. Continue comme ça. Ne t'arrête pas pour les regarder. Très bien. Ne regarde pas en bas. Continue d'avancer
en regardant devant toi. Regarde-moi ça, il a une moustache.
Qu'est-ce que tu en dis? Il s'offre une moustache, le Camarade
Voyageur. Il est capitaine. Regarde sa démarche. J'avais bien
dit qu'il était *caza mayor*. Il a une tête d'*Inglés*. Regarde. Avec
une figure rouge et des cheveux blonds et des yeux bleus.
Sans casquette; et sa moustache est jaune. Avec des yeux bleus.
Avec des yeux bleu pâle qui ont quelque chose de pas
régulier. Avec des yeux pâles qui ne fixent pas. Assez près.
Trop près. Bien, Camarade Voyageur. Attrape ça, Camarade
Voyageur.

Il pressa doucement la gâchette de la mitrailleuse qui rebondit trois fois contre son épaule, avec le glissement saccadé
des armes automatiques.

Le capitaine gisait, face contre terre, au flanc de la colline.
Son bras gauche était replié sous lui. Son bras droit, qui tenait
le pistolet, était étendu devant sa tête. Du bas de la pente, on
recommença à tirer contre la crête.

Accroupi derrière la roche, songeant que, maintenant, il
allait lui falloir traverser l'espace découvert en courant sous le
feu, le lieutenant Berrendo entendit la voix grave et enrouée de
Sordo au sommet de la colline.

" *Bandidos!* criait la voix. *Bandidos!* Tirez! Tuez-moi! "

Au sommet de la colline, El Sordo était étendu derrière
son arme et riait si fort que sa poitrine lui faisait mal et qu'il
pensait que son crâne éclatait.

" *Bandidos!* cria-t-il de nouveau gaiement. Tuez-moi, *bandidos!* " Puis, il secoua la tête avec satisfaction. Nous avons
beaucoup de compagnie pour le voyage, pensa-t-il.

Il allait essayer d'avoir l'autre officier quand celui-ci quitte-
rait l'abri du rocher. Tôt ou tard, il allait être obligé de le
quitter. Sordo savait qu'il ne pouvait pas commander de là,
et il pensait qu'il avait une bonne chance de l'avoir.

A ce moment, les autres sur la colline entendirent les premiers vrombissements des avions qui approchaient.

El Sordo ne les entendit pas. Il visait le bord de la roche avec sa mitrailleuse, et il pensait : quand je le verrai, il sera déjà en train de courir et, si je ne fais pas bien attention, je le manquerai. Je pourrais tirer derrière lui sur tout le trajet. Il faut que ma mitrailleuse l'accompagne; le précède, même. Ou bien le laisser partir et puis tirer dessus en avant de lui. Je vais essayer de l'attraper là, au bord du rocher, et tirer juste devant lui. A cet instant, il sentit qu'on lui touchait l'épaule, il se retourna et il vit le visage de Joaquin, gris et vidé par la peur; il regarda dans la direction que lui désignait l'adolescent et il vit les trois avions qui approchaient.

Au même moment, le lieutenant Berrendo sortit de derrière le rocher et s'élança, tête baissée, en travers de la pente vers l'abri de rochers où était l'arme automatique.

Sordo, qui regardait les avions, ne le vit pas passer.

" Aide-moi à sortir ça ", dit-il à Joaquin, et le jeune homme tira la mitrailleuse hors de sa niche entre le cheval et le rocher.

Les avions approchaient régulièrement. Ils étaient en échelons et, à chaque seconde, ils grandissaient et le bruit devenait plus fort.

" Couchez-vous sur le dos pour tirer sur eux, dit Sordo. Tirez devant eux au moment où ils arrivent. "

Il ne les quittait pas des yeux.

" *Cabrones! Hijos de puta!* dit-il rapidement.

— Ignacio, dit-il. Appuie le canon sur l'épaule du garçon. Toi! dit-il à Joaquin, assieds-toi là et ne bouge pas. Penche-toi. Plus. Non. Plus. "

Il se recoucha et dressa la mitrailleuse, tandis que les avions approchaient régulièrement.

" Toi, Ignacio, tiens-moi ce trépied. " Les trois pieds pendaient contre le dos du garçon et le canon de la mitrailleuse était secoué par les tremblements que Joaquin ne pouvait maîtriser, tandis qu'il restait là, accroupi, la tête baissée, épiant le ronflement croissant.

A plat ventre, la tête levée vers le ciel pour les regarder

venir, Ignacio rassembla les pieds du support dans ses deux mains et redressa l'arme.

"Tiens bien ta tête baissée, dit-il à Joaquin. Tiens ta tête en avant."

La Pasionaria dit "Mieux vaut mourir debout...", se disait Joaquin tandis que le ronflement approchait. Puis il passa soudain à : "Je vous salue, Marie, pleine de grâce. Le Seigneur est avec vous. Vous êtes bénie entre toutes les femmes et le fruit de vos entrailles est béni. Sainte Marie, Mère de Dieu, priez pour nous, pauvres pécheurs, maintenant et à l'heure de notre mort. Ainsi soit-il. Sainte Marie, Mère de Dieu", recommençait-il, puis, très vite, comme les ronflements devenaient intolérables, il commença un acte de contrition en toute hâte. "O mon Dieu, je me repens de tout mon cœur de Vous avoir offensé, Vous qui méritez tout mon amour...."

Puis, il y eut le martèlement des détonations à ses oreilles, et le canon brûlant de l'arme sur son épaule. Le martèlement recommença, et ses oreilles furent assourdies par le souffle de l'arme. Ignacio tirait fort le trépied, et le canon lui brûlait le dos. Le martèlement retentissait dans le ronflement des moteurs, et il n'arrivait plus à se rappeler l'acte de contrition.

Tout ce qu'il se rappelait c'était : à l'heure de notre mort. Ainsi soit-il. A l'heure de notre mort. Ainsi soit-il. A l'heure. A l'heure. Ainsi soit-il. Les autres étaient tous en train de tirer. Maintenant et à l'heure de notre mort. Ainsi soit-il.

Puis, à travers le martèlement de l'arme, il y eut le sifflement de l'air qui se déchire; dans un grondement rouge et noir, la terre roula sous ses genoux, puis se souleva pour le frapper au visage; puis de la terre et des fragments de roches se mirent à tomber tout autour, et Ignacio était couché sur lui, et le canon était couché sur lui. Mais il n'était pas mort parce que le sifflement recommença et la terre roula sous lui avec un grondement. Et cela recommença, et la terre se déroba sous son ventre, et un côté de la colline se souleva en l'air et retomba lentement sur leurs corps étendus. Les avions revinrent et bombardèrent trois fois, mais, sur la colline, personne ne s'en aperçut. Puis les avions mitraillèrent le sommet de la colline et s'en allèrent. Ils piquèrent une dernière fois, au martèlement de leurs mitrailleuses, puis le premier avion remonta et s'écarta, et chacun des appareils fit de même; ils passèrent de la formation en échelons à la formation en V, et s'éloignèrent à travers le ciel dans la direction de Ségovie.

Continuant à commander un feu nourri en direction du sommet, le lieutenant Berrendo conduisit une patrouille jusqu'à l'un des cratères de bombes d'où ils pouvaient lancer des grenades sur la crête. Il ne voulait pas courir le risque d'en laisser un seul en vie, à les attendre sur le sommet dévasté, et il lança quatre grenades dans le fouillis de chevaux morts, de rochers éclatés et de monticules de terre jaune qui sentait l'explosif, avant de grimper hors du cratère de bombe et d'aller regarder.

Il n'y avait plus personne de vivant au sommet que Joaquin, évanoui sous le cadavre d'Ignacio. Joaquin saignait du nez et des oreilles. Il n'avait plus rien compris, ni senti, depuis le moment où il s'était trouvé soudain au cœur même du tonnerre et où le souffle lui avait été arraché du corps quand cette bombe était tombée si près. Le lieutenant Berrendo fit le signe de la croix, puis lui tira une balle derrière la tête, aussi vite et aussi doucement, si l'on peut dire d'un tel acte qu'il est doux, que Sordo avait tué le cheval blessé.

Debout au sommet, le lieutenant Berrendo regarda au-dessous de lui, sur la pente, ses morts à lui; puis, au loin dans la campagne, l'endroit où ils avaient galopé avant que Sordo eût été acculé ici. Il observa les positions, puis il donna l'ordre de faire monter les chevaux des morts et d'attacher les cadavres en travers des selles pour les transporter à La Granja.

"Prenez celui-là aussi, dit-il. Celui qui a les mains sur la mitrailleuse. Ça doit être Sordo. Il est le plus vieux et c'est lui qui avait l'arme. Non. Coupez-lui la tête et enveloppez-la dans un poncho. — Il réfléchit une minute. — On ferait aussi bien de prendre toutes les têtes. Et aussi celles des autres, plus bas sur la pente et là où nous avons commencé à les tuer. Ramassez les fusils et les pistolets et chargez cette arme sur un cheval."

Puis il redescendit à l'endroit où gisait le lieutenant tombé lors de la première attaque. Il le regarda mais n'y toucha pas.

Qué cosa mas mala es la guerra, se dit-il à lui-même, ce qui signifiait : " Quelle mauvaise chose que la guerre. "

Puis il se signa de nouveau et, tout en descendant la colline,
il dit cinq Notre Père et cinq Je vous salue, Marie, pour le
repos de l'âme de son camarade mort. Il n'avait pas envie de
rester pour assister à l'exécution de ses ordres.

CHAPITRE XXVIII

Après le départ des avions, Robert Jordan et Primitivo
entendirent la fusillade qui recommençait, et ils eurent l'impression que leur propre cœur recommençait de battre à cet
instant. Un nuage de fumée s'amoncelait au-dessus de la dernière ligne visible du haut plateau, et les avions n'étaient plus
que trois taches qui rapetissaient dans le ciel.

" Ils ont peut-être bien bombardé leur propre cavalerie sans
même toucher Sordo et compagnie, se dit Robert Jordan.
Ces sacrés avions, ça vous fait mortellement peur, mais ça
ne vous tue pas.

— Le combat continue ", dit Primitivo qui écoutait la
fusillade nourrie. Il avait grimacé à chaque grondement de
bombe, et maintenant il léchait ses lèvres sèches.

" Pourquoi pas? dit Robert Jordan. Ces trucs-là, ça ne tue
jamais personne. "

Puis la fusillade cessa complètement et l'on n'entendit
plus un seul coup de feu. La détonation du pistolet du lieutenant Berrendo ne portait pas si loin.

Quand la fusillade cessa, il ne s'en inquiéta pas tout d'abord.
Mais, le silence se prolongeant, il eut comme une sensation
de vide dans l'estomac. Puis il entendit l'éclatement des grenades et son cœur s'allégea un moment. Enfin, tout redevint
silencieux; et comme le silence durait, il sut que c'était fini.

Maria monta du camp, portant une marmite de fer qui contenait le civet de lièvre, avec des champignons enfouis dans une sauce épaisse, un sac de pain, une outre de vin, quatre assiettes d'étain, deux tasses et quatre cuillers. Elle s'arrêta près de la mitrailleuse et posa deux assiettes pour Agustin et Eladio, qui avait remplacé Anselmo; elle leur donna du pain, dévissa le bouchon de corne de l'outre et remplit deux tasses de vin.

Robert Jordan la regarda grimper, légère, jusqu'à son poste d'observation, le sac sur l'épaule, la marmite à la main, sa tête tondue claire, dans le soleil. Il dégringola à sa rencontre, prit la marmite et l'aida à escalader le dernier rocher.

« Qu'ont fait les avions? demanda-t-elle avec un regard effrayé.

— Ils ont bombardé Sordo. »

Il avait ôté le couvercle de la marmite et servait du civet dans une assiette.

« Ils se battent toujours?

— Non. C'est fini.

— Oh! fit-elle, et, se mordant la lèvre, elle regarda au loin.

— Je n'ai pas faim, dit Primitivo.

— Mange quand même, lui dit Robert Jordan.

— Je ne pourrais rien avaler.

— Bois une gorgée de ça, mon vieux, dit Robert Jordan en lui tendant l'outre de vin. Et mange après.

— Cette histoire de Sordo m'a coupé l'appétit, dit Primitivo. Mange, toi. Moi, je n'ai pas faim. »

Maria s'approcha de lui, lui mit les bras autour du cou et l'embrassa.

« Mange, mon vieux, fit-elle. Il faut garder ses forces. »

Primitivo se détourna. Il prit l'outre et, renversant la tête, but lentement le jet de vin qu'il faisait couler au fond de sa bouche. Puis il remplit son assiette de civet et commença à manger.

Robert Jordan regarda Maria et secoua la tête. Elle s'assit à côté de lui et lui passa le bras autour de l'épaule. Chacun savait ce que l'autre éprouvait, et ils restèrent ainsi, l'un près de l'autre. Robert Jordan mangea son civet, prenant le temps de bien savourer les champignons, et but du vin en silence.

" Tu peux rester ici, si tu veux, *guapa*, fit-il au bout d'un moment, quand la marmite fut vide.

— Non, dit-elle. Il faut que j'aille retrouver Pilar.

— Tu peux très bien rester ici. Je pense qu'il n'arrivera plus rien, maintenant.

— Non. Il faut que j'aille retrouver Pilar. Elle a entrepris mon instruction.

— Qu'est-ce qu'elle fait?

— Mon instruction. (Elle lui sourit, puis l'embrassa.) Tu n'as jamais entendu parler d'instruction religieuse? (Elle rougit.) C'est quelque chose comme ça. (Elle rougit encore. Mais autrement.)

— Va à ton instruction ", dit-il, et il lui caressa la tête. Elle lui sourit de nouveau, puis dit à Primitivo : " Tu veux quelque chose d'en bas?

— Non, ma fille, dit-il. On voyait bien qu'il n'était pas encore remis.

— *Salud*, mon vieux, lui dit-elle.

— Écoute, dit Primitivo. Je n'ai pas peur de mourir, mais les laisser seuls comme ça..., sa voix se brisa.

— On n'avait pas le choix, lui dit Robert Jordan.

— Je sais. Mais quand même.

— On n'avait pas le choix, dit Robert Jordan. Et maintenant il vaut mieux ne plus parler de ça.

— Oui. Mais, tout seuls, sans aucun secours de nous....

— Il vaut beaucoup mieux n'en pas parler, dit Robert Jordan. Et toi, *guapa*, va à ton instruction. "

Il la regarda redescendre à travers les rochers. Puis il resta assis là longtemps, à réfléchir en observant la campagne.

Primitivo lui parla, il ne répondit pas. Le soleil était chaud, mais il n'y faisait pas attention, tandis qu'il regardait les pentes de la colline et les gros bouquets de sapins qui couvraient le haut de la pente. Une heure s'écoula et le soleil était déjà loin à sa gauche lorsqu'il les aperçut au revers de la colline. Avec ses jumelles, il suivit la double colonne d'hommes et de chevaux qui se déplaçait distinctement à sa vue. Tandis qu'il les observait, il sentait la sueur couler de ses aisselles. Un homme chevauchait en tête de la colonne. Puis venaient d'autres

cavaliers. Puis les chevaux sans cavaliers avec leur fardeau
attaché en travers de la selle. Puis encore deux cavaliers.
Ensuite vinrent les blessés, à cheval, entourés d'hommes
à pied. Enfin d'autres cavaliers fermaient la colonne.

Robert Jordan les regarda descendre la pente et disparaître
entre les arbres. Il ne pouvait voir à cette distance le fardeau
fixé à l'une des selles, un long poncho enroulé, ficelé de place
en place et à chaque bout, de façon qu'il se gonflait entre les
liens comme une cosse de pois. Il était attaché en travers de la
selle et ses extrémités étaient liées aux étriers. A côté de ce
fardeau, l'arme automatique de Sordo, ficelée sur la selle, se
dressait fièrement.

Le lieutenant Berrendo, qui chevauchait à la tête de la
colonne, n'éprouvait pas de fierté. Il n'éprouvait que la sensation de vide qui suit l'action. Il pensait : couper les têtes,
c'est barbare. Mais il faut pouvoir prouver et identifier. J'aurai
assez d'ennuis comme ça à ce sujet! Qui sait? Cette histoire de
têtes les touchera peut-être? Il y en a qui aiment ces choses-
là. Peut-être qu'ils les enverront toutes à Burgos. C'est une
affaire barbare. Les avions étaient *muchos*. Nombreux. Nombreux. Mais on aurait pu faire tout ça, et presque sans perte,
avec un mortier. Deux mulets pour porter les obus et un
mulet avec un mortier de chaque côté de la selle. Quelle
armée on aurait été alors! Avec la puissance de feu de toutes
les armes automatiques. Et encore un mulet. Non, deux
mulets pour porter les munitions. Suffit, se dit-il. Ce n'est
plus de la cavalerie alors. Suffit. Tu te fabriques une armée.
Bientôt, il te faudra un canon de montagne.

Puis il pensa à Julian, mort sur la colline, mort à présent,
ficelé sur un cheval, là, en tête de la colonne. Et, tout en s'enfonçant dans la forêt de pins, laissant le soleil derrière lui, sur
la colline, tout en chevauchant maintenant dans l'ombre
silencieuse de la forêt, il recommença une prière pour lui.

"Salut, sainte mère de miséricorde, commença-t-il. Notre
vie, notre douceur et notre espérance. Vers toi nous soupirons
et pleurons dans cette vallée de larmes...."

Il continua sa prière. Les fers des chevaux piétinaient doucement les aiguilles de pin, la lumière filtrait par taches entre

les troncs comme entre les piliers d'une cathédrale, et, tout en priant, il regardait ses éclaireurs avancer à travers les arbres.

Il sortit de la forêt sur la route jaune qui menait à La Granja, et les pas des chevaux firent lever une poussière qui enveloppa leur chevauchée. Elle poudra les morts, ficelés à plat ventre en travers des selles, et les blessés; et ceux qui marchaient à pied, à côté d'eux, avançaient dans un épais nuage.

C'est là, dans cette nuée de poussière, qu'Anselmo les vit passer.

Il compta les morts et les blessés et reconnut l'arme automatique de Sordo. Il ne savait pas ce que contenait le ballot enveloppé dans le poncho, ce ballot qui rebondissait sur les flancs du cheval au balancement des étriers. Mais, lorsqu'à son retour il traversa dans la nuit la colline où Sordo s'était battu, il sut aussitôt ce que contenait le long rouleau du poncho. Il ne pouvait reconnaître dans l'obscurité ceux qui étaient sur la colline. Mais il compta les corps, puis traversa les collines pour regagner le camp de Pablo.

Marchant ainsi, seul dans l'obscurité, avec une peur qui lui glaçait le cœur depuis qu'il avait vu les cratères de bombes, qu'il avait vu cela et ce qu'il avait trouvé sur la colline, il chassa de son esprit toute pensée ayant trait à l'aventure du lendemain. Il se mit seulement à marcher aussi vite qu'il put pour porter la nouvelle. Et, tout en marchant, il priait pour l'âme de Sordo et de tous ceux de sa bande. C'était la première fois qu'il priait depuis le début du mouvement.

Très bonne, très douce, très clémente Vierge, priait-il.

Mais il ne pouvait pas s'empêcher de penser au lendemain. Alors, il se dit : Je ferai exactement ce que l'*Inglés* me dira et comme il me dira de le faire. Mais que je sois près de lui, ô Seigneur, et que ses instructions soient claires, parce que je ne crois pas que je pourrai me maîtriser sous le bombardement des avions. Aide-moi, ô Seigneur, aide-moi demain à me conduire comme un homme doit se conduire en son heure dernière. Aide-moi, ô Seigneur, à comprendre bien clairement ce qu'il faudra faire. Aide-moi, ô Seigneur, à maîtriser mes jambes pour que je ne me mette pas à courir quand ça deviendra mauvais. Aide-moi, ô Seigneur, à me conduire en homme, demain, au jour de la bataille. Puisque je T'ai demandé ce secours, je T'en prie, accorde-le-moi, car Tu sais que je ne le demanderais pas si ce n'était pas grave, et je ne Te demanderai plus jamais rien.

Il continuait sa marche, seul dans l'obscurité, mais il se sentait beaucoup mieux maintenant qu'il avait prié, et il était sûr à présent qu'il se conduirait bien. Tout en descendant, il se remit à prier pour les gens de Sordo. Il atteignit bientôt le poste le plus élevé, où Fernando l'arrêta.

" C'est moi, répondit-il, Anselmo.

— Bien, dit Fernando.

— Tu sais ce qui est arrivé à Sordo, vieux ? " demanda Anselmo à Fernando. Ils étaient debout, tous deux, dans l'ombre des grandes roches.

" Je te crois, dit Fernando. Pablo nous a raconté.

— Il y est monté ?

— Je te crois, répéta Fernando. Il a été inspecter la colline aussitôt que la cavalerie est partie.

— Il vous a dit....

— Il nous a tout dit, fit Fernando. Quels sauvages que ces fascistes ! Il faut débarrasser l'Espagne de ces barbares. Il s'arrêta, puis dit avec amertume : Ils manquent de toute conception de la dignité. "

Anselmo sourit dans l'obscurité. Il n'aurait pas imaginé, une heure auparavant, qu'il pourrait jamais se remettre à sourire. Quelle merveille que ce Fernando, pensa-t-il.

" Oui, dit-il à Fernando. Il faut leur apprendre. Il faut leur enlever leurs avions, leurs armes automatiques, leurs tanks, leur artillerie, et leur apprendre la dignité.

— Exactement, dit Fernando. Je suis content que tu sois de mon avis. "

Anselmo le laissa là, debout, seul avec sa dignité, et descendit vers la grotte.

CHAPITRE XXIX

Dans la grotte, Anselmo trouva Robert Jordan assis à la table, Pablo en face de lui. Il y avait une bassine de vin entre eux et une tasse pleine devant chacun. Robert Jordan avait sorti son calepin et tenait un crayon. Pilar et Maria étaient au fond de la grotte, et on ne les voyait pas. Anselmo ne pouvait pas savoir que Pilar gardait la jeune fille à l'écart pour qu'elle n'entendît pas la conversation, et il s'étonna que la femme de Pablo ne fût pas à la table.

Robert Jordan leva les yeux comme Anselmo entrait en soulevant la couverture suspendue devant la porte. Pablo regardait fixement la table. Ses yeux ne quittaient pas la bassine de vin, mais ils ne la voyaient pas.

" Je viens de là-haut, dit Anselmo à Robert Jordan.

— Pablo nous a raconté, dit Robert Jordan.

— Il y avait six morts sur la colline, et on leur a coupé la tête, dit Anselmo. Quand j'y ai passé, il faisait déjà nuit. "

Robert Jordan hocha la tête. Pablo restait assis, le regard fixé sur la bassine de vin, et ne disait rien. Il n'y avait aucune expression sur son visage, et ses petits yeux porcins regardaient la bassine comme s'ils n'avaient jamais rien vu de pareil.

" Assieds-toi ", dit Robert Jordan à Anselmo.

Le vieux s'assit à la table, sur un des tabourets recouverts de cuir, et Robert Jordan se pencha pour prendre sous la table le flacon de whisky, cadeau de Sordo. Il était encore à demi plein. Robert Jordan prit une tasse sur la table, y versa du whisky et la poussa vers Anselmo.

" Bois ça, vieux ", dit-il.

Pablo leva les yeux vers Anselmo, tandis que celui-ci buvait, puis se remit à contempler la bassine.

En avalant le whisky, Anselmo éprouva une sensation de brûlure dans le nez, les yeux et la bouche, puis une chaleur heureuse et réconfortante dans l'estomac. Il s'essuya la bouche du revers de la main.

Il regarda Robert Jordan et dit : " Je peux en ravoir?

— Pourquoi pas? " dit Robert Jordan qui remplit de nouveau la tasse et la lui tendit au lieu de la pousser.

Cette fois, la gorgée ne le brûla pas, mais l'impression de chaleureux réconfort fut doublée. Cela le remontait comme une piqûre de sérum remonte un homme qui vient d'avoir une grosse hémorragie.

Le vieux regarda de nouveau la bouteille.

" On garde le reste pour demain, dit Robert Jordan. Qu'est-ce qu'il y a eu sur la route, vieux?

— Beaucoup de mouvement, dit Anselmo. J'ai tout inscrit comme tu m'as montré. Il y a une femme qui surveille et inscrit pour moi en ce moment. Tout à l'heure, j'irai chercher son rapport.

— Tu as vu des canons antichars? Ceux qui ont des pneus de caoutchouc et un long tube?

— Oui, dit Anselmo. Il a passé quatre camions. Dans chacun, il y avait un canon comme tu dis, avec des branches de pin sur le tube. Dans les camions, il y avait six hommes pour chaque canon.

— Quatre canons, tu dis? lui demanda Robert Jordan.

— Quatre, dit Anselmo. Il ne regardait pas ses notes.

— Dis-moi ce qu'il y a eu d'autre sur la route? "

Tandis que Robert Jordan inscrivait, Anselmo lui raconta tout ce qui était passé devant lui sur la route. Il le raconta depuis le début, et en ordre, avec l'étonnante mémoire de ceux qui ne savent ni lire ni écrire. A deux reprises, pendant qu'il parlait, Pablo tendit la main vers la bassine et se servit du vin.

" Il y a aussi la cavalerie qui est entrée à La Granja, en descendant de la colline où El Sordo s'est battu ", continua Anselmo.

Puis il dit le nombre de blessés qu'il avait vus et le nombre de morts en travers des selles.

" Il y avait un ballot attaché à une selle, je ne savais pas ce que c'était, dit-il. Mais maintenant je sais que c'étaient les têtes. Il poursuivit immédiatement : C'était un escadron de cavalerie. Il ne leur restait plus qu'un officier. Ce n'était pas celui qui a passé par ici ce matin pendant que tu étais avec la mitrailleuse. Celui-là devait être un des morts. Deux des morts étaient des officiers, d'après leurs manches. Ils étaient attachés à plat ventre sur les selles, les bras pendants. Il y avait aussi la *máquina* d'El Sordo, attachée à la selle où on avait mis les têtes. Le canon était tordu. C'est tout, conclut-il.

— C'est assez, dit Robert Jordan, et il trempa sa tasse dans la bassine de vin. Qui, à part toi, a déjà été de l'autre côté des lignes, dans la République?

— Andrès et Eladio.

— Quel est le meilleur des deux?

— Andrès.

— Combien de temps ça lui prendrait d'aller d'ici à Navacerrada?

— Sans charge et en prenant ses précautions, trois heures, s'il a de la chance. Nous deux, on est venus par une route plus longue et meilleure à cause du matériel.

— Il peut le faire, c'est sûr?

— *No sé*, on n'est jamais sûr de rien.

— Pour toi non plus?

— Non.

— Non. "

Voilà qui décide, pensa Robert Jordan. S'il avait dit que lui pouvait le faire à coup sûr, c'est lui à coup sûr que j'aurais envoyé.

" Andrès peut arriver là-bas aussi bien que toi?

— Aussi bien ou mieux. Il est plus jeune.

— J'ai quelque chose à faire porter là-bas qui doit absolument arriver.

— Si rien ne se passe, il y arrivera. Si quelque chose se passe, ce serait pareil pour n'importe qui.

— Je vais écrire, et il portera le pli, dit Robert Jordan. Je lui expliquerai où il pourra trouver le Général. Il doit être à l'Estado Mayor de la Division.

— Il ne comprendra pas toutes ces histoires de divisions, dit Anselmo. Moi, ça m'a toujours embrouillé. Il faudrait qu'il ait le nom du Général et où il pourra le trouver.

— Mais, justement, c'est à l'Estado Mayor de la Division.

— Mais ce n'est pas un endroit?

— Bien sûr que si, mon vieux, expliqua patiemment Robert Jordan. Mais c'est un endroit que le Général aura choisi. C'est là qu'il aura son quartier général pour la bataille.

— Alors, où est-ce? " Anselmo était fatigué, et la fatigue le rendait bête. Et puis, les mots de brigades, divisions, corps d'armée, le troublaient toujours. D'abord, il y avait eu des colonnes, puis des régiments, puis des brigades. Maintenant il y avait des brigades et aussi des divisions. Il ne comprenait pas. Un endroit, c'était un endroit.

" Suis-moi bien, mon vieux ", lui dit Robert Jordan. Il savait que, s'il n'arrivait pas à se faire comprendre d'Anselmo, il n'arriverait pas davantage à expliquer l'affaire à Andrès. " L'Estado Mayor de la Division est un endroit que le Général aura choisi pour y établir son organisation de commandement. Il commande une division, ça fait deux brigades. Je ne sais pas où c'est, parce que je n'étais pas là-bas quand on l'a choisi. C'est probablement dans une cave ou un abri, avec des fils télégraphiques qui y conduisent. Andrès devra demander le Général et l'Estado Mayor de la Division. Il devra remettre ceci au Général ou au chef de son Estado Mayor ou à un autre dont je lui écrirai le nom. Il y en aura sûrement un, même si les autres sont sortis pour inspecter les préparatifs de l'attaque. Tu comprends maintenant?

— Oui.

— Alors amène-moi Andrès. Moi j'écris et je timbrerai le pli avec ça. " Il lui montra le petit timbre de caoutchouc, à poignée de bois, marqué S. I. M., et le petit tampon d'encre dans sa boîte de fer pas plus grande qu'une pièce de cinquante centimes, qu'il portait dans sa poche. " Ils s'inclineront devant ce cachet-là. Maintenant, va chercher Andrès, je lui expliquerai. Il faut qu'il se dépêche, mais, avant tout, il faut qu'il comprenne.

— Il comprendra, puisque je comprends. Mais il faut que

tu lui expliques très bien. Ces histoires d'état-major et de division, pour moi c'est un mystère. Moi, j'ai toujours été dans des endroits bien définis, une maison, en général. A Navacerrada, c'est dans le vieil hôtel qu'il y a le poste de commandement. A Guadarrama c'est dans une maison qui a un jardin.

— Avec le Général, dit Robert Jordan, ce sera un endroit très près des lignes. Ce sera un souterrain, à cause des avions. Andrés trouvera facilement, s'il sait quoi demander. Il n'aura qu'à montrer ce que j'aurai écrit. Mais va le chercher, parce qu'il faut que ça arrive là-bas très vite. "

Anselmo sortit en se baissant sous la couverture pendante. Robert Jordan commença à écrire dans son carnet.

" Écoute, *Inglés*, dit Pablo, le regard toujours fixé sur la bassine de vin.

— J'écris, fit Robert Jordan sans lever les yeux.

— Écoute, *Inglés*. (Pablo avait l'air de parler à la bassine.) Il n'y a pas de quoi se décourager. Même sans Sordo, on a plein de gens pour prendre les postes et faire sauter le pont.

— Bien, dit Robert Jordan sans cesser d'écrire.

— Plein, dit Pablo. J'ai beaucoup admiré ton jugement aujourd'hui, *Inglés*, disait Pablo à la bassine. Je trouve que tu as beaucoup de *picardia*. Tu es plus malin que moi. J'ai confiance en toi. "

Attentif à son rapport à Golz, — essayant de le rédiger en aussi peu de mots que possible tout en le rendant absolument convaincant, essayant de présenter la chose de façon à faire renoncer à l'attaque, à coup sûr, tout en laissant bien entendre que ce n'était pas parce qu'il redoutait le danger de sa propre mission qu'il écrivait ainsi, mais seulement pour mettre Golz au courant des faits, — Robert Jordan n'écoutait qu'à moitié.

" *Inglés*, dit Pablo.

— J'écris ", lui dit Robert Jordan sans lever les yeux.

Je devrais envoyer deux copies, pensa-t-il. Mais alors il ne nous restera pas assez de monde pour faire sauter le pont, si on doit le faire quand même. Est-ce que je sais la vraie raison de cette attaque? Peut-être que c'est seulement une diversion. Peut-être qu'ils veulent forcer ces troupes à sortir d'un autre

endroit. Peut-être qu'ils font ça pour attirer les avions qui sont
dans le Nord. Peut-être. Qu'est-ce que j'en sais? Voilà mon
rapport pour Golz. Je ne fais pas sauter le pont avant que
l'attaque ait commencé. Mes ordres sont clairs, et si l'attaque
est décommandée, je ne fais rien sauter. Mais je dois garder ici
le minimum de monde indispensable pour exécuter les ordres.

" Qu'est-ce que tu disais? demanda-t-il à Pablo.

— Que j'ai confiance, *Inglés*. " Pablo parlait toujours à la
bassine de vin.

Mon vieux, je voudrais pouvoir en dire autant, pensa Robert
Jordan. Il continua d'écrire.

CHAPITRE XXX

Et maintenant, tout était fini pour ce soir. Tous les ordres
avaient été donnés. Chacun savait exactement ce qu'il aurait
à faire le lendemain matin. Andrès était parti depuis trois
heures. Donc, ce serait pour le lever du jour ou ça ne serait
pas. Je crois que l'attaque aura lieu, se dit Robert Jordan en
redescendant du poste d'en haut, où il avait été parler à Primitivo.

Golz fait l'attaque, mais il n'a pas le pouvoir d'y renoncer, il
faudrait que cela vînt de Madrid. Si ça se trouve, ils n'arriveront pas à réveiller qui que ce soit, et, si on en réveille un tout
de même, il aura trop sommeil pour réfléchir. J'aurais dû
aviser Golz plus tôt, avant que tous les préparatifs soient faits
pour l'attaque, mais comment aviser d'une chose avant qu'elle
se produise? Ils n'ont fait monter ces trucs qu'à la nuit tombée.
Ils n'avaient pas envie que leurs mouvements sur la route soient
aperçus des avions. Mais leurs avions à eux? Oui, les avions
fascistes, qu'est-ce qu'ils font?

Sûrement, nos gens doivent être avertis à présent. Mais peut-être qu'avec ça, les fascistes camouflaient une autre offensive sur Guadalajara. On disait qu'il y avait des concentrations de troupes italiennes à Soria et aussi à Siguenza, en plus de celles qui opèrent dans le Nord. Mais ils n'ont pas assez d'hommes ni de matériel pour lancer deux grandes offensives en même temps. C'est impossible; donc, ça doit être un bluff.

Mais nous savons combien de troupes les Italiens ont débarquées en tout, le mois dernier et le mois suivant à Cadix. Il est toujours possible qu'ils tentent de nouveau l'attaque à Guadalajara, pas idiotement comme la première fois, mais avec trois pointes qui s'élargiraient en longeant la voie ferrée, vers l'ouest du plateau. Il y avait une façon de réussir cela parfaitement. Hans la lui avait montrée. Ils avaient commis beaucoup d'erreurs, la première fois. Toute la combinaison était fausse. Ils n'avaient employé dans l'offensive d'Arganda, contre la route de Madrid à Valence, aucune des troupes dont ils s'étaient servis à Guadalajara. Pourquoi n'avaient-ils pas mené ces deux offensives simultanément? Pourquoi? Pourquoi? Saura-t-on jamais pourquoi?

Pourtant nous, nous les avons arrêtés les deux fois avec les mêmes troupes. Nous n'aurions jamais pu les arrêter, s'ils avaient lancé les deux attaques en même temps. Ne t'en fais pas, se dit-il. Il y a eu d'autres miracles. Ou bien il faudra que tu fasses sauter ce pont demain matin, ou bien il ne le faudra pas. Mais n'essaie pas de te persuader qu'il ne le faudra pas. Tu le feras sauter un jour ou l'autre. Et, si ce n'est ce pont-là, ce sera un autre pont. Ce n'est pas toi qui décides. Tu exécutes des ordres. Exécute-les et n'essaie pas de penser à ce qu'il y a derrière.

Les ordres en ceci sont très clairs. Trop clairs. Mais il ne faut pas t'en faire, ni avoir peur. Parce que, si tu t'offres le luxe d'une peur tout à fait légitime, ceux qui doivent travailler avec toi risquent de l'attraper.

Mais cette histoire de têtes, c'était tout de même quelque chose, se dit-il. Et le vieux qui tombe là-dedans sur la colline, tout seul. Ça t'aurait plu, à toi, de tomber sur eux comme ça? Ça t'a impressionné, hein? Oui, ça t'a impressionné, Jordan.

Tu as été très impressionné plus d'une fois aujourd'hui. Mais tu t'es très bien tenu. Jusqu'ici, tu t'es très bien tenu.

Pas mal du tout pour un lecteur d'espagnol à l'Université de Montana, fit-il, plaisantant en lui-même. Pas mal du tout. Mais ne va pas t'imaginer que tu es quelque chose d'extraordinaire. Tu n'es pas encore très avancé, dans cette affaire. Pense seulement à Duràn qui n'avait jamais reçu aucune instruction militaire et qui était compositeur, un jeune mondain, avant le mouvement; et maintenant c'est un rudement bon général de brigade. Pour Duràn, tout a été aussi simple et facile à apprendre et à comprendre que les échecs pour un enfant prodige. Toi, tu étudies l'art de la guerre depuis ton enfance, depuis que ton grand-père a commencé à te raconter la guerre civile américaine. Sauf que grand-père l'appelait toujours la guerre de Rébellion. Mais, à côté de Duràn, tu es comme un bon joueur d'échecs, bien raisonnable, à côté d'un enfant prodige. Ce vieux Duràn. Ça serait chic de revoir Duràn. Il le verrait au Gaylord quand cette guerre serait finie. Oui. Quand cette guerre serait finie. N'est-ce pas qu'il se comportait bien?

Je le verrai au Gaylord, se dit-il de nouveau, quand cette histoire sera finie. Ne fais pas semblant, dit-il. Tu te tiens parfaitement. A froid. Sans faire semblant. Tu ne reverras jamais Duràn, et ça n'a pas d'importance. Ne sois pas comme ça non plus, se dit-il. Pas de ces luxes-là.

Pas de résignation héroïque non plus. On n'a pas besoin de citoyens pleins de résignation héroïque, dans ces montagnes. Ton grand-père s'est battu quatre ans pendant notre guerre civile, et toi, tu en es à peine à la fin de ta première année. Tu as encore beaucoup de chemin à faire, et tu es doué pour ce boulot. Et maintenant, tu as Maria aussi. Enfin, tu as tout. Tu ne devrais pas t'en faire. Qu'est-ce que c'est qu'une petite bagarre entre une bande de guérilla et un escadron de cavalerie? Ce n'est rien. Et même s'ils coupent les têtes? Est-ce que ça y change quelque chose? Rien du tout.

Les Indiens scalpaient toujours, quand grand-père était à Fort Kearny, après la guerre. Tu te rappelles le placard dans le bureau de ton père, avec les hampes de flèches sur une planche

et les coiffures de guerre accrochées, les plumes pendantes,
et l'odeur de cuir fumé des guêtres et du blouson, et les mocas-
sins brodés? Tu te rappelles le grand arc, dans un coin du
placard, et les deux carquois de flèches de chasse et de guerre,
et la sensation que te produisait le paquet de flèches, quand tu
refermais la main sur lui?

Rappelle-toi quelque chose de ce genre. Rappelle-toi quelque chose de concret, de pratique. Rappelle-toi le sabre de
grand-père, brillant et bien graissé dans son fourreau dentelé,
et grand-père te montrant comment la lame était amincie à
force d'avoir été repassée. Rappelle-toi le Smith et Wesson de
grand-père. C'était un pistolet d'ordonnance, à un seul coup,
calibre 7,65, et il n'y avait pas de pontet. Il avait la détente la
plus douce que tu aies jamais sentie, et il était toujours bien
graissé et bien propre, mais ses stries étaient tout effacées
par l'usure, et le métal brun de la crosse et le canon étaient
tout polis par le cuir de l'étui. Il était dans un étui avec un U. S.
sur le rabat, rangé dans un tiroir avec ses ustensiles de nettoyage
et deux cents cartouches. Les boîtes de carton étaient soigneusement enveloppées et ficelées.

Tu pouvais sortir le pistolet du tiroir et le tenir. " Prends-le
tant que tu veux ", disait grand-père. Mais tu ne pouvais pas
jouer avec, parce que c'était " une arme sérieuse ".

Un jour, tu as demandé à grand-père s'il avait tué avec, et il a
répondu " Oui ".

Alors, tu as dit : " Quand ça, grand-père? " et il a dit :
" Pendant la guerre de Rébellion et après. "

Tu as dit : " Raconte, grand-père. "

Et il a dit : " Je n'ai pas envie de parler de ça, Robert. "

Et puis, ton père s'est tué avec ce pistolet. Tu es rentré de
l'école, et il y a eu l'enterrement, et le coroner t'a rendu le
pistolet après l'enquête en disant : " Bob, je pense que tu tiens
peut-être à avoir cette arme. Je devrais la garder, mais je sais
que ton papa en faisait grand cas, parce que son papa à lui
l'avait eue pendant toute la guerre quand il était dans la cavalerie, et c'est toujours une très bonne arme. Je l'ai essayée cet
après-midi. La balle n'est pas bien méchante, mais on peut
mettre dans le mille avec. "

Il avait remis le pistolet à sa place dans le tiroir, mais, le lendemain, il l'en avait sorti, et il était monté à cheval avec Club, jusqu'au sommet de la montagne, au-dessus de Red Lodge, là où on a bâti une route maintenant à travers le col et le plateau de la Dent d'Ours. Le vent est coupant là-haut, et il y a de la neige tout l'été sur les sommets. Ils s'étaient arrêtés près du lac, dont on dit qu'il a huit cents pieds de profondeur, ce lac d'un vert sombre, et Club avait tenu les chevaux. Robert, lui, était monté sur un rocher. Il s'était penché et il avait vu son visage dans l'eau immobile; il s'était vu, le pistolet à la main, puis il l'avait laissé pendre, le tenant par le canon, l'avait lâché, l'avait vu s'enfoncer au milieu des éclaboussures, jusqu'à ce qu'il ne fût pas plus grand qu'une breloque, dans l'eau claire, jusqu'à ce qu'il disparût. Puis, il était descendu de la roche, et quand il avait sauté en selle il avait donné à la vieille Bess un tel coup d'éperon qu'elle s'était cabrée. Il l'avait forcée à longer le lac, et, dès qu'elle était redevenue raisonnable, ils avaient repris le sentier.

" Je sais pourquoi tu as fait ça avec le vieux pistolet, Bob, avait dit Club.

— Eh bien, comme ça, nous n'aurons pas à en parler ", avait-il répondu.

Ils n'en avaient jamais parlé, et c'est ainsi qu'avaient fini les armes de grand-père, excepté le sabre. Il avait le sabre dans sa malle à Missoula avec le reste de ses affaires.

Je me demande ce que grand-père penserait de cette situation, songea-t-il. Grand-père était un rudement bon soldat, à ce que tout le monde disait. On disait que s'il avait été avec Custer ce jour-là, il l'aurait empêché de se faire berner de cette façon. Comment n'avait-il pas vu la fumée, ni la poussière de toutes ces cabanes le long de Little Big Horn, à moins qu'il n'y ait eu un épais brouillard matinal? Mais il n'y avait pas de brouillard.

Je voudrais bien que grand-père fût ici, à ma place. Enfin, peut-être serons-nous ensemble, demain soir. S'il existait vraiment une idiotie comme l'au-delà, et je suis sûr que ça n'existe pas, pensa-t-il, ça me ferait vraiment plaisir de lui parler. Parce qu'il y a un tas de choses que j'aimerais savoir. J'ai le droit de lui poser des questions, maintenant que moi aussi j'ai fait ces choses-là. Je ne crois pas que ça lui déplairait que je les lui pose maintenant. Avant, je n'avais pas le droit de demander. Je comprends qu'il ne m'ait pas raconté, parce qu'il ne me connaissait pas. Mais maintenant, je crois qu'on s'entendrait très bien. J'aimerais bien pouvoir lui parler maintenant et lui demander conseil. Et zut! même sans conseil, j'aimerais bien lui parler, tout simplement. C'est dommage qu'il y ait un tel décalage de temps entre deux types comme nous.

Puis, continuant à réfléchir, il s'avisa que, s'il existait des rencontres dans l'au-delà, lui et son grand-père seraient tous deux extrêmement embarrassés par la présence de son père. Tout le monde a le droit de faire ce qu'il a fait, pensa-t-il. Mais ce n'est pas bien. Je comprends, mais je n'approuve pas. *Lâche*, c'était le mot. Mais comprends-tu vraiment? Bien sûr, que je comprends, mais.... Oui, mais.... Il faut être terriblement replié sur soi-même pour faire une chose comme ça.

Bon Dieu, je voudrais bien que grand-père soit là, pensa-t-il. Pour une heure, en tout cas. Peut-être m'a-t-il transmis le peu que je puis avoir à travers l'autre, qui a fait mauvais usage du pistolet. Peut-être que c'est notre seule communication. Et puis merde. Oui, merde, mais je regrette que tant d'années nous aient séparés, parce que j'aurais aimé qu'il m'apprenne ce que l'autre ne m'a jamais appris. Mais si la peur qu'il a dû éprouver et dominer, dont il n'a réussi à se débarrasser qu'au bout de quatre ans, et après, dans les combats contre les Indiens, — mais là, au fond, il n'avait pas dû avoir tellement peur, — si cette peur avait fait un *cobarde* de l'autre, comme c'est presque toujours le cas de la seconde génération de toréadors? Si c'était ça? Et si la bonne sève n'était ressortie saine qu'après être passée par celui-là?

Je n'oublierai jamais mon écœurement, la première fois que j'ai su que c'était un *cobarde*. Vas-y, dis-le en anglais. *Coward.* C'est plus facile quand on l'a dit, et ça ne sert à rien de parler d'un salaud en langue étrangère. Mais ce n'était pas un salaud. C'était un lâche, et c'est le pire malheur qui puisse arriver à un homme. Parce que, s'il n'avait pas été lâche, il aurait tenu tête à cette femme, et ne se serait pas laissé commander par elle. Je me demande comment j'aurais été s'il avait épousé

une autre femme. Ça, tu ne le sauras jamais, se dit-il, et il
sourit. Peut-être que son esprit autoritaire à elle a apporté
ce qui manquait dans l'autre. Et toi. Ça va. Ne te mets pas à
parler de bonne sève et du reste avant d'avoir passé demain.
Ne te félicite pas trop tôt. Et ne te félicite pas du tout. On
verra demain quel genre de sève tu as.

Mais il se remit à penser à son grand-père.

"George Custer n'était pas un commandant de cavalerie
intelligent, Robert, avait dit grand-père. Ce n'était même pas
un homme intelligent."

Il se rappelait que, quand son grand-père avait dit cela, il
avait été choqué que l'on pût critiquer ce personnage en blouson de cuir, boucles blondes au vent, debout sur une montagne, revolver à la main, entouré de Sioux, tel qu'il était
représenté dans la vieille lithographie d'Anheuser-Busch
suspendue à Red Lodge.

"Il était seulement très doué pour se mettre dans le pétrin et
pour en sortir, avait poursuivi son grand-père, mais au Little
Big Horn, il n'a pas pu s'en sortir."

"Phil Sheridan était un homme intelligent, et Jeb Stuart
aussi. Mais John Mosby était le meilleur commandant de
cavalerie qui ait jamais vécu."

Robert Jordan avait ses affaires, dans sa malle, à Missoula,
une lettre du Général Phil Sheridan au vieux Kilpatrick qui
disait que son grand-père était un meilleur chef de cavalerie
irrégulière que John Mosby.

Je devrais parler de mon grand-père à Golz, pensa-t-il.
Mais il n'en a sûrement jamais entendu parler. Il n'a probablement même pas entendu parler de John Mosby. Les Anglais,
eux, les connaissent, parce qu'ils ont dû étudier notre guerre
civile beaucoup plus que les gens du continent. Karkov disait
qu'après la guerre je pourrais aller à l'Institut Lénine de Moscou, si je voulais. Il disait que je pourrais aller à l'École Militaire de l'Armée Rouge. Je me demande ce que grand-père en
penserait? Grand-père qui n'a jamais de sa vie voulu s'asseoir
à la même table qu'un démocrate?

Non, je n'ai pas envie d'être soldat, pensa-t-il. Je le sais.
Donc, c'est réglé. Je veux seulement qu'on gagne cette guerre.

J'imagine que les très bons soldats ne sont vraiment pas bons à grand-chose d'autre, pensa-t-il. Ce n'est évidemment pas vrai. Regarde Napoléon et Wellington. Tu es idiot, ce soir, se dit-il.

D'habitude, sa pensée lui était de fort bonne compagnie; il en avait été ainsi ce soir quand il avait pensé à son grand-père. Mais, de penser à son père l'avait fait dérailler. Il comprenait son père; il lui pardonnait tout et il le plaignait, mais il avait honte de lui.

Tu ferais mieux de ne pas penser du tout, se dit-il. Bientôt, tu seras avec Maria. Ça vaut bien mieux, maintenant que tout est réglé. Quand on a beaucoup réfléchi à quelque chose, on ne peut plus s'arrêter et la pensée continue à courir comme un balancier fou. Tu ferais mieux de ne pas penser.

Mais imagine, songea-t-il. Imagine seulement que les avions arrivent et écrasent ces canons antichars, qu'ils fassent sauter les positions et que les vieux chars grimpent très bien pour une fois; que Golz lance en avant cette bande d'ivrognes, de clochards, de vagabonds, de fanatiques et de héros qui composent la Quatorzième Brigade, et moi je sais combien les gens de Durán sont bons, dans l'autre brigade de Golz; et imagine qu'on soit à Ségovie demain soir!

Oui, imagine, se dit-il. Moi, j'irai à La Granja, pensa-t-il. Mais il faudra faire sauter ce pont; il le savait soudain de façon absolue. Rien ne serait contremandé. Car, ce que tu imaginais tout à l'heure, c'est l'aspect même de l'attaque pour ceux qui l'ont ordonnée. Oui, il faudra faire sauter le pont. Il en avait la certitude. Ce qui peut arriver à Andrès ne compte pas.

En redescendant le sentier dans la nuit, seul, avec l'agréable sentiment que tout était paré pour les quelques heures à venir, avec la confiance qu'il avait regagnée en pensant à des choses concrètes, la certitude qu'il devrait faire sauter le pont lui revint, presque réconfortante.

L'incertitude, l'appréhension, comme lorsque, par suite d'une confusion de dates, on se demande si les invités vont venir ou non à une soirée, cette sensation qui l'accompagnait depuis le départ d'Andrès l'avait quitté maintenant. Maintenant, il était sûr que la fête ne serait pas décommandée. Il vaut bien mieux être sûr, pensa-t-il. Il vaut toujours beaucoup mieux être sûr.

CHAPITRE XXXI

Et ils se retrouvèrent de nouveau dans le sac de couchage; il était tard et c'était la dernière nuit. Maria était couchée contre lui, et il sentait la douceur des longues cuisses contre les siennes; il sentait ses seins semblables à deux petites collines; ils surgissaient doucement d'une plaine allongée autour de son puits, et, au-delà des collines, il y avait la vallée qui monte vers le cou, le menton, les lèvres. Il était couché, immobile, et ne pensait à rien; elle lui caressait la tête.

"Robert, dit Maria très doucement, et elle l'embrassa. J'ai honte. Je ne voudrais pas te décevoir; mais.... J'ai très mal. J'ai peur de ne pas t'être bonne à grand-chose.

— Cela arrive, dit-il. Mais ce n'est rien, mon petit chevreau. Nous ne ferons rien qui te fasse mal.

— Ce n'est pas ça. C'est que je ne pourrai pas te recevoir comme je voudrais.

— Ce n'est pas grave. Ça passera. Nous sommes ensemble, cela suffit.

— Oui, mais j'ai honte. Ça doit venir des choses qu'on m'a faites, là-bas. Pas de toi et moi.

— Ne parlons pas de ça.

— Je n'y tiens pas non plus. Je voulais dire qu'il m'est insupportable de me refuser à toi maintenant, cette nuit, et alors je voulais te demander pardon.

— Écoute, chevreau, dit-il. Toutes ces choses-là passent, et ça ne fait rien." Mais il pensait que, pour la dernière nuit, ce n'était pas de chance.

Puis il eut honte et dit : "Étends-toi tout contre moi, chevreau. Je t'aime autant quand tu te serres ainsi contre moi, dans le noir, que quand tu te donnes.

— Je regrette tellement, parce que je pensais que ce serait peut-être encore, cette nuit, comme dans la haute vallée, en descendant de chez El Sordo.

— *Qué va*, dit-il. Ce n'est pas comme ça tous les jours. J'aime autant t'avoir ainsi que de l'autre façon. " Il mentait, refoulant sa déception. " Nous allons rester comme ça, bien tranquilles, et puis nous dormirons. Parlons ensemble. Tu m'as si peu parlé.

— On va parler de demain et de ton travail? Je voudrais savoir parler de ton travail.

— Non ", dit-il, complètement allongé dans le sac de couchage, détendu maintenant, sa joue contre l'épaule de la jeune fille, le bras gauche sous sa tête. " Il vaut mieux ne pas parler de demain, ni de ce qui s'est passé aujourd'hui. Il ne faut pas marchander, dans cette guerre. Pour demain, on fera ce qu'on a à faire. Tu n'as pas peur?

— *Qué va?* dit-elle. J'ai peur tout le temps, mais maintenant j'ai tellement peur pour toi que je ne pense pas à moi.

— Il ne faut pas, chevreau. J'ai passé par beaucoup de choses. Et pires que celles-ci ", fit-il en mentant.

Puis, cédant soudain à la tentation de s'évader, il dit : " Parlons de Madrid, et de nous deux à Madrid.

— Bon, dit-elle. Puis : Oh! Roberto, je suis désolée d'être comme ça. Je ne peux rien faire d'autre pour toi? "

Il lui caressa la tête et l'embrassa, puis s'allongea de nouveau, détendu, à côté d'elle, écoutant le silence de la nuit.

" Tu peux parler de Madrid avec moi ", dit-il, et il pensait : je garderai ce surplus-là pour demain. Je n'aurai pas trop de tout, demain. Les aiguilles de pin n'ont pas autant besoin de ça que j'en aurai besoin, moi, demain. Qui donc, dans la Bible, répandait sa semence sur le sol? Onan. Comment est-ce qu'il a fini, Onan? pensa-t-il. On n'a plus jamais entendu parler d'Onan. Il sourit dans l'obscurité.

Puis, de nouveau, il se laissa glisser vers l'évasion, éprouvant à céder à l'illusion une volupté qui ressemblait à l'acceptation sexuelle d'une joie qui s'offre la nuit, quand il n'y a plus de raisonnement, quand il n'y a plus que le délice d'accepter.

" Mon amour, dit-il, et il l'embrassa. Écoute. L'autre nuit, je pensais à Madrid, je pensais que nous irions là-bas, et que je te laisserais à l'hôtel pendant que j'irais voir des gens, à l'hôtel des Russes. Mais c'était faux. Je ne te laisserai pas dans un hôtel.

— Pourquoi?

— Parce que je veux m'occuper de toi. Je ne te laisserai pas du tout. J'irai avec toi à la *Seguridad* chercher les papiers. Puis j'irai avec toi acheter les vêtements dont tu auras besoin.

— Je n'ai pas besoin de grand-chose, et je peux l'acheter moi-même.

— Non, tu as besoin de beaucoup de choses, et nous irons ensemble acheter de belles choses et tu seras très belle.

— J'aimerais mieux qu'on reste dans la chambre, à l'hôtel, et qu'on fasse venir les vêtements. Où est l'hôtel?

— Sur la Plaza del Callao. Nous resterons beaucoup dans notre chambre. Il y a un grand lit avec des draps propres, et il y a de l'eau chaude dans la salle de bains, et deux penderies; je mettrai mes affaires dans l'une, et toi tu prendras l'autre. Il y a de grandes fenêtres qui s'ouvrent largement, et, dehors, dans les rues, c'est le printemps. Et puis, je connais de bons endroits pour manger; c'est illégal, mais très bon; et je connais des boutiques où on trouve encore du vin et du whisky. Et nous aurons des choses à manger dans notre chambre, pour quand nous aurons faim, et aussi du whisky, si j'ai envie de boire, et toi je t'achèterai du manzanilla.

— Je voudrais goûter du whisky.

— Mais c'est difficile à trouver et, puisque tu aimes le manzanilla.

— Garde ton whisky, Roberto, dit-elle. Oh! je t'aime tant. Toi et ton whisky que je n'ai pas le droit de boire. Tu es ignoble.

— Non, tu y goûteras. Mais ce n'est pas bon pour une femme.

— Et je n'ai jamais eu que ce qui était bon pour une femme? fit Maria. Et alors, dans ce lit, je porterai toujours ma chemise de mariée?

— Non. Je t'achèterai des chemises de nuit et aussi des pyjamas, si tu préfères.

— J'achèterai sept chemises de mariée, dit-elle. Une pour chaque jour de la semaine. Je t'achèterai une chemise de marié à toi aussi, une chemise propre. Tu ne laves jamais la tienne?

— Quelquefois.

— Je tiendrai tout propre et je te verserai du whisky avec de l'eau dedans comme chez Sordo. J'aurai des olives et du poisson salé et des noisettes que tu mangeras en buvant, et on restera un mois dans cette chambre sans en sortir. Si je peux te recevoir, fit-elle, soudain désolée.

— Ce n'est rien, lui dit Robert Jordan. Vraiment, ce n'est rien. Il est possible que tu aies été blessée là autrefois, et maintenant il y a une cicatrice qui fait de nouveau mal. C'est très possible. Ces choses-là passent toujours. Et, d'ailleurs, si c'était vraiment quelque chose, il y a de bons docteurs à Madrid.

— Mais tout allait bien, avant, dit-elle sur un ton d'excuse.

— C'est la preuve que tout ira bien de nouveau.

— Alors, parlons encore de Madrid. " Elle replia ses jambes entre celles de Robert Jordan, et se frotta la tête contre son épaule. " Mais, est-ce que je ne serai pas si laide là-bas, avec ce crâne tondu, que tu auras honte de moi?

— Non. Tu es jolie. Tu as un joli visage et un très beau corps, long et léger, et ta peau est douce et couleur d'or brûlé, et tout le monde va essayer de t'enlever à moi.

— *Qué va*, m'enlever à toi, dit-elle. Aucun autre homme ne me touchera jamais, jusqu'à ma mort. M'enlever à toi! *Qué va.*

— Mais il y en a beaucoup qui essaieront. Tu verras.

— Ils verront bien, eux, que je t'aime tant que ce serait aussi dangereux de me toucher que de plonger les mains dans une bassine de plomb fondu. Mais toi? Quand tu verras de jolies femmes qui auront la même éducation que toi. Tu n'auras pas honte de moi?

— Jamais. Et je t'épouserai.

— Si tu veux, dit-elle. Mais, puisqu'il n'y a plus l'Église, je pense que ça n'a pas d'importance.

— Je voudrais que nous soyons mariés.

— Si tu veux. Mais, écoute. Si on va jamais dans un autre pays où il y a encore l'Église, peut-être qu'on pourrait s'y marier.

— Dans mon pays, il y a encore l'Église, lui dit-il. On pourra s'y marier, si cela signifie quelque chose pour toi. Je n'ai jamais été marié. Ça ne fera pas de difficultés.

— Je suis contente que tu n'aies jamais été marié, dit-elle. Mais je suis contente que tu connaisses ces choses dont tu m'as parlé, parce que ça prouve que tu as été avec beaucoup de femmes, et Pilar m'a dit que les hommes comme ça sont les seuls qui soient possibles comme maris. Mais tu ne courras plus avec d'autres femmes maintenant? Parce que ça me tuerait.

— Je n'ai jamais couru avec beaucoup de femmes, fit-il, sincère. Avant toi, je ne croyais pas être capable d'aimer quelqu'un profondément. "

Elle lui caressa les joues, puis croisa les mains derrière sa tête. " Tu dois en avoir connu beaucoup.

— Sans les aimer.

— Écoute. La Pilar m'a dit quelque chose....

— Dis.

— Non. Il vaut mieux pas. Parlons encore de Madrid.

— Qu'est-ce que tu allais dire?

— Je n'ai pas envie de le dire.

— Il vaut peut-être mieux, si c'est important.

— Tu crois que c'est important?

— Oui.

— Mais comment le sais-tu puisque tu ne sais pas ce que c'est?

— Je le devine à ton attitude.

— Bon. Alors je te le dis. La Pilar m'a dit que nous allions tous mourir demain, et que tu le sais aussi bien qu'elle, et que tu n'y attaches pas d'importance. Ce n'est pas pour te critiquer qu'elle dit ça, mais par admiration.

— Elle a dit ça? " fit-il. La vieille folle, songea-t-il, puis il reprit : " Encore de ses conneries gitanes. Bon pour les vieilles commères et les bavards de bistrot. C'est de la foutaise. " Il sentait la sueur couler de ses aisselles le long de ses bras et ses flancs, et il se dit : " Tu as peur, hein? " et il ajouta tout haut : " C'est une vieille folle superstitieuse. Parlons encore de Madrid.

— Alors ce n'est pas vrai que tu sais ça?

— Bien sûr que non. Ne répète pas de telles conneries. "

Mais, cette fois, il eut beau parler encore de Madrid, le glissement de l'illusion ne se produisit plus. Maintenant, il mentait tout simplement à son amie et à lui-même pour passer la nuit d'avant la bataille, et il le savait. Cela l'amusait toujours, mais toute la volupté de l'acceptation avait disparu. Il continuait cependant.

" J'ai réfléchi à tes cheveux, dit-il. Et à ce qu'on pourrait en faire. Tu vois, ils repoussent en ce moment sur toute la tête de la même longueur, comme la fourrure d'un animal; c'est agréable à toucher et j'aime beaucoup ça; ils sont jolis tes cheveux, ils s'aplatissent sous la main et se relèvent comme les blés dans le vent.

— Passe ta main dessus. "

Il le fit, puis laissa sa main ainsi posée et continua à parler contre la gorge de la jeune fille; il sentait sa propre gorge se gonfler. "Mais, à Madrid, nous pourrions aller ensemble chez le coiffeur, et on te les couperait proprement sur les côtés et la nuque comme les miens; cela serait mieux pour la ville, pendant qu'ils repoussent.

— Je serai comme toi, dit-elle en le serrant contre elle. Et je ne voudrai plus jamais changer.

— Non. Ils continueront à repousser, c'est la seule coiffure qui restera nette jusqu'au moment où ils seront assez longs. Combien de temps mettront-ils à repousser?

— Très longs?

— Non. Jusqu'aux épaules. C'est comme ça que je voudrais que tu les portes.

— Comme Garbo au cinéma?

— Oui ", fit-il, enroué.

L'illusion revenait dans un grand élan, et il s'y livrait entièrement. Elle s'emparait de lui et, de nouveau, il y cédait. Il continua : " Ils pendront comme ça, tout droit sur tes épaules, bouclés au bout comme les vagues de la mer, et ils seront couleur de blé mûr, et ton visage couleur d'or brûlé, et tes yeux seront de la seule couleur qui aille avec tes cheveux et ta peau : dorés avec des taches sombres, et je te renverserai la tête, et je regarderai dans tes yeux, et je te tiendrai serrée contre moi.

— Où?

— Partout. Partout où on sera. Combien de temps faudra-t-il pour que tes cheveux repoussent?

— Je ne sais pas, parce qu'ils n'avaient jamais été coupés avant. Mais je pense que dans six mois, ils seront assez longs pour couvrir les oreilles et, dans un an, aussi longs que tu voudras. Mais tu sais ce qui se passera d'abord?

— Dis-le-moi.

— On sera dans le grand lit propre, dans la fameuse chambre de notre fameux hôtel, et on s'assoira dans ce fameux lit, et on regardera dans la glace de l'armoire, et, dans la glace, il y aura moi, et puis je me tournerai comme ça, et je te prendrai dans mes bras comme ça, et puis je t'embrasserai comme ça. "

Après quoi, ils se turent, étendus l'un contre l'autre dans la nuit, et Robert Jordan, envahi d'une chaleur presque douloureuse, la serra fort dans ses bras. Robert Jordan serrait fort contre lui toutes ces choses dont il savait qu'elles n'arriveraient jamais, et il continua et dit : " Chevreau, on ne vivra pas toujours dans cet hôtel.

— Pourquoi?

— On pourra prendre un appartement à Madrid, dans cette rue qui longe le *Parque du Buen Retiro*. Je connais une Américaine qui louait des appartements meublés, avant le mouvement, et je sais comment trouver un appartement comme ça, au même prix qu'avant le mouvement. Il y a des appartements en face du parc, et on voit tout le parc par les fenêtres; la grille de fer, les jardins, les allées de gravier, l'herbe des pelouses le long du gravier, et les arbres aux ombres profondes, et toutes les fontaines, et, en ce moment, les marronniers sont en fleur. A Madrid, on pourra se promener dans le parc et canoter sur le lac s'il y a de nouveau de l'eau.

— Pourquoi est-ce qu'il n'y aurait pas d'eau?

— On l'a vidé en novembre parce que c'était un repère pour les avions qui venaient bombarder. Mais je crois qu'on l'a de nouveau rempli. Je ne suis pas sûr. Mais, même s'il n'y a pas d'eau, on pourra se promener dans le parc, au-delà du lac. Il y a une partie qui ressemble à une forêt, avec des arbres de tous les pays du monde : leur nom est écrit sur des étiquettes qui disent quels arbres c'est et d'où ils viennent.

— J'aimerais autant aller au cinéma, dit Maria. Mais ces arbres doivent être très intéressants, et je les apprendrai tous avec toi si je peux me les rappeler.

— Ce n'est pas comme un musée, dit Robert Jordan. Ils poussent librement, et il y a des collines dans le parc, et une partie qui ressemble à une forêt vierge. Et, plus bas, il y a la foire aux livres, avec des centaines de baraques de bouquinistes le long des trottoirs, et, maintenant, depuis le mouvement, on y trouve beaucoup de livres qui viennent du pillage des maisons démolies par les bombardements et des maisons des fascistes. Ces livres ont été apportés à la foire aux livres par ceux qui les ont volés. Si j'avais du temps à Madrid, je pourrais passer toute la journée, tous les jours, chez les bouquinistes, comme je faisais avant le mouvement.

— Pendant que tu seras à la foire aux livres, moi je m'occuperai de l'appartement, dit Maria. On aura les moyens d'avoir une servante?

— Sûrement. Je pourrai avoir Patra qui est à l'hôtel, si elle te plaît. Elle fait bien la cuisine et elle est propre. J'ai mangé là avec des journalistes pour qui elle fait la cuisine. Ils ont des fours électriques dans leurs chambres.

— Si tu veux, dit Maria. Ou bien j'en trouverai une autre. Mais est-ce que tu ne seras pas souvent parti pour ton travail? On ne me laissera pas aller avec toi, pour un travail comme celui-ci.

— Peut-être que je pourrai trouver quelque chose à faire à Madrid. Il y a longtemps maintenant que je fais ce boulot et je me bats depuis le début du mouvement. Il est possible qu'on me donne maintenant quelque chose à faire à Madrid. Je ne l'ai jamais demandé. J'ai toujours été au front ou dans des coups comme celui-ci. Tu sais que, jusqu'à ce que je te rencontre, je n'ai jamais rien demandé? Ni rien désiré? Ni pensé à autre chose qu'au mouvement et à gagner cette guerre? C'est vrai que j'ai été très pur dans mes ambitions. J'ai beaucoup travaillé et maintenant je t'aime ", dit-il, dans un abandon total à ce qui ne serait jamais : " Je t'aime autant que tout ce pourquoi nous nous sommes battus. Je t'aime comme j'aime la liberté et la dignité, et le droit de tous les hommes de travailler et de n'avoir pas faim. Je t'aime comme j'aime Madrid que nous avons défendue, et comme j'aime tous mes camarades qui sont morts. Et il y en a beaucoup qui sont morts. Beaucoup. Beaucoup. Tu ne peux pas savoir combien. Mais je t'aime comme j'aime ce que j'aime le plus au monde, et je t'aime encore plus que cela. Je t'aime beaucoup, petit chevreau. Plus que je ne peux te dire. Mais je te dis ça pour essayer de te donner une idée. Je n'ai jamais eu de femme et maintenant je t'ai pour femme et je suis heureux.

— Je serai pour toi une aussi bonne femme que je pourrai, dit Maria. On ne m'a pas appris grand-chose, c'est vrai, mais j'essaierai de me perfectionner. Si on habite Madrid, c'est très bien. Si nous devons vivre ailleurs, c'est très bien. Si on n'habite nulle part, et que je puisse aller avec toi, encore mieux. Si on va dans ton pays, j'essaierai de parler *Inglés* comme ce qu'il y a de plus *Inglés* dans le monde. J'observerai toutes les manières des gens et je ferai comme eux.

— Ce sera très comique.

— Sûrement. Je ferai des fautes, mais tu me le diras, et je ne les ferai pas deux fois; ou peut-être deux fois, mais pas plus. Puis, dans ton pays, si notre cuisine te manque, je te ferai à manger. Et puis j'irai dans une école pour apprendre à être bonne ménagère, s'il y a des écoles pour ça, et je m'appliquerai bien.

— Il y a des écoles pour ça, mais tu n'en as pas besoin.

— Pilar m'a dit qu'elle croyait qu'il y en avait dans ton pays. Elle a lu un article là-dessus, dans un journal illustré. Et elle m'a dit aussi que je devrai apprendre à parler *Inglés*, et à le parler bien, pour que tu n'aies jamais honte de moi.

— Quand est-ce qu'elle t'a dit ça?

— Aujourd'hui, pendant qu'on faisait les bagages. Elle me parle tout le temps de ce que je devrai faire pour être ta femme. "

Sa façon, à elle, d'aller à Madrid, pensa Robert Jordan, et il dit : " Qu'est-ce qu'elle t'a dit d'autre?

— Elle m'a dit de prendre soin de mon corps et de veiller à ma ligne comme un toréador. Elle m'a dit que c'était très important.

— C'est vrai, dit Robert Jordan. Mais tu n'as pas à t'inquiéter de cela avant des années.

— Si. Elle dit que, dans notre race, il faut toujours y faire attention, parce que ça peut venir tout d'un coup. Elle m'a dit qu'autrefois elle avait été aussi mince que moi, mais que, dans ce temps-là, les femmes ne faisaient pas de gymnastique. Elle m'a dit les mouvements que je devrais faire, et aussi de ne pas manger trop. Elle m'a dit ce qu'il ne fallait pas manger. Mais j'ai oublié. Il faudra que je le lui redemande.

— Des pommes de terre, dit-il.

— Oui, continua-t-elle. Les pommes de terre et la friture. Et puis quand je lui ai dit que j'avais mal, elle m'a dit qu'il ne fallait pas t'en parler et supporter la douleur sans rien te dire. Mais je te l'ai dit parce que je ne veux pas te mentir, jamais; et j'avais peur aussi que tu penses que nous ne partagions plus le même plaisir, et que ce qu'on avait eu dans la haute vallée n'était pas vraiment arrivé.

— Tu as bien fait de me le dire.

— C'est vrai? Mais je suis désolée et je ferai tout ce que tu voudras pour toi. Pilar m'a parlé des choses qu'on peut faire pour un mari.

— Inutile de faire quoi que ce soit. Ce que nous avons, nous l'avons ensemble et nous le gardons bien. Je t'aime comme ça, j'aime être couché près de toi et te toucher, et sentir que tu es vraiment là et, quand tu pourras de nouveau, nous ferons tout.

— Mais tu n'as pas des désirs que je peux satisfaire? Elle m'a expliqué ça.

— Non. Nos désirs, nous les aurons ensemble. Je n'ai pas d'autres désirs que les tiens.

— Je trouve ça beaucoup mieux. Mais il faut que tu saches toujours que je ferai tout ce que tu voudras. Seulement, il faudra me le dire, parce que je suis très ignorante et je n'ai pas compris clairement tout ce qu'elle m'a expliqué. Parce que j'avais honte de demander, et elle sait tant de choses.

— Chevreau, dit-il. Tu es merveilleuse.

— *Qué va*, dit-elle. Mais essayer d'apprendre tout ce qu'une femme doit savoir en une journée, pendant qu'on lève le camp, en faisant ses préparatifs pour une bataille, pendant qu'il y a une autre bataille juste au-dessus, c'est toute une affaire, et si je fais de grosses fautes, il faut que tu me le dises, parce que je t'aime. Peut-être que je me rappellerai les choses de travers, et beaucoup des choses qu'elle m'a dites étaient très compliquées.

— Qu'est-ce qu'elle t'a dit encore?

— *Puès* tant de choses que je ne me les rappelle plus. Elle m'a dit que je pouvais te raconter ce qu'on m'a fait si je me remets jamais à y penser, parce que tu es bon et que tu as compris. Mais qu'il valait mieux ne jamais en parler, à moins que ça ne me revienne avec des idées noires, comme avant, et qu'alors, je m'en débarrasserai peut-être en te le racontant.

— Est-ce que ça te pèse en ce moment?

— Non. Depuis la première fois qu'on a été ensemble, c'est comme si ça ne s'était jamais passé. Il y a le chagrin pour mes parents, toujours. Mais je voudrais que tu saches ça pour ta fierté, si je dois être ta femme : je n'ai jamais cédé à aucun. Je me suis toujours débattue, et il a fallu chaque fois qu'ils se mettent à deux ou plus pour me faire ça. Il y en avait un qui s'asseyait sur ma tête et qui me tenait. Je te dis ça pour ta fierté.

— Ma fierté est en toi. Ne parle plus de ça.

— Non, je parle de la fierté qu'il faut que tu aies de ta femme. Et autre chose. Mon père était le maire du village, un homme honorable. Ma mère était une femme honorable et une bonne catholique, et on l'a tuée avec mon père à cause des opinions politiques de mon père qui était républicain. J'ai vu quand on les a tués. Mon père a dit " *Viva la República* " quand on l'a fusillé, debout contre le mur de l'abattoir de notre village. Ma mère, debout contre le même mur, a dit : " *Viva* mon mari, le maire de ce village " et j'espérais qu'ils me tueraient aussi et j'allais dire : " *Viva la República y vivan mis padres* ", mais on ne m'a pas tuée. Au lieu de ça, on m'a fait les choses.

" Écoute, je vais te raconter une des choses, parce que ça nous regarde. Après la fusillade au *matadero*, on nous a emme-

nées, celles qui avaient assisté à ça, mais qu'on n'avait pas
tuées, hors du *matadero* sur la colline où il y a la grande place
du village. Presque tout le monde pleurait, mais il y en avait
qui étaient tellement assommées par ce qu'elles avaient vu
que les larmes étaient séchées en elles. Moi, je ne pouvais pas
pleurer. Je ne remarquais rien de ce qui se passait, parce que
je voyais toujours mon père et ma mère au moment où on les
tuait, et ma mère qui disait : " Vive mon mari, le maire de
ce village " ; cette phrase restait dans ma tête comme un cri
qui ne s'éteint pas et se répète continuellement. Parce que
ma mère n'était pas républicaine, elle n'avait pas dit *" Viva
la República "*, mais seulement *viva* mon père qui était là, par
terre, à ses pieds. Mais ce qu'elle avait dit, elle l'avait dit très
haut comme un cri, et alors ils ont tiré et elle est tombée,
et moi, j'ai essayé de quitter le rang pour aller à elle, mais on
était toutes attachées. Ce sont les *guardias civiles* qui les avaient
tués, et ils étaient encore là pour en tuer d'autres quand les
Phalangistes nous ont emmenées sur la colline, laissant les
guardias civiles appuyés sur leurs fusils et tous les cadavres là,
contre le mur. Nous étions attachées par les poignets, une
longue file de jeunes filles et de femmes, et ils nous poussaient
sur la colline, à travers les rues, jusqu'à la place. Sur la place,
ils se sont arrêtés devant une boutique de coiffeur qui était en
face de l'hôtel de ville. Là, les deux hommes nous ont regardées
et l'un a dit : " Celle-là, c'est la fille du maire ", et l'autre a
dit : " Commence par elle. " Alors ils ont coupé la corde de
chaque côté de mes poignets et l'un a dit : " Refermez la ligne. "
Ces deux-là m'ont prise par les bras et m'ont fait entrer dans la
boutique du coiffeur, et ils m'ont soulevée pour me mettre
dans le fauteuil, et ils m'y ont maintenue. Je voyais ma figure
dans le miroir, et la figure de ceux qui me tenaient, et la figure
de trois autres qui se penchaient sur moi, et je ne les connaissais
pas. Dans la glace, je me voyais et je les voyais aussi, mais eux
ne voyaient que moi. J'avais l'impression d'être dans un fauteuil de dentiste et qu'il y avait plusieurs dentistes, tous fous.
Ma figure, c'est à peine si je la reconnaissais à cause du chagrin
qui la changeait, mais je la regardais et je savais que c'était
moi. Mais j'avais tellement de chagrin que je n'avais pas peur,

je ne sentais rien d'autre que mon chagrin. Dans ce temps-là, j'avais deux nattes. J'ai vu dans la glace qu'un homme levait une des nattes et il l'a tirée si fort que ça m'a fait mal, tout d'un coup, à travers mon chagrin, et il l'a coupée tout près de la tête avec un rasoir. Et je me voyais avec une seule natte et une touffe de cheveux à la place de l'autre. Et puis il a coupé l'autre natte, mais sans la tirer, et le rasoir m'a fait une petite entaille à l'oreille, et j'ai vu le sang qui coulait. Tu sens la cicatrice avec ton doigt?

— Oui. Mais est-ce qu'il ne vaudrait pas mieux ne pas parler de ça?

— Ça, ce n'est rien. Je ne te parlerai pas du pire. Donc, il avait coupé les deux nattes tout près de ma tête avec un rasoir, et les autres riaient, et je ne sentais même pas cette coupure à l'oreille, et alors il est venu devant moi et il m'a frappée à travers la figure avec les nattes, pendant que les autres me tenaient, et il disait : " C'est comme ça qu'on fait des nonnes rouges. Ça t'apprendra à t'unir avec tes frères prolétaires. Épouse du Christ rouge! " Et il m'a giflée encore et encore, avec ces nattes qui avaient été à moi, et puis il me les a mises toutes les deux dans la bouche et les a nouées serré autour de mon cou pour faire un bâillon, et les deux qui me tenaient riaient. Alors, celui qui m'avait frappée m'a passé une tondeuse sur tout le crâne; d'abord depuis le front jusqu'à la nuque, puis en travers sur toute la tête et derrière les oreilles, et ils me tenaient de façon que je puisse regarder dans la glace tout le temps qu'il faisait ça, et je ne pouvais pas croire ce que je voyais, et je pleurais et je pleurais, mais je ne pouvais pas détourner les yeux de l'horreur de ma figure, avec la bouche ouverte et les nattes qui en sortaient, et ma tête qui sortait nue de sous la tondeuse. Et quand il a eu fini, il a pris un flacon de teinture d'iode sur l'étagère du coiffeur (ils avaient tué le coiffeur aussi, parce qu'il faisait partie d'un syndicat; il était étendu devant la porte de la boutique, et ils me l'avaient fait enjamber quand ils m'avaient amenée là), et alors, avec le pinceau du flacon de teinture d'iode, il m'a touché l'oreille à l'endroit de la coupure, et j'ai senti la petite brûlure à travers mon chagrin et à travers mon horreur. Puis, il est passé devant

moi et il a écrit U. H. P. sur mon front, avec la teinture d'iode,
en dessinant les lettres lentement et soigneusement comme
un artiste, et je voyais tout cela dans la glace et je ne pleurais
plus parce que mon cœur était de nouveau glacé à cause de mon
père et de ma mère, et ce qui m'arrivait maintenant n'était rien,
et je le savais. Et puis, quand il a eu fini les lettres, le Phalan-
giste s'est reculé et m'a regardée pour examiner son .travail,
puis il a reposé le flacon de teinture d'iode et il a repris la
tondeuse, et il a dit : " la suivante "; ils m'ont sortie de la
boutique du coiffeur en me tenant fort par les bras, et j'ai
trébuché sur le coiffeur qui était toujours devant la porte,
couché sur le dos, le visage gris, et on s'est presque cognés à
Conception Gracia, ma meilleure amie, que deux hommes
amenaient. Quand elle m'a vue, elle ne m'a pas reconnue;
puis elle m'a reconnue et elle s'est mise à crier, et je l'entendais
crier tout le temps qu'on me traînait à travers la place et sous
le porche et sur le perron de l'hôtel de ville et dans le bureau
de mon père où ils m'ont couchée sur le divan. Et c'est là que
le pire est arrivé.

— Mon chevreau ", dit Robert Jordan, et il la serra contre
lui aussi fort et aussi doucement qu'il put. Mais il était plein
de haine. " Ne parle pas de ça. Ne m'en dis pas plus, parce
que je ne peux plus supporter ma haine. "

Elle était raide et froide entre ses bras, et elle dit : " Non. Je
n'en parlerai plus jamais. Mais ce sont de mauvaises gens, et
je voudrais en tuer avec toi si je pouvais. Mais je t'ai raconté
ça seulement pour ta fierté, si je dois être ta femme, pour que
tu comprennes bien.

— Tu as bien fait de me le raconter, dit-il, parce que,
demain, si nous avons de la chance, nous en tuerons beaucoup.

— Mais est-ce qu'on tuera des Phalangistes? Ce sont eux
qui ont fait ça.

— Ils ne se battent pas, fit-il sombrement. Ils tuent à l'arrière. Ce ne sont pas eux que nous rencontrons dans les
batailles.

— Mais est-ce qu'il n'y a pas moyen d'en tuer? J'aimerais
beaucoup en tuer.

— J'en ai tué, dit-il. Et nous en tuerons encore. Aux trains, on en a tué.

— Je voudrais faire sauter un train avec toi, dit Maria. La fois du train, quand Pilar m'a ramenée, j'étais un peu folle. Elle t'a raconté comment j'étais?

— Oui. Ne parle pas de ça.

— J'étais morte à l'intérieur de moi, engourdie, et je ne savais que pleurer. Mais, il y a autre chose qu'il faut que je te raconte. Ça, il le faut. Alors, peut-être que tu ne m'épouseras pas. Mais, Roberto, si tu ne veux pas m'épouser, est-ce qu'on ne pourra pas tout de même rester toujours ensemble?

— Je t'épouserai.

— Non. J'avais oublié. Peut-être qu'il ne faut pas m'épouser. C'est possible que je ne puisse jamais te donner un fils ou une fille, parce que la Pilar dit que, si je pouvais, ça me serait arrivé avec les choses qu'on m'a faites. Il fallait que je te dise ça. Oh! je ne sais pas comment j'avais pu oublier.

— Ça n'a pas d'importance, chevreau, dit-il. D'abord, ce n'est peut-être pas vrai. C'est à un docteur de dire ça. Ensuite, je ne tiens pas à mettre un fils ou une fille au monde, quand le monde est ce qu'il est. Et, d'ailleurs, tu prends tout l'amour que j'ai à donner.

— Je voudrais porter ton fils et ta fille, lui dit-elle. Et comment est-ce qu'on rendra le monde meilleur s'il n'y a pas des enfants de nous pour combattre les fascistes?

— Toi, dit-il. Je t'aime. Tu entends? Et maintenant, il faut dormir, chevreau, parce que je dois me lever longtemps avant le jour, et le jour vient tôt en cette saison.

— Alors, ça ne fait rien ce que je viens de te dire? On peut se marier quand même?

— On est mariés maintenant. Je t'épouse maintenant. Tu es ma femme. Mais dors, mon chevreau, parce qu'il n'y a pas beaucoup de temps.

— Et on se mariera pour de vrai?

— Pour de vrai.

— Alors, je vais dormir et si je me réveille, je penserai à ça.

— Moi aussi.

— Bonne nuit, mon mari.

« — Bonne nuit, dit-il. Bonne nuit, ma femme. »

Il entendit sa respiration se faire plus profonde et régulière, et il sut qu'elle était endormie. Il resta étendu, éveillé et immobile, pour ne pas troubler son sommeil. Il pensait à tout ce qu'elle ne lui avait pas raconté, et il demeurait ainsi, sentant sa haine, et il était content de penser qu'il tuerait au matin. Mais je ne dois pas y prendre part personnellement, songea-t-il.

Mais comment m'en empêcher ? Je sais que nous aussi, nous leur avons fait des choses atroces. Mais c'est parce que nos gens étaient incultes et ne savaient pas. Mais eux l'ont fait exprès et délibérément. Ceux qui ont fait ça sont la dernière floraison de toute une civilisation. Ce sont les fleurs de la chevalerie espagnole. Quel peuple ç'a été ! Quelles brutes, depuis Cortez, Pizarro, Menendez de Avila jusqu'à Enrique Lister et jusqu'à Pablo. Et quel peuple merveilleux ! Il n'y en a pas de plus beau ni de pire dans le monde. Pas de meilleur et pas de plus cruel. Et qui les comprend ? Pas moi, parce que, si je les comprenais, je pardonnerais tout. Comprendre c'est pardonner. Ce n'est pas vrai. On a abusé du pardon. Le pardon est une idée chrétienne, et l'Espagne n'a jamais été un pays chrétien. Il a toujours eu son idolâtrie particulière à l'intérieur de l'Église. *Otra Virgen mas*. Je pense que c'est pour ça qu'il leur a fallu détruire les vierges de leurs ennemis. Sûrement, ç'a été plus profond chez eux, chez les fanatiques de la religion espagnole, que dans le peuple. Le peuple s'est éloigné de l'Église parce que l'Église était le gouvernement, et que le gouvernement a toujours été pourri. C'est le seul pays que la Réforme n'ait jamais atteint. Ils paient maintenant pour l'Inquisition. Et comment !

Il y a là de quoi penser. De quoi empêcher ton esprit de s'inquiéter de ton travail. C'est plus sain que de chercher à s'étourdir. Dieu, qu'il avait essayé cette nuit. Et Pilar en avait fait autant toute la journée. Bien sûr ! Et quand bien même ils seraient tués le lendemain ? Quelle importance cela avait-il, pourvu que le pont sautât comme il devait ? C'était là tout ce qu'ils avaient à faire le lendemain.

Cela n'avait aucune importance. On ne pouvait pas faire indéfiniment ce métier-là. On n'était pas destiné à vivre indériniment. Peut-être que j'ai eu toute ma vie en trois jours, songea-t-il. Si c'est vrai, je préférerais qu'on passe cette dernière nuit autrement. Mais les dernières nuits ne sont jamais réussies. Les dernières quoi que ce soit ne sont jamais réussies. Si, les dernières paroles l'étaient quelquefois. " *Viva* mon mari, maire de ce village ", ça c'était réussi.

Il le sentait, parce que cela faisait passer un frisson à travers tout son être, quand il se le répétait. Il se pencha et embrassa Maria qui ne se réveilla pas. Il murmura tout bas en anglais : " Je voudrais bien t'épouser, chevreau. Je suis très fier de ta famille. "

CHAPITRE XXXII

A Madrid, cette nuit-là, il y avait beaucoup de monde à l'Hôtel Gaylord. Une auto passa la porte cochère, les phares badigeonnés de bleu, et un petit homme en bottes de cheval, culotte grise et courte veste grise boutonnée jusqu'au col, en sortit, rendit leur salut aux deux sentinelles tout en ouvrant la porte, fit un signe de tête à l'homme de la police secrète qui était assis au bureau du portier, et entra dans l'ascenseur. Il y avait deux factionnaires assis sur des chaises, un à chaque bout du vestibule de marbre; ils se contentèrent de lever les yeux au moment où le petit homme passait devant eux pour gagner la porte de l'ascenseur. Leur consigne était de palper tous les gens qu'ils ne connaissaient pas, le long des côtes, sous les aisselles, et sur les poches, afin de voir si le nouveau venu portait un revolver, et, dans ce cas, le lui faire déposer chez le portier. Mais ils connaissaient bien le petit homme en culotte de cheval et ils le regardèrent à peine au passage.

L'appartement qu'il habitait au Gaylord était plein quand

il entra. Des gens assis ou debout parlaient entre eux comme dans n'importe quel salon; ces hommes et ces femmes buvaient de la vodka, du whisky and soda ou de la bière, dans de petits verres qu'on remplissait à de grands pichets. Quatre de ces hommes étaient en uniforme. Les autres avaient des blousons de sport ou des vestes de cuir; trois femmes sur quatre étaient en tenue de ville. La quatrième, brune et décharnée, portait un uniforme de milicienne, de coupe sévère, et était chaussée de hautes bottes en partie couvertes par l'ourlet de sa jupe.

En entrant dans la pièce, Karkov se dirigea immédiatement vers la femme en uniforme, s'inclina devant elle et lui serra la main. C'était sa femme, et il lui dit quelque chose en russe que personne n'entendit, et, pour un instant, l'insolence qui éclairait son regard au moment de son entrée disparut. Puis, elle se ralluma quand il aperçut la tête couleur d'acajou et le visage las d'amoureuse d'une fille bien bâtie qui était sa maîtresse; il s'approcha d'elle d'un pas court et décidé, s'inclina et lui serra la main d'un tel air qu'on n'eût pas pu dire si ce n'était pas là une parodie de son salut à sa femme. Celle-ci ne l'avait pas suivi des yeux tandis qu'il traversait la pièce, elle était debout auprès d'un officier espagnol, grand et beau, et ils parlaient russe.

" Ton grand amour engraisse, dit Karkov à la fille rousse. Tous nos héros engraissent, maintenant qu'on approche de la seconde année. " Il ne regardait pas l'homme dont il parlait.

" Tu es si laid que tu serais jaloux d'un crapaud ", lui répondit-elle gaiement. Elle parlait allemand. " Je pourrai aller avec toi à l'offensive, demain?

— Non. D'ailleurs il n'y en a pas.

— Tout le monde est au courant, dit-elle. Ne fais pas tant de mystères. Dolorès y va. J'irai avec elle ou Carmen. Des tas de gens y vont.

— Vas-y avec qui veut bien t'emmener, dit Karkov. Ça ne sera pas moi. "

Puis, la regardant, très sérieux : " Qui t'en a parlé? Sois franche.

— Richard ", dit-elle aussi sérieusement.

Karkov haussa les épaules et s'éloigna.

" Karkov ", appela d'une voix de dyspeptique un homme de taille moyenne, au lourd visage gris et mou, avec des poches sous les yeux et une lèvre tombante. " Vous savez la bonne nouvelle? "

Karkov s'approcha de lui, et l'homme continua : " Je viens de l'apprendre. Il n'y a pas dix minutes. C'est merveilleux. Les fascistes se sont battus entre eux toute la journée près de Ségovie. Ils ont été obligés de réprimer une mutinerie à la mitrailleuse. Cet après-midi, ils bombardaient leurs propres troupes avec des avions.

— Oui? fit Karkov.

— C'est vrai, dit l'homme aux yeux bouffis. Dolorès a apporté elle-même la nouvelle. Elle était ici, et dans un état de joie et d'excitation que je n'ai jamais vu. La vérité de ce qu'elle disait brillait sur son visage. Ce magnifique visage..., fit-il en s'écoutant.

— Ce magnifique visage, répéta Karkov sans aucune expression dans la voix.

— Si vous l'aviez entendue, dit l'homme aux yeux bouffis. La nouvelle rayonnait à travers elle avec une lumière qui n'était pas de ce monde. On entendait dans sa voix la vérité de ce qu'elle racontait. J'en fais un article pour les *Izvestia*. Ça a été pour moi un des sommets de la guerre que le moment où j'ai entendu ce rapport, fait de cette voix magnifique où se mêlent la pitié, la compassion et la sincérité. La bonté et la sincérité rayonnent d'elle comme d'une vraie sainte du peuple. Ce n'est pas pour rien qu'on l'appelle La Pasionaria.

— Pas pour rien, dit Karkov d'une voix morne. Vous feriez mieux d'écrire votre article des *Izvestia* tout de suite, avant d'oublier ce beau trait final.

— C'est une femme sur laquelle on ne plaisante pas. Même quand on est cynique comme vous, dit l'homme aux yeux bouffis. Si vous aviez été là pour l'entendre et voir son visage.

— Cette magnifique voix, dit Karkov, ce magnifique visage. Écrivez tout ça, dit-il. Ne me le racontez pas. Ne gaspillez pas des paragraphes entiers sur moi. Allez l'écrire tout de suite.

— Pas tout de suite.

— Je crois que vous feriez mieux ", dit Karkov, et il le regarda, puis détourna les yeux. L'homme demeura là quelques instants encore, son verre de vodka à la main, ses yeux, tout bouffis qu'ils fussent, perdus dans l'admiration de ce qu'il avait vu et entendu, puis il quitta la pièce pour aller écrire.

Karkov s'approcha d'un autre homme, d'environ quarante-huit ans, petit, rond, l'air jovial, avec de pâles yeux bleus, des cheveux blonds qui se raréfiaient et une bouche gaie sous une rude moustache jaune. Cet homme était en uniforme. Il était général de division, et hongrois.

" Vous étiez là quand Dolorès est venue? demanda Karkov à cet homme.

— Oui.

— De quoi s'agissait-il?

— Des fascistes qui se battent entre eux. Très beau, si c'est vrai.

— On parle beaucoup de demain.

— C'est scandaleux. Tous les journalistes devraient être fusillés, de même que la plupart des gens qui se trouvent dans cette pièce et, sans aucun doute, cet innommable intrigant allemand de Richard. Celui qui a donné à ce *fuggler* du dimanche le commandement d'une brigade devrait être fusillé. Peut-être que vous et moi devrions être fusillés aussi.

— C'est possible, dit le Général en riant. Mais n'allez pas le suggérer.

— C'est une chose dont je n'aime pas parler, dit Karkov. Cet Américain, qui vient ici quelquefois, est là-bas. Vous le connaissez, Jordan, qui se trouve avec le groupe de *partizan*. Il est là-bas, où l'affaire dont on parle doit avoir lieu.

— Dans ce cas, il devrait faire passer un rapport cette nuit, dit le Général. On ne m'aime pas là-bas, sans quoi j'y descendrais et j'irais vous chercher des nouvelles. Il travaille avec Golz, n'est-ce pas? Vous verrez Golz demain.

— Demain de bonne heure.

— Évitez-le jusqu'à ce que ça aille bien, dit le Général. Il vous déteste, vous autres, autant que je le fais. Mais il a bien meilleur caractère.

— Mais à propos de ce ....

— Probablement les fascistes qui faisaient des manœuvres, dit le Général en souriant. Bah! on verra bien si Golz peut les manœuvrer. Que Golz essaie un peu. Nous les avons bien manœuvrés, nous, à Guadalajara.

— J'apprends que vous allez voyager, vous aussi ", dit Karkov découvrant ses mauvaises dents dans un sourire. Le Général s'irrita soudain.

" Ah! moi aussi. Maintenant, c'est de moi qu'on parle. Et de nous tous. Cette ignoble cuve à potins. Un homme qui saurait tenir sa gueule pourrait sauver le pays, à condition d'y croire.

— Votre ami Prieto sait tenir sa gueule.

— Mais il ne croit pas qu'il puisse gagner. Comment peut-on gagner si on ne croit pas au peuple?

— A vous de répondre, dit Karkov. Je m'en vais dormir un peu. "

Il quitta la pièce enfumée, bourdonnante de bavardages, et passa dans sa chambre; il s'assit sur le lit et retira ses bottes. Comme il continuait à entendre les conversations, il ferma la porte et ouvrit la fenêtre. Il ne se déshabilla pas, car il devait partir à deux heures, par Colmenar, Cerceda et Navacerrada, pour le front où Golz lancerait son attaque au matin.

CHAPITRE XXXIII

Il était deux heures du matin quand Pilar le réveilla. Quand elle lui posa sa grande main sur l'épaule, il crut d'abord que c'était Maria, se rapprocha d'elle et dit " Chevreau ". Puis la femme le secoua, et il fut soudain complètement et absolument réveillé, la main sur la crosse du pistolet posé contre sa jambe droite, et il était tout entier aussi prêt que l'arme dont il avait fait sauter le cran d'arrêt.

Il reconnut Pilar dans l'ombre et il regarda le cadran de sa montre-bracelet où les deux aiguilles formaient un angle aigu presque vertical. Voyant qu'il n'était que deux heures, il dit : " Qu'est-ce qui t'arrive, femme?

— Pablo est parti ", lui dit la grosse femme.

Robert Jordan mit son pantalon et se chaussa. Maria ne s'était pas réveillée.

" Quand? demanda-t-il.

— Il doit y avoir une heure.

— Et?

— Il a emporté quelque chose à toi, dit la femme d'un air lamentable.

— Ah! Quoi?

— Je ne sais pas, lui dit-elle. Viens voir. "

Ils marchèrent dans l'obscurité jusqu'à l'entrée de la grotte, se baissèrent pour passer sous la couverture, et entrèrent. Robert Jordan la suivit dans l'odeur de cendres éteintes, d'air confiné et d'hommes endormis, se dirigeant avec sa lampe électrique afin de ne pas marcher sur ceux qui dormaient par terre. Anselmo se réveilla et dit : " Il est l'heure?

— Non, chuchota Robert Jordan. Dors, mon vieux. "

Les deux sacs étaient à la tête du lit de Pilar, séparé du reste de la grotte par une couverture en guise de rideau. Le lit répandait une odeur rance de sueur séchée, une odeur douceâtre et un peu écœurante comme les lits des Indiens. Robert Jordan s'agenouilla sur le lit et braqua la lumière de sa lampe sur les deux sacs. Il y avait dans chacun une longue fente de haut en bas. La lampe dans sa main gauche, Robert Jordan fouilla le premier sac avec sa main droite. C'était celui où il rangeait le sac de couchage et il ne devait pas être plein. Il n'était pas très plein. Il y avait encore dedans quelques fils, mais la boîte de bois carrée avait disparu. De même la boîte à cigares avec les détonateurs soigneusement empaquetés. De même la boîte de fer au couvercle vissé qui contenait l'amorce.

Robert Jordan fouilla l'autre sac. Il était encore plein d'explosifs. Peut-être en manquait-il un paquet.

Il se releva et regarda la femme. Un homme qu'on a réveillé trop tôt peut éprouver une sensation de vide qui est presque le sentiment que l'on éprouve devant un désastre; il éprouvait cette sensation multipliée par mille.

" C'est ça que tu appelles garder mon équipement, dit-il.

— J'ai dormi avec ma tête dessus et un bras qui les touchait, lui dit Pilar.

— Tu dormais bien.

— Écoute, dit la femme. Il s'est levé dans la nuit et j'ai dit : Où tu vas, Pablo? — Pisser, femme, qu'il m'a dit, et je me suis rendormie. Quand je me suis réveillée, je ne savais pas combien de temps s'était passé, mais comme il n'était pas là, j'ai pensé qu'il était allé regarder les chevaux comme d'habitude. Puis, finit-elle lamentablement, comme il ne revenait pas, je me suis inquiétée, et, comme je m'inquiétais, j'ai tâté les sacs pour être sûre que tout allait bien, et il y avait ces fentes et j'ai été te chercher.

— Viens ", dit Robert Jordan.

Ils étaient dehors maintenant, et on était encore si près du milieu de la nuit qu'on ne sentait pas l'approche du matin.

" Est-ce qu'il peut partir avec les chevaux autrement que par le sentier?

— Il y a deux autres chemins.

— Qui est en haut?

— Eladio. "

Robert Jordan ne dit plus rien jusqu'au moment où ils atteignirent la prairie où l'on mettait les chevaux. Il y en avait trois en train de brouter de l'herbe. Le grand bai et le genet gris n'étaient plus là.

" Il y a combien de temps qu'il est parti, d'après toi?

— Ça doit faire une heure.

— Alors, il n'y a rien à faire, dit Robert Jordan. Je vais prendre ce qui reste de mes sacs et aller me recoucher.

— Je te les garderai.

— *Qué va*, tu me les garderas. Tu me les as déjà gardés une fois.

— *Inglés*, dit la femme. Je pense comme toi là-dessus. Il n'y a rien dont je ne serais capable pour te rendre tes affaires. Ce n'est pas la peine de m'insulter. Nous avons été trompés tous les deux par Pablo. "

Comme elle disait cela, Robert Jordan se rendit compte qu'il ne pouvait pas s'offrir le luxe d'être amer, qu'il ne pouvait pas se disputer avec cette femme. Il devait travailler avec cette femme, en ce jour même, dont deux heures et plus étaient déjà écoulées.

Il lui mit la main sur l'épaule. " Ça ne fait rien, Pilar, lui dit-il. Ce qui manque n'est pas très important. On improvisera quelque chose qui fera aussi bien....

— Mais qu'est-ce qu'il a pris?

— Rien. Pilar. Du superflu.

— C'était une partie de ton mécanisme pour l'explosion?

— Oui. Mais il y a d'autres moyens de faire l'explosion. Dis-moi, Pablo n'avait pas de cartouches et d'amorce? On lui en a sûrement fourni.

— Il les a emportées, dit-elle lamentablement. J'ai tout de suite regardé. Ça manque aussi. "

Ils revinrent entre les arbres jusqu'à l'entrée de la grotte.

" Va dormir, dit-il. On est mieux sans Pablo.

— Je vais voir Eladio.

— Il a dû passer par un autre côté.

— J'y vais tout de même. Je t'ai trahi par mon manque d'intelligence.

— Non, dit-il. Va dormir, femme. Il faut être en route à quatre heures. "

Il entra dans la grotte avec elle et en sortit les deux sacs qu'ils portaient tous deux à pleins bras, de façon que rien ne tombât par les fentes.

" Laisse-moi les recoudre.

— Avant de partir, dit-il doucement. Je ne les prends pas pour te blesser, mais pour dormir tranquille.

— Il me les faudra de bonne heure, pour les recoudre.

— Tu les auras de bonne heure, lui dit-il. Va dormir, Pilar.

— Non, dit-elle. J'ai manqué à mon devoir, à ton égard et à l'égard de la République.

— Va dormir, Pilar, lui dit-il doucement. Va dormir. "

CHAPITRE XXXIV

Les fascistes tenaient les crêtes. Puis, venait une vallée que personne ne gardait, à part un poste fasciste installé dans une ferme dont ils avaient fortifié les abords et les granges. Andrès, qui se rendait auprès de Golz avec le pli de Robert Jordan, fit un grand détour, dans la nuit, autour de ce poste. Il connaissait l'endroit où ils avaient disposé un ressort qui déclenchait un feu de barrage. Il le retrouva dans l'obscurité, l'enjamba, se mit à suivre le petit ruisseau, bordé de peupliers, dont les feuilles s'agitaient au vent nocturne. Un coq chanta dans la ferme où le poste fasciste était installé, et, comme il se retournait au bord du torrent pour regarder derrière lui, il vit, entre les troncs des peupliers, une ligne de lumière au bas d'une des fenêtres de la ferme. La nuit était silencieuse et claire; s'écartant du ruisseau, Andrès s'engagea à travers la prairie.

Il y avait quatre meules de foin dans cette prairie. Elles étaient là depuis les combats du mois de juillet de l'année précédente. Personne n'avait jamais rentré le foin, et les quatre saisons étaient passées, aplatissant les meules et rendant le foin inutilisable.

Andrès songea à la perte que cela représentait, tout en enjambant un fil tendu entre deux meules. Mais les Républicains auraient été obligés de monter le foin par la pente abrupte de Guadarrama, qui s'élevait derrière la prairie; quant aux fascistes, il faut croire qu'ils n'en avaient pas besoin.

Ils ont autant de foin et de grain qu'ils veulent. Ils ont beaucoup de choses, pensa-t-il. Mais on va leur porter un de ces coups, demain matin. Demain matin, on va leur faire payer

Sordo. Quels sauvages! Mais, au matin, il y aurait de la poussière sur la route!

Il avait hâte de terminer sa mission et de rentrer pour l'attaque des postes, le lendemain matin. Était-ce bien vrai qu'il voulait être rentré pour l'attaque, ou bien est-ce qu'il faisait semblant? Il connaissait le sentiment de soulagement qu'il avait éprouvé quand l'*Inglés* lui avait dit d'aller porter le pli. Certes, il envisageait avec calme la perspective du matin. C'était cela qu'il fallait faire. Il s'était engagé à y participer. L'anéantissement de Sordo l'avait profondément impressionné. Mais, après tout, c'était Sordo. Ce n'étaient pas eux. Ils feraient ce qu'ils avaient à faire.

Mais quand l'*Inglés* lui avait parlé du pli à porter, il avait reconnu la sensation qu'il éprouvait, adolescent, lorsque, en s'éveillant le matin de la fête de son village, il entendait la pluie tomber si fort qu'il savait que la place serait détrempée et que la course de taureaux n'aurait pas lieu.

Il aimait ces courses et il en rêvait d'avance; il imaginait le moment où il se trouverait sur la place, dans le soleil et la poussière, avec les carrioles rangées tout autour pour former une arène où le taureau entrerait, se précipitant de côté hors de sa cage, puis freinant des quatre pieds, quand on enlèverait la grille. Il pensait d'avance avec délice, et aussi avec une sueur d'angoisse, au moment où, sur la place, il entendrait le choc des cornes du taureau contre le bois de sa cage de voyage; au moment où il le verrait se précipiter, puis s'arrêter au milieu de la place, la tête levée, les narines dilatées, les oreilles dressées, son pelage noir couvert de poussière et d'éclaboussures séchées, les yeux écartés, des yeux qui ne clignaient pas au-dessous des cornes étalées, aussi lisses et unies qu'un bois d'épave poli par le sable, les pointes aiguës recourbées de telle façon que leur seule vue vous faisait battre le cœur.

Il pensait toute l'année au moment où le taureau s'élancerait sur la place, au moment où on le suivrait des yeux, tandis qu'il choisirait sur la place celui qu'il allait attaquer de ce bond soudain, tête baissée, corne dardée, qui vous arrêtait net le cœur. Il pensait à ces moments-là toute l'année, quand il était adolescent; mais, quand l'*Inglés* lui avait donné l'ordre de porter

ce pli, il avait éprouvé la même chose que lorsqu'il s'éveillait
au bruit de la pluie coulant sur le toit d'ardoises, contre le
mur de pierre et dans les gouttières du village.

Il avait toujours été très brave devant le taureau, dans ces
capeas villageoises, aussi brave que n'importe qui dans son
village ou les villages avoisinants, il n'y aurait pas manqué
une seule année pour tout l'or du monde, bien qu'il n'allât
pas aux *capeas* des autres villages. Il était capable d'attendre,
immobile, tandis que le taureau fonçait, et de ne sauter de
côté qu'au dernier moment. Il agitait un sac sous son mufle
pour le détourner d'un homme à terre et, souvent, en de semblables circonstances, il l'avait saisi et tiré par les cornes, lui
tournant la tête, le giflant, jusqu'à ce qu'il abandonnât sa
victime pour foncer d'un autre côté.

Il avait saisi la queue du taureau pour l'écarter d'un homme
à terre, la tirant fort et la tordant. Une fois, il l'avait tirée d'une
main tout en tournant pour atteindre la corne avec son autre
main, et, quand le taureau avait levé la tête pour foncer sur
lui, il avait couru à reculons, tournant avec le taureau, tenant
la queue d'une main et la corne de l'autre, jusqu'à ce que les
autres se précipitassent en foule sur le taureau pour le frapper
à coups de couteau. Dans la poussière et la chaleur, les cris,
l'odeur de taureau, d'hommes et de vin, il avait été des premiers
à se précipiter sur le taureau; il connaissait la sensation de
balancement et d'effondrement du taureau qui s'abattait sous
lui, tandis qu'il était couché en travers du garrot, entourant
d'un bras la base d'une des cornes, la main agrippant l'autre
corne, les doigts crispés, le corps tordu et secoué, et le bras
gauche tendu à s'arracher, tandis qu'il se cramponnait à cette
montagne de muscles, chaude, poussiéreuse, rugueuse et
mouvante, mordant fort l'oreille et plongeant son couteau,
encore, encore et encore, dans la masse gonflée du cou d'où
sortait à présent un jet jaillissant et chaud qui couvrait sa main,
tandis qu'il pesait de tout son poids sur la haute masse du
garrot et plongeait son couteau dans le cou.

La première fois qu'il avait mordu ainsi l'oreille du taureau,
le cou et les mâchoires crispés pour la garder entre ses dents,
si secoué qu'il fût, tout le monde ensuite s'était moqué de lui.

Mais, ils avaient beau rire, ils ne l'en admiraient pas moins. Et, chaque année, il lui avait fallu répéter ce geste. On l'appelait le bulldog de Villaconejos et on disait en plaisantant qu'il aimait la viande crue. Mais tout le village attendait de le voir recommencer; chaque année, il savait que, d'abord, le taureau sortirait, puis qu'il y aurait les attaques et puis que, lorsque tout le monde se précipiterait pour la mise à mort, lui devrait se faufiler entre les autres et bondir pour s'assurer sa prise. Puis, quand ce serait fini, le taureau immobile, abattu, mort, sous le poids des tueurs, lui se relèverait et s'éloignerait, honteux de l'histoire de l'oreille, mais fier, en même temps, autant qu'homme peut l'être. Et il s'en irait entre les carrioles se laver les mains à la fontaine de pierre, et les hommes lui donneraient des tapes dans le dos et lui tendraient des outres de vin en disant : " Hourra, Bulldog. Vive ta mère! "

Ou bien, ils diraient : " Ce que c'est que d'avoir une paire de *cojones!* Tous les ans! "

Andrès se sentait confus, vide, fier et heureux, et il les repoussait tous, et il se lavait les mains et le bras droit, et il lavait bien son couteau, puis il prenait une des outres et se lavait pour un an du goût de l'oreille, recrachant le vin sur les pavés de la plaza avant de soulever enfin l'outre très haut pour faire couler le vin dans sa gorge.

Bien sûr. Il était le bulldog de Villaconejos et, pour rien au monde, il n'aurait manqué la course annuelle de son village. Mais il savait qu'il n'y avait pas de sensation plus douce que celle qu'apportait le bruit de la pluie au moment où il comprenait qu'il n'aurait pas à y aller.

Mais il faut que je retourne, se dit-il. Il n'y a pas de question, il faut que je retourne pour l'attaque des postes et le pont. Mon frère Eladio y sera, et il est de ma chair et de mon sang. Anselmo, Primitivo, Fernando, Agustín, Rafael (bien que celui-là ne soit vraiment pas sérieux), les deux femmes, Pablo et l'*Inglés* (bien que l'*Inglés* ne compte pas puisque c'est un étranger et qu'il exécute des ordres), tous en seront. Il est impossible que j'y échappe, à cause d'un pli à porter par hasard. Maintenant, il faut que je remette ce pli très vite et

très bien, et puis que je me dépêche de rentrer à temps pour
l'attaque des postes. Ce serait ignoble de ma part de ne pas
participer à cette action, à cause du hasard de ce pli. Rien de
plus clair. Et d'ailleurs, se dit-il comme quelqu'un qui se
rappelle tout à coup la part de plaisir que comportera un engag-
ement dont il ne considérait jusqu'alors que l'aspect pénible,
et d'ailleurs, je serai content de tuer des fascistes. Il y a trop
longtemps qu'on n'en a pas détruit. Demain peut être un jour
de grandes actions. Demain peut être un jour d'actes substan-
tiels. Demain peut être un jour qui en vaudra la peine. Que
vienne ce demain et que j'en sois.

Comme il grimpait à ce moment, enfoncé jusqu'aux genoux
dans les broussailles, la pente escarpée qui menait aux lignes
républicaines, une perdrix s'envola sous ses pieds, battement
d'ailes tumultueux dans la nuit, et il éprouva une sensation
d'effroi qui lui coupa le souffle. C'est la soudaineté, pensa-t-il.
Comment peuvent-elles remuer leurs ailes aussi vite? Elle
doit couver en ce moment. J'ai probablement passé près des
œufs. S'il n'y avait pas cette guerre, je nouerais un mouchoir
au buisson et je reviendrais en plein jour pour chercher le
nid, et je pourrais emporter les œufs et les donner à couver
à une poule, et quand ils seraient éclos on aurait des petits
perdreaux dans le poulailler, et je les regarderais pousser, et
quand ils seraient grands je m'en servirais comme appelants
pour la chasse. Je ne les aveuglerais pas, parce qu'ils seraient
apprivoisés. Mais peut-être aussi qu'ils s'envoleraient. Probablement. Alors il faudrait les aveugler quand même.

Mais je n'aimerais pas faire ça après les avoir élevés. Je
pourrais leur rogner les ailes ou les lier par une patte quand je
m'en servirais pour en attirer d'autres. S'il n'y avait pas de
guerre, j'irais avec Eladio pêcher les écrevisses dans ce ruisseau-
là derrière, près du poste fasciste. On en a attrapé quatre dou-
zaines, un jour, dans ce ruisseau. Si on va dans la sierra de
Gredos après le coup du pont, c'est là qu'il y a de bons ruis-
seaux pour la truite, et aussi pour l'écrevisse. J'espère qu'on
ira à Gredos, pensa-t-il. On pourrait avoir une bonne vie à
Gredos, l'été et l'automne, mais il y ferait terriblement froid
l'hiver. Mais peut-être qu'on aura gagné la guerre, cet hiver.

Si notre père n'avait pas été républicain, Eladio et moi, nous serions soldats chez les fascistes en ce moment; et si on était soldats chez eux, ça ne serait pas compliqué. On obéirait à des ordres, on vivrait ou on mourrait, et, en fin de compte, il arriverait ce qui arriverait. Il est plus facile de vivre sous un régime que de le combattre.

Mais cette lutte clandestine, c'est une chose dans laquelle il y a beaucoup de responsabilités. Beaucoup de souci, si on est un gars à s'en faire. Eladio, il réfléchit plus que moi. Il s'en fait, aussi. Moi, je crois vraiment à la cause, et je ne m'en fais pas. Mais c'est une vie dans laquelle il y a beaucoup de responsabilités.

Je trouve que nous sommes nés dans un temps très difficile, songea-t-il. Je pense qu'à n'importe quelle autre époque, ça devait être plus facile. On ne souffre pas beaucoup, parce qu'on s'est habitué à résister à la souffrance. Ceux qui souffrent ne sont pas faits pour ce climat. Mais c'est une époque de décisions difficiles. Les fascistes ont attaqué, et ça, ça nous a décidés. On lutte pour vivre. Mais je voudrais pouvoir attacher un mouchoir à ce buisson, là derrière, et revenir au jour prendre les œufs, et les faire couver par une poule, et voir les petits perdreaux dans ma basse-cour. Moi, ça me plairait des petites choses simples comme ça.

Mais tu n'as pas de maison et pas de basse-cour dans ta pas-de-maison, songea-t-il. En fait de famille, tu n'as qu'un seul frère qui va demain à la bataille, et tu ne possèdes rien d'autre que le vent et le soleil, et un ventre vide. Le vent n'est pas lourd, pensa-t-il, et il n'y a pas de soleil. Tu as quatre grenades dans ta poche, mais elles ne sont bonnes qu'à lancer. Tu as une carabine sur le dos, mais elle n'est bonne qu'à tirer des balles. Tu as un pli, que tu dois donner. Et tu es plein de trucs que tu pourras donner à la terre, songea-t-il en souriant dans la nuit. Tu peux aussi la mouiller en pissant dessus. Tout ce que tu as, c'est des choses à donner. Tu es un phénomène de philosophie et un pauvre bonhomme, se dit-il, et il sourit de nouveau.

Mais, malgré toutes ces nobles pensées, il n'y avait pas longtemps qu'il avait éprouvé ce sentiment de soulagement qui accompagnait toujours le bruit de la pluie au village, le matin de la fiesta. Devant lui, maintenant, au sommet, s'étendaient les positions gouvernementales où il savait qu'on allait lui demander ses papiers.

CHAPITRE XXXV

Robert Jordan était étendu dans le sac de couchage, à côté de Maria encore endormie. Il se tourna sur l'autre côté, et il sentit le corps allongé contre son dos, et ce contact n'était plus qu'une dérision. Toi, toi, se disait-il, furieux contre lui-même. Oui, toi. Tu t'étais pourtant dit, la première fois que tu l'as vu, que, quand il deviendrait tout miel, la trahison serait proche. Toi, espèce d'imbécile. Toi, bougre de foutu crétin. Suffit. Tu as autre chose à faire.

Y a-t-il des chances pour qu'il ait caché ou jeté tout cela? Guère. D'ailleurs, tu ne les retrouveras jamais dans l'obscurité. Il les aura gardés. Il a aussi pris de la dynamite. Oh! l'ignoble salaud. L'immonde salaud. Il n'aurait pas pu se contenter de foutre le camp sans prendre l'amorce et les détonateurs? Mais pourquoi ai-je été assez crétin pour les laisser à cette sacrée bonne femme? Le malin, l'immonde salaud. Le sale *cabron*.

Suffit, calme-toi, se dit-il. Il fallait accepter des risques, et cette combinaison était la meilleure. Tu es fait, se dit-il. Fait comme un rat. Garde ta sacrée tête froide; finis-en avec cette colère et cesse de gémir comme un mur des lamentations. C'est parti. Sacré bon Dieu, c'est parti. Au diable ce salaud de cochon. Tu peux te démerder quand même. Il le faut bien; tu sais qu'il faut le faire sauter, quand bien même tu devrais toi-même.... Non, pas ce genre-là non plus. Pourquoi est-ce que tu ne demandes pas à ton grand-père?

Oh! merde pour mon grand-père et merde pour ce pays de traîtres, et merde pour tous les Espagnols de n'importe quel camp, et qu'ils aillent tous se faire foutre au diable. Qu'ils aillent tous se faire foutre, Largo, Prieto, Asensio, Miaja, Rojo, tous. Je les emmerde tous à mort, et qu'ils aillent au diable. Merde pour tout ce foutu pays de traîtres! Merde pour leur égotisme et leur égoïsme; leur égoïsme, leur égotisme, leur vanité, leur trahison! Merde et au diable pour toujours. Je les emmerde avant de mourir pour eux. Je les emmerderai quand je serai mort pour eux. Je les emmerde jusqu'au cou et au diable. Grand Dieu, merde pour Pablo. Pablo, c'est eux tous. Dieu ait pitié des Espagnols. Ils peuvent avoir n'importe quel chef, ils seront toujours foutus. Un Pablo Iglesias en deux mille ans, et tous les autres sont des salauds. Et savoir comment il se serait tenu dans cette guerre? Je me rappelle que j'avais cru Largo très bien. Durruti était bien, et les siens l'ont tué, là-bas, au Puente de los Franceses. Tué, parce qu'il voulait attaquer. Tué, dans la magnifique discipline de l'indiscipline. Les salauds et les lâches. Merde pour eux tous et qu'ils aillent se faire foutre en enfer. Et ce Pablo qui file avec mon explosif et ma boîte de détonateurs. Oh! je l'emmerde jusqu'au fond de l'enfer. Mais non. C'est lui qui nous emmerde. Ce sont toujours eux qui nous emmerdent, depuis Cortez et Menendez de Avila jusqu'à Miaja. Regarde ce que Miaja a fait à Kleber. Ce cochon chauve. Ce stupide salaud au crâne en œuf. J'emmerde tous les salauds insensés, égoïstes, traîtres qui ont toujours gouverné l'Espagne et commandé ses armées. J'emmerde tout le monde, sauf le peuple, mais méfie-toi rudement de ce qu'il deviendra, quand il aura le pouvoir.

Sa rage commençait à diminuer, et il exagérait de plus en plus; il répandait son mépris et sa colère avec tant d'abondance et d'injustice qu'il ne pouvait plus y croire lui-même. Si c'est vrai, qu'est-ce que tu es venu faire ici? Ce n'est pas vrai, et tu le sais. Regarde tous ceux qui sont bien. Regarde tous ceux qui sont chic. Il ne pouvait pas supporter d'être injuste. Il détestait l'injustice comme il détestait la cruauté. Il se prélassa dans la rage qui lui aveuglait l'esprit, jusqu'à ce que sa colère mourût progressivement, jusqu'à ce que la colère rouge, noire, aveuglante et meurtrière fût dissipée, laissant son esprit aussi calme, vacant et aigu, aussi lucide que celui d'un homme qui vient d'avoir des rapports sexuels avec une femme qu'il n'aime pas.

" Et toi, toi, pauvre chevreau ", fit-il en se penchant sur Maria qui sourit dans son sommeil et se rapprocha de lui. " Je crois que si tu avais parlé tout à l'heure, je t'aurais battue. Quelle brute qu'un homme en colère! "

Il s'étendit tout contre la jeune fille et la prit dans ses bras, posa le menton sur son épaule et essaya de se représenter exactement ce qu'il aurait à faire, et comment il le ferait.

Et ce n'est pas si tragique, pensa-t-il. Vraiment ce n'est pas si tragique que ça. Je ne sais pas si quelqu'un a jamais fait ça. Mais il y aura toujours des gens qui le feront, dorénavant, dans un pétrin analogue. Si nous le faisons et s'ils apprennent comment. S'ils apprennent comment, oui. Sinon, ils se demanderont seulement comment nous l'avons fait. Nous sommes beaucoup trop peu, mais ça ne sert à rien de s'en faire pour ça. Je ferai sauter le pont avec ce que j'ai. Dieu! je suis content de n'être plus en colère. C'était comme quand on est suffoqué par la tempête. Te mettre en colère, encore un de ces sacrés luxes que tu ne peux pas te permettre.

" Tout est réglé, *guapa*, dit-il tout bas, contre l'épaule de Maria. On ne t'a pas embêtée avec ça. Tu n'as rien su de tout ça. On sera tués, mais on fera sauter le pont. Tu n'as pas eu à t'inquiéter de ça. Ce n'est pas un bien beau cadeau de mariage. Mais ne dit-on pas qu'une bonne nuit de sommeil est sans prix? Tu as eu une bonne nuit de sommeil. Tâche de porter ça comme une bague à ton doigt. Dors, *guapa*. Dors bien, mon amour. Je ne te réveille pas. C'est tout ce que je peux faire pour toi maintenant. "

Il était couché là et la tenait très légèrement; il la sentait respirer, il sentait son cœur battre, et il suivait la marche de l'heure sur sa montre-bracelet.

CHAPITRE XXXVI

En arrivant aux positions des troupes gouvernementales, Andrès avait appelé. C'est-à-dire qu'il s'était étendu par terre, là où le sol descendait sous le triple rang de fils de fer, et qu'il avait crié dans la direction du rocher et du parapet. Il n'y avait pas de ligne de défense continue et il aurait pu facilement passer les positions dans l'obscurité et s'enfoncer en territoire gouvernemental avant de rencontrer quelqu'un qui l'arrêtât. Mais il semblait plus sûr et plus simple de se faire connaître ici.

" *Salud!* cria-t-il. *Salud, milicianos!* "

Il entendit un bruit de culasse, puis, un peu plus bas, un coup de feu partit. Il y eut un claquement sec et un éclair jaune dans la nuit. Andrès s'était aplati au bruit, la tête pressée contre le sol.

" Ne tirez pas, camarades, cria Andrès. Ne tirez pas! Je veux entrer.

— Combien êtes-vous? cria quelqu'un derrière le parapet.

— Un. Moi. Seul.

— Qui es-tu?

— Andrès Lopez, de Villaconejos. De la bande à Pablo. J'ai un message.

— Tu as ton fusil et ton équipement?

— Oui.

— Nous ne pouvons laisser entrer personne avec fusil et équipement, dit la voix, et pas de groupes de plus de trois.

— Je suis seul, cria Andrès. C'est important. Laissez-moi entrer. "

Il pouvait les entendre parler derrière le parapet, mais il ne

distinguait pas ce qu'ils disaient. Puis la voix cria encore :
" Combien êtes-vous?

— Un. Moi. Seul. Pour l'amour de Dieu. "

Ils s'étaient remis à parler derrière le parapet. Puis, la voix
s'éleva : " Écoute, fasciste.

— Je ne suis pas un fasciste, cria Andrès. Je suis un *guerrillero*
de la bande à Pablo. Je viens apporter un pli pour l'État-
Major.

— Il est fou, entendit-il. Jette-lui une bombe.

— Écoutez, dit Andrès. Je suis seul. Je suis complètement
seul. Aussi vrai que je pisse sur les mystères sacrés! Laissez-
moi entrer.

— Il parle comme un chrétien ", dit quelqu'un, et il entendit
rire.

Puis quelqu'un d'autre dit : " Le mieux c'est de lui jeter une
bombe.

— Non, cria Andrès. Ce serait une bourde énorme. Il s'agit
de quelque chose de très important. Laissez-moi entrer. "

C'est pour ça qu'il n'avait jamais aimé ces excursions entre
les lignes. Cela se passait parfois mieux que d'autres. Mais
cela n'allait jamais tout seul.

" Tu es seul? répéta la voix.

— *Me cago en la leche*, cria Andrès. Combien de fois est-ce
qu'il faut que je te le dise? JE SUIS SEUL.

— Alors, si c'est vrai que tu es seul, lève-toi et tiens ton fusil
au-dessus de ta tête. "

Andrès se leva et dressa à deux mains sa carabine au-dessus
de sa tête.

" Maintenant, traverse les fils. On te vise avec la *máquina* ",
dit la voix.

Andrès était dans la première chicane de barbelés. " J'ai
besoin de mes mains, pour passer entre les fils, cria-t-il.

— Ç'aurait été plus simple de lui lancer une bombe, dit
une voix.

— Laisse-lui baisser son fusil, fit une autre voix. Il ne peut
pas traverser avec les mains en l'air. Personne ne peut.

— Tous ces fascistes sont les mêmes, dit l'autre voix. Ils
posent condition sur condition.

— Écoutez, cria Andrès. Je ne suis pas un fasciste, mais un *guerrillero* de la bande à Pablo. Nous avons tué plus de fascistes que le typhus.

— La bande à Pablo, connais pas, dit l'homme qui semblait commander le poste. Ni Pierre, ni Paul, ni aucun saint ou apôtre. Ni leurs bandes. Mets ton fusil à la bretelle et sers-toi de tes mains pour traverser les fils.

— *Que poco amables sois!* dit Andrès. Ce que vous êtes peu aimables !

— Avant qu'on te tire dessus avec la *máquina*, cria un autre. " Il se faufilait entre les fils.

" *Amables*, lui cria quelqu'un. On est en guerre, mon ami.

— Ça m'en a tout l'air, dit Andrès.

— Qu'est-ce qu'il dit ? "

Andrès entendit de nouveau un cliquetis de culasse.

" Rien, cria-t-il. Je ne dis rien. Ne tirez pas avant que je sois sorti de cette connerie de fils de fer.

— N'insulte pas nos fils, cria quelqu'un. Ou on te lance une bombe.

— *Quiero decir, que buena alambrada*, cria Andrès. Quels beaux fils. Bon Dieu de merde! Quels merveilleux fils. J'arrive, j'arrive, frères.

— Jette-lui une bombe, dit une voix. Je te dis que c'est ce qu'il y a de mieux à faire.

— Frères ", dit Andrès. Il était trempé de sueur et il savait que celui qui préconisait l'emploi de la bombe était parfaitement capable de lancer une grenade à n'importe quel moment. " Je ne suis pas quelqu'un d'important.

— Je te crois, dit l'homme à la bombe.

— Tu as raison ", dit Andrès. Il se glissait prudemment à travers la dernière enceinte de fils de fer et il était tout près du parapet. " Je ne suis pas important du tout. Mais l'affaire est sérieuse. *Muy, muy serio.*

— Il n'y a rien de plus sérieux que la liberté, cria l'homme à la bombe.

— Tu penses qu'il y a quelque chose de plus sérieux que la liberté? demanda-t-il sévèrement.

— Mais non, mon vieux ", dit Andrès soulagé. Il savait

maintenant qu'il avait à faire aux toqués, ceux aux foulards noirs et rouges. " *Viva la Libertad!*

— *Viva la F. A. I. Viva la C. N. T.*, lui répondirent-ils du parapet. *Viva el anarco-sindicalismo* et la liberté.

— *Viva nosotros*, cria Andrès. Vive nous autres.

— C'est un des nôtres, dit l'homme à la bombe. Et dire que j'aurais pu le tuer avec ça. "

Il regarda la grenade qu'il tenait à la main et fut très ému quand Andrès grimpa sur le parapet. Le prenant dans ses bras, la grenade toujours à la main, si bien qu'elle s'appuyait à l'omoplate d'Andrès, l'homme à la bombe l'embrassa sur les deux joues.

" Je suis content qu'il ne te soit rien arrivé, frère, dit-il. Je suis bien content.

— Où est ton officier? demanda Andrès.

— C'est moi qui commande ici, dit un homme. Fais voir tes papiers. "

Il les emporta dans un boyau et les examina à la lueur d'une bougie. Il y avait le petit carré de soie aux couleurs de la République avec, au centre, le cachet du S. I. M. Il y avait le *Salvoconducto*, le sauf-conduit portant son nom, son âge, sa taille, son lieu de naissance, et sa mission. Robert Jordan l'avait rédigé sur une feuille de son calepin et marqué avec le timbre humide du S. I. M.; enfin il y avait le message pour Golz : quatre feuillets pliés, attachés par une ficelle scellée d'un cachet de cire marqué par le sceau de métal S. I. M. qui était fixé à l'autre extrémité du timbre humide.

" Ça, je connais, dit l'homme commandant le poste en lui rendant le morceau de soie. Ça, vous l'avez tous, je sais. Mais ça ne prouve rien sans ceci. Il prit le *Salvoconducto* et le relut. Où es-tu né?

— Villaconejos, dit Andrès.

— Et qu'est-ce qui pousse là-bas?

— Des melons, dit Andrès. Tout le monde le sait.

— Qui connais-tu là?

— Pourquoi? Tu es de par là?

— Non. Mais j'y ai été. Je suis d'Aranjuez.

— Demande-moi qui tu voudras.

— Décris-moi José Rincon.

— Celui qui tient la bodega?

— Naturellement.

— Chauve, un gros ventre et une taie sur l'œil.

— Alors, c'est bon, dit l'homme en lui rendant le document. Mais qu'est-ce que tu fais de l'autre côté?

— Notre père s'était installé à Villacastin, avant le mouvement, dit Andrès. Là-bas dans la plaine, de l'autre côté des montagnes; c'est là qu'on a été surpris par le mouvement. Depuis le mouvement, je me bats dans la bande à Pablo. Mais je suis très pressé de porter ce pli.

— Comment ça va dans le pays des fascistes? demanda l'homme qui commandait. Lui n'était pas pressé.

— Aujourd'hui on a eu beaucoup de *tomate*, dit fièrement Andrès. Aujourd'hui, il y a eu beaucoup de poussière sur la route toute la journée. Aujourd'hui, ils ont écrasé la bande à Sordo.

— Qui ça, Sordo? demanda l'autre d'un ton péjoratif.

— Le chef d'une des meilleures bandes des montagnes.

— Vous devriez tous venir dans la République et entrer dans l'armée, dit l'officier. Il y a trop de ces conneries de guérillas. Vous devriez tous venir et accepter notre discipline libertaire. Et puis, si nous avons besoin de guérillas, on les enverra selon les besoins. "

Andrès était doué d'une patience presque sublime. Il avait subi avec calme le passage à travers les fils. Rien, dans l'interrogatoire, ne l'avait étonné. Il trouvait parfaitement normal que cet homme ne sût rien d'eux, ni de ce qu'ils faisaient, et il fallait s'attendre aussi à ce que tout cela se passât très lentement; mais, maintenant, il voulait s'en aller.

"Écoute, *compadre*, dit-il. Il est très possible que tu aies raison. Mais j'ai ordre de délivrer ce pli au Général commandant la 35e Division, qui lance une attaque à l'aube dans ces collines, et la nuit est déjà avancée; il faut que je m'en aille.

— Quelle attaque? Qu'est-ce que tu sais d'une attaque?

— Non. Je ne sais rien. Mais maintenant il faut que j'aille à Navacerrada. Tu veux m'envoyer à ton commandant qui me donnera un moyen de transport? Fais-moi accompagner par quelqu'un qui lui réponde de moi, pour qu'il n'y ait pas de retard.

— Tout ça me déplaît beaucoup, dit l'autre. Il aurait peut-être mieux valu t'abattre quand tu as approché des fils.

— Tu as vu mes papiers, camarade, et je t'ai expliqué ma mission, lui dit patiemment Andrès.

— Ça se fabrique, des papiers, dit l'officier. N'importe quel fasciste pourrait inventer une mission de ce genre. Je t'accompagne moi-même chez le commandant.

— Bon, dit Andrès. Viens. Mais allons-y vite.

— Toi, Sanchez, tu commandes à ma place, dit l'officier. Tu connais la consigne aussi bien que moi. Moi, j'emmène ce soi-disant camarade chez le commandant. "

Ils suivirent la tranchée peu profonde derrière la crête de la colline, et Andrès sentait dans l'obscurité l'odeur des ordures déposées par les défenseurs de la crête tout le long de la pente. Il n'aimait pas ces gens qui ressemblaient à des enfants dangereux; sales, grossiers, indisciplinés, bons, affectueux, sots et ignorants, mais toujours dangereux parce qu'armés. Lui, Andrès, n'avait pas d'opinions politiques, sauf qu'il était pour la République. Il avait parfois entendu parler ces gens, et il trouvait que ce qu'ils disaient était souvent très beau, mais il ne les aimait pas. Ce n'est pas la liberté de ne pas enfouir les ordures qu'on fait, songeait-il. Il n'y a pas d'animal plus libre que le chat; mais il enterre ses saletés. Le chat, c'est le meilleur anarchiste. Tant qu'ils n'auront pas appris à faire comme le chat, je ne pourrai pas les estimer.

Devant lui, l'officier s'arrêta soudain.

" Tu as toujours ta carabine, dit-il.

— Oui, dit Andrès. Pourquoi pas?

— Donne-la-moi, dit l'officier. Tu pourrais me tirer dans le dos avec.

— Pourquoi? lui demanda Andrès. Pourquoi je te tirerais dans le dos?

— On ne sait jamais, dit l'officier. Je n'ai confiance en personne. Donne-moi la carabine. "

Andrès la détacha et la lui tendit.

" Si tu as envie de la porter, dit-il.

— Ça vaut mieux, dit l'officier. Comme ça, on est plus tranquilles. "

Ils descendirent la colline dans l'obscurité.

CHAPITRE XXXVII

Robert Jordan était couché près de la jeune fille et il regardait l'heure passer sur son poignet. Elle passait lentement, presque imperceptiblement, car c'était une petite montre et il ne pouvait pas voir le mouvement de la petite aiguille. Mais, comme il regardait celle des minutes, il s'aperçut qu'il arrivait presque à la suivre, à force d'attention. La tête de la jeune fille était sous son menton, et quand il remuait pour regarder sa montre, il sentait la chevelure courte contre sa joue. C'était aussi doux, aussi vivant, aussi mouvant et soyeux que le pelage de la martre quand, après avoir ouvert le piège, on en sort la bête et qu'on la tient contre soi en caressant sa fourrure hérissée. La gorge de Robert Jordan se gonflait quand sa joue frottait les cheveux de Maria, et il sentait un vide douloureux dans tout son être, tandis qu'il la serrait dans ses bras; il penchait la tête, les yeux tout près de sa montre où l'aiguille lumineuse en forme de flèche montait lentement sur la partie gauche du cadran. Il distinguait nettement son mouvement égal, à présent, et il tenait Maria serrée pour le ralentir. Il ne voulait pas la réveiller, mais il ne pouvait pas la laisser tranquille, maintenant que la fin de la nuit approchait. Il posa ses lèvres derrière son oreille, en remontant le long de la nuque, sentant la peau lisse et le doux contact des petits cheveux qui y poussaient. Il voyait l'aiguille glisser sur le cadran, et il la serrait plus fort en passant le bout de sa langue le long de la joue, sur le lobe de l'oreille, suivant les gracieuses circonvolutions jusqu'à l'ourlet doux et ferme, et sa langue tremblait. Il sentait ce tremblement se répandre à travers le vide douloureux de son corps, et il voyait l'aiguille de la montre monter à angle aigu vers le sommet qui marque l'heure juste. Comme elle dormait toujours, il lui tourna la tête et posa ses lèvres sur les siennes. Il les laissa là, frôlant à peine la bouche gonflée de sommeil, puis il effleura tout doucement cette bouche. Il se tourna vers elle et il la sentit frémir tout au long de son corps tendre et léger. Elle soupira dans son sommeil, puis, toujours endormie, elle le prit dans ses bras. S'éveillant alors, elle pressa ses lèvres contre les siennes, très fort, très ardemment, et il dit : " Mais tu as mal. "

Et elle dit : " Non, je n'ai plus mal.

— Chevreau.

— Non, ne parle pas.

— Mon chevreau.

— Ne parle pas. Ne parle pas. "

Tandis que l'aiguille, qu'il ne regardait plus, glissait sur sa montre, ils s'enlacèrent, sachant que rien ne pourrait plus jamais arriver à l'un qui n'arriverait à l'autre, que rien ne pourrait jamais arriver de plus que ceci; que ceci était tout et toujours : le passé, le présent, cet avenir inconnu! Ce qu'ils ne devaient jamais avoir, ils l'avaient maintenant. Ils l'avaient dans le présent, et pour le passé et pour toujours, et maintenant, maintenant, maintenant! Oh! maintenant, tout de suite, ce présent, le seul présent, présent par-dessus tout. Il n'y a pas d'autre présent que toi, présent, et le présent est ton prophète! Le présent est pour toujours présent. Viens maintenant, présent, car il n'y a pas d'autre présent que maintenant. Oui, maintenant, maintenant, je t'en prie, maintenant, rien d'autre que ce présent. Et où es-tu, et où suis-je, et où est l'autre... mais pas de pourquoi, jamais de pourquoi, rien que ce présent, maintenant et pour toujours, je t'en prie, toujours présent, toujours présent, pour maintenant toujours un présent; un seul, un seul, il n'y a pas d'autre, pas d'autre présent; un seul présent, qui passe, maintenant, qui monte maintenant, qui flotte maintenant, qui s'en va maintenant, qui roule maintenant, qui s'envole maintenant, parti maintenant, au loin maintenant, très loin maintenant; un plus une égale un, égale un, égale un, un encore, un toujours... égale un avec apaisement, égale un doucement, égale un avec désir, égale un avec bonté, égale un avec bonheur, égale un avec tendresse, égale un pour chérir, égale un sur la terre, maintenant, les coudes contre les branches de sapin coupées, tassées par la nuit, dans l'obscurité et l'odeur de résine; sur la terre, définitivement, maintenant, et au matin du jour à venir. Puis il dit, car le reste ne se passait que dans sa tête et il n'avait pas parlé : " Oh! Maria, je t'aime et je te remercie. "

Maria dit : " Ne parle pas. C'est mieux quand on ne parle pas.

— Il faut que je te dise, parce que c'est une grande chose.

— Non,

— Chevreau.... "

Mais elle le serra fort et détourna la tête, et il demanda doucement : "Tu as mal, chevreau?

— Non, dit-elle. C'est que je dis merci moi aussi, d'avoir été encore une fois dans la _gloria_. "

Puis ils reposèrent immobiles côte à côte, se touchant de toute leur longueur, cheville, cuisse, hanche, épaule, et Robert Jordan pouvait de nouveau regarder sa montre. Maria dit : " On a beaucoup de chance.

— Oui, dit-il. Nous avons eu beaucoup de chance.

— On n'a pas le temps de dormir?

— Non, dit-il, ça commence bientôt.

— Alors, s'il faut se lever, allons manger quelque chose.

— Bien.

— Dis. Tu n'es pas inquiet?

— Non.

— C'est vrai?

— Non. Plus maintenant.

— Mais tu étais inquiet, avant?

— Un moment.

— Je peux t'aider?

— Non, fit-il. Tu m'as aidé.

— Comme ça? Mais c'était pour moi.

— C'était pour nous deux, dit-il. Aucun de nous n'y est seul. Allons, chevreau, habillons-nous. "

Mais sa pensée, qui était son meilleur compagnon, songeait : la Gloria. Elle a dit la Gloria. Cela n'a rien à faire avec l'anglais *glory*, ni avec la gloire dont parlent les Français. C'est cette chose qu'on trouve dans le Cante Hondo et dans les Saetas. C'est dans le Greco et dans Saint Jean de la Croix, bien sûr, et chez les autres. Je ne suis pas mystique, mais nier cela serait être aussi ignorant que de nier le téléphone ou que la terre tourne autour du soleil ou qu'il y a d'autres planètes que celle-ci.

Comme nous connaissons peu de choses de ce qu'il y a à connaître! Je voudrais vivre longtemps au lieu de mourir aujourd'hui, parce que j'ai beaucoup appris sur la vie, en ces quatre jours. Je crois que j'en ai plus appris que pendant toute ma vie! J'aimerais être vieux et savoir vraiment. Je me demande si on continue à apprendre, ou bien s'il n'y a qu'une certaine quantité de choses que chaque homme peut comprendre. Je croyais savoir tant de choses et, en fait, je ne savais rien. Je voudrais avoir plus de temps.

" Tu m'as beaucoup appris, *guapa*, dit-il en anglais.

— Qu'est-ce que tu dis?

— J'ai beaucoup appris de toi.

— *Qué va*, dit-elle, c'est toi qui es instruit. "

Instruit, songea-t-il. J'ai les tout premiers rudiments d'une instruction. Les infimes rudiments. Si je meurs aujourd'hui, c'est une perte, parce qu'aujourd'hui je sais quelques petites choses. Je me demande si tu les as apprises aujourd'hui, parce que le peu de temps qui te reste t'a rendu hypersensible? Mais le temps n'existe pas! Tu devrais être assez intelligent pour savoir ça. J'ai vécu l'expérience de toute une vie depuis que je suis dans ces montagnes. Anselmo est mon plus vieil ami. Je le connais mieux que je ne connais Charles, que je ne connais Club, que je ne connais Guy, que je ne connais Mike, et je les connais bien. Agustín, le mal embouché, est mon frère, et je n'ai jamais eu de frère. Maria est mon vrai amour et ma femme. Je n'avais jamais eu de vrai amour. Je n'avais jamais eu de femme. Elle est aussi ma sœur, et je n'ai jamais eu de sœur, et ma fille et je n'aurai jamais de fille. Je déteste quitter une chose si belle.

Il finit de nouer ses espadrilles.

" Je trouve la vie très intéressante ", dit-il à Maria. Elle était assise à côté de lui sur le sac de couchage, les mains croisées sur ses chevilles. Quelqu'un écarta la couverture à l'entrée de la grotte, et ils virent tous deux la lumière. Il faisait encore nuit, et il n'y avait pas la moindre promesse de jour, sinon que, en levant la tête, il vit à travers les pins combien les étoiles semblaient basses. Le jour venait vite, en cette saison.

" Roberto, dit Maria.

— Oui, *guapa*.

— Dans cette affaire, aujourd'hui, on sera ensemble, n'est-ce pas ?

— Après le commencement, oui.

— Pas au commencement ?

— Non. Tu seras auprès des chevaux.

— Je ne pourrai pas être avec toi ?

— Non. J'ai à faire un travail que moi seul je peux faire, et je m'inquiéterais pour toi.

— Mais tu reviendras vite quand ce sera fait ?

— Très vite, dit-il, et il sourit dans l'obscurité. Viens, *guapa*, allons manger.

— Et ton sac de couchage ?

— Roule-le, si ça te plaît.

— Ça me plaît, dit-elle.

— Je vais t'aider.

— Non. Laisse-moi le faire seule. "

Elle s'agenouilla pour étendre et rouler le sac de couchage, puis changeant d'avis, elle se leva et le secoua au vent. Puis elle s'agenouilla de nouveau pour le lisser et le rouler. Robert Jordan ramassa les deux ballots, les tenant avec précaution afin que rien n'en tombât par les fentes, et il marcha à travers les pins jusqu'à l'entrée de la grotte où pendait la couverture enfumée. Il était trois heures moins dix à sa montre lorsqu'il écarta la couverture avec son coude et entra dans la grotte.

CHAPITRE XXXVIII

Ils étaient dans la grotte, les hommes debout devant le feu que Maria attisait. Pilar avait préparé du café dans un pot. Elle ne s'était pas recouchée, après avoir réveillé Robert Jordan, et maintenant elle était assise sur un tabouret, dans la grotte enfumée, en train de coudre la déchirure d'un des sacs de Jordan. L'autre était déjà réparé. Le feu éclairait son visage.

"Reprends du civet, dit-elle à Fernando. Qu'est-ce que ça fait que ton ventre soit plein? Il n'y aura pas de docteur pour t'opérer, si tu es éventré.

— Ne parle pas comme ça, femme, dit Agustin. Tu as la langue de la Grande Pute."

Il était appuyé sur la mitrailleuse, dont les pieds étaient repliés contre le canon, ses poches étaient pleines de grenades, un sac de cartouches pendait à son épaule, et il portait en bandoulière une pleine musette de munitions. Il fumait une cigarette et tenait à la main un bol de café sur lequel il souffla de la fumée, en le portant à ses lèvres.

"Tu es une vraie quincaillerie ambulante, lui dit Pilar. Tu ne pourras pas marcher cent mètres, avec tout ça.

— *Qué va*, femme, dit Agustin. Ça descend.

— Pour aller au poste, ça monte, dit Fernando. Avant la descente.

— Je grimperai ça comme une chèvre, dit Agustin.

— Et ton frère? demanda-t-il à Eladio. Ta merveille de frère, il a foutu le camp?"

Eladio était debout, adossé au mur.

"Ferme ça", dit-il.

Il était nerveux et il savait que nul ne l'ignorait. Il était toujours nerveux et irritable avant l'action. Il quitta le mur, s'approcha de la table et se mit à remplir ses poches de grenades qu'il prenait dans une des grandes corbeilles recouvertes de cuir brut posées, ouvertes, contre le pied de la table.

Robert Jordan s'accroupit à côté de lui devant la corbeille. Il y choisit quatre grenades. Trois étaient du type Mills, ovales, dentelées, en fer lourd, avec une cuiller maintenue en position par une goupille à laquelle était fixé un anneau.

"D'où ça vient? demanda-t-il à Eladio.

— Ça? Ça vient de la République. C'est le vieux qui les a apportées.

— Comment sont-elles?

— *Valen mas*, *que pesan*, dit Eladio. Elles valent leur pesant d'or.

— C'est moi qui les ai apportées, dit Anselmo. Soixante par sac.... Quatre-vingt-dix livres, *Inglés*.

— Vous vous en êtes déjà servis? demanda Robert Jordan à Pilar.

— *Qué va*, si on s'en est servis? dit la femme. C'est avec ça que Pablo a massacré le poste à Otero. "

Quand elle prononça le nom de Pablo, Agustín se mit à jurer. Robert Jordan vit l'expression du visage de Pilar dans la lueur du feu.

"Finis, dit-elle vivement à Agustín. Ça n'arrange rien.

— Est-ce qu'elles ont toujours explosé? " dit Robert Jordan tenant à la main la grenade peinte en gris et éprouvant la courbe de la goupille avec l'ongle de son pouce.

"Toujours, dit Eladio. Il n'y a pas eu un seul raté dans celles dont on s'est servis.

— Et ça explose vite?

— Le temps de la lancer. Vite. Assez vite.

— Et celles-là? "

Il tenait une bombe en forme de boîte de conserves, avec une mèche enroulée autour d'une boucle de fil de fer.

"Ça, c'est moche, lui dit Eladio. Ça part. Oui. Mais tout d'un coup, et ça ne fait pas d'éclats.

— Mais ça part toujours?

— *Qué va*, toujours, dit Pilar. Toujours, ça n'existe pas plus pour nos munitions que pour les leurs.

— Mais vous dites que les autres éclatent toujours.

— Pas moi, dit Pilar. Tu as demandé à un autre. Je n'ai jamais vu de toujours dans un truc de ce genre.

— Elles ont toutes éclaté, affirma Eladio. Dis la vérité, femme.

— Comment tu le sais qu'elles ont toutes éclaté? C'est Pablo qui les lançait. Toi tu n'as tué personne à Otero.

— Ce salaud, commença Agustin.

— Ferme ça, dit vivement Pilar. Puis elle continua : Elles se valent toutes, *Inglés*. Mais les dentelées sont plus simples. "

Je ferais mieux d'en essayer une de chaque sur chaque charge, pensa Robert Jordan. Mais les dentelées partiront plus facilement et plus sûrement.

" Tu vas jeter des bombes, *Inglés?* demanda Agustin.

— Pourquoi pas? " dit Robert Jordan.

Mais, accroupi là, triant ses grenades, il pensait : c'est impossible. Comment ai-je pu m'illusionner là-dessus, je me le demande. Nous étions aussi cuits, quand ils ont attaqué Sordo, que Sordo était cuit quand la neige a cessé. C'est ça que tu ne peux pas accepter. Il faut continuer et exécuter un plan que tu sais irréalisable. Tu l'as conçu, et, maintenant, tu sais qu'il est mauvais. Il est mauvais, maintenant, au jour. Tu peux parfaitement prendre un des deux postes avec ce que tu as là. Mais tu ne peux pas prendre les deux. Tu ne peux pas en être sûr, je veux dire. Ne t'illusionne pas. Pas à la lumière du jour.

Essayer de les prendre tous les deux, c'est impossible. Pablo l'a toujours su. Il a sûrement toujours eu l'intention de filer, mais il a su qu'on était faits, quand Sordo a été attaqué. On ne peut pas monter une opération en se disant qu'on croit au miracle. Tu les feras tous tuer, et ton pont ne sautera même pas, si tu n'as rien de mieux que ce que tu as là. Tu feras tuer Pilar, Anselmo, Agustin, Primitivo, ce nerveux d'Eladio, ce vaurien de Gitan, et le vieux Fernando, et ton pont ne sautera pas. Tu imagines qu'il y aura un miracle et que Golz recevra le pli qu'Andrès lui porte et qu'il arrêtera tout? S'il n'y a pas de miracle, tu vas tous les faire tuer avec tes ordres. Maria aussi.

Tu vas la tuer, elle aussi, avec tes ordres. Tu ne peux pas l'en sortir, elle au moins? Au diable Pablo, songea-t-il.

Non. Ne te mets pas en colère. Se mettre en colère, c'est aussi mauvais qu'avoir peur. Mais, au lieu de coucher avec ta maîtresse, tu aurais dû te promener à cheval toute la nuit dans ces montagnes, avec la femme, et essayer de ramasser assez de monde pour réussir. Oui, songea-t-il, et si quelque chose m'était arrivé, je n'aurais plus été là pour le faire sauter. Oui. Voilà. Voilà pourquoi tu n'y as pas été. Et tu ne pouvais envoyer quelqu'un, parce que tu ne pouvais pas risquer de le perdre et d'en avoir un de moins. Il fallait garder ce que tu avais et imaginer un nouveau plan.

Mais ton plan est moche. Il est moche, je te dis. C'était un plan de nuit, et maintenant c'est le matin. Les plans de nuit ne valent plus rien au matin. La façon dont on pense la nuit ne vaut rien pour le jour. Alors, maintenant, tu sais qu'il ne vaut rien.

Et John Mosby, il ne faisait pas des choses aussi impossibles que ça? Bien sûr que si! De plus difficiles, même. Et puis, ne sous-estime pas l'élément de surprise. Penses-y. Pense que, si ça réussit, ce ne sera pas si ballot. Mais ce n'est pas comme qu'il faut faire. Il ne suffit pas que ce soit possible, il faut que ce soit certain. Bien sûr, mais regarde ce qui s'est passé. Oui, c'était mal emmanché dès le début, et, dans ce cas, le désastre grossit et fait boule de neige.

Du sol où il était accroupi, près de la table, il leva les yeux vers Maria, et elle lui sourit. Il lui rendit son sourire, de la surface de son visage, et choisit encore quatre grenades qu'il mit dans ses poches. Je pourrais dévisser les détonateurs et m'en servir, tout simplement, pensa-t-il. Mais je ne pense pas que la fragmentation fera mauvais effet. Elle se produira immédiatement, en même temps que l'explosion de la charge, et elle ne la dispersera pas. Du moins, je l'espère. Non, j'en suis sûr. Un peu de confiance, se dit-il. Et toi qui pensais, hier soir, combien vous étiez magnifiques, toi et ton grand-père, et que ton père était un lâche. Montre un peu de confiance, maintenant.

Il sourit de nouveau à Maria, mais le sourire n'allait toujours pas plus loin que la peau, qu'il sentait tendue sur ses pommettes et sa bouche.

Elle te trouve merveilleux, pensa-t-il. Moi, je te trouve infect. Et la *gloria*, et toutes ces conneries! Tu trouvais tes idées épatantes, hein? Tu avais bien goupillé ton petit univers, hein? Au diable tout ça.

Calme-toi, se dit-il. Ne te monte pas. Ça non plus ce n'est pas autre chose qu'une échappatoire. Il y a toujours des échappatoires. Mais toi, il faut te cramponner. Inutile de renier tout ce qui s'est passé, tout simplement parce que tu vas perdre. Ne fais pas comme le serpent à l'échine brisée qui se mord la queue; et tu n'as pas l'échine brisée, salaud. Attends d'être écorché, avant de te mettre à crier. Attends que la bataille commence, pour te mettre en colère. Il y a des tas d'occasions pour ça, dans une bataille. Dans une bataille, ça pourra te servir.

Pilar s'approcha de lui avec le sac.

"Comme ça, c'est solide, dit-elle. Ces grenades sont très bonnes, *Inglés*. Tu peux avoir confiance en elles.

— Comment te sens-tu, Pilar?"

Elle le regarda et secoua la tête en souriant. Il se demanda à quelle profondeur de son visage atteignait ce sourire. Il paraissait assez profond.

"Bien, dit-elle. *Dentro de la gravedad*."

Puis elle dit, en s'accroupissant près de lui : "Qu'est-ce que tu en penses, maintenant que ça commence pour de vrai?

— Qu'on est peu, lui répondit aussitôt Robert Jordan.

— Je trouve aussi, dit-elle. Très peu."

Puis elle ajouta, toujours en aparté : "La Maria peut tenir les chevaux toute seule. On n'a pas besoin de moi pour ça. On les entravera. Ce sont des chevaux de bataille, et le feu ne les affolera pas. Je descendrai au poste d'en bas et je ferai ce que Pablo devait faire. Comme ça, on est quand même un de plus.

— Bien, dit-il. Je pensais que tu voudrais.

— Allons, *Inglés*, dit Pilar en le regardant de tout près. Ne t'en fais pas. Tout ira bien. Rappelle-toi qu'ils ne s'attendent pas à un coup pareil.

— Oui, dit Robert Jordan.

— Autre chose, *Inglés*, dit Pilar aussi doucement que sa voix rauque le lui permettait. Cette histoire de la main....

— Quelle histoire de la main? fit-il, agacé.

— Non, écoute. Ne te mets pas en colère comme un gamin. A propos de cette histoire de la main... tout ça, ce sont de mes trucs de gitane, pour faire la maligne. Ça n'existe pas.

— Laisse tomber, dit-il froidement.

— Non, dit-elle d'une voix rauque et tendre. C'est un mensonge que j'ai fait. Je ne voudrais pas que tu t'inquiètes, un jour de bataille.

— Je ne m'inquiète pas ", dit Robert Jordan.

Elle lui sourit de nouveau, avec un beau sourire franc de sa grande bouche aux lèvres fermes, et elle dit : " Je t'aime beaucoup, *Inglés*.

— Je n'ai pas besoin de ça maintenant, dit-il. *Ni tu ni Dios.*

— Oui, dit Pilar dans son chuchotement rauque. Je sais. Je voulais seulement te dire. Et ne t'en fais pas. On s'en tirera tous très bien.

— Pourquoi pas? " dit Robert Jordan, et, seule, l'extrême surface de son visage sourit : " Bien sûr qu'on s'en tirera. Tout ira bien.

— On y va quand? " demanda Pilar.

Robert Jordan regarda sa montre.

" Tout de suite. "

Il tendit un des sacs à Anselmo.

" Comment ça va, vieux? " demanda-t-il.

Le vieil homme finissait de tailler une petite cale, copiée sur un modèle que Robert Jordan lui avait donné. C'étaient des cales supplémentaires, pour le cas où on en aurait besoin.

" Bien, dit le vieux en hochant la tête. Très bien jusqu'ici. Il tendit la main. Regarde, dit-il, et il sourit. Ses mains ne tremblaient pas.

— *Bueno, y qué?* lui dit Robert Jordan. Moi, je peux toujours tenir toute la main immobile. Mais tends le doigt. "

Anselmo obéit. Le doigt tremblait. Il regarda Robert Jordan et secoua la tête.

" Moi aussi, et Robert Jordan le lui montra. Toujours. C'est normal.

— Pas moi ", dit Fernando. Il tendit l'index droit pour leur faire voir. Puis l'index gauche.

" Tu peux cracher? " lui demanda Agustin, en faisant un clin d'œil à Robert Jordan.

Fernando se racla la gorge et cracha fièrement sur le sol de la grotte, puis écrasa du pied le crachat dans la poussière.

" Espèce de dégoûtant, lui dit Pilar. Crache dans le feu si tu tiens à afficher ton courage.

— Je n'aurais pas craché par terre, Pilar, si on ne quittait pas cet endroit, dit Fernando d'un air guindé.

— Fais attention où tu cracheras aujourd'hui, lui dit Pilar. Ça pourrait bien être dans un endroit que tu ne quitteras pas.

— Celle-là parle comme un chat noir ", dit Agustin. Il éprouvait un besoin nerveux de plaisanter, qui était une autre forme de ce que tous éprouvaient.

" Je rigolais, dit Pilar.

— Moi aussi, dit Agustin. *Mas me cago en la leche*, mais je serai content quand ça commencera.

— Où est le Gitan? demanda Robert Jordan à Eladio.

— Avec les chevaux, dit Eladio. Tu peux le voir de l'entrée de la grotte.

— Comment est-il? "

Eladio sourit : " Il a très peur ", dit-il. Ça le rassurait de parler de la peur des autres.

" Écoute, *Inglés* ", commença Pilar. Robert Jordan tourna les yeux vers elle, et il vit sa bouche s'ouvrir et une expression d'incrédulité se répandre sur son visage; il se tourna vivement vers l'entrée de la grotte, la main sur son pistolet. Là, écartant la couverture d'une main, la crosse de la mitraillette pointant au-dessus de son épaule, Pablo se dressait, court, trapu, le visage poilu, avec ses petits yeux bordés de rouge qui ne regardaient personne en particulier.

" Toi..., lui dit Pilar incrédule. Toi.

— Moi, dit Pablo avec calme. Il entra dans la grotte.

— Holà, *Inglés*, dit-il. J'en ai cinq de la bande d'Elias et Alejandro, là-haut, avec leurs chevaux.

— Et l'amorce et les détonateurs? dit Robert Jordan. Et le reste du matériel?

— J'ai jeté tout ça au fond de la gorge dans la rivière, dit Pablo qui continuait à ne regarder personne. Mais j'ai pensé à un moyen de faire sauter la charge avec une grenade.

— Moi aussi, dit Robert Jordan.

— Vous n'auriez pas quelque chose à boire? " demanda Pablo d'un air las.

Robert Jordan lui tendit sa gourde, et il but avec précipitation, puis s'essuya la bouche du dos de sa main.

" Qu'est-ce qui t'a pris? demanda Pilar.

— *Nada*, dit Pablo, s'essuyant de nouveau la bouche. Rien. Je suis revenu. "

— Mais quoi?

— Rien. J'ai eu un moment de faiblesse. J'étais parti, mais je suis revenu. "

Il s'adressa à Robert Jordan. " *En el fondo no soy cobarde*, dit-il. Au fond, je ne suis pas un lâche. "

Mais tu es bien autre chose, pensa Robert Jordan. Et comment, salaud! Mais je suis content de te voir, espèce de crapule.

" Cinq, c'est tout ce que j'ai pu trouver chez Elias et Alejandro, dit Pablo. Je ne suis pas descendu de cheval depuis que je suis parti d'ici. A neuf, vous n'auriez jamais pu y arriver. Jamais. J'ai compris ça hier soir, quand l'*Inglés* a expliqué. Jamais. Ils sont sept et un caporal au poste d'en bas. Supposez qu'ils donnent l'alarme ou qu'ils se défendent? "

Maintenant, il regardait Robert Jordan. " En partant, je pensais que tu te rendrais compte que c'était impossible et que tu laisserais tomber. Puis quand j'ai jeté ton matériel, j'ai changé d'avis.

— Je suis content de te voir, dit Robert Jordan. Il alla à lui. Nous sommes parés, avec les grenades. Ça marchera. Le reste n'a plus d'importance maintenant.

— Non, dit Pablo. Je ne fais rien pour toi. Tu es un être de mauvais augure. Tu es cause de tout ça. De Sordo aussi. Mais quand j'ai eu jeté ton matériel, je me suis trouvé trop seul.

— Ta mère..., dit Pilar.

— Alors j'ai été chercher les autres, pour que ça puisse

réussir. J'ai pris les meilleurs que j'ai pu trouver. Je les ai laissés en haut pour pouvoir te parler d'abord. Ils croient que c'est moi le chef.

— C'est toi, dit Pilar. Si tu veux. " Pablo la regarda et ne répondit rien. Puis il dit simplement à voix basse : " J'ai beaucoup réfléchi depuis l'affaire de Sordo. Je crois que, si on doit finir, il faut finir ensemble. Mais toi, *Inglés*, je t'en veux de nous avoir amené ça.

— Mais, Pablo.... " Fernando, les poches pleines de grenades, les cartouches en bandoulière, toujours occupé à nettoyer son assiette de civet avec un bout de pain, commença : " Tu ne crois pas que l'opération puisse réussir? Avant-hier soir, tu disais que tu en étais convaincu.

— Donne-lui encore du civet ", dit ironiquement Pilar à Maria. Puis, s'adressant à Pablo, les yeux adoucis. " Alors, comme ça, tu es revenu?

— Oui, femme, dit Pablo.

— Eh bien, tu es le bienvenu, lui dit Pilar. Je pensais bien que tu ne pouvais pas être aussi dégonflé que tu en avais l'air.

— Après ce que j'ai fait, on sent une solitude qui n'est pas supportable, lui dit doucement Pablo.

— Qui n'est pas supportable, fit-elle, moqueuse. Qui n'est pas supportable pour toi pendant un quart d'heure.

— Ne te moque pas de moi, femme. Je suis revenu.

— Et tu es le bienvenu, dit-elle. Tu n'as pas entendu quand je te l'ai dit? Prends ton café et allons-nous-en. Toute cette comédie me fatigue.

— C'est du café, ça? demanda Pablo.

— Certainement, dit Fernando.

— Donne-m'en, Maria, dit Pablo. Comment vas-tu? (Il ne la regardait pas.)

— Bien, lui répondit Maria, et elle lui apporta un bol de café. Tu veux du civet? (Pablo secoua la tête.)

— *No me gusta estar solo*, fit Pablo continuant à parler à Pilar comme si les autres n'étaient pas là. Je n'aime pas être seul. *Sabes?* Hier, toute la journée, tout seul à travailler pour le bien de tous, je ne me sentais pas seul. Mais, cette nuit. *Hombre! Que mal lo pase!*

— Ton prédécesseur, le fameux Judas Iscariote, il s'es[t] pendu, dit Pilar.

— Ne me parle pas comme ça, femme, dit Pablo. Tu n'a[s] pas vu? Je suis revenu. Ne parle pas de Judas ni de chose[s] comme ça. Je suis revenu.

— Comment sont-ils, ces gars que tu as amenés? lui demand[a] Pilar. Est-ce que tu as amené quelque chose qui vaut la peine[.]

— *Son buenos* ", dit Pablo. Il se risqua à regarder Pilar e[n] face, puis détourna la tête.

" *Buenos y bobos*. Ils sont bien et bêtes. Prêts à mourir e[t] tout. *A tu gusto*. A ton goût. Comme tu les aimes. "

Pablo regarda de nouveau Pilar dans les yeux, et, cette fois[,] ne détourna pas la tête. Il continuait à la regarder en face avec ses petits yeux porcins bordés de rouge.

" Toi, dit-elle, et sa voix enrouée était de nouveau tendre[.] Toi. Je pense que si un homme a eu quelque chose une fois, i[l] en reste toujours.

— *Listo*, dit Pablo, la regardant en face et, maintenant, ave[c] assurance. Je suis prêt pour cette journée et ce qu'elle appor[-] tera.

— Je crois que tu es revenu, lui dit Pilar. Je le crois. Mais[,] *hombre*, comme tu étais loin!

— Donne-moi encore une gorgée de ta bouteille, dit Pabl[o] à Robert Jordan. Et, après ça, partons. "

CHAPITRE XXXIX

Ils montèrent la côte dans l'obscurité, entre les arbres, pou[r] atteindre le col étroit au sommet. Ils étaient tous lourdemen[t] chargés, et ils grimpaient lentement. Les chevaux étaien[t] chargés aussi, avec des ballots fixés aux selles.

" On pourra les laisser tomber, s'il le faut, avait dit Pilar. Mais, avec ça, si on arrive à le garder, on peut installer un autre camp.

— Et le reste des munitions? avait demandé Robert Jordan en ficelant les ballots.

— Sur les selles. "

Robert Jordan sentait le poids de son sac, et le frottement contre son cou de sa veste tirée par les poches remplies de grenades, le poids de son pistolet contre sa cuisse, et le gonflement des poches de son pantalon où étaient les chargeurs de la mitraillette. Dans sa bouche, il gardait un goût de café; il tenait dans sa main droite la mitraillette et, de sa main gauche, il tirait le col de sa veste pour alléger la traction des courroies du sac.

" *Inglés*, lui dit Pablo qui marchait près de lui dans l'obscurité.

— Qu'y a-t-il, vieux?

— Ceux que j'ai amenés, ils pensent que ça va réussir, puisque je les ai amenés, dit Pablo. Ne dis rien pour les désillusionner.

— Bien, dit Robert Jordan. Mais tâchons de le réussir.

— Ils ont cinq chevaux, *sabes?* dit Pablo timidement.

— Bien, dit Robert Jordan. On gardera tous les chevaux ensemble.

— Bien ", fit Pablo, et ce fut tout.

Je pensais bien que tu n'avais pas subi une conversion complète sur le chemin de Damas, vieux Pablo, pensa Robert Jordan. Non. Ton retour suffit comme miracle. Je ne pense pas qu'on discutera jamais ta canonisation.

" Avec ces cinq-là, je m'occuperai du poste d'en bas aussi bien qu'aurait fait Sordo, dit Pablo. Je couperai les fils et je reviendrai au pont, comme convenu. "

On a décidé tout ça il y a deux jours, pensa Robert Jordan. Je me demande pourquoi maintenant....

" Il sera possible d'aller à Gredos, dit Pablo. J'y ai beaucoup pensé. "

Je pense que tu as eu une nouvelle crise, il y a quelques minutes, songea Robert Jordan. Tu as eu encore une révéla-

tion. Mais tu ne me convaincras pas que je suis invité. Non,
Pablo. Ne me demande pas d'en croire trop.

Depuis le moment où Pablo était entré dans la grotte et
avait dit qu'il avait cinq hommes, Robert Jordan se sentait
de mieux en mieux. Le retour de Pablo avait dissipé l'atmosphère tragique dans laquelle toute l'opération semblait
évoluer depuis que la neige avait commencé; maintenant que
Pablo était rentré, il n'avait pas l'impression que sa chance
avait tourné, car il ne croyait pas à la chance, mais que toute
la perspective de l'affaire s'était améliorée et qu'elle était
possible à présent. Au lieu de la certitude de l'échec, il sentait
la confiance monter en lui comme un pneu qu'on commence
lentement à gonfler. Ç'avait été presque imperceptible au
début, bien qu'il y eût eu un début certain, comme lorsque la
pompe commence son travail et que le pneu se tortille un peu,
mais, maintenant, cela ressemblait à la montée régulière de la
marée, ou à celle de la résine dans un arbre, jusqu'au moment
où il commença à éprouver cette absence d'appréhension
qui devenait souvent une véritable allégresse avant l'action.

C'était son plus grand don, sa vocation guerrière, que cette
faculté, non d'ignorer, mais de mépriser l'issue, si malheureuse
qu'elle pût être. Cette qualité était anéantie par de trop lourdes
responsabilités envers autrui, ou la nécessité d'entreprendre
une chose mal préparée ou mal conçue. Car, en de telles circonstances, il n'était pas permis d'ignorer l'issue malheureuse
et l'échec. Ce n'était pas seulement une possibilité de cata-
strophe pour soi-même; cela, on pouvait l'ignorer. Il savait
que lui n'était rien, et il savait que la mort n'était rien. Il savait
cela authentiquement, aussi authentiquement que tout ce
qu'il savait. En ces derniers jours, il avait appris que lui, avec
un autre être, pouvait être tout. Mais il savait aussi que c'était
là une exception. Nous avons eu cela, songeait-il. En ça
nous avons été très heureux. Cela m'a été donné, peut-être
parce que je ne l'avais jamais demandé. Ça ne peut pas être
enlevé, ou perdu. Mais c'est passé et révolu ce matin, et il
nous reste à faire notre travail.

Et toi, se dit-il à lui-même, je suis content de voir que tu as
retrouvé un petit quelque chose qui t'a salement manqué

pendant un moment. Tu as été joliment moche! J'ai eu pas mal honte de toi, là-bas, pendant un petit bout de temps. Seulement, j'étais toi. Il n'y avait pas de moi pour te juger. Nous étions tous en mauvaise posture. Toi et moi et tous les deux. Allons, allons. Cesse de penser comme un schizophrénique. Un à la fois, maintenant. Tu es très bien, maintenant. Mais, écoute, il ne faudra pas non plus penser à cette jeune fille toute la journée. Tu ne peux plus rien pour la protéger, sauf l'écarter, et c'est ce que tu fais. Il va évidemment y avoir beaucoup de chevaux, si tu en crois les signes. Ce que tu peux faire de mieux pour elle, c'est de faire ton boulot vite et bien, et d'en finir. Penser à elle ne ferait que te gêner en cela. Alors, ne pense pas tout le temps à elle.

Ayant décidé cela, il attendit que Maria le rejoignît avec Pilar, Rafael et les chevaux.

" Alors, *guapa*, lui dit-il dans l'obscurité, comment vas-tu?

— Je vais bien, Roberto, dit-elle.

— Ne t'inquiète de rien, lui dit-il et, faisant passer son arme dans sa main gauche, il posa sa main droite sur l'épaule de la jeune fille.

— Je ne m'inquiète pas, dit-elle.

— Tout est très bien organisé, reprit-il. Rafael restera avec toi auprès des chevaux.

— J'aimerais mieux être avec toi.

— Non. C'est avec les chevaux que tu peux être le plus utile.

— Bien, dit-elle. Je resterai avec eux. "

A ce moment, un des chevaux hennit et, de la clairière au-dessous de la brèche entre les rocs, un cheval répondit, le hennissement s'élevant en un trille aigu abruptement brisé.

Robert Jordan distingua devant lui dans l'obscurité la masse des chevaux des nouveaux venus. Il pressa le pas et rejoignit Pablo. Les hommes étaient debout près de leurs montures.

" *Salud*, dit Robert Jordan.

— *Salud*, répondirent-ils dans l'obscurité. Il ne voyait pas leurs visages.

— Voilà l'*Inglés* qui vient avec nous, dit Pablo. Le dynamiteur. "

Ils ne répondirent pas. Peut-être saluèrent-ils dans la nuit.

" Allons, partons, Pablo, dit un homme. Bientôt il fera jour.

— Tu as apporté d'autres grenades? demanda un autre.

— Plein, dit Pablo. Vous vous servirez quand on quittera les chevaux.

— Eh bien, partons, dit un autre. On a attendu ici la moitié de la nuit.

— *Hola*, Pilar, fit un autre comme la femme approchait.

— *Que me maten*, si ce n'est pas là Pepe, dit Pilar à voix basse. Comment ça va, berger?

— Bien, dit l'homme. *Dentro de la gravedad.*

— Quel cheval montes-tu? lui demanda Pilar.

— Le gris à Pablo, dit l'homme. Ça, c'est un cheval.

— Allons, dit un autre homme. Partons. Ça ne sert à rien de bavarder ici.

— Comment vas-tu, Elicio? lui dit Pilar, comme il se mettait en selle.

— Comment veux-tu que j'aille? dit-il avec brusquerie. Allons, femme, nous avons du boulot. "

Pablo montait le grand bai.

" Fermez vos gueules et suivez-moi, dit-il. Je vous emmène à l'endroit où on va laisser les chevaux. "

CHAPITRE XL

Tout le temps que Robert Jordan dormait, qu'il réfléchissait à la destruction du pont, qu'il était avec Maria, Andrès n'avait guère avancé. Jusqu'au moment où il avait atteint les lignes républicaines, il avait voyagé à travers la campagne et à travers les lignes fascistes, aussi vite que pouvait le faire dans l'obscurité un paysan en bonne forme, et connaissant la région. Mais, une fois dans les lignes de la République, il n'avança que très lentement.

Il aurait dû lui suffire, en théorie, de montrer le sauf-conduit que Robert Jordan lui avait remis, marqué du timbre du S. I. M., et le pli qui portait le même sceau, pour qu'on le laissât continuer sa route aussi vite que possible. Mais, d'abord, il avait rencontré le commandant de compagnie de première ligne qui avait pris connaissance de sa mission avec un air grave et soupçonneux.

Il avait suivi le commandant de compagnie au quartier général du bataillon où le chef de bataillon, qui était coiffeur avant le mouvement, s'enthousiasma à l'exposé de cette mission. Ce commandant, nommé Gomez, tança le commandant de compagnie pour sa stupidité, tapota amicalement Andrès dans le dos, lui donna un verre de mauvais cognac et lui dit qu'il avait toujours désiré être un *guerrillero*. Puis il avait réveillé un de ses officiers, lui avait confié la charge du bataillon et avait ordonné à un planton d'aller réveiller son motocycliste. Au lieu d'envoyer Andrès au quartier général de la brigade avec le motocycliste, Gomez avait décidé de l'y conduire lui-même, afin d'activer les choses. Tandis qu'Andrès se cramponnait à son siège, la motocyclette se précipita en rebondissant sur la route trouée par les obus, entre la double rangée de grands arbres. Le phare de la moto éclairait les troncs badigeonnés de blanc et les endroits où le badigeon et l'écorce avaient été déchirés par des éclats d'obus et des balles au cours des batailles qui s'étaient déroulées sur cette route pendant le premier été du mouvement. Ils tournèrent pour entrer dans la petite station de montagne, aux toits démolis, où le quartier général de la brigade était installé. Gomez freina comme un coureur motocycliste, appuya sa machine contre le mur d'une maison, où une sentinelle ensommeillée se mit au garde-à-vous, tandis que Gomez la bousculait pour entrer dans la grande pièce, aux murs recouverts de cartes, où un officier somnolait, une visière verte sur les yeux, devant un bureau garni d'une lampe, de deux téléphones et d'un numéro du *Mundo Obrero*.

Cet officier leva les yeux vers Gomez et dit : " Qu'est-ce

que tu viens faire ici? Tu ne sais pas te servir du téléphone?

— Il faut que je voie le lieutenant-colonel, dit Gomez.

— Il dort, dit l'officier. Je voyais tes phares depuis un kilomètre. Tu tiens à nous attirer un bombardement?

— Appelle le lieutenant-colonel, dit Gomez. C'est extrêmement grave.

— Il dort, je te dis, répéta l'officier. Qu'est-ce que c'est que cette espèce de bandit qui t'accompagne? fit-il en désignant Andrés du menton.

— C'est un *guerrillero* qui vient de l'autre côté des lignes avec un pli extrêmement important pour le général Golz, qui commande l'offensive qu'on doit déclencher à l'aube de l'autre côté de Navacerrada, dit Gomez, à la fois grave et excité. Réveille le *Teniente-Coronel*, pour l'amour de Dieu. "

L'officier le fixa de ses yeux aux paupières tombantes, ombragés par le celluloïd vert.

"Vous êtes tous fous, dit-il. Je ne sais rien du général Golz ni de l'offensive. Emmène ce gaillard et retourne à ton bataillon.

— Réveille le *Teniente-Coronel*, je te dis, fit Gomez, et Andrés vit sa bouche se serrer.

— Va te faire foutre ", lui dit nonchalamment l'officier en se détournant.

Gomez sortit son gros pistolet Star 9 mm de l'étui et le braqua sur l'épaule de l'officier.

"Réveille-le, espèce de salaud de fasciste, dit-il. Réveille-le ou je te descends.

— Calme-toi, dit l'officier. Vous autres coiffeurs, vous êtes toujours agités. "

Andrés vit le visage de Gomez altéré par la haine, à la lueur de la lampe de bureau. Mais il dit seulement : " Réveille-le. "

" Planton ", appela l'officier d'une voix méprisante.

Un soldat apparut sur le seuil, salua et sortit.

" Sa fiancée est avec lui, dit l'officier, et il se remit à lire son journal. Il sera sûrement ravi de vous voir.

— Ce sont les gens comme toi qui contrecarrent tous les efforts pour gagner cette guerre ", dit Gomez à l'officier d'état-major.

L'officier ne faisait pas attention à lui. Puis, tout en lisant, il remarqua, comme pour lui-même : " Quel drôle de journal!

— Pourquoi ne lis-tu pas plutôt *El Debate*? Voilà un journal pour toi ", lui dit Gomez, nommant le principal organe catholique conservateur publié à Madrid avant le mouvement.

" N'oublie pas que je suis ton supérieur et qu'un rapport de moi sur toi irait loin, dit l'officier sans lever les yeux. Je n'ai jamais lu *El Debate*, ne porte pas d'accusations injustifiées.

— Non. Tu lisais *A. B. C.*, dit Gomez. L'armée est encore pourrie de gens comme toi. De professionnels comme toi. Mais ça ne durera pas toujours. Nous sommes pris entre l'ignorant et le cynique. Mais nous instruirons l'un et éliminerons l'autre.

— Tu veux dire " épurerons ", dit l'officier, toujours sans lever les yeux. Il y a ici un article sur de nouvelles épurations chez tes fameux Russes. Épuration, purge..., on purge plus que les sels d'Epsom aujourd'hui.

— Appelle ça comme tu voudras, dit Gomez furieux. Comme tu voudras, pourvu que ceux de ton genre soient liquidés.

— Liquidés, dit l'officier insolemment et comme s'il se parlait à lui-même. Encore un nouveau mot qui sent très peu le Castillan.

— Fusillés, alors, dit Gomez. Ça, c'est Castillan. Ça, tu le comprends?

— Oui, mon vieux, mais ne crie pas si fort. Il n'y a pas que le *Teniente-Coronel* qui dorme dans cet état-major, et ton agitation me fatigue. C'est pour ça que je me suis toujours rasé moi-même. Je n'ai jamais aimé la conversation. "

Gomez regarda Andrès et secoua la tête. Ses yeux brillaient de cette moiteur qu'y mettent la rage et la haine. Mais il secoua la tête et ne dit rien, réservant tout cela pour un jour futur. Il en avait réservé beaucoup, pendant les dix-huit mois au cours desquels il s'était élevé au poste de chef de bataillon dans la Sierra. Comme le lieutenant-colonel, en pyjama, entrait dans la pièce, Gomez se raidit et salua.

Le lieutenant-colonel Miranda, un petit homme au visage gris, qui avait passé toute sa vie dans l'armée, avait perdu l'amour de sa femme à Madrid tandis que son estomac se

gâtait au Maroc, et était devenu républicain quand il s'était
aperçu qu'il ne pouvait pas divorcer (il n'avait jamais été
question de retrouver son estomac de vingt ans); il était entré
dans la guerre civile comme lieutenant-colonel. Il n'avait
qu'une ambition : finir la guerre avec le même grade. Il avait
bien défendu la Sierra et il désirait qu'on l'y laissât tranquille,
pour continuer à la défendre. Il se portait beaucoup mieux en
guerre, sans doute à cause du régime forcé qu'il était contraint
d'observer; il avait une immense réserve de bicarbonate de
soude; il buvait son whisky chaque soir; sa maîtresse de vingt-
trois ans allait avoir un bébé, comme presque toutes les autres
filles qui étaient devenues miliciennes en juillet de l'année
précédente. Il entra dans la pièce, répondit d'un signe de tête
au salut de Gomez, tendit la main.

"Qu'est-ce qui t'amène, Gomez?" demanda-t-il, puis,
s'adressant à l'officier assis au bureau, qui était son chef
d'état-major : "Donne-moi une cigarette, s'il te plaît, Pepe."

Gomez lui montra les papiers d'Andrès et le pli. Le lieutenant-colonel examina rapidement le *Salvoconducto*, regarda
Andrès, lui fit un signe de tête en souriant, puis considéra
avidement le pli. Il toucha le sceau, le palpa de l'index, puis
rendit sauf-conduit et pli à Andrès.

"La vie est très dure là-bas dans les montagnes? demanda-
t-il.

— Non, mon Lieutenant-Colonel, dit Andrès.

— On t'a dit le point le plus proche où trouver le quartier
général du général Golz?

— Navacerrada, mon Lieutenant-Colonel, dit Andrès.
L'*Inglés* a dit que ce serait quelque part près de Navacerrada,
derrière les lignes, à droite d'ici.

— Quel *Inglés?* demanda doucement le lieutenant-colonel.

— L'*Inglés* qui est avec nous comme dynamiteur."

Le lieutenant-colonel approuva. Ce n'était qu'un des phéno-
mènes inattendus, inexplicables, de cette guerre. "L'*Inglés*
qui est avec nous comme dynamiteur."

"Tu feras mieux de l'emmener sur ta moto, Gomez, dit le
lieutenant-colonel. Prépare-leur un *Salvoconducto* à toute épreuve
pour l'*Estado Mayor* du général Golz, je le signerai, dit-il à

l'officier à la visière de celluloïd vert. Écris-le à la machine,
Pepe. Voilà le signalement. " Il fit signe à Andrès de donner
son sauf-conduit. " Et mets deux cachets. " Il se tourna vers
Gomez. " Vous aurez besoin d'un document en règle ce soir.
C'est normal. Il faut être prudent quand on prépare une offensive. Je vais vous donner quelque chose d'aussi impératif
que possible. " Puis à Andrès avec bonté : " Tu veux quelque
chose? Manger ou boire?

— Non, mon Lieutenant-Colonel, dit Andrès. Je n'ai pas
faim. On m'a donné du cognac au dernier poste de commandement, et, si j'en prends encore, ça me fera mal au cœur.

— Tu as remarqué des mouvements, de l'activité, en face de
mon front, quand tu as traversé? demanda poliment le lieutenant-colonel à Andrès.

— C'était comme d'habitude, mon Lieutenant-Colonel.
Calme. Calme.

— Est-ce que je ne t'ai pas rencontré à Cercidilla, il y a à peu
près trois mois? demanda le lieutenant-colonel.

— Si, mon Lieutenant-Colonel.

— C'est ce que je pensais. " Le lieutenant-colonel lui tapota
l'épaule. " Tu étais avec le vieil Anselmo. Comment va-t-il?

— Il va bien, mon Lieutenant-Colonel, répondit Andrès.

— Bon. Ça me fait plaisir ", dit le lieutenant-colonel. L'officier lui montra ce qu'il venait de taper; il lut et signa. " Maintenant, il faut vous dépêcher, dit-il à Gomez et à Andrès.
Attention avec la moto, dit-il à Gomez. Sers-toi de tes phares.
On ne risque rien pour une moto isolée et il faut être prudent.
Mes compliments au camarade général Golz. On s'est ren-
contrés après Peguermos. — Il leur serra la main à tous deux.
— Mets les papiers dans la poche de ta chemise et boutonne-la
bien, dit-il. Il y a beaucoup de vent sur une moto. "

Quand ils furent partis, il alla à un placard, en sortit un
verre et une bouteille, se servit de whisky, et remplit le verre
avec de l'eau qu'il versa d'une cruche de terre posée contre le
mur. Puis, le verre à la main, buvant à très petites gorgées, il
s'approcha de la grande carte collée au mur et étudia les
possibilités d'offensive dans la région au nord de Navacerrada.

" Je suis content que ce soit Golz et pas moi ", dit-il enfin à l'officier assis au bureau. L'officier ne répondit pas, et, comme il quittait des yeux la carte pour se tourner vers lui, le lieutenant-colonel vit qu'il était endormi, la tête sur ses bras. Le lieutenant-colonel s'approcha du bureau et avança les deux téléphones de façon qu'ils touchassent la tête de l'officier, un de chaque côté. Puis il retourna au placard, se versa de nouveau du whisky et de l'eau, et revint à la carte.

Andrés, cramponné à la selle de Gomez, baissait la tête dans le vent, tandis que la moto roulait en pétaradant, dans l'obscurité de la route de campagne. La piste de lumière tracée par les phares s'ouvrait, éclatante, devant eux, entre les hautes masses noires des peupliers, puis devint diffuse et d'un jaune doux au moment où le chemin s'enfonça dans la brume, le long d'un ruisseau, éclatante à nouveau quand la route remonta et que, devant eux, au carrefour, le phare éclaira la forme grise des camions vides qui descendaient des montagnes.

CHAPITRE XLI

Pablo s'arrêta et descendit de cheval dans la nuit. Robert Jordan entendit les craquements des selles et le souffle lourd des hommes lorsqu'ils mirent pied à terre, et le tintement de la gourmette d'un cheval qui secouait la tête. Il sentait l'odeur des chevaux, l'odeur des hommes, odeur aigre de gens mal lavés, habitués à dormir tout habillés, et la senteur de sommeil rance et de fumée de bois de ceux de la grotte. Pablo était debout à côté de lui, et il discernait la senteur cuivrée de vin qui émanait de lui, semblable au goût d'un sou de cuivre dans la bouche. Il alluma une cigarette, mettant ses mains en coupe pour cacher la flamme, aspira profondément et entendit Pablo dire très bas : " Prends le sac de grenades, Pilar, pendant qu'on entrave ceux-là.

— Agustin, chuchota Robert Jordan, toi et Anselmo, vous venez avec moi au pont. Tu as le sac de munitions pour la *máquina?*

— Oui, dit Agustin. Pourquoi pas? ”

Robert Jordan alla à Pilar, qui déchargeait un des chevaux, aidée par Primitivo.

“ Écoute, femme, dit-il tout bas.

— Qu'est-ce qu'il y a? chuchota-t-elle d'une voix enrouée en défaisant un crochet sous le ventre du cheval.

— Tu as bien compris qu'il ne faut pas commencer l'attaque du poste tant qu'on n'aura pas entendu tomber de bombes?

— Combien de fois faut-il que tu me le répètes? dit Pilar. Tu rabâches comme une vieille, *Inglés.*

— C'est seulement pour être sûr, dit Robert Jordan. Et après la destruction du poste, tu te replies sur le pont et tu couvres la route d'en haut et mon flanc gauche.

— J'ai compris la première fois que tu me l'as expliqué ou alors c'est que je ne comprendrai jamais, chuchota Pilar. Occupe-toi de tes affaires.

— Que personne ne fasse un mouvement ou ne tire un coup de fusil ou ne lance une grenade avant qu'on ait entendu le bruit du bombardement, dit Robert Jordan tout bas.

— Ne m'énerve pas, chuchota Pilar en colère. J'ai compris ça déjà quand on était chez Sordo. ”

Robert Jordan s'approcha de Pablo qui attachait les chevaux.

“ Je n'ai entravé que ceux qui pourraient s'emballer, dit Pablo. Ceux-là sont attachés de façon qu'il suffit de tirer sur la corde pour les délier, tu vois?

— Bon.

— Je vais expliquer à la fille et au Gitan comment s'y prendre ”, dit Pablo. Ses nouveaux compagnons étaient debout, appuyés sur leurs carabines, formant un groupe à part.

“ Tu as tout compris? demanda Robert Jordan.

— Pourquoi pas? dit Pablo. Détruire le poste. Couper les fils. Revenir au pont. Couvrir le pont jusqu'à ce que tu l'aies fait sauter.

— Et ne rien faire avant que le bombardement ait commencé.

— D'accord.

— Bon. Alors, bonne chance. "

Pablo grommela. Puis il dit : " Tu nous couvriras bien avec la *máquina* et avec ta petite *máquina* quand on reviendra, hein, *Inglés*?

— *De la primera*, dit Robert Jordan. De première.

— Alors, dit Pablo, c'est tout. Mais, à ce moment-là, il faudra que tu fasses bien attention, *Inglés*. Ça ne sera pas facile si tu ne fais pas très attention.

— Je prendrai la *máquina* moi-même, lui dit Robert Jordan.

— Tu as beaucoup d'expérience? Parce que je n'ai pas du tout envie d'être tué par Agustín, tout bourré de bonnes intentions qu'il soit.

— J'ai beaucoup d'expérience. C'est vrai. Et si Agustín se sert de n'importe quelle *máquina*, je veillerai à ce qu'il tire bien au-dessus de toi. Au-dessus et encore au-dessus.

— Alors, c'est tout ", dit Pablo. Puis il dit tout bas sur un ton de confidence : " On n'a quand même pas assez de chevaux. "

Le salaud, pensa Robert Jordan. Est-ce qu'il pense que je n'ai pas compris la première fois.

" Je partirai à pied, dit Robert Jordan. Les chevaux sont à toi.

— Non, il y aura un cheval pour toi, *Inglés*, dit Pablo tout bas. Il y aura des chevaux pour nous tous.

— Ils sont à toi, dit Robert Jordan. Tu n'as pas à me compter. Tu as assez de munitions pour ta nouvelle *máquina*?

— Oui, dit Pablo. Toutes celles qu'avait le cavalier. Je n'ai tiré que quatre coups pour l'essayer. Je l'ai essayée hier dans les montagnes.

— Maintenant, on part, dit Robert Jordan. Il faut y être de bonne heure, et bien cachés.

— On part tous, dit Pablo. *Suerte, Inglés*. "

Je me demande ce que cette crapule mijote maintenant, se dit Robert Jordan. Mais j'ai l'impression que je le sais. Bah! ça le regarde. Dieu merci, je ne connais pas les nouveaux.

Il tendit la main et dit " *Suerte, Pablo* ", et leurs deux mains s'étreignirent dans l'obscurité.

Robert Jordan, en tendant la sienne, s'attendait au contact de quelque chose de reptilien ou de lépreux. Il ne savait pas ce que serait l'étreinte de la main de Pablo. Mais, dans l'obscurité, cette main saisit la sienne et la pressa franchement; il rendit la pression. Pablo avait une bonne main dans l'obscurité, et son contact donna à Robert Jordan l'impression la plus étrange qu'il eût éprouvée ce matin-là. Nous devons tous être alliés maintenant, pensa-t-il. Il y a toujours beaucoup de serrements de main entre alliés. Sans parler des décorations et des accolades. Pour les accolades, je suis content que nous puissions nous en dispenser. Je pense que tous les alliés sont du même acabit. Ils se haïssent toujours, au fond. Mais ce Pablo est un drôle d'homme.

" *Suerte*, Pablo, dit-il, et il serra cette étonnante main ferme, décidée et dure. Je te couvrirai bien. Ne t'en fais pas.

— Je regrette de t'avoir pris ton matériel, dit Pablo. C'était une erreur.

— Mais tu as apporté ce qu'il nous fallait.

— Je ne t'en veux pas pour cette affaire de pont, *Inglés*, dit Pablo. J'ai l'impression que ça se passera très bien.

— Qu'est-ce que vous faites là tous les deux? Vous devenez *maricones*? dit Pilar surgissant soudain à côté d'eux dans l'obscurité. Il ne te manquait plus que ça, dit-elle à Pablo. Va-t'en, *Inglés*, et finis tes adieux avant qu'il ne te vole le reste de tes explosifs.

— Tu ne me comprends pas, femme, dit Pablo. L'*Inglés* et moi, on se comprend.

— Personne ne te comprend. Ni Dieu, ni ta mère, dit Pilar. Ni moi. Va-t'en, *Inglés*. Fais tes adieux à ta tondue et va-t'en. *Me cago en tu padre*, mais je commence à penser que tu as peur de voir le taureau sortir.

— Ta mère, dit Robert Jordan.

— Toi, tu n'en as jamais eu, chuchota gaiement Pilar. Maintenant pars, parce que j'ai très envie que ça commence, pour en avoir fini. Va avec tes hommes, dit-elle à Pablo. Qui sait combien de temps leur belle résolution va durer? Tu en as un ou deux que je ne te disputerai pas. Prends-les et pars. "

Robert Jordan jeta son sac sur son dos et s'approcha des chevaux pour faire ses adieux à Maria.

" Au revoir, *guapa*, dit-il. A bientôt. "

Il éprouvait maintenant un sentiment d'irréalité; il lui semblait qu'il avait déjà dit tout cela auparavant, et cela lui rappelait un départ de train, tandis que lui restait sur un quai de gare.

" Au revoir, Roberto, dit-elle. Fais bien attention.

— Bien sûr ", dit-il. Il pencha la tête pour l'embrasser, et son sac glissa en avant contre sa nuque si bien que son front cogna durement celui de la jeune fille. Cela aussi, il savait que c'était déjà arrivé.

" Ne pleure pas, dit-il, gêné, et pas seulement par son sac.

— Je ne pleure pas, dit-elle. Mais reviens vite.

— Ne t'inquiète pas quand tu entendras les coups de feu. Il y aura sûrement beaucoup de coups de feu.

— Bien sûr. Seulement, reviens vite.

— Au revoir, *guapa*, dit-il gauchement.

— *Salud*, Roberto. "

Robert Jordan ne s'était jamais senti aussi jeune, depuis qu'il avait pris le train à Red Lodge pour Billings, d'où il allait prendre le train qui l'emmènerait à l'école pour la première fois. Il avait très peur d'y aller et il ne voulait pas qu'on s'en aperçût; à la gare, au moment où le conducteur prenait sa malle, il était monté sur le marchepied, et son père l'avait embrassé en disant : " Que le Seigneur veille sur toi et sur moi tant que nous serons séparés. " Son père était un homme très pieux et il avait dit cela très simplement, et sincèrement. Mais sa moustache était humide, ses yeux étaient moites d'émotion, et Robert Jordan avait été très embarrassé par tout cela : par le son humide et religieux de la prière, par le baiser d'adieu de son père, et il s'était senti soudain tellement plus âgé que son père, et si désolé de le voir ainsi, que c'était presque intolérable.

Après le départ du train, il était resté sur la plate-forme arrière et il avait regardé la gare et le réservoir d'eau qui devenaient de plus en plus petits; les rails, barrés par les traverses, semblaient converger vers la gare et le réservoir qui apparaissaient minuscules, à présent, dans le bruit régulier qui l'emportait.

Le serre-frein lui dit : " Papa avait l'air d'avoir de la peine que tu t'en ailles, Bob.

— Oui ", avait-il dit, en regardant les buissons de sauge qui défilaient dans le courant poussiéreux de la route, entre les poteaux télégraphiques. Il cherchait des yeux des oiseaux dans les buissons.

" Ça ne te fait rien d'aller à l'école?

— Non ", avait-il dit, et c'était vrai.

Ce n'aurait pas été vrai un moment plus tôt, mais ce l'était à cette minute, et voici qu'il se retrouvait aussi jeune, en cette séparation, qu'avant le départ du train pour l'école. Il se sentait très jeune, soudain, et très gauche, et il disait au revoir avec toute la timidité d'un écolier qui raccompagne une jeune fille jusqu'à sa porte et qui ne sait pas s'il doit l'embrasser ou non. Puis il comprit que ce n'étaient pas les adieux qui le troublaient. C'était la rencontre qu'ils précédaient. Les adieux ne faisaient qu'accroître le trouble que lui inspirait cette rencontre. T'y revoilà, se dit-il. Mais je pense qu'il n'y a personne qui ne se sente trop jeune, parfois. Il ne disait pas pourquoi. Allons, se dit-il. Allons, il est trop tôt pour retomber en enfance.

" Au revoir, *guapa*, dit-il. Au revoir, chevreau.

— Au revoir, mon Roberto ", dit-elle. Il s'approcha d'Anselmo et d'Agustin qui attendaient debout et dit : " *Vamonos.* "

Anselmo prit son lourd ballot. Agustin, complètement équipé depuis la grotte, s'appuyait contre un arbre, le canon du fusil mitrailleur pointant au sommet de son chargement.

" Bien, dit-il. *Vamonos.* "

Tous trois se mirent à descendre la colline.

" *Buena suerte*, Don Roberto ", dit Fernando quand tous trois passèrent devant lui, en file indienne entre les arbres. Fernando était accroupi non loin de là, mais il parlait avec une grande dignité.

" *Buena suerte* à toi, Fernando, dit Robert Jordan.

— Dans tout ce que tu fais, dit Agustin.

— Merci, Don Roberto, dit Fernando, sans se laisser troubler par Agustin.

— Celui-là, c'est un phénomène, *Inglés*, chuchota Agustin.

— Je te crois, dit Robert Jordan. Je peux t'aider? Tu es chargé comme un cheval.

— Ça va très bien, dit Agustin. Mais, mon ami, je suis content qu'on soit partis!

— Parle bas, dit Anselmo. Maintenant parle peu et très bas. "

Ils descendirent la pente avec précaution, Anselmo en tête, Agustin en second; Robert Jordan posait ses pieds avec soin, pour ne pas glisser, et sentait les aiguilles de pin séchées sous ses semelles de corde; il buta d'un pied contre une racine et, comme il tendait la main en avant, il sentit le métal froid du canon de l'arme automatique et les pieds repliés du support, puis il se mit à descendre de côté, ses espadrilles glissant et raclant le sol de la forêt, la main gauche de nouveau tendue et touchant l'écorce rugueuse d'un tronc d'arbre; puis, comme il se redressait, sa main rencontra une place lisse, et il retira sa paume poisseuse de résine. Enfin, ils dévalèrent la pente abrupte et boisée jusqu'à l'endroit, au-dessus du pont, où Robert Jordan et Anselmo s'étaient mis en observation le premier jour. Anselmo s'était arrêté près d'un sapin dans l'obscurité; il saisit le poignet de Robert Jordan et chuchota, si bas que Jordan l'entendit à peine : " Regarde. Il y a du feu dans son brasero. "

Il y avait un point lumineux, en bas, là où Robert Jordan savait que le pont rejoignait la route.

" C'est là qu'on était à regarder ", dit Anselmo. Il prit la main de Robert Jordan et la tira pour lui faire toucher une petite encoche fraîche au bas d'un tronc d'arbre. " J'ai fait cette marque-là pendant que tu regardais le pont. C'est là, à droite, que tu voulais mettre la *máquina*.

— On va l'y mettre.

— Bon. "

Ils posèrent les sacs au pied des pins; Agustin et Robert Jordan suivirent Anselmo jusqu'à l'endroit plan où s'élevait un bouquet de petits sapins.

" C'est là, dit Anselmo. Exactement là.

— D'ici, au jour, chuchota Robert Jordan à Agustin,

couché derrière les arbustes, tu verras un petit bout de route
et l'entrée du pont. Tu verras la longueur du pont et un petit
morceau de route à l'autre bout, avant l'endroit où elle tourne
autour du rocher. "

Agustin ne répondit pas.

" Tu resteras couché ici pendant qu'on prépare l'explosion
et tu tireras sur tout ce qui viendra d'en haut ou d'en bas.

— Où est cette lumière? demanda Agustin.

— Dans la guérite de la sentinelle de ce côté-ci, chuchota
Robert Jordan.

— Qui fait leur affaire aux sentinelles?

— Le vieux et moi, comme je t'ai dit. Mais si on ne leur fait
pas leur affaire, toi tu devras tirer sur les guérites, et sur eux, si
tu les vois.

— Oui. Tu me l'as dit.

— Après l'explosion, quand les gens de Pablo déboucheront
de ce coin, il faudra que tu tires par-dessus leur tête, s'ils sont
poursuivis. Il faudra tirer bien au-dessus d'eux et empêcher
qui que ce soit d'autre d'arriver. Tu comprends?

— Pourquoi pas? C'est ce que tu as dit hier soir.

— Tu n'as rien d'autre à demander?

— Non. J'ai deux sacs à terre. Je peux les charger là-haut, où
on ne me verra pas, et les apporter ici.

— Mais ne creuse pas ici. Il faut que tu sois aussi bien caché
qu'on l'était au sommet.

— Oui, je les installerai dans l'obscurité. Sûr. On n'y verra
rien, comme je les arrangerai.

— Tu es très près. *Sabes?* Au jour, ce bosquet se voit très
bien d'en bas.

— Ne t'en fais pas, *Inglés.* Où tu vas?

— Je descends tout près, avec ma petite *máquina.* Le vieux
va traverser la gorge pour être prêt pour la guérite à l'autre
bout. Elle ouvre dans cette direction.

— Alors c'est tout, dit Agustin. *Salud, Inglés.* Tu as du
tabac?

— Tu ne peux pas fumer. C'est trop près.

— Non. Seulement pour l'avoir dans la bouche. Pour
fumer plus tard. "

Robert Jordan lui tendit son étui à cigarettes, et Agustin prit trois cigarettes qu'il mit dans le rabat de sa casquette de berger. Il ouvrit le trépied et mit le fusil mitrailleur en batterie dans les sapins. Puis il commença à défaire ses paquets à tâtons et à en disposer le contenu là où il en aurait besoin.

" *Nada mas*, dit-il. Eh bien, c'est tout. "

Anselmo et Robert Jordan le quittèrent et retournèrent près des sacs.

" Où vaut-il mieux les laisser? chuchota Robert Jordan.

— Ici, je pense. Mais tu es sûr d'avoir la sentinelle, d'ici, avec ta petite *máquina?*

— C'est exactement là qu'on était l'autre jour?

— Le même arbre ", dit Anselmo si bas que Jordan pouvait à peine l'entendre; il savait qu'il parlait sans remuer les lèvres comme le premier jour. " Je l'ai marqué avec mon couteau. "

Robert Jordan avait de nouveau le sentiment que tout ça c'était déjà passé, mais, cette fois, la cause en était la répétition d'une question et la réponse d'Anselmo. Il en avait été de même avec Agustin qui avait posé une question sur les sentinelles alors qu'il connaissait la réponse.

" C'est assez près. Ce serait plutôt trop près, chuchota-t-il. Mais la lumière est derrière nous. C'est parfait.

— Alors maintenant je vais traverser la gorge et me mettre en position à l'autre bout, dit Anselmo. Puis il dit : Pardonne-moi *Inglès*. Pour qu'il n'y ait pas d'erreur. Au cas où je serais idiot.

— Quoi? fit-il très bas.

— Répète encore une fois exactement ce que je dois faire.

— Quand je tirerai, tu tireras. Quand ton homme sera liquidé, traverse le pont à ma rencontre. J'aurai descendu les sacs, et tu placeras les charges comme je te dirai. Je te dirai tout. Si quelque chose m'arrive, fais-le toi-même comme je t'ai montré. Prends ton temps et fais-le bien, en calant tout soigneusement avec les cales de bois et en attachant solidement les grenades.

— Tout ça est très clair pour moi, dit Anselmo. Je me rappelle tout. Maintenant, je m'en vais. Mets-toi bien à couvert, *Inglès*, quand le jour se lèvera.

— Quand tu tireras, dit Robert Jordan, fais-le bien à l'aise et sois bien sûr. N'y pense pas comme à un homme mais comme à une cible, *de acuerdo?* Ne tire pas sur l'homme entier mais sur un point. Vise le milieu du ventre, s'il est de face. Le milieu du dos s'il est de dos. Écoute, vieux. Quand je tirerai, si l'homme est assis, il se lèvera pour courir ou se planquer. Tire à ce moment-là. S'il reste assis, tire. N'attends pas. Mais sois bien sûr. Vise à cinquante mètres. Tu es un chasseur. Ça ne présente pas de difficulté pour toi.

— Je ferai ce que tu m'ordonnes, fit Anselmo.

— Oui. C'est là ce que je t'ordonne ", dit Robert Jordan.

Heureusement que je me suis souvenu d'en faire un ordre, se dit-il. Cela l'aide. Cela atténue sa responsabilité. Du moins je l'espère. J'avais oublié ce qu'il m'avait dit le premier jour, à propos de tuer.

" C'est là ce que j'ordonne, dit-il. Maintenant, va-t'en.

— *Me voy*, dit Anselmo. A bientôt, *Inglés*.

— A bientôt, mon vieux ", dit Robert Jordan.

Il se rappelait son père à la gare, et l'humidité de cet adieu, et il ne dit pas *Salud*, ni au revoir, ni bonne chance, ni rien de ce genre.

" Tu as essuyé la graisse du canon de ton fusil, vieux? chuchota-t-il, pour que la balle ne dévie pas?

— Dans la grotte, dit Anselmo. Je les ai tous bien essuyés.

— Alors, à bientôt ", dit Robert Jordan, et le vieux s'éloigna sans bruit sur ses espadrilles, en faisant un détour à travers les arbres.

Robert Jordan était étendu sur les aiguilles de pin qui couvraient le sol de la forêt et il épiait le premier frémissement de la brise qui se lèverait dans les branches, avec le jour. Il sortit le chargeur de la mitraillette et manœuvra la culasse en arrière et en avant. Puis il tourna l'arme, la culasse ouverte, et, dans l'ombre, porta le canon à ses lèvres et souffla dedans; il sentit la saveur grasse et huileuse du métal, tandis que sa langue en suivait les bords. Il posa l'arme en travers de son bras, le magasin en l'air, de façon qu'aucune aiguille de pin, aucune brindille, n'y pénétrât; puis il sortit toutes les balles du chargeur avec son pouce et les posa sur un mouchoir

qu'il avait étendu devant lui. Alors, tâtant chaque balle dans
l'obscurité et la tournant entre ses doigts, il les remit une par
une dans le chargeur. Maintenant il sentait de nouveau le
chargeur lourd, dans sa main; il l'engagea dans l'arme et le
sentit qui se réajustait à sa place. Il était étendu à plat ventre,
derrière le tronc du pin, l'arme en travers de son bras gauche,
et il regardait le point lumineux au-dessous de lui. Par moments,
il cessait de le voir et il savait que la sentinelle passait devant
le brasero. Robert Jordan était étendu là et il attendait le jour.

CHAPITRE XLII

Pendant que Pablo revenait à la grotte, puis que la bande
descendait jusqu'à l'endroit où on avait laissé les chevaux,
Andrès progressait rapidement vers le quartier général de
Golz. Sur la grand-route de Navacerrada où passaient les
camions qui redescendaient de la montagne, ils tombèrent
sur un contrôle. Mais quand Gomez montra au factionnaire
le sauf-conduit du lieutenant-colonel Miranda, le factionnaire
braqua dessus la lumière d'une torche, le passa à son camarade, puis le rendit et salua.

" *Siga*, dit-il. Continuez. Mais sans lumière. "

La motocyclette se remit à ronfler, Andrès cramponné à
son siège, et ils suivirent la grand-route; Gomez conduisait
prudemment au milieu des camions. Aucun de ceux-ci n'avaient
de lumières, et ils descendaient la route en longue file. Il y
avait aussi des camions chargés qui montaient la route, et
chacun soulevait une poussière qu'Andrès ne pouvait pas voir
dans l'obscurité, mais qu'il sentait sur son visage et dans sa
bouche.

Ils se trouvaient à présent derrière un camion; la moto

ralentit, puis Gomez accéléra son mouvement et dépassa le
camion, puis un autre, et un autre, et un autre, tandis que la
file de gauche ronflait en les croisant. Il y avait une voiture
derrière eux, et elle faisait retentir son klaxon dans le fracas
des camions et la poussière; puis elle lança des coups de
phares intermittents qui éclairaient la poussière en épais nuage
jaune; enfin la voiture les dépassa à toute vitesse, dans un
mugissement de moteur et des cris insistants, menaçants,
triomphants de klaxon.

Puis, devant eux, tous les camions s'arrêtèrent, tandis qu'ils
continuaient leur route, dépassant les ambulances, les voitures
d'état-major, une auto blindée, une autre, et une troisième,
toutes arrêtées comme de lourdes tortues de métal, hérissées
de canons, dans la poussière qui n'était pas encore retombée;
ils arrivèrent à un autre contrôle, à un endroit où un accident
s'était produit. Un camion n'avait pas vu s'arrêter le camion
qui le précédait, et était entré dedans, défonçant son pont
arrière et répandant sur la route des caisses de munitions pour
armes légères. Une caisse s'était brisée en tombant, et quand
Gomez et Andrès s'arrêtèrent et firent rouler leur motocyclette devant eux, entre les véhicules immobilisés, pour
montrer leurs sauf-conduits, Andrès piétina les étuis de cuivre
de milliers de cartouches éparpillées dans la poussière. Le
second camion avait son radiateur entièrement défoncé. Le
suivant touchait son arrière. Une centaine d'autres s'immobi-
lisaient derrière, et un officier à grandes bottes courait en
remontant la file et criait aux conducteurs de reculer pour
permettre d'enlever de la route le camion démoli.

Il y avait trop de camions pour qu'il fût possible aux conducteurs de reculer, à moins que l'officier n'atteignît le bout
de la file qui ne cessait de s'allonger et l'empêchait d'avancer.
Andrès le regarda courir, trébuchant, avec sa lampe électrique,
hurlant, jurant, tandis que les camions continuaient à arriver.

L'homme du contrôle ne voulait pas rendre le sauf-conduit.
Ils étaient deux, avec leurs fusils à la bretelle, et ils criaient
aussi. Celui qui tenait le sauf-conduit traversa la route pour
s'approcher d'un camion descendant et lui demanda d'aller
au prochain contrôle pour qu'on donnât l'ordre de retenir tous

les camions jusqu'à ce que l'embouteillage fût terminé. Le
conducteur du camion écouta et continua son chemin. Puis,
tenant toujours le sauf-conduit, le factionnaire revint en
hurlant au conducteur du camion dont le chargement était
tombé.

" Laisse ça et avance pour l'amour de Dieu, qu'on puisse
enlever tout ce bordel!

— Ma transmission est démolie, dit le conducteur, penché
sur l'arrière de son camion.

— Je me fous de ta transmission. Avance, je te dis.

— On n'avance pas avec une transmission démolie, lui dit
le conducteur toujours penché.

— Fais-toi remorquer alors, circule, qu'on puisse enlever
ce bordel de la route. "

Le conducteur lui jeta un regard exaspéré, tandis que le
factionnaire braquait la lampe électrique sur l'arrière défoncé
du camion.

" Avance, avance, criait l'homme, tenant toujours le sauf-
conduit.

— Et mon papier, lui dit Gomez. Mon sauf-conduit. On est
pressé.

— Va au diable avec ton sauf-conduit ", dit l'homme; il
le lui tendit et traversa la route en courant pour arrêter un
camion qui descendait.

" Tourne au carrefour et mets-toi en position pour remorquer ce camion démoli, dit-il au conducteur.

— Mes ordres sont....

— Je me fous de tes ordres. Fais ce que je te dis. "

Le conducteur mit les gaz et disparut dans la poussière.

Comme Gomez faisait repartir la motocyclette sur le côté
droit de la route à dégagé, présent, et passait devant le camion
accidenté, Andrès, de nouveau cramponné à son siège, vit le
garde du contrôle arrêter un autre camion et le conducteur
se pencher hors de son siège pour l'écouter.

Ils avançaient vite à présent, fonçant sur la route qui grimpait régulièrement vers la montagne. Toute circulation de
même sens qu'eux était immobilisée au contrôle, et il n'y avait
que les camions descendants, qui défilaient, défilaient, défilaient,

à leur gauche, tandis que la motocyclette montait vite et régulièrement jusqu'au moment où elle rejoignit la file montante qui était passée au contrôle avant l'accident.

Toujours sans lumières, ils dépassèrent encore quatre voitures blindées, puis une longue file de camions chargés de troupes. Les soldats étaient silencieux dans l'obscurité. Au début, Andrès sentit seulement leur présence au-dessus de lui, au-dessus des camions, à travers la poussière. Puis une autre voiture d'état-major arriva derrière eux, faisant retentir son klaxon et lançant des coups de phares intermittents, et Andrès vit, dans leur lumière, les soldats casqués de métal, leurs fusils droits, leurs mitrailleuses pointées vers le ciel sombre, se découpant nettement sur la nuit où ils plongeaient à nouveau quand les coups de phares s'éteignaient. Un instant, comme il passait tout près d'un camion de soldats, il vit leurs visages tristes et immobiles dans la soudaine lumière. Sous leurs casques de métal, roulant en camions dans l'obscurité vers quelque chose dont ils savaient seulement que c'était une attaque, chacun de ces visages était marqué par son souci, et la lumière les révélait tels qu'ils n'eussent pas paru au jour, car ils auraient eu honte de se montrer ainsi les uns aux autres, jusqu'au moment où le bombardement et l'attaque commenceraient et où personne ne penserait plus à son visage.

Andrès passait devant eux, camion après camion; Gomez, toujours devant la voiture d'état-major, ne faisait pas de semblables réflexions sur leurs visages. Il pensait seulement : "Quelle armée. Quel équipement. Quelle motorisation. *Vaya gente!* Regarde-moi ces gens. Voilà l'armée de la République. Regarde-moi ça. Camion après camion. Tous sous le même uniforme. Tous avec des casques de métal sur la tête. Regarde-moi ces *máquinas* qui pointent des camions contre l'arrivée des avions. Regarde-moi cette armée qu'on a créée!"

La motocyclette passait devant les hauts camions gris remplis de soldats, camions gris aux caisses carrées, aux disgracieux moteurs carrés, montant régulièrement la route dans la poussière et la lumière intermittente de la voiture d'état-major qui les suivait; l'étoile rouge de l'armée apparaissait dans la lumière quand celle-ci éclairait les ponts arrière, apparaissait quand la lumière balayait les flancs poussiéreux des camions, tandis qu'ils roulaient, montant régulièrement, dans l'air devenu plus froid, sur la route qui commençait à faire des coudes et des lacets, les camions peinant et grinçant, certains fumant dans l'éclair des phares, la moto peinant maintenant elle aussi; Andrès était cramponné au siège avant, dans la grimpée, et il pensait que ce voyage sur une motocyclette était *mucho, mucho*. Il n'avait jamais été à moto auparavant et voilà qu'ils gravissaient une montagne, au milieu de tout ce mouvement qui allait à l'attaque, et, tout en grimpant, il savait à présent qu'il n'était plus question d'être de retour à temps pour prendre les postes. Dans ce mouvement et cette confusion, il aurait de la chance s'il était de retour le lendemain soir. Il n'avait jamais vu d'offensive, ni de préparatifs d'offensive avant cela et, tandis qu'ils montaient la route, il s'émerveillait de la taille et de la puissance de cette armée créée par la République.

Ils avançaient maintenant sur une longue route qui s'élevait rapidement au flanc de la montagne et, comme ils approchaient du sommet, la pente devint si abrupte que Gomez lui dit de descendre; ensemble, ils poussèrent la motocyclette jusqu'au bout. A gauche, au sommet, la route formait une boucle où les voitures pouvaient tourner, et il y avait des lumières de signalisation devant un grand bâtiment de pierre qui s'élevait, long et noir, sur le ciel nocturne.

" Allons demander où est le Quartier Général ", dit Gomez à Andrès. Ils firent rouler la motocyclette vers les deux sentinelles postées devant la porte fermée du grand bâtiment de pierre. Gomez appuyait la motocyclette contre le mur, quand un motocycliste en costume de cuir se profila dans l'encadrement d'une porte qui s'ouvrait sur l'intérieur lumineux du bâtiment. Il en sortit, une sacoche de cuir pendue à l'épaule, un pistolet Mauser contre la hanche. Lorsque la porte se fut refermée sur la lumière, il trouva sa motocyclette dans l'obscurité, à côté de l'entrée, la poussa jusqu'à ce qu'elle se mît à pétarader, puis fonça sur la route montante.

A la porte, Gomez s'adressa à l'une des sentinelles. " Capitaine Gomez de la soixante-cinquième brigade, dit-il. Pouvez-

vous me dire où je trouverai le Quartier Général du général
Golz, commandant la trente-cinquième Division?

— Ce n'est pas ici, dit la sentinelle.

— Qu'est-ce qu'il y a ici?

— La *comandancia*.

— Quelle *comandancia*?

— Ben, la *comandancia*.

— La *comandancia* de quoi?

— Qui es-tu pour poser tant de questions? " dit la sentinelle
à Gomez dans l'obscurité. Ici, au sommet du col, le ciel était
très clair et criblé d'étoiles, et Andrès, maintenant qu'il était
sorti de la poussière, voyait nettement dans l'obscurité.
Au-dessous d'eux, là où la route tournait à droite, il discernait
clairement la silhouette des camions et des voitures qui défilaient devant la ligne d'horizon.

" Je suis le capitaine Rogelio Gomez du premier bataillon
de la soixante-cinquième brigade et je demande où est le
Quartier Général du général Golz ", dit Gomez.

La sentinelle entrouvrit la porte. " Appelez le caporal de
garde ", cria-t-il vers l'intérieur.

A cet instant, une grosse voiture d'état-major déboucha au
tournant de la route et se dirigea vers le grand bâtiment de
pierre devant lequel Andrès et Gomez attendaient le caporal
de garde. La voiture approcha et s'arrêta devant la porte.

Un homme grand, vieux et lourd, coiffé d'un large béret
kaki, comme ceux des chasseurs à pied de l'armée française,
revêtu d'une capote militaire sur laquelle il portait un pistolet,
une carte à la main, descendit de la voiture avec deux autres
hommes en uniforme des Brigades Internationales.

Il dit quelques mots en français à son chauffeur, lui ordon-
nant de mettre la voiture à l'abri. Andrès ne comprenait pas le
français; Gomez, qui avait été coiffeur, en savait quelques
mots.

Comme l'homme passait la porte avec les deux autres officiers, Gomez vit son visage éclairé et il le reconnut. Il l'avait
vu à des réunions politiques et il avait souvent lu les articles
de lui, traduits du français, dans *Mundo Obrero*. Il reconnaissait
les sourcils en broussaille, les yeux gris aqueux, le menton et

le double menton; c'était un grand révolutionnaire français qui avait commandé la mutinerie de la flotte française. Gomez savait la haute situation politique qu'occupait cet homme dans les Brigades Internationales, et il savait que cet homme saurait où se trouvait le Quartier Général de Golz et pourrait l'y diriger. Il ne savait pas ce que cet homme était devenu, avec le temps, les désillusions, les amertumes domestiques et politiques, l'ambition déçue, et que s'adresser à lui était une des choses les plus dangereuses qu'un homme pût faire. Ignorant tout cela, il s'avança vers cet homme, le salua en levant le poing et dit : " Camarade Massart, nous sommes porteurs d'un pli pour le général Golz. Pouvez-vous nous indiquer son Quartier Général? C'est urgent. "

Le vieil homme, grand et lourd, regarda Gomez en tendant le cou et le considéra avec attention, de ses yeux aqueux. Même ici, au front, à la lueur d'une ampoule électrique nue, et alors qu'il venait de faire une course en auto découverte dans le froid de la nuit, son visage gris avait un air de décrépitude. Son visage avait l'air d'être modelé dans ces débris qu'on trouve sous les pattes des très vieux lions.

" Vous avez quoi, Camarade? " demanda-t-il à Gomez; il parlait espagnol avec un fort accent catalan. Ses yeux lancèrent un regard de côté à Andrès, glissèrent sur lui et revinrent à Gomez.

" Un pli pour le général Golz, à remettre à son Quartier Général, Camarade.

— Ça vient d'où, Camarade?

— De derrière les lignes fascistes ", dit Gomez.

André Massart tendit la main pour prendre le pli et les autres papiers. Il les regarda et les mit dans sa poche.

" Arrêtez-les tous les deux, dit-il au caporal de garde. Faites-les fouiller et amenez-les-moi quand je les demanderai. "

Le pli en poche, il pénétra dans la grande maison de pierre.

Dans la salle de garde, on fouilla Gomez et Andrès.

" Qu'est-ce qu'il a? demanda Gomez à l'un des gardes.

— *Está loco*, dit le garde. Il est fou.

— Non. C'est un personnage politique très important, dit Gomez. Il est commissaire des Brigades Internationales.

— *A pesar de eso, está loco*, dit le caporal de garde. Tout de même, il est fou. Qu'est-ce que vous faites derrière les lignes fascistes?

— Ce camarade vient d'une guérilla de là-bas, dit Gomez tandis que l'homme le fouillait. Il porte un pli au général Golz. Garde bien nos papiers. Fais attention à l'argent et à cette balle attachée à une ficelle. Ça vient de ma prèmière blessure à Guadarrama.

— T'en fais pas, dit le caporal. Tout ça ira dans ce tiroir. Pourquoi tu ne m'as pas demandé à moi où était Golz?

— On a essayé. J'ai demandé à la sentinelle, et elle t'a appelé.

— Mais là-dessus le fou s'est amené, et tu lui as demandé. On ne devrait jamais rien lui demander. Il est fou. Ton Golz est à trois kilomètres d'ici, plus haut sur la route, à droite, dans les rochers de la forêt....

— Tu ne peux pas nous laisser y aller maintenant?

— Non. Il y va de ma tête. Il faut que je mène au fou. D'ailleurs, il a ton pli.

— Tu ne peux pas raconter ça à quelqu'un?

— Si, dit le caporal. Je le dirai au premier type important que je verrai. Ils savent bien tous qu'il est fou.

— Je l'avais toujours pris pour un grand personnage, dit Gomez. Pour une des gloires de la France.

— C'est peut-être bien une gloire, dit le caporal, et il posa la main sur l'épaule d'Andrès. Mais il est archi-fou. Il a la manie de faire fusiller les gens.

— Fusiller pour de bon?

— *Como lo oyes*, dit le caporal. Nous fournissons toujours le peloton d'exécution. Les hommes des Brigades ne veulent pas exécuter les leurs. Surtout les Français. Pour éviter les diffi-cultés, c'est toujours nous qui le faisons. Nous fusillons les Français. Nous avons fusillé des Belges. Nous en avons fusillé d'autres de diverses nationalités. De tous les genres. *Tiene mania de fusilar gente*. Toujours pour des choses politiques. Il est fou. *Purifica mas que el Salvarsan*. Il désinfecte plus que le Salvarsan.

— Mais tu vas parler à quelqu'un de ce pli?

— Mais oui, mon vieux. Sûrement. Je les connais tous dans

ces deux Brigades. Ils passent tous par ici. Je connais même tous les Russes, bien qu'il n'y en ait pas beaucoup qui parlent espagnol. On va empêcher ce fou de fusiller des Espagnols.

— Mais le pli?

— Le pli aussi. Ne t'en fais pas, Camarade. Nous savons comment nous y prendre avec ce fou. Il n'est dangereux qu'avec ses compatriotes. On le connaît maintenant.

— Amenez les deux prisonniers, dit la voix de Massart.

— *Quieres echar un trago?* Tu veux un verre?

— Pourquoi? "

Le caporal prit une bouteille d'anis dans un placard et Gomez et Andrès en burent tous deux. Le caporal aussi. Il s'essuya la bouche sur sa main.

"*Vamonos*", dit-il.

Ils sortirent de la salle de garde, la brûlure de l'anis rapidement avalé réchauffant encore leurs bouches, leurs ventres et leurs cœurs, ils traversèrent le vestibule et entrèrent dans la pièce où Massart était assis, derrière une longue table, sa carte étalée devant lui, tenant à la main un crayon rouge et bleu avec lequel il jouait au général. Pour Andrès, ce n'était qu'un incident de plus. Il y en avait eu beaucoup ce soir. C'était toujours comme ça. Si on avait des papiers en règle et un cœur pur, on n'était pas en danger. Ils finissaient par vous relâcher et on continuait sa route. Mais l'*Inglés* avait dit de se hâter. Il savait maintenant qu'il ne pourrait jamais être rentré à temps pour le pont, mais ils avaient un pli à remettre et ce vieil homme, derrière cette table, l'avait mis dans sa poche.

"Entrez, dit Massart sans lever les yeux.

— Écoutez, Camarade Massart, commença Gomez, l'anis fortifiant sa colère. Une fois déjà, ce soir, nous avons été retardés par l'ignorance des anarchistes. Puis, par la paresse d'un bureaucrate fasciste. Maintenant, par la superméfiance d'un communiste.

— Tais-toi, dit Massart sans lever les yeux. Nous ne sommes pas dans une réunion publique.

— Camarade Massart, il s'agit d'une affaire extrêmement urgente, dit Gomez. De la plus grande importance. "

Le caporal et le soldat qui les escortaient prenaient un vif

ntérêt à la scène; on eût dit une pièce qu'ils avaient vue plu-
ieurs fois, mais dont ils restaient capables de savourer les
ons endroits.

" Tout est urgent, dit Massart. Tout est important. " Il leva
es yeux vers eux en tenant son crayon. " Comment saviez-
ous que Golz était ici? Est-ce que vous comprenez combien
l est grave de venir demander un général par son nom, avant
ne attaque? Comment pouviez-vous savoir que ce général
erait ici?

— Dis-lui, toi, fit Gomez à Andrès.

— Camarade Général, commença Andrès — André Massart
e rectifia pas l'erreur de grade — on m'a remis ce pli de l'autre
ôté des lignes...

— De l'autre côté des lignes? dit Massart. Oui, je lui ai
ntendu dire que tu venais des lignes fascistes.

— Il m'a été remis par un *Inglés* appelé Roberto qui est venu
hez nous comme dynamiteur pour le pont. Tu comprends?

— Continue ton histoire ", dit Massart à Andrès, employant
e mot histoire au sens de mensonge ou d'invention.

" Eh bien, Camarade Général, l'*Inglés* m'a dit de le porter
u général Golz à toute vitesse. Il fait une attaque dans ces
nontagnes, aujourd'hui, tout de suite, et tout ce qu'on
lemande c'est de le lui porter maintenant rapidement, s'il
laît au Camarade Général. "

Massart secoua de nouveau la tête. Il regardait Andrès,
nais ne le voyait pas.

Golz, songeait-il avec un mélange d'horreur et de jubilation,
el que pourrait en éprouver un homme apprenant que son
ire concurrent a été tué dans un accident d'auto particulière-
nent atroce, ou qu'une personne qu'il haïssait, mais dont il
'avait jamais suspecté la probité, vient d'être reconnue
oupable de faux. Que Golz, lui aussi, en fût! Que Golz
ntretînt des relations aussi évidentes avec les fascistes! Golz
u'il connaissait depuis près de vingt ans. Golz qui avait
apturé le train de l'or, cet hiver-là, avec Lucacz en Sibérie.
iolz qui s'était battu contre Koltchak, et en Pologne. Au
'aucase. En Chine. Et ici depuis le premier octobre. Mais il
vait été intime avec Toukachevsky. Avec Vorochilov aussi,

certes. Mais avec Toukachevsky. Et avec qui encore? Ici avec Karkov évidemment. Et avec Lucacz. Mais tous les Hongrois étaient des intrigants. Il détestait Gall. Golz détestait Gall. S'en souvenir. Le noter. Golz avait toujours détesté Gall. Mais il soutient Purz. S'en souvenir. Et Duval est son chef d'État-Major. Voir ce qu'il y a là-dessous. On l'a entendu dire que Copic était un imbécile. Voilà qui est définitif. Voilà qui compte. Et, maintenant, ce pli venant des lignes fascistes. Ce n'est qu'en coupant les branches pourries qu'on gardera l'arbre sain et vigoureux. Il faut que la pourriture se découvre pour qu'on la détruise. Mais Golz lui-même! Que Golz fût l'un des traîtres! Il savait qu'on ne pouvait se fier à personne. Personne. Jamais. Ni à votre femme. Ni à votre frère. Ni à votre plus vieux camarade. Personne. Jamais.

"Emmenez-les, dit-il aux gardes. Gardez-les bien." Le caporal regarda le soldat. Cela s'était passé bien calmement cette fois.

"Camarade Massart, dit Gomez. Ne soyez pas fou. Écoutez-moi, en loyal officier, en camarade. C'est un pli qu'il faut remettre. Le camarade l'a apporté à travers les lignes fascistes pour le remettre au Camarade Général Golz.

— Emmenez-les ", répéta-t-il au garde, avec bonté maintenant. Il les plaignait, en tant qu'êtres humains, puisqu'il devenait nécessaire de les liquider. Mais c'était la tragédie de Golz qui l'obsédait. Que ce soit Golz, songeait-il. Il fallait aller immédiatement porter le message fasciste à Varloff. Non, mieux, il le remettrait lui-même à Golz et il l'observerait tandis qu'il le recevrait. Voilà ce qu'il allait faire. Comment être sûr de Varloff, si Golz lui-même en était? Non. C'était une affaire qui exigeait de grandes précautions.

Andrès s'adressa à Gomez. "Vous croyez qu'il ne va pas envoyer le pli? demanda-t-il, incrédule.

— Tu ne vois donc pas? dit Gomez.

— *Me cago en su puta madre!* dit Andrès. *Está loco.*

— Oui, dit Gomez. Il est fou. Vous êtes fou! Vous entendez? FOU! " hurla-t-il à Massart qui se penchait à présent sur sa carte avec son crayon rouge et bleu. "Tu es un fou, un assassin!

— Emmenez-les, dit Massart au garde. Leur esprit est désaxé par leur crime. "

C'était là une phrase que le caporal reconnaissait. Il avait déjà entendu ça.

" Fou, assassin! criait Gomez.

— *Hijo de la gran puta!* lui dit Andrès. *Loco.* "

La stupidité de cet homme l'exaspérait. Si c'était un fou, qu'on l'enfermât, qu'on prît le pli dans sa poche. Foutre oui qu'il était fou! La lourde colère espagnole avait raison de son calme habituel et de sa bonne humeur. Un peu de temps encore, et elle l'aveuglerait.

Massart, les yeux sur sa carte, secoua tristement la tête tandis que les gardes faisaient sortir Gomez et Andrès. Les gardes avaient eu plaisir à l'entendre injurier, mais, dans l'ensemble, la représentation les avait déçus. Ils en avaient vu de bien meilleures. André Massart ne s'inquiétait pas des injures. Tant d'hommes avaient fini par l'injurier! Il les plaignait toujours sincèrement, en tant qu'êtres humains. Il se disait toujours, et c'était une des dernières idées authentiques qui lui restassent.

Il était assis là, la moustache et les yeux penchés sur la carte, cette carte qu'il ne comprenait jamais tout à fait, avec le trait brun de ses contours concentriques fins comme une toile d'araignée. Il discernait les hauteurs et les vallées, mais il ne comprenait jamais tout à fait pourquoi c'était cette hauteur, pourquoi cette vallée. Mais à l'État-Major, où, grâce au système des Commissaires politiques, il avait le droit d'intervenir, il savait mettre le doigt sur tel ou tel lieu numéroté entouré d'un cercle brun, au milieu des taches vertes des bois, coupées par les lignes des routes qui suivaient la courbe des rivières, et dire : " Là. C'est là qu'est le point faible. ".

Gall et Copic, politiciens et ambitieux, l'approuvaient, et, plus tard, des hommes qui n'avaient jamais regardé la carte, mais à qui on avait dit le numéro de la colline avant de leur faire quitter leur point de départ, graviraient cette colline pour trouver leur fin sur ses pentes, à moins qu'arrêtés par des mitrailleuses cachées dans les oliviers ils ne l'atteignissent jamais. Il pouvait arriver, sur certains fronts, qu'ils y mon-

tassent facilement et ne s'en trouvassent pas mieux pour cel
Mais, lorsque Massart posait son doigt sur la carte, à l'Éta
Major de Golz, les muscles de la mâchoire du Général a
crâne couturé, au visage blanc, se crispaient et il songeait
" Je te descendrai, Massart, avant de te laisser poser to
immonde doigt gris sur une de mes cartes. Sois maudit po
tous les hommes que tu as fait tuer en te mêlant de cnos
que tu ne connais pas. Maudit soit le jour où l'on a donné to
nom à des usines de tracteurs, à des villages, à des coopér
tives, faisant de toi un symbole auquel je ne puis touche
Va-t'en soupçonner et exhorter, intervenir, dénoncer et ma
sacrer ailleurs, et laisse mon état-major tranquille. "

Mais, au lieu de dire cela, Golz se contentait de s'écart
de l'épaisse silhouette penchée, du doigt tendu, des yeux gr
aqueux, de la moustache d'un blanc grisâtre et de l'haleir
fétide, et il disait : " Oui, camarade Massart, je compren
votre point de vue. Mais il n'est pas complètement justifi
et je ne suis pas d'accord. Vous pouvez passer par-dessus m
tête, si vous voulez. Oui. Vous pouvez en faire une affai
de Parti, comme vous dites. Mais je ne suis pas d'accord. "

Donc, à présent, Massart était assis, étudiant sa carte étale
sur la table nue, à la lumière crue de l'ampoule électriqu
sans abat-jour, suspendue au-dessus de sa tête; il se reporta
à l'état des ordres d'attaque et en cherchait le lieu, lentemen
soigneusement, laborieusement sur la carte, comme un jeur
officier s'appliquant à résoudre un problème dans un collèg
d'État-Major. Il faisait la guerre. Dans son idée, il comma
dait à des troupes; il avait le droit d'intervenir, et il pensa
que ce droit constituait un commandement. Il était assis l
la lettre de Robert Jordan à Golz dans sa poche, et Gomez
Andrès attendaient dans la salle de garde, et Robert Jorda
était couché dans les bois au-dessus du pont.

Il est douteux que la conclusion de la mission d'Andr
eût été différente, si lui et Gomez avaient pu continuer leu
route sans l'obstruction d'André Massart. Il n'y avait personn
au front, qui eût assez d'autorité pour décommander l'attaqu
Le mécanisme était en mouvement depuis trop longtemps,
présent, pour qu'on pût l'arrêter tout d'un coup. Il y a beau

oup d'inertie autour des opérations militaires, quelles qu'elles
oient. Mais, une fois que cette inertie a été surmontée et que
e mouvement est en train, il est presque aussi difficile de
arrêter que de le déclencher.

Cette nuit-là, le vieil homme, son béret en avant, était
ncore assis à la table devant sa carte, lorsque la porte s'ouvrit et
ue Karkov, le journaliste russe, entra, accompagné de deux
utres Russes en civil, vestes de cuir et casquettes. Le caporal
e garde referma la porte sur eux à regret. Karkov était le
remier personnage important à qui il eût réussi à se confier.

" Tovarich Massart ", dit Karkov de sa voix poliment
méprisante et zézayante, et il sourit en montrant ses mauvaises
ents.

Massart se leva. Il n'aimait pas Karkov, mais Karkov,
nvoyé de la *Pravda*, et en relation directe avec Staline, était
un des trois hommes importants en Espagne, à cette époque.

" Tovarich Karkov, dit-il.

— Vous préparez l'attaque? " dit insolemment Karkov,
vec un geste vers la carte.

" Je l'étudie, répondit-il.

— C'est vous qui attaquez? Ou bien est-ce Golz? demanda
oucement Karkov.

— Je ne suis que Commissaire, comme vous savez, lui
it-il.

— Non, dit Karkov. Vous êtes modeste. Vous êtes un vrai
énéral. Vous avez votre carte et vos jumelles. Mais n'avez-
ous pas été amiral autrefois, Camarade Massart?

— J'étais canonnier ", dit Massart. C'était un mensonge.
était magasinier à l'époque de la mutinerie. Mais il aimait
roire, maintenant, qu'il avait été canonnier.

" Ah! Je croyais que vous étiez maître magasinier, dit
Karkov. Je fais toujours des erreurs. C'est la marque du
ournaliste. "

Les autres Russes n'avaient pas pris part à la conversation.
ous deux regardaient la carte par-dessus l'épaule de Massart
t échangeaient de temps à autre une remarque dans leur
ngue. Massart et Karkov, après les premiers mots de salu-
tions, s'étaient mis à parler français.

« Mieux vaut ne pas faire d'erreur dans la *Pravda* », d
Massart. Il le dit brusquement pour se ressaisir. Karkov l
déprimait, le *dégonflait* toujours, et cela troublait Massar
et le rendait agressif. Il avait du mal à se rappeler, lorsque
Karkov parlait, son importance à lui, Massart, dans le Part
Il avait du mal à se rappeler aussi qu'il était intouchable
Karkov semblait toujours le toucher très légèrement et autar
qu'il lui plaisait. Maintenant Karkov disait : « Je corrig
généralement, avant d'envoyer à la *Pravda*. Je suis très exa
dans la *Pravda*. Dites-moi, Camarade Massart, avez-vou
entendu parler d'un message pour Golz d'un de nos groupes d
partizan qui opère vers Ségovie? Il y a là un camarade amér
cain, nommé Jordan, dont nous devrions avoir des nouvelle
On nous a rapporté qu'il y avait eu des combats derrière le
lignes fascistes. Il a dû faire passer un message à Golz.

— Un Américain? » demanda Massart. Andrès avait dit u
Inglés. C'était donc cela. Il s'était donc trompé. Mais pourqu
ces idiots étaient-ils venus le trouver?

« Oui, dit Karkov, le regardant avec dédain, un jeune Am
ricain, pas très développé politiquement, mais qui s'enten
très bien avec les Espagnols et qui a une belle carrière d
partizan. Donnez-moi le pli, Camarade Massart. Il a été retard
assez longtemps.

— Quel pli? » demanda Massart. C'était une questio
stupide, et il le savait. Mais il n'était pas capable d'avouer
vite qu'il était dans son tort et il le dit, ne fût-ce que pou
retarder le moment humiliant.

« Et le sauf-conduit », dit Karkov à travers ses mauvaise
dents.

André Massart mit la main dans sa poche et posa le pli su
la table. Il regarda Karkov dans les yeux. Bon. Il était dans so
tort et il ne pouvait le nier, mais il n'acceptait pas l'humili
tion. « Et le sauf-conduit », dit doucement Karkov.

Massart le posa à côté du pli.

« Camarade caporal », appela Karkov en espagnol.

Le caporal ouvrit la porte et entra. Il regarda rapidemer
André Massart; celui-ci le regarda à son tour comme un vieu
sanglier forcé par les chiens. Il n'y avait point de peur sur le

aits de Massart, ni d'humiliation. Il était seulement en colère
il n'était que provisoirement forcé. Il savait que ces chiens-
ne l'auraient jamais." Va porter ceci aux deux camarades
ans la salle de garde et indique-leur le Quartier Général du
énéral Golz, dit Karkov. Il n'y a déjà que trop de retard. "

Le caporal sortit, et Massart le suivit des yeux, puis regarda
arkov.

" Tovarich Massart, dit Karkov. Il faut que je découvre
squ'à quel point vous êtes intouchable. "

Massart le regarda tout droit et ne dit rien.

" Ne manigancez rien non plus contre le caporal, continua
arkov. Ce n'est pas le caporal qui m'a parlé. J'ai vu les deux
ommes dans la salle de garde, et ils se sont adressés à moi.
C'était un mensonge.) J'espère que les hommes s'adresseront
ujours à moi. " (Cela, c'était vrai, bien que ce fût le caporal
ui lui eût parlé.) Mais Karkov croyait au bienfait de sa propre
ccessibilité et à la vertu humanisante des bonnes interventions.
'était la seule chose sur laquelle il ne fût jamais cynique.

" Vous savez que, quand je suis en U. R. S. S., des gens
'écrivent à la *Pravda* si une injustice est commise dans une
lle d'Azerbaidjan. Vous savez ça? Ils se disent : Karkov
us aidera. "

André Massart le regarda, sans autre expression que la
olère et l'antipathie. Il n'y avait plus rien dans sa pensée que
conscience que Karkov avait agi contre lui. Parfait; Karkov,
uissant et tout, n'avait qu'à faire attention.

" Il y a autre chose, continua Karkov, mais il s'agit toujours
a même principe. Il faut que je découvre jusqu'à quel point
ous êtes intouchable, Camarade Massart. J'aimerais savoir
il ne serait pas possible de changer le nom de cette usine de
acteurs. "

André Massart détourna les yeux et les fixa de nouveau sur
carte.

" Que disait le jeune Jordan? lui demanda Karkov.

— Je n'ai pas lu le pli, dit Massart. Et maintenant, fiche-
oi la paix, Camarade Karkov.

— Bien, dit Karkov. Je vous laisse à vos travaux mili-
res. "

Il sortit de la pièce et alla dans la salle de garde. Andrès e
Gomez étaient déjà partis. Il s'arrêta un moment à regarde
la route et les crêtes qui apparaissaient, à présent, dans l
première grisaille de l'aube. Il faut monter là-haut, pensa-t-i
C'est pour bientôt, maintenant.

Andrès et Gomez étaient de nouveau à motocyclette sur l
route, et il commençait à faire jour. Andrès, cramponné a
siège, tandis que la moto grimpait la route en lacet dans un
mince brume grise étendue sur le sommet du col, sentait l
machine bondir sous lui. Puis il la sentait frémir et s'arrête:
et ils se trouvèrent debout à côté de la machine, sur un lon
fragment de route descendante, et, dans les bois, à leur gauch
il y avait des tanks recouverts de branches de pin. Dans tou
les bois, il y avait des troupes. Andrès vit des hommes portar
des bâtons de brancards sur leurs épaules. Trois voiture
d'état-major étaient rangées à droite, sous les arbres, à l'éca
de la route, avec des branches appuyées contre les côtés et d'au
tres posées sur le toit.

Gomez fit rouler la motocyclette vers l'une d'elles. Il l'acco
contre un pin et s'adressa au conducteur assis contre un arbr
près de la voiture..

" Je vous y emmène, dit le chauffeur. Mets ta moto plus loi
et couvre-la avec ça. " Il désignait une pile de branche
coupées.

Tandis que le soleil commençait tout juste à filtrer à trave:
les hautes branches des pins, Gomez et Andrès suivirent l
chauffeur, qui s'appelait Vicente, entre les arbres, et, traver
sant la route, montèrent jusqu'à l'entrée d'un boyau où abou
tissaient et d'où partaient des fils téléphoniques qui suivaier
la pente boisée. Ils restèrent dehors tandis que le chauffeu
entrait, et Andrès admira la construction de l'abri souterrair
qui avait l'air d'un simple trou au flanc de la montagne, san
débris autour, mais dont il pouvait voir, dès l'entrée, qu'il
était profond et spacieux, et que les hommes y circulaient
l'aise sans avoir besoin de baisser la tête sous le toit de madrier:

Vicente, le chauffeur, sortit.

" Il est là-haut où on prépare l'attaque, dit-il. J'ai remis l
pli à son chef d'État-Major. Il a signé un reçu. Le voici. "

Il tendit l'enveloppe à Gomez. Gomez la remit à Andrès qui la regarda et la mit dans sa chemise.

" Comment s'appelle celui qui a signé? demanda-t-il.

— Duval, dit Vicente.

— Bien, dit Andrès. C'est un des trois à qui je pouvais le remettre.

— On attend une réponse? demanda Gomez à Andrès.

— Ça vaudrait mieux. Bien que, Dieu sait où je vais retrouver l'*Inglés* et les autres après cette histoire du pont.

— Attends dans mon coin, dit Vicente, jusqu'à ce que le Général revienne. Je vais vous donner du café. Vous devez avoir faim.

— Que de tanks! " dit Gomez.

Ils passaient devant les tanks couverts de branches, couleur de boue; deux ornières profondes, creusées dans les aiguilles de pin, marquaient le trajet qu'ils avaient fait pour s'écarter de la route. Leurs canons de 45 mm pointaient horizontalement sous les branchages, et conducteurs et canonniers, en vestes de cuir et casques rembourrés, étaient assis, adossés aux arbres, ou bien dormaient, étendus par terre.

" Ça, c'est la réserve, dit Vicente. Ces troupes-là aussi, c'est la réserve. Ceux qui lancent l'attaque sont en haut.

— Ils sont beaucoup, dit Andrès.

— Oui, dit Vicente. Tout une division. "

Dans l'abri, Duval tenant de la main gauche le message ouvert de Robert Jordan, regardait sa montre-bracelet au même poignet, puis relisait la lettre pour la quatrième fois, sentant chaque fois la sueur couler de ses aisselles, et il disait au téléphone : " Donnez-moi la position Ségovie! alors. Il est parti? Donnez-moi la position Avila. "

Il continuait à téléphoner. Ça ne servait à rien. Il avait parlé aux deux brigades. Golz était venu inspecter les dispositifs de l'attaque et était reparti vers un poste d'observation. Il appela le poste d'observation; il n'y était pas.

" Donnez-moi la base aérienne N° 1 ", dit Duval, assumant soudain toute la responsabilité. Il prenait la responsabilité de tout arrêter. Il valait mieux tout arrêter. On ne pouvait pas lancer une attaque de surprise contre un ennemi qui l'attendait. On ne pouvait pas faire ça. C'était de l'assassinat. On ne pouvait pas. On ne devait pas. Quoi qu'il advînt. Ils pouvaient le fusiller, s'ils voulaient. Il allait téléphoner directement à la base aérienne et décommander le bombardement. Mais si ce n'était qu'une attaque de diversion? Si nous devions seulement détourner tout ce matériel et ces troupes? Si c'était pour cela? On ne dit jamais que c'est une attaque de diversion à ceux qui la font.

"Annulez la communication avec la base N° 1, dit-il au téléphoniste. Donnez-moi le poste d'observation de la 69ᵉ brigade."

Il attendait encore la communication lorsqu'il entendit les premiers avions.

A ce moment, le poste d'observation répondit.

"Oui", répondit doucement Golz.

Il était assis, adossé aux sacs de sable, les pieds contre un rocher, une cigarette collée à la lèvre inférieure, et il regardait en l'air par-dessus son épaule tout en parlant. Il voyait le déploiement par trois des avions argentés, ronflant dans le ciel, qui surgissaient au-dessus de la crête où le soleil dardait son premier rayon. Il les regardait, magnifiques, étincelants au soleil. Il voyait les cercles jumeaux des hélices, lumineuses dans le soleil.

"*Oui*, répondit-il en français, parce que c'était Duval au bout du fil. *Nous sommes foutus. Oui, comme toujours. Oui. C'est dommage. Oui. Dommage que ce soit arrivé trop tard.*"

Comme il regardait venir les avions, ses yeux s'emplirent de fierté. Il distinguait maintenant la marque rouge sur les ailes et il observait leur avance régulière, digne et bourdonnante. Voilà comment ce pouvait être. Ça, c'étaient nos avions. Ils étaient venus, démontés, sur des bateaux, depuis la mer Noire, à travers les détroits, à travers les Dardanelles, à travers la Méditerranée, jusqu'ici; on les avait déchargés avec amour à Alicante, assemblés adroitement, essayés; on les avait trouvés parfaits, et, maintenant, ils volaient, formant avec une minutieuse précision des V aigus et purs, hauts et argentés dans le soleil matinal, pour démolir les fortifications, les foudroyer, nous permettre d'avancer.

Golz savait qu'une fois qu'ils seraient passés, les bombes tomberaient, semblables à des marsouins aériens. Puis, les crêtes des parapets sauteraient, s'éparpilleraient en nuages, à grand fracas, et disparaîtraient en une seule épaisse nuée. Puis, les tanks monteraient en dévorant les deux pentes, et, après eux, viendraient ses deux brigades. Et, si ç'avait été une surprise, elles auraient pu avancer, et descendre, et passer, et traverser, s'arrêtant, déblayant, faisant ce qu'il fallait (et il y aurait eu beaucoup à faire) intelligemment, avec l'aide des tanks, avec les tanks allant et venant, fournissant le feu de couverture, et d'autres amenant les troupes d'attaque jusqu'en haut, puis glissant en avant et par-dessus, et à travers, et en descendant. C'est ainsi que cela se passerait, s'il n'y avait pas de trahison et si chacun faisait son devoir.

Il y avait les deux crêtes et il y avait les tanks en avant, et il y avait ces deux bonnes brigades prêtes à quitter les bois, et maintenant les avions arrivaient. Tout ce qu'il avait à faire avait été fait comme il le fallait.

Mais, comme il regardait les avions, presque au-dessus de lui à présent, il éprouva une espèce de nausée d'avoir entendu au téléphone le message de Jordan qui disait qu'il n'y aurait personne sur ces deux crêtes. Ils seraient repliés un peu plus bas, dans d'étroites tranchées, à l'abri des éclats, ou bien se cacheraient derrière les arbres, et quand les bombardiers seraient passés, ils remonteraient avec leurs mitrailleuses, leurs armes automatiques et les canons antichars qui, d'après ce que disait Jordan, avaient monté la route, et ce serait un nouveau massacre. Mais les avions dont le ronflement devenait assourdissant étaient ce qu'ils devaient être et Golz, la tête levée, les suivant du regard, dit au téléphone : " *Non. Rien à faire. Rien. Faut pas penser. Faut accepter.* "

Golz regardait les avions de ses yeux durs et fiers, qui savaient comment les choses auraient pu être et comment elles seraient; fier de ce qu'elles auraient pu être, plein de foi en ce qu'elles pourraient être, même si cela ne devait jamais arriver, il dit encore : " *Bon. Nous ferons notre petit possible* ", et raccrocha.

Mais Duval ne l'entendit pas. Assis à la table, le récepteur à la main, il n'entendait que le ronflement des moteurs, et il pensait : maintenant, c'est peut-être pour cette fois! écoute-les venir, peut-être que les bombardiers feront tout sauter, peut-être qu'on fera une percée, peut-être qu'il obtiendra les réserves qu'il a demandées, peut-être, peut-être que ça y est, peut-être que c'est pour cette fois-ci... Allons! Allons-y! Allons! Le bruit des avions était tel qu'il ne s'entendait plus penser.

CHAPITRE XLIII

Robert Jordan était étendu derrière un pin, au flanc de la montagne, au-dessus de la route et du pont, et il regardait poindre le jour. Il avait toujours aimé cette heure, et maintenant il la vivait; il sentait sa grisaille en lui-même, comme s'il était une partie du lent éclairement qui précède le lever du soleil, lorsque les objets solides s'obscurcissent, que l'espace s'illumine et que les lumières de la nuit jaunissent et s'évanouissent à mesure que vient le jour. Les troncs des pins, derrière lui, étaient nets et clairs à présent, durs et bruns, et la route luisait sous un voile de brume. Il était mouillé de rosée, le sol de la forêt était doux, et il sentait la mousse des brunes aiguilles de pin sous ses coudes. Plus bas, à travers la brume légère qui montait du lit du torrent, il voyait le pont métallique, droit et rigide au-dessus de la gorge, avec, à chaque bout, les guérites des sentinelles. Et, en regardant plus attentivement, il voyait l'architecture du pont, fine, arachnéenne, dans la brume qui flottait au-dessus du torrent.

Maintenant, il pouvait voir la sentinelle qui, debout dans sa guérite, le dos tourné, une couverture sur les épaules, casque en tête, se réchauffait les mains au bidon percé de trous qui lui servait de brasero. Robert Jordan entendait le torrent, beau-

coup plus bas dans les rochers, et il voyait une légère, une mince
fumée grise s'élever de la cabane de la sentinelle.

Il regarda sa montre et pensa : je me demande si Andrès
aura joint Golz? Si on doit le faire sauter, je voudrais respirer
très, très lentement, ralentir encore le temps et le sentir passer.
Tu crois qu'il y est arrivé? Andrès? Et, dans ce cas, y renon-
ceront-ils? Est-il encore temps, pour eux, d'y renoncer?
Qué va. Ne t'en fais pas. Ça sera l'un ou l'autre. Tu n'as plus
à décider et bientôt tu sauras. Imagine que l'attaque soit
réussie. Golz dit qu'elle peut l'être, qu'il y a une possibilité.
Avec nos tanks venant par cette route, les hommes arrivant
par la droite, au-delà de La Granja, et tout le côté gauche de
la montagne tourné. Pourquoi ne penses-tu jamais à ce que
ça doit être, de gagner? On a été si longtemps sur la défensive
que tu ne peux même pas l'imaginer. Bien sûr. Mais c'était
avant que tout ce matériel monte cette route. C'était avant
l'arrivée des avions. Ne sois pas si naïf. Mais rappelle-toi
que, tant que nous tenons ici, les fascistes sont immobilisés.
Ils ne peuvent attaquer aucun autre pays avant d'en avoir fini
avec nous et ils n'en auront jamais fini avec nous. Si les Français nous aident, si seulement ils laissent la frontière ouverte,
et si nous recevons des avions d'Amérique, ils ne pourront
jamais en finir avec nous. Jamais, si nous recevons si peu que
ce soit. Ce peuple se battra indéfiniment, s'il est bien armé.

Non, on ne peut pas espérer la victoire ici, pas avant plusieurs années peut-être. Ce n'est qu'une attaque de diversion.
Pas la peine de se leurrer. Et si on faisait une trouée aujour-
d'hui? C'est notre première grande attaque. Garde ton sens
de la mesure. Et si on la faisait tout de même. Ne t'excite
pas, se dit-il. Rappelle-toi ce qui est monté sur la route. Tu as
fait ce que tu as pu à ce propos. Mais il faudrait avoir des
postes portatifs à ondes courtes. On en aura, avec le temps.
Mais on n'en a pas encore. Maintenant tu n'as qu'à attendre
et à faire ce que tu as à faire.

Aujourd'hui n'est qu'un jour parmi tous les jours qui seront
jamais. Mais ce qui arrivera dans tous les autres jours à venir
peut dépendre de ce que tu feras aujourd'hui. Ça a été ainsi
toute cette année. Ça a été si souvent ainsi. Tout, dans cette

guerre, est comme ça. Tu deviens très pompeux au petit matin, se dit-il. Regarde ce qui vient là-bas.

Il vit deux hommes en couvertures et casques déboucher au tournant de la route et se diriger vers le pont, le fusil à la bretelle. L'un d'eux s'arrêta à l'extrémité opposée du pont et disparut dans la guérite de la sentinelle. L'autre traversait le pont à pas lents et lourds. Il s'arrêta pour cracher dans le torrent, puis avança lentement vers l'extrémité du pont la plus proche de Robert Jordan; il échangea quelques mots avec l'autre sentinelle, puis celle-ci repartit vers l'autre bout du pont. La sentinelle qui venait d'être relevée marchait plus vite que l'autre n'avait fait (pour aller prendre du café, pensa Robert Jordan), mais prit aussi le temps de cracher dans le torrent.

Je me demande si c'est une superstition? pensait Robert Jordan. Il faudra, moi aussi, que je crache dans cette gorge. Si je peux cracher à ce moment-là. Non. Ça ne peut pas être un remède très puissant. Ça ne peut pas marcher. Il faudra que je me sois prouvé que ça ne sert à rien, avant d'être dessus.

La nouvelle sentinelle était entrée dans la guérite et s'était assise. Son fusil, baïonnette au canon, était appuyé contre le mur. Robert Jordan sortit ses jumelles de la poche de sa chemise et les ajusta jusqu'à ce que le bout du pont lui apparût clair et aigu, avec son métal peint en gris. Puis il les dirigea sur la guérite de la sentinelle.

La sentinelle était assise contre le mur. Son casque était pendu à une patère, et son visage apparaissait nettement. Robert Jordan reconnut l'homme qui était de faction là, deux jours auparavant, pendant la garde de l'après-midi. Il portait le même bonnet tricoté comme un bas. Et il ne s'était pas rasé. Ses joues étaient creuses, et ses pommettes saillantes. Il avait d'épais sourcils qui se rejoignaient au milieu. Il avait l'air endormi; et, comme Robert Jordan le regardait, il bâilla. Puis, il sortit de sa poche une blague à tabac et du papier, et se roula une cigarette. Puis il s'approcha du brasero, se pencha, avança la main, prit un morceau de charbon, le fit sauter dans une main tandis qu'il soufflait dessus, puis alluma sa cigarette et rejeta le bout de charbon dans le brasero.

Robert Jordan, regardant à travers ses verres Zeiss 8, observait le visage de l'homme appuyé au mur qui tirait sur sa cigarette. Puis il abaissa ses jumelles, les replia et les mit dans sa poche.

Je ne le regarderai plus, se dit-il.

Il était étendu là et regardait la route, et il essayait de ne pas penser. Un écureuil poussait de petits cris dans un pin derrière lui, et Robert Jordan le regarda descendre le long du tronc, s'arrêtant en chemin pour tourner la tête et regarder l'homme qui l'observait. Il voyait les yeux de l'écureuil, petits et brillants, et sa queue agitée. Puis l'écureuil se dirigea vers un autre arbre, avançant sur le sol par longs sauts de son petit corps aux courtes pattes, à la queue disproportionnée. Arrivé à l'arbre, il se retourna vers Robert Jordan, se mit à grimper le long du tronc et disparut. Quelques instants après, Robert Jordan entendit l'écureuil pousser ses petits cris sur une des branches hautes du pin et il le vit, étendu à plat ventre sur la branche, la queue en l'air.

Robert Jordan ramena son regard du pin à la sentinelle. Il aurait aimé emporter l'écureuil dans sa poche. Il aurait aimé toucher n'importe quoi. Il frotta ses coudes contre les aiguilles de pin, mais ce n'était pas la même chose. Personne ne sait comme on peut être seul, lorsqu'on fait ça. Mais moi, je sais. J'espère que Chevreau s'en sortira bien. Suffit. Oui, bien sûr. Mais j'ai bien le droit d'espérer, et je l'espère. Que je le fasse bien sauter et qu'elle s'en sorte parfaitement. Bon. Rien que ça. C'est tout ce que je demande maintenant.

Il était étendu là et regardait au-delà de la route et de la sentinelle vers les lointaines montagnes. Ne pense à rien, se dit-il. Il était étendu là, immobile, et il regardait naître le matin. C'était un beau matin de début d'été et il naissait vite, en cette époque de la fin mai. Un motocycliste en veste et casque de cuir avec une mitraillette dans un étui, contre sa jambe gauche, arriva de l'autre côté du pont et monta la route. Une ambulance traversa le pont, passa au-dessous de lui et monta la route. Mais ce fut tout. Il sentait l'odeur des pins et il entendait le torrent, et le pont apparaissait clairement à présent, très beau dans la lumière du matin. Il était étendu là derrière le pin, avec la mitraillette en travers de son avant-bras gauche; il ne regarda plus la guérite de la sentinelle jusqu'au moment où, alors qu'il semblait que cela n'arriverait jamais, que rien ne pouvait arriver par un si beau matin de fin mai, il entendit soudain le roulement serré des bombes.

Comme il entendait les bombes, leur premier choc, avant que leur écho fût répercuté dans la montagne, Robert Jordan poussa un long soupir et souleva sa mitraillette. Son bras gauche était engourdi par le poids et ses doigts, étaient lourds de répugnance.

La sentinelle, dans sa guérite, se leva en entendant les bombes, Robert Jordan vit l'homme prendre son fusil et sortir de la cabane, l'oreille tendue. Il était debout sur la route, éclairé par le soleil. Le bonnet tricoté était de travers, et le soleil brillait sur son visage mal rasé tandis qu'il regardait le ciel, dans la direction du bombardement.

Il n'y avait plus de brume sur la route à présent, et Robert Jordan voyait l'homme nettement, clairement, debout sur la route, regardant le ciel. Le soleil l'éclairait brillamment à travers les arbres.

Robert Jordan sentait son souffle oppressé comme s'il eût eu la poitrine serrée par des fils de fer. Redressant sa position sur ses coudes, sentant les reliefs de la gâchette contre ses doigts, il dirigea la mire au centre du torse de l'homme et pressa doucement.

Il sentit le mouvement rapide, liquide, spasmodique de l'arme contre son épaule et, sur la route, l'homme, qui paraissait surpris et touché, glissa en avant sur les genoux et le front. Son fusil tomba à côté de lui et resta là, par terre sur la route, baïonnette en avant, un des doigts de l'homme crispé sur le pontet, le poignet replié. Robert Jordan détourna les yeux de l'homme gisant, plié en deux, et regarda la route vers le pont et la sentinelle de l'extrémité opposée. Il ne pouvait voir l'autre sentinelle et il regarda plus bas à droite où il savait qu'Agustin était caché. Puis il entendit Anselmo tirer; le coup se répercuta dans la gorge. Puis il l'entendit tirer de nouveau.

En même temps que le second coup de fusil, il entendit le bruit d'explosions de grenades, en dessous du pont. Puis, il y eut un bruit de grenades bien au-dessus de la route, sur la gauche. Puis il entendit une fusillade sur la route, et le bruit de la mitraillette de cavalerie de Pablo monta tac-tac-tac dans le bruit des grenades. Il vit Anselmo dégringolant la pente escarpée, à l'autre bout du pont, et il prit sa mitraillette sur son épaule, ramassa les deux sacs pesants derrière les pins et, un dans chaque main, la charge lui tirant les bras au point qu'il pensait que les tendons allaient se rompre aux épaules, il descendit, courant, glissant, la pente abrupte qui menait à la route.

Tout en courant, il entendit Agustín crier : " *Buena caza, Inglés. Buena caza!* et il pensait : Bonne chasse, tu parles, bonne chasse! " ; à ce moment-là, il entendit Anselmo tirer, à l'autre bout du pont; le coup de feu fit résonner les traverses d'acier. Il passa devant la sentinelle étendue et courut au pont, en balançant ses sacs.

Le vieux courait à sa rencontre, sa carabine à la main. " *Sin novedad*, cria-t-il. Rien de mauvais. *Tuve que rematarlo.* Il a fallu que je l'achève. "

Robert Jordan qui était déjà à genoux au milieu du pont, en train d'ouvrir les sacs, vit des larmes couler sur les joues d'Anselmo, à travers le chaume gris de la barbe.

" *Yo maté uno tambien*, dit-il à Anselmo. J'en ai tué un aussi ", et il tendit la tête dans la direction de la sentinelle qui gisait, recroquevillée, sur la route au bout du pont.

" Oui, je sais, dit Anselmo. Il faut les tuer, et on les tue. "

Robert Jordan se mit en devoir de descendre dans la charpente du pont. Les traverses étaient froides et humides de rosée sous ses mains, et il descendait avec précaution, sentant la chaleur du soleil sur son dos. Il se cala sur une traverse; il entendait le bruit de l'eau rebondissante, au-dessous de lui, et il entendait des coups de feu, trop de coups de feu sur la route, au poste d'en haut. Il transpirait abondamment maintenant, et il faisait froid sous le pont. Il avait un rouleau de fil de fer autour du bras et une paire de pinces suspendue au poignet.

" Passe-moi les charges une à une, *viejo* ", cria-t-il à Anselmo. Le vieux se pencha au bord du pont, tendant les blocs oblongs

d'explosif, et Robert Jordan se haussa pour les saisir, les plaça
là où il fallait, les serra bien, les fixa. "Des cales, *viejo*! Donne-
moi des cales!" Il respirait l'odeur de bois frais des cales
récemment taillées, en les enfonçant bien, pour maintenir les
charges entre les traverses.

Tandis qu'il travaillait, plaçant, redressant, calant, ficelant
serré avec le fil de fer, ne pensant qu'à la démolition, travail-
lant vite et adroitement à la manière d'un chirurgien, il entendit
une série de coups de feu plus bas sur la route. Puis il y eut
le bruit d'une grenade; puis d'une autre, éclatant à travers le
bruissement précipité de l'eau. Puis ce fut le silence dans cette
direction.

"Merde, pensa-t-il. Je me demande ce qui leur arrive."

On continuait à tirer au poste d'en haut. On tirait fichtrement
trop, et il était en train d'attacher deux grenades côte à côte
au sommet des blocs d'explosif, enroulant le fil de fer autour
de leurs dents afin de bien serrer, tordant le fil avec ses pinces.
Il tâta le tout, puis, pour le rendre plus solide, enfonça une
cale au-dessus des grenades, afin de bien maintenir toute la
charge contre la traverse.

"L'autre côté, maintenant, *viejo*", cria-t-il à Anselmo, et il
traversa le pont par la charpente, comme un faux Tarzan
dans une forêt d'acier trempé, pensait-il, puis, sortant de sous
le pont obscur, le torrent bouillonnant à ses pieds, il leva la
tête et vit le visage d'Anselmo qui lui tendait les charges
d'explosif. Sacrée bonne figure, pensa-t-il. Il ne pleure plus.
Tant mieux. Et il y a un côté de fait. Encore ce côté-ci, et c'est
fini. Ça va le faire sauter comme n'importe quoi. Allons. Ne
t'excite pas. Fais-le. Proprement et vite, comme l'autre côté.
Ne t'embrouille pas. Prends ton temps. N'essaie pas d'aller
plus vite que tu ne peux. Tu ne peux plus rater maintenant.
Personne ne peut t'empêcher de faire sauter un côté maintenant. Tu le fais de la manière qu'il faut. Il fait frais ici. Seigneur,
on se croirait dans une cave. Ça c'est un pont de rêve. Un sacré
pont de rêve. C'est le vieux, là-haut, qui est dans un mauvais
coin. N'essaie pas d'aller plus vite que tu ne peux. Je voudrais
que cette fusillade cesse, là-haut. "Passe-moi des cales, *viejo*."
Cette fusillade ne me plaît pas. Pilar doit être en difficulté.

Une partie du poste devait être dehors. Dehors et par-derrière, ou bien derrière la scierie. On tire encore. Ça prouve qu'il y a quelqu'un dans la scierie. Et toute cette sacrée scierie de bois. Ces gros tas de sciure. La sciure de bois, quand elle est vieille et tassée, c'est un bon truc pour se battre derrière. Mais ils doivent être encore plusieurs. C'est calme en bas, chez Pablo. Je me demande ce que signifiait cette seconde escarmouche. Ça devait être une voiture ou un motocycliste. Dieu fasse qu'ils n'amènent pas d'autos blindées ou de tanks, par là. Continue. Va exactement aussi vite que tu peux, cale-le bien et ficelle-le serré. Tu trembles comme une petite femme. Non mais qu'est-ce qui te prend? Tu veux aller trop vite. Je parie que cette sacrée bonne femme, là-haut, ne tremble pas. Cette Pilar. Peut-être qu'elle tremble aussi. On dirait qu'elle est salement en difficulté. Elle tremblera bien aussi. Comme n'importe qui.

Il sortit de dessous le pont, se haussa dans le soleil et tendit la main pour prendre ce qu'Anselmo lui passait; maintenant que sa tête était au-dessus du bruit de l'eau, la fusillade retentissait de plus en plus fort sur la route, puis les grenades recommencèrent d'éclater. Puis d'autres grenades.

"Ils ont attaqué la scierie, alors. "

C'est de la chance que j'aie eu ce truc-là en blocs. Au lieu de baguettes. Qu'est-ce que ça peut bien faire? C'est plus propre, voilà tout. Mais un sale sac de toile rempli de purée ferait l'affaire plus vite. Deux sacs. Non. Un seul suffirait. Et si seulement on avait les détonateurs et la vieille amorce. Ce sacré salaud qui jette mon amorce dans la rivière. Cette vieille boîte et les endroits où elle a été. C'est dans cette rivière qu'il l'a jetée. Cette crapule de Pablo. Il les fait bien danser en ce moment. "Passe-m'en encore, *viejo*. "

Le vieux fait ça très bien. Il est dans un sacré coin, en ce moment. Il avait horreur de tuer cette sentinelle. Moi aussi, mais je n'y ai pas pensé. Et je n'y pense pas davantage en ce moment. Il faut faire ça. Oui. Mais Anselmo a blessé le type. Je connais ça. Je crois que tuer avec une arme automatique, c'est plus facile. Pour celui qui tue, bien entendu. C'est différent. Après la première poussée, c'est l'arme qui tire. Pas vous. Bon, tu réfléchiras à ça plus tard. Toi, avec ta tête. Tu as une

bonne tête de penseur, vieux Jordan. Roule, Jordan, roule!
On criait ça, au football, quand tu avais le ballon. Tu sais
que, en réalité, le fleuve Jourdain n'est pas beaucoup plus grand
que cette rivière, là en bas. A la source, tu veux dire. C'est
vrai de n'importe quoi, à la source. On est très bien sous
ce pont. On se sent chez soi. Allons, Jordan, secoue-toi.
C'est sérieux, Jordan. Tu ne comprends pas? Sérieux. De
moins en moins. Regarde l'autre côté. *Para que?* Je suis paré
maintenant, quoi qu'il arrive. Ainsi va le Main, ainsi va la
nation. Ainsi va Jordan, le Jourdain, ainsi vont ces sacrés
Israélites. Le pont je veux dire. Ainsi va Jordan, ainsi va ce
sacré pont, réciproquement plutôt. " Passe-m'en encore un
peu, Anselmo, mon vieux ", dit-il. Le vieux acquiesça. " Presque fini ", dit Robert Jordan. Le vieux acquiesça de nouveau.

Achevant d'attacher les grenades, il n'entendait plus la
fusillade d'en haut, sur la route. Il ne travaillait plus, tout à
coup, que dans le bruit du torrent. Il regarda en bas et le vit
qui bouillonnait, blanc, au-dessous de lui entre les rocs, puis
se précipitait dans une flaque claire, tapissée de cailloux où
une des cales qu'il avait laissée tomber avait été entraînée par
le courant. Comme il regardait, une truite sortit à la poursuite
de quelque insecte et fit un cercle à la surface, tout près de
l'endroit où tournoyait la cale. Tout en tordant avec sa pince
le fil de fer qui maintenait les deux grenades, il vit, à travers
le métal du pont, le soleil sur la pente verte de la montagne.
Elle était brune il y a trois jours, songea-t-il.

Il se pencha hors de l'obscurité fraîche du pont, dans le
brillant soleil, et cria vers le visage penché d'Anselmo :
" Donne-moi le gros rouleau de fil de fer. "

Le vieux le lui tendit.

Pour l'amour du Ciel, ne lâche rien encore. Ce fil va le
tirer. Je voudrais pouvoir les ficeler à fond. Mais avec la longueur de fil dont tu te sers, c'est parfait, pensa Robert Jordan
en tâtant les goupilles des grenades. Il s'assura que les grenades
attachées de côté avaient assez de place pour permettre aux
cuillers de se redresser quand on tirerait les goupilles (le fil
qui les attachait passait sous les cuillers), puis il fixa une certaine longueur de fil à un anneau, le relia au fil principal qui

assait dans l'anneau de la grenade extérieure, déroula quelques cercles du rouleau et passa le fil autour d'une traverse l'acier, puis rendit le rouleau à Anselmo. "Tiens-le bien ", dit-il.

Il grimpa sur le pont, reprit le rouleau au vieil homme et etourna aussi vite qu'il put vers l'endroit où la sentinelle gisait sur la route, penché sur le côté du pont et déroulant e fil tout en marchant.

"Apporte les sacs ", cria-t-il à Anselmo tout en marchant. l se pencha au passage pour ramasser la mitraillette qu'il mit ur son épaule.

C'est alors que, levant les yeux du fil qu'il déroulait, il vit, ien au-dessus de lui, sur la route, ceux qui redescendaient lu poste d'en haut.

Il vit qu'ils étaient quatre, puis il dut s'occuper du fil pour qu'il ne s'emmêlât pas autour d'une des traverses extérieures lu pont. Eladio n'était pas avec eux.

Robert Jordan écarta le fil du bout du pont, fit une boucle utour du dernier montant, puis courut sur la route jusqu'à ne borne de pierre où il s'arrêta. Il coupa le fil et le tendit Anselmo.

"Tiens ça, *viejo*, dit-il. Maintenant, reviens au pont avec noi. Enroule-le en marchant. Non. Je vais le faire. "

Au pont, il tira la boucle du fil qui passait maintenant sans n nœud à travers les anneaux des grenades, et en remit 'extrémité à Anselmo en le tendant le long du pont.

"Ramène ça à cette pierre, dit-il. Tiens-le légèrement mais olidement. N'y mets pas de force. Quand tu tireras fort, fort, e pont sautera. *Comprendes?*

— Oui.

— Vas-y doucement, mais ne le laisse pas traîner et s'emmê-er. Tiens-le légèrement et solidement, et ne tire pas avant de irer pour de bon. *Comprendes?*

— Oui.

— Quand tu tireras, tire pour de bon. Pas par à-coups: "

Tout en parlant, Robert Jordan regardait là-haut, sur la oute, les restes de la bande de Pilar. Ils étaient tout près main-enant, et il voyait que Primitivo et Rafael soutenaient Fer-

nando. Il semblait avoir été touché au bas du ventre, car il
y appliquait ses deux mains tandis que l'homme et le garçon
le soutenaient de chaque côté. Sa jambe droite traînait, le
côté de sa chaussure raclant la route, tandis qu'on le faisai
avancer. Pilar suivait le bord du talus sous les arbres, portan
les trois fusils. Robert Jordan ne pouvait voir son visage
mais elle avait la tête levée et elle avançait aussi vite qu'elle
pouvait.

"Comment ça va? cria Primitivo.

— Bien. On a presque fini ", cria Robert Jordan.

Inutile de demander comment cela allait pour eux. Au
moment où il les quitta du regard, tous trois étaient au bor
de la route, et Fernando secouait la tête comme ils essayaien
de le hisser.

Robert Jordan l'entendit dire d'une voix étouffée. " Laissez
moi ici avec un fusil.

— Non, *hombre*. On va te porter jusqu'aux chevaux.

— Qu'est-ce que je ferai d'un cheval? dit Fernando. J
suis très bien ici. "

Robert Jordan n'entendit pas la suite, car il parlait à
Anselmo.

"Fais-le sauter, s'il vient des tanks, dit-il. Mais seulemen
s'ils viennent dessus. Fais-le sauter s'il vient des autos blindées
Si elles viennent dessus. Le reste, Pablo l'arrêtera.

— Je ne le ferai pas sauter avec toi dessous.

— Ne t'occupe pas de moi. Fais-le sauter quand il le faudra
Je vais placer l'autre fil et je reviens. Alors on le fera saute
ensemble. "

Il prit sa course vers le milieu du pont.

Anselmo vit Robert Jordan courir sur le pont, le rouleau
de fil sur le bras, la pince pendue à son poignet et la mitraillette
sur son dos. Il le vit descendre sous le pont et disparaître
Anselmo tenait le fil dans sa main, sa main droite, et il s'accrou
pit derrière la borne de pierre, et regarda le long de la route
et à travers le pont. A mi-chemin entre lui et le pont était la
sentinelle, aplatie davantage sur la route à présent, plus pressée
contre la surface lisse, tandis que le soleil pesait sur son dos
Son fusil par terre sur la route, baïonnette au canon, était

pointé tout droit contre Anselmo. Le vieux regarda plus loin,
u-delà du pont rayé par l'ombre des montants, à l'endroit
ù la route tournait vers la gauche en suivant la gorge qui
ournait encore pour disparaître derrière le mur de rochers.
l regarda la guérite la plus éloignée, où brillait le soleil,
uis, sentant le fil dans sa main, il tourna la tête vers l'endroit
ù Fernando parlait à Primitivo et au Gitan.

" Laissez-moi là, dit Fernando. Ça fait très mal, et il y a
eaucoup d'hémorragie à l'intérieur. Je le sens à l'intérieur,
uand je bouge.

— Laisse-nous te monter, dit Primitivo. Mets tes bras autour
e nos épaules, et on va te tenir les jambes.

— C'est inutile, dit Fernando. Mettez-moi là, derrière une
orne. Je suis aussi utile ici qu'en haut.

— Mais quand on s'en ira, dit Primitivo.

— Laisse-moi ici, dit Fernando. Il n'est pas question de
oyage pour moi, avec ça. Donc, ça fait un cheval de plus.
e suis très bien ici. Ils vont bientôt venir, certainement.

— On peut te monter là-haut, dit le Gitan. Facilement. "

Il était évidemment très pressé de s'en aller, tout comme
rimitivo. Mais ils l'avaient déjà porté si loin....

" Non, dit Fernando. Je suis très bien ici. Qu'est-ce qui est
rrivé à Eladio ? "

Le Gitan porta un doigt à sa tête pour montrer la place de la
lessure.

" Ici, dit-il. Après toi. Quand on a attaqué.

— Laissez-moi ", dit Fernando. Anselmo voyait qu'il
ouffrait beaucoup. Il tenait son bas-ventre à deux mains et il
enversa la tête contre le talus, les jambes étendues devant lui.
on visage était gris et en sueur.

" Laissez-moi maintenant, s'il vous plaît, je vous en prie ",
it-il. Ses yeux étaient fermés de douleur, les bords de ses
vres tremblaient. " Je suis très bien ici.

— Voici un fusil et des balles, dit Primitivo.

— C'est le mien ? demanda Fernando, les yeux fermés.

— Non, la Pilar a le tien, dit Primitivo. C'est le mien.

— J'aurais préféré le mien, dit Fernando. J'ai plus l'habi-
ude.

— Je te l'apporterai, dit le Gitan, mentant. Garde celui-ci en attendant.

— Je suis très bien placé ici, dit Fernando. Aussi bien pour le haut de la route que pour le pont. " Il ouvrit les yeux, tourna la tête et regarda de l'autre côté du pont, puis les referma au retour de la douleur.

Le Gitan se frappa la tête et, du pouce, fit signe à Primitivo de s'en aller.

" On redescendra te chercher ", dit Primitivo, et il se mit à monter la pente derrière le Gitan qui grimpait rapidement.

Fernando s'adossait au talus. Devant lui, il y avait une des pierres blanches qui marquaient le bord de la route. Sa tête était à l'ombre, mais le soleil brillait sur sa blessure bandée et sur ses mains en coupe qui la recouvraient. Ses jambes et ses pieds aussi étaient au soleil. Le fusil était à côté de lui et trois chargeurs brillaient au soleil auprès du fusil. Une mouche marcha sur sa main, mais le petit chatouillement ne parvenait pas à travers la douleur.

" Fernando ! " appela Anselmo de l'endroit où il était accroupi, tenant le fil. Il avait fait une boucle au bout et l'avait tordue en tampon pour la tenir dans son poing.

" Fernando ! " appela-t-il de nouveau.

Fernando ouvrit les yeux et le regarda.

" Comment ça va ? demanda Fernando.

— Très bien, dit Anselmo. Dans une minute on va le faire sauter.

— Je suis content. Si vous avez besoin de moi pour quoi que ce soit, avisez-m'en ", dit Fernando ; il referma les yeux et la douleur rebondit en lui.

Anselmo détourna les yeux et regarda vers le pont.

Il attendait le moment où le rouleau de fil serait jeté sur le pont, suivi par la tête hâlée de l'*Inglés* au moment où il remonterait. En même temps, il regardait au-delà du pont pour voir si rien n'apparaissait au tournant de la route. Il n'avait pas peur du tout maintenant ; il n'avait pas encore eu peur ce jour-là. Ça va si vite et c'est si normal, pensait-il. J'avais horreur de tuer la sentinelle, et ça m'a fait une émotion, mais c'est passé à présent. Comment l'*Inglés* a-t-il pu dire que tirer sur un homme c'est la même chose que tirer sur un animal? Dans toutes les chasses, j'ai eu de la joie et pas le sentiment de faire mal. Mais, tuer un homme, on en a la même impression que si on frappe son propre frère quand on n'est plus des enfants. Et tirer dessus plusieurs fois pour le tuer. Non, ne pense pas à ça. Ça t'a fait trop d'émotion, et tu as pleuré comme une femme, en courant sur le pont.

C'est fini, se dit-il, et tu pourras essayer d'expier ça comme les autres. Mais maintenant, tu as ce que tu demandais hier soir, en rentrant. Tu es dans la bataille et ça ne pose aucun problème. Si je meurs ce matin, tout est bien.

Puis il regarda Fernando, étendu contre le talus, ses mains en coupe au-dessus du creux de son ventre, les lèvres bleues, les yeux fermés, le souffle lourd et lent, et il pensait : Si je meurs, que ce soit vite. Non, j'ai dit que je ne demanderais plus rien si j'obtenais ce qu'il me fallait aujourd'hui. Alors je ne demande pas. Compris? Je ne demande rien. Rien, d'aucune façon. Donne-moi ce que j'ai demandé, et j'abandonne tout le reste à Ta volonté.

Il écouta le bruit lointain de la bataille du col et il se dit : Vrai, c'est une grande journée. Il faut que je pense et que je sache quelle journée c'est.

Mais il n'y avait ni allégresse ni excitation dans son cœur. Tout cela était passé, il n'y restait plus que le calme. Et, maintenant qu'il était accroupi derrière la borne avec une boucle du fil de fer dans sa main et une autre boucle autour du poignet, et le gravier du bord de la route sous ses genoux, il ne se sentait pas isolé, il ne se sentait pas du tout seul. Il était uni au fil de fer qu'il tenait à la main, uni au pont, uni aux charges que l'*Inglés* avait placées. Il était uni à l'*Inglés* en train de travailler sous le pont, et il était uni à toute la bataille et à la République.

Mais il n'y avait pas d'excitation. Tout était calme à présent; le soleil frappait sa nuque et ses épaules, et, quand il leva les yeux, il vit le ciel sans nuage et la pente de la montagne qui s'élevait derrière la gorge, et il n'était pas heureux, mais il ne se sentait ni seul ni effrayé.

En haut de la pente, Pilar était couchée derrière un arbre et observait la route qui descendait du col. Elle avait trois fusils chargés auprès d'elle et elle en tendit un à Primitivo quand celui-ci vint s'asseoir à son côté.

" Descends-là, dit-elle. Derrière cet arbre. Toi, Gitan, là-bas (elle désignait un autre arbre plus bas). Il est mort?

— Non, pas encore, dit Primitivo.

— Pas de chance, dit Pilar. Si on avait été deux de plus, ça ne serait pas arrivé. Il aurait dû se glisser derrière le tas de sciure. Il est bien, là où vous l'avez laissé? "

Primitivo secoua la tête.

" Quand l'*Inglés* fera sauter le pont, est-ce que les éclats arriveront jusqu'ici? demanda le Gitan de derrière son arbre.

— Je ne sais pas, dit Pilar. Mais Agustin, avec la *máquina*, est plus près que toi. L'*Inglés* ne l'aurait pas placé là si c'était trop près.

— Mais je me rappelle qu'au train qu'on a fait sauter, la lampe de la locomotive m'a éclaté sur la tête et les bouts d'acier volaient comme des hirondelles.

— Tu as des souvenirs poétiques, dit Pilar. Comme des hirondelles. *Joder!* Écoute, Gitan, tu t'es bien conduit aujourd'hui. Maintenant, attention que la peur ne te rattrape pas.

— Quoi, je demandais seulement si ça éclaterait jusqu'ici, pour savoir si je devais faire attention de rester derrière le tronc d'arbre, dit le Gitan.

— Restes-y, lui dit Pilar. Combien on en a tué?

— *Puès* cinq pour nous. Deux ici. Tu ne vois pas l'autre à l'autre bout? Regarde là-bas le pont. Tu vois la guérite? Regarde! Tu vois? Il tendait le doigt. Puis, il y en a huit en bas pour Pablo. J'ai surveillé ce poste pour l'*Inglés*. "

Pilar grommela. Puis elle dit avec colère : " Qu'est-ce qui lui prend, à cet *Inglés*? Qu'est-ce qu'il fait comme connerie, sous le pont? *Vaya mandanga!* Il bâtit un pont ou bien il le fait sauter? "

Elle secoua la tête et regarda Anselmo, accroupi derrière la borne.

" Hep, *viejo!* cria-t-elle. Qu'est-ce qui arrive à ton con d'*Inglés*?

— Patience, femme, cria Anselmo, tenant le fil de fer légèrement mais fermement. Il termine son travail.

— Mais, au nom de la Grande Pute, pourquoi il met si longtemps?

— *Es muy concienzudo!* cria Anselmo. C'est un travail scientifique.

— J'emmerde sa science, s'écria Pilar avec rage, en s'adressant au Gitan. Que ce crétin le fasse sauter et qu'on n'en parle plus. Maria! " cria-t-elle de sa voix profonde vers le haut de la pente. " Ton *Inglés...* " et elle hurla un flot d'obscénités sur les actes imaginaires de Jordan sous le pont.

" Calme-toi, femme, lui cria Anselmo de la route. Il est en train de faire un travail énorme. Il finit en ce moment.

— Merde, ragea Pilar. C'est la rapidité qui compte. "

A ce moment, ils entendirent tous la fusillade qui commençait en bas sur la route, à l'endroit où Pablo tenait le poste qu'il avait pris. Pilar cessa d'injurier et tendit l'oreille. " Ay, dit-elle. Ay. Ay. Ça y est. "

Robert Jordan entendit aussi, tandis qu'il lançait d'une main le rouleau de fil de fer sur le pont et s'y hissait lui-même. Les genoux sur le bord de fer du pont, ses mains à plat en avant, il entendit la mitrailleuse qui tirait au tournant d'en bas. Le son n'était pas celui de l'arme automatique de Pablo. Il se mit debout, se pencha, dégagea son rouleau de fil de fer et se mit à le dérouler en marchant le long du pont.

Il entendait la fusillade et, tout en marchant, il la sentait au creux de l'estomac comme si elle rencontrait un écho dans son propre diaphragme. Cela se rapprochait à mesure qu'il marchait, et il regarda vers le tournant de la route. Mais elle était toujours vide d'autos, de chars ou d'hommes. Elle était encore vide lorsqu'il se trouva à mi-chemin de l'extrémité du pont. Elle était encore vide quand il eut fait les trois quarts de ce chemin, son fil se déroulant sans s'emmêler, et elle était vide encore lorsqu'il grimpa en tournant derrière la guérite de la sentinelle, écartant son fil pour qu'il ne s'accrochât pas aux barres de fer. Puis il se trouva sur la route, et elle était toujours vide; puis il monta rapidement le long du petit fossé qui suivait le bord de la route, tendant le fil, et maintenant il était presque en face de la borne d'Anselmo, et la route était toujours vide au-dessous du pont.

Puis il entendit le camion qui descendait la route et il le vit
par-dessus son épaule qui atteignait la longue descente; il
entoura le fil une fois autour de son poignet et il cria à Anselmo :
" Fais-le sauter ! " et, enfonçant ses talons dans le sol, il se
pencha en arrière pour tendre le fil de fer enroulé à son poignet, et le bruit du camion croissait derrière lui, et, devant, il
y avait la route avec la sentinelle morte, et le long pont, et le
bout de route descendante, toujours vide; puis il y eut un
craquement de tonnerre, et le milieu du pont se souleva en
l'air comme une vague qui se brise; il sentit le déplacement
d'air de l'explosion comme il, se jetait à plat ventre dans le
fossé caillouteux, les mains pressées sur son crâne. Sa face
était contre les cailloux tandis que le pont retombait, et l'odeur
familière l'enveloppa dans un nuage de fumée âcre et jaune,
puis la pluie d'éclats d'acier commença.

Quand les fragments d'acier eurent cessé de tomber, il était
encore vivant. Il leva la tête et regarda le pont. La partie
centrale avait disparu. Des morceaux d'acier jonchaient le
pont, avec leurs bords arrachés tout brillants, et il y en avait
partout sur la route. Le camion s'était arrêté une centaine de
mètres plus haut. Le conducteur et les deux hommes qui
l'accompagnaient couraient vers un fourré.

Fernando était toujours couché contre le talus et il respirait
encore, ses bras allongés sur les côtés, ses mains détendues.

Anselmo était à plat ventre derrière la borne blanche. Son
bras gauche était replié sous sa tête, et son bras droit étendu.
La boucle de fil de fer était toujours autour de son poing droit.
Robert Jordan se releva, traversa la route, s'agenouilla près
de lui et s'assura qu'il était mort. Il ne le retourna pas pour voir
ce qu'avait fait le morceau d'acier. Il était mort, et c'était tout.

Il paraissait tout petit, mort, pensa Robert Jordan. Il paraissait petit, avec sa tête grise, et Robert Jordan pensa : Je me
demande comment il a jamais pu porter de telles charges, si
c'était là vraiment sa taille. Puis il vit la forme des mollets et
des cuisses dans son étroite culotte grise de berger, et les
semelles de corde usées de ses espadrilles, et il ramassa la
carabine d'Anselmo et les deux sacs à peu près vides à présent,
puis traversa et prit le fusil posé à côté de Fernando. Il renvoya

du pied un bout d'acier au milieu de la route. Puis il mit les deux fusils sur son épaule en les tenant par le canon et commença à monter la pente entre les arbres. Il ne regarda pas derrière lui ni même de l'autre côté du pont vers la route. On continuait à tirer, en dessous, mais il ne s'en souciait plus, maintenant.

Il toussait à cause des vapeurs du T. N. T. et il se sentait tout engourdi.

Il posa un des fusils près de Pilar étendue derrière un arbre. Elle regarda et vit que cela lui faisait de nouveau trois fusils.

" Vous êtes trop haut ici, dit-il. Il y a un camion sur la route, tu ne peux pas le voir. Ils ont cru que c'était un avion. Vous feriez mieux de vous poster plus bas. Moi, je descends avec Agustin pour couvrir Pablo.

— Le vieux? demanda-t-elle en le regardant en face.

— Mort. "

Il toussa encore en se raclant la gorge et cracha par terre.

" Ton pont est sauté, *Inglés*, fit Pilar en le regardant. N'oublie pas ça.

— Je n'oublie rien, dit-il. Tu as une grosse voix, ajouta-t-il. Je t'entendais gueuler. Crie à Maria que je vais bien.

— On en a perdu deux à la scierie, dit Pilar, essayant de lui faire comprendre.

— J'ai vu, dit Robert Jordan. Tu as fait des bêtises?

— Va te faire foutre, *Inglés*, dit Pilar. Fernando et Eladio, c'étaient aussi des hommes.

— Pourquoi ne montes-tu pas près des chevaux? dit Robert Jordan. Je peux couvrir ici mieux que toi.

— Toi, tu dois couvrir Pablo.

— Au diable Pablo. Qu'il se couvre tout seul avec de la *mierda*.

— Non, *Inglés*. Il est revenu. Il s'est beaucoup battu, là en bas. Tu n'as pas entendu? Il se bat en ce moment contre quelque chose de mauvais. Tu n'entends pas?

— Je vais le couvrir. Mais je vous emmerde tous. Toi et Pablo ensemble.

— *Inglés*, dit Pilar, calme-toi. J'ai été avec toi dans cette affaire comme personne. Pablo t'a fait tort, mais il est revenu .

— Si j'avais eu l'amorce, le vieux n'aurait pas été tué. J'aurais pu faire sauter le pont d'ici.

— Si, si, si... ", dit Pilar.

La colère, le vide, la haine qui l'avaient envahi, une fois le pont sauté, quand, levant la tête, il avait vu Anselmo, tout cela était encore en lui. En lui, il y avait aussi le désespoir, le chagrin, que les soldats transforment en haine pour pouvoir continuer à être des soldats. Maintenant que c'était fini, il se sentait seul, détaché, et sans joie, et il détestait tous ceux qu'il approchait.

" S'il n'y avait pas eu de neige... ", dit Pilar. Et alors, non pas soudainement, comme s'il se fût agi d'une détente physique (si par exemple, la femme lui avait mis le bras autour des épaules), mais lentement, et dans sa pensée, il commença à accepter et à laisser la haine s'écouler. Certes, la neige. C'était elle qui avait fait cela. La neige. Elle l'avait fait à d'autres. Une fois qu'on voyait les choses comme elles apparaissaient à autrui, une fois qu'on était débarrassé de soi-même, ce soi-même dont il fallait constamment se débarrasser en guerre.... En guerre! En guerre où il ne pouvait y avoir de soi-même. Où l'on devait soi-même se perdre. Puis, s'étant perdu, il entendit Pilar dire : " Sordo....

— Quoi? dit-il.

— Sordo....

— Oui ", fit Robert Jordan. Il lui sourit d'un sourire crispé, raide, les tendons de son visage trop tendus. " Oublie ça. J'ai eu tort. Je regrette, femme. Faisons ça bien et tous ensemble. Et le pont a sauté, comme tu dis.

— Oui. Il faut remettre les choses à leur place.

— Je m'en vais trouver Agustin. Poste ton Gitan beaucoup plus bas, qu'il puisse bien voir la route. Donne ces fusils à Primitivo et prends cette *máquina*. Laisse que je te montre.

— Garde ta *máquina*, dit Pilar. On ne restera pas toujours là. Pablo devrait arriver maintenant, et on s'en ira.

— Rafael, dit Robert Jordan, viens ici près de moi. Ici. Bien Tu les vois qui sortent de leur fourré. Là, au-dessus du camion? Qui viennent au camion? Descends-m'en un. Assieds-toi. Ne t'énerve pas. "

Le Gitan visa soigneusement et tira; le coup parti, Robert Jordan dit : " Trop haut. Tu as touché le rocher. Tu vois la poussière du rocher? Plus bas, un peu plus bas. Maintenant, attention. Ils courent. Bon. *Sigue tirando.*

— J'en ai un ", dit le Gitan. L'homme était couché sur la route, à mi-chemin entre le buisson et le camion. Les deux autres ne s'arrêtèrent pas pour l'emmener. Ils coururent au fourré et s'y blottirent.

" Ne tire pas sur eux, dit Robert Jordan. Vise le haut d'un des pneus de devant du camion. De façon que, si tu rates, tu touches le moteur. Bien. Il regardait avec ses jumelles. Un peu trop bas. Bien. Tu tires très bien. *Mucho! Mucho!* Tire sur le haut du radiateur. N'importe où dans le radiateur. Tu es un champion. Regarde. Ne laisse personne dépasser cette limite. Tu vois?

— Regarde-moi démolir le pare-brise, dit le Gitan tout heureux.

— Non. Le camion est déjà malade, dit Robert Jordan. Garde ton feu pour ce qui descendra la route. Commence à tirer quand ils seront en face du fourré. Essaie d'atteindre le conducteur. A ce moment-là, tirez tous, dit-il à Pilar qui avait descendu la pente avec Primitivo. Vous êtes admirablement placés ici. Tu vois comme cette montée protège son flanc?

— Va faire ton boulot avec Agustin, dit Pilar. Pas besoin de conférence. J'ai vu assez de terrain dans mon temps.

— Mets Primitivo plus haut, dit Robert Jordan. Là, Tu vois, mon vieux? Là où ça devient plus abrupt.

— Laisse-nous, dit Pilar. Va-t'en, *Inglés.* Toi et ta perfection. Ici, ce n'est pas compliqué. "

A ce moment-là, ils entendirent les avions.

Maria était auprès des chevaux depuis longtemps, mais ils n'étaient pas un réconfort pour elle. Pas plus qu'elle pour eux. De l'endroit de la forêt où elle se trouvait, elle ne pouvait pas voir la route, ni le pont, et, quand la fusillade commença, elle passa son bras autour du cou du grand étalon bai, au front blanc, qu'elle avait caressé et à qui elle avait apporté bien souvent des friandises, quand les chevaux étaient dans l'enclos parmi les arbres, au-dessous du camp. Mais sa nervosité énervait le grand étalon, et il secoua la tête, les narines dilatées, dans le bruit des coups de feu et des grenades. Maria ne pouvait rester en place, et elle tournait autour des chevaux, les flattant, les caressant, et ne faisait qu'augmenter leur nervosité et leur agitation.

Elle essaya de penser à la fusillade, non comme à une chose terrible qui avait lieu, mais en se représentant que c'était Pablo qui était en bas avec les nouveaux, et Pilar en haut avec les autres, et qu'elle ne devait pas s'inquiéter ni s'affoler, mais avoir confiance en Roberto. Mais elle ne pouvait pas, et toute la fusillade au-dessus et au-dessous du pont, le son de la bataille qui roulait le long du col comme un lointain orage avec un martèlement sec, et le battement irrégulier des bombes n'étaient qu'une seule horreur qui la suffoquait presque.

Puis, plus tard, elle entendit la grosse voix de Pilar qui, de plus bas, au flanc de la montagne, lui criait des obscénités qu'elle ne comprenait pas, et elle pensait : Oh! Dieu, non, non. Ne parle pas comme cela pendant qu'il est en péril. N'offense personne, ne prends pas de risques inutiles. Ne provoque pas.

Puis elle se mit à prier pour Roberto, vite et machinalement, comme à l'école, disant ses prières aussi vite qu'elle pouvait et les comptant sur les doigts de sa main gauche, récitant par dizaines ses deux prières. Puis le pont sauta, et un cheval brisa sa bride en se cabrant, et il se sauva à travers les arbres. Maria finit par le rattraper et le ramena, frissonnant, tremblant, le poitrail sombre de sueur, la selle tombée, et, comme elle revenait entre les arbres, elle entendit la fusillade en bas et elle pensa : Je ne peux pas supporter ça plus longtemps. Je ne peux pas vivre davantage sans savoir. Je ne peux pas respirer et j'ai la bouche tellement sèche. Et j'ai peur, et je ne suis bonne à rien, et j'ai effrayé les chevaux, et je n'ai rattrapé celui-là que par chance, parce qu'il a fait tomber sa selle en cognant un arbre et qu'il s'est pris dans les étriers, et maintenant pendant que je rajuste la selle, ô Dieu, je ne sais pas. Je ne peux pas le supporter. Oh! je t'en prie, que tout aille bien pour lui, car tout mon cœur et tout moi-même est au pont. La République

t une chose et le fait que nous devons gagner en est une
utre. Mais, ô douce Vierge bénie, ramène-le-moi du pont et
 ferai toujours tout ce que tu voudras. Parce que je ne suis
 as là. Il n'y a pas de moi. Je ne suis qu'avec lui. Protège-le
 our moi, et ce sera moi, et alors je ferai tout pour toi, et il
 oudra bien. Et ce ne sera pas contre la République. Oh!
 T'en prie, pardonne-moi, car je ne vois pas clair. Je ne vois
 as assez clair maintenant. Mais si tu le protèges, je ferai ce
 ui sera bien. Je ferai ce qu'il dira et ce que tu diras. Avec mes
 eux moi, je le ferai. Mais ça, en ce moment, ne pas savoir,
 ne peux pas le supporter.

 Puis, le cheval de nouveau attaché, la selle rajustée, la cou-
 erture lissée, elle entendit la grosse voix grave montant entre
 s arbres : " Maria! Maria! Ton *Inglés* va très bien. Tu m'en-
 nds! Très bien. *Sin novedad!* "

 Maria se tenait des deux mains à la selle, y pressait sa tête
 ndue et pleurait. Elle entendit la voix grave qui recommen-
 ait à crier et elle se détourna de la selle et cria en sanglotant :
 Oui, Merci. " Puis sanglotant encore : " Merci! Merci
 eaucoup! "

 En entendant les avions, ils levèrent tous la tête; les avions
 naient de Ségovie, très haut dans le ciel, argentés, leur ronfle-
 ent dominant tous les autres bruits.

 " Ceux-là! dit Pilar. Il ne manquait plus qu'eux! "

 Robert Jordan mit son bras sur les épaules de la femme,
 ut en les observant. " Non, dit-il. Ceux-là ne viennent pas
 our nous. Ceux-là n'ont pas de temps à perdre avec nous.
 alme-toi.

 — Je les déteste.

 — Moi aussi. Mais maintenant il faut que j'aille trouver
 gustin. "

 Il descendit entre les pins dans le bruit des avions ronflant
 grondant, tandis que, de l'autre côté du pont démoli, plus
 as sur la route, au tournant, s'élevait le martèlement inter-
 ittent d'une grosse mitrailleuse. Robert Jordan s'assit par
 rre, là où Agustin était étendu au milieu d'un bouquet de
 etits sapins, derrière la mitrailleuse, et, pendant ce temps,
 e nouveaux avions continuaient à approcher.

" Qu'est-ce qui se passe en bas? demanda Agustin. Qu'est-ce
que fait Pablo? Est-ce qu'il ne sait pas que le pont est fini?

— Peut-être qu'il ne peut pas lâcher.

— Alors, nous partons. Tant pis pour lui.

— Il va venir tout de suite s'il peut, dit Robert Jordan.
On devrait le voir arriver maintenant.

— Je ne l'entends plus, dit Agustin. Plus, depuis cinq
minutes. Non. Là! Écoute. Le voilà. Ça, c'est lui. "

On entendait le feu de la mitraillette de cavalerie. Un roulement, un autre, un autre encore.

" C'est ce salaud ", dit Robert Jordan.

Il regarda les nouveaux avions qui avançaient dans le haut
ciel bleu sans nuages et il regarda le visage d'Agustin levé vers
eux. Puis il baissa les yeux vers le pont démoli et, au-delà,
vers le bout de route resté vide. Il toussa et cracha, et tendit
l'oreille vers la grosse mitrailleuse qui recommençait à tirer
au coin, toujours au même endroit, semblait-il.

" Et ça, qu'est-ce que c'est? demanda Agustin. Qu'est-ce
que c'est que cette ignominie?

— Ça a commencé avant que je fasse sauter le pont ", dit
Robert Jordan. Il regardait le pont à présent et il apercevait
le torrent dans la brèche du pont, à l'endroit où le centre effondré pendait comme un tablier d'acier tordu. Il entendit les
premiers avions qui étaient passés bombarder le col, et d'autres
continuaient à arriver. Le bruit de leurs moteurs remplissait le
ciel, et, levant la tête, il vit les chasseurs qui les accompagnaient,
minuscules et délicats, tournant en cercle très haut au-dessus
d'eux.

" Je ne crois pas qu'ils aient traversé les lignes l'autre matin,
dit Agustin. Ils ont dû tourner vers l'ouest et revenir. On ne
ferait pas une attaque si on les avait vus.

— La plupart sont nouveaux ", dit Robert Jordan.

Il avait l'impression qu'une chose ayant débuté normalement provoquait soudain des répercussions énormes, dispro-
portionnées, gigantesques. C'était comme si on eût jeté une
pierre dans l'eau, que la pierre eût fait un cercle et que ce cercle
fût revenu en mugissant et en se gonflant comme un barrage
de vagues. Ou comme si on eût appelé, et que l'écho répondît

roulements de tonnerre, et que le tonnerre fût mortel.
comme si on avait frappé un homme, qu'il fût tombé, et
que, du plus loin qu'on pût voir, d'autres hommes se levassent
armes et armures. Il était content de ne pas se trouver
col avec Golz.

Couché là, près d'Agustin, regardant les avions qui passaient, écoutant les coups de feu, surveillant la route en bas,
il attendait quelque chose, mais il ne savait pas quoi, il se
sentait encore engourdi par la surprise de n'avoir pas été tué au
pont. Il avait accepté d'être tué, et si complètement que tout
lui semblait irréel. Secoue-toi, se dit-il. Débarrasse-toi de
. Il y a beaucoup, beaucoup, beaucoup à faire aujourd'hui.
Mais cette torpeur ne le quittait pas, et il sentait, conscient-
ement, que tout cela devenait comme un rêve.

Tu as trop avalé de cette fumée, se dit-il. Mais il savait que
n'était pas ça. Il sentait très bien à quel point tout cela
était irréel à travers la réalité absolue. Il regarda le pont, puis
sentinelle gisant sur la route, pas loin de l'endroit où Anselmo
était étendu, puis Fernando appuyé au talus, puis, de nouveau,
route unie et brune jusqu'au camion en panne, et tout cela
était toujours aussi irréel.

Tu ferais bien mieux de vendre bien vite ta part de toi, se
dit-il. Tu es comme ces coqs de combat, quand personne n'a
la blessure qu'ils ont reçue, et rien n'en paraît, et ils en
sont déjà froids.

Conneries, se dit-il. Tu es un peu choqué, c'est tout, et tu as
une dépression après tant de responsabilité, c'est tout. Calme-
i.

Agustin lui saisit le bras et lui désigna quelque chose; il
regarda de l'autre côté de la gorge et il vit Pablo.

Ils virent Pablo déboucher en courant au tournant de la
route. A l'angle de rocher nu où la route disparaissait, ils le
virent s'arrêter, s'adosser à la muraille rocheuse et tirer avec
petite mitraillette de cavalerie, et ils pouvaient voir la brillante cascade de cuivre éclairée par le soleil. Ils virent Pablo
accroupir et tirer encore. Puis, sans regarder derrière lui,
se remit à courir — petit, les jambes torses, rapide, la tête
penchée — à courir tout droit vers le pont.

Robert Jordan avait repoussé Agustin, il avait pris la grosse arme automatique contre son épaule et il visait le tournant de la route. Sa mitraillette à lui était par terre, à sa gauche, elle n'était pas assez précise à cette distance.

Tandis que Pablo accourait vers eux, Robert Jordan visa le tournant, mais rien ne venait. Pablo, ayant atteint le poste, regarda par-dessus son épaule, lança un coup d'œil au poste, puis tourna à gauche, descendit dans la gorge et disparut. Robert Jordan surveillait toujours le tournant, et rien ne paraissait. Agustin se releva sur un genou. Il voyait Pablo qui dégringolait dans la gorge comme une chèvre. Il n'y avait pas eu un coup de feu en bas depuis que Pablo était apparu.

" Tu vois quelque chose en haut? Sur les rochers d'en haut? demanda Robert Jordan.

— Rien. "

Robert Jordan surveillait le coin de la route. Il savait que le mur juste en dessous était trop abrupt pour qu'on pût l'escalader, mais, plus bas, la pente s'adoucissait, et on aurait pu monter par un détour.

Si les choses avaient été irréelles auparavant, voici qu'elles devenaient soudain suffisamment réelles. On eût dit qu'une lentille d'appareil photographique venait tout à coup d'être mise au point. C'est alors qu'il vit le corps bas, au mufle anguleux, à la tourelle carrée, tacheté de vert, de gris et de brun, avec sa mitrailleuse pointée, qui tournait le coin de la route au soleil. Il tira dessus et entendit le coup résonner contre l'acier. Le petit tank fit machine arrière derrière la muraille rocheuse. Surveillant le tournant, Robert Jordan vit le mur reparaître, puis le bord de la tourelle, et celle-ci tourna de façon que la mitrailleuse fût pointée vers la route.

" On dirait une souris qui sort de son trou, dit Agustin. Regarde, *Inglés*.

— Il n'a pas très confiance, dit Robert Jordan.

— C'est une grosse bête que Pablo a eue à combattre, cet Agustin. Tire encore dessus.

— Non. Je ne peux pas l'abîmer. Et je n'ai pas envie qu'on voie où on est. "

Le tank se mit à tirer sur la route. Les balles ricochèrent

r la surface de la route, puis allèrent résonner contre le fer du
ont. C'était la mitrailleuse qu'ils avaient entendue tirer en bas.

" *Cabron!* dit Agustin. C'est ça leur fameux tank, *Inglés?*

— Celui-là est un bébé.

— *Cabron.* Si j'avais un biberon plein d'essence, je grim-
erais par là et j'y foutrais le feu. Qu'est-ce qu'il va faire,
glés?

— Au bout d'un moment, il va venir regarder de nouveau.

— Et c'est ça dont on a peur, dit Agustin. Regarde, *Inglés*.
retue les sentinelles!

— Il n'a pas d'autre cible, dit Robert Jordan. Ne le lui
proche pas. "

Mais il pensait : Vas-y, moque-toi de lui. Mais suppose que
 soit toi, rentré dans ton pays, et qu'ils t'arrêtent en tirant
r la grande route. Puis qu'un pont saute. Tu ne penserais
s qu'il était miné d'avance ou bien que c'est un piège?
en sûr que si. Il a tout à fait raison. Il s'attend à quelque
ose d'autre. Il engage l'ennemi. Il n'y a que nous. Mais il
 peut pas le deviner. Regarde-moi ce petit salaud.

Le petit tank avançait un bout de nez au tournant.

A ce moment-là, Agustin vit Pablo apparaître au bord de la
orge, se hissant sur les mains et les genoux, son visage poilu
isselant de sueur.

" Voilà cette crapule, dit-il.

— Qui?

— Pablo. "

Robert Jordan regarda, vit Pablo, et se mit à tirer à l'endroit
 la tourelle camouflée du tank où il savait que devait se
ouver la fente au-dessus de la mitrailleuse. Le petit tank
cula, disparut, et Robert Jordan ramassa le fusil mitrailleur,
plia le trépied et jeta sur son épaule l'arme dont le canon
ait encore chaud. Il était si chaud qu'il lui brûla l'épaule;
rdan le repoussa en arrière en tournant la crosse dans sa
ain.

" Apporte le sac de cartouches et ma petite *máquina*, cria-t-il,
 dépêche-toi de t'amener. "

Robert Jordan monta en courant entre les pins. Agustin
ait juste derrière lui, et Pablo arrivait un peu plus loin.

" Pilar! cria Jordan. Viens, femme! "

Tous trois grimpaient aussi vite qu'ils pouvaient la pent
abrupte. Ils ne pouvaient plus courir, la montée était tro
raide; Pablo, qui n'avait pas d'autre charge que la légè
mitraillette de cavalerie, avait rejoint les deux autres.

" Et tes gens? demanda Agustin à Pablo, la bouche sèche.

— Tous morts ", dit Pablo. Il pouvait à peine respire
Agustin tourna la tête et le regarda.

" On a beaucoup de chevaux maintenant, *Inglés*, hale
Pablo.

— Bien, dit Robert Jordan. La crapule, songea-t-il. Qu'es
ce qui vous est arrivé?

— Tout, dit Pablo. Il avait la respiration sifflante. Qu'est-
qui est arrivé à Pilar?

— Elle a perdu Fernando et le frère...

— Eladio, dit Agustin.

— Et toi? demanda Pablo.

— J'ai perdu Anselmo.

— Il y a des tas de chevaux, dit Pablo. Même pour l
bagages. "

Agustin se mordit les lèvres, regarda Robert Jordan
secoua la tête. Au-dessous d'eux, caché par les arbres, ils enten
daient le tank qui recommençait à tirer sur la route et le pont.

Robert Jordan tourna la tête. " Qu'est-ce qui se passe là?
dit-il à Pablo. Il n'avait pas envie de regarder Pablo, ni de
sentir, mais il voulait l'entendre.

" Je ne pouvais pas partir tant que ce machin était là, d
Pablo. On était bloqués dans le poste. Finalement, il est al
voir quelque chose, et j'ai filé.

— Contre quoi tirais-tu, en bas? " demanda brutaleme
Agustin.

Pablo le regarda, commença un sourire, se ravisa et ne d
rien.

" C'est toi qui les as tous tués? " demanda Agustin. Robe
Jordan pensait : Ne t'en mêle pas. Ce n'est pas ton affaire po
l'instant. Ils ont fait tout ce que tu pouvais demander et dava
tage. Ceci est une affaire de tribu. Ne porte pas de jugemen
moraux. Que peux-tu espérer d'un assassin? Tu travaill

vec un assassin. Ne t'en mêle pas. Tu en savais assez sur lui
vant. Ceci n'est pas nouveau. Mais quel salaud, songea-t-il.
spèce d'immonde salaud.

Il avait mal à la poitrine à force de monter, il lui semblait
u'elle allait éclater; enfin, devant lui, entre les arbres, il vit
s chevaux.

"Vas-y, dit Agustin. Pourquoi n'avoues-tu pas que c'est
i qui les as tués?

— Ta gueule, fit Pablo. Je me suis beaucoup battu aujour-
hui, et bien battu. Demande à l'*Inglés*.

— Et maintenant, sors-nous d'ici, dit Robert Jordan. C'est
i qui as un plan pour ça.

— J'ai un bon plan, dit Pablo. Avec un peu de chance, tout
a très bien. "

Il commençait à respirer mieux.

"Tu ne penses pas nous tuer, non? dit Agustin. Parce
u'alors, moi, je te descends tout de suite.

— Ta gueule, dit Pablo. Il faut que je veille sur tes intérêts et
ur ceux de la bande. C'est la guerre. On ne peut pas faire ce
u'on veut.

— *Cabron*, dit Agustin. Tu ramasses tout.

— Dis-moi ce qui vous est arrivé, dit Robert Jordan à
blo.

— Tout ", répéta Pablo. Il respirait encore comme si cela
i déchirait la poitrine, mais il pouvait parler posément,
aintenant; son visage et son crâne ruisselaient de sueur;
s épaules et sa poitrine étaient trempées. Il regarda Robert
rdan avec précaution, pour voir s'il n'était pas vraiment pas
stile, puis il sourit. "Tout, dit-il de nouveau. D'abord
a pris le poste. Puis il est venu un motocycliste. Puis un
tre. Puis une ambulance. Puis un camion. Puis le tank.
ste avant que tu fasses le pont.

— Et puis...?

— Le tank ne pouvait rien nous faire, mais nous ne pouvions
s partir, car il commandait la route. Puis il est parti. Et je
is venu.

— Et tes gens? fit Agustin cherchant toujours la bagarre.

— Ta gueule ", dit Pablo en le regardant en face, et son

visage était le visage d'un homme qui s'est bien battu, avan
toute autre chose. " Ils n'étaient pas de notre bande. "

Maintenant, ils voyaient les chevaux attachés aux arbres; l
soleil les éclairait, à travers les branches, et les bêtes secouaien
la tête et piétinaient leurs entraves. Robert Jordan vit Maria e
tout de suite, il la serra dans ses bras, fort, si fort que l
cache-flamme du fusil mitrailleur lui meurtrit les côtes. Mar
disait : " Toi, Roberto. Oh! toi.

— Oui, chevreau. Mon bon, bon chevreau. Maintenan
on s'en va.

— Tu es là pour de vrai?

— Oui, oui. Pour de vrai. Oh! toi, " Il n'avait jamais pens
qu'on pût savoir qu'une femme existait, pendant une bataill
ni qu'aucune partie de soi pût le savoir ou y répondre; ni qu
s'il y avait une femme, elle pût avoir de petits seins ronds
durs contre vous, à travers une chemise; ni qu'on pût avo
conscience de ces seins en pleine bataille. Mais c'était vra
et, pensa-t-il, c'était bon. C'est bon. Je n'aurais jamais cru ç
Et il la serra contre lui, fort, fort, mais il ne la regardait p
et il lui donna une tape à un endroit où il ne lui en avait enco
jamais donné, et il dit : " Monte, monte sur cette selle, *guapa*.

Puis ils détachèrent les brides; Robert Jordan avait rend
l'arme automatique à Agustin et avait pris sa mitraillette à l
sur son dos. Il sortit les grenades de ses poches pour les mettr
dans les sacs fixés aux selles, puis il enfonça un de ses sa
vides dans l'autre et attacha celui-ci derrière sa selle. Pil
arriva, si essoufflée par l'escalade, qu'elle ne pouvait parl
que par signes.

Pablo fourra dans un sac trois entraves qu'il tenait à la mai
se redressa et dit : " *Qué tal*, femme? " Elle fit seuleme
un signe de tête, pour le rassurer, et tous montèrent en selle.

Robert Jordan était sur le grand genet gris qu'il avait v
pour la première fois la veille au matin dans la neige, et
sentait entre ses jambes et sous ses mains que c'était un magn
fique cheval. Il portait des espadrilles à semelles de corde,
les étriers étaient un peu trop courts; sa mitraillette éta
jetée sur son épaule, ses poches pleines de munitions, et, un
fois bien en selle, les rênes sous le bras, il changea le charge

qui avait déjà servi, tout en regardant Pilar, montée sur un
étrange siège, au sommet d'une pyramide de couvertures et
de ballots attachés à sa selle.

" Enlève tout ça, pour l'amour du Ciel, dit Primitivo. Tu
vas tomber, et ton cheval ne peut pas le porter.

— Ta gueule, dit Pilar. On va vivre, avec tout ça.

— Tu ne peux pas tenir comme ça, femme? " lui demanda
Pablo qui était juché sur le grand cheval bai, avec une selle
de *guardia civil*.

" Aussi bien qu'un laitier, lui dit Pilar. Où est-ce qu'on va,
vieux?

— Tout droit en descendant. On traverse la route. On
remonte l'autre pente et on entre dans le bois, là où il devient
plus étroit.

— On traverse la route? " dit Agustin qui vint à côté de lui,
pressant ses chaussures de toile contre le ventre raide et sans
réaction d'un des chevaux que Pablo avait ramenés la nuit
précédente.

" Mais oui, mon vieux. C'est le seul chemin ", dit Pablo.
Il lui tendit la bride d'un des chevaux de bât. Primitivo et le
Gitan tenaient les deux autres.

" Tu peux venir en queue, si tu veux, *Inglés*, dit Pablo. On
traverse assez haut pour être hors d'atteinte de cette *máquina*.
Mais on se dispersera pour faire le chemin et on se retrouvera
là-haut, où ça devient plus étroit.

— Bon ", dit Robert Jordan.

Ils descendaient, entre les arbres, vers le bord de la route.
Robert Jordan chevauchait juste derrière Maria. Il ne pouvait
être à côté d'elle à cause des arbres. Il caressa son cheval gris
de ses cuisses, puis le tint bien en main tandis qu'ils descendaient rapidement, en glissant entre les pins, disant au cheval
gris à l'aide des cuisses, tandis qu'ils descendaient, ce que des
éperons lui auraient dit s'ils avaient été en terrain plat.

" Toi, dit-il à Maria. Passe la seconde quand on traversera
la route. Passer en premier n'est pas si mauvais que ça en a
l'air. En second, c'est bien. Ce sont toujours les suivants qu'on
guette.

— Mais toi....

— Moi je passerai tout d'un coup. Ça ne fait pas de question. Ce sont les places en file qui sont mauvaises. "

Il regardait la tête ronde et hirsute de Pablo, enfoncée dans ses épaules, et l'arme automatique sur son dos. Il regardait Pilar, tête nue, larges épaules, genoux remontés plus haut que les cuisses, ses talons enfoncés dans les ballots. Une fois elle se tourna vers lui et secoua la tête.

" Dépasse la Pilar avant de traverser la route ", dit Robert Jordan à Maria.

Puis regardant entre les arbres plus clairsemés, il vit la surface sombre et luisante de la route au-dessous d'eux, et, au-delà, la pente verte de la montagne. On est au-dessus du fourré, remarqua-t-il, et juste au-dessous des hauteurs d'où la route plonge vers le pont en cette longue descente. On est environ à huit cents mètres au-dessus du pont. Ce n'est pas hors de portée de la Fiat du petit tank, s'ils ont été jusqu'au pont.

" Maria, dit-il, dépasse la Pilar avant qu'on arrive à la route, et monte vite cette pente. "

Elle tourna la tête pour le regarder, mais ne dit rien. Il ne la regarda que pour s'assurer qu'elle avait compris.

" *Comprendes?* " lui demanda-t-il.

Elle fit oui de la tête.

" Avance, dit-il.

— Non, répondit-elle, se tournant vers lui et secouant la tête. Je reste à la place où je suis. "

Juste à ce moment, Pablo enfonça ses éperons dans les flancs du grand bai, fonça sur la dernière pente couverte d'aiguilles de pin, et traversa la route dans le bruit et les étincelles des sabots. Les autres suivaient, et Robert Jordan les vit traverser la route et monter la pente verte, et il entendit la mitrailleuse qui martelait le pont. Puis il entendit un bruit : psst-crac-boum! Et, sur la pente, il vit une petite fontaine de terre se soulever dans un nuage de fumée grise. Psst-crac-boum! Cela recommençait. Le psst ressemblait au sifflement d'une fusée; il y eut une nouvelle montée de poussière et de fumée plus haut sur la pente.

Devant lui, le Gitan était arrêté au bord de la route, à l'abri des derniers arbres. Il regarda la pente, puis se tourna vers Robert Jordan.

"Avance, Rafael, dit Robert Jordan. Au galop, mon vieux ! "

Le Gitan tenait la bride du cheval chargé de bagages, lui tirant la tête derrière lui.

"Laisse le second cheval, et au galop ! " dit Robert Jordan.

Il vit la main du Gitan se tendre derrière lui, monter plus haut, plus haut, semblant n'en pas finir, tandis que ses talons s'enfonçaient dans son cheval ; et la bride de l'autre se tendit, puis retomba. Il était de l'autre côté de la route, et Robert Jordan était à côté du cheval aux bagages, qui, effrayé, se cogna contre lui tandis que le Gitan traversait la route dure et sombre ; Jordan entendait les fers de son cheval qui montait la pente.

Pschint-crrack ! Le projectile suivit sa trajectoire basse, et il vit le Gitan foncer comme un sanglier, tandis que la terre se soulevait devant lui en un petit geyser noir et gris. Il le regarda monter, plus lentement, maintenant, la longue pente verte, et la mitrailleuse tirait derrière lui et devant lui, et il rejoignit les autres, couverts par le tournant de la montagne.

Je ne peux pas emmener ce sacré cheval aux bagages, pensa Robert Jordan. Pourtant j'aimerais assez l'avoir à mon côté. J'aimerais l'avoir entre moi et ce 47 mm, avec lequel ils nous tirent dessus. Par Dieu, je vais essayer de l'emmener.

Il s'approcha du cheval, puis, tenant la bride, le cheval trottant derrière lui, il remonta d'une cinquantaine de mètres sous les arbres. A la lisière du bois, il regarda la route, au-delà du camion, vers le pont. Il voyait des hommes sur le pont, et, derrière, sur la route, il y avait un embouteillage. Robert Jordan regarda tout autour, vit ce qu'il voulait pour finir, et, se haussant, cassa une branche de pin morte. Il laissa tomber la bride du second cheval, le dirigea vers la route et le frappa fort sur la croupe avec la branche d'arbre. "Va, salaud ! " dit-il, et il lança la branche morte derrière lui ; le cheval traversa la route et commença à monter la pente. La branche l'atteignit, et le cheval se mit à galoper.

Robert Jordan monta une trentaine de mètres sur la route ; plus haut, le talus était trop raide. Le canon tirait maintenant, emplissait l'air de sifflements de fusées, tonnait et crépitait, faisait voler la terre de toutes parts. " Avance, espèce de fasciste ", dit Robert Jordan à son cheval gris, et il le précipita sur la pente. Puis il fut à découvert, au travers de la route, si dure sous les sabots de son cheval qu'il la sentait résonner jusqu'à ses épaules, son cou et ses dents, puis sur la mollesse de la pente où les sabots s'enfonçaient, écrasaient, montaient, et il regarda en bas où le pont apparaissait sous un angle qu'il n'avait jamais vu. Il se présentait de profil à présent sans raccourcis; au centre, il y avait la brisure et, derrière lui, sur la route, était le petit tank, et, derrière le petit tank, il y avait un gros tank avec un canon; il tira un coup jaune, brillant comme un miroir, et l'éclair qui fulgura quand l'air se déchira semblait presque toucher l'encolure grise allongée devant lui. Robert Jordan tourna la tête comme la poussière jaillissait sur la colline. Le cheval chargé de bagages était devant lui, mais s'écartait trop vers la droite, et il ralentissait. Robert Jordan, au galop, tourna légèrement la tête vers le pont; il vit la file de camions, arrêtée derrière le tournant, qui apparaissait maintenant distinctement. Comme il gagnait en hauteur, il vit l'éclair jaune qui annonçait le pschint et le boum; le coup était trop court, mais il entendit le bruit de métal dans le soulèvement de la poussière.

Il les vit tous devant lui, qui le regardaient de la lisière du bois, et il dit : " *Arre caballo!* En avant, cheval! " et il sentait le poitrail de son cheval se gonfler avec le roidissement de la pente, et il voyait l'encolure grise s'allonger et les oreilles grises devant lui, et il tendit la main et flatta l'encolure grise mouillée, et il regarda derrière lui vers le pont. Un nouvel éclair brillant sortit du gros tank couleur de boue, là sur la route; il n'entendit pas de sifflement, mais seulement un choc, à l'odeur âcre comme l'éclatement d'une chaudière, et il se trouva sous le cheval gris, et le cheval gris donnait des coups de pied, et il essayait de se dégager de ce poids.

Il pouvait bouger. Il pouvait bouger vers la droite. Mais sa jambe gauche restait à plat sous le cheval tandis qu'il bougeait vers la droite. On eût dit qu'elle avait une nouvelle articulation; non pas celle de la hanche, mais une autre, latérale. Il comprit tout de suite ce que c'était. Juste à ce moment, le cheval gris se souleva sur les genoux, et la jambe droite de Robert Jordan, qui s'était dégagée de l'étrier comme il fallait, passa par-dessus la selle et vint rejoindre l'autre. Il tâta avec ses deux mains l'os de la cuisse gauche, à plat par terre, et ses mains sentirent toutes deux l'os aigu et l'endroit où il pressait contre la peau.

Le cheval gris était debout presque au-dessus de lui, et il voyait ses côtes qui se soulevaient. L'herbe dans laquelle il était assis était verte, avec des fleurs sauvages, et il regarda le bas de la pente, vers la route, et le pont, et la gorge; il vit le tank et attendit l'éclair. Il vint presque aussitôt, toujours sans sifflement. Au moment de l'explosion, il vit les mottes de terre sauter et l'acier voler en éclats, et il vit le grand cheval gris s'asseoir tranquillement, à côté de lui, comme un cheval de cirque. Et alors, regardant le cheval assis, il entendit le bruit que faisait ce cheval.

Primitivo et Agustín prirent Robert Jordan sous les aisselles, pour le traîner jusqu'en haut de la pente, et la nouvelle articulation de sa jambe la faisait ballotter aux chocs du terrain. Un obus siffla au-dessus d'eux, et ils s'étendirent en attendant qu'il fût tombé; la poussière retomba sur eux, les éclats se dispersèrent, et ils ramassèrent Robert Jordan. Puis ils le posèrent à l'abri sous les arbres, près des chevaux, et Maria, Pilar et Pablo étaient debout autour de lui.

Maria s'agenouilla à son côté en disant : " Roberto, qu'est-ce que tu as? "

Il dit, en sueur : " La jambe gauche est cassée, *guapa*.

— On va la bander, dit Pilar. Tu pourras monter sur celui-là. Elle désignait un des chevaux chargés. Déchargez-le. "

Robert Jordan vit Pablo secouer la tête et il lui fit signe.

" Éloignez-vous, dit-il. Puis il dit : Écoute, Pablo. Viens ici. "

Le visage poilu, mouillé de sueur, se pencha vers lui, et Robert Jordan sentit en plein l'odeur de Pablo.

" Laissez-nous parler, dit-il à Maria et à Pilar. J'ai à parler à Pablo.

— Ça fait très mal? " demanda Pablo. Il se penchait, tout près de Robert Jordan.

" Non. Je pense que le nerf est écrasé. Écoute. Allez-vous-en. Je suis fait, tu vois? Je vais parler un moment à Maria. Quand je dirai de l'emmener, emmène-la. Elle voudra rester. Je ne lui parlerai qu'un instant.

— C'est clair qu'on n'a pas beaucoup de temps, dit Pablo.

— C'est clair. Je pense que vous seriez mieux dans la République, dit Robert Jordan.

— Non. Je suis pour Gredos.

— Réfléchis.

— Parle-lui maintenant, dit Pablo. On n'a pas beaucoup de temps. Je regrette que tu aies ça, *Inglés.*

— Puisque je l'ai..., dit Robert Jordan. N'en parlons plus. Mais réfléchis. Tu as beaucoup de tête. Il faut t'en servir.

— Pourquoi je ne m'en servirais pas? dit Pablo. Maintenant parle vite, *Inglés.* On n'a pas le temps. "

Pablo s'en alla près d'un arbre et se mit à surveiller la pente, l'autre côté de la route et de la gorge. Il regarda aussi le cheval gris, sur la pente, avec une expression de véritable regret. Pilar et Maria étaient auprès de Robert Jordan, assis contre un tronc d'arbre.

" Fends mon pantalon, veux-tu? " dit-il à Pilar. Maria, accroupie à côté de lui, ne parlait pas. Le soleil brillait sur ses cheveux et elle avait le visage crispé comme un enfant qui va pleurer. Mais elle ne pleurait pas.

Pilar prit son couteau et fendit la jambe du pantalon en descendant à partir de la poche gauche. Robert Jordan écarta l'étoffe avec ses mains et regarda sa cuisse. Quinze centimètres au-dessous de la hanche, il y avait une enflure pointue et rouge, en forme de tente, et comme il la tâtait avec ses doigts, il sentit l'os de la cuisse brisé sous la peau. Sa jambe étendue formait un angle bizarre. Il leva les yeux vers Pilar. Elle avait le visage crispé comme celui de Maria.

" *Anda*, lui dit-il. Va-t'en. "

Elle s'éloigna, la tête basse, sans rien dire, sans regarder en arrière, et Robert Jordan vit que ses épaules tremblaient.

" *Guapa*, dit-il à Maria, et il lui prit les deux mains. Écoute. Nous n'irons pas à Madrid.... "

Alors elle se mit à pleurer.

" Non, *guapa*, ne pleure pas, dit-il. Écoute. Nous n'irons pas à Madrid maintenant, mais j'irai avec toi partout où tu iras. Tu comprends ? "

Elle ne dit rien, posa sa tête contre la joue de Robert Jordan, et lui mit les bras autour du cou.

" Écoute bien ceci, chevreau ", dit-il. Il savait qu'il devait beaucoup se hâter et il transpirait abondamment, mais il fallait que ceci fût dit et fût compris. " Tu t'en vas maintenant, chevreau, mais je vais avec toi. Aussi longtemps qu'il y aura l'un de nous, il y aura nous deux. Tu comprends ?

— Non. Je reste avec toi.

— Non, chevreau. Ce que je fais maintenant, je le fais seul. Je ne pourrais pas le faire bien avec toi. Tu ne sens pas cela aussi ? Quel que soit celui qui reste, il est les deux.

— Je veux rester avec toi.

— Non, chevreau. Écoute. Ça, on ne peut pas le faire ensemble. Chacun doit le faire seul. Mais si tu t'en vas, je vais avec toi. C'est de cette façon que j'y vais aussi. Tu vas t'en aller maintenant, je le sais. Parce que tu es gentille et bonne. Tu vas t'en aller maintenant, pour nous deux.

— Mais, c'est plus facile, si je reste avec toi, dit-elle. Ça vaut mieux pour moi.

— Oui. Aussi c'est pour moi qu'il faut partir. Fais-le pour moi, puisque tu peux le faire.

— Mais tu ne comprends pas, Roberto. Et *moi* ? C'est pire pour moi de m'en aller.

— Sûrement, dit-il. C'est plus dur pour toi. Mais je suis toi aussi, maintenant. "

Elle ne dit rien.

Il la regarda. Il transpirait abondamment. Il reprit, désirant plus intensément la convaincre qu'il n'avait jamais désiré quoi que ce fût auparavant.

" Maintenant tu vas t'en aller pour nous deux, dit-il. Il ne faut pas être égoïste, chevreau. Il faut faire ton devoir. "

Elle secoua la tête.

" Tu es moi, dit-il. Tu dois bien le sentir, chevreau. Chevreau, écoute, dit-il. C'est vrai, je vais avec toi. Je te le jure. "

Elle ne dit rien.

" Tu comprends? dit-il. Maintenant je vois que tu comprends. Maintenant tu vas t'en aller. Bien. Maintenant tu t'en vas. Maintenant tu as dit que tu t'en allais. "

Elle n'avait rien dit.

" Maintenant je te remercie. Va-t'en gentiment et vite, vite, et nous nous en allons tous deux en toi. Pose ta main ici. Ta tête, maintenant. Non, là. C'est bien. Maintenant je pose ma main là. C'est bon. Tu es si bonne. Maintenant ne pense plus. Maintenant tu fais ce que tu dois. Maintenant tu obéis. Pas à moi, mais à nous deux. Au moi qui est en toi. Tu t'en vas pour nous deux. C'est vrai. Nous nous en allons tous les deux en toi, maintenant. Cela, je te l'ai promis. Tu es très gentille de t'en aller, et très bonne. "

Il fit un signe de tête à Pablo qui regardait vers lui de derrière son arbre, et Pablo s'approcha. Il fit un signe à Pilar avec son pouce.

" On ira à Madrid une autre fois, chevreau, dit-il. C'est vrai. Maintenant lève-toi et va-t'en. et allons-nous-en tous les deux. Lève-toi. Tu vois?

— Non ", dit-elle et elle le tenait fort par le cou.

Il parlait toujours très posément mais avec une grande autorité.

" Lève-toi, dit-il. Tu es moi, maintenant. Tu es tout ce qu'il y aura de moi. Lève-toi. "

Elle se releva lentement en pleurant et la tête baissée. Puis elle se rassit très vite à côté de lui, et se releva de nouveau, lentement et lourdement, tandis qu'il disait : " Lève-toi, guapa. "

Pilar la tenait par le bras, debout à côté d'elle.

" Vamonos, dit Pilar. Tu n'as besoin de rien, Inglés? Elle le regarda et secoua la tête.

— Non, dit-il, et il continua de parler à Maria.

— Pas d'adieu, guapa, parce que nous ne sommes pas séparés. J'espère que tout ira bien dans les Gredos. Va maintenant. Va pour de bon. Non ", il continuait à parler tranquillement, sagement, tandis que Pilar entraînait la jeune fille. " Ne te retourne pas. Mets ton pied dans l'étrier. Oui. Ton pied. Aide-la, dit-il à Pilar. Soulève-la. Mets-la en selle. "

Il tourna la tête, en sueur, et regarda vers le bas de la pente, puis ramena son regard à l'endroit où la jeune fille était en selle avec Pilar auprès d'elle et Pablo juste derrière. " Maintenant, va, dit-il. Va. "

Elle allait tourner la tête. " Ne regarde pas en arrière, dit Robert Jordan. Va. " Pablo frappa le cheval sur la croupe avec une entrave, et Maria parut essayer de glisser en bas de la selle, mais Pilar et Pablo chevauchaient tout près d'elle, et Pilar la tenait; les trois chevaux montèrent le sentier.

" Roberto, cria Maria en se retournant. Laisse-moi rester! Laisse-moi rester!

— Je suis avec toi, cria Robert Jordan. Je suis avec toi, maintenant. Nous sommes tous les deux là. Va! " Et ils disparurent au tournant du sentier, et il était trempé de sueur et regardait là où il n'y avait plus personne.

Agustín était debout près de lui.

" Tu veux que je te tue, *Inglés?* demanda-t-il en se penchant tout près de lui. *Quieres?* Ce n'est rien.

— *No hace falta,* dit Robert Jordan. Tu peux t'en aller. Je suis très bien ici.

— *Me cago en la leche que me han dado!* " dit Agustín. Il pleurait et ne voyait pas nettement Robert Jordan. " *Salud, Inglés.*

— *Salud,* mon vieux ", dit Robert Jordan. Il regardait vers le bas de la pente. " Veille bien sur la tondue, veux-tu?

— Ça ne fait pas de question, dit Agustín. Tu as ce qu'il te faut?

— Il y a très peu de munitions pour cette *máquina,* alors je la garde, dit Robert Jordan. Tu ne pourrais pas t'en procurer. Pour l'autre et celle de Pablo, oui.

— J'ai nettoyé le canon, dit Agustín. Là où tu l'avais enfoncé dans la terre en tombant.

— Qu'est devenu le cheval aux bagages?

— Le Gitan l'a rattrapé. "

Agustín était à cheval maintenant, mais il n'avait pas envie de s'en aller. Il se pencha vers l'arbre contre lequel Robert Jordan était adossé.

" Va, *viejo,* lui dit Robert Jordan. A la guerre, il se passe beaucoup de choses comme ça.

— *Qué puta es la guerra*, dit Agustin.

— Oui, mon vieux, oui. Mais va-t'en.

— *Salud*, *Inglés*, dit Agustin serrant le poing droit.

— *Salud*, dit Robert Jordan. Mais va-t'en, vieux. "

Agustin fit tourner son cheval, abaissa son poing droit comme pour maudire et monta le sentier. Tous les autres étaient hors de vue depuis longtemps. Il se retourna au moment où le sentier tournait sous les arbres et secoua le poing. Robert Jordan secoua le sien, puis Agustin, lui aussi, disparut. Robert Jordan regarda le bas de la pente verte, vers la route et le pont. Je suis aussi bien ici que n'importe où. Ça ne vaut pas la peine de risquer de ramper sur mon ventre, non, l'os est trop près de la peau, et je vois mieux par ici.

Il se sentait vide, épuisé par sa blessure et par leur départ et il avait un goût de bile dans la bouche. Maintenant enfin il n'y avait plus de problème. De quelque façon que tout ceci se fût passé, et quelle que fût la façon dont tout se passerait désormais, pour lui, il n'y avait plus aucun problème.

Ils étaient tous partis maintenant et il était seul, adossé à un arbre. Il regarda le long du flanc de la colline et vit le cheval gris qu'Agustin avait achevé. Plus bas sur la pente, il regarda la route et, au-delà, la région des bois. Puis il regarda le pont et l'autre rive; il surveilla les mouvements sur le pont et sur la route. Il voyait les camions, à présent, sur la route d'en bas. Le gris des camions apparaissait entre les arbres. Puis il regarda vers le haut de la route à l'endroit où elle atteignait la colline. Ils vont bientôt venir, maintenant, pensa-t-il.

Pilar prendra soin d'elle aussi bien que possible. Tu le sais. Pablo doit avoir un plan sérieux, sinon il n'aurait pas tenté ça. Pas besoin de t'en faire pour Pablo. Ça ne sert à rien de penser à Maria. Essaie de croire ce que tu lui as dit. C'est le mieux. Et qui dit que ce n'est pas vrai? Pas toi. Tu ne le dis pas, pas plus que tu ne dirais que les choses qui se sont passées ne se sont pas passées. Accroche-toi à ce que tu crois, maintenant. Ne fais pas le cynique. Le temps est trop court, et tu viens de la renvoyer. Chacun fait ce qu'il peut. Tu ne peux rien faire pour toi, mais peut-être que tu peux faire quelque chose pour un autre être. Eh bien, nous avons profité de notre chance.

pendant quatre jours. Pas quatre jours. C'est l'après-midi que je suis arrivé là-bas, et il n'est pas midi aujourd'hui. Ça ne fait pas tout à fait trois jours et trois nuits. Sois bien exact, dit-il. Absolument exact.

Je crois que tu ferais mieux de descendre maintenant, pensa-t-il. Tu ferais mieux de décider un endroit où tu pourrais être utile au lieu de rester couché contre cet arbre comme un vagabond. Tu as eu beaucoup de chance. Il y a beaucoup de choses pires que ceci. Chacun doit passer par ceci, un jour ou l'autre. Tu n'en as pas peur, puisque tu sais qu'il le faut, n'est-ce pas? Non, dit-il, sincèrement. C'est de la chance tout de même que le nerf ait été écrasé. Je ne sens même pas qu'il y a quelque chose au-dessous de la fracture. Il toucha la jambe et c'était comme si elle n'avait pas fait partie de son corps.

Il regarda de nouveau vers le bas de la pente et il songeait : J'ai horreur de quitter ça, c'est tout. J'ai grande horreur de quitter ça et j'espère que j'y ai fait quelque bien. Je m'y suis essayé avec tout ce que j'avais de dons. Tout ce que *j'ai*, tu *eux dire. Mettons, tout ce que j'ai.*

Je combats depuis un an, maintenant, pour ce en quoi je crois. Si nous sommes vainqueurs ici, nous serons vainqueurs partout. Le monde est beau et vaut la peine qu'on se batte pour lui, et j'ai horreur de le quitter. Et tu as eu beaucoup de chance, se dit-il à lui-même, d'avoir une aussi bonne vie. Tu as eu une vie tout aussi bonne que celle de grand-père, bien qu'elle n'ait pas été aussi longue. Tu as eu une aussi bonne vie que possible grâce à ces derniers jours. Tu ne vas pas te plaindre alors que tu as eu tellement de chance? Mais j'aimerais bien qu'il y ait un moyen de transmettre ce que j'ai appris. Grand Dieu, comme j'apprenais vite, vers la fin! J'aimerais parler avec Karkov. C'est à Madrid. Juste au-delà de cette montagne, puis à travers la plaine. En descendant, en quittant les rochers gris et les pins, la bruyère, les brousailles, à travers le haut plateau jaune, on la voit se dresser blanche et belle. Ça, c'est aussi vrai que les vieilles femmes de Pilar qui boivent le sang des abattoirs. Il n'y a pas qu'une chose qui soit vraie. Tout est vrai. De même que les avions

sont beaux, qu'ils soient à nous ou à eux. Ah! fichtre oui
pensa-t-il.

Maintenant, du calme, se dit-il. Bouge pendant que tu a
encore le temps. Écoute une chose. Tu te rappelles? Pilar et l
main? Tu crois à cette bourde? Non, dit-il. Non, avec tou
ce qui s'est passé? Non, je n'y crois pas. Elle a été gentille
propos de ça, ce matin, avant que tout commence. Elle ava
peur, peut-être, que j'y croie. Mais je n'y crois pas. Elle, ou
Ils voient quelque chose. Ou bien ils sentent quelque chos
Comme un chien de chasse. Et les perceptions extra-senso
rielles? Et les conneries? dit-il. Elle n'a pas voulu me dir
adieu parce qu'elle savait que, si elle le faisait, Maria ne vou
drait plus s'en aller. Cette Pilar. Bouge-toi, Jordan. Mais il lu
répugnait d'essayer.

Puis il se rappela qu'il avait la petite gourde dans sa poch
et il pensa : je m'en vais prendre une bonne dose de cett
tueuse de géants, et puis j'essaierai. Mais la gourde n'éta
pas dans sa poche. Et il se sentit beaucoup plus seul, de savo
qu'il n'y aurait même pas ça. Je devais compter dessus, se dit-i

Tu crois que c'est Pablo qui l'a prise? Ne fais pas l'idiot. T
as dû la perdre au pont. " Allons, Jordan, allons, dit-il.
faut y aller. "

Il saisit à deux mains sa jambe gauche et la tira fort, toujou
adossé contre l'arbre. Puis, étendu de tout son long et tiran
fort sur sa jambe pour que le bout d'os cassé ne sortît pas e
ne lui déchirât pas la cuisse, il vira lentement sur ses reins ju
qu'à ce que le derrière de son crâne surplombât la pente. Pui
tenant sa jambe cassée à deux mains, dans le sens montant d
la pente, il passa son pied droit sous son pied gauche, et, e
sueur, pressa fort tout en roulant sur sa poitrine, face conti
terre. Il dégagea ses coudes, allongea sa jambe gauche derriè
lui avec ses deux mains et, d'une poussée du pied droit, il s
trouva là où il voulait aller, tout en sueur. Il tâta du doigt s
cuisse gauche : tout allait bien. Le bout d'os n'avait pas déchir
la peau, et l'extrémité cassée était enfoncée dans le muscle.

Le nerf principal a dû être écrasé pour de bon, quand ce sacr
cheval a roulé dessus, pensa-t-il. Ça ne fait vraiment pas mal d
tout. Sauf dans les changements de position. Ça, c'est quan

l'os pince quelque chose d'autre. Tu vois? dit-il. Tu vois ce que c'est que la chance. Tu n'as même pas eu besoin de la tueuse de géants.

Il tendit la main vers la mitraillette, sortit le chargeur qui était dans le magasin, en prit d'autres dans sa poche, regarda dans le canon, remit un chargeur en place, puis regarda vers le bas de la pente. Peut-être une demi-heure, pensa-t-il. Maintenant, ne t'en fais pas.

Puis il regarda le flanc de la montagne, les pins, et essaya de ne pas penser.

Il regardait le torrent et il se rappelait comment il coulait, sous le pont, et la fraîcheur de l'ombre. Je voudrais qu'ils viennent, pensa-t-il. Je ne veux pas être complètement vaseux avant leur arrivée.

Pour qui est-ce plus facile, crois-tu? Pour ceux qui ont de la religion ou bien pour celui qui prend ça tout sec? Ça les console beaucoup, mais nous, nous savons qu'il n'y a rien à craindre. C'est seulement si on rate, que c'est moche. Mourir n'est moche que quand ça prend longtemps et que ça fait si mal qu'on en est humilié. Voilà où tu as toute la chance, tu vois? Rien de ce genre avec toi.

C'est merveilleux qu'ils soient partis. Ça ne me fait plus rien du tout, maintenant qu'ils sont partis. C'est bien ce que j'avais prévu. C'est vraiment comme ça. Regarde ce que ç'aurait été s'ils étaient tous éparpillés sur cette pente, là où est le cheval gris. Ou si on était tous paralysés ici, à attendre. Non. Ils sont partis. Ils sont loin. Si seulement l'attaque réussissait! Qu'est-ce qu'il te faut? Tout? Je veux tout et je prendrai ce que j'ai. Si cette attaque ne réussit pas, une autre réussira. Je n'ai pas remarqué le moment où les avions sont revenus. *Dieu, quelle chance que j'aie pu la faire partir!*

J'aimerais parler de ça à grand-père. Je parie que lui n'a jamais eu à traverser une route, retrouver ses gens et faire une chose pareille. Comment le sais-tu? Il l'a peut-être fait cinquante fois. Non, dit-il. Sois exact. Personne n'a jamais fait cinquante fois un truc comme celui-ci. Personne n'en a fait cinq. Personne n'en a fait un, peut-être, exactement comme celui-ci. Bien sûr que si, au fond.

Je voudrais qu'ils viennent maintenant, se dit-il. Je voudrais qu'ils viennent tout de suite, parce que la jambe commence à me faire mal. Ça doit être l'enflure.

On allait rudement bien, quand cette chose nous a atteints, pensa-t-il. Mais c'est de la veine que ce ne soit pas arrivé pendant que j'étais sous le pont. Quand une chose est mal embringuée, il faut que ça arrive. Tu étais fait quand on a donné les ordres à Golz. Tu le savais et c'est sans doute cela que Pilar sentait. Mais, plus tard, on organisera bien mieux toutes ces choses-là. On devrait avoir des émetteurs portatifs à ondes courtes. *Oui, il y a des tas de choses qu'on devrait avoir.* Moi, je devrais avoir une jambe de rechange.

Il sourit à cela. Il était en sueur, parce que sa jambe commençait à lui faire très mal. Oh! qu'ils arrivent, se dit-il. Je n'ai pas envie de faire comme mon père. S'il le faut, je le ferai, mais j'aimerais mieux pas. Je suis contre. N'y pense pas. Ne pense pas du tout. Je voudrais que ces salauds arrivent, se dit-il. Je voudrais tellement qu'ils viennent!

Sa jambe lui faisait très mal, maintenant. La douleur avait commencé tout d'un coup avec l'enflure, quand il s'était déplacé, et il se dit : peut-être que je devrais le faire tout de suite. Je crois que je ne suis pas très résistant à la douleur. Écoute, si je fais ça maintenant, tu ne prendras pas ça mal, hein? *A qui parles-tu?* A personne, dit-il. A grand-père, je crois. Non. A personne. Oh! merde, je voudrais qu'ils arrivent.

Écoute, il faudra peut-être que je le fasse, parce que, si je m'évanouis, ou quelque chose de ce genre, je ne suis plus bon à rien, et s'ils me font revenir à moi, ils me poseront un tas de questions et feront des choses et tout ça, et ça n'est pas bon. Il vaut beaucoup mieux qu'ils n'aient pas à faire ces choses. Alors pourquoi est-ce qu'il ne serait pas bien de le faire tout de suite, et alors tout serait fini? Parce que, oh! écoute, oui écoute, *qu'ils arrivent maintenant!*

Tu n'es pas si bon pour ça, Jordan, dit-il. Pas si bon pour ça. Et qui est si bon pour ça? Je ne sais pas, et je ne m'en soucie vraiment pas pour l'instant. Mais toi tu ne l'es pas. C'est vrai. Tu ne l'es pas du tout. Oh! pas du tout, du tout. Je crois que ça serait très bien de le faire maintenant. Pas toi?

Non, ce ne serait pas bien. Parce qu'il y a encore quelque chose que tu peux faire. Tant que tu sais ce que c'est, tu dois le faire. Tant que tu te rappelles ce que c'est, tu dois l'attendre. *Allons, qu'ils viennent, qu'ils viennent. Qu'ils viennent!*

Pense à eux qui sont partis, dit-il. Pense à eux qui traversent le bois. Pense à eux qui passent un ruisseau. Pense à eux, à cheval dans la bruyère. Pense à eux qui montent la pente. Pense à eux qui sont très bien ce soir. Pense à eux qui voyagent toute la nuit. Pense à eux qui se cachent demain. Pense à eux. Sacredieu! pense à eux. *C'est tout ce que je peux faire pour penser à eux,* dit-il.

Pense à Montana. *Je ne peux pas.* Pense à Madrid. *Je ne peux pas.* Pense à un verre d'eau fraîche. *Parfait.* C'est comme ça que ce sera. Comme un verre d'eau fraîche. *Tu es un menteur.* Ça ne sera rien du tout. C'est tout ce que ce sera. Absolument rien. Alors fais-le. *Fais-le.* Fais-le maintenant. Vas-y et fais-le maintenant. *Non, il faut que tu attendes.* Quoi? Tu sais très bien. *Alors, attends.*

Je ne peux pas attendre plus longtemps maintenant, se dit-il. Si j'attends plus longtemps, je vais m'évanouir. Je le sais parce que j'ai déjà senti trois fois que ça commençait, et j'ai tenu. Je tiens très bien. Mais je ne sais plus du tout. Ce que je crois, c'est que tu as une hémorragie interne là où cet os a coupé dedans. Surtout quand tu t'es retourné. C'est ce qui provoque l'enflure et c'est ça qui t'affaiblit, et te fait presque t'évanouir. Ça serait très bien de le faire maintenant. Vraiment, je te dis que ce serait très bien.

Et si tu attends et les retiens même un petit moment ou si tu descends l'officier, ça peut tout changer, une chose bien faite peut....

Bon, dit-il. Et il resta étendu, immobile, essayant de retenir ce qu'il sentait glisser de lui, comme il arrive qu'on sente la neige commencer à glisser sur une montagne, et il se dit : maintenant du calme, du calme, puis : que je dure jusqu'à ce qu'ils arrivent.

La chance de Robert Jordan était de bonne qualité, car il vit, juste à ce moment, la cavalerie sortir du sous-bois et traverser la route. Il la regarda monter la pente. Il vit l'homme s'arrêter près du cheval gris et appeler l'officier, qui le rejoignit. Il les

vit tous deux regarder le cheval gris. Ils le reconnaissaient
évidemment. Lui et son cavalier étaient portés disparus depuis
la veille au petit jour.

Robert Jordan les vit là sur la pente, tout près de lui maintenant, et, au-dessous de lui, il voyait la route, et le pont, et
les longues files de véhicules. Il était maintenant complètement conscient et il regarda bien et longuement toutes choses.
Puis il tourna les yeux vers le ciel. Il y avait de gros nuages
blancs. Il toucha de la paume de sa main les aiguilles de pin
sur lesquelles il était étendu et il toucha l'écorce du tronc de
pin contre lequel il était adossé.

Puis il se cala aussi commodément qu'il put, ses deux coudes
dans les aiguilles de pin et le canon de la mitraillette appuyé
au tronc du pin.

L'officier arrivait à présent, suivant au trot la trace des chevaux de la bande; il allait passer à vingt mètres au-dessous de
Robert Jordan. A cette distance, ça ne faisait pas de question.
L'officier était le lieutenant Berrendo. Il venait de La Granja
où ils avaient reçu l'ordre de départ après le premier rapport
de l'attaque du poste d'en bas. Ils avaient galopé fort, puis
avaient dû revenir en arrière, le pont ayant sauté, pour traverser la gorge beaucoup plus haut et revenir à travers bois.
Leurs chevaux étaient mouillés et fourbus, et il fallait les forcer
à trotter.

Le lieutenant Berrendo montait en regardant les traces des
chevaux; son visage mince était sérieux et grave. Sa mitraillette reposait en travers de sa selle, au creux de son bras gauche.
Robert Jordan était couché derrière l'arbre, faisant tous ses
efforts pour empêcher ses mains de trembler. Il attendait
que l'officier atteignît l'endroit ensoleillé où les premiers
pins de la forêt rejoignaient la pente verte de la prairie. Il
sentait son cœur battre contre le sol, couvert d'aiguilles de pin,
de la forêt.

IMPRIMÉ EN FRANCE PAR BRODARD ET TAUPIN
Usine de La Flèche (Sarthe).
LIBRAIRIE GÉNÉRALE FRANÇAISE - 6, rue Pierre-Sarrazin - 75006 Paris.
ISBN : 2 - 253 - 01232 - 7

Nouvelles éditions des « classiques »

La critique évolue, les connaissances s'accroissent. Le Livre de Poche Classique renouvelle, sous des couvertures prestigieuses, la présentation et l'étude des grands auteurs français et étrangers. Les préfaces sont rédigées par les plus grands écrivains ; l'appareil critique, les notes tiennent compte des plus récents travaux des spécialistes.

Texte intégral

Extrait du catalogue*

30/0028/8